Alle Rechte, einschließlich das des vollständigen oder auszugsweisen Nachdrucks in jeglicher Form, sind vorbehalten.

Sämtliche Personen dieser Ausgabe sind frei erfunden. Ähnlichkeiten mit lebenden oder verstorbenen Personen sind rein zufällig.

Der Preis dieses Bandes versteht sich einschließlich der gesetzlichen Mehrwertsteuer.

Umwelthinweis:
Dieses Buch wurde auf chlor- und säurefreiem Papier gedruckt.

Offener Bücherschrank

Wenn die Liebe erblüht

Emilie Richards
Wenn du mich liebst
Seite 7

Erica Spindler
Jasminduft in der Nacht
Seite 143

Mary Lynn Baxter
Viel mehr als nur eine Affäre
Seite 273

Penny Jordan
Im Rosengarten der Liebe
Seite 395

MIRA® TASCHENBUCH
Band 20047
1. Auflage: März 2014

MIRA® TASCHENBÜCHER
erscheinen in der Harlequin Enterprises GmbH,
Valentinskamp 24, 20354 Hamburg
Geschäftsführer: Thomas Beckmann

Copyright © 2014 by MIRA Taschenbuch
in der Harlequin Enterprises GmbH

Titel der englischen Originalausgaben:
One Perfect Rose
Copyright © 1992 by Emilie Richards McGee
erschienen bei: Silhouette Books, Toronto

Night Jasmine
Copyright © 1993 by Erica Spindler
erschienen bei: Silhouette Books, Toronto

To Claim His Own
Copyright © 2006 by Mary Lynn Baxter
erschienen bei: Silhouette Books, Toronto

Mistaken Adversary
Copyright © 1992 by Penny Jordan
erschienen bei: Mills & Boon Ltd., London

Published by arrangement with
Harlequin Enterprises II B.V./S.àr.l

Konzeption / Reihengestaltung: fredebold&partner GmbH, Köln
Umschlaggestaltung: pecher und soiron, Köln
Redaktion: Maya Gause
Titelabbildung: Thinkstock / Getty Images, Köln
Satz: GGP Media GmbH, Pößneck
Druck und Bindearbeiten: CPI – Ebner & Spiegel, Ulm
Printed in Germany
Dieses Buch wurde auf FSC®-zertifiziertem Papier gedruckt.
ISBN 978-3-86278-879-8

www.mira-taschenbuch.de

Werden Sie Fan von MIRA Taschenbuch auf Facebook!

Emilie Richards

Wenn du mich liebst

Roman

Aus dem Englischen von
M.R. Heinze

1. KAPITEL

Mit erfrorenen Fingern kann ein Mann eine Menge nicht machen: arbeiten, sich rasieren oder kämmen. Eine ganze Menge kann er mit einer Frau nicht machen und eine ganze Menge würde sie ihn nicht machen lassen, selbst wenn er könnte.

Im Moment weigerten sich Jason Millingtons Finger, eine Kaffeetasse von der Theke eines Coffee Shops im Stadtzentrum anzuheben und an seine Lippen zu führen.

„Stimmt was nicht mit dem Kaffee, Kumpel?"

Mit triefenden Augen starrte Jase den Besitzer an. Der war klein und fett, ein kahlköpfiges Bleichgesicht mit dem unpassenden Namen Red. Der Coffee Shop hieß Red's Place. „Ich lasse mir nur Zeit."

„Viel Zeit."

Jase blickte nach beiden Seiten, obwohl er bereits wusste, dass er und Red zwei von sechs Personen in einem Raum waren, der vierzig Leuten Platz bot. „Ist ja nicht so, als ob Sie einen Platz brauchen würden, oder?"

„Wir haben Gesetze gegen Herumtreiben."

„Wahrscheinlich haben wir auch Gesetze gegen Bedrängen von zahlenden Kunden."

„Ich habe noch kein Geld gesehen."

Jase stocherte mit seinem Zeige-Eiszapfen in seiner Hosentasche herum und hörte das beruhigende Klimpern von Münzen. Er hatte an diesem Abend genug Altaluminium zum Recycling gebracht, um sich auch ein Sandwich zu leisten. Aber das wollte er nicht bei Red kaufen. Jase hatte eine lange Nacht vor sich und musste noch einige Zwischenstopps einlegen. Wenn er sich diese Stopps richtig einteilte, brauchte er sich bis zur Morgendämmerung nicht der Kälte aussetzen.

Er stand auf und krümmte seine Finger gerade genug, um drei Quarters zu fassen und sie über die Theke zu schieben. Red murmelte irgendetwas, ging jedoch weg. Jason wärmte sich wieder seine Hände an der Tasse.

Clevelands Winter waren in der Hölle erdacht worden. Niemand zog wegen des Wetters in die Stadt. Vielleicht wegen der Symphonie oder des Kunstmuseums, sogar wegen der Seepromenade im Sommer mit ihren farbenfrohen ethnischen Festen. Aber niemand ließ sich hier nieder – oder versuchte es zumindest, weil er die Januarwinde direkt vom Erie-See oder die tückischen Blizzards des Februar mochte.

Die Optimisten betrachteten den März als Vorspiel des Aprils. An diesem Abend war Jase ein Optimist. Draußen waren es drei Grad, und er besaß nur wenig Schutz. Den Mantel hatte er von seiner Schwester erhalten, und das Ding hatte mehr Löcher als die vom Frost aufgebrochenen Straßen der Stadt. Was noch von dem Fellbesatz übrig war, litt gewaltig unter Räude, und die Ärmel waren acht Zentimeter zu kurz. Pamela hatte noch nie ein Auge für Kleidergrößen gehabt.

Der Mantel brandmarkte Jase, genau wie die Jeans mit den Knien und dem Gesäß, die vom Tragen schimmerten, und die mit Pappe verstärkten Schuhe, die überhaupt nicht schimmerten. Dutzende Männer waren an diesem Abend in den Straßen mit der gleichen unzureichenden Bekleidung, dem gleichen Minimum an Kleingeld in den geflickten Taschen und dem gleichen lustlosen Gesichtsausdruck unterwegs. Mangel an gutem Essen und Schlaf machte jeden lustlos, sogar den Stärksten und Fröhlichsten.

Die Tür des Coffee Shops flog mit einem Knall auf. Zwei Männer, neben denen Jase wie ein Model aus dem „Esquire" aussah, wurden von einer Böe vom Erie-See hereingeweht. Der eine hatte einen fettigen Pferdeschwanz, und an einem Ohr hing ein Vorhangring aus Messing. Der andere Mann hatte ein engelsgleiches zahnloses Lächeln.

Red Dewayne war an der Tür, bevor sie zuschlug. „Ich habe euch tausendmal gesagt, dass ich euch nicht hier drin haben will. Raus!"

„Ach, Red, wem tun wir denn was?", fragte der Zahnlose. „Wir haben heute Geld für das Abendessen."

„Sieht nicht gut fürs Geschäft aus, wenn ihr euch hier aufhaltet. Sieht aus, als wäre hier ein Obdachlosenasyl."

Jase hörte dem Wortwechsel zu. Als die beiden Männer aufgaben und gingen, schätzte er, dass seine Minuten gezählt waren. Er schaffte es, die Hände um die Tasse zu legen und sie an seine Lippen zu heben.

Gerade als Red sich zu Jase wandte, flog die Tür wieder auf. Dankbar für den Aufschub, blickte Jase hinüber. Er hoffte, dass dieser Wortwechsel lange genug dauerte, dass er seinen Kaffee austrinken konnte.

Diesmal stand eine Frau an der Tür. Quer durch den Raum sah Jase, dass sie zitterte. Sie trug einen Mantel aus einem unattraktiven rattenbraunen Wollstoff, keine Handschuhe, keinen Hut und keinen Schal. Ihre Beine sahen auch nackt aus, und er hoffte, dass sie wenigstens unterm Mantel etwas anhatte.

„Mr Dewayne?" Sie ging auf Red zu. „Ich bin Becca Hanks. Ich war gestern Abend wegen eines Jobs hier, aber der Mann hinter der Theke sagte, ich sollte heute Abend wiederkommen und mit Ihnen sprechen." Sie streckte die rechte Hand aus. Jase zuckte unwillkürlich zusammen, als Red sie widerwillig mit seiner Hand quetschte. Händeschütteln war auch etwas, bei dem gefrorene Finger nicht gerade ideal waren. Wenn es ihr wehtat, zeigte sie es nicht. „Tut mir leid, dass ich so spät komme, aber ich hatte Probleme mit dem Wagen und musste die letzten zwei Meilen zu Fuß gehen." Sie griff in eine große Plastiktasche, zog ein Stück Papier heraus und hielt es dem kleinen Dicken hin.

Red rümpfte die Nase, als würde das Mädchen ihm ein schmutziges Papiertaschentuch reichen. Er nahm es auch, als wäre es eines, mit Daumen und Zeigefinger an einer Ecke, offenbar um sich nicht anzustecken. Er überflog die wenigen Zeilen und gab den Bogen zurück.

„Ich sehe keine Telefonnummer und keine richtige Adresse, nur ein Postfach. Ich kann Sie nicht in einem Postamt anrufen."

„Ich weiß. Tut mir leid, aber ich bin neu in der Stadt, und ich ... ich wohne bei Freunden, bis ich eine eigene Wohnung finde."

„Die Freunde haben ein Telefon?"

„Ich möchte sie nicht mit meinen Anrufen belästigen. Aber wenn Sie mich anstellen wollen, kann ich so oft kommen, wie Sie es sagen."

Jase lauschte dem heiseren Klang der Stimme. Die Frau sprach, als hätte sie eine gewisse Bildung.

Sie war nicht hübsch. Soweit er ihren Körper sehen konnte, war sie viel zu dünn. Ihr hellbraunes Haar war lang, und die Enden waren abgebissen, als hätte jemand mit einer stumpfen Schere daran herumgeschnippelt. Die Masse der Haare wurde mit einem Gummiband aus ihrem Gesicht ferngehalten, ordentlich aber wenig schmeichelnd, und diese Frisur entblößte ein von der Kälte raues Gesicht. Es war nicht so, dass mit ihren Zügen irgendetwas nicht stimmte, aber der Mangel an Vitalität, vielleicht sogar der Mangel an Hoffnung in ihrer Miene war dominierend.

Sie hustete, wobei sie höflich ihren Kopf abwandte und die Hand vor den Mund hielt, aber dieses tiefe und krampfhafte Husten war der letzte Tropfen, der bei Red das Fass zum Überlaufen brachte.

„Ha, Sie brauchen gar nicht zurückzukommen. Ich kann Sie nicht einstellen."

Sie sah aus, als hätte er sie geschlagen, aber nur für einen Moment, dann hob sie das Kinn an. „Ich würde hart arbeiten. Niemand würde härter oder schneller arbeiten."

„Sie haben nicht mal eine richtige Wohnung. Woher soll ich wissen, dass Sie nicht nur kurz jobben wollen? Ich muss meine Hilfe ausbilden. Ich hätte Sie gerade ausgebildet, und Sie wären wieder weg."

„Oh nein, ich werde bleiben, ich …"

„Wie wollen Sie eine Uniform kaufen? Wie wollen Sie die Sachen sauber halten, während Sie auf Ihren Gehaltsscheck warten? Trinkgelder gibt es hier nicht, wenigstens nicht in dieser Schicht. Wenn Sie kein Geld für den Anfang haben, halten Sie es keine zwei Wochen durch. Und ich gebe Ihnen keinen Vorschuss."

Der Dicke ließ ihr keine Zeit für eine Antwort, obwohl Jase bereits bezweifelte, dass sie überhaupt eine geben wollte. Red wischte sich die Hände an der Schürze ab, ging hinter die Theke und verschwand durch eine Schwingtür.

Jase wollte seinen Blick abwenden, um der völlig jungen Frau wenigstens etwas Privatsphäre zu gönnen, doch gerade in dem Moment wurde ihr dünner Körper von einem Hustenkrampf geschüttelt, bis ihre Beine sie nicht mehr trugen. Noch während er hinsah, knickten ihre Knie ein.

Er war aufgesprungen und quer durch den Raum geeilt, bevor ihm bewusst wurde, dass er sich bewegt hatte. Er wollte nichts mit der Sache zu tun haben. Er hatte seine eigene brutale Nacht, die er durchstehen musste. Er brauchte keine Komplikationen. Kälte, Hunger und kein Platz zum Schlafen waren Komplikationen genug. Aber eine Fremde namens Becca Hanks brach vor seinen Augen zusammen, und das machte ihre Probleme drängender als seine eigenen.

Im nächsten Moment schlang er die Arme um sie. „Stützen Sie sich auf mich!", befahl er. „Ich passe auf, dass Sie nicht hinfallen."

Sie hatte keine andere Wahl, als sich gegen ihn zu lehnen. Er hielt ihr Gewicht, während eine Hustenwelle nach der anderen sie schüttelte. Sie wog so wenig wie ein Kind. Bei bester Gesundheit wäre sie wahrscheinlich noch immer leicht gewesen, aber jetzt hatte sie auf ihrem feinknochigen Körper Platz für gut zwanzig Pfund.

„Ich kann nicht … ich kann nicht …"

„Sprechen Sie nicht. Konzentrieren Sie sich aufs Atmen!" Jase hielt sie noch fester.

Becca rang nach Luft, was noch mehr Husten auslöste.

„Ich bringe Sie zu einem Tisch. Im Sitzen geht es besser." Er zog sie halb in die Richtung des nächsten Refugiums.

„Was machen Sie da?"

Jason blickte hoch und sah Red auf sie beide losstürmen. „Wonach sieht das aus?"

„Sieht so aus, als wärt ihr nicht auf dem Weg zur Tür."

„Sie sind ein schlauer Mann, Red."

„Ich will, dass ihr beide verschwindet."

„Sobald sie sich besser fühlt."

„Sofort!"

Jase drückte Becca auf einen Stuhl. Sie krümmte sich nach Luft ringend vornüber. Jase fiel auf, wie alle Farbe, die der Wind in ihre Wangen gepeitscht hatte, schwand. „Holen Sie ihr ein Glas Wasser!" Er kauerte sich neben den Stuhl und tätschelte ihr vorsichtig den Rücken.

„Ich werde nicht ..."

Sein Kopf ruckte hoch, seine Augen zogen sich schmal zusammen. „Red", sagte er ruhig, „Sie holen jetzt das Wasser, oder Ihr Name wird Grün-und-Blau sein."

Der Dicke setzte zu einer Entgegnung an, aber Jase erhob sich in einer fließenden Bewegung und überragte den Mann, der ihn blitzartig einschätzte, hinter der Theke verschwand und mit dem Wasser wiederkam.

„Sie ernähren sich von der Milch der frommen Denkungsart." Jase nahm das Wasser und ging neben Becca wieder in die Hocke. „Hier, Honey, machen Sie kleine Schlucke."

Sie griff nach dem Glas, aber ihre Hand zitterte zu sehr, als dass sie es halten konnte. Jase hob das Glas an ihre Lippen, und sie nahm einen kleinen Schluck.

„Gut. Großartig."

„Ich will, dass ihr verschwindet." Red war tapferer, weil Jase neben dem Stuhl kauerte, aber er wich zurück, als er hinzufügte: „Ihr verscheucht mir die Kundschaft."

„Keine Sorge. Wer so dumm ist, in diesem Schweinestall zu essen, lässt sich nicht verscheuchen."

Von dem Stuhl kam ein Geräusch, das sich nicht wie Husten anhörte. Jase war nicht sicher, ob es Lachen oder ein unterdrücktes Schluchzen war. Er fragte sich, ob diese Frau irgendetwas in ihrem Leben zu lachen hatte.

Er hielt ihr das Glas an die Lippen, und sie nahm noch einen Schluck. Der Husten ließ nach, und sie war fähig, das Glas selbst zu halten. Schließlich hob sie den Kopf und sah Jason an. „Vielen Dank."

„Ich habe doch gar nichts getan."

„Ich wäre nur noch ein Haufen Elend auf dem Boden."

„Ein sehr kleines Häufchen."

„Dieses Lokal könnte so eine Art Bodenschmuck gebrauchen."

„Sie wären hier eine Verschwendung."

Becca versuchte zu lächeln, aber ein neuer Hustenanfall schüttelte sie. Sie wandte ihr Gesicht von ihm ab.

Jason stand auf. Einer der Männer, die am anderen Ende der Theke gesessen hatten, kam zu ihm. Er war alt und sichtlich arm, aber nichts an ihm deutete darauf hin, dass er obdachlos war. Wahrscheinlich nur einer der vielen Alten, die in der Nachbarschaft in kleinen Apartments wohnten. „Ich will euch nur warnen", sagte er gedämpft. „Red ruft die Cops. Ich habe es von meinem Platz aus gehört."

Jase nickte dankend. „Können Sie jetzt gehen?", fragte er Becca.

„Ich glaube schon."

Er half ihr auf die Beine. Sie war unsicher, bemühte sich jedoch um ihr Gleichgewicht.

Jason erklärte ihr, was der alte Mann gesagt hatte. „Sie könnten hierbleiben. Die werden nur ein paar Fragen stellen."

„Nein!" Sie hustete erneut. „Lassen Sie uns verschwinden."

„Es ist bitterkalt da draußen."

„Ich komme schon zurecht. Danke. Gehen Sie nur."

Er lockerte nicht seinen Griff an ihrem Arm. „Wir gehen zusammen. Keine Widerrede", fügte er hinzu, als sie zu protestieren versuchte.

„Ihr Abendessen", sagte sie, als er eine Hand nach der Tür ausstreckte. „Haben Sie nicht gerade gegessen, als ich hereinkam?"

„Nein, ich hatte nur Kaffee." Er blickte sehnsüchtig zur Theke und glaubte, Dampf aus der fast vollen Tasse aufsteigen zu sehen.

„Tut mir leid, dass Sie nicht austrinken können", sagte Becca.

„Es war nur Kaffee." Er öffnete die Tür und führte sie in die Kälte hinaus.

Becca fasste in ihre Manteltasche, als der Wind um ihre nackten Ohren heulte, und zog einen Schal hervor. Mottenzerfressen und verwaschen, hatte er nicht zu einem Vorstellungsgespräch gepasst, aber nun schlang sie ihn mit zitternden Fingern um ihren Kopf und den Hals. Dabei betrachtete sie den Mann, der sie gerettet hatte.

Captain Kidd oder Blaubart hatten wahrscheinlich sanfter ausgesehen. Ein rotes Piratenkopftuch bedeckte seine dunklen Haare, und ein mehrere Tage alter Bart verdüsterte sein Gesicht. Er war wie viele andere Obdachlose gekleidet, denen sie begegnet war. Zum Glück war er sauberer als die meisten.

Er wirkte entweder zu jung oder zu alt, um auf der Straße zu leben. Sie schätzte ihn ein oder zwei Jahre jünger als dreißig.

„Wir sollten weitergehen", sagte er. „Ich glaube nicht, dass die Cops nach uns suchen, aber es hat auch keinen Sinn, auf die zu warten."

„Ich bin Becca."

Er ergriff behutsam ihre ausgestreckte Hand. „Jase."

„Danke." Sie schob ihre Hände in die Taschen, um sie warm zu halten. „Ich sollte lieber wieder zurück ... zu der Wohnung meiner Freunde. Sie werden sich schon fragen, was mit mir passiert ist."

Jason erkannte die Wahrheit, wenn er sie hörte. Und er erkannte auch eine Lüge. Becca log nicht gut. „Sie hatten eine Panne?"

„Der Motor ist einfach abgestorben." Sie begann wieder zu husten.

„Zwei Meilen von hier?"

Sie nickte.

Im Umkreis von zwei Meilen war es in diesem Teil der Stadt nicht sicher. „Sie schaffen es nicht so weit."

„Ich habe es einmal geschafft, ich werde es wieder schaffen."

„Und wenn Ihr Wagen nicht anspringt?"

„Wahrscheinlich musste er sich nur ausruhen."

„Genau wie Sie."

Becca blickte auf. Er hatte grüne Augen unter dichten dunklen Brauen. „Danke, aber ich komme klar."

„Ich begleite Sie zu Ihrem Wagen."

„Sie haben mir schon genug geholfen."

„Ich begleite Sie zu Ihrem Wagen."

Sie musste sich darauf konzentrieren, den Husten zu unterdrücken, weshalb sie auf Widerspruch verzichtete. Jeder Schritt war eine Qual. Eine Sturmböe fegte zwischen den Gebäuden durch und warf sie fast um. Ihre nackten Beine waren steif, und sie sehnte sich nach der Jeans, die sie im Kofferraum ihres Wagens verstaut hatte.

Sie waren fünf Querstraßen weit gegangen, bevor Jase fragte: „Können Sie wirklich irgendwo unterkommen?"

„Habe ich doch gesagt."

„Nicht weit von hier ist ein Asyl für Frauen, und dort haben sie für gewöhnlich Betten für Notfälle."

„Ich bin kein Notfall."

Sie waren wieder fünf Querstraßen weiter, als er erneut sprach. „Ich schätze nach Ihrem Akzent, dass Sie aus West Virginia sind."

„Kentucky."

„Sie sind weit weg von daheim."
„Das hier ist jetzt daheim."
„Warum Cleveland?"
Becca lachte verbittert und bekam wieder einen Hustenanfall. Sie blieb stehen, bis sie sich erholt hatte. „Weil es hier Jobs gibt", antwortete sie und ging weiter. „Ich hatte gehört, dass es hier viele Jobs gibt."
„Das Land ist in einer Rezession."
„Es ist immer eine Rezession für Leute wie mich."
„Leute wie Sie?"
Sie antwortete nicht, und er drängte nicht.
Sie bogen auf eine kurze Wohnstraße mit alten, heruntergekommenen Häusern und leeren Grundstücken, die da mit Schutt übersät waren, wo Häuser abgerissen worden waren. Sie gingen die Straße entlang, wichen einem kleinen Rudel Hunde aus und erreichten eine große Hauptstraße. Einen halben Block weiter befestigte gerade ein Abschleppwagen der Stadt eine Kette an der Stoßstange eines rostigen alten Chevrolets.
Becca stieß einen spitzen Schrei aus.
Jase wusste sofort warum. „Ihr Wagen?"
Sie schaffte ein Nicken, hustete wieder.
„Die lassen sich nicht mehr aufhalten. Sie werden die Strafe zahlen müssen, um den Wagen wiederzubekommen."
Der Fahrer des Abschleppwagens stieg ein, und gleich darauf waren der Abschleppwagen und Beccas Fahrzeug verschwunden.
An der Ecke direkt hinter ihnen stand eine Kirche, ein Ziegelmonument, dass an Clevelands Einwanderervergangenheit erinnerte. Becca ließ sich auf die dritte Stufe sinken und stützte ihren Kopf in die Hände.
„Das war der Ort, an dem ich unterkommen konnte."
„Es gibt bessere Orte für ein Eigenheim als eine Parkverbotszone."
„Der Motor hat hier gestreikt."
„Die Freunde? Das Apartment? Lügen?"
„Ich musste Red etwas erzählen. Niemand stellt eine Kellnerin ein, die in einem Auto wohnt."
„Haben Sie Geld, um Ihren Wagen auszulösen?"
„Ich habe nicht einmal Geld für ein Stück Kaugummi." Sie blickte zu ihm hoch. „Aber ich kriege welches. Ich finde schon eine Möglichkeit."
„Nicht heute Nacht."
Sie stützte ihren Kopf wieder in die Hände. „Vielleicht nicht heute Nacht."

Jase war hin und her gerissen. In seinem Plan kam nicht vor, dass er sich um jemanden kümmerte. Aber was konnte er machen? Becca war schon krank. Eine Nacht auf der Straße konnte sie umbringen.

„Nicht weit von hier ist eine Mission", erklärte er. „Da servieren sie Suppe, wenn Sie vorher zum Gottesdienst gehen."

„Ich bin nicht hungrig."

„Sie brauchen nicht das Gefühl zu haben, als würden Sie Wohltätigkeit annehmen. Ich habe gehört, dass man die Suppe bezahlt, indem man der Frau des Geistlichen beim Singen zuhört."

„Sie gehen hin. Danke für alles, aber ich möchte allein sein." Sie bekam einen Hustenkrampf und schaute dann wieder hoch. „Sie sind ja noch immer hier."

„Ich gehe erst, wenn Ihnen warm ist und Sie zu essen haben."

„Seien Sie vernünftig und verschwinden Sie."

„Ware ich vernünftig, wäre ich dann auf der Straße?"

Sie sah ihn forschend an. „Warum machen Sie das?"

„Weil Sie offenbar zu müde und zu krank sind, um eine gute Entscheidung zu treffen."

„Ich kann alles machen. Niemand braucht mir zu helfen."

Sie begann wieder zu husten.

„Becca, Sie werden hier draußen sterben."

Sie erkannte, dass dieser Fremde, der sein eigenes Leben nicht in Ordnung hatte, recht haben mochte, was das ihre betraf. Angst krampfte sich in ihr zusammen, mächtiger als Schmerz und Verzweiflung. Sie hatte Gründe, zwei Gründe, um weiterzuleben. „Also gut, ich gehe. Aber es ist meine Entscheidung."

„Sicher." Er stand auf. „Wir gehen langsam."

Sie passte sich seinem Tempo an. Die Strecke war ihr nicht vertraut, aber es war ihr egal. Sie hatte keinen Wagen mehr, zu dem sie zurückkehren konnte. Ein Ort war so gut wie der andere. Becca hatte kein Gefühl mehr in den Füßen und Fingern, als sie ein blinkendes Neonkreuz am Ende eines Blocks mit schäbigen Ladenfronten sah.

Jase blieb stehen. „Das ist es. Halten Sie den Gottesdienst durch? Er wird bald beginnen."

Sie versuchte, sich zusammenzureißen. „Ich kann alles."

„Braves Mädchen."

Zwei Menschenschlangen zogen sich über die Stufen der Mission auf den Bürgersteig herunter, aufgeteilt nach Geschlecht. Becca stellte sich in die eine, Jase in die andere. Die Schlangen rückten langsam vor, und als Jase die Stufen halb hinauf war, erkannte er den Grund. Jeder wurde vor dem Eintreten einer kurzen Durchsuchung unterzogen.

„Wonach sucht ihr?", fragte er, als er an der Reihe war.

„Drogen, Messer." Der alte Mann an der Tür lächelte ihm zu. „Du bist sauber. Willkommen, Bruder!"

Jason nickte. Becca wartete drinnen auf ihn. Sie fanden einen Platz in der Kapelle. Während des in die Länge gezogenen Gottesdienstes behielt er sie im Auge. Nach Gebeten behielt sie die Augen geschlossen. Und wenn sie für Hymnen aufstand, schwankte sie. Selbst die relative Wärme in der stallartigen alten Kapelle half nur wenig gegen ihren Husten. Die meiste Zeit hörte Jase nicht einmal den Prediger, was eine eigene Art von Wohltat war.

Als der Gottesdienst endlich zu Ende war, standen die ungefähr hundert Menschen auf und gingen in einen großen Speisesaal. Dort stellten sie sich für einen Teller Suppe und eine Scheibe Brot an. Jase gab Becca sein Brot und trug die Suppe. Hätte sie ihren Teller selbst tragen müssen, wäre kein Tropfen übrig geblieben.

Die Suppe sah wässrig aus und das Brot trocken. Nachdem sie sich an einen langen Tisch gesetzt hatten, krümelte er das Brot in seine Suppe und löste damit beide Probleme. Selten hatte ihm etwas besser geschmeckt. Er sah zu, wie Becca ein paar Bissen hinunterschlang. „Wie lange haben Sie schon nichts gegessen?"

„Ich weiß es nicht."

Er glaubte ihr. „Essen Sie langsam. Hier gibt es auch Betten."

„Fünfzig Betten", erklärte der Mann neben ihm. „Die ersten fünfzig an der Tür kriegen sie, fünfundzwanzig Männer, fünfundzwanzig Frauen. Hat man euch die Hand gestempelt?"

Jase sah Becca an. Sie schüttelte den Kopf.

„Dann werdet ihr hier nicht schlafen", sagte der Mann.

„Sie sind krank", sagte Jase zu ihr. „Vielleicht machen sie eine Ausnahme."

„Ich kann doch nicht um den Platz einer anderen bitten."

Er wollte sie schütteln. Was musste sie denn beweisen? Und wem? Sie war nichts weiter als eine obdachlose junge Frau, und niemand, absolut niemand kümmerte sich darum, ob sie Stolz hatte oder nicht.

„Wie Sie wollen", sagte er. „Aber bevor Sie erfrieren, schreiben Sie eine Nachricht für die Stadtverwaltung, dass Sie Ihr Begräbnis selbst bezahlen wollen, sobald der Heilige Petrus Ihnen Ihren Gehaltsscheck überreicht."

„Was ich tue, geht Sie nichts an", murmelte Becca.

„Stolz und Tod sind nichts, womit man prahlt. Sie müssen heute Nacht irgendwo warm schlafen."

„Ich werde schon etwas finden."

„Ich finde schon einen Platz."

Jase beendete das Essen. Dann gingen er und Becca zur Tür. Der Prediger und seine Frau sprachen mit jeder einzelnen Person, die vorbeiging. Der Prediger runzelte die Stirn, als Becca zu husten begann. „Du bist krank. Du hast Fieber, Schwester", sagte er und befühlte ihre Stirn.

„Könnte sie nicht diese Nacht bleiben?", fragte Jase.

„Ich nehme niemandem das Bett weg", sagte Becca zwischen Hustern.

„Am besten wäre sie in einer Notaufnahme aufgehoben." Der Prediger nannte zwei Krankenhäuser in der Nähe. „Eines nimmt sie vielleicht auf."

„Danke", sagte Becca.

Draußen warf Jase einen Blick auf sie und wusste, dass sie den Rat des Predigers ignorieren würde. Er versuchte es mit einem eigenen Rat. „Ich habe das mit der Unterkunft für Frauen ernst gemeint. Ich kenne jemanden von den Mitarbeitern. Bestimmt findet man einen Platz für Sie. Da kann man Ihnen helfen, wieder auf die Beine zu kommen."

„Ich will keine Wohltätigkeit. Ich sorge für mich selbst."

Jason erkannte, dass er sie an niemanden weitergeben konnte. Sie hätte sich lieber selbst geschadet, als sich von jemandem helfen zu lassen. Irgendwie bewunderte er sie, während er überlegte, was zu tun war.

„Suchen Sie einen Job?"

Die Frage überraschte ihn. „Nein."

„Also, ich werde nicht aufhören, bevor ich etwas finde."

„Alles erdenklich Gute, aber jetzt brauchen wir einen Platz zum Schlafen."

„Mir geht es bestens."

„In der Nähe ist eine Baustelle, und das Untergeschoss ist fertig. Es wird nicht so warm sein wie in der Unterkunft, aber es gibt wenigstens keinen Wind. Dahin gehen wir."

„Ich gehe nirgendwohin mit Ihnen. Sie haben genug getan."

Er legte seine bereits taub werdenden Finger auf ihre Schulter. „Sie kommen mit mir. Ich verfolge Sie die ganze Nacht, bis Sie vernünftig werden."

Für einen Moment fragte sie sich, ob er ihr etwas antun wollte. Bisher war er nur freundlich gewesen. Sie begegnete seinem Blick und versuchte, seine Motive zu ermitteln.

„Ich werde nicht zulassen, dass Ihnen etwas passiert", versprach er. „Ich will Sie aus Wind und Kälte wegbringen. Und ich will etwas Schlaf. In Ordnung?"

Welche Wahl hatte sie schon? Sie brachte die Worte nicht über die Lippen, aber sie nickte.

Er lächelte ein wenig. „Gut."

Als sie die Baustelle eines neuen Wahrzeichens in Clevelands Skyline erreichten, hatte Becca keine Kraft mehr. Ihre Knie zitterten, als sie Jase folgte. Er schien genau zu wissen, wohin er ging, und sie tippte darauf, dass er hier schon geschlafen hatte.

„Es gibt hier Sicherheitsleute", sagte er. „Machen Sie sich keine Sorgen. In kalten Nächten lassen sie Leute drinnen schlafen."

Sie fand das sehr seltsam, war jedoch zu erschöpft, um etwas zu erwidern. Sie suchten sich einen Weg durch Baustoffreste und provisorische Tunnels aus Sperrholz. Schließlich führte Jase sie zu einigen Stufen. „Schaffen Sie das?"

Becca nickte und ließ sich in das Untergeschoss führen. Auf halber Strecke durch den riesigen Raum sah er einen Mann mit einer Taschenlampe in der Hand. Jase schob sich vor Becca. Der Strahl glitt über sein Gesicht. Er winkte ab. Der Mann verschmolz mit der Dunkelheit.

„Jase?", fragte sie.

„Schon gut. Ich habe Ihnen gesagt, dass die uns hier schlafen lassen. Die haben mich schon hier gesehen."

In einem Raum ganz hinten gab es einen Ölofen. Es dauerte nur Sekunden, um ihn anzuzünden. Becca stand erstaunt daneben und wärmte sich die Hände. Jase beobachtete sie einen Moment, ehe er in den Nebenraum ging und eine Zeltbahn und zwei Schaumstoffbahnen brachte, die eine Ausrüstung für Tausende von Dollar geschützt hatten.

„Das ist besser als auf der Straße", sagte er.

„Sie haben so viel für mich getan."

„Tun Sie mir einen Gefallen, schlafen Sie. Ich halte Wache."

„Aber Sie müssen auch schlafen."

„Ich schlafe tagsüber", log er. „Was machen Sie nachts?"

„Ich versuche, Ärger zu vermeiden."

„Sie wirken so …"
Es war offensichtlich, dass sie nach einem Wort suchte. „Normal?"
„Nein. Tüchtig. Ich wette, Sie könnten eine Menge machen."
„Schlafen Sie, Becca. Wir reden morgen früh."
Sie ging zu dem behelfsmäßigen Lager, rollte sich auf der Seite zusammen, setzte sich wieder auf und nahm ein Foto aus ihrer Handtasche. Sie betrachtete es, als hätte es ihr Trost spenden können. Seine Neugierde war bereits voll erwacht.
„Darf ich Ihnen etwas zeigen?", fragte Becca.
„Sicher." Er kniete sich neben ihr auf das Lager. „Was?"
Sie hielt ihm das Foto hin. In der fast vollständigen Dunkelheit konnte er nur zwei Gestalten ausmachen. Zwei kleine Gestalten mit Zöpfchen und in rosa Overalls. „Wer sind die zwei?"
„Das sind meine."
„Wo sind sie?"
Becca schüttelte den Kopf. Das Foto verschwand wieder in ihrer Handtasche. Sie legte sich hin.
Sie wusste nicht, warum sie ihm das Foto gezeigt hatte. Es war ihr wertvollster Besitz. Wäre es im Wagen gewesen, als er abgeschleppt wurde …
Sie erschauerte. Der Ofen mochte die Luft erwärmen, aber sie fürchtete, die Kälte, die durch die Zeltbahn und den Schaumstoff zog, würde nie weggehen.
Becca fühlte eine Hand auf ihrer Schulter.
„Sie frieren", sagte Jase.
Sie war den Tränen näher als im ganzen letzten Jahr. Nie zuvor in ihrem Leben war sie näher dran gewesen, einfach aufzugeben. „Es geht mir bestens."
Es ging ihr nicht bestens, und ihm fiel nur noch eines ein, was sie von ihm annehmen mochte. „Ich komme unter die Decke. Ich habe nicht die Absicht, mich Ihnen aufzudrängen. Zitternde, hustende Frauen haben mich noch nie interessiert." Er legte sich hin und schob sich an ihren Rücken heran. Überraschenderweise rückte sie nicht ab. „So wird Ihnen schneller warm."
Sie lag in den Armen eines Fremden und dachte an die Umstände, die sie hierher gebracht hatten. Der letzte Mann, der neben ihr geschlafen hatte, war ihr Ehemann gewesen. Tränen brannten in ihren Augen, aber sie war zu erschöpft, und der Schmerz war zu alt, als dass sie hätte weinen können.

Der Mann neben ihr war nicht ihr Ehemann, aber er war freundlich und stark. Sie hatte fast vergessen, dass es so etwas gab. „Warum sind Sie so nett?", fragte sie.

Man hatte ihn in seinem Leben vieles genannt, aber „nett" war nur selten darunter gewesen. „Weil Sie es verdienen, dass jemand nett zu Ihnen ist."

„Ich … wir sollten nicht hier sein."

„Schon gut. Morgen gehen wir woanders hin."

Sie legte ihre Hände auf seinen Arm. Alle Gedanken schwanden, und im nächsten Moment war sie auch schon eingeschlafen.

2. KAPITEL

Es ist mir egal, ob es ein schlechtes Geschäft ist. Ja, Sie haben mich richtig verstanden. Es ist mir egal, ob ich einen Verlust habe." Jason Millington wechselte den Telefonhörer ans linke Ohr, um seinem rechten eine Pause zu gönnen. Dies war der vierte Anruf innerhalb von fünfzehn Minuten. „Ich kann mir einen Verlust leisten. Besorgen Sie mir den Coffee Shop und sorgen Sie dafür, dass mein alter Freund Red mit nichts aus der Sache aussteigt. Er ist ein Bastard, aber ich bin ein noch größerer."

Jase legte mit einer weit ausholenden Geste auf. Im selben Moment flog die Tür seines Büros, eine Tür so solide und würdevoll wie sein Mahagonischreibtisch, auf und prallte gegen die Wand.

Er blickte nicht einmal hoch. „Pamela, nehme ich an."

„Deine neue Sekretärin wollte mich anmelden. Ich habe ihr erklärt, dass bei uns Familienmitglieder nicht angemeldet werden. Jetzt duckt sie sich hinter ihrem Schreibtisch."

Er warf ihr einen Blick zu, bei dem sich der Tapferste unwohl gefühlt hätte. „Ich schreie sie nie an. Sie hat keinen Grund, sich zu ducken."

„Alle haben Angst vor dir."

„Du offensichtlich ausgenommen."

Seine Zwillingsschwester kam auf ihn zu, beugte sich herunter und gab ihm einen Kuss. „Ich zittere."

„Unnötig. Du hast mich schon mit zehn verhauen."

„Wir waren elf, und ich war größer als du." Pamela setzte sich und streifte die Schuhe ab. Jetzt war sie nicht mehr größer als Jason. Er war eins achtzig, und sie war fünfzehn Zentimeter kleiner, aber noch immer bestand eine starke Ähnlichkeit zwischen ihnen. Ihre kurzen Haare waren so dunkel wie die seinen, ihre Augen genauso grün. Beide besaßen das kantige Millington-Kinn, wenn auch Pamela eine zartere Ausführung.

Jase wusste, was Männer von seiner Schwester hielten. Zwanzig Minuten, nachdem sie einen Raum voll von schöneren Frauen betreten hatte, kreisten sie um Pamela. Ihre Augen versprühten Vitalität, ihre Züge waren lebhaft und ausdrucksvoll. Das Beste an ihr war jedoch, dass sie nie Angst hatte, ihre Gedanken auszusprechen. Und Pamela hörte nie auf, zu denken.

Sie deutete durch das im zwölften Stock gelegene Fenster auf Cleveland im April. „Eines Tages wird dir das alles gehören, nicht wahr, Jase? Und du wirst jedes Stückchen so verändern, wie es dir passt."

Da dies oder etwas Ähnliches stets ihr Eröffnungsspruch war, ignorierte Jase die Bemerkung. „Warum bist du hier?"
„Nicht wegen Geld."
Er griff nach einem Stift und klopfte damit auf den Schreibtisch. Genau das Gleiche hatte Pamela zu ihm an einem Märztag gesagt, und nun brachten diese Worte jenen Tag so klar zurück, als würde Jase ihn gerade erleben.
Der Nachmittag war genau wie heute gewesen. Jase hatte sich mitten in einem Geschäftstelefonat befunden, als Pamela hereinkam. Die Dinge waren nicht so gelaufen, wie er wollte, und reizbarer als sonst, hatte er sein Scheckbuch gezückt, aber sie hatte abgewunken.
„Weißt du, Jase", sagte sie, „nicht alle Probleme der Welt können mit Geld gelöst werden. Es ist so einfach für dich, einen Scheck auszuschreiben. Deine Mittel sind praktisch unbegrenzt."
„Was willst du dann?" Er schob die Hände in die Hosentaschen und trat an das Fenster. Das Cleveland, das er sah, war eine wachsende Stadt, reich an Potenzial und Energie. Er dachte selten an das andere Cleveland, in dem die Kinder hungrig waren und Männer und Frauen durch die Straßen streiften und nach einer Unterkunft suchten. Das war Pamelas Cleveland. Als Sozialarbeiterin im Greenhouse, einem Heim für obdachlose und misshandelte Frauen, kämpfte sie täglich gegen dieses Cleveland.
„Ich möchte, dass du deiner kleinen Welt entfliehst." Sie kam zu ihm an das Fenster. „Ich möchte, dass du nur einmal begreifst, was es heißt, arm zu sein. Was es heißt, hungrig zu sein, kein Zuhause zu haben. Dein Geld hilft jetzt, aber wenn du verstehst, wie es ist, keine Hoffnung zu haben, könntest du die Hilfe bieten, die wir wirklich brauchen."
„Diese Unterhaltung macht mich krank. Es macht mich krank, dass du auf mir herumhackst. Ich bin nicht das Problem. Du bist mit Geld aufgewachsen, und die Schuldgefühle fressen dich auf. Millingtons haben immer großzügig für gute Zwecke gespendet. Wir brauchen uns für nichts zu schämen."
„Du verstehst nicht ein einziges Wort."
Er starrte auf die Straße hinunter. Direkt unter seinem Fenster schob ein Mann einen Einkaufswagen vor sich her, einen schlurfenden Schritt nach dem anderen. „Ich verstehe nicht", räumte Jase ein. „Ich verstehe nicht, warum sich nicht mehr Leute selbst helfen. Es gibt überall Jobs. Vielleicht sind manche von diesen Jobs nicht toll, aber es sind Jobs. Ich

weiß, dass manche Leute nicht arbeiten können. Sie sind zu krank, zu süchtig oder zu verrückt. Aber was ist mit den anderen?"

„Was mit ihnen ist? Vielleicht solltest du es aus erster Hand herausfinden."

„Wie? Soll ich für ein oder zwei Nächte in einer Suppenküche arbeiten?"

„Ja. Geh für ein oder zwei Nächte in eine Suppenküche. Das wäre nötig. Du wirst nie wirklich verstehen, was es heißt, ohne Hoffnung zu sein, aber du könntest es für eine Weile versuchen, um es zumindest besser zu verstehen."

Er hatte es gelernt. Nach ihrer Unterhaltung hatte er Pamelas Vorschlag – oder besser, ihre Herausforderung – angenommen und für zwei Nächte und den Tag dazwischen auf der Straße gelebt. Nun erkannte er natürlich, dass er den Obdachlosen gespielt hatte, weil ihn das Neue gereizt hatte. Und weil er Pamela hatte loswerden wollen. Vielleicht hatte auch ein schlechtes Gewissen mitgespielt. Ihm war alles leichtgefallen. Er war in eine Familie hinein geboren worden, deren Vermögenswerte von Stahl bis hin zu Rinderfarmen reichten. Er war ein überlegener, beliebter Student gewesen und später ein überlegener, wenn auch nicht beliebter Geschäftsmann. Millington Development war seine Schöpfung, und im letzten Jahr war die Bilanz der Firma solide wie Gold gewesen.

Aber nichts von alledem hatte für zwei Nächte im März gegolten. Er hatte schnell erfahren, dass ein Obdachloser wie der andere war. Er hatte sich an Ecken herumgedrückt, Orte vermieden, an denen man ihn erkennen mochte, und hatte im Müll herumgewühlt. Und in der zweiten Nacht hatte er eine Frau namens Becca Hanks getroffen …

Das Klopfen auf dem Schreibtisch hörte abrupt auf. Es war April, und Pamela wartete auf seine Frage. „Ich nehme an, du würdest es mir sagen, wenn du etwas von Becca hörst?"

Sie sah ihn mitfühlend an. „Niemand namens Becca Hanks ist irgendwo aufgetaucht. Ich habe überall nachgefragt. Sie scheint nicht zu existieren."

„Sie existiert. Oder hat es zumindest getan." Er lehnte sich in seinem Sessel zurück. „Sie hat im Keller meines neuen Gebäudes auf der 4th Street geschlafen. Sie war krank und stolz, und als ich am nächsten Morgen erwachte, war sie fort."

„Ich weiß. Tut mir leid. Vielleicht hat sie einen Job gefunden, oder sie ist zurück, wo sie hergekommen ist."

„Sie hat ihren Wagen nicht abgeholt. Ich habe dafür gesorgt, dass ich angerufen werde, falls sie es versucht."

„Du hast dich verändert."

„Überhaupt nicht."

„Du hast dich verändert. Du bist sanfter geworden. So mag ich dich lieber."

„Du hast mich schon vorher gemocht."

„Ich bete dich an. Nur deinetwegen habe ich die Kindheit überlebt." Er sah ihr in die Augen. „Wir hatten eine gute Kindheit, Pamela."

„Wir hatten eine elende Kindheit, aber wir hatten uns."

Jase ignorierte das. „Warum bist du hier, wenn du keine Neuigkeiten hast und kein Geld willst?"

„Um dich zum Abendessen auszuführen. Ins Greenhouse." Sie hob die Hände. „Sag nicht Nein."

„Du willst Leuten Essen wegnehmen, die jede Kalorie brauchen?"

„Jemand hat uns einen riesigen Schinken gespendet, und die Kinder proben ein Stück, mit dem sie hinterher alle unterhalten wollen. Es ist ein festlicher Anlass, und du weißt, dass du immer willkommen bist. Dir gehört praktisch das Haus."

„Du wärst überrascht, wenn ich ja sage, nicht wahr?"

Sie lächelte. „Ehrlich?"

„Ich komme gern. Ich habe ohnehin etwas mit dir und Shareen zu besprechen."

Pamela lächelte strahlend. „Viel, viel sanfter geworden."

„Sag das Red."

„Red?"

„Nur ein Mann, der sich bald verdammt wünschen wird, mich nie kennengelernt zu haben."

Das Greenhouse war nicht grün. Es war ein weitläufiges weißes viktorianisches Haus mit rosa und gelbem Zierwerk und einem Lattenzaun, bei dem ungefähr jede sechste Latte fehlte. Das Haus befand sich ständig in einem reparaturbedürftigen Zustand. Fensterläden schlugen im Wind, und Teile von verrottendem Holzzierrat fielen bei jedem Sturm auf die breite Veranda.

Eine der anderen Bewohnerinnen hatte Becca erzählt, dass Pamela Millingtons Bruder jedes Mal einen Bautrupp für Reparaturen herschickte, wenn eines seiner anderen Projekte langsamer lief. Nach und nach hatten die Bautrupps gemalt und genagelt und Schindeln angebracht, bis das Haus grundsätzlich solide war. Offenbar stand der Zaun als nächstes auf der Liste, und neuer Zierrat war bei einer Firma bestellt, die sich auf Reproduktionen spezialisiert hatte. Das Haus überstrahlte förmlich seine Nachbarn, aber die Renovierung hatte auch andere Nachbarn dazu ermutigt, mehr Stolz zu zeigen. Zwei Häuser weiter leuchtete neue Farbe. Vier Häuser weiter pflanzte jemand Stiefmütterchen.

Stiefmütterchen waren großartig, aber Becca war im Garten des Greenhouse und pflanzte Bohnen. Die erste Aussaat war vor zwei Wochen erfolgt, zusammen mit dem Salat. Das war ein wenig spät, aber im März, als sie einen Garten hätte anlegen sollen, hatte sie nicht an Salat und Bohnen gedacht ...

„Ma-ar-ry!"

Sie drehte sich hastig um. „Shareen. Du hast mich erschreckt!"

„Ich habe dich immer wieder gerufen."

„Wenn ich grabe, dann grabe ich. Dann sehe und höre ich nichts."

Shareen ließ sich neben Becca ins Gras sinken. „Was ist das?"

„Salat. Ich habe zwei Sorten gepflanzt."

„Und was wächst dort am Zaun?"

„Bohnen." Shareen verzog das Gesicht, und Becca lachte. „Ich habe auch Spinat gesät."

„Mädchen, willst du uns vergiften?"

„Ich versuche, Geld zu sparen. Wenn das Greenhouse einen Teil des Essens selbst anbaut, brauchen wir weniger zukaufen."

„Wie du willst." Shareen stand auf. „Weißt du, dass es heute eine Party gibt?"

„Eine Party?" Becca lächelte. Noch vor Wochen hatte sie sich gefragt, ob ihr das Leben jemals wieder etwas bieten würde. „Was für eine Party?"

„Einfach eine Party. Schinken, Süßkartoffeln, Kuchen von meiner Mutter."

„Kommt deine Mutter?"

„Sie bringt die Kuchen. Ich will sie überreden, dass sie bleibt. Pamela versucht, ihren Bruder ebenfalls zu animieren."

Becca liebte Shareens Mutter. Dorey Moore war eine kleine Frau mit schwarzen Augen und einem Mund, der den Arrogantesten zurechtstutzen konnte. Shareen hatte mehr Schliff, aber nicht weniger Mumm.

Pamela und Shareen hatten Becca während ihrer ersten Woche im Greenhouse so sanft und zärtlich gepflegt, wie sie ihren Garten pflegte. In den letzten Jahren war selten jemand so freundlich zu ihr gewesen. Abgesehen von einem Obdachlosen namens Jase, der ihr wahrscheinlich das Leben gerettet hatte.

„Also, zieh dir deine Tanzschuhe an", sagte Shareen.

„Machen wir uns schön?", fragte Becca.

„Wäre doch hübsch."

„Ich habe ein wunderschönes Kleid in einem der Kartons mit Kleidern gefunden, die wir heute gewaschen haben. Ich kann mir nicht vorstellen, dass das jemand weggegeben hat."

„Wahrscheinlich hat es nicht gepasst. Hat es dir gepasst?"

„Es ist etwas zu groß."

„Alles ist ein wenig groß für dich, abgesehen von Puppenkleidern. Du isst heute Abend eine doppelte Portion von diesem Schinken. Und Mama sagt, auf einem der Kuchen steht dein Name."

Becca hustete, aber dieser Husten war inzwischen nicht mehr als ein Kratzen. Wochen intravenös verabreichter Antibiotika hatten dafür gesorgt. „Ich wette, deine Mama isst Bohnen."

„Du arbeitest zu hart."

„Das ist keine Arbeit, sondern Vergnügen."

„Gehst du jetzt hinein? Nimm eine Dusche und leg dich für eine Weile hin, bevor es Zeit zum Umziehen ist."

„Ich wollte beim Abendessen helfen."

„Ausgeschlossen."

Becca erkannte einen starken Willen. Sie stand auf. „Dann helfe ich beim Servieren."

„Vielleicht." Shareen legte einen Arm um Beccas Schultern und drückte sie. „Geh jetzt und kümmere dich um dich selbst. Das ist der einzige Job, den du hier machen musst."

Becca schuldete Shareen zu viel, um zu widersprechen. Doch Shareen täuschte sich. Becca musste für sich selbst sorgen, das stimmte, aber sie musste auch eine Möglichkeit finden, um den Leuten, die ihr geholfen hatten, ihre Schuld zurückzuzahlen. Der Garten war eine Möglichkeit.

Sie wünschte sich, Jase zu finden und auch etwas für ihn tun zu können. Sie fragte sich, wo er sich wohl aufhalten mochte. Er hatte ihr erzählt, dass er keinen Job suchte. Was suchte er dann? Was immer es war, sie hoffte, dass er es gefunden hatte.

Jase machte sich in Gedanken eine Notiz, dass der Zaun von Greenhouse noch nicht repariert war. Das Haus sah allerdings besser aus. Er stand davor und versuchte, den Grund herauszufinden.

„Nein, du kannst hier keinen Wolkenkratzer bauen", sagte Pamela.

„Ich versuche herauszufinden, was anders ist."

„Es sieht besser aus, nicht wahr?"

„Viel besser." Er erkannte, was sich geändert hatte. „Wer hat den Garten gemacht?"

„Dir entgeht nichts, wie? Unsere neue Bewohnerin, Mary Smith."

„Mary Smith?" Er warf Pamela einen Blick zu. „Echt?"

„Wir stellen nicht allzu viele Fragen."

„Sie ist eine gute Gärtnerin."

„Sie arbeitet zu hart."

Drei kleine Mädchen stürmten zur Tür heraus und liefen zu Pamela. Lachend streckte sie die Arme aus.

„Ein Fanclub?", fragte Jase lächelnd.

„Eine meiner Belohnungen." Pamela schleppte ihre klammernden Freundinnen zur Tür. „Soll ich Shareen suchen für diese Besprechung, die du erwähnt hast?"

„Wenn wir vor dem Essen noch Zeit haben."

„Warte im Wohnzimmer." Sie ging so normal weg, wie es überhaupt möglich war, wenn an jedem Bein ein Kind hängt.

Das Wohnzimmer war ein Sammelsurium an alten Möbeln und hübschen Gegenständen und Bücherregalen. Jase ging auf und ab, bis Shareen und Pamela kamen.

„Der Löwe im Käfig." Shareen ging zu ihm und gab ihm einen Wangenkuss. Genau wie Pamela fand auch sie nichts an Jase furchterregend.

Er bewunderte sie. Sie war klein, mit Rundungen an allen richtigen Stellen und einem Lächeln, das die ganze Welt willkommen hieß. Das Lächeln konnte sich jedoch jeden Moment ändern, wenn sie dachte, dass jemand im Greenhouse bedroht war. Als Schwarze, die in der Innenstadt von Cleveland aufgewachsen war, hatte sie mehr als genug Hürden nehmen müssen. Die Fakten des Lebens, die sie hatte lernen müssen, machten sie zur idealen Leiterin für das Greenhouse.

„Wir freuen uns, dass Sie hier sind", sagte Shareen. „Wir haben Sie gern hier. Aber es muss einen besseren Grund dafür geben als Schinken und Süßkartoffeln."

Jase mochte ihre Direktheit. „Ich habe eine alte Fabrik gekauft, nicht weit von den Fiats. Die Gegend ist nicht vornehm, und das Gebäude ist eine Katastrophe."

„Soll ich dir Beileid wünschen?", stichelte Pamela.

„Ich möchte die Fabrik in Apartments umwandeln. Die Möglichkeit besteht. Das Gebäude wird ewig stehen. Alles daran kann repariert werden. Im Moment ist es voll Schutt, die Fenster sind zerbrochen, und drinnen ist es ein Stall. Aber die Böden sind solide, und der Raum kann auf jede beliebige Art aufgeteilt werden, wie wir wollen."

Shareen stellte die Ohren auf. „Wir?"

„Ich könnte ein paar Jahre warten. Ich wette, dass dann die Gegend saniert wird. Dann werden mehr Gebäude in Apartments umgewandelt. Es ist ein Glücksspiel, aber ich gewinne dabei mehr, als ich verliere."

„Bescheidenheit steht dir, Jase." Pamela staubte die Oberfläche eines Schränkchens mit dem Saum ihres Blazers ab. „Was hat das mit uns zu tun?"

„Ich könnte warten, oder ich könnte das Objekt jetzt in Apartments umwandeln. Allerdings nicht auf die gleiche Art. Ich würde nicht gut verdienende Angestellte als Zielgruppe anpeilen. Wenn ich es jetzt mache, dann für Frauen wie diejenigen, die aus dem Greenhouse kommen, Menschen, die gerade wieder auf eigene Füße kommen und für den Neubeginn eine Bleibe brauchen. Ich spende das Gebäude und Material und Arbeiter, so viel ich entbehren kann. Die Regierung wird einen Teil der Kosten übernehmen. Der Rest wird von Privatleuten kommen müssen."

„Sie machen genau das Richtige", sagte Shareen. „Das Schwerste ist, eine anständige Unterbringung für unsere Frauen zu finden, sobald sie von hier weggehen."

„Ich weiß."

„Was meinst du damit, dass Privatleute für den Rest aufkommen müssen?" Pamela trat an das elektrische Klavier. „Wie viel, und wie kriegen wir sie dazu, es zu machen?"

„Sehr viel. Und es ist deine Aufgabe, sie dazu zu kriegen."

„Komitees? Spendengalas?"

„Mutter." Jase sah, wie Pamela das Gesicht verzog. „Das liegt genau auf ihrer Linie", erinnerte er sie.

„Mrs Millington wäre bereit, das Geld aufzubringen?", fragte Shareen."

„Mutter lebt für Komitees. Jase hat recht. Wir brauchen jemanden wie sie, um einer solchen Sache vorzustehen. Sie kennt alle richtigen Leute, und alle schulden ihr einen Gefallen. Sie sorgt dafür."

„Sie werden uns so ohne Weiteres dieses Gebäude schenken?", fragte Shareen Jase. „Wie kommt das?"

Jase lächelte. „Fragen Sie Pamela."

„Ein blendendes Licht neben der Straße nach Damaskus", erwiderte Pamela. „Er wurde zu guten Werken bekehrt."

Er erkannte ihren Stolz und wurde verlegen. „Ich mache es, weil es gemacht werden muss. Das Gebäude steht nutzlos da. Ich hasse Verschwendung."

Es klopfte an der Tür, und ein kleines Mädchen steckte den Kopf herein. „Abendessen ist fertig", lispelte es.

„Sind wir fertig?", fragte Shareen. „Für jetzt?"

„Fertig."

Shareen hob das Kind auf ihren Arm und ging in den Speisesaal voraus. Jase registrierte sofort die Partyatmosphäre. Shareen und Pamela glaubten daran, dass Freude zu den Dingen gehörte, die den Frauen und Kindern in diesem Haus wieder vertraut werden mussten, zusammen mit gutem Essen und einem sicheren Platz zum Wohnen. Keine Gelegenheit war zu klein für eine Feier, und Krepppapier und Luftballons gehörten für gewöhnlich zu dem Dekor von Greenhouse.

Diesmal waren die Schlangen aus Krepppapier gelb und die Ballons rot. Geschirr und Gläser passten nicht zusammen. Jase war kein sentimentaler Mann, aber er fühlte einen Kloß in der Kehle, als er erkannte, dass sein Platz am Kopfende der langen Tafel war. Shareens Mutter traf mit den Kuchen in der Hand ein und drückte Jason auf ihrem Weg in die Küche einen Kuss auf die Wange.

Es waren noch zwei Plätze frei, als Pamela ihn zum Sitzen drängte. „Die sind für Gina und Mary", sagte sie. „Die beiden servieren."

Jase blinzelte einem kleinen Jungen zu, dem zwei Vorderzähne fehlten, und setzte sich. Sie waren die beiden einzigen männlichen Wesen im Raum. „Ihr habt im Moment ein volles Haus."

„Wir haben heute Vormittag eine Frau mit zwei Kindern weggeschickt. Die Stadt würde unser Haus schließen, wenn wir auch nur eine Person mehr als erlaubt aufnehmen."

„Wohin ist sie gegangen?"

Pamela antwortete nicht.

„Pamela?"

„Das möchte ich nicht sagen."

Er legte eine Hand auf ihren Arm. „Hast du sie aufgenommen?"

„Also, sie wohnt ein paar Tage bei mir." Sie sprach so leise, dass er sie kaum hören konnte. „Sie hat eine Schwester in Kalifornien, die herkommt und sie heimholt."

„Und was sagt Shareen dazu?"

„Sie hat nicht gefragt, und ich habe ihr nichts gesagt." Sie sah ihm in die Augen. „Und du sagst auch nichts, kapiert?"

„Du kannst nicht die ganze Welt bei dir aufnehmen."

„Und du kannst nicht die ganze Welt kaufen, aber du versuchst es weiterhin, nicht wahr? Selbst wenn es nur dafür ist, dass du sie wieder verschenken kannst."

„Komm bloß nicht auf Ideen. Die Fabrik ist nur ein einziges Gebäude, und sie hat mir zugesagt. Deshalb musste ich mir eine Möglichkeit ausdenken, sie zu nutzen."

Pamela beugte sich vor. „Diese Becca hat dich verändert, Jase. Du wirst es nie zugeben, aber sie hat es getan."

Er verpasste den Moment, in dem der Schinken auf der Bildfläche erschien, bis er spontanen Beifall hörte.

Der Beifall überdeckte den Ausruf der Frau, die das Tablett hielt. Als Jase schließlich aufblickte, sah er sie, den Mund leicht geöffnet, die Augen voll Schmerz. Seine Hand krampfte sich um Pamelas Arm.

Becca starrte ihn an.

Während er sie noch sprachlos betrachtete, stellte sie den Schinken auf das Sideboard und verschwand wieder in der Küche.

3. KAPITEL

*B*ecca pflanzte Möhren, während sie sich daran erinnerte, wie sie am Abend zuvor den Mann wiedererkannt hatte, dem sie ihr Leben zu verdanken hatte, und wie sie hinausgelaufen war und einen langen Spaziergang gemacht hatte …

„Ich könnte das für Sie tun."

Sie wusste, wer gesprochen hatte, noch bevor sie aufblickte. Diese Stimme war in den Wochen im Krankenhaus bei ihr gewesen.

„Ich mache es selbst, danke", sagte sie und hob den Kopf an. „Ich brauche Ihre Hilfe nicht. Ich habe sie nie gebraucht."

„Nun, die Haare sind anders, und die Kleider passen besser, aber die Frau ist dieselbe."

„Komisch, der Mann ist es nicht."

Jase lächelte nicht. Er fühlte sich wie ein ertappter Voyeur. „Derselbe Mann, andere Kleidung."

„Man sagt, Kleider machen Leute. Selbst dumme Leute vom Land haben davon gehört."

„Ich nehme es Ihnen nicht übel, dass Sie zornig sind."

„Zornig? Warum sollte ich zornig sein, Mr Millington? Nur weil Sie dafür gesorgt haben, dass ich mich wie eine Närrin fühle?"

„Geben Sie mir eine Chance zu einer Erklärung?"

„Ich würde liebend gern eine Erklärung hören. Meine Fantasie hat sich verabschiedet."

„Ich habe so getan, als wäre ich obdachlos, weil eine mir nahestehende Person …"

„Pamela?"

Er wollte seine Schwester nicht mit hineinziehen. „Weil eine mir nahestehende Person meinte, ich müsste mehr tun als Schecks auszuschreiben. Also kam ich zu dem Schluss, dass ich erst weiß, wie es ist, obdachlos zu sein, wenn ich selbst für ein paar Nächte obdachlos bin."

„Was haben wir doch für ein Glück. Man stelle sich vor, Sie hätten Umweltverschmutzung oder den Weltfrieden zu Ihrer Lieblingswohltätigkeit erkoren. Statt dessen haben Sie sich dafür entschieden, mit einem Haufen Herumtreibern durch finstere Straßen zu schleichen."

„Das habe ich nicht verdient."

„Ich habe mir Sorgen um Sie gemacht. Ist Ihnen nicht in den Sinn gekommen, jemand könnte Sie für einen echten Obdachlosen halten? Jemandem könnten Sie ein wenig bedeuten? Sie haben keine Ahnung, wie oft ich mich gefragt habe, was aus Ihnen geworden ist." Ihre leidenschaftliche Rede hatte sie stark mitgenommen. Sie begann zu husten, doch als er auf sie zutrat, scheuchte sie ihn weg. „Lassen Sie mich allein!"

„Sie sind noch immer krank."

„Nein, bin ich nicht. Ich bin nur noch nicht ganz gesund."

Während Jase darauf wartete, dass Becca wieder zu Atem kam, dachte er über alles nach, was sie gesagt hatte. Das Leben war für ihn ein Schachspiel, das er immer gewann. Becca hatte ihr Schachspiel mit nichts als einem oder zwei Bauern begonnen, aber sie spielte noch immer mit voller Kraft. Zum ersten Mal verspürte er etwas, das nahe an Scham heranreichte.

„Sehen Sie", sagte er schließlich, „es tut mir wirklich leid. Ich wollte Ihnen am Morgen nach unserem Kennenlernen sagen, wer ich bin, aber Sie waren weg."

„Ich habe Ihnen vertraut, und Sie haben mit mir gespielt."

„Ich wollte nie mit irgendjemandem spielen. Mein ganzes Leben lang hatte ich alles, wie ich es wollte. Ich wollte einfach sehen, wie es wäre, wenn ich nicht alles habe."

„Und was haben Sie gelernt?"

„Ich habe gelernt, was es bedeutet, Glück zu haben."

„Die Menschen schaffen sich ihr eigenes Glück."

„Nicht immer. Sehen Sie sich an. Was haben Sie getan, um zu verdienen, was Sie bekommen haben?"

„Sie wären überrascht." Becca griff nach der Schaufel und fing wieder zu graben an.

Jason wollte ihr die Schaufel aus den Händen reißen und sie zwingen sich auszuruhen, hielt sich jedoch zurück. „Wenn Sie mir vertraut haben, Becca, warum sind Sie gegangen, ohne sich zu verabschieden?"

Sie wollte ihm nicht verraten, dass es Stolz gewesen war, gemischt mit einer großen Dosis weiblicher Intuition. Sie war an seine Brust geschmiegt erwacht, und sie hatte gewusst, dass im Tageslicht keiner von ihnen bestehen konnte. Sie war schmutzig gewesen und krank, und sie hatte nicht den Mut gehabt, ihm gegenüberzutreten und ihn sehen zu lassen, wen er die ganze Nacht in seinen Armen gehalten hatte.

„Ich hatte Angst, jemand könnte uns finden."

„Wohin sind Sie gegangen?"

Sie grub die Erde mit ihrer Schaufel um. „Es war noch dunkel. Ich setzte mich auf eine Bank, aber es war die falsche Bank." Sie konnte die Schaufel nicht mehr anheben, weil Jase sie festhielt. Becca blickte in mitfühlende grüne Augen. „Zwei Kerle entrissen mir meine Tasche. Als ich sie verfolgen wollte, schlug mich der eine nieder. Ich erwachte im Krankenhaus."

„Becca …"

„Ich war wochenlang dort. Dann haben sie mir gesagt, sie würden mich nur entlassen, wenn ich hierherginge, um mich auszukurieren. Ich hatte keine andere Wahl."

Jason berührte ihre Schulter, sanft, ganz sanft. „Sie sind eine starrsinnige Frau."

„Wäre ich es nicht, wäre ich tot."

„Und wie kam Mary Smith ins Spiel?"

„Ich hatte keinen Ausweis. Becca Hanks hatte kein Glück. Also dachte ich, vielleicht hat eine Frau namens Mary Smith mehr Erfolg."

„Es tut mir so leid."

„Was? Dass Sie mich belogen haben? Dass Sie jemanden kennen, dessen Leben so kaputt ist wie das meine? Braucht Ihnen nicht leidzutun."

„Ich habe Sie nicht belogen, als ich Ihnen helfen wollte. Ich wollte es wirklich. Es spielte keine Rolle, wer ich bin. Ich wollte helfen."

Sie entzog ihm die Schaufel. „Sie waren freundlich zu mir, haben mir vielleicht sogar das Leben gerettet. Dafür schulde ich Ihnen Dank. Aber ich will nichts außer einer Chance, meinen eigenen Weg zu gehen. Die Leute hier sind großartig, aber ich muss fort. Und ich werde gehen, sobald ich alles zurückgezahlt habe, was man für mich getan hat."

Jason fand keine Worte, um ihr zu sagen, dass das Greenhouse nicht so funktionierte. „Ist schon in Ordnung, wenn Sie für sich selbst sorgen. Bleiben Sie hier, bis Sie bereit sind, sich wieder der Welt zu stellen. Lassen Sie sich vom Greenhouse helfen. Lassen Sie sich von mir helfen."

„Von Ihnen?" Sie gab einen verächtlichen Laut von sich. „Gehört Ihnen noch ein Fußboden, auf dem ich schlafen kann? Ich schätze, dieser eine hat Ihnen gehört."

„Becca …"

„Warum wollen Sie mir helfen?"

„Weil ich es kann, leicht sogar. Lassen Sie sich von mir bei einem Neuanfang helfen."

Er stand selbstbewusst vor ihr, ein Mann, zu dem sich jede Frau hingezogen fühlte. In einer dunklen Märznacht, als er auch in Schwierigkeiten gewesen war, hatte sie ihn viel lieber gemocht. „Nein. Nein, Jason Millington, der Wievielte Sie auch immer sein mögen, der Dritte, Vierte, Zehnte. Es ist mir egal. Ich habe Danke für Ihre Hilfe gesagt, und ich sage Danke für Ihr Angebot. Aber ich will nicht, dass man mir irgendetwas schenkt – nichts, von niemandem."

„Warum, zum Teufel, sind Sie so stur?"

Sie schleuderte die Schaufel auf den Boden und trat gegen den Stiel. Schmerz zuckte durch ihr Bein, aber es störte sie nicht. „Weil die Sturheit mich ausmacht. Das ist das Einzige, das mir niemand wegnehmen kann. Das Einzige!"

Sie war fast am Ende der Reihe angelangt, bevor er ging. Sie hörte ihn nicht weggehen, sie sah ihn nicht weggehen. Aber sie wusste, wann er es tat. Seltsam, aber sie wusste, wann er fort war.

Jasons und Pamelas Eltern, Jason III Millington und seine Frau Dorothea, lebten in einem weitläufigen Achtzehnzimmerhaus, das über fünf Morgen gepflegten Rasens und immergrüner Sträucher und Bäume blickte, östlich von Cleveland in Hunting Valley. Dorothea litt unter Allergien und mochte keine Bienen, weshalb jeder blühende Busch und Baum in der Woche des Einzugs der Millingtons von dem Grundstück entfernt worden war. Pamela nannte den Besitz ihrer Eltern Sing-Sing. Sie selbst nannten ihn ihr kleines Landhaus.

Jase besuchte seine Eltern selten zu Hause, sondern traf sich mit ihnen für Drinks oder Dinner in Cleveland. Er wusste nicht, warum seine Eltern umgezogen waren. Ihr Haus in Cleveland Heights war groß und perfekt für die zahlreichen Einladungen, die sie noch immer gaben. Er konnte nur raten, dass Cleveland Heights mit der Mischung von Reichen und nicht so Reichen zu sehr wie die reale Welt geworden war, als dass sie sich wohlgefühlt hätten.

Am Samstagabend nach seinem Gespräch mit Becca fuhr Jase aus der Stadt zum Geburtstagsdinner seiner Mutter. Pamela hatte darauf bestanden, sich dort mit ihm zu treffen. Auch wenn sie eine Verabredung beim Friseur vorgeschoben hatte, kannte er den wahren Grund. Pamela besuchte ihre Eltern nur im eigenen Wagen, mit dem sie fliehen konnte.

Als er die baumbestandene Auffahrt hinauffuhr, war Pamela bereits da. Sie untersuchte einen neu gepflanzten Wacholderstrauch, als Jase zu ihr stieß.

„Warst du schon drin?"

„Noch nicht. Es fasziniert mich, was Mutter an Neuem in ihrem Garten zugelassen hat."

„Wie lange bist du schon hier draußen?"

„Eine Weile."
„Mit anderen Worten, sie wissen nicht, dass du hier bist?"
„Wahrscheinlich nicht."
„Du konntest ihnen nicht allein gegenübertreten?"
„Habe ich das gesagt? Wacholder fasziniert mich. Die Vielfalt von Pflanzen, die Mutter immer wieder auftreibt und die nicht blühen und keine Früchte tragen, fasziniert mich." Einen Arm legte sie um Jases Taille, unter dem anderen hielt sie ein Geschenk. „Gehen wir."
„Es ist eine Party, Pamela, eine Feier."
„Ja. Vielleicht lächelt sogar jemand."
„Die beiden sind nicht so schlimm."
„Nein, schlimmer." Sie legte einen Finger auf ihre Lippen, um eine weitere Diskussion zu verhindern. „Ich werde brav sein."
„Das solltest du auch."
Jase klingelte. Er hatte nie in diesem Haus gewohnt, sodass er keinen Schlüssel hatte und auch keinen wollte. Überraschenderweise öffnete sein Vater die Tür.
„Wir haben uns schon gefragt, ob ihr überhaupt kommt." Er trat zurück, um sie eintreten zu lassen.
„Würden wir denn eine eurer wundervollen Partys versäumen?", fragte Pamela.
Jase schoss ihr einen warnenden Blick zu, doch in Pamelas Miene zeigte sich nichts weiter als guter Wille. Sie machten den nötigsten Small Talk, bevor sie ihrem Vater in den Wintergarten folgten.
Dorothea Millington begoss eine hochragende Palme, als sie eintraten. Sie war eine große, hagere Frau mit dunklen Haaren, die sie nicht grau werden ließ, und Händen, deren härteste Arbeit darin bestand, zweimal wöchentlich für eine Maniküre stillzuhalten. Ihr Ehemann war noch größer und breitschultriger als sein Sohn und schlank von regelmäßigem Training in einem privaten Fitnesscenter. Die beiden würden immer ein sagenhaftes Paar abgeben.
„Ich wollte Gladys gerade sagen, dass sie mit dem Dinner warten soll", sagte sie und goss fertig, ehe sie sich umdrehte. „Ich wünschte, du würdest dein Haar etwas wachsen lassen, Pamela. Es ist so *wash-and-go*."
„Praktisches Haar für eine arbeitende Frau. Herzlichen Glückwunsch zum Geburtstag, Mutter." Pamela ging gerade nahe genug heran, um ihrer Mutter das Geschenk zu überreichen. „Niemand wird glauben, dass du achtundfünfzig bist."

Jase ging näher heran, aber seine Mutter war von einem Niemandsland umgeben, in das niemand eindrang. Er kannte die Grenzen. „Herzlichen Glückwunsch zum Geburtstag." Er gab ihr sein Geschenk, sie beugte sich vor, und er küsste sie auf die Wange.

„Ich mache sie später auf. Gladys hat schon die Hors-d'oeuvres aufgetragen, und euer Vater hat Manhattans gemacht."

Weder Jase noch Pamela tranken Manhattans, aber es hatte keinen Sinn, darauf hinzuweisen. Einmal hatte Jase sich gefragt, ob seine Eltern Manhattans und unfreundliche Bemerkungen aus Feindseligkeit machten, Jetzt erkannte er, dass ihr Mangel an Takt nichts weiter war als Beschränkung auf sich selbst. Die Welt der beiden war eng und behaglich. Sie waren in Reichtum hineingeboren worden und hatten sich nie dagegen gestemmt wie er und Pamela. Sie verstanden nicht, konnten nicht verstehen, dass es andere Menschen gab, besonders ihre Kinder, die die Welt anders sahen.

Jase und Pamela nahmen die Manhattans entgegen und machten noch mehr Small Talk. Bis sie zu Tisch gingen, war Pamela dafür getadelt worden, dass sie nicht zu einem Wohltätigkeitsdinner für die Opera Society gegangen war, und Jase dafür, dass er sich im Stadtmagazin als einen von Clevelands begehrenswertesten Junggesellen hatte beschreiben lassen.

Das Dinner war angenehm, obwohl Jase nicht anders konnte, als es mit der Party am Vorabend im Greenhouse zu vergleichen. Hier gab es keine Luftschlangen oder Ballons, und das Speisezimmer duftete nicht nach dem Essen. Es gab Beef Wellington und gedämpften Brokkoli und als Dessert eine Schokolade-Mandel-Torte. Seine Mutter aß nur wenig und warf Pamela schiefe Blicke zu, als diese sich jedes Mal eine zweite Portion nahm.

Sie öffneten die Geschenke im Wintergarten bei Kaffee. Von Jase kam eine Onyxbrosche mit einigen winzigen Perlen, teuer, aber nicht teuer genug, um unter schlechten Geschmack zu fallen. Die Millingtons stellten ihren Reichtum nicht zur Schau.

Pamela schenkte einen eleganten schwarz-weißen Schal aus einer Beachwood-Boutique. Wie üblich hatten er und Pamela ihre Geschenke nicht abgestimmt, aber ihre Geschenke ergänzten einander perfekt. In einem Jahr hatte er Parfüm und Pamela einen Kristallzerstäuber gekauft. In einem anderen Jahr hatte er einen blauen Cashmere-Pullover gekauft, und Pamela war mit einer Seidenbluse in der gleichen Farbe gekommen. Sie untersuchten das Phänomen nicht.

„Meine Kinder kaufen wundervolle Geschenke", sagte Dorothea.
„Deine Kinder wünschen dir alles Glück zum Geburtstag", erwiderte Jase. Er stand auf, und Pamela schloss sich ihm an. „Aber ich fürchte, ich muss jetzt gehen."
„Sag nicht, dass du morgen arbeitest."
„Das tue ich."
„Es ist Sonntag, Jase. Weder du noch Pamela sollte am Sonntag arbeiten."

Jase wusste, dass die Bemerkung seiner Mutter weniger von religiöser Überzeugung als von ihrer Abneigung gegen die Berufe ihrer Kinder stammte. „Manchmal können die Geschäfte nicht warten."
„Und die Leute sind auch sonntags obdachlos", bemerkte Pamela.
„Es wäre etwas anders, wärt ihr auf diese Arbeit angewiesen."
„Ich brauche meine Arbeit, Mutter", sagte Pamela. „Und das erinnert mich daran, dass ich etwas brauche, das du für mich tun kannst." Sie umriss kurz Jasons Plan, die Fabrik in Apartments umzuwandeln. „Jase und ich finden, du wärst perfekt als Vorsitzende eines Spendenkomitees. Du kennst jeden in der Stadt, und die Hälfte der Leute schuldet dir einen Gefallen."

Dorotheas Gesicht wurde von ungewohnten Falten durchzogen. „Ihr wollt mich?"
„Wer wäre besser geeignet?"
„Aber ich weiß nicht einmal, ob ich dieses Projekt gutheiße."
Für einen Moment zeigte Pamelas Gesicht all ihre Frustration, den ganzen Schmerz. Dann glättete es sich zu der Miene, die Jase für sich als ihre Familienmaske betrachtete. Ihre Stimme klang kühl. „Vermutlich verlangen wir sehr viel von dir, die Tatsache zu akzeptieren, dass Jase so sagenhaft erfolgreich ist, dass er aus einer Laune heraus ganze Gebäude spenden kann, oder dass ich bis über beide Ohren damit beschäftigt bin, Leuten zu helfen, die ich deinen Wünschen nach besser gar nicht kennen sollte. Aber so sind wir nun mal, Mutter. Und wir möchten, dass du uns dabei unterstützt. Ich hoffe, du wirst darüber nachdenken."

Ihr Vater machte den Eindruck, als wollte er gegen Pamelas Plan Einspruch einlegen, aber offenbar fand er keine Begründung.
„Pamela meint", erklärte Jase, um die Wogen zu glätten, „dass diese Angelegenheit für uns wichtig ist und wir dich gern dabei hätten. Aber wenn du nicht interessiert bist, kennst du vielleicht jemanden, der uns helfen könnte."
„Ich weiß nicht recht."

Jase nickte und ergriff Pamelas Arm. „Keine Sorge. Denk einfach darüber nach." Er verabschiedete sich so ausgiebig, dass es Pamelas Schweigen überdeckte, und bugsierte sie dann durch das Haus. An der Tür küsste er seine Mutter auf die Wange und klopfte seinem Vater auf die Schulter.

Er brachte Pamela zu ihrem Wagen, nachdem sich die Tür hinter ihnen geschlossen hatte.

„Nun, du hast fast den ganzen Abend ohne Szene geschafft."

„Denkst du, das war eine Szene?"

„Ich weiß, dass es nicht die war, die du machen wolltest. Du besserst dich."

„Ich hasse die beiden wirklich nicht. Ich verstehe sie nur einfach nicht. In diesem Haus ist so viel Wärme wie in einem Iglu am Nordpol."

Jase legte die Arme um seine Schwester. „Es spielt keine Rolle, nicht wahr?"

„Nein, nicht, solange ich ihnen nicht zu intensiv ausgesetzt bin."

„Du brauchst lediglich eine Umarmung."

„Und du gibst sie mir, weil die beiden es nicht können und weil es keinen Mann in meinem Leben gibt. Wir beide haben solche Angst, wir könnten uns verlieben und letztlich eine Ehe wie die beiden führen."

Er lehnte diese improvisierte Analyse ab, dachte jedoch im selben Moment an Becca. „Ich bin nicht verheiratet, weil ich keine Zeit habe."

„Du bist nicht verheiratet, weil du Angst hast, du könntest ein solches Zuhause haben. Wir beide kompensieren. Ich gebe anderen Menschen die Wärme und Liebe, die ich nicht bekam, und du formst die Welt nach deinen Wünschen um." Sie schüttelte den Kopf. „Hör nicht auf mich. Es war ein langer, mieser Tag."

„War etwas im Greenhouse?"

„Der Ehemann einer Bewohnerin fuhr eine Stunde vor dem Haus hin und her und schrie Obszönitäten, bis die Polizei ihn verjagt hat."

„Doch nicht Marys Mann?"

„Soviel ich weiß, hat Mary keinen Mann." Sie machte eine Pause. „Erklärst du mir deine Verbindung zu Mary?"

Jase lehnte sich gegen ihren Wagen. „Mary Smith ist Becca."

Pamela seufzte. „Das dachte ich mir, als sie gestern Abend weglief, nachdem sie dich gesehen hatte."

„Ich war heute Morgen da."

„Hat sie dir erzählt, dass sie im Krankenhaus fast gestorben wäre?", fragte Pamela.

Etwas in ihm krampfte sich zusammen. „Nein."
„Sie hatte eine besonders hässliche Lungenentzündung. Sie ist eine hübsche Person, Jase. Ich verstehe, warum du sie nicht vergessen konntest. Und sie ist so stolz."
„Das stimmt."
„Sie ist sehr schwer dazu zu bringen, sich auszuruhen."
„Was kann ich machen?"
„Hast du bei Millington Development einen Job, den sie übernehmen könnte?"
Er überlegte. Viele der Jobs waren höchst technisch, und viele andere erforderten mehr Kraft und Energie, als Becca besaß. Er konnte eine Stelle in seinem Büro schaffen, aber sie würde erkennen, dass sie nicht gebraucht wurde. „Mir fällt nichts ein, und es muss auch etwas sein, von dem sie weiß, dass sie dafür qualifiziert ist, sonst nimmt sie nicht an."
„Du hast wahrscheinlich recht. Und sie braucht einen Job, der auch eine Wohnmöglichkeit bietet."
„Ich brauche keine Haushälterin. Ich bin nie zu Hause."
„Jase, was ist mit Kathryns Haus?"
Das Haus ihrer Großmutter war ein Thema, über das Jase und Pamela für gewöhnlich nicht sprachen. Kathryn Willington war eine exzentrische, eigenwillige alte Frau gewesen, das schwerste Kreuz, das Jases und Pamelas Eltern hatten tragen müssen. Sie hatte ihren Sohn für seine Steifheit gestraft und wegen der Wahl seiner Gemahlin getadelt, bis er ihr sein Haus verbot. Daraufhin hatte sie aus der Ferne ihre Enkelkinder unter ihre Fittiche genommen und ihnen alles gegeben, was ihre Eltern ihnen verboten, wodurch sie die Kindheit der Zwillinge äußerst bereichert hatte.
Bei ihrem Tod hatte Kathryn ihr Haus in Shaker Heights Jase hinterlassen, ein hundert Jahre altes Tudor-Gebäude mit Mauern so dick wie ein Fort und zwei Morgen kunstvoll angelegter Gärten. Pamela hatte Kathryns Sommerhaus am Erie-See im nahen Vermillion geerbt. Pamela lebte dort rund ums Jahr, eines der wenigen Privilegien des Reichtums, das sie genoss.
„Was ist mit dem Haus?", fragte Jase.
„Findest du nicht, es wäre Zeit, es in Ordnung zu bringen und einzuziehen? Seit drei Jahren versprichst du, es zu tun."
Jase verstand Pamelas Bindung an das Haus. Es war ein Zufluchtsort gewesen. Er hing weniger daran, wollte es aber trotzdem nicht verkaufen. Er wusste nicht so genau, was das Haus für ihn darstellte,

aber es war mehr als eine Investition. „Ich bin glücklich, wo ich bin, und ich hatte keine Zeit für Renovierungsarbeiten. Was hat das mit Becca zu tun?"

„Becca könnte die Renovierung überwachen. Sie könnte im Cottage des Hausmeisters wohnen. Der Garten ist ein Dschungel, aber du hast gesehen, was sie im Greenhouse gemacht hat."

Jason war überrascht, dass er nicht daran gedacht hatte. Ihm war allerdings klar, dass er einziehen musste, sobald das Haus fertig war, es sei denn, er verkaufte. „Meinst du, sie wird zustimmen?"

„Ich denke schon. Sie kann das sicher, und es wäre keine Wohltätigkeit. Davor hat sie nämlich Angst."

„Es wäre nur vorübergehend", warnte er. „Nur für den Sommer."

„Weißt du, das alles sieht dir gar nicht ähnlich. Es ist sehr persönlich, Jase. Du wirst sie häufig sehen. Sie wird schwer zu ignorieren sein."

„Unmöglich", verbesserte er.

„Sag mir, warum du das machst."

„Weil ich es hasse, wenn Potenzial verschwendet wird."

„Sie ist kein Häuserblock in der Stadt, den du planieren und durch etwas Neues und Tolles ersetzen kannst."

„Fahr heim, Pamela!"

Sie tat es, und er fuhr auch heim, aber auf dem Weg zu seinem Penthouse mit Blick auf den See fragte er sich, welche Veränderungen ihm und Becca bevorstanden.

4. KAPITEL

Zu Kathryn Millingtons Überspanntheit hatte gehört, dass sie nichts wegwarf. In dem Haus in Shaker Heights türmten sich noch immer Bücher und Magazine. Jedes Poststück, das sie je erhalten hatte, war säuberlich in Kartons verpackt. Jedes Kleid, das sie getragen hatte, jeder Regenschirm, der ihren grauen Kopf beschützt hatte, jeder Hausschuh, den ihre fünf Hunde zerkaut hatten, befand sich noch irgendwo. In jedem der vierzehn Zimmer standen viermal so viele Möbel, wie eigentlich drin stehen sollten, und als das Haus aus allen Nähten zu platzen drohte, hatte Kathryn die Sachen im Cottage des Hausmeisters gestapelt.

Als Jason zum ersten Mal in den drei Jahren seit dem Tod seiner Großmutter das Cottage aufschloss, warfen seine Arbeiter nur einen Blick nach drinnen und holten einen zweiten Lastwagen zuzüglich zu dem, mit dem sie gekommen waren.

Ein Tag verstrich, bevor Fußboden und Wände des Cottages zu sehen waren, und zwei weitere, bis die grundlegendsten Reparaturen durchgeführt waren. Eine Woche verging, bis Wände und Schränke neu angestrichen waren, und noch drei Tage, bis neue Fußböden in Küche und Bad verlegt waren. Erst dann konnte er Becca das Cottage zeigen.

Als er diesmal ins Greenhouse kam, fand er sie in der Küche, wie sie einen Eintopf umrührte. Von der Tür aus beobachtete er sie bei der Arbeit. Ihre Haare waren zurückgekämmt, und sie trug Jeans und ein Herrenflanellhemd, doch an ihrer Figur war nichts Jungenhaftes.

„Es wird schwer sein, Sie dazu zu bringen, den Eintopf zu lassen und mit mir zum Dinner auszugehen."

Sie drehte sich um. Ihre Hand beschrieb langsam Kreise mit dem Kochlöffel. Schließlich lächelte sie. Das Lächeln verschwand rascher als es gekommen war, aber nicht rasch genug, um ein Stolpern seines Herzschlags zu verhindern. „Ich habe mich gefragt, ob Sie wiederkommen werden."

„Sie haben mir nicht genug Angst eingejagt."

„Ich wette, Ihnen jagt nichts Angst ein."

„Ich bekomme Angst, wenn ich denke, eine Frau lehnt eine Verabredung ab."

„Ich wette, Ihnen ist noch nie etwas abgelehnt worden."

„Es könnte eine Premiere geben."

„Sicher." Sie wandte sich wieder ihrem Eintopf zu. „Das ist das Rezept meiner Großmutter."

Von diesem flüchtigen Lächeln ermutigt, kam er näher. „Es duftet gut."

„Sie haben in Ihrem Leben noch keinen Eintopf gegessen."

„Sicher doch."

Becca rührte weiter. An diesem Abend war er der erfolgreiche Geschäftsmann in einem dunklen Anzug, aber er hatte seine Krawatte abgenommen, vielleicht um so zu tun, als wäre er nur ein Mann von der Straße.

Becca ließ sich mit ihrer Antwort Zeit, weil seine Einladung sie überrascht hatte. „Also, ich bin vom Land, und meine Ausbildung war nicht besonders gut, aber mein Daddy hat keine dummen Kinder großgezogen, und er hat mir zeitig beigebracht, mich zu fragen, warum ein Mann nett zu mir ist."

„Welche Antwort haben Sie diesmal?"

„Nicht die übliche. Für gewöhnlich will ein Mann etwas, das ich nicht zu geben bereit bin. Ich bin aber sicher, dass Sie keine Schwierigkeiten haben, das anderswo zu finden."

„Diskutieren wir mein Sexleben?"

„Nein, wir diskutieren, was Sie von mir wollen. Sie wollen dafür sorgen, dass ich mich gut fühle. Sie wollen etwas für mich machen, damit Sie selbst sich besser fühlen. Ich tue Ihnen leid, und das wollen Sie nicht."

„Alle diese tiefgründigen, finsteren Motive hinter einer schlichten Einladung zum Dinner?"

„Nun ja."

Er nahm ihr den Kochlöffel aus der Hand und legte ihn auf den Herd. Dann ergriff er ihre Hand. „Sie tun mir leid. Was wäre ich denn andernfalls für ein Bastard?" Er drückte ihre Hand, als sie ihn unterbrechen wollte. „Nein, lassen Sie mich aussprechen. Sie tun mir leid wegen der Dinge, die Sie durchmachen mussten, aber ich bemitleide Sie nicht. Sie werden mit mir oder ohne mich eine Möglichkeit finden, Ihr Leben besser zu gestalten. Ich weiß nicht viel über Sie, aber das weiß ich. Es ist nur so, dass ich es Ihnen viel leichter machen könnte."

Becca zog ihre Hand weg. „Vielen herzlichen Dank, aber ich will Ihre Hilfe nicht."

Er sprach weiter, als wäre er nicht unterbrochen worden. „Ich könnte Ihren Kampf leichter machen, und gleichzeitig könnten Sie mir mein Leben auch leichter machen."

„Wie?"

„Ich glaube, das müssen Sie selbst sehen, damit Sie wissen, dass ich nichts erfinde. Aber ich brauche wirklich Ihre Hilfe, Becca."

Sie konnte sich nicht vorstellen, was Jase Millington von ihr brauchte, aber er hatte die einzige sichere Eintrittskarte in ihr Leben gefunden. Er und seine Schwester hatten ihr schon unermesslich geholfen. Wenn er auch nur im entferntesten irgendetwas brauchte, das sie ihm geben konnte, musste sie zustimmen.

Sie griff nach dem Kochlöffel. „Von was für einem Dinner sprechen wir hier?"

Er zuckte die Schultern. „Was immer Sie möchten."

„Ich möchte nicht toll ausgehen. Ich möchte nicht, dass Sie Geld für mich ausgeben."

„Ich esse keine Hamburger, nur weil Sie für etwas anderes zu stur sind."

Sie streckte ihm den Kochlöffel hin. „Dann denken Sie sich einen Kompromiss aus, während ich mich umziehe."

Becca war weg, bevor er begriff, dass sie ihn mit einem Topf und einem Eintopf zurückgelassen hatte.

Oben fand Becca Shareen und erzählte ihr, wohin sie ging. Dann überlegte sie, was sie anziehen sollte. Sie konnte nähen und hatte auf der Nähmaschine ein paar gespendete Kleider für sich selbst und einige andere Frauen geändert. Im Austausch dagegen hatte ihr eine die Haare geschnitten, und eine andere, die jahrelang in einem Kaufhaus gearbeitet hatte, beriet sie, welche Farben und Kleider sie tragen sollte.

Becca wählte einen schlichten pfirsichfarbenen Sweater und einen türkisfarbenen Rock mit Muster. Die Aufmachung war schlicht und attraktiv, aber nicht hübsch genug für die Art von Restaurant, die Jase Millington normalerweise aufsuchte.

Er rührte noch immer um, als sie nach unten kam. „Haben Sie sich etwas ausgedacht?", fragte sie.

Er betrachtete sie mit einem anerkennenden Blick. „Becca, Sie sehen sehr hübsch aus."

„Danke. Aber ich hoffe trotzdem, Sie haben sich ein Lokal einfallen lassen, in dem ich mich wohlfühle."

„Ich dachte, wir könnten es noch einmal bei dem guten alten Red versuchen." Er lächelte, als sie ihre Augen zusammenzog. „Ein Scherz. Abgesehen davon habe ich gehört, dass Red verkauft hat. Und für einen zu geringen Preis."

„Vielleicht bringe ich etwas Mitgefühl auf, im nächsten Jahrhundert."

„Ich bringe mit leerem Magen nie Mitgefühl auf. Gehen wir."

Sie stellte den Herd ab und folgte Jase dann zu seinem Wagen.

Sie wusste nicht genau, was für ein Auto sie erwartet hatte, aber jedenfalls nicht ein so normales dunkelblaues. Sie lehnte sich entspannt auf dem Beifahrersitz zurück.

Als Jase die Hauptstraße erreichte, fragte er: „Mögen Sie griechisches Essen?"

Ihre Augen waren geschlossen, als würde sie das ruhige Schnurren des Motors genießen. Als sie nicht antwortete, erkannte er, dass sie etwas anderes genoss: Schlaf.

Jase schüttelte den Kopf. Im Schlaf sah sie so jung aus, schutzlos und süß und nachgiebig – was die Richtigkeit des Sprichworts bewies, dass man nie nach dem Äußeren gehen durfte.

Sie schlief die ganzen zwanzig Minuten bis zu Constantine's. Jase parkte und schaltete den Motor aus. Dann erst öffnete sie die Augen.

„Wo ich herkomme, fängt ein Märchen, das man sich in den Schulpausen erzählt, damit an, dass ein Mädchen sich bei einem Mann dermaßen entspannt."

„Und wenn das Mädchen krank war und noch immer nicht ganz gesund ist?"

„Dann ist es eine noch leichtere Beute."

„Wann werden Sie endlich besser auf sich aufpassen?"

„Sorgen Sie sich um jeden, den Sie treffen? Wie bleiben Sie dabei reich? Wie besorgen Sie es Leuten wie Red?"

„Woher wissen Sie, dass ich es Red besorgt habe?", fragte Jase zurück.

„Sie haben ein großartiges Pokergesicht. Schwer zu sagen, was Sie denken. Aber manchmal gibt es da diesen Hauch eines Lächelns, wenn Sie mit sich selbst zufrieden sind." Becca forschte in seinem Gesicht. „Und da ist es. Was haben Sie mit dem armen Mann gemacht?"

„Mit dem armen Mann?"

„Ich wette, er ist jetzt ein armer Mann."

„Nicht arm, nur nicht so reich, wie er sein könnte, hätte er seinen Verstand genutzt. Red dachte, er macht ein großartiges Geschäft, aber er hat sich zu wenig erkundigt."

„Sie haben sich erkundigt?"

„Ich habe mich in seiner Umgebung umgehört. Wenn das Bürogebäude neben ihm eine neue Parkgarage baut, werden sie Reds ehemaliges Grundstück brauchen, und ich bekomme den Preis, den ich diktiere."

„Woher wissen Sie, dass die im Bürogebäude eine Parkgarage planen?"

„Ich weiß es nicht. Die Verwaltung des Bürogebäudes weiß es auch noch nicht, aber ich habe herausgefunden, dass sie dringend eine Parkgarage brauchen, und dafür kommt nur das Grundstück mit Reds Lokal in Frage. Und da derselben Firma ein hübsches kleines Grundstück auf der Euclid Street gehört, das ich seit zwei Jahren haben will, werden wir schon zu einer Einigung kommen."

„Und das wussten Sie schon, als Sie hinter Red her waren?"

Jase öffnete seine Tür. „Nein."

„Sie waren nur hinter ihm her, weil er Sie so behandelt hat?"

Er stieg aus. „Nein, weil er Sie so behandelt hat."

Becca dachte noch darüber nach, als er ihr die Tür des Restaurants aufhielt. Constantine's hatte rot karierte Tischtücher und gestärkte weiße Bistrovorhänge. An einer Tafel standen die Gerichte des Abends, auf den Tischen standen Chiantiflaschen mit Tropfkerzen. Die Atmosphäre war eine eigenwillige Version eines italienischen Bistros. Die Hintergrundmusik passte für einen Tanzbären, und die Tafel bot griechisches oder schlichtes amerikanisches Essen aus dem Mittleren Westen an. Ein Blick auf die Preise versicherte Becca, dass Jase ihre Warnung ernst genommen hatte.

„Ich mache Sie mit Constantine und Mama bekannt."

„Mama?" Becca sah ihn ungläubig an.

„Sie hat einen Namen, den niemand aussprechen kann, und sie mag Mama ohnehin lieber."

Gemeinsam wogen Constantine und Mama so viel wie ein Thanksgiving-Truthahn ohne Füllung. Sie machten ein Aufhebens um Jase, als wäre er ihr Erstgeborener und setzten ihn an den besten Tisch des Hauses mit Blick auf den Parkplatz.

„Mama mag Sie. Gut", sagte Jase, nachdem Mama sie allein gelassen hatte, damit sie ihre Wahl treffen konnten.

„Woher wissen Sie das?"

„Andernfalls hätte sie ‚Miss' gesagt. Ich habe das von ihr schon erlebt. Das lässt jede Frau erstarren."

„Das habe ich riskiert?"

„Mama hat einen guten Geschmack."

Becca schenkte ihm ihr zweites Lächeln des Abends. Sie mochte Mama und das Restaurant, in dem Jase oft aß und auch Geschäfte von Millington Development an diesem Tisch abwickelte.

Ohne auf ihre Bestellung zu warten, brachte Mama einen griechischen Salat. „Ich baue nicht einmal genug Salat an, um diese Schüssel zu füllen", sagte Becca, als Mama wieder gegangen war.

„Lassen Sie sich noch Platz für Mamas Moussaka."

„Sie sagten, ich könnte etwas für Sie tun?"

Jase war nur überrascht, dass sie damit so lange gewartet hatte. „Ich sage es Ihnen nach dem Essen." Er sah zu, wie sie aß. „Becca, Sie haben mir ein Foto gezeigt. Erinnern Sie sich?"

Das Foto war zusammen mit ihrer Handtasche weg. „Ich möchte nicht darüber sprechen."

„Ich wünschte, Sie ließen sich von mir helfen."

„Ich weiß, begreife es aber nicht. Ich bin doch ein Niemand."

„Sie sind Becca Hanks. Nicht Mary Smith, der klassische ‚Niemand'."

„Ich bin Becca. Und Becca muss herausfinden, wer sie ist und wohin sie geht. Und sie muss das für sich herausfinden."

„‚Für sich' und ‚allein' sind zwei verschiedene Dinge."

„Vielleicht."

Jase erkannte, dass sie die Tür zu ihrem Leben einen Spalt offengelassen hatte. Wenn er versuchte hindurchzustürmen, würde die Tür zuschlagen und sich nie wieder öffnen.

Sie sprachen über das Greenhouse, bis die Moussaka kam. Becca schaffte mit Mühe und Not ihre Portion, aber den Kuchen musste Mama ihr einpacken. Zu dem Zeitpunkt waren sie und Becca bereits beste Freundinnen.

Wahrend der Fahrt nach Shaker Heights schwiegen sie. Die Straßen waren breit und baumbestanden, der Rasen war grün wie Jases Augen, und die Häuser waren würdevoll.

„Wohnen Sie hier?", fragte Becca.

„Noch nicht."

„Aber Sie haben es vor?"

„Ich habe vor, genau hier zu wohnen." Er bog in eine lange Einfahrt.

„Das ist ein Herrenhaus."

„Absolut nicht. Das ist ein großes altes Haus, das mehr Arbeit braucht, als es wert ist."

„Das ist nicht möglich." Becca stieg aus. „Das ist eine Burg."

Obwohl die Sonne schon untergegangen war, konnte Becca erkennen, wie individuell das Haus war, aus Stein und Ziegeln erbaut, mit Fenstern, die in Nischen lagen und Butzenscheiben aufwiesen. Vier Kamine ragten in den Himmel, Bäume wuchsen rings um das Gebäude. Zweige mussten geschnitten werden, Büsche gestutzt. Das Haus selbst wirkte nicht verlassen, sondern eher, als würde es niemand lieben.

Becca wandte sich lächelnd an Jase. „Sie stellten fest, wie vernachlässigt es ist, haben es gekauft und wollen es retten, nicht wahr?"

Er verzog das Gesicht. „Wollen Sie es von drinnen sehen?" Er fühlte sich selten schuldig, aber in dieser Situation scheute er sich, ihr die Wahrheit zu sagen. „Ich habe es nicht gekauft, Becca. Meine Großmutter hat mir das Haus hinterlassen. Erst jetzt habe ich mich entschlossen, es herzurichten und einzuziehen."

„Sie meinen, es hat leer gestanden?"

„Ja."

„Wie viele Räume hat es?"

„Etwa vierzehn."

„Vierzehn Räume, leer stehend." Sie starrte zu dem Haus.

Er bot ihr seinen Arm an, damit sie nicht stolperte.

„Warum zeigen Sie mir das Haus?"

„Sehen Sie es sich erst einmal an."

„Was soll ich mir ansehen?"

„Möglichkeiten."

„Ich weiß nicht, ob ich dafür die beste Person bin. Ich habe immer daran geglaubt, dass alles möglich ist, und sehen Sie nur, wohin mich das gebracht hat."

„Es hat Sie hierher gebracht. Wir wollen doch sehen, wohin es Sie noch bringen kann." Er ging den Weg zum Haus entlang. An der Tür rückte Becca von ihm ab, und er verspürte Enttäuschung.

Drinnen schaltete er die Lichter ein, während Becca ihm folgte. Es gab nicht viel Platz zum Gehen. Pfade waren durch jeden Raum freigeräumt worden, aber mit Plastikplanen zugedeckte Möbel zogen sich an sämtlichen Wänden entlang und ragten in die Räume hinein. Kartons stapelten sich in den Ecken und türmten sich manchmal bis zu den vier Meter hohen Decken.

„Kathryn glaubte fest daran, dass nichts verschwendet werden durfte", erklärte Jase, als sie die Küche erreichten.

„Kathryn?"

„Meine Großmutter. Sie verabscheute Titel und Bezeichnungen. Für uns war sie immer Kathryn."

„Hier gibt es genug Möbel, um noch drei Häuser wie das Greenhouse einzurichten."

„Manche Stücke sind unschätzbar, für andere müsste ich bezahlen, damit sie weggeschafft werden."

„Erkennen Sie den Unterschied?"

„Ich werde dafür jemanden engagieren müssen", antwortete Jase.

„Warum haben Sie das nicht schon früher gemacht?"

„Ich weiß es nicht." Selbst jetzt bereitete es ihm Unbehagen, darüber zu sprechen, irgendetwas von Kathryns Sachen wegzugeben. „Möchten Sie sich oben umsehen? Da ist es so ziemlich wie hier. Sechs Schlafzimmer – sieben, wenn man das Kinderzimmer mitrechnet – und sanitäre Anlagen, die so alt sind, dass ich sie an das Smithsonian Museum verkaufen könnte."

„Ist da oben auch so viel gestapelt?"

„Noch mehr."

Becca lehnte sich an eine Theke. „Und warum sind wir hier?"

„Wenn ich renovieren lasse – und das werde ich – muss ich jemanden engagieren, der die Arbeiten beaufsichtigt. Jemand muss hier sein, der dafür sorgt, dass alles erledigt wird, Anrufe beantwortet werden, jemand muss Türen aufschließen und Besorgungen machen, falls nötig. Später brauche ich jemanden, der die Gartenarbeiten beaufsichtigt, die Landschaftsgärtner ..."

„Landschaftsgärtner? Machen Sie Scherze, Jase? Sie sprechen von diesen Firmen mit den Lastwagen, die mit Chemikalien angefüllt sind, um alles in Sichtweite umzubringen. Ich weiß, was die machen. Die werfen einen Blick auf diesen Dschungel da draußen und holen ihre Kettensägen."

„Und was schlagen Sie vor?", wollte Jase wissen.

„Sie brauchen keinen Landschaftsgärtner. Ich habe noch nicht alles gesehen ..."

„Sie haben recht. Es gibt noch zwei Morgen, die genauso verwuchert sind."

„Unter all diesen Büschen und Ranken und Bodendeckern befindet sich ein Garten, der keine Kettensäge braucht, nur eine liebende Hand."

„Wollen Sie meine liebende Hand sein?", fragte Jase.

Sie zögerte einen Moment. „Warum?", fragte sie.
Jase wusste, dass der entscheidende Moment gekommen war. „Ich überlege, womit ich Sie überzeugen kann."
„Wie wäre es mit der Wahrheit?", schlug Becca vor.
„Sie brauchen einen Job, am besten einen mit Kost und Logis. Ich brauche jemanden wie Sie, der hier lebt und hilft, den Besitz in Ordnung zu bringen. Ich könnte mir jemand anderen suchen, aber ich sehe nicht ein, warum. Sie sind perfekt für den Job, und ich vertraue Ihnen. Wenn Sie zulassen, dass Ihr Stolz zwischen uns kommt, erweisen Sie uns beiden einen schlechten Dienst. Aber wenn sie einen anderen Grund haben, dass Sie es nicht machen wollen, sagen Sie es, und ich werde Sie nicht weiter bedrängen."
„Haben Sie diesen Job für mich erfunden?"
Diesmal war er es, der einen Moment zögerte. „Ich weiß nicht, was ich antworten soll. Ich wünschte, ich hätte einen Job für Sie, und Pamela schlug das hier vor. Seit Kathryn starb, wollte sie, dass ich das Haus in Ordnung bringe und einziehe. Ich habe es aufgeschoben. Ich fühle mich wohl, wo ich jetzt wohne."
„Wo wohnen Sie?"
„Ich habe eine Eigentumswohnung am See. Völlig anders, modern, zweckmäßig, Chrom und Leder. Wollen Sie es machen?"
„Wo sollte ich wohnen? In einem der Schlafzimmer oben?"
„Niemand kann hier während der Renovierung wohnen. Ich zeige Ihnen die Alternative."
Ein paar Minuten später stand Becca in dem frisch angestrichenen Wohnzimmer des Cottages und dachte an die Nächte, die sie in ihrem Wagen gewohnt hatte, und die Nächte, an denen sie an schlimmeren Orten gehaust hatte. Mit seiner antiken Einrichtung und den Vorhängen mit Blumenmuster war das kleine Cottage wie ein Stück vom Himmel. Sie bekam einen Kloß im Hals.
„Sie würden mehr als das verdienen, was ich Ihnen bezahle", sagte Jase. „Und müsste ich erst jemanden anderen suchen, würde es länger dauern, bis ich einziehen kann. Das Haus sollte nicht länger leer stehen."
Der Mann verstand es, alle richtigen Knöpfe zu drücken. „Ich verstehe jetzt, wieso Sie einen solchen Erfolg haben."
„Machen Sie es?"
„Sie haben vergessen, die Kettensägen noch einmal zu erwähnen", bemerkte sie stichelnd.

„Sie haben recht. Ich manipuliere, und ich leide unter Eingleisigkeit. Wenn ich etwas will, bin ich dahinter her, bis ich es habe." Sein Blick verließ keinen Moment ihr Gesicht.

Unwillkürlich fragte sie sich, wie Jase war, wenn er eine Frau wollte. Der Gedanke erzeugte eine Gänsehaut auf ihrem Rücken.

„Ich mache es", sagte sie endlich. „Sobald ich im Greenhouse fertig bin und dort jemanden dazu ausgebildet habe, um über den Garten zu wachen. Aber ich mache es nur, weil ich weiß, dass es niemand besser könnte. Ich werde jeden Penny wirklich verdienen, den Sie mir zahlen." Sie machte eine Pause. „Was bezahlen Sie mir übrigens?"

Er nannte eine sehr faire Summe, aber Becca wusste, dass sie es wert sein würde. „In Ordnung. Aber wenn die Arbeit erledigt ist, gehe ich. Sie können nicht unbegrenzt etwas erfinden."

Da ihm klar war, dass sogar die besten Bautrupps Gründe für Verzögerungen finden konnten, machte er sich keine Sorgen. Die Renovierung würde so lange dauern, bis Becca ganz gesund war.

5. KAPITEL

Cara Preston hatte Beine, die keine Gesellschaft aus Geldmangel versichern konnte, und so perfekte Brüste, dass sie der Traum eines Schönheitschirurgen waren. Sie hatte auch ein helles Lachen, das Jase an diesem Abend auf die Nerven ging.

Caras Apartment bot einen Ausblick auf den See. Jase hatte viele angenehme Stunden hier verbracht. Er kannte Cara seit zwei Jahren und hatte an ihr mehr als ihren makellosen Körper bewundert. Sie war intelligent und ehrgeizig, Vizepräsidentin und Marketing-Managerin eines in Cleveland ansässigen Versandhauses.

Caras Lebensplan beinhaltete keinen Ehemann. Sie wollte hier ihre Zeit in Ohio absitzen und dann nach Osten ziehen, nach New York oder Boston. Bis dahin war sie mit einer nicht allzu engen Beziehung mit ihm zufrieden.

Dieses Arrangement war auch für Jase befriedigend gewesen. Sie beide trafen sich ebenso mit anderen. Manchmal kamen sie einen Monat oder länger nicht zusammen, und er merkte kaum, dass so viel Zeit vergangen war. Waren sie zusammen, teilten sie ihre beiderseitigen Interessen und Freunde, aber selten ihre Gefühle.

Jase stand auf Caras Balkon, einen Drink in der einen Hand, Caras Hüfte in der anderen. Sie waren zum Dinner ausgegangen und hatten einen perfekt gegrillten Lammrücken und ein Zitronensoufflé genossen. Sie hatten in der Severance Hall einer Symphonie gelauscht. Falls der Abend der üblichen Linie folgte, würde Cara ihn in ihr Schlafzimmer führen. Und er würde ihr Apartment in den frühen Morgenstunden verlassen und den nächtlichen Schlaf in seinem Bett beenden.

„Du wirkst weit weg."

„Tue ich das?"

„Den ganzen Abend schon."

„Es war eine anstrengende Woche."

Sie rückte ab, um sich noch einen Drink zu nehmen. „Du hast nichts über dein Haus gesagt. Wie macht es sich?"

„Gut, habe ich gehört. Ich habe keine Zeit, um dort oft vorbeizufahren. Einen Nachmittag lang habe ich mit den Schätzern die Möbel angesehen."

„Hast du nicht gesagt, dass du das Meiste verkaufst?"

„Das hatte ich vor, aber jetzt behalte ich doch genug für das Haus."

„Warum? Sind die Sachen mehr wert, als du dachtest?"

„In gewisser Weise." Er erinnerte sich an den Nachmittag, den er mit Becca und den Schätzern verbracht hatte. Es war ein überraschend warmer Frühlingstag gewesen, und Becca hatte Shorts getragen, die Beine enthüllten, die denen von Cara Konkurrenz machten.

Nach zehn Minuten ignorierten ihn die Schätzer und berieten sich mit Becca. Er hatte ein schlichtes Mädchen vom Land engagiert, um die Renovierung zu überwachen, aber die Frau, die er bekommen hatte, wusste eine Menge über Antiquitäten. Darüber hinaus besaß Becca ein Gefühl für jedes Stück, als hätte sie es persönlich gesammelt. Er hatte das sonderbare Gefühl gehabt, dass Kathryn im Raum war und zufrieden nickte, wenn Becca aufzeigte, wie perfekt ein Tisch in eine Nische oder ein Regal vor ein Fenster passte.

Becca hatte schon vorher das Haus weitgehend aufgeräumt, gute Sachen ins Greenhouse geschickt, Unbrauchbares weggeworfen ...

Jason blickte hoch. „Magst du Antiquitäten, Cara?"

Sie rümpfte ihre zierliche Nase. „Ich bin mehr auf das Morgen ausgerichtet als auf die Vergangenheit."

„Was würdest du machen, wenn dir jemand ein Haus hinterließe, das für viel Geld hergerichtet werden müsste?"

„Ich würde es mitsamt dem Inhalt an den Meistbietenden verkaufen und das Geld in Papieren mit hoher Rendite anlegen."

„Und wenn du an dem Haus hängst?"

Sie lachte. „Unmöglich, mein Lieber. Kennst du mich denn nicht besser?" Cara stellte ihren Drink weg und schlang die Arme um seine Taille. „Ich dachte immer, wir zwei wären aus dem gleichen Holz geschnitzt. Aber vielleicht kenne ich dich nicht so gut, wie ich glaubte. Ich hätte nie gedacht, dass du sentimental bist."

Jason setzte ebenfalls sein Glas ab und legte seine Arme um sie. „Nicht sentimental? Meinst du nicht, dass ich sentimental an dich gebunden bin?"

„Die Wahrheit?"

„Die Wahrheit."

„Ich meine, wenn ich nach New York ziehe, wirst du vergessen, dass du mich überhaupt jemals gekannt hast."

Er zog sie näher an sich und drückte seine Wange an ihr dunkles Haar, doch als Cara vorschlug, hineinzugehen, erinnerte er sich daran, dass er eine zeitige Verabredung in Toledo am nächsten Morgen hatte. Der Abend endete früher, als einer von ihnen geplant hatte, und zumindest Jason bedauerte es nicht.

Jase löste Beccas Wagen aus, ließ ihn reparieren und fuhr ihn nach Shaker Heights. Er wollte Becca sanft an das Thema ihres Wagens heranführen und sie dann langsam auf die Straße drängen. Er bezweifelte, dass sie eine Szene in der Öffentlichkeit machen würde.

In den letzten zwei Wochen hatte sich am Haus nicht viel verändert, aber im Garten zeigten sich bereits erste Spuren von Beccas Anstrengungen.

Drinnen waren die Veränderungen deutlicher sichtbar. Fußböden waren abgeschliffen und versiegelt, Wände neu verputzt worden.

Er fand Becca im Cottage, wo sie ihm Kaffee und selbst gemachten Kuchen servierte. „Rhabarberkuchen", verkündete sie stolz. „Und raten Sie, woher ich den Rhabarber habe."

Jase nickte. „Kathryn hat Rhabarber angebaut. Ich erinnere mich jetzt. Wann immer wir uns im Frühjahr zu ihr schleichen konnten, stopfte sie uns mit Rhabarberkuchen voll."

„Schleichen?"

„Meine Eltern dachten, dass Kathryn nicht gut für uns war. Rhabarber auch nicht. Man braucht zu viel Zucker, um ihn essen zu können."

„Das ist ja schrecklich. War die Familie nicht gut zu Ihnen?"

„Was ist mit Ihrer Familie, Becca?", fragte Jason zurück.

„Alle tot." Sie spielte mit einer Gabel.

Sein Magen krampfte sich zusammen. „Die kleinen Mädchen auf dem Foto auch?"

„Ich meinte die Familie, aus der ich komme, Eltern, Großeltern. Ich hatte einen älteren Bruder, der bei einem Feuer auf einem Schiff der Navy umkam, und ein anderer ist in Beirut gefallen. Der Militärdienst war ihre Fahrkarte in den ... aus der Stadt, in der sie aufgewachsen sind."

Der Krampf in seinem Magen löste sich, aber er verzichtete darauf, noch einmal nach den Kindern zu fragen. „Was haben Sie außer Rhabarber noch gefunden?"

„Himbeeren."

„Kathryn machte Marmelade. Wir durften sie nur hier essen."

„Und Spargel."

„Den mochte ich nicht. Einmal hat sie ihn in Zucker gerollt, um mich dazu zu bringen, ihn zu kosten."

„Mögen Sie jetzt welchen?"

„Sage ich ja, werde ich dann ein Spargelbeet erben?"

„Sie haben schon eines geerbt. Sie müssen nur entscheiden, ob Sie dort Gras säen wollen. Aber das Wichtigste haben Sie noch nicht gesehen."

Er ließ sich von ihr in den hinteren Teil des Gartens führen. Es gab nur wenige Menschen, denen er so viel Zeit widmete. An der Grenze seines Grundstücks fand er ein frisch gepflegtes Beet.

„Rosen", erklärte Becca stolz. „Die altmodische Sorte, die jahrhundertelang in allen Gärten der Welt wuchs, bevor jemand anfing, damit herumzuspielen, um sie größer und schöner zu machen. Alles andere in diesem Garten ist verwildert oder verschwunden, nur diese Rosen sind noch hier. Sie werden der herrliche Mittelpunkt Ihres Gartens sein, Jase, wenn Sie sie nicht ausgraben lassen. Sie sagten doch, Sie wollen einen praktischen, pflegeleichten Garten."

„Meine Großmutter liebte diese Rosen."

„Das weiß ich. Ich fühle es." Becca sah ihn an. „Die Rosen wollen nur eine Chance zum Wachsen, Jase. Das ist alles. Sie wollen nicht, dass man sich um sie kümmert oder in ihr Leben eingreift. Sie wollen nur eine Chance."

Genau wie Becca. Die Parallele entging ihm nicht. Becca wollte eine Chance, das war alles. Kein Aufhebens, keine Einmischung.

„Wie könnte ich sie ausgraben lassen?", fragte er und zog ein Blatt aus ihren Haaren. Seine Hand verharrte einen Moment, ehe er sie sinken ließ.

Beccas Blick wandte sich keine Sekunde von seinem Gesicht ab. Sie schien den Atem anzuhalten und darauf zu warten, dass etwas geschah. Er kannte dieses Gefühl.

„Dann können sie bleiben?"

„Etwas anderes kommt gar nicht in Frage. Bringen Sie mir bei, wie man sie pflegt?"

„Besuchen Sie die Rosen jeden Tag. Das ist alles. Meine Großmutter hat mit ihren Rosen gesprochen."

„Ich glaube nicht, dass das schwer sein wird."

„Danke." Becca griff nach seiner Hand, drückte sie und ließ sie sofort los. „Ich hatte gehofft, dass Sie es verstehen."

„Ich glaube, ich verstehe nur zu gut."

Sie fragte ihn nicht, was er meinte. Sie lächelte bloß. Und er fühlte die Wirkung dieses Lächelns für den Rest des Tages, selbst als er schon meilenweit entfernt war.

6. KAPITEL

Am Samstag des Wochenendes zum Memorial Day hatte Jason zusammen mit seinen Eltern einen Brunch in Pamelas Haus in Vermillion. Seine Mutter war einverstanden, die Spendengala für die stillgelegte Fabrik zu organisieren, und der Vormittag verging sehr angenehm.

Auf der Rückfahrt nahm Jason die Ausfahrt zu dem Haus seiner Großmutter. Als er es erreichte, parkte er seinen Wagen in der Einfahrt. Ein Lastwagen stand da, aber Beccas Wagen war nicht zu entdecken. Sie hatte sich wie vorhergesehen über die Reparatur ihres Wagens aufgeregt und verlangt, dass er ihr wöchentlich fünfzehn Dollar von ihrem Gehalt abziehen sollte. Aber sie hatte auch sofort den Kofferraum geöffnet, um zu kontrollieren, ob ihre wenigen Habseligkeiten noch darin waren.

Jason fand im Haus einen Klempner, von dem er erfuhr, dass Becca an diesem Tag nicht anwesend sei. Also fuhr er zurück in seine Wohnung.

In den nächsten vierundzwanzig Stunden fragte er sich, wohin Becca gefahren sein mochte. War sie weggelaufen? Wovor? Er wusste so wenig von ihr.

Den Sonntag verbrachte er mit Cara in dem Sommerhaus von Freunden, und als er sie abends nach Hause brachte, entschuldigte er sich wieder mit einem zeitigen Termin am nächsten Morgen.

Die Sonne war schon untergegangen, als er das Haus in Shaker Heights erreichte. Becca war nicht da. Ihr Auto fehlte. Dennoch stellte Jason seinen Wagen ab und schloss das Cottage auf.

Die drei Räume waren ordentlich wie ein Museum. Die ersten Rosen der Saison standen in einer Vase auf dem Tisch. In der Luft hing der feine Duft von frisch gebackenem Lebkuchen.

Jason ging von Raum zu Raum und suchte nach Beweisen, dass Becca wiederkommen würde.

Warum hatte er nicht darauf gedrängt, mehr über ihre Vergangenheit zu erfahren?

Warum interessierte er sich so sehr für sie?

Er setzte sich bequem in einen Ohrensessel und legte die Beine auf die passende Fußbank. Und allmählich dämmerte ihm, dass er nicht mehr Jason Millington war, der harte Bauunternehmer mit eingleisigem Denken und Selbstgefälligkeit. Irgendwie und irgendwann hatte sich seine Sicht der Welt verändert. Sie bestand nicht mehr aus Wolkenkratzern und Millionen-Dollar-Geschäften. Jetzt gehörten zu ihr Menschen und Anliegen und ein Haus, in dem zu wohnen er nie erwartet hatte. Nunmehr gehörte auch Becca zu seiner Welt.

Von dem Tisch her dufteten die Rosen seiner Großmutter süßlich. Der Duft brachte Erinnerungen an die trägen Sommernachmittage seiner Kindheit zurück, und er schloss die Augen, um sie zu genießen.

Becca parkte ihr Auto in der Einfahrt hinter einem dunklen Wagen, der wie der von Jason aussah. Sie war jedoch erst sicher, als sie Jason in dem Cottage im Ohrensessel schlafend vorfand. Sie trat näher. „Jase?"

Seine Hand tastete nach der ihren, während er die Augen öffnete. Er lächelte, und das träge, schläfrige Lächeln war wie eine Zärtlichkeit. „Becca?"

„Nun, wen sonst haben Sie hier erwartet?" Sie war geneigt, ihre Hand zurückzuziehen, doch Jase streckte ihr seine andere Hand entgegen und schob sie um ihre Taille.

„Sie sind wieder hier."

„Offensichtlich."

Becca widerstand nur einen Moment, dann war sie auf seinem Schoß und in seinen Armen. Sie hatte nie gewagt sich vorzustellen, wie es sein mochte, wenn Jason sie wieder festhielt.

Seine Hand glitt an ihrem Rücken hinauf, und ihr wurde bewusst, dass sie die Erinnerungen an den Mann, der sie vor der Kälte beschützt hatte, nicht ganz begraben hatte. Er fühlte sich vertraut an. Er fühlte sich wie tausend Versprechungen und eine Million Träume an. Ihr Körper reagierte in einer Weise, die sie vergessen hatte. Wo immer er sie berührte, sog sie seine Wärme in sich auf, bis sie das Gefühl hatte, überall von ihm berührt zu werden.

Er senkte seine Lippen auf ihren Mund, und sie kam ihm entgegen. Seine Lippen waren so warm und verlockend wie seine Hände. Ihr Mund öffnete sich, und der Kuss wurde zu einem langsamen Tanz, einem Vorspiel.

Erst als seine Hand willkommene Hitze auf ihrer Brust verteilte, zog Becca sich zurück. In dem gedämpften Licht besaßen seine Augen das Grün einer aufgewühlten See. Sie betrachtete den Mann, der ihr so viel gegeben hatte, und wusste, dass sie nichts mehr von ihm nehmen konnte.

Sie glitt von seinem Schoß, und er versuchte nicht, sie aufzuhalten. Als sie jedoch weggehen wollte, stand er auf und ergriff ihren Arm. „Es ist Zeit, meinen Sie nicht?"

„Zeit?" Sie versuchte, mehr davon zu gewinnen.

„Sie schulden mir keine Erklärungen dafür, wohin Sie gefahren sind, aber ich habe mir Sorgen um Sie gemacht."

„Das hätten Sie nicht tun sollen", erwiderte Becca.

„Habe ich aber." Er berührte ihr Kinn in der Hoffnung, dass sie ihn dann ansehen würde. „Sie bedeuten mir etwas. Ich glaube, ich habe das vorhin gezeigt."

„Sie haben noch halb geschlafen. Vielleicht hielten Sie mich für eine andere."

„Vielleicht habe ich das nicht getan."

„Sie sollten lieber nach Hause fahren."

„Warum haben Sie sich zurückgezogen?", wollte Jason wissen.

Sie sah ihn noch immer nicht an. „Die Dinge gerieten außer Kontrolle."

Er berührte wieder ihr Kinn. Diesmal gab sie nach. „Nein, das stimmt nicht, Becca. Ich könnte Ihnen zeigen, was ,außer Kontrolle' bedeutet."

Ihre Augen weiteten sich, und er merkte, dass sie die gleiche Vision hatte wie er. „Sie kennen mich nicht, Jase. Sie glauben nur, mich zu kennen."

„Ich kann Sie nur kennenlernen, wenn Sie es zulassen."

Sie schaute zu ihm auf und erkannte, dass Jase ihr etwas bedeutete, in gewisser Weise mehr als je ein Mann zuvor. Sie schuldete ihm die Wahrheit über sich, selbst wenn es bedeutete, hinterher anders von ihm gesehen zu werden.

Becca wandte sich ab. „Ich mache Kaffee."

„Es ist mitten in der Nacht", warf Jason ein.

„Dann mache ich Tee." Sie ging zur Küche, und er folgte ihr dicht auf den Fersen. „Ich werde Ihnen eine Geschichte erzählen", sagte sie und blickte nicht zu ihm zurück. „Keine sehr schöne Geschichte, und sie lässt sich auch nicht leicht erzählen, aber Sie sollten sie hören."

„Ich wäre nie auf die Idee gekommen, dass Ihre Geschichte schön sein könnte. In schönen Geschichten kommen keine Kapitel wie das Ihre vor."

„Nein, vermutlich nicht." Becca bereitete den Teekessel vor, ehe sie sprach. „Ich komme aus einem Ort namens Blackwater. Jemals davon gehört?"

„Nein."

„Natürlich nicht. Niemand hat von Blackwater gehört. Ich wurde jedenfalls dort geboren und bin auch da aufgewachsen. Meine Mutter starb früh, und mein Vater zog mich und meine Brüder groß. Er arbeitete in einem Kohlebergwerk und starb auch daran. Er hustete und keuchte, bis in seinen Lungen kein Platz mehr für Luft war. Ich war siebzehn. Meine Brüder waren damals bereits weg, und einer von ihnen war schon tot. Deshalb zog ich zu einer Cousine aus der Familie meiner Mutter, die auf der anderen Seite der Stadt lebte. Ich wollte immer zum College gehen. Unsere Schule war nicht gut, aber ich war eine gute Schülerin …"

Er hörte den Stolz in ihrer Stimme. „Sie waren bestimmt die Schülerin, die sich jeder Lehrer wünscht", unterbrach er sie.

„Matty, die Cousine meiner Mutter, war gut zu mir. Sie hatte drei Kinder, die beaufsichtigt werden mussten, aber sie hat mich nie ausgenutzt. Sie und ihr Mann besaßen nicht viel, und ich war eine zusätzliche Belastung. Matty rührte das Geld nicht an, das ich von der Bergbaugesellschaft bekam, seit mein Vater tot war. Sie wollte, dass ich es für das College sparte. Ich hatte das auch gewollt, aber nachdem mein Vater gestorben war, wollte ich es nicht mehr so sehr. Ich war traurig, und ich arbeitete nicht mehr so hart in der Schule."

„Aber es war doch nur natürlich, traurig zu sein, Becca. Ihr ganzes Leben hatte sich verändert."

„Nun, ich veränderte es erneut. Ich wollte Blackwater nicht mehr verlassen. Es schien der einzige Ort für mich zu sein. Nach dem Tod meines Vaters war alles verändert, nur Blackwater blieb unverändert. Da war auch ein Mann, Dewey Hanks, der wollte, dass ich bleibe. Dewey war der Sohn von Bill Hanks, dem die Eisenwarenhandlung gehörte, und er war etwa fünf Jahre älter als ich. Die Hanks waren gute Menschen, gingen in die Kirche, waren aufrecht, aber Dewey war wild. Wenn man siebzehn ist, will man jemanden, der wild ist, weil man denkt, man könnte ihn zähmen …"

„Und haben Sie ihn gezähmt?", wollte Jason wissen.

Becca goss das siedende Wasser über die Teebeutel. „Niemand hätte Dewey zähmen können, aber das erkannte ich nicht. Ich dachte, ich hätte die Zauberkraft, ihn davon abzubringen, zu trinken und mit seinen Freunden herumzuziehen. Dewey sagte mir, ich hätte diese Kraft. Wir brannten durch und heirateten, und ich verließ die Schule in meinem Abschlussjahr. Matty weinte zwei Tage lang, und Bill und Alice, Deweys Eltern, hat fast der Schlag getroffen. Aber nach zwei Wochen haben sie sich mit der Vorstellung angefreundet und ließen uns bei sich einziehen. Dewey sagte, das wäre nur vorübergehend. Er wollte etwas für uns suchen, sobald er einen besseren Job gefunden hatte als den im Laden seines Vaters."

„Bisher war nichts, was Sie erzählt haben, ein besonderer Schock, Becca", bemerkte Jase. „Mädchen ... Frauen machen ständig solche Fehler. Darum geht es doch meistens bei Scheidungen."

„Ich habe mich nicht von Dewey scheiden lassen. Zuerst versuchte er, ein guter Ehemann zu sein. Wir arbeiteten zusammen im Laden seines Vaters. Bill hatte ein Jahr vor unserer Heirat einen Herzinfarkt, von dem er sich nie richtig erholte. Er ließ Dewey allmählich den Laden übernehmen, und Bill war täglich nur ein oder zwei Stunden da. Doch sobald Dewey erkannte, dass alle auf ihn zählten, drehte er irgendwie durch. Der Druck war wohl zu groß für ihn. Er blieb abends weg. Manchmal habe ich ihn tagelang nicht gesehen. Ich arbeitete in dem Laden, versuchte, alles zusammenzuhalten und Entschuldigungen für Dewey zu erfinden, aber seine Eltern wussten, dass etwas nicht stimmte."

„Sie haben noch immer bei ihnen gewohnt?"

„Wir hatten eine kleine Einliegerwohnung. Sie kamen und fragten, wo Dewey war. Ich erzählte ihnen, er würde Besorgungen machen oder etwas im Laden richten. Sie wollten mir so gern glauben, dass sie es anfangs auch getan haben. Aber dann wurde es wirklich schlimm. War Dewey im Laden, machte er Fehler. Er war nie mit der Registrierkasse zurechtgekommen, und wenn er betrunken hereinkam, drückte er mehr falsche als richtige Knöpfe. Er vergaß, Waren zu bestellen. Manchmal nahm er alles Geld aus der Kasse und verschwand. Wir verdienten nichts mehr, und er nahm weg, was wir hatten. An manchen Tagen war er so charmant zu Kunden, dass sie stundenlang mit ihm plauderten. Dann wiederum war er so grob, dass sie schworen, sie würden nie wiederkommen."

Eines war Jase noch unklar. „Sie sagten, Sie hätten sich nicht scheiden lassen. Sind Sie noch verheiratet?"

Becca schüttelte den Kopf. „Wir waren fast ein Jahr verheiratet, als zwei der Minen in der Gegend schlossen. Die Leute zogen weg. Bill erkannte, dass er wieder arbeiten musste, sonst würde auch der Laden schließen. Er war schockiert, als er sah, in welchem Zustand alles war, und er gab mir die Schuld. Er und Alice gaben immer mir die Schuld an Deweys Problemen."

Jason war überrascht, dass kein Selbstmitleid in ihrer Stimme mitschwang. „Warum?"

„Wahrscheinlich konnten sie nicht verkraften, was Dewey war. Sie hatten ihr Bestes getan, aber Dewey war nicht der Sohn, der er hätte sein sollen. Die beiden konnten die Schuld daran nicht für sich übernehmen, und sie konnten Dewey keine Schuld geben. Also haben sie mich verantwortlich gemacht. Bill schrie mich gerade mit voller Lautstärke an, als er wieder einen Herzinfarkt bekam."

Sie schenkte Tee ein. Er berührte ihre Hand. „Es war nicht Ihre Schuld."

„Ich weiß. Dewey wusste es auch. Als er erfuhr, was mit seinem Vater passiert war, weinte er. Er sagte, alles würde sich ändern. Während Bill im Krankenhaus war, kam Dewey wieder zur Arbeit, aber er merkte wohl, dass es zu spät war. Niemand konnte mehr den Laden retten. Doch Dewey hat nie ein Nein als Antwort akzeptiert, und so entwarf er einen Plan."

Sie setzte sich Jase gegenüber an den Tisch. Zum ersten Mal schaute sie ihn an.

„Zwei Abende später bat mich Dewey, mit ihm spazieren zu fahren. Es war das erste Mal seit langer Zeit, dass er mich bat, irgendetwas mit ihm zusammen zu machen. Es war, als wären wir schon sehr lange nicht richtig verheiratet. Wenn Dewey trank, wurde er gemein. Manchmal schlug oder beschimpfte er mich. Nach dem Herzinfarkt seines Vaters schien er zur Vernunft zu kommen. Ich war glücklich, richtig glücklich, dass er mich an diesem Abend bei sich haben wollte. Ich musste ihm etwas sagen, und bisher war nicht der richtige Zeitpunkt gekommen."

„Was ist passiert?" Jason griff nach ihrer Hand. Sie ließ es zu.

„Dewey bat mich, zu fahren. Auf dem Highway sagte er, ich sollte nach Baldwin fahren, der nächsten Stadt. Er wollte Bier kaufen und mit zum Fluss nehmen. Ich wollte das nicht, aber er meinte, es wäre wie in alten Zeiten. Es war eine kalte Nacht, und darum sagte Dewey, als wir zu dem Kaufladen kamen, ich sollte den Motor laufen lassen, damit die Heizung funktionierte. Dann stieg er aus und ging hinein. Ich achtete nicht darauf. Ich dachte daran, was ich ihm sagen wollte. Aber als ich nach drinnen blickte, sah ich einen Mann mit Skimaske und Revolver, der den Laden ausraubte. Der Mann war Dewey."

„Becca ..." Er hob ihre Hand an seine Lippen und drückte einen Kuss auf die Handfläche.

„Bevor ich richtig begriff, was passierte, kam Dewey herausgerannt und stieß mich auf den Beifahrersitz. Ich hatte solche Angst, dass ich an nichts anderes denken konnte, als von da zu verschwinden. Ich ließ ihn Richtung Blackwater losfahren, aber ich schrie und schrie, ich würde ihn noch in dieser Nacht verlassen. Ich schrie so laut, dass ich die Sirene erst hörte, als uns die Highway Patrol fast schon eingeholt hatte. Es waren zwei Wagen. Dewey hielt und sprang ins Freie, noch bevor der Wagen richtig stand. Er schoss auf einen der Polizeiwagen und rannte dann los. Einer der Cops feuerte zurück. Ich glaube, er wollte Dewey nicht einmal treffen, aber Dewey war auf der Stelle tot."

„Es war seine Entscheidung, und er bezahlte mit seinem Leben", sagte Jase.

„Nein, ich zahlte den Preis." Sie entzog ihm ihre Hand. „Man hat mich als Komplizin bei dem Raub und dem Angriff auf einen Polizisten angeklagt. Als ich vor Gericht kam, war ich im sechsten Monat schwanger. Das war das Geheimnis, das ich Dewey hatte sagen wollen. Er starb, ohne es zu erfahren. Ich konnte mir keinen Anwalt leisten. Ich hatte alles Geld, das ich nach meines Vaters Tod bekommen hatte, in Hanks Eisenwarenhandlung gesteckt, um Geld zurückzugeben, das Dewey nahm oder anderen Leuten irrtümlich herausgab. Matty war auch nicht in der Lage, mir zu helfen. Also hat mir das Gericht einen öffentlichen Verteidiger gestellt. Er musste sich um viele Klienten kümmern, und er war nicht sehr interessiert oder nicht sehr gut. Man hat mich zu drei Jahren verurteilt, und der Verteidiger fand das unter diesen Umständen für mild. Man ließ mich in Blackwater das Kind bekommen. Ich bekam Zwillinge, Amanda und Faith, und konnte vier Wochen mit ihnen verbringen. Dann gab man Bill und Alice die Vormundschaft und steckte mich ins Gefängnis. Ich saß ein Jahr ab, bevor man mich auf Bewährung freiließ."

„Man hat Sie überfahren."

Becca war dankbar für den Zorn in Jases Augen. Sie hatte befürchtet, Mitleid oder Abscheu zu ernten. „Nein, das hat man nicht."

„Sie hatten nichts damit zu tun, und hätten Sie einen anständigen Anwalt gehabt, wären Sie frei ausgegangen."

„Ich wusste nichts von Deweys Plan im Vorhinein, wirklich nicht. Aber als Dewey aus diesem Laden kam, war mir klar, was er getan hatte. Da hätte ich aus dem Wagen steigen sollen, aber ich geriet in Panik und ließ Dewey ans Steuer. Ich hatte Angst, und ich konnte nicht konzentriert denken. Aber diese Sekunden haben mich meine Babys gekostet, ein Jahr meines Lebens und den letzten Rest von Selbstachtung, den Dewey mir noch gelassen hatte."

„Es war verständlich, wie Sie sich verhalten haben. Sie hatten keine Zeit, eine Entscheidung zu treffen."

Becca stand auf und beschäftigte sich wieder mit dem Teekessel, obwohl keiner von ihnen einen Schluck getrunken hatte. Sie konnte einfach nicht still sitzen. „Ich traf eine Entscheidung, aber es war eben nicht die richtige. Und bis ich etwas aus meinem Leben gemacht und meine Mädchen zurückbekommen habe, werde ich mir selbst nicht verzeihen können."

„Waren Sie an diesem Wochenende in Blackwater?"

„Ich habe meine Babys besucht."

„Wie alt sind sie jetzt, Becca?"

„Drei Jahre alt. Sie sind schön." Sie schluckte schwer. „Manchmal fehlen sie mir so sehr, dass ich sterben könnte."

Innerhalb von Sekunden war er auf den Beinen und hatte seine Arme um sie gelegt. „Becca ..."

Sie wollte ihm widerstehen, doch schlang stattdessen ihre Arme um seine Taille. „Die Hanks lieben sie, aber die Mädchen sind eine Belastung. Bill ist jetzt vollständig behindert, und Alice muss sich auch um ihn kümmern. Sie haben nicht viel Geld, nur was sie von der Fürsorge bekommen. Alice gibt den Mädchen zu viele Süßigkeiten, und Bill wird böse, wenn sie etwas falsch machen. Ich muss meine Babys da wegholen."

Jason hielt sie fester. „Werden sie Ihnen die Vormundschaft geben?"

„Ich glaube schon, obwohl sie mich hassen. Sie wissen, dass ich nichts mit dem Raub zu tun hatte, aber sie glauben noch immer, dass Dewey meinetwegen vom rechten Weg abgekommen ist. Hätte ich ihn nicht geheiratet und gezwungen, eine Rolle zu übernehmen, für die er nicht bereit war, hätte Dewey nie den Laden ausgeraubt. Wäre ich eine bessere Ehefrau gewesen, hätte ich gewusst, was er plante, und hätte es ihm ausgeredet." Sie lächelte verbittert. „Als ob ich das gekonnt hätte. Sie meinen, ich hätte einen guten Ehemann aus ihm machen sollen. Sie denken, hätte ich ihm gesagt, dass er Vater wird, hätte das den entscheidenden Unterschied ausgemacht."

„Was denken Sie?"

„Er wäre nur noch verzweifelter gewesen."

„Davon bin ich überzeugt."

Sie schob ihn von sich, weil er sich zu gut anfühlte und es zu verlockend war, sich auf ihn zu stützen. Er widerstand einen Moment und ließ sie dann gehen. Sie wandte sich ab, weil das leichter war. „Als ich aus dem Gefängnis kam, war Blackwater fast eine Geisterstadt, und es gab keine Jobs mehr. Ich habe mich gehütet, mir etwas in der nächsten Stadt zu suchen, wo der Raub stattgefunden hatte. Mein Bewährungshelfer hat mir einen Job in einer Wäscherei besorgt, hundert Meilen von Blackwater entfernt. Aber die Wascherei schloss nach ein paar Monaten. Ich begann herumzureisen, nach Arbeit zu suchen. Ich hätte Arger kriegen können, weil ich den Staat verließ, aber mein Bewährungshelfer drückte beide Augen zu. Er wusste, wie dringend ich das Geld brauchte. Ich nahm alles, was ich finden konnte, und schickte so viel wie möglich den Hanks für die Mädchen. Ich hatte nie genug, um mir eine richtige Wohnung zu mieten, weil ich das Geld schicken musste. Ich wusste, würde ich es nicht tun, müssten die Mädchen leiden, und niemand hätte geglaubt, dass ich sie wirklich wollte. Aber die Umstände wurden immer schlechter und schlechter."

Den Rest konnte Jason sich vorstellen. Unerfahren und ohne ausreichende Ausbildung, erzielte jemand wie Becca kaum mehr als den Minimallohn. Selbst mit Überstunden konnte sie nicht genug verdienen, um für sich und die Mädchen zu sorgen. Irgendwann hatte sie aufgehört, noch genügend Kraft aufzubringen, und war Krankheit und Erschöpfung unterlegen. Und sie wäre fast gestorben.

„Ich habe Fotos." Sie wandte sich zu ihm und lächelte verkrampft. „Die Hanks haben eine Sofortbildkamera, und sie haben sie mich heute Vormittag benutzen lassen. Ich habe zwei Bilder gemacht. Wollen Sie sie sehen?"

„Natürlich."

Ihr Lächeln verstärkte sich ein wenig. „Bereiten Sie sich auf die schönsten Kinder der Welt vor!"

Jason erwartete, dass Becca ihre Handtasche holte, aber sie zog die Fotos aus der Tasche ihrer Bluse. Sie hatte also die Bilder an ihrem Herzen aufbewahrt.

Sie hielt sie ihm entgegen. „Sie dürfen sie nur an den Kanten anfassen."

„Versprochen." Er nahm das erste Foto. Ein blonder Kobold mit Marmelade auf einer Wange grinste ihm entgegen. Die Ähnlichkeit mit Becca war unverkennbar. Etwas packte ihn. Die Mädchen waren real. Beccas Geschichte war real. Sie hatte die Hölle durchlebt, und diese Kinder waren auf dieser Welt, um das zu beweisen. „Welche ist das?"

„Das ist Amanda." Sie tauschte die Fotos aus.

Ein identischer Kobold mit Marmelade am Kinn streckte ihm die Zunge heraus. „Faith?"

„Ich hätte mir einen besseren Namen einfallen lassen sollen, wie Scarlett."

„Die beiden sind hübsch." Er konnte sich vorstellen, dass es ihr das Herz gebrochen hatte, ihre Kinder an diesem Vormittag zu verlassen. „Wie lange haben Sie in Ihrem Wagen gelebt?", fragte er. „Sie sagten, Sie hätten nie eine richtige Wohnung mieten können. Wie lange haben Sie in diesem Wagen gelebt?"

„Ab und zu."

Jason hielt sie an den Armen fest. „Wie lange?"

„Ein ganzes Leben."

Er ließ seine Hände sinken. „Sie hätten sterben können."

„Manchmal wollte ich es, aber ich hatte meine Babys", erwiderte sie.

Er strich ihr über die Haare. „Warum haben Sie mir das nicht schon früher erzählt?"

„Tut mir leid, ich hätte es machen sollen."

„Verdammt richtig, Sie hätten es machen sollen."

„Ich packe meine Sachen und gehe morgen früh."

Er starrte sie an. „Was?"

„Ich bin ein Ex-Sträfling. Ich hatte kein Recht, Sie in mein Leben hineinzuziehen. Ich hätte Ihnen sofort die Wahrheit sagen müssen." Becca versuchte zu lächeln, konnte es jedoch nicht. „Es ist nur so, dass …"

„Was?"

Sie zuckte bei seinem Ton zusammen. „Ich wollte neu anfangen. Ich wollte eine Chance, und ich habe sie ergriffen – auf Ihre Kosten."

„Sind Sie jetzt fertig?", fragte er grimmig.

Sie nickte.

„Nein, Sie sind es noch nicht. Bevor Sie packen und gehen, sagen Sie mir, was ich getan habe, dass Sie annehmen, ich könnte Sie wegschicken! Bezahle ich nicht genug? Zeige ich nicht genug Fürsorge?"

„Nein, ich …"

„Ich bin jetzt an der Reihe. Sie haben schon genug gesagt. Sie gehen nicht weg. Ist das klar? Sie bleiben. Ich erhöhe Ihr Gehalt, und wir kaufen Kindermöbel für das andere Schlafzimmer, damit Ihre Töchter herkommen und hier leben können. Ich werde einen Anwalt engagieren, der für Sie die Vormundschaft erwirkt. Sie können die Highschool abschließen und sich für einen Beruf ausbilden lassen. Ich trage sämtliche Schulkosten."

Becca starrte ihn ungläubig an. „Das würden Sie für mich tun?"
„Ich werde es für Sie tun. Sie können hier von mir aus für immer bleiben. Ich brauche diesen Wohnraum nicht."
„Nein."
„Nein was?"
„Danke, aber nein danke." Sie winkte ab, als er widersprechen wollte. „Ich habe die Highschool im Gefängnis abgeschlossen. Ich habe sogar eine Zulassung zum College. Ich werde mein Leben durch harte Arbeit in Ordnung bringen, nicht durch irgendjemand anderen. Glauben Sie, ich hätte in all diesen Monaten mit Dewey nicht etwas gelernt? Jeder Tag war eine Lektion, Jase. Ich versuchte, Dewey zu ändern. Seine Eltern versuchten ihn zu ändern. Wir haben ihn bestochen. Wir haben gedroht. Wir haben geweint. Dewey änderte sich nicht, weil er nicht wollte. Und selbst wenn er gewollt hätte, hätte er nicht gewusst, wie man für etwas arbeitet. Ware eine Veränderung leicht gewesen, hätte er es möglicherweise versucht. Aber Veränderungen kommen nur in winzigen Schritten. Ich weiß das. Gott, und wie ich das weiß."
„Ich versuche nicht, Sie zu ändern, Becca. Ich versuche, Ihnen zu helfen."
„Sie versuchen, die Arbeit zu machen, die ich zu erledigen habe. Wenn ich jemals irgendwelche Selbstachtung haben soll, muss ich mein Leben selbst verändern. Können Sie das verstehen?"
„Sie sind fast gestorben, als Sie versuchten, Ihr Leben zu verändern. Wann werden Sie begreifen, dass nicht Sie das Problem sind? Das Leben hat Ihnen nichts weiter geboten als Stolpersteine. Jetzt versuche ich, Ihnen eine Chance zu bieten."
„Ich habe Entscheidungen getroffen. Ich habe die Schule verlassen und Dewey geheiratet. Ich blieb bei ihm. Ich habe mein Geld in Hanks Eisenwarenhandlung gesteckt, um Dewey und seine Eltern zu retten. Ich stieg nicht aus diesem Wagen, als ich es hätte tun sollen. Ich habe diese Entscheidungen getroffen. Und ich treffe eine weitere. Ich kann Ihr Angebot nicht annehmen. Ich danke Ihnen aus tiefstem Herzen dafür, aber ich kann nicht noch mehr Hilfe von Ihnen annehmen."
Jason war sprachlos. Er wusste nicht mehr, wie er Becca widersprechen sollte. Er war mit ihr nicht einer Meinung, aber es hatte keinen Sinn, ihr das zu sagen. Sie glaubte an jedes Wort, das sie von sich gegeben hatte.
„Dann gehen Sie?", fragte er schließlich.
„Nur, wenn Sie es wollen. Ich bleibe und beende die Arbeit. Ich verdiene mir hier etwas."

„Sie haben es mehr als verdient", sagte er erleichtert.
„Aber ich lasse mich nicht von Ihnen auf die Schule schicken und kein höheres Gehalt zahlen. Und ich lasse mir nicht von Ihnen dabei helfen, die Vormundschaft für meine Mädchen zu bekommen. Ich werde eine Möglichkeit finden, sie zurückzubekommen, und zwar bald, aber das muss ich mit meiner eigenen harten Arbeit schaffen."

Er hatte noch nie mit einer Situation zu tun gehabt, die er nicht ändern konnte. Er hatte noch nie mit einer Person zu tun gehabt, die er nicht umstimmen konnte. Die Welt war in seinen Händen immer Knetmasse gewesen. Becca war Granit.

„Wie konnten Sie nur glauben, ich wünschte, dass Sie gehen?", fragte er.

„Ich halte wohl nicht viel von mir selbst. Das Gefängnis stellt das mit einem an."

Erneut wurde er von dem Drang erfüllt, sie an sich zu ziehen und nicht mehr loszulassen. Sie brauchte Schutz und Hoffnung, und er brauchte …

Jason wusste nicht, was er brauchte, außer, dass er Becca brauchte. Er wusste nicht wie, und er wusste nicht warum. Aber er hatte an diesem Abend erfahren, dass sie mehr war als ein Fall, mehr war als jemand, der einfach die Ränder seines Lebens streifte.

„Sie können von sich selbst halten, was Sie wollen." Er legte seine Hände auf ihre Schultern. „Aber ich halte von Ihnen genug für uns beide."

„Ich kann an niemanden denken außer mich selbst und die Mädchen, Jase."

„Ist das eine Warnung?"

„Es ist eine Bitte", sagte sie leise. „Ich brauche keinen neuen Schmerz. Ich versuche noch, über das erste Mal hinwegzukommen."

„Nicht alle Beziehungen bringen Schmerz."

„Vielleicht werde ich das auch lernen, aber nicht jetzt. Ich bin dafür nicht bereit."

Er wollte sie wieder küssen. Sie brauchte dringend Zärtlichkeit und Umarmungen und Zuspruch. Aber er hütete sich, das zu versuchen. Sie würde auch in dieser Hinsicht starrsinnig bleiben.

Jason ließ die Hände sinken. „Werden Sie mir das nächste Mal sagen, wann Sie nach Blackwater verschwinden? Ich habe mir Sorgen um Sie gemacht."

„Es ist nett, es rührt mich zutiefst."

„Werden Sie es mir sagen, damit ich es weiß?"
„Natürlich."
Er beugte sich vor und berührte ihre Wange mit seinen Lippen – sanft, behutsam. Dann richtete er sich wieder auf. „Ich ziehe bald ein."
„Schon?"
Er dachte daran, was im Haus noch alles gemacht werden musste. „Es ist die richtige Jahreszeit, um meine Wohnung zu verkaufen. Morgen biete ich sie an. Wahrscheinlich ziehe ich in den nächsten paar Wochen aus."
„Sie brauchen nicht hierzusein, um mich im Auge zu behalten."
„Daran habe ich auch gar nicht gedacht." Er wandte sich ab, aber erst, nachdem sie sein Lächeln gesehen hatte.
„Es ist aber meinetwegen."
„Ich habe jedes Wort gehört, das Sie gesagt haben, Becca, und ich bin bereit, mich danach zu richten."
Sie hörte das „vorerst", obwohl er es nicht aussprach. Sie sah zu, wie er ging. Und sie stand noch immer an derselben Stelle und starrte auf die Tür, als sie hörte, wie er den Motor startete und aus der Einfahrt fuhr.

7. KAPITEL

*E*ntspann dich! In dem Penthouse ist nicht ein Stück, das nicht davon profitieren würde, wenn die Möbelpacker es fallen lassen und ihm dadurch etwas Charakter verleihen."

Jase schoss Pamela einen der Blicke zu, für die er bekannt war, aber sie lächelte nur und sprach weiter.

„Ich kann mich wirklich um alles hier kümmern, Jase. Alles wird sicher im Möbelwagen verstaut sein, bevor ich heimgehe. Fahr du zum Haus und sorge dafür, dass alles für die Ankunft bereit ist."

Er beobachtete, wie die Möbelpacker das Gebäude mit einer Couch verließen, die er in das Arbeitszimmer des Hauses stellen wollte. Sie gingen mit äußerster Vorsicht vor. Jemand – er selbst, vermutete er – hatte ihnen Angst eingejagt. „Na schön, dann sehe ich dich später im Haus. Danke für die Hilfe."

„Ich bin so froh, dass du in Kathryns Haus ziehst, dass ich deine Möbel notfalls sogar selbst getragen hätte."

Auf der Fahrt nach Shaker Heights dachte er darüber nach, dass zwar sein Schlafzimmer fertig war, in den nächsten drei Monaten jedoch noch immer Bautrupps im Haus zu tun hatten. Bei der Inneneinrichtung hatte er zuerst häufig mit dem Innenarchitekten gesprochen, dann jedoch herausgefunden, dass Becca und der Architekt die genau richtigen Entscheidungen fällten. Was Becca nicht über Tudor-Häuser wusste, lernte sie aus allen erreichbaren Büchern. Wenn sie nicht arbeitete, las sie ständig. Jase hatte herausgefunden, dass ihr Wissen über Antiquitäten von Büchern stammte, die sie im Gefängnis gelesen hatte, und einem Kurs über Aufarbeitung von Möbeln, den sie dort belegt hatte. Sie war wie ein trockener Schwamm, der jegliches Wissen in sich aufsaugte, auf das sie stieß.

Beccas Weigerung, sich von ihm helfen zu lassen, machte ihn wütend und faszinierte ihn gleichzeitig. Sie war die einzige Frau, die er jemals getroffen hatte, die sich nicht nur nicht für sein Geld interessierte, sondern die ihn wahrscheinlich sogar mehr geschätzt hätte, wenn er ärmer gewesen wäre.

Jason traf im Haus ein, überzeugte sich, dass die Räume bereit waren, in denen seine Möbel vorläufig untergestellt werden sollten, und erhielt eine unerwartete Einladung von Becca zum Abendessen.

Zehn Minuten nach Abfahrt des Möbelwagens kam Jase in die Küche des Cottages und machte ein verdrossenes Gesicht. Becca warf die Spaghetti ins kochende Wasser, bevor sie ihn begrüßte. „Alles erledigt?"

„Wessen Idee war das?"

„Was, der Umzug oder das Abendessen?"

„Der Umzug." Er ließ sich auf einen Stuhl fallen. „Ich kann mich Bürgerkomitees stellen und Anhörungen der Stadt durchstehen und mit wütenden Bauunternehmern umgehen, ohne mit der Wimper zu zucken. Aber ich werde nie wieder umziehen."

„Das sollten Sie auch nicht. Ich mache mir nicht im Garten so viel Mühe, dass irgendwann ein Irrer einzieht, der alles planieren lässt."

„Sie brauchen sich deswegen keine Sorgen zu machen." Er legte die Füße auf einen anderen Stuhl. „Ist alles im Haus?"

„Alles, was ich mitnehme. Der Rest geht woandershin."

Becca warf einen Blick auf ihn, während sie den Salat aus dem Kühlschrank holte. Er wirkte müde, verdrossen und durch und durch maskulin. Er trug eine stark ausgebleichte Jeans, die zu dem Jason gepasst hätte, den sie in einer kalten Märznacht kennengelernt hatte. Das Polohemd spannte sich über einer Brust und Schultern, die zu den Männern gepasst hätten, die den Umzug besorgt hatten. Und das alles passte zu Jase Millington dem Wer-weiß-wievielten.

„Möchten Sie etwas trinken? Ich habe eine Clubsoda und Bier gekauft, falls sie welches möchten."

Er nahm ein Bier. „Das Essen duftet wunderbar."

„Das hoffe ich." Sie rührte die Soße um, während sie die Spaghetti im Auge behielt.

„Das Rezept Ihrer Großmutter?", fragte Jason.

„Nein, Ihrer Großmutter. Ich habe es beim Ausräumen des Hauses gefunden, kopiert und das Original für Sie aufgehoben."

„Ich glaube nicht, dass es von Kathryn stammt. Sie hat nie gekocht. Sie hat lieber alles roh gegessen, als sich mit einem Herd abzumühen. Sie hatte eine Frau, die manchmal für sie kochte. Ich weiß ihren Vornamen nicht. Wir haben sie immer McDaniels genannt. McDaniels hat Kathryn möglicherweise das Rezept aufgedrängt."

„Sie haben Ihre Großmutter mit dem Vornamen und die bezahlte Angestellte mit dem Familiennamen angesprochen?"

„McDaniels haben wir nie als bezahlte Angestellte gesehen. Sie war für Kathryn mehr eine Gesellschafterin, eine Freundin. Sie verwöhnte Pamela und mich ganz schrecklich. Und da Sie es jetzt erwähnen, erinnere ich mich, dass ihre Spaghetti wie die Ihren gerochen haben."

„Wie war Ihre Kindheit?"
Jase bemühte sich um Ehrlichkeit. „Gut in mancher Hinsicht, nicht so gut in anderer. Meine Eltern zeigen ihre Gefühle nicht. Pamela und ich sind deshalb so oft zu Kathryn, wie wir konnten."
„So nimmt man an, dass die Reichen aufwachsen. Das ist eine von diesen Geschichten, die diese Leute verbreiten, damit die Armen glücklich darüber sind, arm zu sein."
Er lachte, und sie schenkte ihm dafür ihr außergewöhnliches Lächeln. „Ich hatte eine Menge Freunde, und die Hälfte kam aus intakten, liebevollen Familien, die andere Hälfte nicht. War jeder, den Sie kannten, glücklich?"
„Kaum. Die meisten waren so damit beschäftigt, es von einem Tag zum anderen zu schaffen, dass sie gar nicht wussten, wie man glücklich ist. Viele waren von der Arbeit in den Minen krank und starben."
„Aber die Regierung hat Programme, um den Opfern der Staublunge zu helfen."
„Tut mir leid, reicher Mann, aber die Regierung gibt weniger als zehn Prozent der Leute Geld, die es brauchen. Man muss schon halb tot sein, um es zu bekommen, und dann bedeutet es nicht mehr viel."
„Das wusste ich nicht."
„Die meisten Menschen wissen es nicht. Wer spricht schon für einen Haufen Niemande aus den Appalachians?"
„Sie sind kein Niemand aus den Appalachians."
„Das habe ich mir jeden Tag gesagt, an dem ich in meinem Auto gewohnt habe. Es half, aber nicht viel." Becca lehnte sich gegen den Herd und verschränkte die Arme. „Wissen Sie, was ich mir wünsche? Ich möchte jemand sein, auf den die Leute hören. Ich will sagen, wie es ist, arm und hoffnungslos zu sein, damit sie nicht nur Geld geben, sondern auch sich selbst ändern."
Jason wusste nicht, was er sagen sollte. Sie hatte ihr Herz offengelegt.
„Ich nehme an, das ist albern."
„Nein."
„Nun, das will ich. Und ich werde es auch tun, aber ob dadurch jemand geändert wird oder nicht, hängt doch von jedem Einzelnen ab, nicht wahr?"
„Glauben Sie daran, dass die Menschen gut sind?"
„Ich glaube, wir alle haben die Gelegenheit, es zu sein, aber manche haben es leichter, gut zu sein, als andere."

Becca stellte das Essen auf den Tisch und setzte sich Jason gegenüber. Als er die ersten Bissen nahm, konnte sie nicht anders, als seine Reaktion zu beobachten.
„Das schmeckt großartig. McDaniels wäre stolz."
Becca nickte und versuchte, ihm nicht zu zeigen, wie erfreut sie war.
„Gut."
„Gibt es etwas, das Sie nicht gut machen?"
„Dewey hätte etliche Dinge aufgezählt."
„Nach allem, was Sie mir erzählt haben, war Dewey kein besonders guter Richter."
„Er hielt sich für einen. Ich tat es auch."
„Lieben Sie Dewey noch immer?", fragte Jase. „Oder können Sie ihn und seine Meinung über Sie vergessen?"
„Ich glaube, ich habe ihn nie geliebt. Nicht, wie eine Frau einen Mann liebt, an den sie wirklich glaubt. Und es kommt darauf an, was ich selbst von mir halte, oder?"
„Wenn Sie das denken und wirklich daran glauben ..."
„Ich habe mir mit diesem Denken direkt einen neuen Job verschafft, Jase."
Er legte sein Besteck weg. „Was?"
„Einen neuen Job, bei Constantine's. Nun sehen Sie mich nicht so an. Ich gehe hier nicht weg. Aber meine Abende sind frei, und ich arbeite nicht mehr als einen halben Tag an Sonntagen im Garten. Ich dachte, ich könnte kellnern. Ich würde nicht einmal eine Minute von der Zeit wegnehmen, die ich hier arbeite."
„Sie wissen, dass ich mir darüber keine Sorgen mache."
„Sie sollten sich über nichts Sorgen machen. Essen Sie jetzt Ihre Spaghetti, bevor sie kalt werden."
„Ich möchte nicht, dass Sie das machen. Sie haben sich noch nicht vollständig erholt, Becca. Sie sollten sich abends und an den Wochenenden erholen, fernsehen, Musik hören, irgendetwas nur zum Vergnügen lesen."
„Tun Sie das?", warf sie ein.
„Das ist etwas anderes."
„Wieso? Schütteln Sie nicht über mich den Kopf, Jase Millington der Wer-weiß-wievielte."
„Der Vierte, aber nennen Sie mich nie so."
„Dann eben Jason Millington der Wer-weiß-wievielte. Das gefällt mir ohnehin besser. Sie wissen gar nicht, was Sie nun sind. Im einen

Moment halten Sie sich für meinen Vater, im nächsten für meinen Herrn und Erretter, im nächsten Moment küssen Sie mich."

„Sie müssen geküsst werden." Er war auf den Beinen und um den Tisch herum, bevor Becca reagieren konnte. Sie sprang auf, um sich ihm zu widersetzen. „Sie müssen geküsst und geschüttelt werden, Mädchen aus den Bergen. Sie können nicht die Welt auf Ihre Schultern nehmen. Es ist keine besonders nette Welt. Sie sollten das mittlerweile gelernt haben. Jeder braucht Hilfe, nur Sie lassen sich von niemandem helfen. Das ist verrückt, verrückter noch, als nicht aus dem Wagen zu steigen, nachdem Dewey den Laden ausgeraubt hatte. Verrückter noch, als ihn überhaupt zu heiraten."

„Was glauben Sie denn, wer Sie sind, dass Sie mir weismachen, was verrückt ist? Lassen Sie sich von mir sagen, was verrückt ist. Das ist ein Mann, der so tut, als wäre er ein Herumtreiber, nur um zu sehen, wie die andere Hälfte der Welt lebt. Das ist ein Mann, der sich für so perfekt hält, dass er alles über alles und jeden weiß. Das ist Jase Millington der Wer-weiß-wievielte."

„Wollen Sie mir vielleicht erzählen, dass Sie sich großartig fühlen? Dass Sie sich fühlen, als könnten Sie die Welt aus den Angeln heben? Dass zwei Jobs Sie nicht wieder am Boden zerstören werden?"

Sie öffnete den Mund, um genau das zu behaupten, und presste dann wieder die Lippen aufeinander.

„Na bitte!", triumphierte er.

„Ich erzähle Ihnen, dass Sie sich hinsetzen und Ihre Spaghetti essen sollen, bevor ich Ihnen den Teller wegnehme."

Er streichelte über ihr Haar. Er hatte es nicht vorgehabt. In dem einen Moment war er über ihre Dummheit zornig genug gewesen, um sie zu schütteln, im nächsten streichelte er ihr Haar. „Sie bedeuten mir etwas."

„Nicht."

„Es ist zu spät."

„Ich tue Ihnen leid."

„Lächerlich. Vielleicht irgendwann einmal, aber wem kann schon eine Wildkatze aus Kentucky leidtun, die stets nur macht, was ihr passt?"

„Sie sollten mich nicht so berühren."

„Warum nicht?"

„Weil das nur eine weitere Methode ist, um mich Ihnen gefügig zu machen."

„Ich berühre Sie, weil ich nicht anders kann. Setzen wir uns und tun so, als wäre es nie passiert."

Jason zog sie an sich. Ihr Blick war abweisend, aber sie widerstand ihm nicht. Sein Mund eroberte den ihren, wie ein Adler sich auf seine Beute stürzt. Seine Lippen waren so hitzig wie seine Worte. Becca wusste, dass sie zornig sein sollte, aber sie konnte nichts außer Verlangen empfinden. Es durchzog sie wie eine Woge, bis sie nur noch aus Begierde und Sehnen bestand.

Wenn ihr letzter Kuss süß gewesen war, so war dieser alles andere als süß. Dieser Kuss löste die Gefühle aus, von denen die Bücher behaupteten, eine Frau wäre dazu fähig, wenn sie wirklich eine Frau war. Davon hatte sie nicht einmal zu träumen vermocht. Sie fiel in den Kuss, als würde sie im freien Fall in Wolken stürzen. Ihre Arme umschlangen seine Taille, und ihr Körper presste sich gegen ihn. Sie fühlte seine Erregung, fühlte genau, wie sehr er sie wollte. Dieses Wissen ließ sie fast so hoch schweben wie der Kuss. Jason wollte sie, sehr sogar. Und alles, was er tat, um es zu beweisen, brachte sie dazu, ihn genauso sehr zu wollen.

Schließlich schob er sie von sich. „Jetzt kannst du so tun, als wäre nichts passiert." Er nahm wieder seinen Platz ein. Die Gabel hielt er so fest wie ein Schwert, aber er begann zu essen.

„Auf diese Weise kann ich etwas Geld sparen", sagte sie unvermittelt, als sie beide gegessen hatten. „Ich kann Geld nach Hause schicken und welches zurücklegen für die Kaution für ein Apartment. Am Ende des Sommers werde ich eine Wohnung und eine feste Arbeit haben. Ich will meine Babys bei mir haben."

Er reagierte nicht.

„Sie verstehen mich nicht", sagte Becca, als er nicht antwortete.

„Ich verstehe, welcher Aufgabe du gegenüberstehst, und mir ist klar, wie du es besser machen könntest. Wie kannst du genug sparen, wenn du dir von niemandem helfen lässt? Die Trinkgelder bei Constantine's werden nicht üppig sein. Du brauchst tausend Dollar, um in ein ordentliches Apartment zu kommen, und sobald die Mädchen bei dir sind, musst du dafür sorgen, dass sie beaufsichtigt werden. Das Gericht wird darauf achten, wenn du die Vormundschaft haben willst."

„Ich kann das schaffen."

„Wenn es jemand schafft, dann du."

„Was?"

„Du hast schon richtig gehört." Jason blickte hoch und sah das Lächeln, auf das er hoffen gelernt hatte. „Meinst du, ich will dir helfen, weil ich dir nicht zutraue, dass du dir selbst hilfst? Ich habe mehr Vertrauen zu dir als zu den meisten Leuten, die ich kenne. Ich weiß nur, wie schwer es sein wird. Und ich möchte nicht, dass es schwer ist."

Becca konnte nicht schlucken. Sie stand auf und brachte den Rest ihres Essens zur Spüle. Sie war erst ein paar Sekunden dort, als sie Jases Arme um sich fühlte.

„Ich weiß nicht, was ich von dir denken soll", sagte sie.

„Denkst du denn an mich?"

„Mehr als ich sollte."

„Geht mir genauso."

„Ich habe Himbeercreme gemacht."

Er stand da und hielt sie in seinen Armen. Sie schmiegte sich nicht an ihn und drehte sich nicht um. Hätte sie eines von beidem getan, wusste er nicht, was geschehen wäre.

„Ich fahre morgen nach Blackwater", sagte sie, nachdem er nur widerwillig etwas zurückgewichen war. „Ich werde nicht mehr oft fahren können, wenn ich erst einmal an Wochenenden arbeite."

„Wissen es die Mädchen?"

„Ich schreibe ihnen jeden Tag. Ich denke, die Hanks lesen ihnen meine Briefe vor. Sie mögen mich nicht, aber sie lieben Amanda und Faith. Sie würden den Mädchen nicht wehtun, um mir etwas heimzuzahlen."

„Wann fährst du?"

„Am späten Nachmittag, sobald die Bauarbeiter weg sind."

„Fahr am Morgen. Ich werde morgen den ganzen Tag hier sein und auspacken. Ich kann zur Abwechslung die Anweisungen geben. Die Männer werden es erfrischend finden."

„Nein, ich habe noch etwas im Garten zu tun, bevor ich fahre."

„Fahr!" Er drehte sie zu sich herum. „Gönne dem Garten eine Ruhepause. Lass ein wenig neues Unkraut wachsen. Fahr nach Blackwater. Du hast dir inzwischen einen Tag Urlaub verdient, meinst du nicht?"

„Bist du sicher?"

„Und ob."

„Danke."

„Es ist nur eine Kleinigkeit."

„Nicht für mich." Sie berührte seine Wange. Es war nur der Hauch einer Berührung. „Nichts, was du getan hast, war nur eine Kleinigkeit. Du hast mir eine Chance gegeben. Glaub nicht, dass du mir mehr geben musst."

Er zog sie wieder an sich, küsste sie jedoch nicht. Da war so viel, das er ihr noch geben wollte. Er hoffte nur, dass sie es eines Tages akzeptieren würde.

8. KAPITEL

Von hartnäckigem Hämmern geweckt, stand Jason am nächsten Morgen auf und nahm seinen Kaffee mit auf die Terrasse in den herrlichen Sonnenschein. Er hatte sich gerade gesetzt, als er feststellte, dass er nicht allein war. Er beugte sich vor und blickte zu den Rosen. „Becca?"

Sie erhob sich und putzte Gras von ihren Knien. „Hallo!"

„Was machst du hier?"

„Dies und das."

Er nahm seine Tasse und ging auf Becca zu. „Du solltest doch schon unterwegs sein. Es ist eine lange Fahrt nach Kentucky."

„Ich weiß." Sie hielt ein Buch hoch. „Das habe ich gestern in der Bibliothek geholt."

Es war ein Buch über alte Rosensorten, aber er konnte sich nicht vorstellen, was das mit ihrer Fahrt nach Blackwater zu tun hatte. „Becca ..."

„Ich versuche, diese Rosen zu identifizieren, nachdem einige von ihnen aufgeblüht sind, und eine Liste zu machen."

Er wollte wissen, warum sie nicht in ihrem Wagen auf dem Highway unterwegs war, nicht die Namen seiner Rosenbüsche, aber er erkannte, dass sie zögerte, über die Fahrt zu sprechen. „Glück gehabt?"

„Mehr, als ich dachte. Ich habe ein paar eingegrenzt und zwei eindeutig identifiziert." Sie sprach schnell, als wollte sie nicht, dass er sie unterbrach. „Ich zeige es dir."

Er folgte ihr zwischen die Rosenbüsche, hörte sich geduldig an, was sie über Rosen zu erzählen hatte, bis er das Thema wechselte. „Was wurde aus den Rosen deiner Großmutter, Becca?"

„Sie blühen noch immer. Matty lebt jetzt in dem Haus. Wenn ich mich eines Tages irgendwo niedergelassen habe, hole ich mir Ableger."

„Warum holst du nicht Ableger, während du am Wochenende in Blackwater bist, und pflanzt sie hier ein?"

Sie schob mit dem Fuß Holzspäne zusammen, die ein Rosenbeet bedeckten. „Ich fahre nicht."

„Warum nicht?"

„Ich kann nicht."

„Warum nicht? Ist etwas mit deinem Wagen?" Becca seufzte, und das war Antwort genug. „Sehen wir ihn uns an."

„Sinnlos. Er fährt nicht mehr. Ich hatte wohl noch Glück, dass ich nicht auf dem Highway war."

Sie schien den Tränen nahe zu sein. Jason konnte es nicht ertragen und legte seine Arme um sie, obwohl sie ihn wegzuschieben versuchte.

„Weinst du nie?"

„Was bringt das denn?"

„Zum einen spült es den Kloß in deiner Kehle weg."

„Ich wüsste nicht, was ich ohne ihn anfangen sollte." Sie entspannte sich und ließ sich von ihm halten. Es war ein Fehler. Sobald sie nachgab, brach der Damm, und Tränen begannen über ihre Wangen zu fließen. Sie hatte vergessen, wie es war zu weinen, was für eine vernichtende Wirkung Tränen auf ihre Willenskraft hatten. Jase hielt sie fester, während sie sein Hemd an der Brust durchweichte.

Als die Tränen endlich versiegten, griff er in seine Tasche nach einem Taschentuch, fand jedoch keins. Becca rückte von ihm ab. Er zog sein T-Shirt aus und gab es ihr. „Hier."

„Das geht doch nicht."

„Warum nicht? Du hast es doch schon nass gemacht."

Sie sah ihn kurz an, nahm dann das Shirt und wischte sich über Augen und Wangen. Aber erst, nachdem sie einen Blick auf seine nackte Brust geworfen hatte. Sie war nicht in der Verfassung für nackte Männerbrüste oder Jase, aber das Bild von gebräunter Haut, die sich über breite, kräftige Muskeln spannte, war in ihre Gedanken eingebrannt, sodass sie später darüber nachdenken konnte. „Danke."

„Du kannst meinen Wagen nehmen."

„Nein."

„Meine Eltern haben einen Wagen, den ich mir für das Wochenende ausleihen kann. Das macht keine Schwierigkeiten."

Becca wurde bewusst, dass sie sein Shirt an ihre Wange hielt wie ein Kind seine Lieblingsdecke. Sie hielt es ihm wieder entgegen. „Ich fahre nicht in deinem Wagen nach Blackwater."

Er nahm das Shirt nicht an. „Gut, weil ich eine bessere Lösung habe. Ich fahre."

Sie starrte ihn an. Das war typisch für Jase, alles für sie in Ordnung zu bringen.

„Bevor du ablehnst", fuhr er fort, „musst du wissen, dass ich schon immer Kentucky sehen wollte."

„Aber sicher."

„Mehr noch als den Orient oder Tahiti. Ich will Blackwater sehen. Und ich will Amanda und Faith sehen. Wenn sie auch nur annähernd wie ihre Mommy sind, lohnt es sich, sie kennenzulernen."
„ Sie sind wunderbar."
„Lass mich das selbst beurteilen. Ich bin ein Experte, was die Beurteilung von Qualität angeht."
„Du machst das nur, weil ..."
„Ja?"
„Wem will ich etwas vormachen? Ich will fahren, Jase. Ich habe mir nie etwas mehr gewünscht. Du kannst mir nicht erzählen, dass du vor Verlangen nach dieser Fahrt stirbst, aber ich kann einfach nicht ablehnen. Ich wäre stolz, wenn du mich nach Blackwater brächtest."
„Gib mir eine Stunde Zeit zum Packen."

Es war schon dunkel, als Jase Becca in Blackwater vor ihrem ehemaligen Elternhaus absetzte. Er fuhr nach Baldwin, um in einem Motel zu übernachten.

Am nächsten Morgen bei Sonnenschein sah Beccas Elternhaus gar nicht so schlecht aus. Blumen rankten an den Pfeilern der Veranda hoch, und Rosen – Großmutters Rosen, nahm er an – blühten in einem hübschen Garten. In der Einfahrt parkte ein alter Kombi, der viel Ähnlichkeit mit einem Wrack hatte.

Matty hatte dunkle Haare und helle Haut. Armut und zu viel Kinder hatten ihre Figur aus dem Leim gehen lassen. Einen weiteren Grund dafür entdeckte er beim Frühstück. Die ganze Familie liebte Zucker und Fett.

Er lauschte am Tisch den scherzhaften Reden und hörte deutlich die Liebe heraus. Syl, das Familienoberhaupt, sagte wenig, aber wenn er es tat, sprangen alle. Jason registrierte nicht Angst in der Reaktion der Familie, sondern einen tiefen Respekt. Und wer hätte nicht einen Mann respektiert, der sieben Tage die Woche arbeitete, um seine Familie zu unterhalten. Er war vorzeitig gealtert, aber er hatte ein lustiges Lächeln und machte manchmal eine trockene Bemerkung, und am Ende der Mahlzeit wünschte Jase sich, Syl würde in Ohio leben und für ihn arbeiten.

Während der Fahrt zum Haus der Hanks beobachtete Becca Jase. Er schien sich wohlgefühlt zu haben, aber sie wusste, was für ihn alles neu gewesen sein musste. Das billige, angeschlagene Steingutgeschirr, die Marmeladengläser mit gezuckertem Fruchtsaft anstelle von Orangensaft, der leichte Geruch von feuchten Matratzen und Mehltau. Sie schämte sich für nichts. Nicht für das Sofa mit herausstehenden Federn, nicht für Mattys schlechte Grammatik – dieselbe Grammatik, die Becca noch immer mit sehr viel Mühe aus ihrer eigenen Sprache zu vertreiben suchte. Matty und Syl hatten immer zu ihr gehalten, und die Kinder waren ihr fast so lieb wie ihre eigenen. Sie schämte sich nicht, aber sie fragte sich, ob Jase nun deutlicher erkannte, wie verschieden sie waren.

Wenn es so war, zeigte er es nicht. Er ertappte sie dabei, wie sie ihn betrachtete, und die Intimität seines Lächelns ließ ihr Herz noch schneller schlagen.

„Bill und Alice wissen, dass wir kommen", sagte sie, als sie sich abwandte. „Normalerweise gehen sie weg, sobald ich da bin, und ich habe die Mädchen für mich allein."

„Das ist nett von ihnen."

„Ich glaube nicht, dass sie es machen, um nett zu sein."

Er bog um eine Ecke und hielt vor dem Hanks-Haus. Becca war aus dem Wagen, bevor er den Motor abgestellt hatte. Das Haus war eines der wenigen Ziegelgebäude im Ort, und bei Tageslicht sah Jason, dass viele Fenster und Türen mit Brettern zugenagelt waren.

Die Tür öffnete sich, bevor Becca die Veranda erreichte. Zwei Wirbelwinde mit Zöpfchen stürmten ihr entgegen. Sie kniete sich hin und nahm sie in die Arme, während Jason wartend stehen blieb.

Endlich entdeckte ihn eines der kleinen Mädchen, steckte zwei Finger in den Mund und schaute über Beccas Schulter. „Wer ist das?"

Becca drehte sich um und lächelte tränenfeucht. „Komm her, Jase, und sieh dir meine Babys an!"

Im Näherkommen bemerkte er die grauhaarige Frau, die mit zusammengezogenen Brauen an der Tür stand, die Arme verschränkt, und jede Bewegung Beccas verfolgte. Er blieb neben Becca stehen. „Also, wer ist wer?"

„Das ist Faith."

„ Guten Morgen, Faith."

Sie kicherte.

Er lenkte seine Aufmerksamkeit zu der zweiten. „Guten Morgen, Amanda." Er betrachtete sie einen Moment und wandte sich wieder an Faith. „Jetzt kann ich den Unterschied erkennen."

„Kann er?", fragte Amanda ihre Mutter.

„Wahrscheinlich nicht. Schließ die Augen, Jase, und ich mische die beiden durch."

Er gehorchte, und doppeltes Kichern ertönte.

„In Ordnung, mach die Augen wieder auf."

Er tat es und blinzelte den Mädchen zu. „Das ist Amanda und das Faith." Er deutete auf die beiden, während er sprach.

„Woher hat er das gewusst?", fragte Faith.

„Woher hast du das gewusst?", fragte auch Becca. „Die meisten Leute brauchen dafür Wochen."

„Magie."

Becca stellte die Mädchen nebeneinander und betrachtete sie. „Amanda hat blaue Haarspangen und Faith rosa."

„Und ich dachte, ich könnte euch hereinlegen."

Becca stand auf und hielt Faith auf dem Arm. Amanda klammerte sich an ihre freie Hand. „Jase, das ist Alice Hanks."

Alice streckte ihm ihre Hand mit wenig Begeisterung entgegen. „Ich habe nicht gewusst, dass du jemanden mitbringst", sagte sie zu Becca.

„Jase hat mich gefahren. Mein Wagen hat gestreikt."

„Dewey hat immer gut auf den Wagen aufgepasst."

„Der ist jetzt vier Jahre älter", erwiderte Becca.

„Nun, ihr beide könnt hereinkommen. Bill und ich wollten gerade weggehen."

„Ich bleibe nicht", versicherte Jason. „Becca muss mit den Mädchen allein sein."

Becca zeigte ihm ein dankbares Lächeln.

„Komm trotzdem herein. Du musst Bill kennenlernen."

Jason folgte ihr ins Wohnzimmer. Drinnen war das Haus wie außen ordentlich, aber einfallslos. Über einem Kamin, der aussah, als wäre er nie benutzt worden, hing ein Bild eines Matadors. Die Möbel waren in Gold und Grün im Stil der Sechzigerjahre gehalten, und der Teppich war arg strapaziert worden.

Bill Hanks stand mühsam auf. Deweys Vater hatte seinen Preis für das Leben bezahlt, das sein Sohn geführt hatte.

„Du könntest öfter zu deinen Töchtern kommen", sagte Bill zu Becca, nachdem er Jase begrüßt hatte.

„Vielleicht wird das bald nicht mehr nötig sein", erwiderte sie, ohne eine Miene zu verziehen.

„Was heißt das?"

„Es heißt, dass ich vor Gericht die Vormundschaft beantragen werde, sobald ich die nötigen Mittel habe. Dann müsst ihr die Mädchen besuchen." Sie machte eine kurze Pause. „Ihr werdet in meinem Haus immer willkommen sein."

„Ich würde mich auf nichts verlassen, kleines Fräulein."

„Das habe ich bereits gelernt, Bill. Von Dewey."

Alice gab einen Ton von sich, den Jason nicht deuten konnte. Er bemühte sich, ruhig zu klingen. „Becca hatte mehr Pech, als irgendjemand verdient, Mr Hanks. Sie hat jetzt Freunde, die dafür sorgen werden, dass sie von nun an Chancen bekommt."

„Ich werde dafür sorgen, dass ich Chancen bekomme", sagte Becca. „Ich werde meine Töchter unterhalten und großziehen. Glaubt nicht, dass ich euch nicht dafür dankbar bin, dass ihr für die beiden da gewesen seid, als ich es nicht konnte. Aber ich brauche jetzt meine Babys, und ihr beide müsst für euch sein und euch ausruhen."

Bill mochte gebrechlich erscheinen, aber Jason erkannte den unbeugsamen Willen in seinem Blick. Bill Hanks würde im Kampf um die Vormundschaft alle Register ziehen.

Die Hanks gingen. Becca schien von der Auseinandersetzung nicht besonders beeindruckt zu sein. Jason wartete, bis die Mädchen sich mit Malbüchern beschäftigten, die Becca mitgebracht hatte, bevor er fragte: „Sind die Hanks immer so?"

„Nein. Sie sind … Bill ist für gewöhnlich viel schlimmer. Er hat sich heute von seiner besten Seite gezeigt, weil du größer und jünger bist als er und aussiehst, als wärst du jemand."

„Er ist verschlagen und möchte den Kraftprotz spielen."

„Er hat seinen Sohn gut gelehrt. Aber meistens ist er zu den Mädchen lieb. Er hat eine Schwäche für sie, die er für mich nicht hat. Ich erinnere ihn an seine Fehler. Die Mädchen geben ihm Hoffnung."

„Du bist großzügig."

„Ich bin resigniert. Ich verändere, was ich kann, und akzeptiere, was ich nicht verändern kann."

„Erkennst du auch den Unterschied zwischen beidem?"

„Ich glaube schon. Glaubst du es nicht?"

„Nicht immer."

„Das ist etwas, worüber wir stets geteilter Meinung sein werden."

Jason dachte über dieses „stets" nach, während er sich in Blackwater umsah. Der Klang dieses „stets" gefiel ihm besser und besser.

9. KAPITEL

Blackwater bestand aus wenig mehr als zwei Tankstellen, einem Lebensmittelladen mit einem Postamt in einer Ecke und einer Apotheke in einer anderen, einem Gemeindezentrum mit einer Bücherei, einem Freizeitzentrum und einer Krankenstation, die zweimal in der Woche geöffnet hatte. Falls ein Einwohner von Blackwater dienstags oder freitags krank wurde, hatte er Glück. Wurde er an einem anderen Tag krank und konnte nicht warten, fuhr er nach Baldwin oder noch weiter.

Das Gemeindezentrum war eine ehemalige Kirche und wurde von Freiwilligen geführt. Das Freizeitzentrum war mit zwei Tischtennistischen und einem Billardtisch ausgestattet. Es gab einen Fernseher und einen Videorekorder mit einer kleinen Sammlung gespendeter Videokassetten, die jeder Bürger von Blackwater vermutlich schon ein dutzendmal gesehen hatte.

Jase hatte sich noch nie dermaßen als Fremder gefühlt. Niemand lächelte oder nickte ihm zu. Er bekam nur misstrauische Blicke.

Im Laden kaufte er einen Apfel. Die Kassiererin, eine hübsche junge Frau, deren Haar bereits von Grau durchzogen war, kassierte schweigend.

In der Leihbücherei fragte er die Bibliothekarin, ob sie ihm irgendwelche guten Bücher über die Gegend empfehlen konnte, doch ihre Antwort beschränkte sich auf: „Keine, die wir haben."

Jasons Tour dauerte eine Stunde, hauptsächlich weil er auch auf dem Friedhof war, auf dem er Deweys Grab gefunden hatte. Laut Grabstein war Dewey der geliebte Sohn von Alice und William Hanks gewesen. Kein Fremder hätte gewusst, dass er auch Ehemann einer Frau namens Becca und Vater von zwei schönen kleinen Mädchen gewesen war.

Zwei Stunden fuhr Jason in der Gegend herum, dann landete er in einem heruntergekommenen Café zwischen Blackwater und Baldwin. Er parkte auf dem nicht asphaltierten Platz neben sechs Pick-ups und zwei Wagen, die ihn an Beccas Auto erinnerten. Drinnen registrierte er die gleichen misstrauischen Blicke wie überall. An den meisten Tischen saßen Männer. Nur drei Frauen waren im Raum, und eine von ihnen war die Kellnerin.

Jase setzte sich in eine Nische mit einer ausgebesserten Kunststoffbank. Der Tisch war sauber, die Speisekarte schlicht. Als Tagesspezialität wurde Schinken mit Soße angeboten.

Die Kellnerin, eine alternde Blondine mit zu viel Augen-Make-up, fand jede Menge Entschuldigungen, um nicht an seinen Tisch kommen zu müssen. Schließlich blieb ihr nichts anderes übrig. Jason bestellte die Tagesspezialität, ohne dass sie ein Wort sagte.

Die Kellnerin ging und kam mit Eiswasser und einem Salat wieder. Jason fasste sich ein Herz. „Miss?"

Sie wartete.

„Ich bin für einen Tag hier. Gibt es irgendetwas, das ich unternehmen oder mir ansehen sollte?"

„Weiß nicht."

Es ermutigte ihn, dass sie sprechen konnte. „Nun, wenn Sie noch nie hier gewesen wären, was wollten Sie dann unbedingt sehen?"

„Ich war aber immer hier." Sie drehte sich um, ging weg und blieb an einem Tisch stehen, an dem drei stämmige Kerle rauchten und sich anschrien. Alle drei Männer drehten sich zu ihm um.

Jason hatte seinen Salat zur Hälfte gegessen, als einer der Männer aufstand und an seinen Tisch kam. „Habe gehört, Sie wollen wissen, wohin Sie gehen können."

Er betrachtete den Typ und sah Ärger voraus. „Nicht in die Hölle, wenn Sie mir das raten wollen."

„Wir brauchen hier keine Fremden mit großer Klappe."

Jason deutete auf die Bank auf der anderen Seite seines Tisches. „Sehen Sie, mein Freund, warum setzen Sie sich nicht und sagen mir, was hier vor sich geht? Ich bin nicht in der Stadt, um irgendjemandem Ärger zu machen."

Der Mann rührte sich nicht. „Vielleicht verraten Sie mir, warum Sie dann in der Stadt sind."

Jason wollte herausfinden, wie viel Unterstützung es für Becca in einer Vormundschaftsklage aus Blackwater gab.

„Ich bin ein Freund von Becca Hanks." Er schob seine Salatschale von sich. „Ein sehr guter Freund. Ich besuche mit ihr zusammen ihre Töchter. Wollte sehen, wo die beiden aufwachsen."

Die Miene des Mannes veränderte sich nicht. „Becca Hanks?"

„Richtig. Kennen Sie sie?"

„Jeder kennt Becca. Wo ist sie jetzt?"

„Bei ihren Töchtern."

„Niedliche kleine Wildfänge."

Jason wurde bewusst, dass er bereit gewesen war, aufzuspringen und den ersten Schlag zu landen. Er entspannte sich. „Die niedlichsten, die ich je gesehen habe. Mattys und Syls Kinder sind auch niedlich. Ich war zum Frühstück da."

„Sind Sie mit denen auch befreundet?"

Jason hatte das Gefühl, dass er die Prüfung bestand. „Das hoffe ich jetzt."

„Verdammt!" Der Mann winkte seinen Freunden. Im nächsten Moment saßen sie alle in der Nische.

„Ich möchte wissen, was Becca hier zugestoßen ist", sagte Jason. „Und ich möchte wissen, wie es passiert ist."

Wenn er sich gefragt hatte, ob irgendjemand in Blackwater die feine Kunst der Konversation pflegte, hörte er gleich darauf auf, sich das zu fragen.

Becca war mit allen befreundet gewesen. Dewey dagegen war ein arroganter, verwöhnter Nichtsnutz gewesen, der jeden benutzt hatte, mit dem er in Berührung kam. Keine Menschenseele in Blackwater glaubte, dass Becca irgendetwas mit dem Raub zu tun hatte. Ihr einziger Fehler war blinde Loyalität einem Mann gegenüber gewesen, der sie nicht verdiente.

Das Bewährungskomitee war mit Briefen und Anrufen von Bürgern aus Blackwater dermaßen überschwemmt worden, dass Becca schon im ersten Anlauf die Bewährung geschafft hatte. Es war niemand in der Stadt, der Becca nicht einen Job gegeben hätte, wenn die Möglichkeit bestanden hätte. Und war es nicht ein Jammer, dass die Hanks ihre Kinder aufzogen? Es war niemand in der Stadt, der nicht bereit gewesen wäre, vor Gericht über ihren Charakter auszusagen.

Als Jason mit dem Mittagessen fertig war, wusste er mehr, als er zu erfahren erwartet hatte. Er hörte von Beccas Brüdern und wie sie die beiden einmal in einen Keller eingesperrt hatte, bis sie sich dafür entschuldigten, dass sie Beccas Fahrrad zerlegt hatten. Er hörte, wie sehr alle ihren Vater gemocht hatten, und wie er die örtliche Gewerkschaft in einer Auseinandersetzung um bessere Versorgung geleitet hatte. Er hörte, wie viele Blackwater-Jungen in sie verliebt gewesen waren und wie viele von ihnen sie geküsst hatte.

Er bekam auch einiges zu hören, wie es war, in einer Stadt zu leben, in der es keine Jobs und keine Hoffnung auf Jobs gab, nur Berge, einen schmalen Fluss und Wurzeln, die Generationen zurückreichten. Nach dem Mittagessen nahm ihn einer der Männer mit auf eine wilde Vergnügungsfahrt um Berge herum und durch Täler. Die Liebe des Mannes zu den Bergen und dem Land, das seine Vorfahren für sich in Anspruch genommen hatten, war für Jason greifbar. Als er sich verabschiedete, hatte er einen Einblick in Beccas Leben erhalten. Blackwater war ein Ort, dessen Zeit abgelaufen war, und obwohl Jason nie ganz verstehen würde, was sie hierher zog, verstand er jetzt ein wenig mehr davon.

Wie vereinbart, kam er zur Dinnerzeit zu dem Haus der Hanks. Becca und ihre Mädchen hatten ihr Essen beendet. Faith tanzte von einem Fuß auf den anderen, während Becca ihr das Gesicht wusch. Amanda hatte offenbar schon die gleiche Behandlung mit einem Waschlappen erhalten.

„Guter Tag?", fragte er, als Becca aufblickte.

„Wunderbar."

Er setzte sich, und Amanda strich an seinem Stuhl vorbei, als suchte sie ihren Mut zusammen, um sich ihm zu nähern. Als er sich vorbeugte, wich sie drei Schritte zurück.

„Bill und Alice dürften jeden Moment hereinkommen." Becca stand auf. „Ich habe das Motel in Baldwin angerufen und mir auch ein Zimmer genommen. Syls Familie kommt heute Abend. Das Haus wird aus allen Nähten platzen."

Bill und Alice trafen ein. Beide Mädchen weinten, als Becca ging, obwohl sie versprach, sie und Jase würden sie am nächsten Morgen abholen.

„Ist es immer so?", fragte er, als sie auf halber Strecke nach Baldwin waren.

„Manchmal ist es schlimmer."

Jason wusste nicht, wie er sie trösten sollte. „Ich habe in Baldwin ein anständig wirkendes Restaurant gesehen."

„Ich bin nicht sehr hungrig."

Er erwähnte das Restaurant nicht mehr. Als sie Baldwin erreichten, hielt er davor auf der Main Street. „Du bist vielleicht nicht hungrig, aber ich."

Becca stieg aus. Drinnen stocherte sie in gedämpftem Fisch und Krautsalat, versuchte eine Unterhaltung, brach aber oft mitten im Satz ab.

Im Motel bekam sie das Zimmer neben Jase. Die Tür schloss sich hinter ihr, und ihm blieb ein Abend mit Fernsehen und Papierkram, den er mitgebracht hatte. Um halb elf schaltete er das Licht aus.

Er hörte, wie Becca sich ruhelos in ihrem Raum bewegte, dann das Geräusch einer Tür. Im nächsten Moment war er aus dem Bett und zog Shorts an.

Als er die Tür öffnete, war Becca auf dem Korridor. „Schlaf wieder", sagte sie. „Ich wollte dich nicht wecken."

„Ich habe nicht geschlafen." Er sah, dass sie vollständig bekleidet war. „Bist du doch hungrig geworden?", fragte er.

Ihr Blick wanderte über ihn. Nackte Brust, nackte Füße, tief auf den Hüften sitzende Jeansshorts und eine Zehn-Dollar-Wette, dass darunter nichts war. „Nein."

Er blieb an der Tür stehen. „Suchst du das Nachtleben?"

„Das Nachtleben in dieser Gegend ist für alleinstehende Frauen nicht sicher."

Jason mochte keine Ratespiele. Er wartete.

„Ich wollte einen Spaziergang machen", gab sie zu. „Ich konnte nicht schlafen."

„Ist das sicher für alleinstehende Frauen?"

„Wahrscheinlich. Ich wollte zum Fluss gehen."

„Möchtest du Gesellschaft?"

„Als wir uns das erste Mal getroffen haben, hast du auch gemeint, ich sollte nicht allein gehen."

„Ich hatte recht."

„Das hast du für gewöhnlich, nicht wahr?"

„Darf ich mitkommen?", fragte Jason.

„Du solltest schlafen. Du brauchst dir um mich keine Sorgen zu machen."

„In Ordnung. Ich mache mir keine Sorgen. Darf ich mitkommen?"

Er erwartete Widerstand, aber ihr Lächeln war dankbar. „In Ordnung."

„Ich komme gleich wieder."

Sie sah ihn ungern gehen. In dieser Nacht sehnte sie sich nach Bestätigung. War sie die Frau, die sie sein wollte? War sie die Frau, in die Jase Millington sich verlieben konnte? Denn irgendwann hatte sie begonnen, sich in ihn zu verlieben.

Er kam wieder heraus, Brust und Beine nicht mehr nackt. „Du musst mir den Weg zeigen."

Becca streckte eine Hand aus. „Ich will dich nicht in der Dunkelheit verlieren."

Er drückte ihre Hand, die nicht so zart war wie die von Cara oder den anderen Frauen aus seinem Bekanntenkreis. Becca führte ihn an den Fluss und zog ihn mitten zwischen Immergrün in eine Höhle aus Zweigen. Becca winkte ihn neben sich auf einen Flecken Gras am Wasser. Das dunkle Band des Flusses reflektierte das Mondlicht in schimmernden, mystischen Mustern. Er verstand, warum sie hierherkommen wollte.

„Wenn es manchmal mit Dewey zu schlimm wurde, kam ich hierher", erzählte sie. „Ich lieh mir von Alice den Wagen, wenn sie in einer guten Stimmung war, und ließ alle Probleme hinter mir. Ich tat dann so, als hätte ich nie geheiratet, als hätte ich die Highschool abgeschlossen und wäre unterwegs zum College. Ich sah mich selbst auf einem Boot auf dem Fluss, wie ich einem neuen Leben entgegenfuhr." Einen Moment konnte sie nicht weitersprechen. „Das war wohl albern."

„Es klingt so, als würde das jeder von uns machen, wenn er verzweifelt ist."

„Hast du auch einen solchen Ort?"

„Kathryns Haus. Dort musste ich nicht perfekt sein. Ich konnte meine Kleider schmutzig machen und Bonbons essen und auf Bäume klettern. Pamela und ich hatten ein System entwickelt. Bevor wir wieder von Kathryn weggingen, inspizierten wir uns gegenseitig. War irgendetwas schmutzig oder verknittert, haben wir es so gut wie möglich in Ordnung gebracht, damit unsere Eltern nicht bemerkten, wo wir waren und was wir getan hatten."

„Als ich klein war, war ich immer schmutzig. Und ich habe praktisch auf Bäumen gelebt. Ich bekam Bonbons nur zu besonderen Anlässen. Mein Daddy sagte, er würde das Geld für Bonbons und den Zahnarzt gleichzeitig sparen." Sie legte sich zurück, bis sie zum Mond aufblickte. Jason streckte sich neben ihr aus. „Ich möchte nicht mit dir tauschen, Jase. Es war gut, hier aufzuwachsen. Ich hatte Menschen, die mich liebten. Ich hatte die Berge und den Fluss. Ich hatte Freunde, die daran glaubten, dass ich etwas aus mir machen könnte. Wo bin ich vom Weg abgekommen?"

Er berührte ihre Wange und fuhr mit seinem Finger langsam darüber. „Du bist es nicht."

„Nein? Wieso haben dann andere meine Kinder, und warum landete ich in einem verbeulten Chevrolet als Behausung? Nein, sag nichts. Ich sage dir, was geschehen ist. Ich bin vom Weg abgekommen, als ich dachte, ich würde einen Mann brauchen, der mein Leben leitet. Ich war noch klein, als meine Mama starb, aber ich erinnere mich noch, wie sie am Ende des Tages auf Daddy wartete. Was immer sie nicht erledigen konnte, während er weg war, erledigten sie zusammen, wenn er heimkam. Ich bin in dem Glauben aufgewachsen, dass ich in einer Ehe mehr sein könnte als allein."

„Ich bin in dem Glauben aufgewachsen, ich würde in einer Ehe nur noch die Hälfte sein."

„Als ob du schrumpfen würdest?"

„Vermutlich."

Sie drehte sich auf die Seite, um ihn besser sehen zu können. „Hast du deshalb nicht geheiratet?"

Erst in diesem Moment erkannte Jason, wie sehr seine Sicht von der Ehe seiner Eltern sein Leben gefärbt hatte. „Was hast du aus deiner Ehe gelernt?", fragte er.

„Ich hatte im Gefängnis eine Menge Zeit zum Nachdenken. Ich fand heraus, dass eine Ehe einen zu der Hälfte dessen machen kann, was man war, oder dreimal so kraftvoll und glücklich. Es kommt einfach darauf an, wen man wählt."

Ihre Gesichter waren nur Zentimeter voneinander entfernt. Er sah die Vorsicht in ihren Augen. „Dann würdest du es wieder riskieren?"

„Das habe ich nicht gesagt."

„Würdest du?"

„Was ist mit dir? Willst du Clevelands ältester begehrter Junggeselle werden?", fragte Becca zurück.

Er lächelte und rückte etwas näher. „Keine Frau hat mich jemals wegen Heirat ausgehorcht und lange genug gelebt, um anderen davon zu erzählen."

„Würdest du eine Ehefrau verschlucken, Jase?"

„Ich würde es wahrscheinlich versuchen."

„Und wenn sie es nicht zuließe?"

„Dann wäre ich wahrscheinlich froh darüber."

„Wahrscheinlich."

„Ich bin ein Neuling auf diesem Gebiet, Becca. Ich weiß es nicht." Er beugte sich vor und küsste sie. Ihre Lippen waren weich und nachgiebig, und sobald er sie schmeckte, erkannte er, wie sehr er sie wollte. Er stieß einen gedämpften Laut aus und küsste Becca noch einmal.

Sie legte sich zurück und schlang die Arme um seinen Hals. Gedanken an ihn hatten sie den ganzen Tag verfolgt. Sie hatte entdeckt, dass sie Gedanken an Jase nicht kontrollieren konnte. Sie machte sich Sorgen darüber, genau wie sie sich Sorgen machte, weil ihr Körper ihm entgegenfieberte, aber sie sorgte sich nicht genug, um sich gegen seinen Kuss zu wehren.

Seine Lippen wanderten zu ihrem Ohr. Sie fühlte seinen warmen Atem an ihrem Ohrläppchen, und etwas in ihr wollte sich befreien. Sie ließ ihre Hände über seinen Rücken gleiten, knetete seine angespannten Muskeln. Er stöhnte genussvoll, als sie ihn berührte. Ein ähnlicher Laut entrang sich ihren Lippen, als er ihren Hals und ihre Kehle küsste. Er hatte keine Eile, ihr Lust zu schenken oder sich welche zu nehmen. Er schien jeden Zoll ihrer Haut kennenlernen zu wollen.

Ihre Augen schlossen sich, während er ihr Ohr küsste. Er streichelte ihr Haar und flüsterte ermutigende, schmeichelnde Worte, die mit ihrer Zuneigung genauso vernichtend wirkten wie seine Berührung.

Als er ihr Shirt anhob, schlug ihr Herz schneller. Sie war nie so geküsst oder berührt worden. Seine Liebe war ein Geschenk und nichts, das er von ihr nahm. Seine Hände und Lippen lullten sie ein wie der hypnotische Rhythmus des Flusses, erregten sie wie die kühle Bergluft auf ihrer Haut.

Sie hatte schon auf diesem Fleckchen Erde geträumt, aber keiner ihrer Träume war so unmöglich gewesen wie das hier. Es war unmöglich, dass Jase sie wollte, unmöglich, dass sie ihn wollte. Nach allem, was er gehabt hatte, wollte er sie. Sie! „Ich träume wieder", flüsterte Becca.

„Es ist kein Traum, kein ..." Er küsste sie wieder. Ihre Haut war so warm, so glatt. Er fand den Verschluss ihres BH, und seine Hand schloss sich über ihrer Brust. Er genoss ihr leises Stöhnen und die wachsende Hitze zwischen seinen Beinen. Sein Körper war angespannt vor Verlangen. Er zog sie langsam aus, nicht weil er wollte, dass dies ewig dauerte, sondern weil seine Hände plötzlich nicht richtig funktionierten. Er war nicht mehr der Mann, der seine Welt kontrollierte. Dies hier lag außerhalb seiner Kontrolle. Becca war nicht da, damit er sich bedienen konnte. Sie verschenkte sich, und er war der glückliche Empfänger.

Jason zog sein Shirt aus, damit er ihre Brüste an seiner nackten Brust fühlen konnte. Sie war schlank – er bezweifelte, dass sich das jemals ändern würde – aber sie war ganz Frau, mit Brüsten, die unter seiner Hand anschwollen, und Hüften, die sich anmutig unterhalb einer schmalen Taille wölbten. Er küsste ihre Lider und sah ihr Lächeln. Er umschloss ihre Brust, während Becca wieder ihre Augen öffnete.

„Besser als ein Traum." Sie fuhr mit ihren Fingern durch sein Haar und zog ihn wieder zu sich. „Viel ... viel ..."

Die Nachtluft von Kentucky strich über sie beide hinweg, und Feuchtigkeit vom Fluss benetzte das Gras. Nichts konnte die Wärme abkühlen, die in Becca hochstieg, nach Monaten und Jahren, in denen sie ihre Gefühle erstickt und ihr Herz eingesperrt hatte. Sie wusste nicht, ob sie dafür bereit war, doch Jase hatte ihre Wiedergeburt erzwungen. In dieser einen Sache hatte er ihr keine Wahl gelassen. Angst stritt mit Freude, aber die Freude siegte mühelos. Keine Versprechungen waren gemacht worden, außer dass Jase sie wollte. Und sie wollte ihn. Sehnlicher, als sie für möglich gehalten hätte, dass eine Frau einen Mann wollte.

Seine Hände waren die reinste Magie. Er berührte ihre Brüste, als wüsste er genau, wo und wie er ihr die meiste Lust verschaffen konnte. Er streichelte ihren Körper, als würde er ihm gehören. Seine Lippen waren gleichfalls Magie. Er küsste ihre Brust genau oberhalb ihres heftig schlagenden Herzens. Becca hob sich ihm entgegen, als er mehr von ihr mit seinem Mund verwöhnte.

Sie stöhnte vor Lust, als er all die geheimen Orte in ihr aufschloss, an denen ihr Sehnen und Verlangen versteckt gewesen war. Sie bewegte sich an ihm, als wollte auch sie seine geheimen Orte öffnen. Ihre Beine verschlangen sich mit den seinen. Ihre Arme hielten ihn umschlungen. Ihre Lippen erforschten, was sie nur konnten.

Seine Lippen lösten sich von ihrer Brust. Er küsste sie, als wüsste er genau, was sie jetzt erregen würde. Ihr Mund öffnete sich unter dem Vorstoß seiner Zunge. Ihre Beine umfingen ihn so natürlich, als wären sie beide schon immer ein Liebespaar gewesen.

Sie schob die letzten Stoffstreifen zwischen ihnen weg. Als ihre nackte Haut die seine berührte, fühlte sie sich vollkommen lebendig. Hitze verstärkte Hitze. Er fühlte sich hart an ihr an, drang vor und wurde höchst begehrt. Dennoch drang er nicht in sie ein. Seine Hände glitten an ihre Hüften, dann eine Hand an die Stelle, an der alle Empfindungen zusammenliefen. Becca hielt den Atem an und vergaß, dass sie irgendetwas anderes war als eine Frau, die geliebt wurde, vergaß, dass sie irgendetwas anderes war als eine Frau, die sich verliebte.

Seine Arme umschlangen sie endlich, und er drückte sie fest an sich, als würde er diesen letzten, kostbaren Moment genießen, bevor sich alles veränderte.

Als er sie beide schließlich miteinander verschmelzen ließ, gab sie sich seiner Leidenschaft hin. Sie wusste, dass er ein Mann war, der alles vergessen hatte, ausgenommen die Liebe.

10. KAPITEL

Becca erwachte am nächsten Morgen in Jases Umarmung. Einen Moment glaubte sie, noch am Flussufer zu sein. Dann erinnerte sie sich daran, dass sie ins Motel zurückgefahren und gemeinsam in Jases Zimmer eingeschlafen waren. Aber erst, nachdem sie sich noch einmal geliebt hatten.

Sie fragte sich, wie sie dies passieren lassen konnte. Jason zu lieben, würde ihr ganzes Leben verändern. Aber welchen Platz gab es für einen Mann wie ihn in einem Leben wie dem ihren?

„Bist du wach?"

Sie konnte nicht schwindeln. „Seit eben."

„Und du liegst hier und bedauerst es?"

„Nicht direkt."

„Was dann direkt?"

„Ich liege hier und denke, wie hungrig ich bin. Und wünsche mir, ich hätte gestern Abend diesen Fisch gegessen. Ich schätze, das könnte man als Bedauern einstufen."

Jason wusste, dass das nicht stimmte, aber er wollte nicht drängen. Er wollte sich an die letzte Nacht erinnern und an die Frau, die jeden Teil von ihm umschlossen hatte, die Frau, in die er sich verliebt hatte. Die Frau, die jede nur mögliche Straßensperre auf dem Weg zur Liebe errichtete mit ihrem starrsinnigen, kurzsichtigen Danke-ich-mach-das-selber-Gehirn.

„Es gibt Zimmerservice. Wir können hier essen."

Becca hielt Essen im Bett für puren Luxus.

Als sie nicht reagierte, erriet er ihre Gedanken. „Lass mich etwas über das finanzielle System in diesem Land erklären", sagte er und zog sie an sich. „Diejenigen mit Geld müssen es ausgeben, sonst bekommen es diejenigen, die keines haben, nie. Also, das mag nicht fair und hübsch sein, aber es ist realistisch. Wenn ich nicht nach diesem Telefon greife, wird ein Angestellter, vielleicht sogar jemand aus Blackwater, vielleicht jemand mit vielen Kindern, heute Morgen nichts zu tun haben. Und wenn er nichts zu tun hat, wird er bald entlassen werden. Und wenn er entlassen wird, kann er kein Geld ausgeben. Und bald darauf werden die Angestellten in seinem Lebensmittelladen und an seiner Tankstelle ebenfalls entlassen werden."

„Wenn du also nicht den Zimmerservice anrufst, wird bald die ganze Stadt, vielleicht die ganze Region wegziehen müssen?", meinte sie schmunzelnd.

„Und alle werden nach Cleveland ziehen, wo der ganze Teufelskreis weitergeht, bis ich keine Arbeit mehr habe, und dann hast du auch keine Arbeit mehr."

„Und bald wird überhaupt niemand mehr Arbeit haben."

„Hiermit hast du dir praktisch ein Diplom in Volkswirtschaft verdient."

Becca wollte ihm die Leviten lesen, weil er über etwas so Ernstes scherzte, lachte jedoch stattdessen. In gewisser Weise hatte er ja auch recht. Jason konnte Geld ausgeben, und wenn er es ausgab, hatte jemand etwas davon. In diesem Fall sie am allermeisten, da sie nicht aus dem Bett steigen und sich noch nicht anziehen musste. Sie schob alle ihre Zweifel bezüglich ihrer Unterschiede vorerst beiseite. Sie war im Bett mit dem Mann, der sie gelehrt hatte, was Lust bedeuten konnte. Sie war im Bett mit dem Mann, dessen grüne Augen an all den Stellen Wärme erzeugten, die er bereits gründlich erforscht hatte. Sie war im Bett mit dem Mann, der sie lehrte, dass sie wieder lieben konnte.

„Ich hatte noch nie Zimmerservice", gab sie zu.

„Dann wird das ein besonderer Genuss sein."

„Werden sie auch mit dem Bringen warten, wenn du sie darum bittest?"

„Das werden sie."

Becca strich mit ihren Fingern über seine Brust. „Das wäre ebenfalls ein besonderer Genuss."

Jason erledigte den Anruf und richtete dann seine Aufmerksamkeit auf wichtigere Dinge.

Als wollten Alice und Bill vermeiden, dass Becca ins Haus kam, warteten die Mädchen schon auf der Veranda, als Jase und Becca sie abholten. Diesmal konnte Jase sie nicht sofort auseinanderhalten, weil ihre Haarspangen dieselbe Farbe hatten, aber er begann, die Unterschiede zwischen ihnen zu erkennen. Faith lächelte eher und schmollte schneller. Amanda war heiterer. Ihre Persönlichkeiten zeigten sich auch oft in der Art, wie sie sich bewegten. Er vermutete, dass sie ihn nach diesem Vormittag nicht mehr täuschen konnten.

Becca hatte ein Picknick vorgeschlagen, und bevor sie Baldwin verließen, hatte Jason die Hähnchen gekauft, für die Kentucky bekannt war. Becca dirigierte ihn dieselben Berge hinauf, die er tags zuvor mit einem ihrer vielen Bewunderer in halsbrecherischer Geschwindigkeit erforscht hatte.

„Magst du Wasserfälle?", fragte sie.

Er wollte nicht zugeben, dass er bei Wasserfällen an die pure Energie dachte, die bloß darauf wartete, eingefangen und kanalisiert zu werden. Pamela hatte ihm jahrelang gesagt, er wäre kurzsichtig. Erst jetzt begann er zu begreifen, was sie gemeint hatte.

„Liebt denn nicht jeder Wasserfälle?", entgegnete er.

„Ich spreche von einem ganz kleinen. Er ist nicht toll, aber kaum jemand kennt ihn, und darum werden wir wahrscheinlich allein sein. Zuerst musst du schwören, niemandem zu verraten, wo er ist."

„Wem sollte ich es erzählen?"

„Ich weiß es nicht, aber vielleicht willst du eines Tages dort ein Hotel bauen – ohne Restaurant, nur mit Zimmerservice."

Becca schenkte ihm ihr zauberhaftes Lächeln. Er erinnerte sich daran, dass er ein sehr befriedigter Mann mit genug Selbstbeherrschung war, um die nächsten Stunden zu überstehen, ohne Becca wieder zu lieben. Dann erinnerte er sich sicherheitshalber noch einmal daran.

Sie parkten und gingen zu dem Wasserfall, wobei jeder etwas trug. Jason schleppte die Hähnchen und eine Decke, Becca eine Tasche mit Getränken, Salaten und Servietten, und jedes der Mädchen schleppte eine Leinentasche voll Spielzeug. Der Wasserfall war wie ein funkelnder Vorhang, der vom Felsen bis zu dem seichten Teich reichte. Die Mädchen konnten vorsichtig unter dem Wasserfall durchlaufen, um sich abzukühlen, und taten es auch ein halbes dutzendmal, während Jason und Becca das Picknick aufbauten.

„Hat ihnen denn niemand gesagt, dass es noch zeitig am Tag ist?", fragte er. „Sie werden bald müde werden."

„Die beiden sind nicht fast die ganze Nacht wach geblieben und haben Sandkuchen gebacken."

„Haben wir das denn gemacht?"

„So ungefähr." Becca strich eine Decke glatt. „Du weißt nicht viel über Kinder, nicht wahr?"

„Stimmt."

„Willst du denn keine?"

Er hatte wenig darüber nachgedacht. „Ich glaube nicht, dass ich aus dem Stoff bin, aus dem die Väter gemacht werden."

„Vielleicht nicht."

Er unterbrach das Auspacken der Hähnchen. „Niemand hat von dir verlangt, dass du mir zustimmst."

„Nun, wenn du nicht glaubst, dass du ein guter Vater wärst, wirst du wahrscheinlich auch keiner sein. Väter müssen Selbstvertrauen haben. Es muss ihnen Freude bereiten, alles in die Hände zu nehmen und alles in Ordnung zu bringen. Wir beide wissen, wie sehr du das hasst."

Jason lächelte. „Ich habe verstanden."

„Weißt du, ich vermute, du warst dermaßen damit beschäftigt, Cleveland auseinanderzunehmen und es schöner und großartiger zu machen, dass du den Gedanken an Kinder weit von dir geschoben hast."

„Vielleicht."

„Sehr schade, weil du glücklich sein könntest, wenn du es nur zuließest."

„Woher willst du wissen, dass ich nicht glücklich bin?"

„Ich wollte nicht sagen, dass du nicht glücklich bist. Ich meine nur, du könntest noch glücklicher sein. Du könntest mehr haben als nur einen schönen Ausblick aus dem Fenster."

„Einen schönen Ausblick aus dem Fenster." Es passte. Er hatte sein Leben damit verbracht, diesen Ausblick zu verändern, aber er hatte selten nach irgendetwas gegriffen, das er sah.

Tropfnass kamen die Mädchen wieder und ließen sich auf die Decke fallen. Jason hatte keine Ahnung, was Dreijährige aßen, aber nachdem er zugesehen hatte, wie diese speziellen Dreijährigen ein Hühnerbein nach dem anderen verputzten, tippte er darauf, dass alles auf ihrer Liste stand, was jemals gelebt hatte. Er beobachtete, wie Becca Kartoffel- und Krautsalat austeilte, als wären es Bonbons, bis die Mädchen um mehr bettelten. Und er sah zu, wie sie ein Spiel aus dem Abwischen von Händen und Gesicht und dem Aufräumen machte.

Die beiden waren schon wieder unter dem Wasserfall, als Jason fragte: „Wie oft essen sie?"

„So oft sie können."

„Du bist wunderbar zu ihnen."

„Meinst du?" Sie unterbrach das Aufräumen und sah ihn an. „Meinst du, wenn ich weg bin, erinnern sie sich daran, was ich zu ihnen gesagt habe? Sie erinnern sich, dass ich sie liebe?"

„Danach, wie sie dich begrüßen, würde ich sagen, sie tun es."

„Ich muss dafür sorgen, dass sie bald bei mir leben, bevor sie anfangen zu zweifeln."

Er wollte sein Angebot nicht wiederholen, zumindest nicht in diesem Moment.

Becca stand auf und wühlte in einer der Taschen, die die Kinder mitgebracht hatten. „Hier, sieh nur." Sie setzte sich neben ihn. Ihr Bein streckte sich neben seinen aus, ihre Brust drückte gegen seine Seite. Die Vertraulichkeit wurde von Kinderlachen und Wasserrauschen begleitet, von Sommersonne und klarer Kentucky-Bergluft. Etwas wie ein Schauer durchlief ihn. Er wollte die Zeit anhalten und dieses Gefühl für immer bewahren.

Jason zwang sich dazu, seine Hand auszustrecken. Unglaublicherweise wurde der Bann nicht gebrochen.

„Was ist das?"

„Das ist eine Familienpuppe. Zerbrich dir nicht den Kopf. Du hast noch nie eine gesehen. Soviel ich weiß, werden sie nur in Blackwater gemacht. Das ist eine Tradition. Hat schon vor langer Zeit angefangen, weil ich einen ganzen Satz davon hatte, als ich klein war. Matty hebt sie für mich auf."

Er untersuchte die zwanzig Zentimeter lange, schön und realistisch gemachte Lumpenpuppe.

„Was meinst du, wie alt die Person ist, die sie darstellt?", fragte Becca.

Die rundliche, lächelnde Puppe trug ein schlichtes blaues Kleid mit einer weißen Schürze und festen Schuhen. Ihr Haar war grau und zu einem kleinen Knoten zurückgezogen.

„Sie hat auch noch irgendwo eine Brille, aber Amanda verliert sie immer", erklärte Becca.

„Die Frau dürfte in den Sechzigern sein."

„Richtig. Alice und ihre Freundinnen in der Baptistenkirche machen diese Puppen. Die Frauen da basteln sie seit Jahren für den Weihnachtsmarkt."

„Was bedeutet ‚Familienpuppe'?"

„Sie gehört zu einer ganzen Familie von Puppen. Sie ist eine Großmutter. Alice lässt eines der Mädchen diese Puppe mitnehmen, wenn die Kinder tagsüber weg sind. Auf diese Weise können sie, wenn sie Alice vermissen, die Puppe hervorholen. Es gibt auch eine Mamapuppe, aber es gibt keinen Grund, sie heute hier zu haben, da ich bei den Kindern bin."

„Und sie haben die Puppe bei sich, wenn du fort bist?"

„Es gibt eine ganze Familie. Väter, Großväter, Tanten und Onkeln, Cousins, Babys. Jedes Jahr machen die Frauen eine neue Person. Etwa vor zehn Jahren sind die Männer auch eingestiegen und stellen kleine Bücher mit Ledereinbänden her, auf denen ‚Familienbilder' steht. Öffnet man sie, gibt es genug Platz, um die Namen aller Angehörigen dieser Familie und die Geburtstage hineinzuschreiben. Die Männer tischlern auch Möbel, Schaukelstühle und Betten und Truhen für die Kleider. Sie machen mehr, als sie verkaufen können." Becca steckte die Puppe wieder zurück. „Wenn ich die Mädchen verlasse, sage ich ihnen, dass ich ihrer Mamapuppe meine ganze Liebe zum Aufbewahren gebe. Jedes Mal, wenn sie mich vermissen, sollen sie dann ihre Puppe suchen und sie an sich drücken, und ein Teil meiner Liebe wird sie berühren. Ich weiß nicht, was Menschen anstellen, die keine Familienpuppen haben."

Jason wollte nicht daran denken, wie Becca sich von ihren Kindern trennte. Er verspürte Ärger über ihre Sturheit, und der magische Bann brach. „Nicht jeder braucht sich deshalb Sorgen zu machen."

„Nicht jeder muss Kinder verlassen. Ich weiß das. Aber viele Leute machen es, Jase. Geschiedene Väter ohne Sorgerecht, Mütter, die ihre Kinder tagsüber in eine Tagesstätte bringen müssen, Großeltern, die weit weg leben und ihre Enkel nur in den Ferien sehen. Ich finde, eine Menge Leute könnte diese Familienpuppen brauchen."

Er hätte noch etwas gesagt, aber die Zwillinge kamen vom Wasserfall zurück, und Becca schlug einen Spaziergang vor. Sie folgten einem Pfad, der so alt war, dass ihn vielleicht einst die Ureinwohner des Landes benutzt haben mochten. Blumen wuchsen zwischen Bäumen, die nie von Holzfällern berührt worden waren, und Becca brachte den Mädchen die Namen bei.

Sie gingen weiter als geplant, weil sie so von der Schönheit gefangen waren. Die Mädchen wurden wieder hungrig und begannen zu jammern. Amanda fand einen Felsen, der ihr gefiel, und weigerte sich weiterzugehen. Becca hob sie hoch, um sie zu tragen, und sofort wollte Faith das gleiche.

Jason streckte seine Arme aus, als Becca sich bückte, um Faith auf den anderen Arm zu nehmen. „Lass mich sie tragen", sagte er. „Beide sind zu schwer für dich."

„Nein, das sind sie nicht. Ich ..."

In ihm kam wieder Ärger auf. „Lass mich doch irgendwie helfen!"

Diesmal hörte sie den Ärger heraus und blickte betroffen zu ihm, aber er hatte Faith bereits auf seine Arme gehoben. Faith protestierte nicht.

„Ich wollte nur nicht, dass du das Gefühl hast, du müsstest es tun", sagte Becca.

Jason unterdrückte eine Antwort, weil er nicht vor den Mädchen streiten wollte. Faith legte ihre Arme um seinen Hals, als hätte er sie schon seit ihrer Geburt getragen, und lehnte ihren Kopf an seine Schulter. Und er fragte sich, wieso er nie daran gedacht hatte, Kinder zu haben.

Es war Mitternacht, als sie nach Cleveland zurückkamen und Jason in seine Einfahrt bog. „Becca?"

Sie bewegte sich auf dem Beifahrersitz, wachte jedoch nicht auf.

Seine Hand glitt in ihren Nacken. „Becca, wach auf, wir sind zu Hause!"

Ihre Augen öffneten sich langsam. Sie lächelte und berührte im Halbschlaf seine Wange. „Wo sind wir?"

„In Shaker Heights, zu Hause."

„Richtig. Ich habe von den Mädchen geträumt. Aber wir haben sie verlassen, nicht wahr?"

Seine Hand spannte sich an ihrem Nacken an, ehe er sie zurückzog. „Ja."

„Amanda hat geweint." Sie starrte geradeaus. „Faith lernt, nicht zu weinen."

„Lass uns hineingehen." Er stieg aus und kam auf ihre Seite, aber sie war schon im Freien.

„Du musst müde sein. Ich habe dir beim Fahren gar nicht geholfen."

„Spielt keine Rolle."

„Aber ich hätte helfen sollen."

„Nein, das hättest du nicht tun sollen." Sein Ton war schärfer als beabsichtigt. „Was ist denn?", fragte Becca.

„Findest du nicht, dass du deine Unabhängigkeit auf die Spitze treibst?"

„Hört sich an, als würden wir nicht darüber reden, wer den Wagen gefahren hat und wer nicht."

Er rammte die Hände frustriert in seine Taschen. „Wir können das Gepäck morgen aus dem Wagen holen. Es ist spät. Lass uns zu Bett gehen."

„Wessen Bett? Bereitet dir das Kopfzerbrechen?" Becca war nun hellwach. „Hast du Angst, dass ich mehr von dir erwarte, als du mir geben willst? Du hast mir nichts versprochen, Jase. Ich erwarte nicht …"

„Verdammt, du erwartest gar nichts, nicht wahr?"

Sie lehnte sich an den Wagen und schaute Jason an.

„Du erwartest gar nichts", wiederholte er. „Keinen Zimmerservice, keine Fahrt nach Blackwater, keine Hilfe bei deinen Kindern, nicht mal eine Erklärung dafür, was ich denke. Was ist los, Becca? Du redest von meinem Ausblick aus dem Fenster, aber ich bin nicht der Einzige hier, der sich mit einem Ausblick zufriedengibt, wenn er so viel mehr haben könnte."

„Ein Ausblick ist mehr, als ich gelegentlich hatte."

„Und?"

„Das verstehst du nicht. Du hast es auch nicht verstanden, als ich dir erklären wollte, wie ich dabei empfinde, wenn man mir hilft."

„Willst du wissen, was ich verstehe? Ich verstehe, dass ich eine Veränderung in deinem Leben bewirken könnte, aber du lässt mich nicht. Und weißt du warum? Weil du Angst hast, wieder enttäuscht zu werden. Nicht Stolz hält dich davon ab, meine Hilfe anzunehmen, sondern Angst."

„Ich brauche von niemandem Hilfe. Ich schaffe es aus eigener Kraft. Und wenn du das nicht begreifst, kannst du mich nicht verstehen."

„Vielleicht verstehe ich es nicht. Aber ich verstehe deine kleinen Mädchen. Sie brauchen ihre Mutter. Ich kann ihnen ihre Mutter geben. Weißt du, was für eine Kleinigkeit es für mich wäre, dir zu helfen? Hast du eine Vorstellung, wie viel Geld ich habe? Ich finde gar nicht genug Möglichkeiten, es auszugeben, Becca. Und hier gibt es etwas Gutes, etwas, das wirklich eine Veränderung bewirken würde, und ich darf nicht helfen. Hast du eine Ahnung, wie ich mich deshalb fühle?"

Sie sah ihn einen Moment an, bevor sie sprach. „Ich kann es mir nicht vorstellen."

„Es verschafft mir mehr Frustration, als ich mir je vorstellen konnte."

„Das ist gut für dich."

„Was?"

„Ich sagte, das ist gut für dich. Fast die ganze Welt fühlt sich täglich frustriert. Vielleicht sollte Jason Millington der Wer-weiß-wievielte gelegentlich auch ein wenig davon fühlen. Vielleicht sollte bei Jases Ausblick aus seinem Fenster ein winziger Punkt sein, den er nicht verändern kann. Vielleicht wird das seinen Charakter prägen."

Nun starrte er sie an. „Also diskutieren wir über meinen Charakter? Nicht darüber, dass deine Kinder acht Autostunden entfernt in einem anderen Staat sind, obwohl sie hier bei dir sein könnten?"

„Sie werden bei mir sein. In dem Moment, wo ich es ermöglichen kann. Willst du meine Liebe zu ihnen in Frage stellen? Ich liebe sie genug, um ihnen eine Mutter zu geben, die sich um sie sorgen kann. Nicht die billige Geliebte eines reichen Mannes."

Er nahm die Hände aus den Taschen und machte einen Schritt auf Becca zu. „Was soll denn das heißen?"

„Das soll heißen, dass die letzte Nacht absolut nichts damit zu tun hat, was ich von dir annehme und was nicht. Ich lasse mich nicht von dir aushalten, Jase, ganz gleich, für wie gut du deine Gründe hältst. Ich habe letzte Nacht mit dir geschlafen, aber das war eine Eine-Nacht-Affäre, Eine Nacht. Das war's. Ich werde es nicht wieder machen, nicht, wenn du denkst, dass es dir Rechte auf mein Leben gibt. Ich brauche keinen Mann, der in meinem Herzen herumstochert, um herauszufinden, was ich benötige und aus welchen Gründen. Und ich dulde keinen Mann, der mir sagt, ich wäre keine gute Mutter, nur weil ich seine Wohltätigkeit nicht will."

„Wohltätigkeit? Du nennst das Wohltätigkeit?"

„Wohltätigkeit! Wenn ein Mensch den anderen rettet. Aber ich brauche keine Rettung. Das war vielleicht einmal, und vielen Dank für alles, aber ich brauche es nicht noch einmal."

Er beugte sich näher zu ihr. „Nehmen wir doch ein anderes Wort. Wie wäre es mit Liebe? Vielleicht will ich dir helfen, weil ich dabei bin, mich in dich zu verlieben."

„Du weißt nicht, was das bedeutet." Ihre Augen waren nur Zentimeter von seinen entfernt, aber sie zuckte nicht einmal mit der Wimper. „Liebe bedeutet nicht, dass man das Leben eines anderen Menschen an sich reißt. Das hat Dewey versucht, und ich habe es zugelassen. Ich habe es zugelassen, weil ich das für Liebe hielt. Inzwischen weiß ich, was wirkliche Liebe ist. Sie bedeutet, dass man einem anderen Menschen vertraut, dass er das macht, was für ihn richtig ist – und was für dich richtig ist. Und ich sage dir, Jase, es wäre für keinen von uns richtig, wenn ich zuließe, dass du mich aus meinen Schwierigkeiten heraushost. Du würdest für immer glauben, dass es so zwischen uns sein sollte, dass du alles in Ordnung bringst. Du würdest nie glauben, dass ich etwas ohne dich in Ordnung bringen könnte. Du würdest nie zulassen, dass ich etwas für dich in Ordnung bringe."

„Das ist nicht wahr!"

„Nein? Du traust mir nichts zu. Du glaubst nicht, dass ich mir ohne deine Hilfe ein Leben aufbauen kann. Du glaubst nicht, dass ich die Mädchen ohne dein Geld und ohne deine tollen Anwälte bekommen könnte. Du hast daran gedacht, einen Anwalt zu engagieren, seit du Alice und Bill kennengelernt hast, nicht wahr?"

„Na und?"

„Es wird nicht dazu kommen. Sie werden mir die Mädchen überlassen, wenn ich bereit bin. Ich kenne sie. Die Mädchen sind ihnen wichtiger als die Revanche an mir. Aber du traust mir nicht zu, das zu wissen, nicht wahr?" Sie wandte sich ab und ging zu dem Rücksitz, um ihren Koffer zu holen.

Jason erkannte, dass er nicht auf den richtigen Zeitpunkt gewartet hatte. Er sah zu, wie sie ihren Koffer zu dem Cottage trug. „Ich wollte dir nur helfen", sagte er.

„Dann vergiss dieses Wochenende. Es war ein Fehler."

„Wenn Liebe Vertrauen bedeutet, wo ist dann dein Vertrauen zu mir?"

„Ich habe nie gesagt, dass ich dich liebe."

„Nein, das hast du nicht gesagt."

„Ich habe in meinem Leben keinen Platz für Liebe. Und du auch nicht." Sie ging weiter.

Er sah, wie sie den Koffer etwas anhob, als wollte sie beweisen, dass sie es allein schaffte. Aber er folgte ihr ohnehin nicht, um ihr zu helfen. Noch bevor sie das Cottage erreichte, war er im Haus und schloss die Tür hinter sich ab.

11. KAPITEL

Die Tür prallte gegen die Wand von Jasons Büro. „Sie halten die Idee also für gut?", sagte er ins Telefon. „Ein Erholungsort erscheint Ihnen durchführbar?" Sein Blick zuckte zu Pamela, die sich vor seinen Schreibtisch setzte. „Gut, ich erwarte Ende der Woche alle Fakten und Zahlen."

„Erholungsort?", fragte Pamela, als er auflegte. „Erzähl!"

„Seit wann interessierst du dich für meine Geschäfte?"

„Ich interessiere mich immer für alles an dir."

„Um es zu ändern."

„Nicht alles. Du hast ein nettes Lächeln. Ich wünschte, ich bekäme es in diesen Tagen öfter zu sehen. Was ist los? Das Wetter? Der Juli ist heiß wie …"

„Ich weiß, wie heiß der Juli ist. Jeder in der Stadt weiß das", unterbrach Pamela ihn.

„Ist es der Umzug? Wird das Haus nicht schnell genug fertig?"

Das Haus war ein Meisterstück, ebenso der Garten – dank Becca. Zumindest nahm er an, dass es Becca zu verdanken war. In drei Wochen hatte er nur flüchtige Blicke auf sie erhascht, aber er hatte sie auch nicht aufgesucht. Er war ein Geschäftsmann, der es verstand, seine Verluste zu beschneiden.

Nur, dass es früher nie geschmerzt hatte.

„Das Haus ist schön, sogar großartig. Bis Mitte August sind die Arbeiten abgeschlossen. Ich könnte nicht glücklicher sein."

„Wenn das glücklich ist", sagte Pamela trocken, „dann musst du mir mal „unglücklich" vormachen, damit ich den feinen Unterschied sehe."

„Was soll das alles?"

„Erzählst du mir von dem Erholungsort?"

„Erwähne nichts bei Becca davon."

„Oh, oh!"

„Nichts oh-oh! Ich will ihr nur einfach nichts sagen, bevor ich nicht sicher bin, ob ich es durchziehe. Sie kommt aus Blackwater in Kentucky. Der Ort ist ein richtiges Loch, aber von herrlichster Landschaft umgeben. Dort gibt es einfach nichts, aber die Landschaft packt einen." Er stand ruhelos auf und trat an das Fenster.

Der Ausblick aus dem Fenster …

Jason wandte sich rasch ab. „Die Leute dort brauchen Jobs, haben aber keine Ausbildung. In der Gegend gibt es Naturschutzparks und ein paar Erholungsorte, aber nichts Exklusives. Ich möchte einen Privatclub bauen und von der Landschaft und der abgelegenen Lage profitieren. Etwas, das sich nur die Reichsten leisten können. Eine Menge Platz zwischen den Häusern, eine Menge Prestige. Wir könnten die Menschen aus Städten im ganzen Umkreis anziehen – Lexington, Louisville, Cincinnati, selbst aus Pittsburgh und Cleveland."

„Wie soll das irgendjemandem in Blackwater nützen?"

Er forschte in ihrem Gesicht, um festzustellen, ob sie scherzte. „Es gäbe jede Menge Jobs im Dienstleistungsbereich. Kunden für die Läden. Möglichkeiten, neue Läden zu eröffnen. Die Leute könnten Gärten anlegen und Gemüse verkaufen, Bienen züchten und Honig verkaufen. Das Potenzial ist unbegrenzt."

„Denkst du. Aber wenn die Leute in Blackwater das nicht wollen?"

Die Frage erschien ihm so absurd, dass ihm keine Antwort einfiel.

Pamela seufzte. „Du verstehst die Menschen noch immer nicht. Nicht jeder teilt deine Begeisterung für Veränderungen."

„Willst du damit sagen, dass die Armen arm bleiben wollen?"

„Ich will damit sagen, dass die Armen ein Recht haben zu entscheiden, wie sie leben."

„Ich weiß, was ich tue", gab Jason ihr zu verstehen.

Sie kam um den Schreibtisch herum und gab ihm einen Kuss auf die Wange. „Das ist dein fataler Fehler. Du weißt immer, was du tust."

„Das habe ich aber nicht gehört, als ich zu dir mit der Idee kam, die Fabrik in Apartments zu verwandeln."

„Da hast du auch niemandem etwas weggenommen. Übrigens bin ich deshalb zu dir gekommen." Sie blickte an ihm vorbei zu dem Fenster. „Ich weiß nicht, wie du Tag für Tag diesen Ausblick aushältst. Ich würde mich wie ein Fisch in einem Aquarium fühlen. Die ganze Welt ist da draußen, und ich kann sie nicht berühren."

„Ich möchte nicht über den Ausblick sprechen."

Die Heftigkeit in seiner Stimme überraschte Pamela sehr. „Tut mir leid. Habe ich einen Nerv getroffen?"

„Worüber wolltest du mit mir sprechen?"

„Ich wollte dir nur sagen, dass für Freitagabend alles besser als erwartet läuft. Wir haben endlich eine Band, die gratis spielt im Austausch für die Werbung, die sie bekommt. Und zwei weitere Restaurants spenden ebenfalls. Eines schickt sogar einen Koch, der Crêpes auf Bestellung macht. Das war Mutters Idee. Du solltest sehen, wie sie die Leute manipuliert, Jase. Ich bekomme eine Gänsehaut dabei, aber es ist wirkungsvoll."

„Und warum bist du nun wirklich hier?"

„Ich möchte, dass du Becca zu der Party in der Fabrik einlädst. Ich habe es getan, aber sie weigert sich zu kommen. Dabei arbeitet sie für diese Party und hat zwei Jobs, und sie hat nicht mal mehr einen Wagen."

An dem Tag nach der Rückkehr aus Blackwater hatte sie ihren Wagen von einem Schrotthändler abholen lassen. Am selben Nachmittag hatte Jason die ersten fünfzehn Dollar für ihre Autoreparatur in seinem Briefkasten gefunden.

„Sie verdient es, auf der Party zu sein", sagte Pamela. „Und wir brauchen sie. Sie ist das beste Beispiel, warum diese Apartments so wichtig sind."

„Du willst sie wie einen dressierten Affen vorführen."

Pamelas Augen weiteten sich. „Wie bitte?"

Er steckte seine Hände in die Taschen. „Sie ist viel mehr als ein gutes Beispiel für eine Obdachlose. Sie ist ein Mensch mit Gefühlen. Vielleicht will sie ihr Leben nicht vor einem Haufen Leute offenlegen, die diese Party nicht von der unterscheiden können, die sie letzte Woche zugunsten der Symphonie oder des Zoos oder des Kunstmuseums besucht haben."

„Mann, dich hat es aber schlimm erwischt. Lass dir von mir einen Tipp geben. Becca hat einen anderen Grund, weshalb sie nicht kommt. Es liegt nicht an mir. Ich habe nie die Frauen, mit denen ich arbeite, in Verlegenheit gebracht. Ich habe nichts als Respekt für sie. Und ich respektiere Becca. Was du nicht erkennst, ist, dass sie sich selbst respektiert. Sie schämt sich für nichts in ihrem Leben." Pamela stand auf und suchte ihre Handtasche. „Vielleicht kannst du nicht dasselbe von dir behaupten."

Als sie zur Tür ging, fragte Jason sich, wen er eigentlich noch vor den Kopf stoßen konnte. „Pamela?"

Sie drehte sich um. „Ich höre."

„Tut mir leid."

„In Ordnung. Wirst du sie einladen?" Er saß in der Falle. Sagte er Nein, musste er es erklären. „Ich werde mit ihr sprechen."

„Gut. Ich zähle auf dich."

Jason fand Becca in der Fabrik, wo sie auf einer vier Meter hohen Leiter half, Plastikstreifen an der Decke zu befestigen, die Regen darstellen sollten. Später sollte darunter ein Stück Amazonas-Regenwald aufgebaut werden. Nebenan bauten ein halbes Dutzend Frauen aus Pappmaschee einen Vulkan.

Der Anblick der Leiter gefiel Jason nicht. „Becca!"

Sie reagierte nicht.

„Becca, würdest du für einen Moment herunterkommen?"

„Wenn ich fertig bin."

Er zuckte zusammen, als sie sich zur Seite beugte. „Wenn du herunterkommst, kann ich die Leiter verschieben, damit es einfacher geht."

„Meinst du, ich kann keine Leiter schieben?"

Jason bemerkte, dass die Pappmaschee-Mannschaft verstummt war und zuhörte. „Niemand kann eine Leiter besser schieben als du. Ich wollte nur etwas zu tun haben."

„Warum? Ist niemand da, den du herumkommandieren kannst? Jeder von uns sollte machen, was er am besten kann."

Er ignorierte das Luftschnappen aus der Richtung des Vulkans. „Soll ich hinaufkommen?"

„Wie du willst."

Er betrachtete die Leiter und fand, dass es keine Garantie gab, dass sie zwei Personen trug. „Wo kommt denn dieses Ding überhaupt her?"

„Ich glaube, es gehört Jason Millington dem Wer-weiß-wievielten. Mach dir also keine Sorge, das Ding muss perfekt sein."

Jason war auf der dritten Sprosse, bevor er erkannte, dass Becca ihn dazu verlockt hatte. „Du bist unvernünftig."

„In den Bergen von Kentucky würden wir das anders ausdrücken. Wir würden ungefähr sagen …"

„Ganz egal, was ihr sagen würdet." Er kletterte bis zur sechsten Sprosse. Sein Gesicht war auf gleicher Ebene mit ihren Fersen. Er kletterte, bis er ihre Rückfront erreichte. Ein Teil von ihm bewunderte die zehn Zentimeter von seiner Nase entfernten Kurven. Der andere Teil wollte diese Kurven über sein Knie legen. „Bist du jetzt glücklich? Ich habe mich selbst gedemütigt und uns beide in Gefahr gebracht, nur um dir zu geben, was du wolltest."

„Ich habe nicht gesagt, dass ich dich hier oben will."

Sein Gesicht hatte ihre Schultern erreicht. Becca fühlte die Wärme seines Atems auf der nackten Haut ihres Rückens. „Willst du nicht?", fragte er.

„Geh weg!"

„Erst, wenn du mit mir gesprochen hast."

„Du hast dir einen komischen Zeitpunkt zum Sprechen ausgesucht. Ich wohne hundert Meter von deinem Haus entfernt, aber du warst wochenlang nicht geneigt, dort mit mir zu sprechen."

„Ich habe dich nicht gesehen."

„Du siehst nichts, wenn du nicht hinsiehst."

„Warum sollte ich? Du hast mir mehr oder weniger zu verstehen gegeben, dass ich aus deinem Leben verschwinden soll."

„Nun, offensichtlich hast du nicht allzu aufmerksam zugehört."

„Möchtest du endlich von diesem verdammten Ding herunter und mit mir für eine Weile nach draußen kommen?" Seine Lippen waren Zentimeter von der seidigen Haut an ihrem Rückgrat entfernt. „Wenn nicht, werde ich jeden erreichbaren Rückenwirbel küssen und diesen tugendhaften Ladys etwas geben, worüber sie die nächsten zwanzig Jahre sprechen können."

„Dein Ruf steht auf dem Spiel, nicht meiner. Ich habe keinen."

„Becca …"

Sie konnte gegen alles ankämpfen, ausgenommen die Wärme, die in ihr entstand, wenn er ihren Namen so aussprach, und ausgenommen die verräterischen Schauer, die einsetzten, sobald er nahe genug war, um sie zu berühren. „Geh runter! Ich brauche sowieso eine Pause. Aber nur kurz."

„Hast du schon gegessen?"

„Du willst dich schon wieder um mich kümmern."

„Nein, ich kümmere mich um mich selbst. Ich bin hungrig."

„Fein. Wir können uns etwas Billiges besorgen, und du kannst mit vollem Mund sprechen."

„Kathryn hielt das immer für eine gute Idee. Sie war sehr dafür, zwei Dinge gleichzeitig zu machen, solange beides Spaß machte."

„Erwarte nicht, dass dies hier Spaß sein wird."

Er kletterte nach unten. „Warum nicht? Ich habe einige der angenehmsten Momente meines Lebens mit dir verbracht."

„Fang nicht damit an, Jase, sonst gehe ich nirgendwohin."

Er wartete am Fuß der Leiter auf Becca. Sie ließ sich Zeit. Er blickte in die Richtung des Vulkans. „Ladys, Ihr Pappmaschee wird trocken."

Die Vulkan-Mannschaft machte sich mit schuldbeladenem Eifer wieder an die Arbeit.

Becca stieß auf dem Boden zu ihm. „Ich habe es ernst gemeint, was ich über billig gesagt habe. Ich bin für die Arbeit gekleidet."

„Ich kenne etwas, das dir gefallen wird. Wir können zu Fuß gehen."
Sie wanderten durch die alten, gewundenen Straßen. „Wie geht es Constantine?", fragte er, als Becca nichts sagte.
„Du hast dort vorgestern gegessen. Du solltest es wissen."
„Woher weißt du, dass ich dort gegessen habe?", fragte sie ihn.
„Mama hat es mir erzählt."
Jason hatte Mama extra gebeten, ihn nicht zu erwähnen. Nun wusste er, wo Mamas Loyalität lag. „Was sagte sie noch?"
„Dass du dich nach mir erkundigst."
„Hat sie dich angerufen, solange ich dort war, oder hat sie wenigstens gewartet, bis ich weg war?"
„Ich mag es nicht, dass du mich überprüfst."
Er hatte sich so gefreut, Becca wiederzusehen, dass er in der Fabrik allen Ärger über ihren Sarkasmus geschluckt hatte. Nun stieg der Ärger wieder in ihm hoch. „Ich habe dich nicht überprüft. Ich wollte sicher sein, dass für dich alles gut läuft. Woher soll ich denn Informationen bekommen, wenn ich dich nicht sehe, wenn du nicht mit mir sprichst? Ich musste mich vergewissern."
„Verstehe."
„Also, wie läuft es bei Constantine's?"
„Fein."
„Großartig!"
Sie hörte den Ärger in seiner Stimme. Solange sie ihn nicht gesehen hatte, hatte sie sich einreden können, dass sie das Recht hatte, sich über Jases Einmischung aufzuregen. Doch nun erkannte sie, dass sie seine Gefühle nicht in Betracht gezogen hatte. Sie hatte Angst gehabt, über ihn nachzudenken.
„Ich verdiene nicht viel bei Constantine's", sagte sie, „aber es ist besser als der Minimallohn. Und je besser mich die Stammgäste kennenlernen, desto bessere Trinkgelder geben sie."
Er entspannte sich ein wenig. „Ist die Arbeit hart?"
„Meine Füße sind am Ende der Schicht müde, aber ich bin stark. Ich kann viel schaffen, wo es mir jetzt wieder gut geht."
„Du siehst glänzend aus."
Sie verkniff es sich, ihr Haar zu betasten. „Das sollte meine Trinkgelder hochtreiben."
„Du siehst großartig aus. Du siehst wie jemand aus, den ich seit drei Wochen sehen wollte."
„Warum hast du es dann nicht getan?"

„Weil du mir gesagt hast, ich sollte aus deinem Leben verschwinden."

Darauf wusste sie keine Antwort, und dann waren sie auch schon in einem Restaurant, das den Fünfzigerjahren nachempfunden war. Das Essen entsprach einem Diner.

Nach der Bestellung fragte Becca: „Warum bist du heute zu mir gekommen, wenn du dachtest, ich hätte gesagt, dass du aus meinem Leben verschwinden sollst?"

„Hast du es nicht gesagt?"

„Ich habe gesagt, dass du lernen musst, mir zu vertrauen."

„Es gibt niemanden, dem ich mehr vertraue."

„Hörst du eigentlich, was du sagst? Das ist nicht dasselbe, als würdest du beteuern, dass du mir vollständig vertraust. Ich mag also die Liste anführen zusammen mit Pamela und mit jemandem, dem du noch nahe bist – falls es jemanden gibt. Aber die einzige Person, der du wirklich vertraust, bist du selbst. Du denkst, du bist der einzige Mensch auf der Welt, der die richtige Entscheidung treffen kann, ob für dich oder für jemand anderen."

„Würde ich mir selbst nicht vollständig vertrauen, wäre ich nicht, wo ich heute bin."

„Und wenn du nicht anfängst, jemand anderem zu vertrauen, wirst du genau da bleiben, wo du heute bist."

Jason blickte in Augen, die so dunkel waren, dass sie undurchdringlich wirkten. Aber sie waren es nicht. Er erkannte Schmerz zusammen mit Mut. „Wie bist du so weise geworden?", fragte er nach einer Weile.

„Der Staat Kentucky hat mir viel Zeit zum Nachdenken verschafft."

„Ich ziehe mich zurück. Dein Leben ist dein Leben. Es tut mir leid."

Becca konnte nur raten, wie schwer es Jason gefallen war, sich zu entschuldigen. Sie tastete dankbar nach seiner Hand. Sie hatte ihn mehr vermisst, als sie ihm überhaupt sagen konnte. Nun hatte er den Weg zu ihrem Beisammensein geebnet.

Sie verschlang ihre Finger mit seinen, und das Bild ihrer miteinander verschlungenen Körper tanzte vor ihren Augen. Sie blickte zu ihm auf und sah, dass dieses Bild auch für ihn entstanden war. „Danke für dein Verständnis", sagte sie.

„Ich bemühe mich."

Becca drückte seine Hand an ihre Wange. „Wolltest du mir das sagen?"

„Nein. Ich wollte mich wieder in dein Leben einmischen. Pamela hat mich gebeten, mit dir wegen der Spendengala zu sprechen. Sie will dich dort haben. Ich möchte dich als meine Begleiterin dort haben. Aber wenn du nicht kommen willst ..."

„Ich komme gern, Jase. Ich konnte mir nur nicht vorstellen, dort zu sein, während wir uns noch böse waren. Ich wollte nicht ..."

Er drückte ihre Hand. „Was wolltest du nicht?"

„Ich wollte dich nicht mit einer anderen Frau sehen."

„Es gibt keine andere Frau, seit ich dich kennengelernt habe." Er dachte an Cara und den neuen Mann, mit dem sie sich traf.

„Warum?"

Jason lächelte. „Und wer muss sich jetzt vergewissern?"

„Wir sind so unterschiedlich, Jase. Wie kann das zu irgendetwas führen?"

„Hat deine Großmutter nicht immer nach einer perfekten Rose gesucht? Nun, ich habe auch gesucht, und ich ziehe eine wild wachsende Rose, die auf dem schlechtesten Boden ums Überleben kämpft, jeder verwöhnten Zuchtrose vor."

Becca lächelte. „Versuche nur nie, diese Wildrose an irgendein Spalier zu binden. Sie muss an ihrem eigenen Ort und auf ihre eigene Art wachsen."

„Ich werde daran denken."

„Ich habe dich vermisst."

„Wir hätten keine Chance, hättest du mich nicht vermisst."

„Sehr vermisst."

Sie ließen ihre Hände erst los, als die Kellnerin das Essen brachte.

12. KAPITEL

Pamela kam ins Cottage, um mit Becca ein Kostüm für die „Tropennacht" in der Fabrik zu besprechen. Sie einigten sich auf ein Pamela gehörendes Hawaiikostüm, bestehend aus Bikini und Wickelrock, und Pamela nutzte die Gelegenheit, um in der Küche bei Eistee zu bemerken: „Es geht mich ja nichts an, aber gibt es etwas über meinen Bruder und dich, worüber du mit mir sprechen willst?"

Becca schenkte Tee nach. „Dein Bruder und ich sind so verschieden wie nur möglich. Ich bin ein Niemand aus den Bergen von Kentucky. Schlimmer noch, ich war im Gefängnis. Ich schäme mich nicht dafür, aber das trennt mich von Jase wie ein Ozean."

„Hat er das gesagt?"

„Nein, aber ich habe Augen. Jase bringt gern alles in Ordnung. Hätte ich nicht so viele Probleme, würde er mich dann zweimal ansehen?"

Pamela schüttelte den Kopf. „Du hast Angst, mein Bruder könnte sich in dich verlieben, weil er dein Leben verbessern will?"

„Ich habe nichts von Liebe erwähnt."

„Nein, aber ich." Pamela nippte an dem Tee. Er war genau richtig. „Ich habe zugesehen, wie ihr zwei euch verliebt habt. Und ich muss sagen, ich habe noch nie so dickköpfige Menschen in meinem Leben gesehen. Ihr bemüht euch ganz schrecklich, alles perfekt zu machen. Ich weiß nicht, wer von euch der schlimmere Perfektionist ist."

Becca brauchte Zeit, um das zu verarbeiten. „Wie kann ich eine Perfektionistin sein? Sieh dir doch mein Leben an", erwiderte sie dann.

„Du willst alles in Ordnung bringen. Sieh dir diesen Garten an und den im Greenhouse. Sieh dir Jases Haus an und diesen Tee. Und nach dem, was du mir über deine Vergangenheit erzählt hast, hast du dich so bemüht, alles für deinen Mann und seine Familie in Ordnung zu bringen, dass du im Gefängnis gelandet bist, weil du nicht gewusst hast, wann du aufhören musst."

„Weil ich etwas in Ordnung bringen wollte?" Becca hatte es noch nie so betrachtet.

Pamela nickte. „Genau wie mein Bruder. Er hat alles für andere getan, aber er hat nie jemanden außer mir an sich herankommen lassen. Erst dich."

„Aber das kommt vielleicht daher, dass ihn nie jemand so gebraucht hat, wie er das von mir denkt."

„Oder es kommt vielleicht daher, dass er nie jemanden so gebraucht hat wie dich."

„Wieso sollte Jase mich brauchen?"

„Weil er nicht vierundzwanzig Stunden am Tag alles in Ordnung bringen kann, Becca. Er braucht einen Zufluchtsort. Du betrachtest dich selbst und siehst ein Leben, das noch immer in Unordnung ist. Er betrachtet dich, ich betrachte dich, und wir sehen eine Frau, die sich nie geschlagen gibt. Das braucht er, und tief in seinem Inneren weiß er das. Er braucht jemanden, der genauso stark ist wie er. Jemanden, der stark genug ist, dass er sich von Zeit zu Zeit auf diesen Menschen stützen kann."

Becca trank ihren Tee, bevor sie etwas sagte. „Ich liebe ihn, Pamela. Ich war nur einmal zuvor verliebt, und das war ein großer Fehler."

„Diesmal wird es keiner sein."

„Hoffentlich hast du recht." Sie stand auf, um die Gläser wegzuräumen. „Wann kann ich mir den Bikini leihen?"

Pamela erhob sich ebenfalls. „Ich bringe ihn heute Abend her."

„Danke. Vielen Dank."

Pamela legte ihr eine Hand auf die Schulter. „Nein, ich danke dir, Becca. Du bist das Beste in Jases Leben. Und er wird immer eines der besten Dinge in meinem Leben sein", sagte sie.

Am Freitagabend um sieben Uhr hatte Becca zwei Leis im Ohio-Stil fertig, als Jason klopfte. Ihr Kostüm entblößte viel Haut, und sie hoffte, dass es ihm gefiel.

Es gefiel ihm, unmissverständlich. Er starrte sie an, als wäre sie eine Erscheinung aus einer anderen Welt. „Ich glaube, es geht", sagte sie.

„Eine meisterhafte Untertreibung."

„Ich habe dir auch einen Lei gemacht."

Er nahm ihr ihren Blütenkranz ab und legte ihn auf einen Tisch. Dann zog Jason sie an sich und küsste sie, bis alle Gedanken an die Party verschwanden.

Jason löste sich als erster. „Genug, sonst kommen wir nie dorthin."

„Wäre das nicht ein Jammer?"

„Bring mich nicht in Versuchung."

„Dann sollte ich vielleicht etwas anderes anziehen", bemerkte sie.

„Nein, ein wenig kannst du mich schon versuchen. Mehr als ein wenig." Er hängte ihr wieder den Lei um, der zu einem Großteil aus wilden Rosen bestand.

Sie waren fast schon bei der Fabrik, als Becca etwas zur Sprache brachte, das sie bedrückte. „Ich habe deine Mutter noch nicht kennengelernt. Ich war nie in der Fabrik, wenn sie da war."

Er hörte alle unausgesprochenen Fragen und versuchte, Becca zu beruhigen. „Ich stehe meinen Eltern nicht nahe. Ich habe ihnen nichts von dir erzählt, weil wir nie über etwas Wichtiges sprechen, aber ich möchte, dass du sie kennenlernst. Ich liebe sie, selbst wenn ich sie überhaupt nicht verstehe."

„Was werden sie von mir halten?"

„Ehrlich? Ich habe keine Ahnung. Ich kenne sie nicht gut genug, um das zu erraten."

„Versuch es."

„Sie werden denken, dass du nicht gut genug für mich bist, genau wie sie denken, dass niemand gut genug für irgendeinen Millington ist. Sie betrachten sich selbst als Aristokraten, obwohl die ersten Millingtons auf diesem Kontinent aus England direkt aus dem Schuldturm kamen."

„Das sagst du nur so."

„Die nächste Generation war nicht viel besser. Einer desertierte während der Revolution und musste die Kolonien verlassen, um nicht gehängt zu werden. Der Rest der Familie zog in den Westen, um von ihren Problemen wegzukommen, und mein Ururgroßvater hat endlich in Ohio das große Geld gemacht, obwohl es Beweise gibt, dass er sein Vermögen zusammengestohlen und erspielt hat. Ich habe alle diese Geschichten von Kathryn gehört, die Familiengeschichte geliebt hat. Meine Eltern haben sich geweigert, darüber zu sprechen."

Becca lachte laut auf. „Danke."

„Ich dachte, ein wenig richtige Perspektive kann nicht schaden."

„Sie hat nicht im geringsten geschadet."

Sie übergaben Jasons Wagen vor dem Haupteingang der Fabrik einem Parkangestellten. Becca hob ihr Kinn an und stählte sich für den Abend.

Das Erdgeschoss der Fabrik war in ein tropisches Paradies verwandelt worden. „Es ist perfekt geworden", sagte sie.

Jason hielt sie an der Hand fest. „Komm, ich stelle dich ein paar Leuten vor."

„Ich wollte nur sehen, ob jemand, den ich kenne ..."

„Du bleibst eine Weile bei mir – bitte."

„Nur, weil du gebeten hast."

Jason stand sofort im Mittelpunkt der Aufmerksamkeit. Er stellte ihr Paar um Paar vor und hatte keine Gelegenheit, ihr zu sagen, wer die Leute waren, welche gewaltigen Firmen sie repräsentierten oder welcher Teil von Cleveland ihnen gehörte. Er stellte sie als Becca vor. Die Gäste wechselten ein paar Worte mit ihr, wollten wissen, ob sie die Reynolds oder Jacksons oder die Hennesseys aus Louisville kannte. Hübscher Staat, Kentucky. Becca lächelte und plauderte, als wäre sie völlig entspannt.

„Jason, ich hatte noch nicht das Vergnügen, deine Freundin kennenzulernen."

Jason fand seine Mutter an seiner Seite. „Ich stelle sie dir gleich vor, sobald Becca von den Leuten loskommt."

Er küsste seine Mutter auf die Wange. Sie trug einen Seidenanzug im Kaki-Look, der wahrscheinlich mehr gekostet hatte, als einige der Spenden an diesem Abend ausmachen würden. „Du hast wundervolle Arbeit geleistet, Mutter. Die Party ist bereits ein Erfolg."

„Meinst du wirklich?" Sie stellte die Frage, als hätte es keinen Zweifel geben können.

„Du hast nie etwas Wichtigeres getan."

„Du klingst schon wie Pamela."

„Es gibt Schlimmeres."

„Ihr zwei habt euch immer gegen mich verbündet."

„Gegen dich musste man sich verbünden." Er fragte sich, warum er seiner Mutter nie offenbart hatte, was er wirklich dachte. „Diese Sache hier liegt Pamela am Herzen, Mutter. Und mir auch. Du bist in unserer Zuneigung gestiegen, weil du so hart für etwas gearbeitet hast, woran wir glauben. Entspann dich und sei stolz darauf, und wenn Pamela sich bei dir bedankt, dann umarme sie und halte ihr keine Predigt. Und sag ihr, dass du es gern getan hast."

Überraschend traten ihr Tränen in die Augen. „Ich weiß nicht, was du meinst."

„Jase, du hast mich noch nicht vorgestellt."

Er drehte sich um und fand Becca an seiner Seite. Er übernahm die Vorstellung.

Becca streckte die rechte Hand aus. „Mrs Millington, das ist eine wundervolle Party. Sie ahnen nicht, wie viel sie mir bedeutet."

Jasons Mutter ergriff ihre Hand. Sie hatte sich schnell unter Kontrolle gebracht. „Man hat es mir gesagt."

„Ich habe noch nie erlebt, dass jemand etwas Derartiges organisiert hat. Jetzt weiß ich, woher Jase sein Talent hat."

„Sie wollen doch nicht behaupten, dass es von mir kommt?"

„Sicher will ich das." Becca lächelte herzlich.

„Die Party war nicht so schwierig."

„Oh, ich habe gesehen, wie viel Arbeit es war. Ich gehöre zu den Leuten, die in den letzten Wochen Anweisungen von Ihnen erhalten haben."

„Sie haben geholfen?" Dorothea neigte ihren Kopf. „Wie sind Sie an die Sache gekommen, durch meinen Sohn?", wollte sie wissen.

„Ich habe früher im Greenhouse gewohnt."

„Ach, Sie waren beim Personal."

„Nein, ich war eine Bewohnerin. Ich war obdachlos und krank und brauchte dringend Hilfe. Ich kam ins Greenhouse, und dann hat Ihr Sohn mir die Aufsicht über die Renovierung seines Hauses übertragen."

Dorothea wirkte verblüfft. „Sie haben im Greenhouse gewohnt?"

„Sicher. Hätte ich das nicht getan, würde ich jetzt nicht mehr leben und mit Ihnen sprechen können. Sie sehen also, ich weiß aus erster Hand, was Sie getan haben. Und ich weiß, was dieses Gebäude hier für Frauen wie mich bedeuten wird, wenn es fertig ist."

Dorothea starrte sie an. Jason wollte bereits die peinliche Pause in der Unterhaltung unterbrechen, als sie explodierte. „Wie, um alles in der Welt, konnte so etwas passieren?"

„Mutter ...", warnte er.

Sie schob seine Hand beiseite. „Wie konnte jemand wie Sie ohne ein Zuhause sein?", fragte sie Becca. „Was ist das denn für eine Welt?"

„Eine unfaire."

„Erzählen Sie mir, wie es dazu kam. Ich will nicht neugierig sein, aber ich möchte es verstehen."

„Sehr gern."

Jason sah zu, wie seine Mutter Becca in eine Ecke führte. So stand er noch da, als Pamela ihn fand. „Wo ist Becca?"

„Sie wird gerade von unserer Mutter befragt."

„Und du hast das zugelassen?", fragte Pamela ungehalten. „Mutter hat kein Recht dazu."

„Sie weiß das. Sie hat das mehr oder weniger zu Becca gesagt." Er packte Pamela am Arm. „Wage nicht, dich einzumischen!"

„Jemand muss ..."

„Komm vom hohen Ross herunter, Pamela."

„Wovon redest du?"

„Ich rede davon, dass wir all diese Jahre über sicher waren, dass wir nichts mit Mutter gemeinsam hätten, aber der Keim dessen, was wir sind, war die ganze Zeit in Mutter verborgen."

„Das ergibt doch überhaupt keinen Sinn."

„Dorothea Millington wusste einfach nicht, wie sie eine Mutter sein sollte, und manchmal wusste sie wohl auch nicht, wie sie ein Mensch sein sollte. Aber die ganze Zeit war in ihr eine hochanständige Frau verborgen, und im Moment kämpft sie verteufelt darum, an die Oberfläche zu kommen. Mit Beccas Hilfe werden du und ich zusehen, wie sie es schafft."

Becca stand, Jasons Arm um ihre Taille gelegt, abseits, während Reden gehalten wurden. Der Abend war ein bemerkenswerter Erfolg. Sie und Dorothea hatten besprochen, wie sie die Spenden noch einmal ankurbeln konnten. Mit dem Mann an ihrer Seite hatte sie es jedoch nicht diskutiert.

Sie war nicht ganz sicher, ob sie Jases Mutter wirklich mochte, die gerade nach vorn ging. Irgendwie erinnerte sie Becca an ein Jugenderlebnis, einen jungen Mann, der geglaubt hatte, den Blackwater River durchqueren zu können, und den die Kräfte in der Mitte des Flusses verlassen hatten. Er war im letzten Moment aus dem Wasser gezogen worden.

Shareen hatte gerade gesprochen. Sie sah wie eine afrikanische Göttin aus, und ihre Rede war genauso machtvoll gewesen. Becca las Verstehen in den Mienen der Zuhörer dämmern.

„Ich habe noch jemanden gebeten, heute Abend zu sprechen", sagte Mrs Millington. „Jemanden, der mir ein wenig die Augen geöffnet hat, warum wir diese Party wirklich abhalten. Wahrscheinlich wird niemand, der heute hier ist, um sich zu unterhalten und etwas Geld zu spenden, tatsächlich verstehen, was es heißt, allein und mittellos und ohne Hoffnung zu sein. Wahrscheinlich werde ich es auch nie begreifen. Aber Becca Hanks tut es, und sie wird ein paar Worte darüber sagen. Ich habe ihr zugehört, und ich hoffe, Sie tun es jetzt auch." Sie lächelte Becca zu. „Bereit?"

Becca spürte, wie sich Jasons Arm anspannte. Sie löste sich von ihm und trat vor. Sie sah die Leute miteinander flüstern, und für einen Moment wünschte sie sich, sie hätte nicht zugestimmt.

Sie warf ihren Kopf zurück, fing den Blick einer Frau auf und hielt ihn fest. „Ich sehe wie Sie aus, nicht wahr?", fragte sie. „Ich sehe aus, als würde ich hierher gehören, und ich weiß nicht, wie oft ich heute Abend gefragt wurde, ob ich aus Louisville komme oder ob meine Familie ein Pferd im Derby hatte. Nun, als ich klein war, wusste ich nicht, was das Derby ist, weil wir keinen Fernseher hatten, und das einzige Pferd, das ich je sah, zog einen Pflug über steinigen Boden da, wo sich die Füchse Gute Nacht sagen."

Sie holte tief Luft.

„Ich komme aus einem Kohlebergbaugebiet. Aber es gibt keinen Bergbau mehr, dafür umso mehr Armut. Mehr, als Sie sich vorstellen können. Genauso viel wie hier in Cleveland, nur dass es dort keine reichen Leute gibt. Als ich siebzehn war und meine Eltern nicht mehr lebten, heiratete ich einen Mann, der weder arbeiten noch träumen konnte. Ich landete im Gefängnis wegen eines Verbrechens, das er beging, und verlor die Vormundschaft über meine beiden Töchter."

Sie sah den Schock auf den Gesichtern um sie herum, aber sie hatte die Aufmerksamkeit der Leute. Es war totenstill.

„Als ich herauskam, arbeitete ich, wo ich nur konnte, bis ich in Cleveland landete. Ich schickte das meiste Geld zu meinen Kindern nach Hause, sodass ich in meinem Wagen wohnen musste. Ich würde Ihnen ja raten, das einmal auszuprobieren, aber Sie sollten es nicht machen, weil es die Hölle ist. Und ich wünsche niemandem die Hölle. Man kann keinen Job finden oder halten, wenn man keine Adresse hat, und wenn man keinen Job hat, kriegt man auch keine Adresse. Man fängt an zu hungern, und im Winter weiß man nicht, ob man die nächste kalte Nacht überstehen wird. Man will arbeiten, aber man kann es nicht mehr, weil man zu schnell absinkt. Das ist mir passiert. Dann wachte ich eines Tages an einem Ort auf, den ich nicht kannte, und eine Frau in Weiß beugte sich über mich, und ich dachte, ich wäre endlich gestorben und in den Himmel gekommen. Aber es war ein Krankenhaus. Diese Frauen in Weiß hatten mir im letzten Moment das Leben gerettet."

Sie lächelte ein wenig, um nicht zu weinen. „Es war nicht viel, was man retten konnte, aber einige Leute ließen sich davon nicht aufhalten. Das Greenhouse nahm mich auf, Jase Millington gab mir einen Job. Sie alle gaben mir meine Selbstachtung wieder. Ich arbeite jetzt in zwei Jobs und spare Geld, damit meine kleinen Mädchen zu mir nach Cleveland kommen und bei mir leben können. Aber das wäre nicht möglich, hätte mir nicht jemand seine Hand gereicht. Ich wollte diese Hand nicht, Leute. Ich wollte es allein schaffen. Doch das ist etwas, das ich lernen musste. Jeder braucht einmal Hilfe. Und ein wenig Hilfe kann den Unterschied ausmachen zwischen einem verschwendeten und einem geretteten Leben."

Sie sah Jason an.

„Ich sage Ihnen das nicht, weil ich gern darüber rede. Ich sage es Ihnen auch nicht, damit Sie Mitleid mit mir haben. Es gibt keinen Grund, jetzt Mitleid für mich zu empfinden. Ich habe Fuß gefasst. Aber viele Frauen wie ich haben das noch nicht geschafft. Doch sie werden es schaffen, wenn Sie heute Abend tief in Ihre Taschen greifen und spenden, was Sie können. Die hier mag für Sie wie eine große alte Fabrik aussehen, aber wenn Jase und der Vorstand vom Greenhouse damit fertig sind, wird es ein Zuhause für viele Menschen sein. Und nichts sieht besser aus als ein Zuhause, das kann ich Ihnen sagen." Sie nickte. „Danke fürs Zuhören."

Damit ging sie zu Pamela, die sich die Augen wischte. Im nächsten Moment wurde sie von Pamela und Shareen gedrückt. Sie hörte Mrs Millington hinter sich sprechen.

„Jetzt wissen Sie, worum es hier wirklich geht", sagte Mrs Millington. „Denken Sie daran, wenn Sie Ihre Schecks ausschreiben. Ich habe daran gedacht, als ich meinen ausschrieb, und ich werde noch eine ganze Weile daran denken." Sie gab der Band ein Zeichen, und die Musiker begannen zu spielen.

Becca merkte, wie ihre Knie schwach wurden und Tränen in ihre Augen stiegen. Beides gefiel ihr nicht, aber als sie starke Arme fühlte, die sich um sie schlangen, wandte sie sich zu einer breiten Männerschulter um und schluchzte und zitterte und ließ sich von Jason halten.

„Becca." Er strich ihre Haare zurück. „Du warst wunderbar – so tapfer, zu tapfer."

„Jemand musste es ihnen sagen."

„Das hättest nicht du sein müssen."

„Ich bin froh, dass ich es war. Aber jetzt wissen alle über mich Bescheid, Jase."

„Und? Was wissen sie? Sie wissen, dass du voll Energie und Mut bist."

„Du musst mich nicht festhalten."

„Doch, ich muss. Du kannst ja versuchen, mich daran zu hindern."

Sie schob ihn ein wenig von sich und blickte in seine Augen. „Du hältst eine Ex-Gefangene in deinen Armen, und jetzt weiß es jeder."

„Ich halte die Frau, die ich liebe, in meinen Armen."

Sie hatte keine Zeit zu reagieren. Sie fühlte eine Hand auf ihrer Schulter und drehte sich um. Ein Mann, den sie noch nicht kennengelernt hatte, stand da. Er war älter und rundlich, mit einem Halbkreis flaumiger weißer Haare, fast wie ein Heiligenschein. „Das war wirklich eine Rede, junge Dame."

Sie schaffte ein Lächeln. „Danke."

„Mein Name ist Juno McIntire." Er fasste in seine Jacketttasche. Er war der einzige Mann im Raum mit Anzug und Krawatte. „Hier ist meine Karte. Ich möchte, dass Sie morgen zu mir kommen. Um eins?"

Sie zog die Brauen zusammen. „Wegen einer Spende?"

„Sozusagen."

„In Ordnung."

„Ich schicke Ihnen einen Wagen."

„Ich kann den Bus nehmen."

„Nein, ein Wagen ist schneller. Geben Sie mir nur Ihre Adresse."

Sie sah Jason an, der leicht nickte, lieh sich seinen Stift und kritzelte die Adresse des Cottages auf die Rückseite von Junos Karte.

„Sie ist schon etwas", sagte Juno zu Jason. „Sie haben einen besseren Geschmack, als einige Ihrer Projekte in der Stadt gezeigt haben."

„Freut mich, Sie hier zu sehen, Juno. Ich habe Sie nicht erwartet."

„Ich gehe gern dahin, wo ich am wenigsten erwartet werde."

Becca gab die Karte zurück. „Ich sehe Sie dann um eins."

„Ich freue mich darauf." Er strebte dem Ausgang zu. „Merkwürdig", meinte Jason.

„Sagtest du, ich wäre die Frau, die du liebst?", fragte Becca und hatte Juno schon vergessen.

Jason lächelte, und seine Augen leuchteten verdächtig. „Das war schon vor langer Zeit."

„Hast du es gesagt?"

„Ich verrate es dir, wenn wir heimkommen."

„Ich möchte jetzt gehen."

„Pamela holt schon meinen Wagen für uns."

„Ich möchte fliegen."

Er dachte daran, was sie erwartete – zu Hause, in seinem Bett, zusammen. „Das habe ich vor."

„Ich liebe dich, Jase."

Er hielt sie fest. „Sag mir das in einer Stunde, immer wieder."

„Ich verspreche es."

Wie stets konnte man sich auf ihr Wort verlassen.

13. KAPITEL

Jason hatte ein Bein zwischen Beccas Beine geschoben, einen Arm über ihren Rücken gelegt und seine Wange an ihren Hals gepresst. Sie erwachte mit dem Gefühl, dass ihr Leben sich gründlich verändert hatte. Sie war nicht mehr allein, Sie hätte protestieren, ihre Unabhängigkeit verlangen können, aber Jase war dafür bestimmt, in ihrem Leben zu bleiben. Nun wusste sie, was Liebe für einen Mann wirklich bedeutete. Und sie erfuhr, was es bedeutete, geliebt zu werden.

Becca fühlte seine Hand über ihren nackten Rücken gleiten. Sie war nicht überrascht, dass sie gemeinsam erwacht waren.

„Kannst du nicht schlafen?", fragte er an ihrer Schulter.

„Es ist spät. Weißt du, wie spät?"

„Es ist mir egal."

„Musst du irgendwohin und jemanden besuchen?"

„Dich muss ich besuchen, und hier muss ich hin."

„Es ist fast elf."

„Was?" Sein Kopf ruckte hoch. „Du machst Scherze."

„Über etwas so Ernstes wie Zeitverschwendung?"

Seine Augen waren halb geschlossen, sein Lächeln kam träge und war wert, dass man darauf wartete. „Haben wir Zeit verschwendet?"

„Schlafen ist immer Zeitverschwendung."

„Was ist mit der restlichen Zeit?"

„Ich kann mich an nichts anderes erinnern."

„Dann brauchst du vielleicht einen Auffrischungskurs."

Becca streckte und bewegte sich an ihm. „Meinst du?" Er schob ihre Hand an die Stelle, an der ihre Körper sich förmlich miteinander verschlangen. „Ein Teil von mir denkt so."

Sie täuschte Überraschung vor. „Meine Erinnerung kehrt langsam zurück."

Seine Hand legte sich an ihre Brust. „Ist es jetzt klarer?"

„Vielleicht versuchst du es noch einmal."

Sein Daumen begann eine langsame Kreisbewegung. „Ich werde etwas Besseres versuchen."

„Hm ..." Ihr Bein legte sich besitzergreifend über sein Bein. „Ich erinnere mich an zwei Leute auf einem Bett – zusammen, genau wie wir jetzt."

„Schlafen sie?"

„Eindeutig nicht."

„Das machst du gut." Seine Lippen fanden ihren Hals, die Rundungen ihrer Brüste.
„Oh, Jase." Ihre Arme spannten sich um ihn an.
„Erinnerst du dich, dass das jemand letzte Nacht gesagt hat?"
„Eindeutig."
„Warst du das?"
„Eindeutig."
„Wiederholst du dich?"
„Eindeutig."
Er hob seinen Kopf, um ihre Miene bei der nächsten Frage zu beobachten. „Sollen wir jetzt aufhören, nachdem dein Gedächtnis zurückgekehrt ist?"
„Eindeutig nicht."

Vor sechs Monaten hatte Becca in diesem Wolkenkratzer, zu dem sie mit einer Limousine mit Chauffeur gefahren worden war, keinen Job als Putzfrau erhalten, weil sie ein Ex-Sträfling war. Jetzt fuhr sie mit dem Aufzug direkt zu dem Penthouse zu Juno McIntires Büro.
Sie versuchte sich daran zu erinnern, was Jason ihr über Mr McIntire erzählt hatte. Exzentrischer Millionär, einer der reichsten Männer von Cleveland.
„Mr McIntire hat mir aufgetragen, Sie direkt in sein Büro zu bringen", sagte der Fahrer, der Becca begleitete.
„Sie zeigen mir nicht einfach die richtige Richtung?"
Der Mann lächelte zum ersten Mal. „Ich begleite Sie."
Das Büro, das sie betrat, erinnerte sie an ein Märchen, das sie ihren Töchtern oft vorlas, über einen Sultan und Geister und Zauberteppiche. Die Orientteppiche auf Mr McIntires Boden flogen nicht, aber wer sie sich leisten konnte, der brauchte keine Magie mehr. Die Holzvertäfelung war exquisit und exotisch.
„Was für ein hübscher Ort zum Arbeiten", schwärmte sie, während sie den riesigen Raum durchquerte.
Er stand hinter seinem Schreibtisch auf. „Es gefällt Ihnen?"
„Es ist groß genug für eine Familie."
„Wie gefällt Ihnen mein Ausblick?"
Sie ging an ihm vorbei an die Fenster und blickte nach unten. „Man kann in der Luft nichts anpflanzen. Es ist hübsch, aber ich mag es lieber, wenn ich nach draußen gehen und etwas sehen kann, das ich angepflanzt habe."

„Sie stehen mit beiden Beinen fest auf dem Boden."

„Das nehme ich an." Becca wandte sich lächelnd an ihn.

„Ich habe mich über Sie erkundigt."

„Tatsächlich?"

Er kam um seinen Schreibtisch herum und deutete auf Sessel und einen Tisch in einer Ecke. „Machen wir es uns bequem."

Sie sank tief in einen Sessel.

„Becca, wenn Sie eine Menge Geld hätten und wollten es verschenken, würden Sie es dem Greenhouse geben?"

Sie lächelte. Sie hatte gehofft, dass dies der Grund für seine Einladung war. „Ganz sicher. Es gibt gute Gründe, Geld in das Greenhouse zu stecken, und man muss schon gute Gründe haben, wenn man Geld verschenkt."

„Ich höre."

Während der nächsten Minuten zählte Becca auf, worauf man achten musste, damit eine Spende in jeder Situation die größtmögliche Wirkung erzielte.

„Ihre Ideen entsprechen genau den meinen", erklärte McIntire. „Und zwar so genau, dass ich für Sie einen Job direkt hier bei mir habe."

„Einen Job?" Sie verstand zuerst nicht. Dann war sie gerührt, dass er ihr helfen wollte. „Ich brauche keinen Job. Im Moment habe ich zwei. Sie brauchen für mich keinen neuen zu schaffen."

„Oh, ich schaffe keinen Job neu. Ich habe seit sechs Monaten eine freie Stelle, und bisher hat mir niemand gefallen." Er winkte ab, als Becca etwas einwenden wollte. „Ich weiß, dass Sie bald mit Jase Millingtons Garten fertig sein werden. Und ich bin bereit, so lange zu warten. Aber hören Sie mich jetzt an. Ich denke nämlich, dass Ihnen gefallen wird, was ich zu sagen habe. Und ich weiß, dass es mir gefallen wird, wenn Sie für mich arbeiten."

Jason stand an der Tür von Constantine's und beobachtete Becca eine Weile bei der Arbeit, bis sie endlich fertig war und zu ihm kommen konnte.

Draußen an der frischen Luft führte er sie zu seinem Wagen. „Wie verlief deine Besprechung mit Juno?", fragte er.

„Ich sage es dir, wenn wir nach Hause kommen. Ich möchte dein Gesicht sehen."

Er küsste sie, bevor er losfuhr, und er war entschlossen, sie nie mehr loszulassen.

Sie waren zu Hause, bevor einer von ihnen etwas sagte. „Gehen wir zu mir oder zu dir?", fragte Jason.

„Beide Häuser gehören dir. Such es dir aus."

Er führte sie zu dem Cottage. Bei den Rosen, die im Licht des Vollmondes schimmerten, blieb Becca stehen.

„Ich bin fast fertig hier", sagte sie. „Ich bleibe bis Ende des Sommers, um die Renovierung zu überwachen."

„Und wovon willst du dann leben?"

„Jase, ich muss dir noch etwas erzählen. Lass uns hineingehen." Sie führte ihn ins Cottage. „Ich mache Tee, Minze. Ich zeige dir, wo sie im Garten wächst, Jase, damit du sie pflücken kannst, wenn ich fort bin."

„Du brauchst nicht zu gehen."

„Ich glaube schon." Sie sprach erst weiter, als sie den Tee auf den Tisch gestellt hatte. „Ich wollte dir von Juno erzählen."

„Ich nehme an, er hat dir Geld für die Renovierung der Fabrik gegeben."

„Das wird er wahrscheinlich noch tun, aber darüber haben wir nicht gesprochen."

Jase hörte Alarmklingeln. „Worüber denn?"

„Über mich. Er hat mir einen Job angeboten. Einen wundervollen Job. Er ist Vorsitzender einer wohltätigen Stiftung, die wohl hauptsächlich mit seinem Geld gegründet wurde. Anfang des Jahres feuerte er seine Direktorin, weil sie nach seinen Worten keinen gesunden Menschenverstand hatte. Sie hatte eine gute Ausbildung, und das war alles. Sie unterstützte Projekte, die erforschten, wie man Menschen helfen kann, anstatt zu helfen. Darum will Juno jetzt jemanden, der weiß, wie es ist, arm zu sein, Jase. Er will mich."

Ihre Begeisterung und ihr Stolz blendeten ihn fast. „Was hast du ihm gesagt?"

„Jase, er bezahlt mir mehr, als ich je erträumt habe. Es reicht, um ein Apartment zu mieten, die Kosten für die Versorgung der Kinder tagsüber zu decken und etwas auf die Seite zu legen, damit ich zum College gehen kann. Ich bekomme auch einen Firmenwagen, und ich kann meine Arbeitszeit selbst festsetzen. Ist eines der Mädchen krank, kann ich daheim arbeiten oder es später nachholen. Es ist ein Job, der im Himmel erdacht wurde."

Bessere Neuigkeiten konnte er sich nicht vorstellen, aber wieso fühlte er sich, als hätte ihm jemand einen Faustschlag in den Magen versetzt? „Man kommt mit Juno nicht leicht zurecht."

„Ich mag ihn. Ich weiß nicht, warum jemand Angst vor ihm hat. Er ist eine richtige Miezekatze."

„Miezekatze? Juno McIntire?" Jason schüttelte den Kopf. „Dann gehst du also von hier weg, einfach so." Sie ließ Juno McIntire Probleme lösen, die sie ihn nicht hatte lösen lassen.

„Freust du dich nicht für mich?"

„Natürlich. Das ist wunderbar." Er fühlte sich ein wenig ausgeschlossen und wollte auch etwas beitragen. „Ich habe auch gute Neuigkeiten für dich. Ich hatte eine Idee bezüglich Blackwater."

„Blackwater?"

„Blackwater besitzt eine der schönsten Umgebungen, die ich je gesehen habe. Ich will einen Erholungsort bauen. Es gibt dort viel billiges Land, und gerade jetzt wird Land am Fluss verkauft, nahe dem Wasserfall, an dem wir mit den Mädchen waren."

Becca sah ihn ungläubig an. „Erholungsort?"

„Einen großen, teuren Erholungsort. Sommerhäuser für Leute aus nahen Städten. Für Leute, die Bergluft und schöne Ausblicke lieben. Für Leute, die klare Seen wollen zum Segeln …"

„Dort gibt es keine Seen."

„Aber es könnte welche geben, wenn man den Fluss und einige Bäche umleitet. Es wäre eine Goldmine für Blackwater. Es gäbe Jobs für jeden und einen Markt für alles, was die Leute verkaufen wollen …"

„Den Fluss stauen? Der fließt seit Jahrtausenden durch diese Berge. Und Häuser bedeuten, dass Bäume gefällt und Straße durch die Berge gebaut werden."

„Niemand wird unnötig irgendetwas zerstören. Die ganze Gegend würde hinterher besser aussehen als jetzt. Blackwater bekommt eine Schönheitsoperation."

Becca starrte ihn entsetzt an. „Dann wäre es nicht mehr Blackwater, sondern irgendeine schicke Urlauberstadt mit Shops voll Designer-Kleidern und niedlichen kleinen Eissalons."

„Und diese Läden würden von Menschen aus Blackwater geführt werden."

„Nein. Die würden vielleicht gelegentlich darin arbeiten, vielleicht auch nicht. Man braucht Geld, um einen solchen Shop zu mieten. Wer hat das? Fremde. Die Ortsansässigen würden nur die Schmutzarbeiten leisten. Und Blackwater wäre nicht mehr ihre Stadt."

Er schlug mit der Faust auf den Tisch. „Ich dachte, du würdest dich freuen, dass sich die Dinge für diese Menschen ändern."

„Nichts würde sich ändern. Du wärst wie die Bergbaugesellschaft. Du würdest das Land aufreißen und den Leuten kleine Jobs geben. Irgendjemand hätte einen Nutzen davon, aber nicht die Menschen, die dort leben."

„Du denkst nicht gerade."

„Mein Denken ist so gerade wie die Linie zwischen diesem Cottage und deinem Haus." Sie sprang auf.

„Und ich möchte, dass du sofort diese Linie benutzt!"

Jason erhob sich und packte sie am Arm. „Ich wollte das für dich machen."

„Nein. Du wolltest es machen, weil du alles verändern musst, bis es dir gefällt. Ich dachte, du würdest mich wahrhaft lieben, aber das stimmt nicht, oder? Du willst mich auch jetzt noch verändern. Du willst nicht, dass ich diesen Job bei Juno annehme, weil du ihn mir nicht angeboten hast. Du willst mein Märchenprinz sein, mein Leben verändern, mir den gläsernen Schuh an den Fuß stecken und mich für immer glücklich machen. Du erträgst es nicht, dass ich meinen eigenen Weg gefunden habe. Du kannst mich nicht dafür lieben. Also ziehst du los und versuchst den Ort zu verändern, von dem ich komme."

Jason ließ die Hand sinken. „Ich habe genug." Er wandte sich ab.

„Oh nein, du hast noch nicht genug. Eines noch: Ich liebe dich. Und ich will, dass du mich liebst und nicht das, was du für mich tun kannst. Du fühlst dich nicht wohl, wenn du dich nicht einmischen kannst. Du musst lernen, dich wohlzufühlen, bevor ich dich wiederhaben will, Jase. Ich will sein, was ich bin – eine Frau, die für sich selbst sorgen kann. Eine Frau, die für dich sorgen kann, wenn du sie brauchst. Eine Frau, deren Wurzeln so sind, wie sie sind. Eine Frau, die einfach so ist, wie sie ist."

Er drehte sich nicht um. „Ich fahre nach Blackwater und höre mir an, was die Leute dort von meiner Idee halten."

„Ist dir nicht schon früher eingefallen, dass sie vielleicht mitsprechen wollen?"

„Sie werden ihre Chance bekommen."

„Werden wir unsere Chance bekommen?"

Er hörte ein Schluchzen in ihrer Stimme, aber er drehte sich noch immer nicht um. „Offenbar nicht. Du willst, dass ich dich so nehme, wie du bist, aber du willst mich nicht so, wie ich bin. Ich bin nun einmal so, Becca. Ich sitze nicht still. Ich bewege mich, verändere Dinge, und es tut mir nicht leid, dass ich das tue."

„Du kannst Dinge verändern, aber keine Menschen. Also auch mich nicht. Ich werde das selbst tun. Ich verlange nichts weiter, als dass du zusiehst und stolz bist."

„Wenn du nur ein Publikum brauchst, suchst du am falschen Ort danach. Ich dachte, du würdest einen Liebhaber brauchen, jemanden, der genug für dich empfindet, um die Dinge besser zu machen, wenn sie besser sein müssten. Ich habe mich wohl geirrt."

Becca hing ihren Gedanken nach. Jason wartete nicht länger. Er verließ das Cottage, und mit jedem Schritt, den er tat, wusste er, dass er ihr Leben verließ.

Er konnte sich nicht dazu bringen, sich umzudrehen.

14. KAPITEL

Schon am nächsten Tag, einem Sonntag, traf Jason sich auf dem Flughafen von Lexington mit Charlie Dodd, dem Mann, der vor Ort die ersten Berechnungen über den Erholungsort angestellt hatte, fuhr mit ihm nach Blackwater und besichtigte alle in Frage kommenden Stellen.

Abends ließ er Charlie in dem Motel in Baldwin, in dem er mit Becca übernachtet hatte, und fuhr allein zurück. Die blonde Kellnerin in dem Café auf halber Strecke nach Blackwater begrüßte ihn wie einen alten Freund, und er war bei der Spezialität des Abends – Hähnchen mit Klößen, genug für zwei Männer –, als drei Mitglieder von Beccas Fanclub hereinkamen und sich zu ihm setzten. Jason wartete, bis sie Kuchen bestellt hatten, ehe er auf den Erholungsort zu sprechen kam. Jase wollte eine ehrliche Meinung hören, und darum war er selbst ehrlich. Nachdem er geendet hatte, herrschte eine Weile Stille.

„Es stinkt", sagte einer der Männer schließlich.

Jase war aufrichtig überrascht. „Was stinkt?"

„Hierherzukommen, Dinge zu verändern."

„Müssen die Dinge nicht verändert werden? Wie viele von euch arbeiten? Braucht ihr keine Jobs?"

„Was für Jobs? Golfschläger von reichen Leuten tragen? Einen Swimmingpool graben, wo ich im Fluss gebadet habe? Ich arbeite westlich von Baldwin, fahre immer die Strecke, um hierher zurückzukommen, aber nicht mehr, wenn es sich verändert. Blackwater braucht Veränderung, aber nicht von außen. Nicht von jemandem, der nicht weiß, wer wir sind. Die Dinge verändern sich in Blackwater, auch wenn ein Fremder das vielleicht nicht merkt. Niemand hat uns eine Krankenstation geschenkt. Die haben wir uns selbst erarbeitet, weil wir es leid waren, unsere Freunde sterben zu sehen. Und wir haben uns eine Bibliothek eingerichtet, weil wir es leid waren, dass unsere Kinder nicht gut lesen lernten. Wir haben ein Erholungszentrum, weil wir es möglich gemacht haben. Jedes Jahr tun wir etwas Gutes für Blackwater. Am besten ist es, Sie lassen uns in Ruhe."

Jason fragte sich, wie oft er das noch hören musste, um endlich darauf zu achten. „Es muss doch etwas geben, das ich tun kann. Es gibt immer etwas."

„Nicht, wenn Sie uns verändern wollen. Versuchen Sie, einen Erholungsort zu machen, und wir bekämpfen jeden Ihrer Schritte."

Er war noch bei seinem Kaffee, als die Männer mit einer freundlichen Verabschiedung gingen, aber die Drohung war ausgesprochen.

Jason war auf dem Rückweg nach Baldwin, als ihm ein vertrautes Haus ins Auge stach. Er hielt vor der Veranda. Matty saß dort und beobachtete die spielenden Kinder. Syl schien noch nicht zu Hause zu sein. Jase begrüßte die Kinder und stieg auf die Veranda. Matty sah müde aus, wie nach einem langen Tag.

„Sie haben Becca nicht mitgebracht", bemerkte sie.

„Sie ist in Cleveland."

„Setzen Sie sich", sagte sie. „Es ist schön um diese Abendstunde hier draußen."

Er setzte sich, weil das besser war, als in einem Motelzimmer zu liegen und sich zu wünschen, woanders zu sein.

„Wollen Sie es mir erzählen?", fragte Matty.

„Bin ich so leicht zu durchschauen?"

„Ziemlich."

„Ich verstehe Ihre Cousine nicht."

„Bei Becca gibt es nicht viel zu verstehen. Sie will jemanden, der sie liebt, jemanden, der sieht, was sie zu geben hat. Sie hat damit nicht viel Glück gehabt. Der erste Mann, den sie geliebt hat, hat sie wie einen Fußabstreifer behandelt. Der zweite hat ständig versucht, sie davon zu überzeugen, dass sie nicht gut genug für ihn ist", erklärte Matty ihn.

„Der zweite?"

„Sie."

Jason hörte auf, mit dem Stuhl zu schaukeln. Er hatte nicht einmal bemerkt, dass er damit angefangen hatte. „Nicht gut genug für mich? Natürlich ist sie das."

„Genau wie Blackwater gut genug für Sie ist? Mit einer Veränderung hier, einer Veränderung da. Sie glauben, dass Veränderungen nötig sind."

„Woher wissen Sie das?"

„Glauben Sie, wir haben hier kein Telefon? Wir haben Telefon und Fernsehen, und einige von uns waren sogar auf dem College."

Im Garten schwärmten Glühwürmchen, während die Kinder lachten und kreischten. Die Bergluft duftete nach Rosen. Lachen und Glühwürmchen und Rosen. Einfache Genüsse, für die er nie Zeit gehabt hatte. Genau wie einfache Wahrheiten, für die er sich nie Zeit genommen hatte, um sie kennenzulernen.

„Ihr zwei seid von verschiedenen Orten", sagte Matty. „Ihr könnt gar nicht unterschiedlicher sein, das ist eine Tatsache. Aber ihr kommt miteinander aus, wenn ihr diese Unterschiede respektiert. Ihr könnt euch nicht gegenseitig ändern. Nichts, was Sie tun, kann Becca so wie Sie machen, nicht einmal, wenn Sie Blackwater niederbrennen und an seiner Stelle Disneyworld aufbauen. Blackwater ist Blackwater. Sie sind Sie. Becca ist Becca. Es gibt Platz für alles und jeden."

„Ich wollte ihr das Leben erleichtern."

„Niemand hat das Recht, das Leben leicht zu machen. Es ist nicht dafür bestimmt, leicht zu sein. Dewey wollte ein leichtes Leben, und wir wissen, wohin das ihn und sie gebracht hat. Sieht für mich so aus, als wollten Sie sich Ihr Leben schwerer machen. Sie drängen und drängen, wo Sie es gar nicht müssen."

„Was mache ich jetzt?"

„Fragen Sie sich, was nötig ist, um eine Frau wie Becca zu lieben. Dann überlassen Sie ihr die Führung."

Allein schon die Vorstellung bereitete ihm Unbehagen. Die Wahrheit war jedoch, dass Becca ihn von Anfang an geführt hatte. Während er versucht hatte, sie zu verändern, hatte sie ihn verändert. Hätte sie es nicht getan, hätte er nicht hier auf Mattys Veranda gesessen und dieses Gespräch geführt.

„Ich sage den Erholungsort ab", erklärte er. „Es war eine schlechte Idee."

„Eine schreckliche, aber wenigstens sehen Sie es ein."

„Ich liebe sie." Jason wusste, dass dies der Wahrheit entsprach. Er liebte Becca genug, um sie sich selbst sein zu lassen. Und welches größere Geschenk konnte sie ihm jemals geben?

„Fahren Sie zurück und sagen Sie es ihr?"

Er fragte sich, ob sie ihm glauben würde. „Matty, ich brauche Hilfe."

„Gern."

Jason erklärte, was ihm vorschwebte, und sie nickte. „Sehr einfach. Kommen Sie morgen früh wieder."

Becca hatte Jase wegfahren gehört, nach Blackwater, wie sie vermutete. Sie nahm den Bus zum Greenhouse und fand Pamela vor. Sie hätte lieber mit Shareen gesprochen, aber die war nicht da.

Pamela führte sie in den Wohnraum und brachte Eistee. „Was hast du auf dem Herzen?", fragte sie.

„Ich will wieder hierherkommen." Becca griff nach dem Glas und setzte es ab. „Nicht für lange. Nur, bis ich ein Apartment habe."

„Es gibt Platz für dich." Pamela streckte die Beine aus. „Und wenn du länger als unser Zeitlimit bleiben willst, kannst du bei mir wohnen."

Becca hatte nicht erwartet, so bereitwillig empfangen zu werden. „Ich weiß nicht, was ich sagen soll."

„Dann lass es eben."

„Willst du nicht wissen, warum?"

„Ich nehme an, du hattest einen Streit mit Jase. Aber das geht mich nichts an. Vielleicht musstest du weglaufen."

„Ich bin nicht weggelaufen."

„Hat Jase verlangt, dass du gehst?"

„Natürlich nicht."

Pamela hob eine Augenbraue. „Dann ist das Cottage niedergebrannt?"

„Ich habe eine schreckliche Szene gemacht. Na ja, mitgeholfen, sie zu machen."

„Hast du jemals mit Dewey gestritten, Becca?"

„Manchmal habe ich versucht, vernünftig mit ihm zu sprechen. Er hat mich ziemlich oft geschlagen, einmal so, dass ich zu Boden gegangen bin."

„Und das war wohl ein guter Grund, nicht mit ihm zu streiten. Würde Jase dich schlagen?"

„Nein."

„Was kann dir dann schlimmstenfalls passieren, wenn ihr streitet?"

Becca rieb sich die Stirn. Pamela war schlau, freundlich und schlau. „Ich könnte ihm wehtun."

„Sicher könntest du das."

„Ich habe ihm wehgetan, Pamela. Wie sehr ich mich auch bemühe, ich tue immer den Menschen weh, die ich liebe."

„Also, du bist nicht anders als alle anderen", entschied Pamela.

„Ich bemühe mich alles richtig zu machen, aber ich mache Fehler. Ich will Jase nicht mehr wehtun." Im nächsten Moment begann Becca zu schluchzen.

Pamela ließ sie weinen, bis die Flut versiegte. Dann brachte sie ihr eine Schachtel mit Papiertaschentüchern. „Du wirst immer Fehler machen", sagte Pamela. „Aber die meisten Menschen sind genauso zäh wie du. Sie überleben deine Fehler. Jase kann das ganz sicher. Ihr zwei müsst nur davon abkommen, alles perfekt zu machen. Nichts wird jemals perfekt sein."

Becca wischte sich über die Augen. „Ich will das Cottage gar nicht verlassen. Ich liebe Jase. Ich habe nur befürchtet, wenn ich ihn zu sehr liebe, wird es wie mit Dewey sein. Ich glaube, ein Teil von mir denkt noch immer, ich wäre daran schuld, wie Dewey war."

„Und ein größerer Teil weiß es besser."

Becca lächelte. „Ja, aber wenn ich Angst habe, kommt der andere Teil hervorgekrochen."

„Und Jase jagt dir Angst ein."

„Was ich für ihn fühle, jagt mir Angst ein." Becca blinzelte gegen die Tränen an. „Ich denke sogar schon an Heirat. Das jagt mir Angst ein."

„Himmel, das würde mir auch Angst einjagen."

„Wir haben noch nicht einmal darüber gesprochen."

„Überrascht mich nicht. Ihr zwei wart damit beschäftigt, euch gegenseitig zu ändern." Pamela stand auf. „Ich fahre dich zurück, wenn du bereit bist. Du brauchst uns hier nicht mehr."

Becca umarmte sie. „Ich glaube, ich brauche eine Freundin."

„Du hast eine für das ganze Leben."

„Vielleicht kann ich eines Tages etwas für dich machen."

„Vielleicht. Bei all dieser Liebe in der Luft könnte ich ihr zum Opfer fallen." Becca lächelte. „Ich kann es kaum erwarten."

15. KAPITEL

Jason hielt vor dem Haus der Hanks. „Ich bin in ein paar Minuten zurück", sagte er zu Charlie Dodd. „Wir werden rechtzeitig in Lexington für unsere Flüge sein."
Charlie hatte sich am Vorabend ins Nachtleben von Baldwin gestürzt. „Ich werde hier einfach sterben", murmelte er, „langsam."
Jason sagte Charlie nicht, dass es für seinen Geschmack gar nicht bald genug stattfinden konnte. Nachdem er ausgestiegen war, schlug er die Wagentür zu. So hart, wie er nur konnte. Er zog auf dem Weg zum Haus zwei Päckchen aus seiner Jacketttasche. Er wollte die Mädchen sehen und nicht nur, um Becca von ihnen Bericht zu erstatten – sie würde mit ihm sprechen müssen, wenn er über ihre Kinder redete –, sondern auch um seinetwillen. Er wusste, dass Becca recht hatte, wenn sie glaubte, die Mädchen wären hier gut aufgehoben. Aber er mochte weder Bill noch Alice Hanks, und er wollte sich davon überzeugen, dass sie nicht ihre bittere Sicht des Lebens an Beccas Kinder weitergaben.

Alice kam an die Tür, und Überraschung vertrieb ihr ständiges Stirnrunzeln. „Ich wusste gar nicht, dass Sie kommen wollten."

„Ich bin gerade dabei, die Stadt zu verlassen. Aber ich habe den Mädchen Geschenke gekauft. Dürfte ich sie für ein paar Minuten sehen?"

„Becca ist nicht bei Ihnen?"

„Sie arbeitet an diesem Wochenende."

„Ich finde, sie könnte sich freinehmen und herkommen, um ihre Babys zu besuchen."

„Ich finde, sie bringt sich vor Arbeit um, damit sie ihre Babys ganz bekommen kann. Und ich finde, Sie sollen verstehen, wie hart sie arbeiten muss, um Ihnen Geld zu schicken und auch noch für sich selbst zu sorgen. Sofern sie überhaupt daran denkt, für sich selbst zu sorgen."
Er hielt ihr die Päckchen hin. „Schon gut. Bitte, geben Sie das den Mädchen und sagen Sie ihnen, dass ich hier war." Er drehte sich ohne ein weiteres Wort um und wollte weggehen.

„Sie können sie sehen, wenn Sie wollen."

Jason zählte bis drei, bevor er sich umdrehte. „Gut."

Alice trat zur Seite und führte ihn durch das Haus und in den Garten, wo die Zwillinge in grünen und blauen Spielanzügen in einer Sandkiste gruben. Von ihrem Mann war nichts zu sehen.

Jase wusste sofort, welches Mädchen welches war. Und er wusste noch mehr. Die zwei kleinen Mädchen sahen wie die Frau aus, die er liebte. Er hatte ihnen nicht Geschenke gebracht, um einen Kontrollbesuch zu machen, sondern weil er sie sehen wollte. Durch sie fühlte er sich Becca nahe.

Er ging zu der Sandkiste und setzte sich auf die Kante. Beide Mädchen blickten zu ihm auf und dann wieder auf den Sand.

„Ich habe eine Schwester", sagte er. „Als sie klein war, wollte sie immer im Sand mit meinen Autos spielen. Habt ihr Autos?"

Faith blickte wieder hoch und schenkte ihm das Lächeln ihrer Mutter. „Nein."

Er hielt ihr das Päckchen hin. Faith machte kurzen Prozess mit der Verpackung. „Autos!"

Er wusste nicht, was in ihn gefahren war. Er wusste nicht, ob die Hanks' mit diesen Geschenken einverstanden waren. Faith war einverstanden, von ganzem Herzen. Sie quietschte, und im nächsten Moment lagen fünf kleine Metallautos im Sand.

„Ich auch?", fragte Amanda.

Er gab ihr das andere Päckchen. Ihr Quietschen fiel damenhafter, aber genauso begeistert aus.

Faith stand auf und setzte sich mit ihrem sandigen Popo auf seinen Schoß, legte ihre Arme um seinen Hals und lehnte ihren Blondschopf an seine Schulter. „Wo ist Mommy?", wollte sie wissen.

Jason überlegte ernsthaft, ob er die Kinder entführen und mit sich nach Ohio nehmen sollte. Dann begriff er, dass er es nicht konnte. Er musste warten, bis Becca ihr Leben in Ordnung brachte, auf ihre Art. Mit Junos Hilfe konnte es nicht lange dauern.

„Sie ist in Ohio", antwortete er. „Sie denkt an euch und schickt euch all ihre Liebe."

„Kommt sie bald?"

„Ich denke schon."

Faith kuschelte sich an ihn, und er hielt sie fest. Aber Amanda stand auf, ging zu einem Baum, suchte in einem Stapel Spielzeug und kam mit etwas an ihre Brust gedrückt zurück.

„Was hast du da, Amanda?" Er streckte eine Hand aus.

Sie reichte ihm eine Puppe, blond wie sie selbst, ein Kind mit Zöpfchen. An der schönen Arbeit erkannte er eine der Familienpuppen, die Becca ihm am Wasserfall beschrieben hatte.

Er nahm die Puppe und betrachtete sie. Die Puppe sah den beiden Mädchen auffallend ähnlich. „Hat eure Großmutter die gemacht?", fragte er. „In ihrer Kirche?"

Amanda steckte einen Finger in den Mund, nickte jedoch.
„Sie sieht aus wie du."
„Gib sie Mommy."
Einen Moment verstand er nicht, dann brach etwas in ihm. „Du willst, dass ich sie mitnehme und deiner Mommy bringe?"
Amanda nickte wieder. Faith griff nach der Puppe, küsste und drückte sie an sich. Dann gab sie sie Amanda zurück, die das gleiche machte. Feierlich streckte Amanda sie ihm wieder hin.
Sie war leicht verwirrt, als er die Puppe nicht sofort nahm, rückte ein wenig näher und blickte zu ihm auf. „Weinst du?", fragte sie.
Er streckte seinen freien Arm aus, und sie kam zu ihm, um ihn zu trösten.

Jason folgte Alice Hanks zu der Haustür, die Familienpuppe an seine Brust gedrückt. Er hatte die beiden Mädchen im Garten zurückgelassen, nachdem er noch Straßen und Tunnels im Sand für ihre neuen Autos gebaut hatte.
„Danke, dass Sie mich zu den Kindern gelassen haben", sagte Jason.
„Ich habe darüber nachgedacht, was Sie gesagt haben."
Das überraschte ihn, auch wenn er bezweifelte, dass Alices Gedanken produktiv gewesen waren. „Ich will nicht, dass Becca noch einmal verletzt wird. Sie wurde von dieser Familie schon genug verletzt, dass es für sehr lange ausreicht", sagte er.
„Wir kümmern uns um ihre Kinder. Reicht Ihnen und ihr das nicht?"
„Sie kümmern sich um die Kinder Ihres Sohnes. Wären es nur Beccas Kinder, säßen sie auf der Straße." Er atmete langsam aus. „Aber ich habe hier keine Rechte. Und Sie leisten bei Amanda und Faith gute Arbeit. Dafür kann ich Ihnen danken."
„Was sind Sie für Becca?"
„Ich bin der Mann, der sie heiraten wird, sobald sie damit einverstanden ist."
„Die Mädchen brauchen einen Vater."
„Und eine Mutter."
„Glauben Sie, ich wüsste das nicht?"
„Wollen Sie die Wahrheit hören? Nein, ich glaube es nicht. Ich glaube, Sie werden es ihr höllisch schwermachen, die Kinder wiederzubekommen. Becca glaubt es nicht, aber ich."
„Becca hat recht, Sie nicht."
Er wartete.

Sie wandte sich zur Tür. „Mein Sohn war alles für mich. Als er starb, wollte ich jemanden umbringen. Wissen Sie, wie das ist?"

„Nein."

„Ich hoffe, Sie werden es nie wissen. Ich könnte niemanden töten, hätte es nicht einmal gekonnt, hätte mir jemand einen geladenen Revolver in die Hände gedrückt und für mich gezielt. Aber ich konnte hassen. Ich habe herausgefunden, wie es ist, wenn man hasst. Ich hasse jetzt schon ziemlich lange, und das meiste habe ich gegen Becca gerichtet. Aber es war nicht Beccas Schuld, wie Dewey sich entwickelt hat. Er war alles, was Bill und ich hatten, und wir verwöhnten ihn, bis er dachte, er könnte alles tun, was er wollte. Ich habe lieber gehasst, als das zu erkennen. Aber jetzt habe ich es erkannt, und ich kann Becca nicht mehr hassen. Wir hätten sie vor dem Gefängnis bewahren, ihretwegen Briefe schreiben und das Haus belasten können, damit sie einen richtigen Anwalt bekam, aber wir haben es nicht getan. Also müssen wir ihr jetzt etwas zurückgeben. Wenn sie bereit ist, sich um die Kinder zu kümmern, werden wir sie nicht bekämpfen."

Jase kannte Alice Hanks nicht sonderlich, aber er vermutete, dass dies wahrscheinlich die längste und emotionalste Rede in ihrem ganzen Leben war. Wieder einmal hatte Becca recht behalten, und er lag völlig falsch. Er wollte Alice trösten, doch ihm war klar, dass er keinen Trost anbieten konnte.

„Was ist mit Ihrem Mann?", fragte er. „Wird er dagegen ankämpfen?"

„Nein, Bill ist zu krank für einen Kampf. Um die Wahrheit zu sagen: Ich glaube, er will die Mädchen von hier weg haben, damit er mehr Ruhe hat. Es reicht, wenn wir sie von Zeit zu Zeit sehen und beobachten können, wie sie heranwachsen."

„Sie werden immer Ihre Enkel sein."

„Erzählen Sie Becca, was ich gesagt habe? Ich möchte es ihr nicht selbst sagen."

„Vielleicht werden Sie dazu eines Tages imstande sein."

Sie schüttelte den Kopf, und er wusste, dass sie es ernst meinte. Weiter würde sie nie gehen.

„Ich werde es ihr erzählen. Sie wird die Mädchen bald haben wollen."

„Die werden bereit sein."

Charlie schlief im Wagen, als Jason einstieg. Er schlief die ganze Strecke nach Lexington. Jason hatte viel Zeit zum Nachdenken. Er hatte auch Zeit während des Rückflugs.

Er wusste nicht, ob ein Mann sich innerhalb von zwei Tagen sehr verändern konnte, aber er war nicht derselbe, der von Cleveland nach Blackwater aufgebrochen war.

Nie war etwas für ihn hart gewesen. Nun lagen die härtesten Momente seines Lebens vor ihm. Irgendwie musste er Becca davon überzeugen, dass er sie so liebte, wie sie es verdiente – als Persönlichkeit, als Mensch, dem er vollständig vertraute, als Mensch, der sein Leben selbst in die Hand nehmen konnte. Er wusste nicht mehr, wo es einen Kompromiss geben konnte oder wann er ein Recht hatte, seine Meinung zu erklären. Die Aufgabe von Kontrolle und Macht war für ihn unerforschtes Neuland. Aber er war davon überzeugt, dass er es mit Becca an seiner Seite durchstehen konnte.

Falls sie bereit war, an seiner Seite zu bleiben.

Jason hatte ein besonderes Päckchen, eine Schachtel in Plastiktüten, die er zusammen mit der Familienpuppe der Mädchen ins Flugzeug mitnahm. Als er in Cleveland ankam, trug er beides zu seinem Wagen, zusammen mit seiner Reisetasche, und verstaute alles auf dem Rücksitz. Dann machte er sich auf den Heimweg.

Becca konnte nicht schlafen, obwohl sie von einem anstrengenden Nachmittag und Abend im Restaurant müde war.

Um Mitternacht machte sie sich nicht länger vor, sie würde auch nur ein Auge schließen. Es war fast noch Vollmond, aber die Wolken verdeckten ihn. Sie erinnerte sich an den Abend, an dem sie neben dem mondbeschienenen Rosengarten gestanden und Jase gesagt hatte, dass sie ihn bald verlassen konnte. Sie war so stolz auf ihre neue Unabhängigkeit gewesen, dass sie ihm nicht gezeigt oder gesagt hatte, dass sie weiterhin ein Teil seines Lebens sein wollte. Sie hatte beweisen wollen, dass sie es allein schaffen konnte, bevor sie es gemeinsam schafften. Sie hatte allerdings vergessen, diesen letzten Teil hinzuzufügen.

Wie hatte sie das vergessen können?

Becca zog ein Sommerkleid und Sandaletten an. Sie konnte keine Sekunde länger im Cottage bleiben. Sie wollte wieder die Rosen besuchen, deren Duft einatmen und darüber nachdenken, was sie zu Jase sagen sollte, wenn er heimkam.

Im Freien atmete sie die süß duftende Nachtluft ein. Es roch auch nach Regen. Der Garten war üppig und so perfekt kultiviert wie ein Park. Sie verspürte Stolz, weil sie das allein erreicht hatte. Wie der Garten sich verändert und erholt hatte, so war es auch ihr ergangen. Sie konnte etwas wachsen, blühen und Früchte tragen lassen. Sie wollte ihren Töchtern das Gärtnern beibringen, damit sie ebenfalls eines Tages diesen Triumph erleben durften.

Becca hatte fast die Rosen erreicht, als sie einen Schatten zwischen ihnen sah. Sie wich hinter einen Baum zurück. Das Herz schlug ihr bis zum Hals. Wie überall, gab es auch in Shaker Heights Kriminalität, aber sie hatte sich in Jases Garten immer sicher gefühlt.

Die Gestalt blieb stehen, und Becca erkannte Jase. Er ging ein Stück zur Seite, bückte sich, hob etwas vom Boden auf und trug es zu der Reihe zurück, an der er gearbeitet hatte.

„Jase?" Sie kam hinter dem Baum hervor. „Was machst du da, um alles in der Welt?"

Er wandte den Kopf und blickte durch die Dunkelheit. „Becca?"

Sie kam auf ihn zu, langsam, als fürchtete sie zu träumen. „Was machst du? Ich habe dich für einen Einbrecher gehalten, obwohl sich ein Einbrecher wahrscheinlich nicht sehr für Rosen interessieren würde."

„Halt, sei vorsichtig, wohin du trittst!"

Sie sah, dass er vor ihr eine Reihe von sechs kleinen Klumpen ausgelegt hatte, in Zeitungspapier gewickelt und mit Fäden zusammengebunden. „Himmel, was ist das?"

„Rosen."

Sie bückte sich. „Rosen?"

„Von deinem Elternhaus. Matty hat mir beim Ausgraben geholfen. Wir haben versucht, von jeder Sorte einen Ableger für dich zu nehmen."

Becca berührte erstaunt einen der Klumpen. „Du hast Matty gesehen?"

„Gestern und heute Morgen. Wir haben die Rosenstöcke zusammen ausgegraben, bevor ich Blackwater verließ, damit sie nicht austrocknen. Aber ich habe befürchtet, sie könnten die Nacht nicht überstehen, und darum setze ich sie ein, bis du entscheidest, wohin sie gepflanzt werden sollen. Wir müssen vielleicht das Beet vergrößern."

„Wer hat dir beigebracht, wie man sie setzt?"

„Matty. Die hat mir eine Menge beigebracht." Er stand auf und ging auf Becca zu.

„Rosen, Jase? Für mich?"

Er erreichte sie, aber berührte sie nicht. Er wischte sich die Hände an der Hose ab. „Ein Stück deines Lebens, Becca, mit einem Stück meines Lebens. Teile von unseren Herzen."

Sie richtete sich auf. „Sie werden hier gedeihen. Doch du hast recht, wir müssen ein größeres Beet graben."

„Ich brauche Hilfe."

Sie sahen sich an, und dann lagen sie sich in den Armen. Becca klammerte sich so fest an Jase, dass sie nicht sicher war, ob irgendetwas sie beide trennen konnte. „Ich dachte, ich hätte dich verloren", flüsterte sie. „Es tut mir leid, so leid."

„Was tut dir leid? Dass du stark genug bist, um ohne mich zu überleben? Das liebe ich doch an dir, aber ich habe es früher nicht erkannt."

„Nein, es tut mir leid, dass ich dir nicht gesagt habe, dass ich ein Teil deines Lebens sein will. Ich war einfach zu sehr damit beschäftigt, auf mich stolz zu sein."

„Du hattest das Recht, stolz zu sein."

„Und ich bin es, aber nicht so stolz, dass ich nicht mit dir zusammensein will. Ich musste nur wissen, dass ich es schaffen kann, Jase. Aber ich wollte es nie so weit treiben, dass du nicht bei mir sein würdest."

Jason küsste ihre Stirn, ihre Nase, ihre Wangen, ihre Lippen. Er hielt sie so fest, dass er nicht wusste, ob sie noch zu atmen vermochte. Doch er konnte sie auch nicht loslassen.

Langsam sanken sie auf das dichte, taubedeckte Gras neben den Rosen, vor neugierigen Blicken geschützt. Becca registrierte nicht, wer wen entkleidete, aber Sekunden später waren sie nackt und erforschten einander, als wollten sie sichergehen, dass sich nichts verändert hatte, obwohl alles verändert war.

Seine Haut war glatt und warm, die Formen seines Körpers waren vertraut. Sie vergrub ihr Gesicht an seiner Brust, suchte mit ihren Lippen all die Stellen, die sie schon einmal geküsst hatte.

Seine Hände fanden ihre Brüste, ihre Hüften, den verborgenen, verletzbarsten Teil von ihr, und sie rang lustvoll nach Luft. Ihre Beine verschlangen sich ineinander, auch ihre Arme, während die Hände ihre Körper liebkosten, bis kein Teil von ihnen mehr vor Empfindungen verborgen war.

Becca hob sich Jase entgegen, als er sich in sie senkte. Es war nichts Sanftes oder Zärtliches an ihrer Vereinigung. Becca forderte, und Jase eroberte. Er forderte, und sie nahm alles von ihm. Sie gab, nahm dann mehr, bis es nichts mehr zu nehmen gab, ausgenommen eine Lust, die so zerschmetternd war, dass sie nicht wusste, ob einer von ihnen überleben konnte.

Sie überlebten beide.

Becca lag hinterher lange in seinen Armen und atmete den Duft der Rosen und ihrer Liebe ein.

„Ich kann nicht glauben, dass wir es hier vor allen Rosen gemacht haben", sagte sie.

„Sie haben es gut gefunden." Er half ihr auf und fand ihr Kleid. Die Wolken hatten sich verdichtet, die ersten Regentropfen fielen. „Zieh das an, und dann hilf mir, die Rosenstöcke in die Erde zu setzen. Der Regen übernimmt den Rest."

Sie lachte so freudig, wie er es noch nie von ihr gehört hatte. Ihr Lachen berührte mehr als sein Herz. Er begehrte sie wieder, und bald schon.

„Du, ein Gärtner", sagte Becca, während er sich anzog.

„Und was ist dagegen einzuwenden?" Er schwenkte sie immer wieder herum, weil er sie nicht loslassen konnte, und küsste sie. Als der Regen stärker wurde, setzten sie die restlichen Rosen in die Furche, die er gezogen hatte, und bedeckten die Wurzeln mit Erde.

Sie waren durchnässt, als sie zum Haus liefen anstatt zum Cottage, weil es näher war. Drinnen sah Jason, dass Becca einiges gemacht hatte, während er in Blackwater gewesen war. Vasen mit Blumen füllten die Räume.

„Mir ist nichts anderes eingefallen, was ich tun könnte", sagte sie. „Ich wollte dich wissen lassen, dass ich an dich gedacht habe, während du weg warst."

Auch in einem Bad waren Blumen, Sträuße auf dem Waschbecken und dem breiten Rand des Whirlpools. Er ließ Wasser einlaufen und zog Becca wieder aus, damit sie die Wanne und die Blumen gleichzeitig genießen konnten.

Erst als sie sich hinterher unter den Laken aneinanderschmiegten, fand er die Konzentration und den Mut, um mit ihr zu sprechen. Sie lag halb über ihm, eine perfekte Haltung, aber er glitt unter ihrem Bein hervor und verließ für einen Moment den Raum.

Becca blickte ihm nach. Ihr war klar, dass sie noch immer über einige Dinge sprechen mussten, aber sie wusste nicht, ob sie bereit war. Alles war so perfekt. Eine Weile wollte sie noch das Gefühl festhalten, ohne Vorbehalt geliebt zu werden.

Jase kam zurück. Sie bewunderte seine breite Brust, seine langen, muskulösen Beine. Sie konnte sich nicht vorstellen, jemals seinen herrlichen nackten Körper zu betrachten, ohne dass ihr ein wenig der Atem stockte.

„Ich habe dir ein Geschenk mitgebracht." Er setzte sich neben sie und reichte ihr die Familienpuppe.

Sie drückte sie an ihre Brust. „Woher hast du sie?"

„Amanda hat sie mir für dich mitgegeben."

Tränen stiegen ihr in die Augen. „Ich brauche sie nicht mehr lange."

„Nein." Jason berührte ihr Bein. „Wenn du bereit bist, werden Alice und Bill dir die Mädchen geben. Alice hat es mir heute gesagt."

„Das hat sie?" Becca blickte ihn unter feuchten Wimpern hervor an. „Du hast sie doch nicht ..."

„Unter Druck gesetzt? Bedroht? Nein. Ich wollte es. Aber ich hätte es auch nicht getan, hätte sie gesagt, dass sie um die Vormundschaft kämpfen will. Was du tust und wie du es tust, liegt an dir. Das ist mir jetzt klar."

Sie ergriff seine Hand. „Was hat sie gesagt?"

„Auf ihre Art hat sie zu erkennen gegeben, dass es ihr leid tut. Sie weiß, dass der Ärger in deiner Ehe Deweys Fehler war, und sie dir etwas schuldet. Sie und Bill werden die Mädchen kampflos herausgeben, wenn sie die beiden nur besuchen können."

Becca drückte ihre Wange gegen die Puppe.

„Alice wird dir das nie selbst sagen können."

„Das spielt keine Rolle."

„Ich muss dir noch etwas sagen, aber es gibt niemanden, der meine Botschaft überbringt. Also muss ich es wohl selbst machen." Er spürte, wie ihre Hand sich anspannte. „Ich fühle mich nicht sehr mutig."

„Du weißt nicht, was es heißt, Angst zu haben."

„Oh doch. Ich glaubte, ich hätte dich verloren."

„Ich hatte Angst, du würdest mich nicht mehr wollen."

Er beugte sich vor und schaute ihr in die Augen. „Ich lag falsch mit Blackwater, Becca. Ich wollte es verändern, weil du mich sonst nichts in deinem Leben hast ändern lassen. Ich wollte helfen, obwohl niemand meine Hilfe wollte. Ich bin zu sehr daran gewöhnt, Dinge zu verändern."

„Du hättest nicht so gefühlt, hätte ich dich in mein Leben gelassen. Aber ich wusste nicht wie, ohne meinen Stolz aufzugeben. Sie berührte seine Haare. „Aber ich will dich in meinem Leben, Jase Millington der Wer-weiß-wievielte. Ich möchte, was immer du mir zu geben hast."

„Niemand in Blackwater will einen Erholungsort. Du hattest recht."

„Dann gibst du auf?"

Er lächelte. „Ich habe es versucht, wirklich."

„Und?"

„Ich habe eine Idee. Aber ich werde nichts tun, wenn es dir nicht gefällt. Es liegt an dir und den Leuten von Blackwater, zu entscheiden, ob es eine gute Idee ist."

„Lass hören."

Er griff nach der Familienpuppe. „Das ist Blackwaters Reichtum: Familie, Wurzeln, Tradition. Du hast das am Wasserfall gesagt. Ich habe nicht genau hingehört, weil ich zu sehr damit beschäftigt war, in meinen Gedanken die Berge zu planieren. Aber die Familienpuppen könnten einige der unmittelbaren Probleme der Stadt lösen", erklärte er. Becca war fasziniert. „Wie?"

„Indem sie dort hergestellt und von Kentucky aus vermarktet werden. Du hattest recht. Familien leben überall. Kinder wachsen ohne Wurzeln und Bindungen auf. Es gibt viele Menschen, die Familienpuppen und das, was sie darstellen, brauchen. Ich habe eine Freundin, die Marketing-Managerin eines großen Versandhauses ist. Ich bin überzeugt, sie wird interessiert sein. Die Leute, die die Puppen herstellen, können eine Genossenschaft bilden. Ich könnte ihnen beim Start helfen. Die Leute können selbst entscheiden, wie sie das Geschäft machen wollen. Ich brauche nur einen kleinen Anstoß zu geben."

„Einen Anstoß?" Sie lächelte. „Anstoß, Jase?"

„Nur einen ganz kleinen."

Becca schlang ihre Arme um seinen Hals. „Das ist eine wunderbare Idee, perfekt! Das kommt von den Leuten, nicht von dir. Du bist lediglich der einzige, der das Potenzial erkannt hat."

Er entspannte sich und hielt sie in seinen Armen. Er hatte wirklich befürchtet, sie könnte wütend werden. „Hilf mir, von jetzt an immer den Unterschied zu erkennen. In Ordnung?"

„Immer."

„Immer?"

Sie ließ ihn los. „Wir haben nie über ‚immer' gesprochen."

„Ich halte „immer" für eine wunderbare Idee. Lass es mich wissen, wenn ich mich irre."

„Ich habe eine Familie."

„Ich will die Mädchen. Ich will dich auch, wenn du mich haben willst und bereit bist."

Sie wusste, dass sie früher bereit sein würde, als er vermutete. Aber sie war zu sehr damit beschäftigt, ihn zu küssen, um über einen Zeitplan zu diskutieren.

Es würde noch viel Zeit geben, um Pläne zu machen. Die ganze Zeit von zwei Menschenleben.

– ENDE –

Erica Spindler

Jasminduft in der Nacht

Roman

Aus dem Englischen von
Patrick Hansen

PROLOG

Die Aprilsonne brannte warm vom Himmel und wurde grell und gleißend vom Pflaster zurückgeworfen. Hunter Powell ärgerte sich, dass er seine Sonnenbrille im Kongresszentrum gelassen hatte. Er drängte sich zusammen mit seinen Arztkollegen zwischen den Touristen hindurch, die die Bürgersteige des French Quarter von New Orleans bevölkerten, und fragte sich, warum er sich das hier zumutete. Hochprozentige Drinks hinunterzukippen und durch T-Shirt-Läden zu hetzen war nicht gerade das, was er sich unter Erholung vorstellte.

Aber genau das tat er jetzt.

Die Gruppe bahnte sich ihren Weg durch die schickere und nicht ganz so stark besuchte Royal Street. Hier war selbst der Lärm weniger intensiv – die klappernden Absätze eines Straßentänzers, das Wispern der Brise, vermischt mit dem verlockenden Duft von gegrillten Meeresfrüchten, hin und wieder ein belustigtes Auflachen.

Alles hier erinnerte ihn an Aimée.

Hunter hielt den Atem an, als ihr Bild in seiner Erinnerung auftauchte. Aimée – mit ihren großen, dunklen Augen und der tiefen, erotischen Stimme. Aimée, die so gern und viel lachte und ihn mit ihrer ansteckenden Fröhlichkeit aus seiner Zurückhaltung holte. Aimée in seinen Armen, seinem Bett, seinem Leben.

Die Erinnerung war so deutlich, dass er unwillkürlich die Hände zu Fäusten ballte. Seit sein Flugzeug vor zwei Tagen auf dem Internationalen Flughafen von New Orleans gelandet war, hatte er nicht mehr aufhören können, an sie zu denken. Immer wieder hatte er sich dabei ertappt, wie er nach ihr Ausschau hielt, nach ihrer Stimme suchte.

Er schüttelte den Kopf. Warum konnte er sie nicht mehr vergessen? Weil sie aus einem Cajun-Fischerdorf nicht weit von hier stammte? Nur weil sie oft über den Namen des Dorfs gelacht hatte – La Fin, „das Ende", auf Französisch?

Hunter zog die Augenbrauen zusammen. Es war jetzt dreieinhalb Jahre her, dass sie aus seinem Leben verschwunden war. Genauer gesagt, dass er sie aus seinem Leben vertrieben hatte. Und in der ganzen Zeit hatte er nie daran gezweifelt, das Richtige getan zu haben. Sicher, er hatte oft an sie gedacht, sie vermisst. Aber er hatte nie daran gedacht, sie zurückzuholen.

Er hatte ihr nichts geben können. Er konnte ihr noch immer nichts geben.

Hunter rief sich zur Ordnung. Hör auf, befahl er sich. Es bringt nichts, dich damit zu quälen. Es ist reine Zeitverschwendung und grenzt an Selbstmitleid.

Er würde ins Hotel zurückkehren und noch einmal den Vortrag durchgehen, den er morgen halten sollte. Er hatte Aimée vor dreieinhalb Jahren aus seinem Leben verdrängt, er würde es auch jetzt schaffen.

Hunter kehrte in die Gegenwart und damit zu den anderen Teilnehmern des Ärztekongresses zurück. „Ich sehe euch beim Abendessen", sagte er. „Ich gehe jetzt ins Hotel."

„Ach, kommen Sie, Hunter". Jack, ein Orthopäde aus Des Moines, der schon ein paar exotische Drinks zu viel genossen hatte, meinte: „Nur Arbeit und kein Vergnügen, wie langweilig."

„Genau", stimmte ein anderer Kollege zu, an dessen Namen Hunter sich nicht erinnern konnte.

„Lasst ihn in Ruhe, Leute", rief Sheila, eine Internistin aus Hunters Klinik in Kalifornien. „Hunter hat recht. Ich kann kaum noch laufen." Sie sah ihn an. „Ich schaue noch mal kurz in dieses Geschäft, dann komme ich mit."

Hunter warf einen Blick auf das Geschäft, vor dem sie standen. „Kleine Wunder" stand auf dem Schild. „Antiquitäten und Krimskrams." Er nickte Sheila zu und ging mit ihr hinein.

Im Inneren war es kühl, es roch ein wenig muffig und nach Mottenkugeln. Hunter lehnte sich gegen den Verkaufstresen, um zu warten, während Sheila sich umsah. Dabei stieß er mit dem Ellenbogen gegen etwas, das am Rand des Tresens stand. Hastig drehte er sich um und fing es auf, bevor es zu Boden fallen konnte.

Es war eine Spieluhr. Hunter betrachtete sie. Antiquitäten interessierten ihn nicht. Er hatte sein Zuhause sachlich und modern eingerichtet. Schlicht. Kein Schnickschnack.

Die Spieluhr, die er in den Händen hielt, war mit ihren Goldverzierungen und der Porzellanfigur eindeutig Schnickschnack. Eigentlich sollte er sie zurückstellen und in Zukunft besser aufpassen, stattdessen hielt er die Uhr hoch und sah sie sich genauer an.

Die zarte Porzellanfigur stellte eine Südstaatenschönheit mit Reifrock und prächtigem Hut dar. Ihre Miene war kokett, und in den Händen hielt sie einen Strauß weißer, sternförmiger Blüten. Vorsichtig drehte Hunter den Schlüssel. Eine romantische Melodie von Brahms ertönte, und die Figur kreiste auf dem Sockel der Spieluhr mit ausgestreckten Händen, als wollte sie ihm ihre Blumen überreichen.

Hunter starrte auf die zarte Gestalt und musste wieder an Aimée denken. So lebendig, so sinnlich war die Erinnerung, dass er glaubte, ihr verführerisches Lachen hören und ihre Lippen an seiner Haut spüren zu können. Er packte den glänzenden Holzsockel der Spieluhr noch fester. Aimée hatte nach Sonnenschein und exotischen Blüten geduftet. So süß wie …

„Nachtjasmin", sagte eine Frau hinter ihm. Ihre Stimme klang heiser und ein wenig belustigt.

Hunter fuhr herum. Für einen Moment hatte er geglaubt, Aimée zu hören, und nicht die kleine Frau mit dem flammend roten Haar und dem leicht spöttischen Lächeln, die hinter ihm stand. Nachtjasmin. Sprachlos starrte Hunter die Geschäftsinhaberin an, in Gedanken noch immer bei Aimée. Aimée hatte ihm oft vom Nachtjasmin erzählt, der wild in der Nähe ihres Zuhauses wuchs, und von seinem berauschenden Duft an den warmen Frühlingsabenden in den Sümpfen.

„Wie bitte?", brachte er nach einem Moment heraus.

„Die Blumen", sagte die Frau und zeigte auf die Figur. „Es ist Nachtjasmin. Schon mal davon gehört?"

„Ja. Jemand, den ich mal kannte …" Hunter verstummte, sah wieder auf die Spieluhr. „Es ist ein wunderschönes Stück. Aber ich interessiere mich nicht für Antiquitäten."

„Nein?" Mit einem tiefen Lachen nahm die Frau ihm die Spieluhr ab und zog sie wieder auf. „Aber dies ist keine gewöhnliche Antiquität. Dies ist etwas ganz Besonderes. Diese Spieluhr stammt von Ashland, einer der bekanntesten Plantagen im Mündungsgebiet des Mississippi. Schon mal davon gehört?"

Hunter schüttelte den Kopf. „Nein, ich komme aus Kalifornien und interessiere mich wirklich nicht für …"

„Es ist eine traurige Geschichte. Die Plantage und das Herrenhaus haben den Bürgerkrieg überstanden, aber nicht die Zeiten. Wie auch immer, dieses Stück wurde für Annabelle Carter gearbeitet, als sie sich mit Beauregard Ames, dem Herrn von Ashland, verlobte." Die Geschäftsinhaberin strich sich über die roten Locken, und ihre silbernen Armbänder klirrten. „Es ist der Familie sehr schwergefallen, die Spieluhr wegzugeben … aber Sie wissen ja, wie es ist. Manches lässt sich nicht ändern."

Sheila berührte seinen Arm. „Können wir gehen, Hunter?"

Er sah sie an, als hätte er sie vollkommen vergessen. „Ja ... nein. In einer Minute. Ich komme ... in einer Minute." Er wandte sich wieder der Frau zu. Er brauchte das Ding nicht. Er wollte es nicht einmal. Wirklich nicht. Und trotzdem konnte er sich nicht davon losreißen. „Wie viel kostet es?"

„Wie können wir der Geschichte einen Preis geben?" Die kleine Frau seufzte dramatisch. „Aber natürlich müssen wir es tun. Für achthundert ist diese Spieluhr so gut wie geschenkt."

„Achthundert?", wiederholte Hunter und schüttelte den Kopf. „Danke für Ihre Mühe, aber ich glaube nicht ..."

„Sie werden es immer bereuen, wenn Sie sie nicht nehmen." Sie sah ihm tief in die Augen. „Sie ist etwas sehr Besonderes."

Hunter wich ihrem Blick aus und dachte an all die Dinge, die er in seinem Leben schon bereut hatte. Und an Aimée und ihr kleines Fischerdorf. Nicht zum ersten Mal, seit er in New Orleans angekommen war, fragte er sich, wie weit das Dorf von der Stadt entfernt lag und ob Aimée dort war.

„Sie haben noch Fragen, *cher*?"

Cher. Das bedeutete „mein Lieber". So hatte Aimée ihn immer genannt. Nur Aimée. Hunter zog die Augenbrauen zusammen und sah die Frau wieder an. „Haben Sie je von einem Dorf namens La Fin gehört?"

„Aber natürlich." Die kleine Frau strich über den Sockel der Spieluhr, und ein Lächeln umspielte ihren Mund. „Es ist etwa eine Stunde von hier entfernt. Eine schöne Fahrt. Ich werde Ihnen den Weg beschreiben."

Hunter sah auf die Spieluhr und gestand sich ein, dass das, was ihm gerade durch den Kopf ging, überhaupt nicht zu ihm passte. Es war absolut unvernünftig. Dachte er wirklich daran, Aimée zu besuchen? Nach all dieser Zeit? Selbst wenn sie tatsächlich in La Fin war, würde sie ihn auf der Stelle hinauswerfen.

„Manchmal, *cher*, müssen wir unserem Herzen folgen." Die Frau legte den Kopf zur Seite. „Finden Sie nicht auch?"

Hunter zog die Stirn kraus. Das Gefühl, dass die Frau seine Gedanken lesen konnte, beunruhigte ihn. Am liebsten hätte er ihr widersprochen. Aber er tat es nicht, denn sie hatte recht. „Ich gebe Ihnen siebenhundertfünfzig dafür."

Die kleine Frau lächelte zufrieden. „Sie sind ein harter Mann, *cher*. Aber ich bin einverstanden."

1. KAPITEL

*D*ieses kleine Schweinchen ging zum French Market", summte Aimée Bodreaux, während sie mit dem großen Zeh ihres dreijährigen Sohns Oliver spielte. Oliver quietschte vergnügt und versuchte, seinen Fuß wegzuziehen. Lachend hielt Aimée ihn fest und griff nach dem nächsten Zeh. „Dieses kleine Schweinchen blieb zu Hause am Bayou."

Oliver kicherte und wand sich, dann legte er den Kopf auf die Seite und schob mitfühlend die Unterlippe vor. „Armes, kleines Schweinchen", sagte er traurig." Ganz allein."

Aimée küsste ihn auf den großen Zeh. „Maman würde Oliver nie allein am Bayou lassen."

„Nein." Oliver schüttelte ernst den Kopf. „Und ich gehe nie ohne dich oder pépère dorthin."

„Das ist richtig." Sie kitzelte ihn an der Fußsohle, dann nahm sie den dritten Zeh. „Dieses kleine Schweinchen aß Roastbeef auf Weißbrot ..."

„*Batard! Fornicateur!*"

Erstaunt sah Aimée in die Richtung, aus der die Schimpfwörter kamen. Sie kamen aus dem Geschäft, in dem ihre Familie Angelzubehör und Köder verkaufte. Sie zog die Augenbrauen zusammen. Ihr Vater war temperamentvoll, und es kam schon mal vor, dass er und ein Freund heftig aneinandergerieten. Jedenfalls war es früher vorgekommen. Vor der Krankheit. Aber seitdem ...

Ein weiterer wütender Ausbruch folgte, und Aimée sprang auf. Sie streckte die Hand nach Oliver aus. „Komm, Baby. Wir sehen besser mal nach deinem pépère. Wir essen und spielen nachher weiter."

Oliver folgte ihr mit besorgter Miene. „Warum schreit pépère so?"

„Ich weiß es nicht, Liebling", sagte sie, schon unterwegs zum Laden. „Wir sehen einfach ..."

„Aimée!", rief ihr Vater von innen. „Bring mir meine Schrotflinte! Beeil dich!"

Schrotflinte! Das Herz schlug ihr bis zum Hals, als sie Oliver auf den Arm nahm und losrannte. Statt der Treppe nahm sie die Rampe, die für ihren Vater gebaut worden war, und riss die Fliegentür auf. Dann stellte sie Oliver ab, schob ihn behutsam zur Seite und rannte hinein. „Papa! Was ist los? Was ist ..." Wie angewurzelt blieb sie stehen und verstummte.

Hunter. Sie traute ihren Augen nicht.

Aber er war es wirklich. Er stand im Laden, und seine Miene war eisig.

Aimée holte tief Luft, um sich zu beruhigen. Hunter hatte ihr das Herz und den letzten Rest ihrer jugendlichen Naivität gestohlen. Er hatte ihr die schönste Zeit ihres Lebens geschenkt, aber er hatte ihr auch gezeigt, dass das Leben einem nur selten das gab, was man sich erhoffte. Sie hatte ihn einmal so leidenschaftlich geliebt, wie sie ihn später hasste.

Sie hatte geglaubt, sie würde ihn nie wiedersehen.

Sie atmete noch einmal durch. So wie er aussah, wirkte er noch immer wie eine Mischung aus kalifornischem Surfer und ernstem Akademiker. Er war schlank, muskulös, gebräunt, hellblond, wie jemand, der sich oft am Strand aufhielt. Wie gern hatte sie in seinem Haar gewühlt und es wie goldene Seide durch die Finger gleiten lassen.

Aber seine Miene und seine Augen verrieten, dass er kein so einfacher Mensch war. Wie oft hatte er sie aus diesen blauen Augen angesehen, nachdenklich, verschlossen und durchdringend. Immer hatte er ein wenig Abstand von ihr und ihrer Welt gehalten.

Anstatt sich durch diese Zurückhaltung abschrecken zu lassen, hatte sie sich angezogen gefühlt. Auch von dem Schmerz, den er dahinter versteckte.

Sie war noch so jung gewesen, so unglaublich naiv. Sie hatte geglaubt, ihn aus der Reserve locken, ihn und sein Leben ändern zu können. Aber sie hatte auch geglaubt, alle ihre Träume verwirklichen zu können, allein durch ihre Willenskraft.

Sie war so dumm gewesen.

Aimée hob das Kinn. Das war noch keine vier Jahre her, aber es kam ihr vor wie ein ganzes Leben. Falls er erwartete, das fröhliche, zuversichtliche Mädchen zu finden, dessen Herz er so mühelos erobert und gebrochen hatte, so würde er sich gewaltig wundern.

Hunter drehte sich zu ihr um, langsam, vorsichtig, als hätte er Angst, ihren Vater aus den Augen zu lassen. Als er sie ansah, war es, als würde die Zeit stillstehen, als gäbe es auf der Welt nur noch ihren Blickkontakt. Wie aus weiter Ferne hörte sie, dass ihr Vater in seiner Wut etwas murmelte, wie sein Rollstuhl leise quietschte, als er zum Lagerraum rollte.

Hunter hatte sich in den dreieinhalb Jahren nicht verändert. Seltsam. Wenn sie in den Spiegel sah, sah sie, wie sehr sie selbst sich verändert hatte.

„Hallo, Aimée."

„Hunter."

„Wie geht es dir?"

„Gut."

„Maman?" Oliver streckte den Kopf durch die Tür. „Kann ich jetzt hereinkommen?"

Aimée drehte sich zu ihrem Sohn um und rang sich ein gelassenes Lächeln ab. „Natürlich, Baby. Komm herein." Sie streckte den Arm aus, und Oliver kam angerannt, um sich an ihr Bein zu klammern. Sie strich ihm beruhigend über den Kopf, bevor sie Hunter mit hochgezogenen Augenbrauen musterte. „Was kann ich für dich tun?"

„Kein Hallo für einen alten Freund?"

Für einen alten Freund? dachte Aimée. Sie hatte ihn einmal so sehr geliebt, dass sie geglaubt hatte, nicht mehr ohne ihn leben zu können. Aber er hatte ihre Liebe nie erwidert. „Nein", sagte sie nur. „Nicht mehr. Nicht nach all dieser Zeit."

„Es tut mir leid. Ich weiß, dass ich dir wehgetan habe."

Sie straffte die Schultern. Er war immer direkt auf den Punkt gekommen. Es hatte Zeiten geben, in denen sie das an ihm gehasst hatte. „Wirklich?"

„Ja."

Ungläubig sah sie ihn an, und er ließ seinen Blick kurz zu Oliver hinüberwandern. „Hübscher Junge."

„Danke." Aimée zog Oliver noch fester an sich. Was sah Hunter, wenn er ihren Sohn betrachtete? Sah er in dem kräftigen Jungen etwas von sich selbst? Sicher nicht in der schokoladenbraunen Farbe seiner Augen und Haare, und auch nicht in der Haut, die von der Sonne Louisianas tief gebräunt war. Aber sah Hunter die Ähnlichkeit in den Gesichtern von Vater und Sohn? In den großen, nachdenklich blickenden Augen? In der kleinen Furche am Kinn? In der hohen, breiten Stirn?

Hunter betrachtete Oliver. „Wie alt ist er?"

Aimée erstarrte. Die Frage machte ihr Angst. Unnötigerweise, sagte sie sich rasch. Hunter hatte kein Interesse, den Vater zu spielen.

Sie ignorierte seine Frage und stellte eine eigene. „Warum bist du gekommen, Hunter?"

Er zögerte, und zum ersten Mal erkannte Aimée, wie nervös er war. „Ich war in der letzten Woche auf einem Ärztekongress in New Orleans und ich … dachte an dich. Ich wollte dich sehen." Er sah kurz zur Seite. „Ich wollte mich davon überzeugen, dass es dir … gut geht."

Er hatte an sie gedacht? Nach drei Jahren wollte er sich davon überzeugen, dass es ihr gut ging? „Nun ja", sagte sie kühl, „wie du siehst, geht es mir gut. Wenn das alles war, werden Oliver und ich wieder zu unserem Picknick gehen."

„Geht es dir gut, Aimée?" Er machte einen Schritt auf sie zu. „Wirklich?"

Seine Stimme war leise, fast intim. Voll der Besorgnis, die man nur um jemanden empfand, mit dem man die persönlichste und intensivste aller Beziehungen gehabt hatte. Und diese besorgte Stimme ging ihr so ans Herz, wie sie es nach all dieser Zeit nie erwartet hätte. „Warum fragst du? Sehe ich krank aus, Doktor?"

„Nein." Er schüttelte den Kopf. „Du siehst gut aus. Schön, genauer gesagt. Aber du ... hast dich verändert."

Sie straffte die Schultern. „Es ist lange her."

„Ja, das ist es. Dreieinhalb Jahre."

Aimée legte die Hand auf Olivers Schulter. „Nun ja, jetzt hast du mich gesehen. Du kannst wieder gehen."

„Ich kann verstehen, dass du wütend bist."

Plötzlich begriff sie. Sein schlechtes Gewissen hatte ihn hergebracht. Verdammt, dachte sie zornig. Sie wollte sein schlechtes Gewissen nicht. Sie wollte seine Reue nicht. Sie hatte selbst genug von beidem.

„Dafür kommst du etwas zu spät", sagte sie leise. „Ich bin nicht wütend. Nicht mehr. Wenn du Vergebung suchst, musst du sie dir woanders holen."

Ihr Vater kam aus dem Lager gerollt, die Schrotflinte über den Beinen. „Geh zur Seite, Aimée", befahl er. „Bring meinen Enkel zu seinem Picknick zurück."

„Papa?" Ungläubig schüttelte sie den Kopf. „Was tust du?"

„Das hier ist Männersache." Er legte die großen Hände um die Waffe. „Geh jetzt."

Sie hob die Hände, versuchte ihn zu beruhigen. „Leg die Waffe weg. Das ist nicht ..."

„Genug!" Ihr Vater hob die Flinte und richtete sie auf Hunters Brust. „Was haben Sie mit meiner Aimée vor?", fragte er und spannte den Hahn.

Aimée machte einen Schritt auf ihren Vater zu. „Das ist doch lächerlich, Papa. Leg das Gewehr weg. Du verstehst es nicht."

Er warf ihr einen Blick zu. „Ich bin vielleicht alt, chère, aber manche Dinge ändern sich nie." Mit zusammengekniffenen Augen musterte er Hunter. „Was wollen Sie denn nun für meine Aimée und ihren Sohn tun?"

Für einen Moment herrschte Stille. Dann sah Hunter von Aimée zu Oliver und wieder zu ihr zurück. Ungläubiges Staunen glitt über sein Gesicht. „Aimée?"

Sie räusperte sich. „Hunter, ich ..."

„Wie alt ist er, Aimée?"

Mit heftig klopfendem Herzen drehte Aimée sich wieder zu ihrem Vater um. „Papa, überlass das bitte mir. Bitte nimm Oliver mit nach draußen."

Hunter griff nach ihrem Arm. Ihr Vater hob die Schrotflinte ein Stück an, und Hunter ließ den Arm wieder los. „Wie konntest du ... es mir nur verschweigen?"

Aimée begann zu zittern und fuhr zu Hunter herum. Vor diesem Moment hatte sie Angst gehabt. Sie hatte von ihm geträumt. Sie hatte nie wirklich geglaubt, dass er kommen würde. Jetzt war er da, und sie hatte nicht die leiseste Ahnung, was sie ihm sagen sollte.

„Oliver", befahl sie, „nimm deinen pépère mit zum Picknick. Beeil dich, bevor die Eichhörnchen alles wegessen."

Verängstigt klammerte er sich an ihre Beine. „Du musst auch mitkommen."

Sein Flehen war wie ein Stich ins Herz. Er spürte, was in ihr vorging. Sie hätte ihn längst auf sein Zimmer schicken sollen.

Sie zwang sich, ihn aufmunternd anzulächeln und strich ihm über den Kopf. „Ich komme gleich, Baby. Es ist alles gut."

Widerwillig ging Oliver zu seinem Großvater, der sich von seinem Enkel nach draußen bringen ließ, aber nicht ohne Aimée vorher noch einen zornigen Blick zugeworfen zu haben.

Aimée sah den beiden nach und seufzte. Wenn sie mit Hunter fertig war, würde sie sich der Verwirrung ihres Sohnes und dem Zorn ihres Vaters stellen müssen – und seiner Enttäuschung.

Als die Fliegentür hinter ihnen zuknallte, drehte sie sich zu Hunter um. In seiner Miene spiegelte sich keine Überraschung mehr, sondern nur noch Wut.

„Der Junge ist von mir?", fragte er scharf.

„Der Junge hat einen Namen", entgegnete sie ebenso scharf. „Oliver."

„Ist er ... wirklich ... von mir?"

Aimée verschränkte die Arme vor dem Körper. „Ja."

Hunter murmelte etwas Unverständliches und kehrte ihr abrupt den Rücken zu. Lange starrte er auf die Tür. Sie starrte auf seinen Rücken, die gestrafften Schultern, und das Schweigen zwischen ihnen schien kein Ende zu nehmen.

Schließlich fuhr er wieder herum. „Wie konntest du es wagen, Aimée?"

„Was?", fragte sie. „Schwanger zu werden? So etwas passiert eben, Hunter. Wusstest du das nicht?" Sie lachte verbittert. „Vor allem naiven Mädchen."

„Augenblick mal!" Er machte einen schnellen, fast drohenden Schritt auf sie zu. „Du warst kein Teenager mehr. Du warst nicht mal unberührt."

Noch nie hatte sie ihn richtig wütend erlebt. In all der Zeit, die sie zusammen gewesen waren, war er höchstens verärgert gewesen. Sie atmete tief durch und blieb, wo sie war, obwohl sie am liebsten davongerannt wäre. „Wäre es anders zwischen uns gekommen, wenn ich unberührt gewesen wäre?"

„Hör auf. Du warst schon immer gut darin, die Realität so lange zu verdrehen, bis sie in dein Bild passte." Er ballte die Hände zu Fäusten. „Wir reden darüber, warum du mir verschwiegen hast, dass du schwanger warst. Versuch nicht, das Thema zu wechseln."

„Schön." Sie sah ihm in die Augen. „Du hattest mir bereits klar gesagt, dass du mich nicht wolltest. Dass du kein Kind wolltest. Warum hätte ich dir sagen sollen, dass ich schwanger war?" Ihr Blick wurde durchdringend. „Oder hast du etwa gelogen?"

„Du weißt, dass ich nicht gelogen habe."

Seine deutliche Antwort war keine Überraschung. Trotzdem war sie wie ein Messerstich. „Ich wiederhole, warum hätte ich es dir sagen sollen? Ich wollte dich nicht zu einer Vernunftehe zwingen. Ich wollte dir nicht wehtun oder dir Schuldgefühle einimpfen."

Hunter stieß ein halb frustriertes, halb zorniges Brummen aus. „Du hättest es mir sagen sollen, weil ich ein Recht hatte, es zu erfahren."

„So habe ich es nicht gesehen. Ich sehe es noch immer nicht so."

„Es gehören zwei dazu, schwanger zu werden, Aimée. Das Kind ist halb von mir."

Sein Ton erschreckte sie so sehr, dass sie zurückwich. Er hatte kein Recht auf Oliver. Nicht dieser Mann, der erklärt hatte, nie wieder ein Kind haben zu wollen.

„Oliver gehört mir", sagte sie leise, aber bestimmt. „Es hat immer nur ihn und mich gegeben. Er ist glücklich. Es würde ihn verwirren, wenn plötzlich ..." Es war ihr unmöglich, den Gedanken zu Ende zu bringen. „Unter anderen Umständen hätte ich es dir gesagt. Ich hätte es dir gesagt, wenn ich hätte glauben können, dass du jemals wieder Vater werden wolltest. Aber so ist es mir lieber, Oliver hat keinen Vater, als einen, der ihn nicht will. Ich dachte, es wäre besser, wenn er dich nicht kennt. Das denke ich noch immer."

Hunter schien protestieren zu wollen, ließ es aber. Eine Mischung aus Schmerz und Erleichterung stieg in ihr auf. Erleichterung darüber, dass sie jetzt keine Angst mehr vor Hunters Auftauchen zu haben brauchte. Schmerz darüber, dass er ihren gemeinsamen Sohn gesehen hatte und ihn nicht liebte.

Aimée rieb sich müde den Nacken. „Mit dem hier tun wir uns nichts Gutes. Wir haben uns nie etwas Gutes getan."

„Aimée, das ist nicht wahr. Ich will nicht, dass du ..."

Mit einem Kopfschütteln unterbrach sie ihn. „Ich möchte, dass du jetzt gehst. Was immer wir miteinander hatten, ist schon lange vorbei." Sie ging zur Tür. „Ich wünsche dir ein angenehmes Leben, Hunter Powell."

„Habe ich das getan?", fragte er leise.

Sie blieb stehen und sah ihn an. In seinen Augen lag ein Ausdruck, den sie an ihm nicht kannte. „Was hast du getan?"

„Habe ich dich so verändert? Habe ich dir so sehr weh getan?"

In ihr rangen die unterschiedlichsten Gefühle miteinander. Schmerz. Zorn. Trauer. Verzweiflung. Bis heute hatte sie geglaubt, nichts mehr für Hunter Powell zu empfinden. Nicht einmal Zorn. Warum war er zurückgekommen und hatte Erinnerungen geweckt, die sie nicht haben wollte?

„Habe ich das, Aimée?", fragte er nach.

Ja, wollte sie schreien. Du hast mir so sehr weh getan, dass ich glaubte, ich würde mich nie davon erholen. Aber sie schüttelte nur den Kopf und sah ihm ruhig in die Augen. „Du überschätzt dich, Hunter. Au revoir."

Sie drehte sich um und ging davon. Sie wollte ihm keine Gelegenheit zum Antworten geben, denn sie konnte die Tränen kaum noch zurückhalten. Er rief ihren Namen, ganz leise, und sie hielt den Atem an. Würde er ihr folgen? Sie hoffte, dass er es tun würde, und betete, dass er es nicht tun würde.

Er tat es nicht.

Sie zuckte zusammen, als die Ladentür knallte. Ein Motor sprang an, dann knirschten Reifen im Kies der Einfahrt.

Sie schluckte. Hunter war ihr nie nachgelaufen, warum sollte er es jetzt tun? Es war besser so. Es war das, was sie wollte.

Aimées Hand zitterte, als sie sie an den Mund hob. Wie lange hatte sie davon geträumt, dass er kam, ihr seine Liebe gestand, ihr sagte, dass er ohne sie nicht mehr leben konnte? Und als dieser Traum verblasst war, hatte sie einen anderen geträumt. Einen, in dem sie kühl und unnahbar war, unbeeindruckt von seinem Flehen und seinen Versprechungen. Einen, in dem sie ihm so weh tat, wie er ihr wehgetan hatte.

Sie hatte sich ausgemalt, wie sie reagieren würde, wenn er kam. Und wie immer in ihren Träumen, war sie ihm überlegen gewesen.

Aber wie früher, so war auch diesmal Hunter der Kühle und Überlegene gewesen.

Aimée starrte zu ihrem Vater und Oliver hinüber, die im Schatten der riesigen, alten Eiche saßen. Sie sah ihrem Vater an, dass er wütend auf sie war. Er würde nicht verstehen, warum sie ihn angelogen hatte. Genauer gesagt, er würde das, was sie ihm erzählt hatte, als Lüge ansehen. Aber sie hatte nicht gelogen. Sie hatte ihm damals erzählt, dass Hunter verheiratet war und nichts mehr von ihr und Oliver wissen wollte. Und keins von beidem war eine Lüge gewesen, denn obwohl Hunters Frau damals schon tot war, war er im Grunde noch immer mit ihr verheiratet gewesen.

Ungeduldig wischte Aimée sich die Tränen von den Wangen. Also hatte sie ihrem Vater wieder wehgetan. Und ihn wieder enttäuscht. Irgendwie schien das bei ihr zur Regel geworden zu sein.

Besorgt sah Oliver zum Laden herüber. Sie hörte, wie er seinen pépère nach ihr fragte, und atmete tief durch. Für Tränen und Selbstvorwürfe war später noch Zeit. Jetzt brauchte ihr Sohn sie.

Sie eilte nach draußen und über den Rasen. „Habt ihr Mommy etwas übrig gelassen?", rief sie und setzte ein fröhliches Lächeln auf.

„Maman!" Oliver sprang auf und rannte ihr entgegen.

Er warf sich in ihre ausgebreiteten Arme, und sie hob ihn hoch. „Hi, Baby. Habt ihr Spaß, du und pépère?"

Oliver nickte und schmiegte sich an sie. Halb war er noch Baby, halb schon Junge, und ihr wurde warm ums Herz. Was sollte sie tun, wenn sie ihn verlor? Sie küsste sein seidiges Haar. „Ich liebe dich."

„Ich dich auch." Er wühlte mit seinen vom Essen klebrigen Fingern in ihrem Haar. „Ist der Mann weg?"

„Mmmm." Sie rieb ihre Nase an seiner. „Das war nur ein alter Freund, Baby. Er kommt nicht wieder."

Ihr Vater gab einen missmutigen Laut von sich, und sie warf ihm einen strafenden Blick zu. Er erwiderte ihn mit fragender, vorwurfsvoller Miene.

„Nicht jetzt, Papa", flüsterte sie. „Oliver muss jetzt schlafen. Wir reden später darüber."

Wortlos fuhr ihr Vater in seinem Rollstuhl zum Laden zurück. Traurig sah Aimée ihm nach.

Einige Meilen entfernt stand Hunter am Ufer des Bayou und starrte auf das dunkle Wasser hinaus. Er hatte einen Sohn. Er war Vater. Das, von dem er sich geschworen hatte, dass es nie passieren dürfte, war geschehen. Und es war geschehen, ohne dass er davon gewusst hatte.

Ein Sohn. Hunter presste die Handballen auf die Augen, während er an einen anderen kleinen Jungen, seinen anderen Sohn denken musste. Der Schmerz, den diese Erinnerung auslöste, war überwältigend. Anders als Aimées Junge war Pete blond gewesen, mit großen, blauen Augen. Er war groß für sein Alter und dauernd zu Streichen aufgelegt gewesen, nicht so ernst und anhänglich wie Aimées Sohn.

Er und Ginny hatten Pete über alles geliebt. Er war der Mittelpunkt ihres Lebens gewesen. Und Pete hatte sich in dieser Liebe gesonnt, wie es nur ein Baby konnte – ohne Zweifel und Fragen, voller Zuversicht in sich selbst und seine kleine Welt.

Hunter schloss die Augen. Wenn er tief genug in seiner Erinnerung suchte, konnte er Petes Babystimme hören. *„Ich liebe dich, Daddy."* Wenn er noch tiefer suchte, konnte er die kleinen Arme um seinen Hals spüren, das Gewicht seines Kindes auf seinen Armen.

„Aber warum können wir denn nicht fahren, Daddy? Ich werde ganz artig sein."

Hunter holte tief Luft, als der Schmerz ihn durchfuhr. Es war so sinnlos gewesen. Warum Pete? Warum sein kluger, hübscher Junge? Es gab so wenig Wunder auf dieser Welt und so viel Schlechtes. Sein kleiner Junge war ein Wunder gewesen. Sein kleiner Junge war Licht und Liebe und Güte gewesen.

Und Ginny? Verzweifelt ballte Hunter die Hände zu Fäusten. So liebenswert war sie gewesen, so sanft, so freundlich zu allen. Was hatte sie getan, um ein solches Schicksal zu verdienen? Welchen Sinn hatte es, dass sie ihm genommen worden war?

Er hörte ihre Stimme. „Keine Sorge, Liebling. Uns wird nichts passieren. Vergiss nicht, dass ich dich liebe."

Vergessen. Wenn er das doch nur könnte. Seit fünf Jahren versuchte er es jetzt schon. Bisher hatte er alles nur verdrängen und sich immer wieder gegen die Erinnerungen wehren können.

Aber der Schmerz fand immer wieder einen Weg in sein Bewusstsein, und die Erinnerungen nutzten jeden Spalt in dem Panzer, den er um sein Gedächtnis zu legen versucht hatte.

Hunter öffnete die Augen und starrte wieder aufs Wasser hinaus. Er atmete tief durch, bis die Erinnerungen verblassten. Der Schmerz ebbte ab, bis er nur noch Leere zurückließ. Und Kälte. Eine lähmende, tödliche Kälte.

Er fuhr sich mit der Hand über die feuchten Wangen und versuchte, nur noch die Gerüche und Geräusche des Bayou wahrzunehmen. Magnolien, Mimosen und süße Oliven. Das Rascheln der Blätter, das Rauschen des Windes im Schilf, das Plätschern, wenn ein Frosch oder eine Schildkröte ins Wasser glitt, der schrille Ruf einer Zikade.

Hunter ging näher ans Wasser. Dies hatte er als erstes gesehen, als er damals Aimées Welt betreten hatte. Wasser und ein Grün, das nicht aufzuhören schien. Und eine unglaubliche Lebendigkeit. Intensiv. Vibrierend. Wie Aimée selbst.

Er hatte nie vergessen, wie es gewesen war, sie zu berühren, sie zu lieben. Würde es auch jetzt so sein? fragte er sich, während er einem aufsteigenden Reiher nachblickte.

Würden Aimées Berührungen ihm noch immer so unter die Haut gehen wie damals? Würde er sich auch heute noch schuldig fühlen, weil sie in ihm etwas auslöste, das er bei keiner anderen Frau empfunden hatte, nicht einmal bei Ginny?

In den Jahren, die seitdem vergangen waren, war Aimée reifer geworden. Wie bei einer voll aufgeblühten Blume waren ihre Formen weicher und sinnlicher, ihr Gesicht mehr das einer Frau als eines Mädchens. So unmöglich es ihm auch vorkam, sie war sogar noch schöner als damals.

Aber sie hatte sich auch in anderer Hinsicht verändert. Sie war nicht mehr so sanft, nicht mehr so nachgiebig. Hunter bückte sich und hob einen Stein auf. Er hielt ihn in der Hand, wog ihn, strich mit den Fingern darüber, fühlte die feinen Risse in der Oberfläche. Das Mädchen, das ihn in den Sog ihrer nicht zu bremsenden Lebensfreude gezogen hatte, gab es nicht mehr. Das Mädchen, das voller Zuversicht ihrer Zukunft entgegengestürmt war und ihm ein paar atemberaubende Monate des Glücks geschenkt hatte, war verschwunden.

Aimée war jetzt härter. Sie hatte scharfe Kanten, an denen man sich schneiden konnte. Natürlich war sie auch noch sanft und zärtlich – wenn sie ihren Sohn ansah, wenn sie mit ihrem Vater sprach. Aber die Aimée, die er gekannt hatte, war nie zynisch oder sarkastisch gewesen. Sie hatte lachen können, war übermütig gewesen, manchmal zu übermütig, aber sie war immer liebenswert gewesen. Und ehrlich.

Hunter verspürte einen Anflug von Trauer um das Mädchen, das sie einmal gewesen war. Und ein Schuldgefühl. Denn er wusste, dass auch er dafür verantwortlich war, dass sie anders geworden war. Aber vielleicht sollte er sich nicht schuldig fühlen. Schließlich hatte er ihr damals von Anfang an gesagt, dass er ihr nichts bieten konnte und es für sie kein Happy End geben würde. Aber auch das änderte nichts daran, dass er ihr wehgetan hatte. Dass sie ein Kind von ihm bekommen hatte.

Hunter holte aus und warf den Stein in den Bayou. Er landete im ruhig daliegenden Wasser, und die Wellen breiteten sich kreisförmig um die Stelle aus, an der er versunken war.

Er war verantwortlich. Er hatte Verantwortung. Ihr gegenüber. Ihrem Sohn gegenüber.

Hunter drehte sich um und ging zu seinem Mietwagen zurück. Ob es ihm gefiel oder nicht, er war Vater. Oliver war sein Sohn. Er zweifelte nicht an Aimées Wort. Sie würde nicht lügen.

Und jetzt, da er wusste, dass er einen Sohn hatte, konnte er Aimée nicht einfach den Rücken kehren. Das war nicht seine Art. Er würde ihr finanzielle Hilfe anbieten. Er würde darauf bestehen, dass sie sie annahm. Das war er ihr schuldig.

Hunter schloss die Wagentür auf und stieg ein. Aimée würde sich nicht freuen, ihn zu sehen. Aber er würde trotzdem hinfahren. Es war das Mindeste – und das Beste –, was er tun konnte.

2. KAPITEL

Aimée war allein im Laden, als Hunter eintrat. Sie stand hinter dem Tresen und zählte das Geld in der Kasse. Sie hörte ihn nicht, und er blieb in der Tür stehen, um sie in Ruhe betrachten zu können.

Sie trug ein weißes T-Shirt und abgeschnittene Bluejeans. So hatte sie sich auch in Kalifornien angezogen, und was die anderen trugen, hatte sie nie interessiert. Diese Unabhängigkeit hatte er an ihr bewundert – und er hatte immer gefunden, dass sie in T-Shirt und Jeans sensationell aussah. Eine Frau, die wusste, wie gut sie aussah, und sich entsprechend kleidete, war ungemein sexy.

Sie hielt den Kopf gesenkt, und das glatte Haar fiel ihr über die Schulter und vors Gesicht wie ein dunkler, seidiger Vorhang. Sie hob die Hand und schob die Strähnen hinters Ohr. Wie oft hatte er diese Haare über seine Finger gleiten lassen.

Hunter trat vor. „Aimée?"

Die Münzen fielen ihr aus der Hand und landeten klappernd in der Kasse. Sie sah hoch, und er las in ihren Augen Überraschung und Wachsamkeit, aber auch einen Anflug von Trauer.

Sie legte die Hände auf die Kasse. „Ich dachten, wir hätten uns Lebewohl gesagt."

Es sollte hart klingen, aber es klang sanft. Unglaublich sanft. Er ging auf sie zu. „Ich konnte nicht wegfahren. Nicht so, nicht bevor ..." Er räusperte sich. „Ich möchte dir helfen. Finanziell. Für Oliver."

Sie schloss die Kasse und fuhr herum. „Wir kommen auch so zurecht, danke."

Er stand jetzt vor dem Tresen. „Wenigstens ein Sparbuch, damit er später aufs College gehen kann."

Sie schüttelte den Kopf, und das dunkle Haar fiel ihr um die Schultern. „Nein."

Hunter bemühte sich, nicht verärgert zu reagieren, sondern die Sache aus Aimées Sicht zu sehen. „Ich verstehe deine Befürchtung. Ich hatte auch mal ... eine Familie. Und natürlich will ich Oliver in keiner Weise schaden. Er braucht ja nicht zu erfahren, woher das Geld kommt. Wir können ..."

„Nein." Aimée kam hinter dem Tresen hervor und ging zum Lichtschalter. Sie legte die Hand darauf und sah Hunter an. „Ich schließe jetzt."

Hunter zog die Augenbrauen zusammen. „Warum bist du so halsstarrig?"

„Ich finde nicht, dass ich halsstarrig bin. Es macht keinen Sinn, etwas anzunehmen, das wir nicht brauchen. Uns fehlt es an nichts. Und jetzt muss ich wirklich nach meiner Gumbo-Suppe sehen."

Sie lächelte, aber Hunter ließ sich nicht täuschen. Ihr Lächeln war gezwungen, und plötzlich hatte er das Gefühl, dass sie Angst hatte.

Er sah sich im Laden um, der alles von Angelzubehör bis zu selbst gemachten Bonbons, Getränken und Snacks enthielt. Lebten sie allein von dem, was der Laden abwarf?

Das Haus war schlicht, aber solide. Mit seinen Wänden aus Zypressenholz, dem spitzen Dach und der Veranda, die rund ums Haus lief, sah es aus, als könnte es jedem Unwetter trotzen.

Er dachte an ihren Vater, an das zerfurchte Gesicht, dem ein Leben voll harter Arbeit anzusehen war. Ihr Vater war ein Mann, der für seine Familie gesorgt hatte. Das bewunderte Hunter. Er respektierte Menschen, die von kaum mehr als dem leben konnten, was die Natur ihnen lieferte.

Aber wenn Oliver nun mehr wollte?

Aimée entging sein kritischer Rundblick nicht. „Uns geht es gut, Hunter. Du brauchst dich nicht verantwortlich oder schuldig zu fühlen."

„Aber ich bin verantwortlich."

Sie seufzte, und es traf ihn ins Herz. Rasch ging er zu ihr. „Ich kann es mir leisten, Aimée. Ich möchte es."

Sie hob das Kinn. „Ich will dein Geld nicht. Ich will kein Almosen."

Er hielt sie am Arm fest, als sie sich abwenden wollte. „Was willst du dann?"

Einen Moment lang erwiderte sie gar nichts. „Nichts", sagte sie schließlich. „Ich will nur, dass du mich – uns – in Ruhe lässt."

Die Worte trafen ihn wie ein Stich, und er klammerte sich an die Vernunft, die ihm so lange gute Dienste geleistet hatte. „Du lässt dich von deinen Gefühlen leiten. Denk doch nach, Aimée. Vielleicht möchte Oliver eines Tages in Harvard studieren. Oder in Juillard. Oder am Cal Tech. Wer weiß? Das Geld würde es ihm ermöglichen, seine Träume zu verwirklichen." Er senkte die Stimme. „Du hattest auch mal Träume, Aimée. Erinnerst du dich?"

Sie riss sich los. „Ich werde einen Weg finden. Allein. Vielleicht will er ja auch lieber hierbleiben und so leben, wie wir Cajuns es seit Generationen tun."

„Du wolltest das auch nicht."

„Es war falsch von mir, von hier fortzugehen." Sie funkelte ihn an. „Und über mich reden wir nicht."

„Nein?" Er stellte sich vor sie, bis sie nur noch ihn ansehen konnte. „Ich finde nicht, dass es falsch von dir war. Du warst mehr als gut. Deine Fotos waren etwas Besonderes. Du hattest echtes Talent."

Er gab der Versuchung nach, streckte die Hand aus und berührte ihre gerötete Wange. Ihre Haut war warm und unglaublich weich. Er dachte an die Zeit, in der er sie hatte berühren dürfen, wann immer er es gewollt hatte. Dann verdrängte er die Erinnerung wieder, zog seine Hand aber nicht zurück. „Was ist aus deinen Träumen geworden, Aimée? Fotografierst du noch?"

„Ich bin nur ein Mädchen aus den Sümpfen", flüsterte sie. „So haben die Kritiker mich doch genannt, erinnerst du dich?"

Er ließ ihr Haar durch die Finger gleiten. „Du bist eine begabte Künstlerin."

Sie wich seinem Blick aus und biss sich auf die Lippe.

Ihre Selbstzweifel ärgerten ihn, aber es stand ihm nicht zu, Aimée zu trösten oder ihr Mut zu machen. Er war nur aus einem Grund hier, und dieser Grund war Oliver. Er ließ die Hand sinken. „Ich will helfen", sagte er. „Denk an Oliver. Gib ihm diese Chance."

„Denk an Oliver?", wiederholte sie aufgebracht. Ihre Augen blitzten zornig. „Was glaubst du denn, was ich Tag und Nacht tue?" Sie stieß ihn von sich. „Wie kannst du es wagen, hier hereinzuschneien und mir zu sagen, wie ich mich um meinen Sohn kümmern soll? Was fällt dir ein, mir zu erklären, was mein Sohn braucht oder nicht braucht?"

Hunter schüttelte den Kopf. „Aimée, ich wollte dir nicht unterstellen, dass du keine gute Mutter bist."

„Nein? Was tust du denn? Er bedeutet dir nichts, Hunter. Nichts." Abwehrend hob sie die Hände. „Aber mir bedeutet er alles. Ich liebe ihn so sehr, dass ich …"

Sie schloss die Augen. „Ich will nicht, dass ihm wehgetan wird. Und wenn ich dein Geld nehme, wird er eines Tages von dir erfahren. Eines Tages wird er erfahren, dass du ihn nicht wolltest."

Ihre Worte trafen ihn wie ein Faustschlag. Er war es nicht gewöhnt, so sehr aus der Fassung gebracht zu werden. Gefühle waren etwas, das er sich nie gestattete. Aber jetzt war er zutiefst erschüttert. „Ich kann nicht einfach wieder wegfahren. Ich werde es auch nicht tun."

„Warum nicht?", fragte sie erregt und riss die Augen auf. „Gestern wusstest du noch nicht einmal, dass es Oliver gibt, und es ging dir gut. Es ging ihm gut. Was ist denn jetzt anders? Fahr nach Kalifornien zurück. Vergiss heute, vergiss uns."

„Das kann ich nicht", erwiderte er. „Jetzt, da ich es weiß, ist alles anders."

Sie starrte durchs Fenster in die Abenddämmerung. Als sie sich schließlich zu ihm umdrehte, glitzerten Tränen in ihren Augen. „Ich verstehe es nicht", flüsterte sie und griff nach seinen Händen. „Warum tust du das, Hunter? Warum kannst du nicht einfach alles so lassen, wie es ist?"

Er legte die Finger um ihre, und die Berührung war viel zu intim für die Fremdheit, die zwischen ihnen herrschte. Trotzdem ließ er sie nicht wieder los.

Er sah auf ihre Hände hinab, dann in ihr Gesicht. „Ich verstehe es selbst nicht ganz", gestand er leise. „Aber ich kann nicht einfach wegfahren. Er ist mein Sohn. Ich kann ihn nicht lieben, aber ich kann ihn auch nicht einfach im Stich lassen."

Aimée stieß einen halb verzweifelten, halb verärgerten Laut aus, bevor sie seine Hände aus seinen zog und herumfuhr. „Wie kannst du jemanden im Stich lassen, zu dem du nie gehört hast?"

„Das war nicht meine Entscheidung, Aimée. Es war deine."

Sie antwortete nicht. Er wartete eine Weile, dann murmelte er etwas Unverständliches, ging zur Tür und riss sie auf.

„Lebewohl, Hunter", sagte sie.

„Wie kommst du darauf, dass dies ein Abschied ist?", erwiderte er scheinbar kühl und ungerührt, bevor er hinausging und die Tür vorsichtig hinter sich schloss. Als er die Veranda verließ, sah er, dass Aimées Vater ihn erwartete. Der alte Mann saß neben dem Mietwagen, direkt vor der Fahrertür. Ruhig saß er da, im Licht der untergehenden Sonne, die großen Hände auf den Lehnen des Rollstuhls. Hunter stellte erleichtert fest, dass er seine Schrotflinte nicht dabeihatte.

Hunter ging auf ihn zu. Vor dreieinhalb Jahren hatte Aimée ihren Vater als vital und fit beschrieben, als einen Mann, der seinen Lebensunterhalt mit Jagen, Angeln und Shrimps-Fang bestritt. Sie hatte ihn als knorrig und starrsinnig beschrieben, als Menschen, der sich nur schwer an Neues gewöhnte.

Doch der Mann, den Hunter jetzt vor sich sah, war ein anderer als der, den Aimée damals beschrieben hatte. Sein rechtes Augenlid hing ein wenig herab, und als Arzt vermutete Hunter sofort, dass er eine Gehirnblutung gehabt hatte. Er fragte sich, wie lange es her war.

Roubin starrte Hunter entgegen, und Hunter musste wieder an den Stolz denken, der die Menschen dieser Gegend auszeichnete. „Sie und ich", sagte Roubin, „wir haben noch etwas zu erledigen."

„Sieht so aus", murmelte Hunter und blieb so weit entfernt vor dem Rollstuhl stehen, dass der alte Mann den Kopf nicht in den Nacken zu legen brauchte, um ihn anzusehen.

„Meine Aimée ist ein hartnäckiges Mädchen."

„Das hat sie von Ihnen, nehme ich an."

Roubin lachte leise. „Wir Cajuns hätten es nicht so weit gebracht, wenn wir nicht so hartnäckig wären." Dann schüttelte er den Kopf und hob einen Finger. „Aber Sie, *mon ami*, können es sich in dieser Sache nicht so leicht machen. Non."

„Nein, das kann ich nicht", stimmte Hunter zu.

„Sind Sie bereit, diese Sache in Ordnung zu bringen?"

„So gut ich kann. Aber es ist kompliziert."

Roubin zog die Augenbrauen hoch und lächelte spöttisch. „So kompliziert nun auch wieder nicht, finde ich. Sie haben einen Sohn."

„*Ich liebe dich, Daddy*", hörte Hunter die Stimme aus der Vergangenheit. Er atmete tief durch. „Sieht so aus."

„Ich habe gehört, was Aimée dort drinnen zu Ihnen gesagt hat." Roubin schüttelte erneut den Kopf. „Manchmal ist meine Aimée nicht nur zu trotzig, sondern auch zu unvernünftig." Der alte Mann starrte zum Himmel hinauf, als über ihm ein Vogel zwitscherte, dann sah er Hunter nachdenklich an. „Aber ich finde auch, dass Sie ihr sehr weh getan haben."

Hunter dachte wieder daran, wie sehr Aimée sich seit damals verändert hatte. Und er wusste, dass er für diese Veränderung mitverantwortlich war. Plötzlich bereute er, was er getan hatte, und fühlte sich schuldig. „Ich habe es nicht absichtlich getan."

„Natürlich nicht."

„Hören Sie …" Hunter seufzte. „Ich gebe nicht auf. Ich will etwas tun. Aimée will meine Hilfe nicht, also werde ich mir etwas einfallen lassen müssen."

Roubin überlegte eine Weile, dann schlug er mit der Hand auf die Lehne des Rollstuhls. „Hinter dem Laden ist ein Zimmer. Das vermiete ich manchmal an Jäger. Es ist sauber und hat ein festes Bett. Ich werde es Ihnen vermieten, bis diese Sache erledigt ist. Fünfzig Dollar pro Woche, Mahlzeiten eingeschlossen."

Hunter hörte, wie die Ladentür aufging, und drehte sich um. Aimée stand auf der Veranda, die Wangen vor Zorn gerötet. Zweifellos hatte sie das Angebot ihres Vaters gehört und erwartete, dass Hunter es ablehnte.

Hunter sah wieder Roubin an. Er würde mit seinen Kollegen reden müssen. Sie würden seine Patienten übernehmen müssen. Termine mussten abgesagt und verschoben werden. Einiges war nicht zu verschieben. Es würde verdammt schwierig werden.

Hunter nickte. „Danke. Ja, ich würde das Zimmer sehr gern nehmen. Ich hole meine Sachen aus New Orleans und bin heute Abend zurück."

„Bon." Roubin nickte und fuhr in seinem Rollstuhl zur Seite, damit Hunter die Wagentür öffnen konnte.

Aimée beobachtete, wie Hunter einstieg und davonfuhr. Als der Wagen außer Sicht war, ging sie zu ihrem Vater. „Wie konntest du nur?", fragte sie wütend. „Du weißt, wie ich darüber denke."

Er warf ihr einen ernsten Blick zu. „Wie könnte ich das wissen, chère?"

„Ich habe dich nicht angelogen, Papa. Nicht wirklich."

„Nicht wirklich?" Er lachte bitter. „Es gibt Wahrheit, und es gibt Unwahrheit. Schwarz oder Weiß. Also, chère, was von beidem hast du mir erzählt, als du damals nach Hause kamst?"

Sie und ihr Vater waren nur selten einer Meinung. Warum sollte das jetzt anders sein? „Es ist nicht immer so einfach, Papa."

„So?" Er drehte den Rollstuhl, bis er ihr in die Augen sehen konnte. „Sag's mir. Wieso ist das hier nicht entweder Schwarz oder Weiß?"

Sie holte tief Luft. Sie wusste nicht, was mehr wehtat, sich der Vergangenheit zu stellen oder dem Zorn ihres Vaters. Sie zögerte das Unausweichliche noch einen Moment hinaus. „Soll ich dich nach oben schieben?"

Er nickte, und sie schob ihn langsam auf die Veranda. „Ist Oliver noch bei seinen Cousins?", fragte sie.

„*Oui.*"

„Gut." Aimée lehnte sich gegen eine der schlichten Holzsäulen und starrte in die Dämmerung. „Hunter war wirklich verheiratet. Er hatte ein Kind. Einen Jungen. Sein Sohn und seine Frau sind gestorben."

„Eine Tragödie."

„Ja." Aimée kehrte ihrem Vater den Rücken zu, damit er ihre Tränen nicht sehen konnte. Sie legte den Kopf gegen die Säule. „Ich habe dir damals gesagt, dass er verheiratet war, weil er es im Herzen noch immer war, Papa. Er hat seine Frau noch immer geliebt. Er konnte sie nicht loslassen. Und seinen Sohn auch nicht."

Sie schüttelte den Kopf. Ihre Augen brannten. „Er wollte mich nicht. Er hat mich nicht geliebt. Aber er war ehrlich und hat mir nichts vorgemacht."

Erst jetzt sah sie ihren Vater an. „Aber ich wollte nicht glauben, was er mir sagte. Ich habe mir eingeredet, dass er sich schon noch in mich verlieben würde. Irgendwann. Dann wurde ich schwanger."

Sie lachte, und selbst in ihren Ohren klang es gequält und traurig. „Ich war sicher, dass alles gut werden würde. Ich dachte, ich würde ihn dazu bringen, mich zu lieben. Ich dachte, wenn er erst von dem Baby wüsste, würde alles anders werden. Ich wusste ja, wie sehr er seinen ersten Sohn vergöttert hatte."

Ihr Vater zog die buschigen Augenbrauen zusammen. „Aber du hast es ihm nicht erzählt?"

Sie legte die Hände um die Säule. „Nein."

„Bon Dieu! Warum nicht?"

Aimée wischte sich die Tränen von den Wangen. Wie konnte sie es ihrem Vater erklären? Er hatte ihr verboten, La Fin zu verlassen, hatte gesagt, dass sie zu ihrer Familie gehörte. Sie war trotzdem gegangen, aber vorher hatte er ihr noch erklärt, dass sie für ihn erst dann wieder leben würde, wenn sie zu ihm und ihren Leuten zurückkehrte. Aimée hatte ihm nicht geglaubt.

Und sie hatte auch Hunter nicht geglaubt, als er ihr sagte, dass er sie nie lieben würde.

Sie war so unglaublich naiv gewesen.

Aimée sah ihren Vater an. „Ich habe es ihm nicht erzählt, weil ich langsam begriff, dass er die Wahrheit sagte. Dass er mich wirklich nie lieben würde. Er würde das Baby nicht wollen. Und wenn ich ihm von dem Kind erzählt hätte, hätte er sich schuldig und mir verpflichtet gefühlt. Das wollte ich nicht. Das will ich noch immer nicht."

„Das war falsch von dir, chère", sagte ihr Vater nachdenklich. „Ein Mann sollte die Folgen seines Tuns kennen. Ein Mann sollte die Chance bekommen, sich als echter Mann zu erweisen. Für das zu sorgen, was ihm gehört. Für seine Familie."

„Hast du ihn deshalb hierher eingeladen?", fragte sie ungläubig. „Weil du findest, er sollte für mich und Oliver sorgen?" Sie konnte es nicht glauben. Ihr Vater war immer so stolz auf seine Unabhängigkeit gewesen.

„Es gibt nur einen Weg, für seine Familie zu sorgen."

Er glaubt, Hunter wird mich heiraten, dachte Aimée verblüfft. Ihr Vater fand, dass Hunter dazu verpflichtet war. Und wenn Hunter ein Mann war, ein Ehrenmann, dann würde er das auch so sehen und das einzig Richtige tun. Er hatte Hunter das Zimmer angeboten, um ihm den richtigen Weg zu zeigen.

„Oh Papa ... du verstehst nicht. Solche Dinge geschehen heutzutage dauernd. Viele Frauen ziehen ihre Kinder allein auf. Außerdem würde ich Hunters Heiratsantrag gar nicht annehmen. Ich liebe ihn nicht mehr. Ich will keinen Mann, der mich nur heiratet, weil er sich dazu verpflichtet fühlt."

Roubin runzelte die Stirn. „Ich bin altmodisch, was? Ich gehöre gar nicht in diese Zeit, was? Vielleicht solltest du mich in den Sumpf werfen, damit die Alligatoren um mich kämpfen."

Aimée ging zu ihm und beugte sich hinab, um seine Hände in ihre zu nehmen. „Seine Frau und sein Sohn sind gestorben. Auf schreckliche Weise. Er wird nie wieder heiraten. Er wird nie wieder ein Kind haben. Ganz bestimmt nicht, Papa."

„Du irrst dich, chère." Roubin drückte lächelnd ihre Hände. „Er hat schon ein Kind. Einen hübschen, kräftigen Jungen."

Wie schon immer, so machte seine einfache Sicht der Dinge sie auch diesmal wütend. „Und was ist mit Oliver?", fragte sie scharf. „Das hier könnte ihm wehtun. Es wird ihm wehtun."

„Er braucht einen Vater."

„Er hat dich. Und unsere Familie. Alle lieben ihn. Du brauchst ihn nur anzusehen, um zu wissen, wie glücklich er ist."

„Er ist noch jung."

Aimée seufzte verärgert. „Schön. Wir werden uns nicht einig. Du hast Hunter das Zimmer vermietet, und er wird kommen und bleiben. Aber ich werde meine Meinung nicht ändern, Papa."

Sie wollte sich aufrichten, aber Roubin hielt ihre Hände fest. „Ich bin kein Vorbild für Oliver", sagte er traurig. „Vielleicht war ich es mal, aber jetzt bin ich es nicht mehr. Und unsere Angehörigen? Die kommen und gehen. Oliver braucht einen Mann um sich, jeden Tag. Einen Mann, auf den er sich verlassen kann. Einen Mann, der ihm das beibringen kann, was er wissen muss."

Sie legte die Finger um seine. Die Haut ihres Vaters war hart und schwielig von den arbeitsreichen Jahren, die er hinter sich hatte. „Er kann sich auf dich verlassen, Papa. Und du kannst ihm alles beibringen, was einen Mann ausmacht."

Roubin schüttelte verbittert den Kopf. „Sieh mich an. Die Frauen müssen sich um mich kümmern. Ich verkaufe Ramsch an Touristen. Früher, da wäre ich mit den Männern dort draußen gewesen." Er zeigte zum Bayou hinüber. „Früher habe ich für unser Essen gejagt und gefischt."

Aimée hob seine Hand an ihre Wange. Sie konnte es nicht ertragen, wie verbittert und unglücklich er war. „Dr. Landry meint, du wirst wieder gehen können. Er sagt, wenn du dir Mühe gibst, könntest du …"

„Am Stock gehen", unterbrach Roubin sie mit gerötetem Gesicht. „Im besten Fall. Nicht gut genug, um zu jagen oder zu angeln. Nicht gut genug, um so für meine Familie zu sorgen, wie ein Mann es sollte."

Sie hatten schon oft darüber gestritten. Obwohl sein Arzt es ihm empfohlen hatte und sie ihn immer wieder dazu drängte, weigerte er sich strikt, die Übungen zu machen, die ihn wieder auf die Beine bringen würden. Er versuchte es nicht einmal.

„Aber du wärst wieder etwas beweglicher", sagte sie. „Wäre das nicht gut? Sieh doch mal, was du schon für Fortschritte gemacht hast, seit …"

„Es wäre besser gewesen, wenn ich diese Krankheit nicht überlebt hätte."

„Sag so etwas nie wieder!" Aimée brach in Tränen aus. „Ich liebe dich. Oliver liebt dich. Ich weiß nicht, was ich ohne dich getan hätte. Allein hätte ich es vielleicht gar nicht durchgestanden. Du bist stark, Papa, du hältst uns alle zusammen, so wie immer. Ohne dich …"

Roubin ließ ihre Hand los und strich über ihre Wange. „Nein. Du hast mich nie gebraucht, chère. Selbst als du ein *petit bébé* warst, hast du auf deinen eigenen zwei Beinen gestanden."

„Nein, Papa, ich …"

Er schüttelte den Kopf und küsste sie auf die Stirn. „Oliver wird bald hier sein und Hunger haben. Komm. Deine Gumbo-Suppe ist bestimmt schon fertig."

3. KAPITEL

Es war schon spät, als Hunter wieder in La Fin eintraf. Er hatte erst aus dem Hotel auschecken und in seiner Klinik anrufen müssen. Seine Assistentin war überrascht gewesen. Sie hatte erwartet, dass er am nächsten Morgen aus New Orleans zurückkehren würde. Er hatte ihr nicht erklärt, warum er noch bleiben wollte, sondern sie nur gebeten, alles Notwendige zu erledigen.

Sie musste glauben, dass er den Verstand verloren hatte. Und wenn er ehrlich war, war er selbst nicht ganz sicher, ob sie damit nicht vielleicht recht hatte.

Hunter stieg aus dem Wagen, die sorgfältig verpackte Spieluhr in der Hand. Es war still, nur die Gerüche und Geräusche des Bayou erfüllten die schwüle Abendluft. Er holte seinen Kleidersack aus dem Kofferraum und warf ihn sich über die Schulter.

Etwa fünfzehn Meter vom Laden entfernt stand ein zweites Haus. Dort wohnte Aimée. Dort war sie aufgewachsen, dort lebte sie mit ihrem Vater und ihrem Sohn.

Hunter ging darauf zu. Vor den Fenstern hingen Kästen mit bunten Blumen, auf der Veranda standen eine Hollywoodschaukel und zwei Schaukelstühle, und neben dem Haus erstreckte sich ein großer Gemüsegarten.

Er musste lächeln. Aimée hatte immer einen grünen Daumen gehabt. Sie war damals in sein Haus gezogen und hatte sofort jeden Tisch und jede Ecke mit Pflanzen vollgestellt. Sie hatte sich um seinen Garten gekümmert, und selbst der Gärtner hatte einiges von ihr gelernt.

Nachdem sie gegangen war, waren die Pflanzen vertrocknet. Und einen Monat später waren die Tische und Ecken wieder leer. Statt des lebendigen Grüns hatte wieder ein steriles Weiß vorgeherrscht.

Hunter schüttelte verärgert den Kopf. Er hatte nicht erwartet, dass das Wiedersehen mit Aimée ihn so nostalgisch stimmen würde, dass es ihn so verwirren würde. Und schon gar nicht, dass es in ihm Verantwortungsgefühl und Beschützerinstinkte wecken würde.

Aber er hatte auch nicht erwartet, plötzlich einen Sohn zu haben.

Im Cottage brannten einige Lichter, und Hunter fragte sich, ob Aimée aufgeblieben war, um auf ihn zu warten. Er blieb vor der Treppe stehen und starrte zur Tür hinauf. Dann atmete er entschlossen durch und ging die Stufen hinauf.

„Du runzelst die Stirn."

Erstaunt blieb Hunter stehen und sah dorthin, wo die Veranda im Dunkeln lag. Aimée saß auf der Hollywoodschaukel, mit angezogenen Knien, einen Kaffeebecher in den Händen. Er konnte ihre Miene nicht erkennen, aber er spürte ihren Zorn. Und ihre Trauer.

„Wirklich?", fragte er.

„Ja." Sie hob den Becher an die Lippen und trank. „Wenn du hier so unglücklich bist, warum fährst du nicht einfach wieder?"

„Das kann ich nicht. Lass uns nicht wieder davon anfangen, ja?" Er ging zu ihr. „Es tut mir leid, Aimée."

Sie legte den Kopf zurück und sah ihm in die Augen. „Wirklich?"

„Ja. Ich weiß, du willst mich nicht hier haben. Aber ich muss es tun."

„Das sagtest du bereits." Sie stellte den Becher ab und stand auf. „Ich zeige dir dein Zimmer."

Sie wollte an ihm vorbeigehen, aber er hielt sie am Arm fest. Sie sah ihn verärgert an, und er nahm den Duft ihres Parfüms wahr. Es war nur ein Hauch, doch er erregte seine Sinne so sehr wie an dem Abend, an dem sie sich zum ersten Mal begegnet waren.

Der Abend, an dem sie sich zum ersten Mal begegnet waren. Es war einer jener Zufälle gewesen. Zwei Menschen, die sich unter normalen Umständen nie begegnet wären, hatten sich kennengelernt. Er war nur deshalb zu der Ausstellung gegangen, weil Ginny den Künstler bewundert hatte. Er hatte nur mal kurz vorbeischauen wollen. Dann hatte er einen redseligen Kollegen getroffen.

Während er sich mit dem anderen Arzt unterhielt, sah er plötzlich Aimée. Sie lachte und verzauberte Jet-Set-Typen aus der Kunstszene, die sich angeblich von nichts und niemandem verzaubern ließen. Sie hatte etwas Ungewöhnliches an sich, etwas Besonderes. Etwas atemberaubend Lebendiges.

In einem Raum voller Menschen, die sich für einzigartig hielten, war sie die einzige, die es wirklich war.

Er beobachtete sie, fühlte sich von ihr angezogen. Er hatte nicht vorgehabt, irgendjemanden kennenzulernen. Außer Ginny interessierte ihn keine Frau.

Doch dann drehte Aimée sich zu ihm um, und ihre Blicke trafen sich. Sie lächelte. Er lächelte zurück.

Und es war um ihn geschehen.

„Hunter?" Aimée versuchte, ihren Arm aus seinem Griff zu befreien.

Blinzelnd kehrte Hunter in die Gegenwart zurück. Er ließ die Hand an ihrem Arm hinabgleiten und umfasste ihr Handgelenk. Er konnte ihren Pulsschlag fühlen.

„Erinnerst du dich an den Abend, an dem wir uns kennengelernt haben?", fragte er mit plötzlich heiserer Stimme.

Aimée zögerte, dann nickte sie. „Natürlich. Warum?"

„Ich habe gerade daran gedacht. An dich und mich und … das Schicksal." Er strich über ihr Handgelenk. „Vielleicht hätten wir uns nie begegnen dürfen."

Sie schwieg lange. Schließlich räusperte sie sich. „Das darf ich nicht sagen, Hunter. Das darf ich nicht einmal denken. Wie könnte ich auch? Wenn wir uns nicht begegnet wären, hätte ich jetzt Oliver nicht. Und ich liebe ihn über alles."

Aimée machte sich los und ging über den Hof zum Laden. Hunter sah ihr nach.

„Ich liebe dich, Daddy."

„Ich liebe dich auch, Pete. Über alles."

Hunter wurden die Knie weich, und er hielt sich an einer Säule fest.

Pete lachte. „Mehr als Schokoladenmilch?"

„Aber sicher, Kumpel. Sogar mehr als Pizza."

„Warum darf ich dann nicht auch mit? Ich werde artig sein, Daddy. Ich verspreche es."

„Hunter? Ist alles in Ordnung?"

Aimée stand vor dem Haus und sah fragend zu ihm hinauf. Für einen Moment sah Hunter nicht sie, sondern Pete. Hunter atmete tief durch, so tief, dass es fast weh tat. Dann nickte er und lächelte gequält. „Alles in Ordnung."

Er eilte die Stufen hinab und ging zu ihr. Schweigend überquerten sie den Hof. Aimée führte ihn zu einer kleinen Veranda an der Rückfront des Ladens. Sie gingen hinauf, und Aimée schloss die Tür auf, bevor sie ihm den Schlüssel gab.

Das Zimmer, das Roubin ihm vermietet hatte, war schlicht und sparsam eingerichtet, aber einladend. Es enthielt ein Doppelbett, eine kleine Kommode, einen alten Ohrensessel, einen Tisch und eine Lampe. Eine Tür führte in ein kleines Badezimmer. Wie der Laden, so war auch dieses Zimmer nicht klimatisiert, und die Fenster standen weit auf, um die kühle Abendluft hereinzulassen. An der Decke drehte sich ein Ventilator. Auf dem ungemachten Bett lag frische Bettwäsche.

„Hast du das gemacht?", fragte Hunter und ging zu dem Schwarz-Weiß-Foto, das neben dem Sessel an der Wand hing.

„Ja."

Er beugte sich vor. Das Foto zeigte einen Bayou, über dem gespenstisch der Nebel schwebte. Der Anblick war unheimlich. Und unvergesslich. „Es ist wunderschön."

„Danke", erwiderte sie leise und warf einen Blick auf das Foto. „Das habe ich vor langer Zeit gemacht."

Hunter zog die Augenbrauen zusammen und musterte sie. Wusste sie, wie sehnsüchtig sie in diesem Moment aussah? War ihr klar, wie viel ihre Augen ihm verrieten? Vermutlich nicht. Denn sonst würde sie sich mehr bemühen, ihre Gefühle vor ihm zu verstecken. Diese Aimée war nicht so offen wie die, die er damals gekannt hatte.

Aimée sah ihn an, und der sehnsüchtige Ausdruck verschwand. „Wir frühstücken um acht Uhr morgens, essen mittags und um fünf Uhr nachmittags. Wenn du eine Mahlzeit verpasst, musst du dich selbst versorgen."

Hunter stellte die Spieluhr auf den Tisch und legte den Kleiderbeutel aufs Bett. „In Ordnung."

„Wenn du etwas brauchst, frag einfach."

„Das werde ich."

„Gut." Sie ging zur Tür und blieb dort stehen. „Wir sehen uns morgen früh."

„Bis dann."

Aimée schob die Fliegentür auf. Dann drehte sie sich noch einmal zu ihm um. „Gibt es keine Möglichkeit, dir das hier auszureden?"

„Nein."

„Was versprichst du dir davon?" Sie verschränkte die Arme. „Wir haben doch schon festgestellt, dass wir uns nicht einigen werden."

Er packte die Spieluhr aus, betrachtete sie und dachte daran, was die Frau im Antiquitäten-Geschäft zu ihm gesagt hatte. Dass man manchmal seinem Herzen folgen musste. Er lächelte. „Ich werde dich dazu bringen, die Dinge so zu sehen wie ich."

„Und ich habe dir bereits gesagt, dass du das nicht schaffen wirst", entgegnete sie.

„Dein Vater hat recht. Du bist starrköpfig. Ich kann kaum glauben, dass ich das damals nicht bemerkt habe."

„Hör auf damit, Powell", sagte sie streng, aber sie konnte ein Lächeln nicht ganz unterdrücken. Es umspielte ihren Mund, ließ ihre Augen aufleuchten, und er musste wieder an das Mädchen denken, das sie einmal gewesen war.

Am liebsten hätte er sie jetzt geküsst, bis sie beide alles um sich herum vergaßen. Bis sie sich so ineinander verloren, wie sie es früher getan hatten.

Aimée entging sein Blick nicht. Sie hielt den Atem an. Es war so lange her, dass ein Mann sie berührt hatte. Sie wusste schon gar nicht mehr, wie es war, von einem Mann so angesehen zu werden. Wie eine Frau, eine Frau mit Sehnsüchten.

Aimée tastete nach dem Türgriff und hielt sich daran fest. Wann war sie zuletzt etwas anderes als Mutter oder Tochter gewesen? Wann hatte sie sich das letzte Mal eingestanden, dass auch sie Bedürfnisse hatte? Wann hatte sie sich das letzte Mal gestattet, eine Frau zu sein?

Sie kannte die Antwort auf alle drei Fragen. Es war dreieinhalb Jahre her.

Sie starrte auf Hunters Mund und ließ den Blick an seinem Körper hinabwandern. Sie wusste noch, wie er nackt aussah. Schlank und muskulös und ganz Mann. Sie wusste, wie seine Haut sich anfühlte. Fest und glatt und heiß.

Verlangen durchzuckte sie.

„Aimée", flüsterte er und machte einen Schritt auf sie zu.

Verwirrt hob sie den Blick. Was fiel ihr ein? Sie liebte ihn nicht mehr. Wirklich nicht.

Aber Liebe hatte mit dem, was sie jetzt fühlte, nichts zu tun. Ihr Körper hatte immer so auf ihn reagiert. Gleich vom ersten Abend an hatte ein Blick von ihm, ein Wort oder ein Lächeln ausgereicht, und sie war ihm in die Arme und in sein Bett gefallen.

Sie hob das Kinn. Das war lange her. Ein ganzes Leben. Sie war nicht mehr so naiv. Sie war nicht mehr so leicht zu beeindrucken.

„Falls du hergekommen bist, weil du denkst, wir könnten einfach dort weitermachen, wo wir …"

„Aufgehört haben?", unterbrach er sie kopfschüttelnd. „Auf die Idee wäre ich nie gekommen."

„Gut. Dann hör auf damit."

„Womit? Ich sehe dich doch nur an."

Das reicht ja schon. Genau das ist das Problem. „Dann hör auf, daran zu denken."

Hunter lachte und machte noch einen Schritt auf sie zu. Sie wich zurück und ärgerte sich, dass sie den Kopf in den Nacken legen musste, um ihn anzusehen.

„Vielleicht hast du recht", fuhr er fort. „Aber manche Gedanken … kommen einem eben."

Er machte noch einen Schritt auf sie zu. Jetzt stand er so dicht vor ihr, dass sie seinen Atem an ihrer Wange spürte. Sie kämpfte gegen das Verlangen, das immer stärker wurde.

„Ich habe nie vergessen, wie es war, dich zu berühren", flüsterte er. „Wie es war, mit dir zu schlafen. Ich wollte es vergessen. Glaub mir, ich habe es versucht."

Auch Aimée hatte es versucht. Immer wieder. Ohne Erfolg. Sie hielt den Atem an, als er mit den Fingerspitzen über ihre Wange strich. Sie wusste nicht, ob sie es genießen oder davor weglaufen sollte. Sie fühlte sich, als wäre sie zu neuem Leben erwacht, als hätte sich tief in ihr eine Quelle aufgetan, aus der neue Kraft strömte. Sie seufzte leise.

„Es ist schwer, nicht daran zu denken", sagte er. „Noch viel schwerer, als ich dachte."

Es gab nur einen Weg, ihr Verlangen zu bekämpfen, und sie nahm ihn. Sie dachte daran, dass Hunter weder sie noch ihren Sohn wirklich wollte.

„Wenn es so schwer ist, halt dich von mir fern", fuhr sie ihn an und wich zurück. „Zwischen uns ist nichts mehr." Sie schüttelte den Kopf, um ihren Worten Nachdruck zu verleihen. „Nichts."

Hunter blieb, wo er war. „Da irrst du dich. Zwischen uns ist alles. Vergangenheit. Enttäuschung. Sex. Ich brauche dich nur anzusehen, und mir fällt alles ein, was wir miteinander geteilt haben."

Er hat recht, dachte Aimée. Zwischen ihnen war zu viel gewesen, um es zu ignorieren. Es würde Kraft kosten, sich von ihm fernzuhalten. Aber sie würde diese Kraft aufbringen.

„Na gut", sagte sie kühl. „Denk, was du willst, aber behalt es für dich."

Sie drehte sich um und ging in den Abend hinaus. Die Dunkelheit umfing sie wie eine tröstende Hülle. Aimée eilte über den Hof und widerstand der Versuchung, zu rennen. Der Versuchung, über die Schulter zu blicken.

Hunter sah ihr nach, und sie spürte seinen Blick. Sie erreichte ihr Haus und stieg die Stufen zur Veranda hinauf. Erst jetzt drehte sie sich um, denn sie wusste, dass Hunter sie nicht mehr sehen konnte.

Er stand in der Tür, eine kräftige, dunkle Gestalt. Eine Insel im Licht. Allein, wie immer.

Ein Reiher rief aus einer alten Eiche am Rand des Bayou. Das Wasser plätscherte sanft gegen das Ufer. Ein Biber huschte aus dem Gebüsch und verschwand im Sumpf.

Hunter stand reglos da, und Aimée spürte, wie einsam er war. Sie spürte es tief in sich. Sie spürte es dort, woher die unendliche Liebe kam, zu der sie fähig war. Und die Hoffnung.

Und die Fähigkeit, sich selbst etwas vorzumachen.

Kopfschüttelnd kehrte sie Hunter den Rücken zu und ging ins Haus, um nach ihrem Sohn zu sehen. Sie beugte sich über sein Bett, deckte ihn sorgfältig zu und küsste ihn liebevoll auf die Stirn. Dann ging sie in ihr Schlafzimmer.

Sie zog die Shorts und das T-Shirt aus und streifte ein dünnes Nachthemd über. Wie von selbst wanderte ihr Blick zum Fenster. Sie starrte auf das dunkle Viereck, ging hinüber und sah hinaus. Hunter stand noch immer in seiner Tür.

Aimée starrte hinüber, mit trockenem Mund und heftig klopfendem Herzen. Die Versuchung, aus dem Haus zu schleichen und zu ihm zu gehen, war gewaltig.

Ein Dummkopf. Sie war ein Dummkopf. Er wollte sie nicht. Das hatte er deutlich gemacht, damals und jetzt. Aimée drehte sich entschlossen vom Fenster weg. Sie würde ihren Gefühlen nicht nachgeben. Das schwor sie sich, als sie in ihr kaltes Bett schlüpfte.

„Guten Morgen."

Aimée sah von dem Toast hoch, den sie gerade mit Butter bestrich. Hunter stand in der Küchentür, das Haar noch feucht vom Duschen, die Augen noch ein wenig schläfrig. Er rieb mit dem Handrücken über die glatt rasierte Wange, und Aimée musste daran denken, wie gern sie ihm beim Rasieren zugesehen hatte.

Sie sah ihm in die Augen, und er lächelte. Sie biss die Zähne zusammen. Sie würde nicht zulassen, dass seine Nähe ihr so unter die Haut ging.

„Morgen", erwiderte sie, und es war ihr egal, wie unfreundlich sie klang.

„Gut geschlafen?"

„Ja", log sie. In Wirklichkeit hatte sie kaum ein Auge zugetan, weil sie sich dauernd gefragt hatte, ob er noch immer in der Tür seines Zimmers stand und zu ihr herüberschaute.

„Bin ich zu früh?", fragte er.

Verärgert strich Aimée Butter auf den Toast. Er wusste genau, dass er nicht zu früh war. Oliver saß auf seinem Kinderstuhl und stopfte sich mit beiden Händen Weintrauben in den Mund. Roubin saß mit dem Angler-Handbuch und einem großen Becher voller Kaffee am Tisch.

„Natürlich nicht", erwiderte sie. „Der Kaffee steht auf dem Herd. Tassen sind im Schrank neben dem Kühlschrank."

„Danke." Er trat ein und ging an den Herd.

Oliver sah zu, wie Hunter sich Kaffee eingoss. „Maman", fragte er mit vollem Mund, „warum ist er hier?"

Aimée lächelte ihrem Sohn beruhigend zu und stellte einen Teller mit Toast auf den Tisch. Sie war auf die Frage vorbereitet. „Mr Hunter hat das Zimmer hinter dem Laden gemietet." Sie schnitt den Toast in Viertel und schob ihn Oliver hin. „Er wird noch eine Weile bleiben."

Oliver runzelte die Stirn. „Warum?"

„Warum?", wiederholte Aimée erstaunt. Normalerweise fragte Oliver nicht nach. „Nun ja ... er war noch nie in Louisiana und will sich die Gegend ansehen." Sie lächelte. „Und jetzt iss deinen Toast."

Oliver sah erst von seiner Mutter zu Hunter, dann nach unten.

Roubin warf ihr über sein Handbuch hinweg einen Blick zu. Hunter räusperte sich. Das fängt ja großartig an, dachte Aimée. Selbst ihr dreijähriger Sohn merkte, dass etwas nicht stimmte.

Hunter kam mit seinem Kaffee an den Tisch. Er wollte den Stuhl rechts von Oliver nehmen. Der Junge hob den Kopf. „Nein! Das ist Mamas!"

Hunter blinzelte überrascht, lächelte und nahm den anderen freien Stuhl. „Tut mir leid, Kump ..."

Aimée sah Hunter an. Seine Miene war starr vor Schmerz. *Kumpel.* So hatte er Pete immer genannt. Das wusste sie nur, weil seine Schwester es einmal erwähnt hatte. Hunter selbst hatte nie davon gesprochen.

Hastig rührte sie in der Pfanne. „Auf geht's", sagte sie mit aufgesetzter Fröhlichkeit, als das Rührei fertig war, und ging an den Tisch, um es auf die Teller zu tun. Danach berührte sie Hunter an der Schulter. „Reicht das?"

Ihre Blicke trafen sich, und sie sah ihm an, dass er ganz weit weg war und nicht wusste, wovon sie redete. Eine Sekunde später starrte er erst auf seinen Teller, dann wieder zu ihr hinauf. „Ja, das reicht", sagte er rasch. „Danke."

Seine Miene wurde ausdruckslos, und sie hatte das Gefühl, als würde zwischen ihnen eine Tür zugeschlagen, eine massive, undurchdringliche Tür.

Während des restlichen Frühstücks schwieg Hunter. Er wich Aimées Blick aus und sah Oliver kein einziges Mal an. Hin und wieder schien er einen Seitenblick riskieren zu wollen, aber sobald der Junge lachte oder etwas sagte, saß Hunter reglos da.

Auch Roubin war auffallend still. Erst als Aimée den Tisch abzuräumen begann, sagte er etwas. „Wann muss ich zu diesem Quacksalber?"

Aimée sah ihren Vater streng an. „Dr. Landry erwartet dich um zwei."

Er machte eine abwehrende Handbewegung. „Sag ab. Wir haben niemanden, der sich um den Laden kümmert."

Aimée wischte Oliver den Mund ab. „Tante Marie kommt. Sie wird auch auf Oliver aufpassen. Sie freut sich schon darauf."

Roubin schnaubte verächtlich. „Marie ist so ungeschickt. Jedes Mal, wenn sie kommt – *voilà!* Dauernd macht sie etwas kaputt. Man kann sie nicht allein im Laden lassen."

„Das ist doch nur ein paarmal passiert, Papa." Aimée säuberte Oliver die klebrigen Hände. „Und du weißt, wie sehr Oliver sie mag. Es wird schon alles gut gehen."

Er runzelte die Stirn. „Was ist mit den Ködern? Meinst du etwa, Marie kann sie sortieren?"

Aimée warf den Waschlappen ins Spülbecken. „Die Köder können warten. Du warst seit drei Monaten nicht mehr beim Arzt, Papa. Du gehst heute zu Dr. Landry."

Roubin murmelte etwas wenig Schmeichelhaftes über Ärzte und Töchter. „Geh in dein Zimmer und spiel eine Weile", sagte Aimée zu Oliver, und der Junge rannte aus der Küche. Sie sah ihm nach und wandte sich wieder ihrem Vater zu. „Dr. Landry muss dich untersuchen, um festzustellen, ob dein Zustand sich verändert hat."

Hunter blätterte in der Acadiana Times, das Gesicht hinter der ausgebreiteten Zeitung verborgen.

Roubin hob die Hände. „Sieh mich an, chère. Habe ich mich vielleicht verändert? Ich bin noch immer ein Invalide, oder? Immer noch nutzlos."

Sie ging zu ihm, beugte sich hinab und legte ihre Wange an seine. „Du bist nicht nutzlos, Papa. Du bist noch immer das Oberhaupt dieser Familie. Wir verlassen uns auf dich."

Er lachte bitter. „Wie kann ein Mann das Oberhaupt seiner Familie sein, wenn er nicht einmal über seinen eigenen Körper bestimmen darf? Ich bin nicht krank, aber du bestehst trotzdem darauf, mich zu diesem Verräter zu bringen." Er schüttelte den Kopf.

Die Zeitung raschelte, und Aimée warf Hunter einen zornigen Blick zu. Hätte er auch nur einen Hauch von Mitleid oder Taktgefühl im Leib, so wäre er längst gegangen. Verärgert stand sie auf und stellte sich hinter ihren Vater.

„Wir müssen den Laden öffnen, Papa. Ich werde dich hinüberschieben." Mit Hunter würde sie noch reden. „Oliver", rief sie. „Ich bringe deinen pépère zum Laden. Ich bin gleich wieder zurück."

Fünfzehn Minuten später kehrte Aimée in die Küche zurück. Hunter saß noch am Tisch, in die Zeitung vertieft. Sie sah kurz nach Oliver, dann baute sie sich vor Hunter auf.

„Wie kannst du es wagen, mich und meinen Vater zu belauschen?"

Hunter sah hoch. „Ich habe euch nicht belauscht. Ich habe nur am Tisch gesessen und Zeitung gelesen."

„Das bezweifle ich." Sie stemmte die Fäuste in die Hüften. „Es wäre taktvoll gewesen, wenn du gegangen wärst. Mein Vater ist an den Rollstuhl gefesselt und kann nicht einfach weggehen."

„Du fällst auf ihn herein."

Sie funkelte ihn an. „Wie bitte? Willst du etwa behaupten, dass mein Vater gehen kann?"

„Natürlich nicht." Hunter faltete die Zeitung zusammen und warf sie auf den Tisch. „Ich rede nur von seiner Mitleidsnummer."

„Großartig, Doktor. Sehr einfühlsam von Ihnen." Sie ging ans Spülbecken und ließ Wasser einlaufen.

„Und du fällst darauf hinein." Hunter ging zu ihr. „Dein Vater manipuliert dich, Aimée."

Sie fuhr herum. „Das ist nicht wahr."

„Er nutzt deine Gefühle aus. Dein schlechtes Gewissen, deine Verzweiflung und deine Liebe."

„Das ist erst recht nicht wahr." Sie drehte den Hahn zu und machte sich an den Abwasch.

„Hast du seinen Arzttermin abgesagt, Aimée? Allein darum ging es ihm nämlich."

Ein Glas glitt ihr aus den Händen, und sie hörte, wie es auf dem Boden des Spülbeckens zerbrach. „Ich dachte, du hast nicht gelauscht?"

„Du hast nachgegeben, nicht?"

Sie warf ihm einen wütenden Blick zu. Eigentlich ging es ihn gar nichts an. Sie griff nach einem Teller. „Ich habe den Termin abgesagt, ja. Aber nicht, weil er mich manipuliert hat. Er leidet. Er hat das Gefühl, dass sein Leben keinen Sinn mehr hat. Und er hat recht, es ist sein Körper." Sie tauchte den Teller ins Wasser. „Wie kommst du überhaupt dazu, mich so zu verhören und ein Urteil über uns zu …"

Aimée schrie auf und zog die Hände aus dem Wasser. An der rechten Hand verlief ein langer Schnitt. Blut rann am Arm hinab und in den weißen Schaum. Entsetzt starrte sie an sich hinab.

Hunter schnappte sich das Geschirrtuch, das sie gerade erst aus einer Schublade genommen hatte, und presste es fest auf die Wunde. „Setz dich." Als sie sich nicht bewegte, führte er sie zu einem Stuhl. „Du bist weiß wie ein Laken. Leg den Kopf zwischen die Knie."

„Mir geht es gut. Wirklich, ich falle nicht in Ohn…" Sie stöhnte auf, als die Küche vor ihren Augen zu verschwimmen begann. Hastig senkte sie den Kopf und atmete tief durch.

Als das Schwindelgefühl verschwand, nahm sie Hunters Nähe wahr. Die Wärme seines Körpers an ihrem, die beruhigende Stimme dicht an ihrem Ohr, die Hand, die ihr zärtlich übers Haar strich.

Sie wusste, dass er sie nur trösten und beruhigen wollte, aber zugleich erregte und verführte er sie. Sie stöhnte auf.

„Aimée? Ist alles in Ordnung?"

„Ja", flüsterte sie und hob den Kopf.

„Du hast wieder Farbe", sagte er, ließ aber die Hand an ihrem Kopf.

„Es ist mir peinlich. Ich fühle mich wie ein großes Baby."

„Das brauchst du nicht." Er strich mit den Fingern durch ihr Haar. „Du hattest einen Schock."

Sie wusste, dass sie seine Hand von ihrem Kopf nehmen sollte, aber sie rührte sich nicht. „Es ist nur ein Kratzer."

„Das werden wir sehen." Er sah ihr in die Augen, während er das Geschirrtuch von ihrer Hand nahm. Sie wandte das Gesicht ab und hielt die Augen geschlossen, als er die Wunde betrachtete. „Schlimm?"

„Hmm."

Er drückte behutsam auf ihre Hand, und sie verzog das Gesicht. „Was heißt ‚hmm'?"

„Es hätte schlimmer sein können."

Sie schluckte. „Muss es … genäht werden?"

Lachend tippte er ihr auf die Nasenspitze. „Nein. Aber wir müssen die Wunde säubern und verbinden. Wo ist hier der Verbandskasten?"

Aimée führte ihn ins Badezimmer und setzte sich auf den niedrigen Schrank, während er das Desinfektionsmittel und Verbandsmaterial herausholte. Er ging vor ihr in die Hocke. „Es wird ein wenig brennen."

Sie hielt den Atem an, als er das Mittel auftrug. „Ich kann nicht glauben, dass ich nicht an das kaputte Glas gedacht habe." Verlegen sah sie zur Seite. „Wie dumm von mir."

„Das kann jedem passieren."

Er säuberte die Wunde und verband sie. Aimée sah ihm dabei zu. Er hatte lange, schmale, aber kräftige Hände. Sie hatte sie immer schön gefunden. Die Hände eines Arztes. Oder die eines Künstlers.

Oder eines Liebhabers.

Sie dachte daran, wie sie diese Hände an ihrem Körper gespürt hatte, wie sie ihr zugleich den Atem und den Verstand geraubt hatten. In ihr breitete sich eine Wärme aus, die nichts mit der Wunde, sondern nur mit Hunter zu tun hatte.

Sie atmete tief durch, und er sah hoch. „Alles in Ordnung?"

Sie nickte. Ihr Mund war trocken. „Ja."

Er senkte den Kopf wieder. „Du konntest noch nie Blut sehen. Weißt du noch, wie du im Park auf die Glasscherbe getreten bist?"

„Du musstest mich zum Wagen zurücktragen."

„Mmm." Er streichelte behutsam ihre Hand. „Wie heldenhaft von mir. Es hat mich fast umgebracht."

„Es war fast eine ganze Meile."

„Fast zwei." Er sah wieder hoch, und ihre Blicke trafen sich. „Weißt du noch, wie du dich dafür bei mir bedankt hast?"

Ihr Herz schlug noch schneller. „Ja", flüsterte sie. „Ich erinnere mich."

Er schob die Finger in ihr Haar und zog sanft, bis sie den Kopf senkte. Sie schloss die Augen und öffnete die Lippen.

„Maman! Wo bist du?"

Aimée fuhr entsetzt hoch. Sie war kurz davor gewesen, Hunter zu küssen. Wenn Oliver nicht gerufen hätte, hätte sie es getan.

Sie sah Hunter an. In seinen Augen spiegelte sich das, was auch sie empfand – Erleichterung, Enttäuschung. Und ungestilltes Verlangen.

Sie faltete die zitternden Hände auf dem Schoß. „Ich bin hier, Baby", rief sie zur Tür hinüber. „Im Badezimmer."

Oliver kam hereingerannt und blieb vor ihnen stehen. Er sah von einem zum anderen, dann bemerkte er den Verband. Sein kindliches Gesicht war plötzlich voller Besorgnis. „Tut das weh?"

„Ja." Sie lächelte.

„Macht ein Kuss es wieder gut?"

Aimée sah Hunter an. Macht ein Kuss es wieder gut? Sie hatte sich so sehr danach gesehnt, Hunters Mund auf ihrem zu spüren, dass es wehgetan hatte. Es tat noch immer weh.

„Maman?"

Aimée sah ihren Sohn an und nickte. Er beugte sich vor und küsste den Verband. „Jetzt ist es wieder gut", sagte er.

„Jetzt ist es wieder gut", wiederholte sie.

Aber als sie Hunter wieder ansah, lag in seiner Miene nichts mehr von dem, was sie gerade erlebt hatten, kein Verlangen mehr, keine Erinnerungen.

Gekränkt richtete sie sich auf und zog ihre Hand aus seiner.

„So", sagte Hunter und stand auf. „Ich schlage vor, du nimmst eine Schmerztablette und legst dich eine Weile hin." Er drehte sich um und ging hinaus. Aimée sah ihm nach, halb enttäuscht, halb erleichtert. Vielleicht ist es besser so, dachte sie und wandte sich wieder ihrem Sohn zu.

4. KAPITEL

Aimée mochte Menschen. Und die Menschen mochten sie. Hunter sah von der Veranda aus zu, wie sie im Laden die Touristen bediente, und fühlte sich wieder an die Frau erinnert, die er vor dreieinhalb Jahren gekannt hatte. An die Frau, die jeden verzaubert hatte, dem sie begegnet war. Ihn selbst auch.

Als Aimée einen Kunden an ein Regal führte, traf ihr Blick sich mit Hunters. Hastig kehrte sie ihm den Rücken zu und sprach mit dem Kunden. Hunter war nicht erstaunt. Seit sie sich vor einigen Tagen fast geküsst hatten, war sie ihm aus dem Weg gegangen. Sie hatte ihn nie direkt angesprochen und ihm nicht in die Augen gesehen.

Oliver schien dem Beispiel seiner Mutter zu folgen. Auch er hielt sich von Hunter fern. Und wie Aimée, so sah er Hunter nur an, wenn er glaubte, dass Hunter es nicht merkte.

Das war Hunter ganz recht. Olivers Interesse zu wecken war das Letzte, was er wollte. Er war nicht nach La Fin gekommen, um sich in Olivers Leben zu drängen. Er wollte dem Jungen gegenüber nur seine finanzielle Verpflichtung erfüllen.

Außerdem war Hunter es gewöhnt, sich zurückzuhalten und die Dinge aus sicherer Entfernung zu beobachten. Es war ihm lieber so.

Hunter starrte mit gerunzelter Stirn auf den Technothriller in seinen Händen. Der Roman war keineswegs langweilig, trotzdem hatte er den letzten Absatz schon dreimal gelesen. Dauernd musste er an Roubin und Aimée und an Roubins Krankheit denken. Er hatte sogar mit dem Gedanken gespielt, sich mit Roubins Arzt in Verbindung zu setzen.

Er starrte zu Aimée hinüber und dachte daran, wie er damals mit ihr geschlafen hatte. Wie er sich in ihrem Lächeln gesonnt hatte. Sie sprach gerade mit einem Kunden. Sie hielt Oliver im Arm, und er schmiegte sich an sie, die Arme um ihren Hals, die Beine um ihre Taille geschlungen. Er war müde, und Aimée wiegte ihn sanft, während sie sprach.

Es tat weh, den beiden zuzusehen, denn es erinnerte ihn daran, wie Ginny früher Pete gehalten hatte.

Hunter versuchte, den Schmerz zu unterdrücken. Aimée strich Oliver übers Haar, so, wie er Pete übers Haar gestrichen hatte. Damals war ihm Zärtlichkeit so natürlich vorgekommen wie das Atmen, jetzt war sie ihm fremd. Zwischen dem Mann, der er vor fünf Jahren gewesen war, und dem Mann, der er jetzt war, lagen Welten. Hunter setzte sich im Schaukelstuhl auf. War er überhaupt noch zu einer solchen Zärtlichkeit, einer solchen Liebe fähig?

Wohl nicht. Dieser Teil seiner Persönlichkeit war damals mit Ginny und Pete gestorben.

Hunter sprang auf, eilte über die Veranda, direkt in den grellen Sonnenschein. Seine Augen wurden feucht, dann kamen die Tränen. Er atmete tief durch, aber es half nicht. Der Geruch der Leichenhalle stieg ihm in die Nase. Und der Brandgeruch.

„Es tut mir sehr leid, Mr Powell, aber ich muss Sie das fragen. Ist dies Ihr Sohn?"

Hunter drehte sich der Magen um. Zusammen mit dem Entsetzen stieg Übelkeit in ihm auf.

Sein Baby. Sein kleiner Pete.

Hunter presste die Handballen auf die Augen und wehrte sich verzweifelt gegen die grauenvollen Bilder aus seiner Vergangenheit.

„Und dies? Ist das Ihre Frau?"

Oh Gott. Ginny ... Ginny ...

Er war zusammengebrochen. Sie hatten ihn hinausschleifen müssen, denn er hatte nicht gehen wollen. Die beiden verdienten es nicht, so zurückgelassen zu werden. Sein Junge. Seine Frau. In diesem Moment hatte er verstanden, warum jemand verrückt werden konnte, wenn er einen geliebten Menschen verlor.

„Warum nicht ich?", hatte er geschrien. „Warum sie und nicht ich?"

Die Fliegentür quietschte, und Hunter öffnete die Augen. Oliver sah neugierig zu ihm herüber.

Hunter starrte das Kind an. Die Panik legte sich, und er begann sein inneres Gleichgewicht wiederzufinden. Er legte eine Hand an die Säule und versuchte zu lächeln. Er schaffte es nicht.

Für einen Moment sah es aus, als wollte Oliver in den Laden zurückgehen. Dann spitzte er nachdenklich die Lippen.

„Tut dir etwas weh?", fragte er Hunter.

Hunter nickte stumm. Oliver legte den Kopf auf die Seite und runzelte besorgt die Stirn. „Wo tut es weh?"

Die Rührung schnürte Hunter fast die Kehle zu, und er schluckte heftig. „Hier", sagte er schließlich und presste die Hand aufs Herz.

Oliver schwieg und schien zu überlegen. Dann ging er langsam auf Hunter zu und blieb vor ihm stehen.

Der Junge legte den Kopf in den Nacken. „Macht ein Kuss es wieder gut?", fragte er.

Hunter stockte der Atem. Genau das hatte Pete ihn und Ginny oft gefragt, bevor ... bevor das Ende gekommen war. Und dann hatte er sie beide immer wieder mit weichen, feuchten Küssen getröstet, wenn es Probleme gab.

Hunter schüttelte den Kopf. Er konnte sich nicht vorstellen, dass ein anderes Kind als Pete ihn küsste. „Ich glaube nicht", sagte er leise und machte einen Schritt nach hinten. „Danke, aber ich ..."

Er verstummte, als er Oliver ins Gesicht sah. Er sah Vertrauen und den schlichten, unerschütterlichen Glauben daran, dass ein Kuss jeden Schmerz besiegte. Oliver kannte ihn nicht, und doch wollte der Junge ihm helfen, den Schmerz zu überwinden. Hunter musste wieder schlucken. Oliver handelte, ohne lange zu überlegen. Er handelte aus reiner Nächstenliebe.

Ich darf ihn nicht abweisen, dachte Hunter. Oliver würde es nicht verstehen. Er konnte es noch nicht verstehen, denn das Leben hatte ihm noch keine Tiefschläge versetzt.

Plötzlich wollte Hunter das Geschenk, das der Junge ihm machte, mehr als alles andere auf der Welt.

Er ging vor Oliver in die Hocke. Der Junge sah ihm kurz in die Augen, dann beugte er sich vor und legte die Lippen dorthin, wo Hunters Herz schlug.

Der Kuss war so leicht wie das Flattern eines Schmetterlingsflügels, aber er ging Hunter durch und durch.

„Oliver?"

Hunter sah hoch. Aimée stand in der Tür und starrte entgeistert zu ihnen herüber. Sie öffnete den Mund, um etwas zu sagen, schloss ihn jedoch wieder.

Oliver drehte sich um und rannte zu seiner Mutter. Als er sie erreichte, sah er noch einmal kurz zu Hunter hinüber. Ein Lächeln huschte über sein Gesicht, dann verschwand er im Laden. Wortlos folgte Aimée ihm.

Hunter starrte auf die leere Tür.

Macht ein Kuss es wieder gut?

Ein seltsames Gefühl stieg in ihm auf, schwer und leicht zugleich, hell und dunkel, schmerzhaft und berauschend.

Eine Sehnsucht.

Doch nein, er war dabei, sentimental zu werden. Er ließ sich von einem unschuldigen Kind rühren. Und von seinen eigenen Erinnerungen. Das war alles.

Er musste von hier weg, von Aimée und Oliver. Er brauchte Abstand. Einen Ortswechsel. Wenigstens für ein paar Stunden. Er musste an etwas anderes denken als an seine Vergangenheit und an eine Familie, die ihn nichts anging.

Hunter erhob sich, eilte über die Veranda und zu seinem Wagen. Als er die Fahrertür öffnete, sah er Aimée am Fenster stehen. Er richtete sich auf und sah zu ihr hinüber. Dann stieg er ein und fuhr davon.

Hunter brauchte fast drei Stunden, um sich bewusst zu machen, was die Geste des Jungen in ihm ausgelöst hatte. Zu erfahren, dass er außer Pete noch einen Sohn hatte, hatte ihn zutiefst schockiert. Aber wenn er sich erst von diesem Schock erholt hatte, würde er kein Problem mehr damit haben, Aimée und Oliver gegenüber emotionale Distanz zu wahren.

Kein Problem.

Es war schon früher Nachmittag, als Hunter den Wagen neben dem Laden parkte. Eine ältere Frau saß in einem der Schaukelstühle auf der Veranda. Oliver schlief auf ihrem Schoß. Als Hunter die Stufen hinaufging, sah sie hoch und lächelte.

„Sie müssen Hunter sein", sagte sie, und ihr Cajun-Akzent war nicht zu überhören. „Ich bin Marie, Roubins Schwester."

Ihr Lächeln war voller Wärme, und Hunter erwiderte es spontan. „Ich freue mich, Sie kennenzulernen."

Sie musterte ihn mit unverhohlener Neugier. Er fragte sich, ob sie wusste, dass er Olivers Vater war. Aber in ihrer Miene lag nichts Vorwurfsvolles, nichts Feindseliges.

„Sie sind ein Freund von Aimée aus Kalifornien."

„Ja."

„Ich war noch nie in Kalifornien."

„Ist Aimée da?", fragte er.

„Non. Sie ist mit Roubin nach New Orleans. Zum Physiotherapeuten." Sie schnalzte mit der Zunge. „Mein Bruder ist kein sehr guter Patient."

„Das habe ich bemerkt", sagte Hunter, den Blick auf den schlafenden Oliver gerichtet.

„Er ist wunderschön, nicht?", meinte Marie.

„Er sieht seiner Mutter ähnlich", erwiderte Hunter.

„Und Roubin und mir." Marie strich dem Jungen übers Haar. „Wir Boudreaux-Frauen können heiraten, wen wir wollen, unsere Babys sehen immer aus wie wir." Sie begann zu schaukeln. „Genießen Sie Ihren Besuch hier?"

„Sehr."

„Der Bayou ist schön, nicht?"

„Ja."

Der Schaukelstuhl knarrte, als sie sich anders hinsetzte. „Wie unsere Frauen. Es sind die schönsten der Welt, finden Sie nicht auch?"

Ihr Blick ließ keinen Widerspruch zu. Hunter lächelte. Er hätte ohnehin nicht widersprochen. Aimée war noch immer die schönste Frau, die er kannte. „Das finde ich auch. Anwesende eingeschlossen."

Marie errötete vor Freude. „Aimée kocht für Sie?" Er nickte. „Sie ist eine gute Köchin. Sie macht *Gumbo*, *étouffée*, Couscous. Hat sie davon schon etwas für Sie gemacht?"

Plötzlich begriff Hunter, warum Marie Aimée so lobte. Sie wollte ihrer Nichte zu einem Mann verhelfen. Er musste lächeln. Was Aimée wohl von diesem Gespräch halten würde?

Hunter setzte sich in den Schaukelstuhl neben Marie. „Ja, einige Sachen hat sie schon für mich gekocht."

„Bon."

Sie sprach es so zufrieden aus, als wäre damit Hunters Schicksal besiegelt.

Wenn sie wüsste, dachte Hunter.

„Aimée ist Roubins einzige Tochter, müssen Sie wissen", sagte Marie. „Deshalb hat es ihm auch das Herz gebrochen, als sie damals von hier fortging. Trotzdem hat er die Tür hinter ihr geschlossen."

„Was meinen Sie damit, er hat die Tür geschlossen?"

„Er hat ihr gesagt, dass sie für ihn und die Familie so lange tot sei, bis sie zurückkehren würde. Bis sie bereit sei, ihm eine gute Tochter zu sein und ihre Pflicht zu tun. Sie wussten nichts davon?", fragte sie, als sie Hunters schockierte Miene sah.

Hunter verneinte.

„Es war schlimm. Sie waren beide so traurig. Aber auch so starrköpfig." Sie zuckte mit den Schultern. „Selbst als Roubin krank wurde, gab er nicht nach. Er hat uns allen verboten, mit Aimée Verbindung aufzunehmen. Es war sehr schmerzhaft für uns, aber wir haben seinen Wunsch respektiert."

Ihr Vater war erkrankt, während sie fort gewesen war. Aimée war zu einem Vater zurückgekehrt, den sie kaum noch wiedererkannt hatte.

Hunter wurde es schwer ums Herz. Er konnte sich vorstellen, wie weh ihr das getan haben musste. Wie schuldig sie sich gefühlt haben musste.

Im Laden schrillte das Telefon. Oliver bewegte sich. Ohne Vorwarnung stand Marie auf und legte Hunter das Kind auf den Schoß. „Pardon, *cher*. Ich bin gleich zurück."

Hunter sah ihr mit heftig klopfendem Herzen nach. Als die Tür zufiel, sah er auf Oliver hinab. Der Junge schmiegte sich an ihn und legte den Kopf in seine Armbeuge.

Hunter schluckte. Was zum Teufel sollte er jetzt tun?

Besorgt sah er wieder zur Tür hinüber, hinter der Maries tiefe Stimme zu hören war, dann wieder auf den Jungen hinab. Oliver fühlte sich so warm an, dass seine Wärme sich auf Hunter zu übertragen schien. Die Wärme durchströmte ihn, seine verkrampften Muskeln lockerten sich, und er lehnte sich entspannt im Schaukelstuhl zurück.

Er atmete Olivers Duft ein. So hatte auch Pete immer geduftet. Vor allem im Sommer, wenn er draußen herumgetobt war.

Hunter hatte einen Kloß im Hals, als er Oliver die feuchten Locken aus der Stirn strich. Irgendwie war es ein gutes Gefühl, diesen Jungen in den Armen zu halten.

Marie kam wieder auf die Veranda. Sie hatte einen Krug Limonade und drei Gläser mitgebracht. „Das war Roberto", sagte sie. „Er wollte Aimée sprechen."

Hunter warf ihr einen fragenden Blick zu.

„Er ist in sie verliebt", erklärte Marie. „Er ist ein Cajun, doch sein Blut ist nicht so gut." Sie lächelte. „Aber wer weiß? Unsere Aimée tut, was sie will. Und Oliver braucht einen Vater."

Hunter runzelte die Stirn. Eigentlich war es ihm vollkommen egal, ob Aimée sich mit einem Burschen namens Roberto eingelassen hatte. Er war froh, dass sie ein neues Leben begonnen hatte. Er wollte, dass sie glücklich war.

Warum hatte er nun plötzlich das dringende Bedürfnis, sich mit einem Burschen zu prügeln, den er noch nie gesehen hatte?

Hastig nahm er einen Schluck von der Limonade, die Marie ihm eingegossen hatte. „Geht Aimée mit diesem … Roberto aus?", fragte er so beiläufig wie möglich.

Marie zögerte. „Ja."

Er packte das Glas noch fester. „Klingt nach etwas Ernstem."

„Stört es Sie?"

„Natürlich nicht", erwiderte er rasch. „Es geht mich nichts an", sagte er und begann zu schaukeln.

Marie sah ihm einen Moment zu, dann lächelte sie wieder. „Das ist etwas, das wir nie vergessen, wie man ein Kind lieb hat."

Hunter sah nach unten und stellte erschreckt fest, dass er den Jungen in den Armen gewiegt hatte. Als gehörte der Kleine dorthin. Als wäre Oliver sein Sohn.

„*Ich liebe dich, Daddy.*"

„*Ich liebe dich auch, Kumpel. Für immer und ewig.*"

Er stellte das Glas ab und reichte Marie den Jungen. „Ich möchte nicht, dass er in meinen Armen aufwacht und sich erschreckt", sagte er mit belegter Stimme und stand auf. „Wenn Sie mich jetzt entschuldigen, ich habe ein paar Dinge zu erledigen."

„*Certainement.* Könnten Sie mir noch einen Gefallen tun, bevor Sie gehen?"

Hunter zögerte. „Sicher."

Marie führte ihn in den Laden. „Alphonse bringt uns morgen Shrimps. Ich wollte die Waage säubern, und sie ist mir vom Haken gerutscht. Sie ist zu schwer für mich oder Aimée, und Roubin ... Er ist so traurig, wenn er nicht allein zurechtkommt."

Hunter warf einen Blick auf die schwere Waage, die unter dem Deckenhaken auf dem Tresen lag. „Kein Problem. Haben wir eine Leiter?"

„*Oui.* Hinten."

Er holte die Leiter, stellte sie auf und stieg mit der Waage nach oben.

Oliver schlug gähnend die Augen auf und lächelte schläfrig. „Kommt Maman bald wieder?"

„*Oui.*"

Der Junge sah zu Hunter hinauf. „Was tut er da?"

„Er hängt die Waage auf. Cousin Alphonse bringt uns morgen Shrimps."

Oliver sah zu, wie Hunter die schwere Waage mühelos an ihrem Haken befestigte.

„So", sagte Hunter und stieg die Leiter hinunter. „Sonst noch etwas?"

„Meine Schaukel." Oliver zappelte in Maries Armen, und sie stellte ihn auf den Boden. Wortlos ging er zu Hunter und schob seine kleine Hand in Hunters große. Hunter starrte auf ihre beiden Hände. Sein Mund war trocken, sein Herz schlug wie wild.

Oliver zog ihn mit sich. „Meine Schaukel."

Hunter schluckte mühsam und ließ sich von dem Jungen durch den Lagerraum und auf die hintere Veranda führen. Oliver zeigte auf die große Eiche und die Schaukel, die nur noch an einem Seil hing.

Dann sah er zu Hunter hinauf. Seine Miene war zugleich betrübt und hoffnungsvoll. „Kannst du die heil machen?"

Hunter sah von der Schaukel zu Oliver, und plötzlich wurde ihm warm ums Herz. Lächelnd drückte er dem Kleinen die Hand. „Klar doch ... Tiger. Ich hole die Leiter."

5. KAPITEL

Als Aimée und Roubin nach Hause kamen, ging das Blau des Nachmittagshimmels bereits in die rosafarbene Abenddämmerung über. Aimée half ihrem Vater aus dem Wagen und in den Rollstuhl, dann schob sie ihn die Rampe hinauf.

Der Besuch beim Physiotherapeuten war katastrophal verlaufen. Ihr Vater hatte sich gegen die Behandlung gesträubt und seinen Ärger und seine Verbitterung an ihr ausgelassen, bis ihr fast die Tränen gekommen waren. Sie hatte sich damit getröstet, dass ihr Vater sie brauchte und sie ihm eine gute Tochter war.

„Oliver", rief Aimée jetzt und schob Roubin in den Laden. „Wir sind zurück."

Die Tür fiel hinter ihnen zu, und das Geräusch hallte durch den leeren Laden. Oliver war nirgends zu sehen. Aimée rieb sich den Nacken, sah auf die Uhr und eilte in den Lagerraum. „Tante Marie? Tut mir leid, dass wir so spät kommen."

Von draußen drang Olivers Lachen herein. Lächelnd drehte Aimée sich zu ihrem Vater um. „Sie sind hinter dem Haus, Papa."

Sie eilte auf die hintere Veranda und blieb wie angewurzelt stehen. Oliver saß auf seiner Schaukel, auf der Schaukel, die sie schon seit Wochen reparieren wollte. Jetzt war sie heil, und hinter ihm stand nicht Tante Marie.

Aimée hielt den Atem an und kämpfte gegen den Impuls, zu ihrem Sohn zu rennen und ihn von der Schaukel zu reißen – weg von Hunter. Stattdessen sah sie reglos, wie Hunter Oliver anschob, mit mehr Schwung, als sie es je gewagt hätte. Oliver jubelte, und Hunter lachte freudig. Sie sahen gut aus zusammen. Glücklich. Wie ein ganz normaler Vater mit seinem Sohn an einem sonnigen Nachmittag.

Aber sie waren in dem Sinn nicht ein normaler Vater und Sohn. Sie würden es nie sein.

Oliver sah über die Schulter zu Hunter hinüber. Offenbar wollte er mit noch mehr Schwung angeschoben werden. Aimée hielt sich am Türrahmen fest. Sie durfte nicht zulassen, dass Oliver Hunter liebgewann. Er durfte sich nicht an ihn gewöhnen, denn wenn Hunter ging, würde es ihm wehtun.

So, wie es ihr damals wehgetan hatte.

Was sollte sie tun?

Ihr Vater kam auf die Veranda gefahren und sah zu den beiden hinüber. Dann schmunzelte er. „Sie sehen gut aus zusammen, nicht? Sie sehen glücklich aus."

Aimée sah ihn verärgert an. „Was du da siehst, ist eine Illusion. Hunter wird Oliver nie ein richtiger Vater sein, also mach dir keine Hoffnung."

Roubin schüttelte den Kopf. „Nein, chère. Was ich sehe, ist die Wirklichkeit. Das, was du fühlst, ist eine Illusion." Ohne ihre Antwort abzuwarten, fuhr er um sie herum und die Rampe hinunter.

Aimée unterdrückte die Tränen, die ihr in die Augen stiegen, und folgte ihm.

Oliver entdeckte sie. „Pépère!", rief er. „Maman! Seht mal, die Schaukel ist heil!"

„Das sehe ich, Baby", erwiderte sie und rang sich ein Lächeln ab. Als sie die beiden erreichte, funkelte sie Hunter an. „Du gibst ihm zu viel Schwung", sagte sie leise. „Er ist noch ein Baby und könnte sich wehtun."

„Nein, Maman!", bat Oliver. „Ich will noch höher schaukeln!"

„Nein, Oliver. Ich bin für dich verantwortlich und weiß, was das Beste für dich ist."

„Aber, Maman..."

„Deine Mom hat recht, Tiger", unterbrach Hunter ihn und bremste den Schwung der Schaukel. „Sie ist der Chef, und wir befolgen ihre Anweisungen, klar?"

Oliver schob die Unterlippe vor und warf seiner Mutter einen trotzigen Blick zu. „Ja."

Seine Reaktion ging Aimée ans Herz. Sie und Oliver waren immer unzertrennlich gewesen. Niemand hatte sich zwischen sie drängen können. Bis jetzt.

Aimée stemmte die Hände in die Hüften. „Wo ist Tante Marie?"

„Sie kocht."

„Sie kocht?", wiederholte Aimée verblüfft.

„Mmm. Als es spät wurde, hat sie beschlossen, das Abendessen zu machen. Sie hat Cousin Alphonse angerufen und sich von ihm ein paar Shrimps bringen lassen."

Cousin Alphonse? dachte Aimée ungläubig. Hunter hatte den Namen so selbstverständlich ausgesprochen, als würde er zur Familie gehören.

„Sie kann nicht glauben, dass du mir noch keine *étouffée* gemacht hast", fuhr Hunter lächelnd fort.

Roubin schmunzelte.

„Ach ja", sagte Hunter und gab Oliver ein wenig Schwung. „Ein Bursche namens Roberto hat angerufen. Er schien unbedingt mit dir reden zu wollen."

Aimée kräuselte die Stirn. Sie wusste nicht, was sie mehr störte – dass Roberto nicht aufgab, oder dass Hunter sich benahm, als wäre er für immer hier eingezogen.

„Dein Freund?", fragte er.

„Das geht dich nichts an", erwiderte sie spitz. „Du bist hier zu Besuch und gehörst nicht zur Familie. Ich habe dir nicht erlaubt, auf meinen Sohn aufzupassen oder ans Telefon zu gehen oder Sachen zu reparieren."

„Stimmt etwas nicht, Aimée?", fragte Hunter ruhig. „Falls ja, solltest du es mir vielleicht sagen."

Gereizt wandte sie sich ihrem Sohn zu. „Oliver, steig ab." Als er trotzig den Kopf schüttelte, musste sie sich zusammenreißen, um ihn nicht anzuschreien. „Sofort!"

Olivers Augen füllten sich mit Tränen, und seine Unterlippe begann zu zittern. Hunter hielt die Schaukel an, half dem Jungen herunter und strich ihm übers Haar. Die vertraute Geste verunsicherte Aimée zutiefst. „Geh dich waschen, Oliver. Wir essen gleich."

Oliver sah Hunter an, und Hunter nickte. „Tu, was deine Mom sagt. Wir schaukeln morgen weiter."

„Komm schon, *petit-fils*. Pépère fährt dich zum Haus", sagte sein Großvater.

Aimée entging nicht, wie bewundernd ihr Sohn Hunter ansah. Heute Morgen hatten die beiden sich keines Blickes gewürdigt, und jetzt vergötterte Oliver den Mann förmlich.

Und Hunter? dachte sie und ballte unwillkürlich die Hände zu Fäusten. Er berührte ihren Sohn, spielte mit ihm und benahm sich, als wäre er Olivers rechtmäßiger Vater.

Oliver kletterte auf Roubins Schoß, und sie fuhren zusammen zum Haus. Aimée drehte sich zu Hunter um. „Wage es nicht noch mal, dich zwischen mich und meinen Sohn zu stellen. Dazu hast du kein Recht."

„Was soll das, Aimée? Wenn du wütend auf mich bist, lass es nicht an Oliver aus. Er hatte doch nur ein wenig Spaß."

„Und du, Hunter? Hattest du auch nur ein wenig Spaß?"

„Was hast du dagegen?", fragte er ruhig.

Sie errötete und ärgerte sich darüber. „Er hätte sich wehtun können. Das war unverantwortlich von ..."

„Er ist kein Baby mehr, Aimée, sondern ein kleiner Junge. Und wenn du aufhören würdest, ihn zu behandeln, als wäre er zerbrechlich, wäre er auch nicht mehr so ängstlich."

„Was zum Teufel soll das heißen?"

„Ist das nicht offensichtlich, Aimée? Du schmust mit ihm. Du behandelst ihn wie ein Baby. Deshalb klammert er sich so an dich. Deshalb ist er so scheu. In dem Alter hat Pete schon ..."

Zornig baute sie sich vor ihm auf. „Hör auf, Oliver mit Pete zu vergleichen. Tu das nie wieder. Es sind verschiedene Kinder. Außerdem fühlt Oliver sich wohl. Wenn du ihn dir richtig ansehen würdest, wüsstest du das."

Tränen traten ihr in die Augen, und sie kehrte ihm den Rücken zu.

Hunter legte eine Hand auf ihre Schulter. „Du bist erschöpft", sagte er leise. „Leg dich eine Weile hin."

„Damit du Oliver für dich hast?" Sie drehte sich um. „Ganz bestimmt nicht."

Er zog die Augenbrauen zusammen. „Nein. Damit du dich ausruhen kannst." Er senkte die Stimme noch weiter und hob die Hand. „Du siehst mitgenommen aus."

Sie schob seine Hand zur Seite. „Danke für die Diagnose, Doktor. Aber es geht mir gut."

„Das sehe ich", erwiderte er lächelnd.

Sie hob das Kinn. „Oliver gehört mir."

„Natürlich."

„Warum bist du dann hier? Warum hast du ... mit ihm gespielt?"

„Er wollte schaukeln, aber die Schaukel war kaputt. Ich habe ihm geholfen." Hunter seufzte. „Ich habe nicht vor, Olivers Freund zu werden ... oder sein Vater."

Aimée legte eine Hand an die Stirn. Sie glaubte ihm, dass er es nicht wollte. Aber er hatte nicht mitbekommen, wie Oliver ihn angesehen hatte. Der Junge verehrte ihn bereits wie einen Helden. Und Hunter wusste auch nicht, wie entspannt und glücklich er selbst ausgesehen hatte.

Sie rieb sich die Schläfen. Aber vor allem wusste er nicht, wie hilflos sie sich fühlte.

„Nimm mein Geld an, und ich verschwinde", sagte er.

Sie zögerte. Sie brauchte nur ja zu sagen, und er würde aus Olivers Leben verschwinden. Alles wäre wieder wie zuvor. Sie wäre wieder wie zuvor.

Aber würde sie damit nicht Oliver mehr schaden als nützen?

Sie kämpfte gegen die Tränen an. „Ich wünschte, ich könnte es", flüsterte sie mit erstickter Stimme. „Aber ich glaube, es wäre ... falsch."

„Aimée ..."

Er strich ihr zärtlich über die Wange, und sie spürte seine Kraft, seine innere Stärke. Sie schloss die Augen und widerstand der Versuchung, sich bei ihm anzulehnen, die Stirn an seine Brust zu legen und ihre Ängste, ihre Verzweiflung herauszulassen.

„Nein, Hunter." Sie schüttelte den Kopf. „Ich ..."

Sie drehte sich um und rannte ins Haus.

Hunters Fenster waren hell erleuchtet, und das Licht wirkte warm und einladend. Aimée stand auf dem dunklen Hof, ein Tablett mit dem Abendessen in den Händen, und starrte hinüber. Aus seinem Zimmer kam Musik, eine romantische Melodie, die sich mit den abendlichen Geräuschen des Bayou verband und Aimée melancholisch stimmte.

Sie legte den Kopf auf die Seite und lauschte. Die Musik erinnerte sie an den Schmuckkasten, den sie als junges Mädchen gehabt hatte. Wenn sie ihn öffnete, hatte sich eine winzige Ballerina zu einer Melodie wie dieser gedreht.

Kopfschüttelnd trat Aimée in den Lichtschein und klopfte an Hunters Tür. Bring es hinter dich, sagte sie sich. Entschuldige dich kurz, gib ihm das Essen und geh wieder.

Hunter öffnete, und Aimées Entschlossenheit schmolz dahin wie Schnee in der Märzsonne. Er trug nichts als Jogging-Shorts.

Noch während Aimée sich befahl, ihm nur ins Gesicht zu sehen, senkte sie den Blick. Sie hatte vergessen, wie athletisch er war. Er hatte den Körper eines Mannes, der sein gesamtes Leben hindurch aktiv gewesen war. Die Haut war straff und gebräunt, die Schultern breit und muskulös, die Taille schlank, der Bauch fest und flach.

Aimée ließ den Blick an ihm hinabwandern, bis dorthin, wo das blonde Haar in den Shorts verschwand.

Er sagte nichts, sondern lächelte nur. Er schien genau zu wissen, was in diesem Moment in ihr vorging. Sie fühlte, wie ihre Wangen heiß wurden, und holte tief Luft.

„Darf ich hereinkommen?"

Er trat beiseite. „Natürlich."

Aimée ging an ihm vorbei ins Zimmer. Sie hatte es schon hundertmal gesehen, aber heute Abend kam es ihr anders vor. Es fühlte sich anders an. Als hätte seine Gegenwart es verändert und die Atmosphäre mit seiner Energie aufgeladen.

Diese Energie schien ihre Sinne zu schärfen. Sie nahm seinen Duft wahr, spürte seine Wärme, sie hörte, wie er ruhig atmete und ihr Herz heftig klopfte.

Sie drehte sich zu ihm um. „Ich habe dir dein Essen gebracht. Maries *étouffée* ist die beste weit und breit. Sie würde es mir nie verzeihen, wenn du sie nicht probierst."

Ein Lächeln umspielte seine Mundwinkel, als er ihr das Tablett abnahm. „Sie nimmt das Kochen sehr ernst."

Sie sah ihm in die Augen. „Nicht nur das. Sie hält dich für das Beste seit der Entdeckung des Cayennepfeffers. Beim Essen hat sie nur von dir geredet."

„Schade, dass ich das verpasst habe", erwiderte er. „Offenbar kennt sie mich nicht so gut wie du." Er stellte das Tablett aufs Bett.

Sie schob die Hände in die Taschen ihrer Shorts. „Aber ich bin nicht nur hier, um dir das Essen zu bringen. Ich möchte … mich für vorhin entschuldigen. Ich hätte das nicht sagen dürfen."

„Vergiss es."

„Das kann ich nicht. Ich muss es … loswerden." Sie räusperte sich. „Du hattest recht, ich war erschöpft. Der heutige Tag war ein Albtraum, und als ich nach Hause kam und dich mit Oliver sah … habe ich die Beherrschung verloren. Es tut mir leid."

Hunter strich ihr über die Wange und ließ die Hand wieder sinken. „Du bist auch nur ein Mensch."

„Außerdem wollte ich dir dafür danken, dass du Olivers Schaukel repariert hast. Ich hatte ihm versprochen, es selbst zu tun, bin aber nie dazu gekommen."

„Du kannst nicht alles schaffen."

„Nein? Manchmal kommt es mir vor, als gäbe es außer mir niemanden, der …" Sie verstummte und lächelte matt. „Ach, was soll's? Ich gehe jetzt, damit du in Ruhe essen kannst."

„Geh nicht." Er hielt sie am Arm fest. „Ich möchte dir etwas zeigen."

Er ließ sie los und ging durchs Zimmer, um die Spieluhr zu holen. Als er sich wieder umdrehte, sah er sie im weichen Licht der Lampe stehen. Sie sah jünger aus, als sie war, und schrecklich einsam.

Er hielt ihr die Spieluhr hin. Sie betrachtete sie und hob überrascht den Kopf. „Sie ist wunderschön."

Hunter dachte an die Frauenfigur in der Uhr und fand, dass sie nicht annähernd so schön war wie Aimée mit ihren fast exotischen Augen, der Stupsnase und dem faszinierend vollen Mund. „Ja", flüsterte er. „Wunderschön."

„Es wundert mich, dass du so etwas besitzt."

Er lächelte. „Stimmt. Eigentlich verstehe ich immer noch nicht, warum ich so viel Geld dafür ausgegeben habe."

Aimée berührte die Glaskuppel. „Ich habe Musik gehört. Kam die aus der Spieluhr?"

„Ja." Er zog sie auf, und die Melodie erklang.

Aimée schwieg einen Moment. „Warum zeigst du sie mir?"

Er wusste es selbst nicht genau, das war das Problem.

„Weil diese Uhr mit dafür gesorgt hat, dass ich hergekommen bin", antwortete er schließlich.

Sie zog die Augenbrauen zusammen. „Dann sollte mir die Uhr wohl nicht mehr gefallen."

„Aber sie gefällt dir trotzdem."

„Sie ist einfach zu schön." Sie nahm die Spieluhr aus seinen Händen und ging ins Licht, um sie genauer zu betrachten.

Hunter folgte ihr und stellte sich hinter sie. Er griff um sie herum, um die Spieluhr zu berühren. Dabei streifte sein Arm ihre Wange. „Ich musste sie einfach kaufen", sagte er leise. „So, wie ich einfach herkommen musste, um dich zu sehen."

Sie sah über die Schulter, den Blick voller Fragen. Aber sie stellte sie nicht, sondern sah wieder auf die Spieluhr.

„Sieh mal", sagte er und strich über die Glaskuppel. „Nachtjasmin. In den Händen der Südstaatenschönheit. Die Frau, von der ich die Uhr gekauft habe, hat mich darauf aufmerksam gemacht. Mir fiel ein, dass du mir mal davon erzählt hast."

„Ja", flüsterte sie und sah wieder über die Schulter. „Ich erinnere mich. Nachtjasmin. Der Duft ist heute Abend besonders stark."

„Ja."

Ihre Blicke trafen sich. Plötzlich wurde es im Zimmer zu warm und zu still. Der Duft des Nachtjasmins schien sie einzuhüllen. Ihre Lippen zitterten, und sie sah auf seinen Mund. Hunter beugte sich zu ihr.

Aimée machte einen Schritt von ihm weg. „Ich muss gehen." Sie stellte die Spieluhr aufs Bett und wollte zur Tür gehen.

Er griff nach ihrer Hand. „Bleib."

„Ich kann nicht. Ich …"

„Bitte." Er schob die Finger zwischen ihre. „Ich fand es immer schrecklich, allein zu essen. Leider muss ich das fast immer."

Das wirkte. Er sah das Mitgefühl in ihrem Blick. Dennoch zögerte sie. „Oliver ..."

„Schläft. Und Roubin ist der letzte, mit dem du jetzt zusammen sein möchtest."

„Das ist unfair", flüsterte sie. „Du kennst mich zu gut."

Hunter lächelte. „Ja, aber du mich auch." Er nahm das Tablett vom Bett und trug es auf die Veranda. Sie setzten sich auf die Treppe. Die Luft war warm, es duftete nach Nachtjasmin. In der Ferne rief erst eine Eule, dann ein Reiher. Näher am Haus zirpten die Grillen.

Hunter deckte sein Essen auf. „Es sieht lecker aus."

„Wahrscheinlich ist es schon kalt."

„Das macht nichts. Es ist trotzdem herrlich."

„Ich werde es Tante Marie ausrichten." Aimée zog die Knie an den Körper und starrte in die Dunkelheit. Minuten vergingen, ohne dass einer von ihnen etwas sagte.

Hunter dachte daran, wie oft sie damals so da gesessen hatte, schweigend, als bedürfte ihre Harmonie keiner Worte. Heute Abend herrschte zwischen ihnen eine Mischung aus Anspannung und Verlegenheit.

„Erzähl mir von deinem Tag, Aimée", bat er schließlich. „Was ist geschehen?"

„Papa macht nicht die Fortschritte, die man erwarten kann. Der Physiotherapeut wollte sehen, wie ich mit ihm seine Übungen mache." Seufzend legte sie das Kinn auf ein Knie. „Es war schrecklich. Papa hat sich mit mir gestritten und den Therapeuten angefaucht, wenn er versuchte, uns etwas zu erklären. Er hat einfach nicht mitgemacht."

Hunter stellte den Teller ab und legte seine Hand auf ihre. Es stimmte ihn traurig, sie so unglücklich zu sehen.

„Jedes Mal, wenn ich ihn berührte, beschwerte er sich", fuhr Aimée fort. „Nichts konnte ich ihm recht machen. Es tat mir weh. Es war erniedrigend, vor einem Fremden so behandelt zu werden. Ich kam mir vor wie eine unfähige, lieblose Tochter."

Hunter strich mit dem Daumen über ihren Handrücken. Am liebsten hätte er sie gefragt, warum sie sich so von ihrem Vater behandeln ließ. Er wusste, dass ihr Vater ihr ein schlechtes Gewissen machen wollte, ob nun bewusst oder nicht. Aber er wollte sich nicht mit ihr streiten. Nicht heute Abend. Er wollte nur für sie da sein.

„Das tut mir leid", sagte er leise.

Sie lächelte wehmütig. „Du hättest Paps vor seiner Krankheit sehen sollen. Er war kaum zu bremsen. Voller Zuversicht und Leben."
Sie lachte. „Als ich klein war, war er mein Held. Vielleicht sieht jedes kleine Mädchen ihren Vater so, aber für mich war er mit seiner tiefen Stimme und dem herzhaften Lachen kein Mensch wie die anderen. Ich habe immer zu ihm hochgesehen … fast ehrfürchtig."

„Und er hat dich vergöttert."

„Ja. Ich war sein kleines Mädchen, sein einziges Kind. Er hielt mich für vollkommen." Sie zog ihre Hand unter Hunters hervor und strich über die alte Holzstufe, auf der sie saßen. „Ich weiß nicht genau, wann es anders wurde. Vielleicht als Maman starb. Vielleicht als ich einzusehen begann, dass er kein Held, sondern ein ganz normaler Mann war."

Hunter nahm wieder ihre Hand. „Ist das nicht normal?"

„Vielleicht." Sie sah ihn an. „Er hat mir nie verziehen, dass ich damals weggegangen bin. Es war für ihn wie ein Verrat, und den kann ich durch nichts wiedergutmachen. Aber ich musste weggehen. Dieses Leben, sein Leben, war nicht das, was ich für mich wollte."

„Aber jetzt bist du hier."

Seine Bemerkung tat ihr weh. Er sah es in ihren Augen.

Er hob ihre Hand an die Lippen und küsste sie. „Du hast ihn nicht verraten, Aimée. Du hast nur getan, was du tun musstest. Du wolltest deinen Traum verwirklichen."

Sie zog ihre Hand fort. „Ich war jung. So naiv und blauäugig."

Er legte die Hände um ihr Gesicht. „Du warst wagemutig und voller Zuversicht."

„Ich habe mir etwas vorgemacht."

„Nein, Aimée, das stimmt nicht."

Sie legte die Hände an seinen Oberkörper. „Die Kritiker haben mich und meine Fotos in der Luft zerrissen", sagte sie, wütend auf sich selbst. „Und du hast mich verlassen."

„Ich habe dich nicht verlassen."

Sie lachte verbittert. „Stimmt. Du warst nie richtig mit mir zusammen, Hunter. Eine Beziehung gab es nur für mich. Das Einzige, das uns so lange zusammengehalten hat, war mein naiver Glaube, ich könnte dich ändern."

Er legte eine Hand in ihren Nacken. „Ich war da", protestierte er aufgebracht. „Mehr, als du denkst."

„Wo denn?", fragte sie zornig. „Im Bett?"

Er drückte sie an sich. „Du hast in mir Gefühle geweckt, die ich noch nie gehabt hatte. Nicht einmal bei Ginny. Ich habe mich deswegen so schuldig gefühlt und bin hundert qualvolle Tode gestorben, aber ich konnte es nicht ändern."

„Was für ein Kompliment", sagte sie zornig und gekränkt. „Selbst wenn wir miteinander geschlafen haben, hast du an sie gedacht. Du hattest das Gefühl, sie zu betrügen."

Sie wollte aufstehen, aber er ließ es nicht zu, sondern legte die Hand um ihren Kopf. „Hör auf, Aimée. Das habe ich nicht gemeint."

„Nein? Was denn? Ich war wie eine Geliebte, mit der du deine Frau betro…"

Hunter unterbrach sie mit einem stürmischen, nicht sehr behutsamen Kuss. Aimée wehrte sich nicht, sondern öffnete die Lippen und tastete mit ihrer Zunge nach seiner. Er hielt ihre Hände fest und zog sie mit sich auf den Verandaboden.

Dort hob er den Kopf und sah ihr ins Gesicht. Ihr Blick war wie benommen, ihre Wangen gerötet. Er starrte auf ihren Mund, ließ den Blick nach unten wandern, zu ihren Brüsten, deren Knospen sich unter der dünnen Bluse deutlich abzeichneten. Er wusste, wie sehr sie sich danach sehnte, von seinen Händen und seinem Mund liebkost zu werden.

Aimée bog sich ihm entgegen. Sie wollte mehr, sie brauchte alles. Es war so lange her. Sie unterdrückte ein Stöhnen, als er seine Hand nach unten gleiten ließ, über den Bauch, dorthin, wo ihre Schenkel sich trafen. Er schob die Finger zwischen ihre Beine, und sie schrie leise auf, schockiert und erregt zugleich.

„Erinnerst du dich, Aimée?", fragte er atemlos. „Erinnerst du dich daran, wie es mit uns war?"

Sie erinnerte sich. Als wäre es erst gestern gewesen. Aber sie erinnerte sich auch daran, wie es zum Schluss gewesen war. Als sie sich endlich damit abgefunden hatte, dass er sie niemals lieben würde.

Sie schob ihn von sich. „Nein, Hunter."

Er hob den Kopf, nahm die Hände von ihrem Körper. Sie sah ihm in die Augen und spürte, wie ihre Entschlossenheit ins Wanken geriet. Dann riss sie sich zusammen.

„Lass mich hoch."

Er rollte sich von ihr herunter, und sie sprang auf. „Ich muss gehen."

Er stand ebenfalls auf und griff nach ihrer Hand. „Geh nicht. Bleib bei mir." Seine Stimme wurde zärtlich. „Du willst es doch auch."

Sie wollte es tatsächlich, so sehr, dass es wehtat. Aber wenn sie blieb, würde sie es ihr Leben lang bereuen, das wusste sie. „Ich kann nicht." Sie schüttelte den Kopf. „Ich kann nicht."

„Warum bist du dann überhaupt gekommen?"

Sie funkelte ihn an. „Billiger Versuch, Hunter. Du weißt, dass ich nicht deswegen gekommen bin." Sie versuchte, sich aus seinem Griff zu befreien. „Es ist vorbei zwischen uns."

„Nein." Er zog sie an sich. „Es ist nicht vorbei, und du fühlst es, Aimée. Es ist noch da."

„Was du fühlst", sagte sie, „könnte von jeder Frau befriedigt werden."

„Das würdest du gern glauben, was?" Er ließ die Hände an ihrem Rücken nach unten gleiten und presste sie an sich. „Es hat für mich keine andere Frau gegeben, seit du mich verlassen hast."

Seine Worte erschütterten sie. Er hatte seit ihr mit keiner anderen Frau geschlafen. Sie musste ihm etwas bedeutet haben. Sie musste ihm wichtig gewesen sein. Etwas Besonderes.

Aber nicht wichtig genug. Nicht besonders genug, um von ihm geliebt zu werden.

Sie schlug mit der Faust gegen seine Brust. „Warum tust du das hier? Glaubst du, du hättest mir diesmal etwas zu geben? Mehr als Sex und ein Dach über dem Kopf und einen Ort, wo ich meine Fotos entwickeln kann? Und was ist mit Oliver? Hast du auch ihm etwas zu geben?"

Hunter ließ sie los und wirbelte herum. Einen Moment lang starrte er in die Dunkelheit, bevor er sich wieder zu ihr umdrehte. „Bedeutet dir das, was ich gesagt habe, denn gar nichts? Bedeutet es dir nichts, dass ich seit dir keine andere Frau mehr begehrt habe?"

Sie atmete tief durch. „Es bedeutet, dass du treu sein kannst, Hunter Powell. Aber das wusste ich bereits. Schließlich hast du nach Ginny und Pete nie wieder jemanden geliebt." Sie sah ihm in die Augen. „Ist es nicht so?"

Er wich zurück und kehrte ihr den Rücken zu. Es tat weh, sie Ginnys und Petes Namen aussprechen zu hören. Er wollte, dass Aimée ihm alles von sich gab. Er wollte den Panzer fortreißen, mit dem sie sich zu schützen versuchte. Er wollte ihr die Angst nehmen und ihr bewusst machen, wie sehr sie ihn brauchte.

Aber was konnte er ihr geben?

Keine Sorge, Liebling. Uns wird schon nichts passieren. Komm einfach schnell nach Hause ..."

„Ich liebe dich, Daddy ..."
„Ist dies Ihr Sohn, Mr Powell? Und ist dies Ihre Frau?"
Ginny ... Pete ... Guter Gott, nein ...
Hunter schloss die Augen und verdrängte die Erinnerung und die quälenden Bilder, die sie mit sich brachte.

„Du hast recht", sagte er mit schmerzerfüllter Stimme. „Es gibt nichts, was ich dir geben könnte."

Aimée machte einen Schritt auf ihn zu und streckte die Hand aus. „Hunter, ich möchte dich verstehen. Ich ..."

„Geh bitte", unterbrach er sie, ohne sich umzudrehen. „Ich bin innerlich wie tot. Du bist viel zu lebendig für mich."

Sie starrte auf seinen Rücken, dann ging sie langsam davon.

6. KAPITEL

Am nächsten Morgen waren Aimée und Oliver nicht da, als Hunter in die Küche kam. Aimée hatte ihm einen Korb mit Brötchen, Keksen, selbstgemachter Marmelade und einer Nachricht hinterlassen. Hunter überflog sie. Sie war mit Oliver in der Kirche und wollte den Rest des Tages bei einem Cousin verbringen. Sie würde versuchen, zum Abendessen zurück zu sein. Falls sie es nicht schaffte, würde er im Kühlschrank etwas zu essen finden.

Hunter starrte mit gerunzelter Stirn auf die kurze Nachricht und las sie noch einmal. Sie war so unpersönlich. Aber das sollte ihn nicht ärgern.

Es ärgerte ihn trotzdem. Sehr sogar.

Wütend zerknüllte er den Zettel. Er hatte in der Nacht kein Auge zugetan, weil er immerzu daran gedacht hatte, was sich auf der Veranda zwischen ihnen abgespielt hatte.

Er steckte den Zettel in die Tasche, nahm sich einige Kekse, goss sich einen Becher Kaffee ein und setzte sich damit auf seine Veranda. Zum Glück war Roubin nirgends zu sehen. Hunter hatte wenig Lust, sich mit ihm zu unterhalten.

Er leerte den Becher und starrte lustlos auf die Kekse. Ihm war der Appetit vergangen.

Wie kam er dazu, Aimée zu begehren, obwohl er ihr nichts von dem bieten konnte, was sie wollte? Und nichts von dem, was Oliver brauchte.

Auf der anderen Seite des Hofs fuhr Roubin gerade aus seinem Haus. Der alte Mann bemerkte ihn nicht, und Hunter beobachtete, wie er seinen Rollstuhl über den gepflasterten Pfad lenkte, der für ihn angelegt worden war.

Das Fahren fiel ihm schwer. Offenbar hatte er sich noch nicht an den Rollstuhl gewöhnt. Hunter zog die Augenbrauen zusammen. Roubin war erkrankt, bevor Aimée aus Kalifornien zurückgekommen war. Das war fast vier Jahre her. Eigentlich hätte Roubin mit dem Rollstuhl keine Probleme mehr haben dürfen.

Es sei denn, er weigerte sich, sich daran zu gewöhnen.

Hunter lächelte. Vielleicht hatte er doch etwas, das er Aimée und Oliver geben konnte. Wenn auch nicht die Gefühle, die sie verdienten und erwarteten. Aber immerhin war er Arzt, und seine Klinik war darauf spezialisiert, Patienten dabei zu helfen, mit den Folgen schwerer Erkrankungen fertig zu werden.

Bevor er jedoch etwas unternahm, musste er mit Roubins Arzt sprechen. Wie hieß der Mann noch? Aimée hatte den Namen erwähnt. Landrieu ... Landers ... Hunter versuchte sich zu erinnern. Landry. So hieß er. Dr. Landry.

Hunter sprang auf. Er wollte nicht bis Montag warten. Heute war Sonntag, aber Landry würde sich bestimmt Zeit für ihn nehmen. Schließlich waren sie Kollegen.

Hunter rief Roubin ein „Guten Morgen" zu und machte sich auf die Suche nach einem Telefonbuch.

Roubin saß allein auf seiner Veranda und starrte reglos in die Abenddämmerung. Er schien gar nicht bemerkt zu haben, wie spät es schon geworden war.

Hunter fragte sich, wie lange er wohl schon dort saß. Eine Stunde? Zwei Stunden? Den ganzen Tag?

Er empfand Mitleid mit dem alten Mann. Roubin und er waren sich in mancher Hinsicht ähnlich – sie waren beide einsam und hatten jegliche Zuversicht verloren.

Ein Chamäleon huschte über den Weg und verschwand im Gebüsch. Hunter ging schneller, denn er wollte mit Roubin reden, bevor Aimée und Oliver nach Hause kamen.

„Guten Abend", sagte er und blieb am Fuß der Treppe stehen. „Darf ich Ihnen ein wenig Gesellschaft leisten?"

Roubin nickte und zeigte auf den Schaukelstuhl neben ihm. Hunter setzte sich, sagte aber nichts weiter. Erst nach einer Weile brach Roubin das Schweigen. „Aimée und Oliver sind noch nicht zu Hause." Er schüttelte den Kopf und hielt das Gesicht in die Brise. „Ein Sturm kommt auf."

Hunter sah zum wolkenlosen Abendhimmel hinauf. „Im Radio haben sie nichts von schlechtem Wetter gesagt."

Roubin schnaubte verächtlich. „Diese Yankees gehen zur Schule, um etwas über das Wetter zu lernen. Was kann man schon lernen, wenn man nur auf Karten und Zahlen starrt? Nichts. Man muss die Luft fühlen." Er hob eine Hand. „Sie lebt. Hören Sie? Es ist zu still. Wo sind die Vögel und Grillen geblieben? Auch der Bayou regt sich nicht. Als würde er auf etwas warten."

Roubin sah Hunter an. „Ich war der Beste im Bayou. Ich habe Mutter Natur jedes Mal überlistet." Sein Mund wurde zu einem schmalen Strich. „Aber jetzt überlistet mein Körper mich."

„Aber Sie leben", erwiderte Hunter leise. „Sie haben Glück gehabt."

Roubin runzelte die Stirn. „Glück? Nennen Sie das hier etwa Glück? Ich bin an einen Rollstuhl gefesselt und kein richtiger Mann mehr."

„Einige Ihrer Fesseln haben Sie sich selbst angelegt", sagte Hunter ernst. „Ich habe heute mit Dr. Landry gesprochen."

„Mit dem Quacksalber? Was weiß der schon?"

„Eine ganze Menge."

„Bon Dieu!" Roubin schlug mit beiden Händen auf die Lehnen des Rollstuhls. „Sie hatten kein Recht, mit ihm über mich zu reden!"

„Vielleicht nicht." Hunter sah zum dunkler werdenden Himmel hinauf. Auch er spürte jetzt, wie die Luft sich verändert hatte. Er sah Roubin an. „Sie wissen, dass ich Arzt bin?"

„*Oui.*"

Roubins Miene ließ erkennen, was er von Ärzten hielt. „Ich leite eine Klinik, die sich auf Rehabilitation spezialisiert hat. Wir helfen Menschen, nach Krankheiten mit ihrer Behinderung umzugehen. Vielen unserer Patienten geht es wie Ihnen."

Roubin schnaubte. „Was hat das mit mir zu tun?"

„Dr. Landry meint, Sie hätten gute Aussichten, wieder zu gehen. Jetzt, nachdem ich mit ihm gesprochen habe, bin ich der gleichen Ansicht."

„Ja, aber nur am Stock", murmelte Roubin verbittert. „Oder mit einem dieser Gestelle. Was würde ich damit Aimée schon nützen? Oder meinem *petit-fils*?"

„Was nützen Sie den beiden denn jetzt?", fragte Hunter unverblümt. „Sie fesseln sich mit Ihrer Verbitterung und Ihrem Selbstmitleid selbst an den Rollstuhl. Warum, Roubin? Wovor haben Sie Angst?"

Roubins Gesicht wurde rot vor Zorn. „Was wissen Sie über mein Leben? Darüber, was ich fühle? Sie sind ein Fremder. Sie gehören nicht hierher. Fahren Sie nach Hause."

„Nein, ich gehöre nicht hierher. Und ich kenne Sie nicht. Aber ich kenne Aimée. Ich weiß, dass sie viel lieber anders leben würde und nur aus ihrem Schuldgefühl heraus hierbleibt. Ich weiß, dass sie Hilfe braucht. Und Sie wissen das alles auch."

Roubin stieß einen französischen Fluch aus und drehte den Rollstuhl zur Tür.

„Und wenn Dr. Landry sich irrt?", fragte Hunter. „Wenn Sie auch ohne Stock oder Gestell gehen können?"

Roubin sah Hunter an.

„Ärzte sind nicht allwissend", fuhr Hunter fort. „Wenn es um die menschliche Willenskraft geht, gibt es verdammt viel, das wir Ärzte nicht wissen."

Roubin antwortete nicht, aber er blieb, wo er war.

„In meinem ersten Jahr als Assistenzarzt hatten wir auf der Station eine Patientin, die eine Gehirnblutung erlitten hatte. Ähnlich wie Sie. Die Frau lag schon seit mehreren Monaten im Koma. Eines Tages liefen wir bei der Visite der Tochter dieser Patientin über den Weg. Der Chefarzt warf ihr vor, sich falsche Hoffnungen zu machen. Dann verkündete er, dass ihre Mutter, selbst wenn sie jemals aus dem Koma erwachen sollte, vollkommen hilflos und ohne Verstand sein würde. Das sagte er direkt neben dem Bett der Patientin."

Hunter schüttelte den Kopf. „Am nächsten Tag erwachte die Frau aus dem Koma. Sie schlug die Augen auf und bat die Schwester um Kartoffelpüree mit Soße."

„Non." Roubin lachte ungläubig. „Ist das wahr?"

„Sicher. Das Erlebnis hat aus mir einen anderen Menschen gemacht." Hunter musste lächeln, als er an das Gesicht des Chefarztes dachte. „Die meisten Ärzte tun solche Geschichten als Zufall ab, für den es eine ganz logische Erklärung geben muss."

„Und was denken Sie?", fragte Roubin.

Hunter zuckte mit den Schultern. „Ich weiß es nicht." Er lächelte. „Einige Kollegen würden mich wohl für einen Spinner halten."

In der Ferne donnerte es. Roubin starrte besorgt zum Himmel hinauf, dann sah er Hunter an. „Was wollen Sie mir mit Ihrer Geschichte sagen?"

„Dass es an Ihnen liegt, was aus Ihnen wird. Nur Sie können bestimmen, wie weit Sie sich erholen."

Roubin betrachtete seine Hände. „Aber ich könnte es noch so sehr versuchen und trotzdem nie wieder richtig gehen. Vielleicht hat Dr. Landry doch recht mit dem Stock."

„Gut möglich. Aber was haben Sie schon zu verlieren?" Hunter stand auf und ging zu ihm. Er dachte an Ginny, an Pete, an ihren sinnlosen Tod. „Sie sind am Leben, Roubin. Das Leben ist ein Geschenk, das Sie nicht verschwenden dürfen."

„Bon", erwiderte Roubin nach kurzem Zögern. „Ich werde über das nachdenken, was Sie mir gesagt haben."

„Tun Sie das. Und ich möchte mir Ihre Beine ansehen. Ich möchte mit Ihnen Ihre Übungen machen, um mir selbst ein Urteil zu bilden. Lassen Sie es mich wissen, wenn Sie ..."

„*Oui.*"

Hunter verstummte verblüfft. Er hatte nicht erwartet, dass Roubin so schnell einverstanden sein würde. Eigentlich hatte er gar nicht erwartet, dass Roubin zustimmen würde. Erst jetzt wurde ihm bewusst, wie gern er Aimées Vater helfen wollte.

„Jetzt?", fragte er.

Roubin nickte. „Sie haben Zeit?"

„Worauf Sie sich verlassen können." Hunter zeigte lächelnd zur Tür. „Nach Ihnen."

Als Aimée und Oliver zu Hause ankamen, prasselten schon die ersten Regentropfen gegen die Windschutzscheibe. Den ganzen Weg von Thibodaux waren sie vor dem Regen hergefahren, und Aimée hatte kräftig aufs Gaspedal gedrückt, um ihm zu entgehen.

„Komm, Baby, wir müssen uns beeilen", sagte sie zu Oliver und sah beim Aussteigen besorgt zum dunklen Himmel hinauf. „Halt dich an mir fest."

Sie nahm ihn auf den Arm, und gehorsam klammerte er sich an Aimée, während sie über den gepflasterten Weg zum Haus eilte.

Ihr Vater hatte alle Lichter angelassen, und das Haus war warm und einladend.

Ein Regentropfen traf ihre Wange und rollte wie eine Träne daran hinab. Aimée erreichte das Haus in genau dem Moment, als der Himmel seine Schleusen öffnete. Hastig stieg sie die Stufen hinauf und stellte Oliver ab. Sie zeigte zum Ende der Veranda, wo sein neues Dreirad stand. „Schnell, Baby, hol dein Dreirad herein, bevor es nass wird."

Er eilte hinüber, und Aimée öffnete die Tür. Das „Hallo" blieb ihr in der Kehle stecken, als sie Hunter sah. Er hockte neben dem Rollstuhl, hielt ein Bein ihres Vaters in den Händen und beugte und streckte es behutsam. Neben dem Rollstuhl lag die Matte, die ihr Vater für einige seiner Übungen brauchte.

Aimée starrte die beiden verwirrt an. Was war los?

Erst nach Sekunden ging ihr auf, dass Hunter mit ihrem Vater eine seiner Übungen machte. Wie es aussah, hatten die beiden schon eine komplette Runde hinter sich. Und ihr Vater machte bereitwillig mit. Sie zog die Augenbrauen zusammen. Ihr Vater ließ die Übungen nicht nur passiv über sich ergehen, er half Hunter dabei. Sie sah ihm an, welche Mühe er sich gab.

In ihr stiegen die unterschiedlichsten Empfindungen auf. Sie konnte kaum glauben, was sie da sah, und zugleich fühlte sie sich gekränkt und verraten.

Tränen brannten ihr in den Augen. Ihr Vater hatte sie bei den Übungen nie so unterstützt, wie er es jetzt bei Hunter tat. Im Gegenteil, er machte es ihr so schwierig wie möglich.

Aber jetzt arbeitete er mit einem Fremden, ohne den geringsten Protest.

Hunter hob den Kopf. Er wusste genau, was sie dachte. Das las sie in seinen Augen.

In diesem Moment kam Oliver durch die Tür gestürmt. „Pépère!"

Roubin sah hoch. Seine Augen strahlten und zum ersten Mal seit langer Zeit waren sie voller Leben und Hoffnung.

Aimée musste sich an der Tür festhalten, so sehr verblüffte sie der Anblick ihres Vaters. Er sah aus wie vor seiner Krankheit, wie vor ihrem Streit. Wie damals, bevor sie La Fin verlassen hatte.

Hunter hatte es geschafft. Sie dagegen hatte es dreieinhalb Jahre lang immer wieder vergeblich versucht. Das Gefühl, versagt zu haben, schnürte ihr die Kehle zu.

„Weißt du was, Pépère?" Oliver kletterte auf den Schoß seines Großvaters. „Ich bin heute auf einem Pony geritten. Es wollte mich abwerfen, aber ich habe mich festgehalten!"

Oliver sah Hunter an. „Das hättest du sehen sollen! Maman hatte Angst, aber ich nicht! Kommst du nächstes Mal mit? Es macht richtig Spaß."

Selbst mein Sohn ist verändert, seit Hunter hier ist, dachte Aimée. Oliver hatte seine Scheu überwunden und kam aus sich heraus. Wie oft hatte sie versucht, ihn dazu zu bringen, es aber nicht geschafft.

Aimée ertrug das Gefühl, versagt zu haben, nicht länger. Sie drehte sich um, ging auf die Veranda und zog die Tür hinter sich zu.

Der Regen hatte ein wenig nachgelassen, aber der Wind wehte jetzt stärker, und sie hielt das Gesicht hinein. Er zerrte an ihren Haaren und ihrer Kleidung, aber sie starrte zum Himmel hinauf, über den immer wieder Blitze zuckten.

„Aimée."

Als sie Hunters Stimme hörte, schloss sie die Augen. Warum war er ihr ausgerechnet heute Abend gefolgt, nachdem er ihr so oft aus dem Weg gegangen war? Sie wollte allein sein.

„Aimée?"

Langsam drehte sie sich um. Ein Blitz ließ sein Gesicht aufleuchten, dann war alles wieder dunkel. Sie kehrte ihm wieder den Rücken zu. „Du kannst dir nicht vorstellen, wie ich mich eben gerade gefühlt habe", sagte sie leise. „Du hast etwas geschafft, was ich in all den Jahren nicht fertiggebracht habe. Du kannst dir nicht vorstellen, wie weh mir das tut."

Sie warf einen Blick über die Schulter. Er stand reglos da, die Arme an den Seiten, die Beine leicht gespreizt. Irgendwie erinnerte er sie in diesem Moment an die alte Eiche auf dem Hof. Stark und fest verwurzelt inmitten des tosenden Sturms.

„Ich komme mir verraten vor", gestand sie. „Fast vier Jahre habe ich versucht, mit ihm so zu arbeiten, wie du es gerade getan hast. Er hat sich strikt geweigert. Aber bei dir, einem Fremden, macht er mit."

Sie hatte Mühe weiterzusprechen. „Er lächelt. Er lacht wie seit Jahren nicht mehr."

„Ist das schlimm?" Hunter ging zu ihr. „Ich dachte, du würdest dich freuen zu sehen, was für Fortschritte dein Vater macht."

„Ich freue mich. Ich will, dass er Fortschritte macht", versicherte sie schuldbewusst.

„Aber nur, wenn du ihm hilfst. Stimmt's?"

„Du bist gemein."

Sie wollte an ihm vorbeigehen, aber er hielt sie fest und zwang sie, ihn anzusehen. „Hör auf, Aimée. Selbstmitleid steht dir nicht. Und vor allem hilft es deinem Vater nicht."

„Was weißt du von ..."

„Ich habe heute mit Dr. Landry gesprochen."

Überrascht starrte Aimée ihn an. „Du hast was?"

„Du hast mich verstanden." Er lächelte. „Netter Mann. Scheint ein guter Arzt zu sein."

„Ich kann es kaum glauben, dass du es gewagt ..."

„Glaub es."

Sie musste sich beherrschen, um ihn nicht zu ohrfeigen. Kämpferisch hob sie das Kinn. „Und was hat der Arzt meines Vaters dir erzählt?"

„Dass du Roubin verhätschelst. Dass er wieder gehen könnte, wenn er bereit wäre, etwas dafür zu tun."

Aimée ballte die Hände zu Fäusten. „Das weiß ich. Mein Vater weiß es. Aber er weigert sich, das zu tun, was er tun müsste."

„Warum sollte er auch? Du nimmst ihm doch alles ab."

Sie holte tief Luft. „Das muss ich mir nicht anhören. Und ich werde es auch nicht. Dieses Gespräch ist beendet, Hunter."

Erneut wollte sie an ihm vorbeigehen, und erneut hielt er sie fest. „Ich will dir nicht wehtun, Aimée. Im Gegenteil. Ich will dir helfen. Es gibt Dinge, die du dir anhören solltest."

„Dinge, von denen du in deiner unendlichen Weisheit annimmst, dass ich sie hören muss. Du bist wirklich unglaublich arrogant." Sie versuchte sich loszureißen. „Und jetzt lass mich los."

Aber Hunter festigte seinen Griff. „Hör auf, deinen Vater zu verhätscheln, Aimée. Hör auf, aus einem unbegründeten Schuldgefühl heraus zu handeln. Du wirst hart bleiben müssen. Du wirst ihn zwingen müssen, unabhängig zu werden. Er nutzt dein Schuldgefühl aus. Und du lässt dich ausnutzen, weil du Angst hast. Ich weiß nicht genau, wovor du Angst hast. Aber ich weiß, dass ihr beide euch gegenseitig keinen Gefallen tut."

„Wie kannst du es wagen? Wie ..."

„Und was ist mit Oliver?", unterbrach Hunter sie und zog sie an sich, bis sie den Kopf nach hinten legen musste, um ihn anzusehen. „Wie wirkt sich das alles auf ihn aus?"

„Lass meinen Sohn aus dem Spiel." Sie presste die Hände gegen seine Brust. „Oliver fühlt sich wohl."

„Sicher." Hunter lachte. „Sicher. Er hat eine Mutter, die sich als Märtyrerin fühlen will, und einen Großvater, der jede Lebensfreude verloren hat."

„Was weißt du schon von uns?", fuhr sie ihn an. „Davon, was ich für meinen Vater empfinde? Davon, was mein Sohn braucht."

„Eine ganze Menge." Hunter senkte die Stimme. „So etwas wie das hier habe ich schon hundertmal gesehen. Ich habe jeden Tag mit Patienten wie Roubin und Töchtern wie dir zu tun."

Der Zorn raubte ihr fast den Atem. „Du eingebildeter Bastard! Du wirfst mir vor, ich würde aus einem Schuldgefühl heraus handeln! Was ist denn mit dir? Ohne dein Schuldgefühl wärst du doch gar nicht hier!"

Hunter zuckte zusammen, aber sein Tonfall blieb so ruhig wie zuvor. „Dein Vater bemitleidet sich. Und du bemitleidest ihn auch. Aber vielleicht bemitleidest du dich selbst sogar noch mehr. Irgendwie scheinst du zu glauben, du hättest ihn vor der Krankheit bewahren können, wenn du eine bessere Tochter ..."

„Hör auf! Wie kannst du nur so kalt sein? Ich verstehe nicht, wie ich jemals etwas für dich empfinden konnte!"

„Mach dir nichts vor, Aimée", erwiderte er gelassen. „Du machst es deinem Vater zu leicht, im Rollstuhl zu sitzen. Nimm einen Rat an, von einem Profi und neutralen Beobachter – leg deine Schuldgefühle ab."

Von einem neutralen Beobachter. Die Worte schmerzten mehr als alles, was er sonst noch gesagt hatte. Denn sie waren wahr. Selbst als ihr Liebhaber war er ein neutraler Beobachter gewesen.

„Was weißt du schon davon, wie es ist, für jemanden da zu sein?", fragte sie mit tränenerstickter Stimme. „Wann hat es dich das letzte Mal wirklich interessiert, was aus einem Menschen wird? Als du deine Frau zum letzten Mal geküsst hast?"

Hunter ließ sie los, ging an den Rand der Veranda und starrte in die Dunkelheit. „Wir reden hier nicht über mich, Aimée", sagte er mit leiser und fast ausdrucksloser Stimme.

Sie ging zu ihm, packte seinen Arm und drehte ihn zu sich herum. „Über dich reden wir nie, was? Du lässt nie jemanden an dich heran. Du hast keine Gefühle, wie?"

An seiner Wange zuckte ein Muskel, und Aimée konnte sehen, dass er sich nur mühsam beherrschte. „Wenigstens verstecke ich mich nicht", flüsterte er. Der Wind heulte so sehr, dass sie ihn kaum verstand. „Du bist hier nicht glücklich, trotzdem bleibst du. Wovor versteckst du dich, Aimée? Vor der Ablehnung? Oder hast du Angst vor dem Erfolg?"

„Ich verstecke mich nicht." Sie lachte. „Du versteckst dich, seit Ginny und Pete gestorben sind. Wir haben zwar miteinander geschlafen, aber du hast nie über den Brand und deine Gefühle danach gesprochen. Ich habe oft gesehen, wie sehr du gelitten hast, aber du hast deinen Schmerz nie mit mir geteilt."

Tränen stiegen ihr in die Augen. „Alles, was ich über Ginny und Pete weiß, habe ich von anderen erfahren. Aber ich kannte dich gut genug, um zu wissen, dass du lieber mit ihnen zusammen gestorben wärst, als allein weiterzuleben. Und in gewisser Weise bist du ja auch mit Ginny und Pete gestorben. Ist es nicht so, Hunter?"

Sie sah den Schmerz in seinen Augen, die Reue, die Sehnsucht. Sie wünschte, sie könnte ihm stattdessen ansehen, dass sie unrecht hatte. Sie wünschte, er würde protestieren. Sie seufzte verzweifelt. Warum hörte sie nicht endlich auf, sich Dinge zu wünschen, die unmöglich waren?

Donner krachte durch die Nacht, es regnete immer heftiger, und der Wind trieb die vom Himmel prasselnden Tropfen auf die Veranda. Trotzdem blieben sie am Geländer stehen, dicht beieinander, gegen den Sturm kämpfend, der ihnen das Gleichgewicht zu rauben drohte.

Aimée hörte Oliver jubeln, dann drang das tiefe Lachen ihres Vaters nach draußen.

Hunter nahm ihr Gesicht zwischen die Hände. Der Regen rann über ihre Wangen und zwischen seinen Fingern hindurch. Aimée drehte den Kopf, bis sie seine Hand küssen konnte, und er zog sie an sich.

Er küsste sie ohne Hast, aber mit einer Verzweiflung, die sie erschreckte. Sie erwiderte den Kuss und schmiegte sich an ihn. Es kam ihr vor, als könnte sie durch die durchnässte Kleidung hindurch sein Herzklopfen spüren.

Sie stellte sich auf die Zehenspitzen, und er legte eine Hand in ihren Nacken.

Plötzlich gingen sämtliche Lichter aus. Oliver schrie ängstlich auf und rief nach Aimée.

Einige Sekunden standen sie wie erstarrt da. Dann löste Hunter sich von ihr, und sie spürte, wie er sich auch innerlich von ihr zurückzog.

Sie war zugleich enttäuscht und erleichtert.

„Hunter …" Sie streckte eine Hand nach ihm aus.

Er machte noch einen Schritt von ihr weg. „Dein Sohn braucht dich", sagte er.

Er ging über die Veranda, die Treppe hinunter und in den Regen hinaus. Aimée sah ihm nach, bis er in der Dunkelheit verschwand.

7. KAPITEL

*A*imée stand in der Tür und sah zu, wie Oliver und Hunter unter der Eiche spielten. Neben ihnen saß Tante Marie und löste die Austern fürs Abendessen aus den Schalen. Wie glücklich sie alle aussehen, dachte Aimée. Wie eine harmonische Familie.

Sie schloss die Augen und seufzte. Seit Hunter sie an jenem verregneten Abend auf der Veranda geküsst hatte, hatte sie Mühe, sich zu konzentrieren, zu essen und zu schlafen. Immer wieder musste sie daran denken, was sie zueinander gesagt hatten.

Als gäbe es eine stillschweigende Übereinkunft, gingen sie und Hunter sich seitdem aus dem Weg. Hunter machte mit ihrem Vater die Übungen und spielte mit Oliver, aber von ihr hielt er sich fern.

Im Grunde war sie froh darüber, denn eins hatte sie jetzt begriffen – Hunter war einsam und brauchte sie. Und das erschreckte sie zutiefst. Sie hatte schon einmal für ihn die Trösterin gespielt und ihm geholfen, seinen Schmerz zu vergessen. Aber jetzt fühlte auch sie sich einsam. Jetzt war sie es, die Trost brauchte.

Und beides zusammen ergab eine gefährliche Kombination, vor der sie Angst hatte.

Aimée drehte sich um und ging in den Laden. Einmal im Monat fuhr sie mit ihrer Fotomappe die Souvenir-Shops und Galerien der Gegend ab. Ihre Fotos zeigten das Leben der Cajuns, die Bayous und Sümpfe und gaben gute Ansichtskarten ab. Es waren die einzigen Fotos, die Aimée noch machte, und sie machte sie nur, um etwas Geld dazuzuverdienen.

Sie holte die Mappe, ihre Handtasche und die Wagenschlüssel unter dem Tresen hervor und winkte ihrem Vater zu, der gerade telefonierte.

Auf der Veranda blieb sie stehen, um ihre Sonnenbrille aufzusetzen. Es war brütend heiß, und im Wagen würde es spätestens mittags wie in einem Backofen sein.

Sie ging die Treppe hinunter.

„Aimée! Warte, chère!", rief ihr Vater ihr nach.

Sie machte kehrt, legte die Fotomappe und ihre Handtasche auf einen Schaukelstuhl und ging in den Laden. „Brauchst du etwas, Papa?"

„Gut, dass ich dich noch erwischt habe." Roubin winkte sie zu sich. „Könntest du mich zum Haus schieben? Ich habe vergessen, meine Medizin zu nehmen."

Sie hatte die Hände schon fast an den Griffen seines Rollstuhls, als ihr einfiel, was Hunter gesagt hatte. „Du hilfst ihm nicht, wenn du ihn verhätschelst, Aimée. Wenn er wieder auf die Beine kommen soll, wird er anfangen müssen, einige Dinge selbst zu tun."

„Chère?"

„Leg endlich deine Schuldgefühle ab, Aimée. Sie nützen keinem von euch beiden."

Aimée zögerte noch einen Moment. Hunter hatte leicht reden. Es war nicht sein Vater, der im Rollstuhl saß. Aber sie wollte doch, dass es ihrem Vater besser ginge, oder?

Ja, das wollte sie. Mehr als alles andere. Aimée atmete tief durch und traf eine Entscheidung.

Sie sah ihren Vater an. „Warum fährst du nicht selbst hinüber? Ich habe viele Besuche zu machen und muss los."

Roubin starrte sie überrascht an. Dann runzelte er die Stirn. „Aber ich brauche meine Medizin. Es dauert doch höchstens eine Minute."

Aimée zwang sich, hart zu bleiben. „Du bist durchaus in der Lage, selbst hinüberzufahren, Papa. Du hast es oft genug getan." Sie sah auf die Uhr. „Ich bin spätestens zum Abendessen wieder da."

„Warum hilfst du mir nicht?", fragte Roubin. „Du weißt, wie schwer es für mich ist. Es geht viel leichter und schneller, wenn du mich schiebst."

Er hatte recht. Es wäre wirklich leichter und schneller. Er dagegen musste sich über den Hof kämpfen. Aber war nicht genau das der Punkt? Dass er zu kämpfen lernte?

Aimée räusperte sich. „Ich tue viel zu viel für dich. Das wissen wir beide."

„Du bist eine gute Tochter, das ist alles." Er hob die Hand, um damit klarzumachen, dass das Thema für ihn abgeschlossen war. „Und jetzt schieb mich zum Haus."

„Nein, Papa, das werde ich nicht." Aimée ging vor ihm in die Hocke und lächelte. „Du wirst nie wieder auf die Beine kommen, wenn ich dir alles abnehme. Aber ich will, dass es dir bald besser geht."

Roubin wurde zornig. „Ich werde nie wieder auf die Beine kommen. Das weißt du so gut wie ich."

„Dr. Landry ist da anderer Meinung. Und Hunter auch." Sie legte ihre Hände auf seine. „Ich werde dich nicht mehr verhätscheln. Du wirst anfangen, einige Dinge selbst zu tun."

„Wenn ich nicht an diesen Rollstuhl gefesselt wäre, würdest du nicht so mit mir reden. Du würdest mich respektvoll behandeln!"

„Ich war doch schon immer respektlos, erinnerst du dich?" Sie lächelte und hoffte, ihn zum Lachen bringen zu können. „Du hast dich immer gefragt, warum der liebe Gott dich mit einer so undankbaren und frechen Tochter gestraft hat."

Roubin antwortete nicht, sondern zog die Hände unter ihren hervor und lenkte den Rollstuhl am Tresen vorbei nach hinten. Aimée sah ihm mit Tränen in den Augen nach.

Obwohl sie es nur seinetwegen tat, brach es ihr fast das Herz, ihm ihre Hilfe zu verweigern.

Sie eilte aus dem Laden. Hunter stand auf der Veranda und blätterte ihre Fotomappe durch. Wütend ließ sie die Tür hinter sich ins Schloss fallen. Wie konnte er es wagen, sich ohne ihre Erlaubnis die Fotos anzusehen?

Hunter drehte sich um. Der Blick, mit dem er sie ansah war nicht entschuldigend oder verlegen, sondern enttäuscht.

„Ich habe dir nicht erlaubt, meine Fotos anzusehen", sagte sie scharf.

„Kein Wunder." Er nahm ein Foto heraus und hielt es hoch. Es zeigte ein Cajun-Paar beim Tanz. „Was ist das, Aimée?"

Sie hob das Kinn. „Sie verkaufen sich gut. Ich kann das Geld gebrauchen."

„Du bist zu gut, um Schnappschüsse für Touristen zu machen, auch wenn sie technisch hervorragend sind."

„Ich habe dich nicht um dein Urteil gebeten", erwiderte sie eisig.

„Aber es überrascht mich nicht. Unerwünschte Ratschläge zu erteilen ist ja deine Spezialität." Sie ging zu ihm und streckte die Hand aus. „Her damit, Hunter."

Er ignorierte ihre Aufforderung. „Was ist aus der Künstlerin geworden, die die Gefühle der Menschen mit der Kamera festhalten konnte? Was ist aus der Frau geworden, die an sich und ihr Talent geglaubt hat?"

„Sie musste ihren Lebensunterhalt verdienen. Sie musste ihren Sohn ernähren. Gib mir das Foto, Hunter. Ich bin spät dran."

„Ist es nicht eher so, dass sie sich von ein paar Kritikern hat entmutigen lassen? Von einem Haufen unfähiger Typen, die nicht einmal einen Bruchteil ihres Talents besitzen?"

Sie begann zu zittern und versuchte, sich einzureden, dass es der Zorn war. Aber sie wusste, dass es die Kränkung war. Und die Enttäuschung über sich selbst.

„Du hast keine Ahnung, wie ich mich damals gefühlt habe", sagte sie leise. „Oder warum ich aus Kalifornien weggegangen bin. Du warst viel zu sehr mit deinem eigenen Elend beschäftigt, um meins zu verstehen. Das bist du noch immer."

Aimée griff genau in dem Moment nach dem Foto, als Hunter die Hand zurückzog. Das Foto wurde in der Mitte durchgerissen, das tanzende Paar darauf für immer getrennt. Aimée und Hunter starrten auf die beiden Hälften.

Dann sah er sie an. „Aimée ... es tut mir leid. Das wollte ich nicht."

Er machte einen Schritt auf sie zu, und sie wich zurück. Sie hob das Kinn. „Macht nichts", sagte sie so unbeschwert wie möglich. „Ich habe noch sechs ähnliche Fotos." Sie hatte die Hand zur Faust geballt, und als sie sie jetzt entspannte, segelte ihre Hälfte des zerrissenen Fotos zu Boden. Ohne darauf zu achten, nahm sie ihre Sachen und eilte zum Wagen. Hunter sah ihr nach und wandte sich erst ab, als der Wagen außer Sicht war.

„Zieh sie noch mal auf", bat Oliver, als die Südstaatenschönheit auf der Spieluhr sich langsamer zu drehen begann. Er sah zu Hunter hinauf, der neben ihm auf der Verandatreppe saß. „Es ist hübsch."

Lächelnd erfüllte Hunter dem Jungen seinen Wunsch, obwohl er die Uhr schon sechsmal aufgezogen hatte. Als die Figur sich wieder in Bewegung setzte, jubelte Oliver.

Es war jetzt eine Woche her, dass Hunter Aimées Foto versehentlich zerrissen hatte. In der Zeit war er dem Jungen viel näher gekommen. Er mochte Oliver. Der Junge war so lebhaft und offen, wie Pete es gewesen war, aber viel neugieriger und hilfsbereiter. Aimée hatte recht, die beiden waren verschieden, und es wäre falsch, sie miteinander zu vergleichen.

Aimée rief etwas vom Hof her, und Hunter und Oliver sahen hoch. Sie schob Roubin über den gepflasterten Weg. Ihr Vater hatte einen großen Korb auf dem Schoß. Oliver freute sich schon seit Tagen auf das Picknick und sprang jetzt vor Begeisterung auf und ab.

„Ich bringe die Uhr besser hinein", sagte Hunter und nahm sie Oliver ab. „Bin gleich zurück."

Er trug die Spieluhr in sein Zimmer, und als er auf die Veranda zurückkehrte, stand Aimée mit Roubin am Fuß der Treppe.

„Können wir aufbrechen?", fragte sie lächelnd.

„Yippee!" Oliver sprang auf. „Wir gehen angeln", verkündete er stolz und sah Hunter an. „Pépère hat es versprochen."

Roubin schmunzelte. „Vielleicht fängst du ja einen Fisch fürs Abendessen."

„Einen so großen", sagte Oliver und breitete die Arme aus.

215

„Wenn du einen so großen Fisch fängst, kommst du bestimmt in die Zeitung."

Oliver strahlte. Offenbar gefiel ihm die Idee.

Hunter beugte sich vor, um in den Korb auf Roubins Schoß sehen zu können. „Was ihr da im Korb habt, reicht ja für ein Football-Team", sagte er und hoffte darauf, dass Aimée ihn zum Picknick einlud.

„Es reicht für uns", erwiderte sie kühl.

Hunter schob die Hände in die Taschen. „Ich glaube, mein letztes Picknick war das, das … wir beide in Kalifornien gemacht haben."

Er freute sich darüber, wie sie errötete. Sie hatten mehr als einmal zusammen gepicknickt und miteinander geschlafen, die warme Brise auf der nackten Haut. Er sah ihr an, dass auch sie daran dachte.

„Mmm." Er lächelte. „Nichts ist schöner, als an einem warmen Frühlingstag im Schatten eines Baumes kaltes Hähnchenfleisch zu essen."

Aimée errötete noch mehr. „Pech. Wir haben nur Sandwiches."

„Wie gesagt", erwiderte Hunter, „nichts ist schöner, als im Schatten eines Baumes Sandwiches zu …"

„Komm schon, chère", mischte Roubin sich augenzwinkernd ein. „Wir können unseren Gast doch nicht ohne Essen hier zurücklassen. Wie würde das aussehen?"

„Kann er nicht mitkommen?", bat Oliver und klatschte in die Hände. „Bitte!"

Kopfschüttelnd gab Aimée nach. „Na gut, du kannst mitkommen. Aber ich warne euch …" Sie drohte ihnen mit dem Finger. „Wenn einer von euch mehr als zwei Sandwiches isst, muss jemand hungern. Und das werde nicht ich sein, das verspreche ich euch."

Die lockere und entspannte Stimmung hielt an. Selbst das Wetter spielte mit und sorgte für einen wolkenlosen, blauen Himmel und angenehme Wärme.

Nachdem alle Sandwiches gegessen waren, nahm Roubin Oliver mit ans Ufer des Bayou, um zu angeln. Hunter legte sich neben Aimée auf die Wolldecke, und sie wusste nicht, ob sie sich darüber freuen oder ärgern sollte.

Sie sah zu ihrem Vater hinüber. Er schien mit sich und der Welt zufrieden zu sein. Wie sie selbst auch. Mit einem glücklichen Seufzer schloss sie die Augen.

„Was denkst du?"

Aimée drehte den Kopf zur Seite und sah Hunter an. Seine Augen waren so blau wie der Frühlingshimmel.

„Du hattest recht, was Papa betrifft", sagte sie. „Es geht ihm gut. So gut wie noch nie, seit er erkrankt ist."

Hunter sah zu Roubin hinüber. „Ich war zu streng mit dir. Das wollte ich nicht. Es tut mir leid."

„Du brauchst dich nicht zu entschuldigen. Du hattest recht. Ich brauchte einen Tritt." Sie lächelte.

„Es tut mir trotzdem leid. Irgendwie musste ich dauernd ..." Kopfschüttelnd sah er zum Himmel hinauf. „Ach, vergiss es."

„Nein, Hunter. Was ist?"

Er pflückte einen Grashalm und drehte ihn zwischen den Fingern, bevor er Aimée ins Gesicht sah. „An dem Abend ... da habe ich dich angesehen und konnte an nichts anderes mehr denken als daran, dich in meinen Armen zu haben. In meinem Bett." Er warf den Halm auf die Decke. „Ich war so streng zu dir, weil ich dich sonst ... wieder in den Arm genommen hätte."

Aimée wusste nicht, was sie darauf erwidern sollte. Sollte sie ihm gestehen, dass sie sich danach sehnte, in seinen Armen zu liegen? In seinem Bett? Sollte sie ihm dafür danken, dass er sich beherrscht und sie damit vor einem folgenschweren Fehler bewahrt hatte?

Sie setzte sich auf. „Glückwunsch, Doktor. Sie können stolz auf sich sein."

Er griff nach ihrer Hand und drückte sie. „Ich habe deinem Vater nicht geholfen, weil ich Arzt bin."

Ihre Lippen waren plötzlich trocken, und sie befeuchtete sie mit der Zungenspitze. „Nein?"

„Nein." Er streichelte ihre Finger. „Ich habe ihm geholfen, weil du mir wichtig bist. Weil dein Vater mir wichtig ist. Weil ich möchte, dass du glücklich bist."

„Oh", flüsterte sie, denn etwas Besseres fiel ihr nicht ein.

„Du bist wunderschön."

Überrascht sah sie ihn an. „Wie kommst du denn darauf?"

„Ich spreche nur aus, was ich sehe."

„Oh", sagte sie erneut.

Als er mit dem Daumen über ihr Handgelenk strich, fragte sie sich, ob er ihr Herzklopfen spürte.

„Aimée?"

„Ich muss nach Oliver sehen", sagte sie rasch und wollte aufstehen.

Er ließ sie nicht los, und sie fiel auf die Decke zurück. „Oliver geht es gut. Er und sein Großvater haben viel Spaß zusammen."

Im Baum über ihnen begann ein Vogel zu zwitschern. Die Blätter rauschten im Wind. Die Luft war warm, und der Bayou plätscherte leise. Selbst die Natur hat sich gegen mich verschworen, dachte Aimée. Was konnte sie gegen die Natur schon ausrichten? Nichts. So einfach war das. Aimée streckte sich auf der Decke aus, entspannte sich und kostete den Zauber des Moments aus.

„Hast du Kalifornien vermisst?", fragte er.

Aimée nickte. „Ja. Ich vermisse das Leben dort. All die Dinge, die man dort unternehmen konnte. Die Galerien, die Museen, die Shows. Ich vermisse es, mit Menschen zu reden, die so denken wie ich."

Aber am meisten vermisse ich es, mit dir zusammen zu sein, dachte sie.

„Und das Fotografieren? Vermisst du das auch?"

„Natürlich."

„Warum hast du dann damit aufgehört? Warum bist du weggegangen?"

„Wie kannst du mich das fragen?", flüsterte sie. „Ich hatte keine Freunde, einen schlecht bezahlten Teilzeitjob, und ich war schwanger."

„Ich hätte dir geholfen."

„Das wollte ich nicht. Ich ... will es noch immer nicht."

Hunter hob ihre Hand an den Mund und küsste sie. Dann nahm er den Grashalm von der Decke, legte ihn ihr auf die Handfläche und schloss ihre Finger darum. „Ich weiß", sagte er leise. „Es tut mir leid. Ich wünschte, wir könnten noch mal von vorn anfangen."

„Das können wir nicht."

„Nein."

Aimée atmete tief durch. Das Gespräch hatte sie ernüchtert, aber nicht traurig gestimmt. Sie sah erst zum blauen Himmel hinauf, dann in Hunters Gesicht. „Ich bin gar nicht so unglücklich, weißt du." Sie lächelte. „Ich liebe den Bayou, seine Gerüche und Geräusche. Seine Rätsel. Ich bin hier aufgewachsen. Der Bayou ist meine Heimat. Ich liebe meine Familie. Oliver ist glücklich hier. Er gehört hierher."

Wie aufs Stichwort rief Oliver nach ihr. Sie sah hinüber. Stolz zeigte er auf den silbrig glänzenden Fisch, der an seiner Angel hing. Sie gratulierte ihm begeistert und sah zu, wie Roubin ihm half, den Fisch vom Haken zu nehmen, ohne ihn zu verletzen. Dann warfen sie ihn zusammen ins Wasser zurück.

Als sie sich zu Hunter umdrehte, war seine Miene ernst. „Was ist?", fragte sie besorgt.

„Nach Ginnys und Petes Tod warst du der einzige Mensch, der mir Wärme gegeben hat", sagte er leise. „Du dachtest, du wärest mir nicht wichtig. Aber du warst mir wichtig. Ich weiß nicht, ob ich es ohne dich geschafft hätte."

Sie wusste nicht, was sie sagen sollte. Er schien es zu spüren und griff nach ihrer Hand.

„Ich war nicht in der Stadt, als ... es passiert ist", fuhr er fort. „Ich war auf einem Ärztekongress. Pete hatte mitkommen wollen, aber ich musste einen wichtigen Vortrag halten und war nervös. Ich wollte nicht, dass er ... mich stört."

Er verstummte, und Aimée sah ihm an, wie weh es ihm tat, darüber zu reden. Sie drückte seine Hand.

„Ich hatte versprochen, ihm etwas ganz Besonderes mitzubringen, aber ... ich kam nicht mehr dazu. Zwei Tage später ... mitten in der Nacht ..."

Er beendete den Satz nicht. Aimée wusste auch so, was geschehen war. In dem teuren Haus in Laguna Beach war ein Feuer ausgebrochen. Ginny und Pete waren nicht mehr rechtzeitig herausgekommen.

„Ich fühlte mich so schuldig und bin seitdem tausend Tode gestorben", flüsterte er. „Hätte ich die beiden doch nur mitgenommen. Hätte ich doch nur auf Pete gehört. Vielleicht ahnte er, dass etwas Schreckliches passieren würde. Wie die Menschen, die plötzlich Angst bekommen, in ein Flugzeug zu steigen. In ein Flugzeug, das kurz darauf abstürzt. Aber er war ein Kind ... er hatte nur mich ... und ich habe ihn im Stich gelassen. Ich habe sie beide im Stich gelassen."

„Oh Hunter ..." Aimée presste seine Hand an ihre Wange. „Er hat seinen Daddy geliebt und wollte bei ihm sein. Hör auf, etwas hineinzudeuten. Hör auf, dich damit zu quälen. Sonst wird es dich umbringen."

„Wäre das so schlimm?"

Sie konnte die Tränen nicht mehr zurückhalten, und sie liefen ihr übers Gesicht. „Ja", flüsterte sie. „Es wäre entsetzlich."

Hunter holte tief Luft. „Ich wusste es nicht", flüsterte er. „Ich wusste es erst, als es zu spät war."

„Was wusstest du nicht?", fragte sie behutsam.

„Dass sie das einzig Wichtige auf der Welt waren."

Sie nahm sein Gesicht zwischen die Hände und sah ihm tief und lange in die Augen. Langsam zog sie seinen Kopf zu sich herab. Ihre Lippen berührten sich. Zärtlich rieb sie ihren Mund an seinem und sagte ihm ohne Worte, was sie für ihn empfand.

Er legte die Arme um sie und hielt sie fest. Dann ließ er sie los.

Es war nicht ihre fehlgeschlagene Beziehung, die zwischen ihnen stand. Es war der Tod seiner Frau und seines Sohnes.

Wortlos stand Hunter auf und ging davon. Nicht zu Oliver und Roubin ans Ufer des Bayou, sondern in die entgegengesetzte Richtung. Aimée wusste, dass er allein sein wollte.

Sie sah ihm nach und wusste plötzlich, dass sie ihn noch immer liebte.

Sie wäre für ihn durchs Feuer gegangen. Sie hätte alles für ihn geopfert.

Aber sie war nicht allein.

Sie sah zu ihrem Sohn hinüber, der aufmerksam beobachtete, wie sein Großvater einen Köder am Haken befestigte. Sie musste an Oliver denken. Er verdiente eine richtige Familie. Mit einem Vater und einer Mutter, die sich bedingungslos liebten, ohne trennende Vergangenheit. Und er verdiente einen Vater, der ihn mehr liebte als alles andere auf der Welt.

Der ihn so liebte, wie Hunter Pete geliebt hatte.

Sie öffnete die Hand und starrte auf den Grashalm, den er ihr gegeben hatte. Noch nie war Hunter so offen zu ihr gewesen. Er hatte ihr gesagt, wie wichtig sie damals für ihn gewesen war.

Aber er hatte kein Wort von Liebe gesagt. Er hatte nicht von einer gemeinsamen Zukunft gesprochen. Mehr als das, was er ihr heute gegeben hatte, würde sie von Hunter nie bekommen.

Sie ließ den Grashalm auf die Decke fallen. Ich muss weiterleben, dachte sie, auch ohne Hunter. Nach der Messe am letzten Sonntag hatte Roberto sie gefragt, ob sie in dieser Woche mit ihm zum *fais-dodo*, dem Tanz der Cajuns, gehen würde. Sie hatte Nein gesagt.

Warum? Worauf wartete sie? Darauf, dass Hunter sie fragte?

Sie musste weiterleben. Sie musste aufhören, Hunter zu lieben. Oliver verdiente eine richtige Familie, einen richtigen Vater. Wenn sie nicht bald etwas unternahm, würde er den nie bekommen.

Sie durfte sich nicht länger an die Liebe zu einem Mann klammern, der ihre Liebe niemals erwidern würde.

Sie würde Roberto anrufen und seine Einladung annehmen. Und wieder anfangen zu leben. Bevor es zu spät war. Für sie. Für Oliver.

Mit Tränen in den Augen tastete Aimée nach dem Grashalm, aber der Wind hatte ihn bereits davongetragen.

8. KAPITEL

„Du gehst zum Cajun-Fest?", fragte Aimée ihren Vater erstaunt. Seit seiner Erkrankung hatte er das nicht mehr getan. „Heute Abend?"

„*Oui*", erwiderte Roubin und reichte ihr seinen leeren *Gumbo*-Teller. „Wir gehen alle hin."

Aimée sah zu Hunter hinüber. Er saß zurückgelehnt auf seinem Stuhl und lächelte zufrieden. „Du wusstest es schon?", fragte sie.

Hunter zuckte mit den Schultern. „Roubin hat es erwähnt. Heute früh."

Aimée sah zu ihrem Vater zurück. „Es wäre nett gewesen, wenn du es mir gesagt hättest."

„Pardon, chère. Du warst so beschäftigt."

Sie räumte die anderen Gumbo-Teller ab und stellte verärgert fest, dass ihre Hände zitterten.

Aimée hob das Kinn. Warum sollte sie Angst haben, ihnen zu erzählen, dass sie mit Roberto zum Tanz wollte?

Sie trug die Teller zur Spüle. „Du hättest mich ruhig stören sollen, Papa."

„Keine Sorge. Clementine wird auf meinen *petit-fils* aufpassen. Mit ihrem gebrochenen Zeh kann sie sowieso nicht tanzen." Aimée wollte protestieren, aber er hob eine Hand. „Es ist alles arrangiert. Und Oliver freut sich schon darauf, bei seinen Cousins zu übernachten."

Aimée sah zu Olivers Zimmer hinüber. Sie hörte ihn fröhlich spielen und schüttelte ungläubig den Kopf. Oliver hatte ihr nichts davon erzählt. Seit wann hatte ihr Sohn Geheimnisse vor ihr?

Sie stemmte die Hände in die Hüften und drehte sich zu ihrem Vater um. „Okay, Papa, heraus damit."

„Was meinst du, chère?"

Seine Unschuldsmiene war so unecht wie ein von einem Yankee gemachtes *étouffée*. „Was wird hier gespielt?"

„Du bist zu misstrauisch." Er nahm einen Schluck Kaffee. „Wir gehen tanzen, das ist alles. Du bist jung. Du solltest dich amüsieren. Ich dachte, du würdest dich freuen."

Sie wollte sich entschuldigen, aber er verriet sich, indem er Hunter aus den Augenwinkeln heraus ansah. Die Wahrheit traf sie wie ein Sack Austern. Ihr Vater versuchte, sie und Hunter wieder zusammenzubringen.

Sie seufzte verärgert. Warum erstaunte sie das? Ihr Vater hatte von Anfang an klargemacht, was er von Hunter erwartete. Und von ihr. Und inzwischen schien er Hunter sogar zu mögen.

Ihr Vater hatte mal wieder entschieden, was das Beste für seine Tochter war. Aber er würde sich wundern. Diesmal war sie ihm zuvorgekommen.

Sie ging zum Tisch, um die Brotteller und Bestecke einzusammeln. „Du hättest mich fragen sollen, Papa. Ich habe bereits eine Verabredung."

„Eine Verabredung?", wiederholten Roubin und Hunter im Chor.

„Eine Verabredung", bestätigte Aimée, ohne Hunter anzusehen. „Mit Roberto."

„Mit Roberto? *Non*, Aimée." Roubin schüttelte den Kopf. „Sein Blut ist nicht gut."

„Papa ..."

„Bon Dieu! Sein Cousin Placide ist ein Trunkenbold. Seine Schwester treibt sich herum. Und seine *maman* ..." Roubin breitete kopfschüttelnd die Arme aus. „Sie ist *très grasse* ... sooo dick."

Aimée sah Hunter an. Seine Miene war vollkommen ausdruckslos. Verärgert wandte sie sich wieder ihrem Vater zu. „Roberto ist ein netter Mann, Papa. Ein guter Mann. Es ist höchste Zeit, dass ich wieder ausgehe, und Roberto hat mich eingeladen."

„Non. Das gefällt mir nicht."

„Das tut mir leid, aber ich bin erwachsen und treffe meine eigenen Entscheidungen. Ich gehe hin." Sie nahm ihm die halb volle Tasse aus der Hand. „Die Diskussion ist beendet, Papa. Und jetzt entschuldigt mich, ich muss das Haus aufräumen und mich für meine Verabredung hübsch machen."

Ohne ihre Antwort abzuwarten, ging sie an die Spüle und ließ Wasser einlaufen. Hinter ihr murmelte Roubin etwas von undankbaren Töchtern und schlechtem Blut, bevor er aus der Küche fuhr. Aimée wartete darauf, dass Hunter ihm folgte.

Aber er blieb sitzen. Er sagte nichts, er bewegte sich nicht.

Die Stille wurde unerträglich.

Aimée spürte seinen Blick im Rücken, als sie die Teller ins Wasser legte. Sie begann abzuwaschen. Nach zwei Tellern hielt sie es nicht mehr aus und drehte sich zu ihm um.

„Was ist?", fragte sie.

Er zog die Augenbrauen hoch. „Ich habe nichts gesagt."

„Das brauchst du auch nicht." Sie nahm das Geschirrtuch und trocknete sich mit hastigen, fahrigen Bewegungen die Hände ab. „Lass uns mit diesen Spielchen aufhören, Hunter. Du hast doch was. Heraus damit."

„Na gut." Er stand auf und ging zu ihr. „Was soll das mit dir und diesem Roberto?"

„Was ist daran so schwer zu verstehen?" Sie verschränkte die Arme. „Eine ungebundene Frau geht mit einem ungebundenen Mann zum Tanzen. So etwas kommt vor. Schon mal davon gehört?"

„Wer spielt jetzt Spielchen?"

Aimée atmete tief durch und sah ihm ruhig in die Augen. „Es wird Zeit, dass du nach Hause fährst, Hunter. Ich möchte, dass du gehst. Die Leute hier fangen an, auf etwas zu hoffen, das nie geschehen wird."

„Welche Leute, Aimée?"

Ich, dachte sie. Sie liebte ihn, und ihr Herz war bereits gebrochen. „Oliver", sagte sie leise. „Und Papa." Sie drehte sich zum Spülbecken um und tauchte die Hände ins Wasser. „Es wird ihnen wehtun, wenn du gehst, aber je länger du bleibst, desto schmerzhafter wird es für sie."

„Und wann gehst du von hier weg, Aimée?"

Ihre Hände zitterten im Schaum des Spülwassers. Es tat weh, ihn von ihrer Zukunft reden zu hören. Von einer Zukunft, die ihn nicht mit einschloss. Sie dachte an Roberto und das, was er für sie werden konnte. „Ich gehe nicht weg. Dies ist mein Zuhause."

„Du gehörst nicht hierher. Wann wirst du dir das endlich eingestehen?"

„Nein, Hunter. Du bist der, der nicht hierhergehört. Geh zurück nach Kalifornien. Lass uns in Ruhe."

Er griff nach ihrem Arm und zwang sie, sich zu ihm umzudrehen. „Komm schon, Aimée. Du gehörst ebenso wenig hierher wie ich. Wann hörst du endlich auf, dich zu verstecken, und fängst wieder an zu leben?"

Seine Worte versetzten ihr einen Stich, denn er hatte recht. Aber sie wollte es sich nicht eingestehen und klammerte sich an ihren Zorn. „Ich bleibe hier, Hunter." Sie legte eine Hand an seine Brust und krallte die nassen, mit Schaum überzogenen Finger in den Pullover. „Ich werde einen guten Cajun heiraten, Oliver großziehen und Babys bekommen. Hier in La Fin. Ich werde glücklich sein."

Sie bohrte die Fingernägel durch den Pullover, um ihm so wehzutun, wie er ihr wehtat. „Und du, Hunter, was wirst du sein? Allein?"

An seiner Wange zuckte ein Muskel. „Wenn du das wirklich willst, Aimée, warum hast du dann so lange gewartet? Wo ist dein ‚guter Cajun'?"

Aimée sah ihm ins Gesicht. Das Wasser tropfte von ihren Händen und bildete auf dem Boden eine kleine Pfütze. Sie wussten beide, warum es keinen Mann in ihrem Leben gab. Aber sie würde eher sterben, als es zuzugeben.

Sie ließ die Hand sinken und befreite sich aus seinem Griff. „Vielleicht ist es der, der mich heute Abend um acht abholt", sagte sie leise. „Und jetzt entschuldige mich, ich möchte mich für ihn hübsch machen."

Sie drehte sich um, ging davon und ließ Hunter zusammen mit dem schmutzigen Geschirr in der Küche zurück.

Hunter stand auf Aimées Veranda. Die Eifersucht war kaum noch zu ertragen. Hinter ihm lag der Bayou ruhig da. Vor ihm erstreckte sich die Straße leer und schwarz.

Wo zum Teufel blieb Aimée?

Roubin war schon vor Stunden nach Hause gekommen.

Hunter schlug mit der Faust gegen die Säule. Es war nach Mitternacht.

Er malte sich aus, was Aimée gerade tat, und er biss die Zähne zusammen. Warum hatte er sie gehen lassen? Er hätte diesen Burschen verprügeln und sie ins Haus zurückschleifen sollen.

Großartig, dachte Hunter und griff nach der Bierdose. Das hätte sie bestimmt beeindruckt.

Er nahm einen kräftigen Schluck. Roberto hatte Aimée pünktlich um acht Uhr abgeholt. Er war ein südländischer Typ, wie alle Cajuns, die französisches und spanisches Blut in den Adern hatten, und sah gut aus. Zu gut. Er wirkte vital und fit, wie ein Mann, der seinen Lebensunterhalt mit den Händen verdiente.

Hunter hatte einen anderen Mann erwartet. Einen, der nicht so attraktiv aussah und nicht so gut mit Frauen umgehen konnte. Schließlich hatte Aimée ihn als „nett" bezeichnet. Wer konnte ahnen, dass sich dahinter ein richtiger Don Juan verbarg?

Leise fluchend ging Hunter auf und ab. Aimée hatte hinreißend ausgesehen. Unglaublich sexy. Sie hatte ihre Bluejeans gegen ein rot-weißes Trägerkleid ausgetauscht, das ihren Busen betonte, die Schultern freiließ und am Rücken beunruhigend tief ausgeschnitten war. Hunter stellte sich vor, wie Robertos Hand auf ihrer bloßen Haut lag, und blieb stehen. Er malte sich aus, wie der Mann seine Hand nach unten gleiten ließ und zugleich Aimées Hals küsste.

Hunter war wütend. In diesem Moment war er bereit, einen Mord zu begehen. Wenn dieser dunkelhaarige Schönling Aimée auch nur berührte, würde er ihn umbringen.

Plötzlich tauchten Scheinwerfer in der Dunkelheit auf. Hunter starrte die Straße entlang. Ein Wagen tauchte auf, aber er wurde nicht langsamer und bog nicht ab, sondern fuhr am Laden vorbei.

Hunter atmete tief durch. Der Jasminduft, der in der Luft lag, war wie eine Provokation. Hunter nahm noch einen Schluck Bier. Am liebsten hätte er seine Wut hinausgeschrien.

Aimée hatte recht. Er gehörte nicht hierher. Er hatte ihr nichts zu bieten. Es war Zeit, dass er nach Hause fuhr.

Aber all das änderte nichts an dem, was er fühlte. Er ertrug es nicht, dass Aimée mit einem anderen Mann zusammen war. Er hatte keine Ahnung, was er dagegen unternehmen sollte. Er wusste nur, dass er etwas tun musste.

Hunter warf noch einen Blick auf die dunkle Straße, dann ging er ins Haus, um sich noch ein Bier zu holen.

Aimée faltete die Hände auf dem Schoß und sah aus dem Wagenfenster. Hunter war nicht zum Fest gekommen. Nur ihren Vater hatte sie gesehen. Freunde und Nachbarn hatten sich begeistert um ihn gedrängt, als er in seinem Rollstuhl in den Saal gefahren war. Seine Augen hatten gestrahlt, und Aimée waren die Tränen gekommen, als sie gesehen hatte, wie glücklich er war.

Aber der Blick, mit dem Roubin sie und Roberto bedacht hatte, war alles andere als fröhlich gewesen.

Aimée schüttelte den Kopf und seufzte erleichtert, als Roberto in ihre Einfahrt einbog.

Sie musterte Roberto aus den Augenwinkeln. Es war wirklich schade. Roberto war charmant und aufmerksam. Er verdiente keine Frau, die nur deshalb mit ihm zusammen war, weil sie verdrängen wollte, dass sie einen anderen liebte. Er verdiente keine Frau, die ihn dazu benutzte, einen anderen eifersüchtig zu machen.

Es war so albern, so unreif, und sie schämte sich dafür.

„Du bist so still. Woran denkst du?", fragte Roberto, als er vor ihrem Haus hielt. Er stellte den Motor ab und machte die Scheinwerfer aus.

„Bestimmt tut es dir leid, dass du mich eingeladen hast", sagte sie leise.

„Ganz und gar nicht." Roberto drehte sich zu ihr und legte seine Hand auf ihre. „Es war ein schöner Abend."

„Ja."

Er drückte ihre Hände. „Was ist los, chère? Ich kenne dich, seit du ein kleines Mädchen warst, und heute Abend warst du nicht du selbst."

Sie starrte auf ihre Hände. Dann sah sie ihm ins Gesicht. „Es ist kompliziert. Ich … es gibt da jemanden."

„Deinen ‚alten Freund' aus Kalifornien?"

Sie errötete. „Woher weißt du?"

Er lächelte traurig und zog die Hand zurück. „Ich habe Augen im Kopf."

„Es tut mir leid."

„Das muss es nicht. Aber wenn es mit euch nichts wird, ruf mich an. Ich werde für dich da sein."

„Danke, Roberto."

Roberto stieg aus und öffnete ihr die Tür. Zusammen gingen sie zum Haus.

„Du brauchst mich nicht zur Tür zu bringen", sagte sie, als sie die Treppe erreichten. Ihr Vater hatte eine Lampe angelassen, und ein Teil der Veranda lag in weichem, warmem Licht.

Roberto beugte sich zu ihr und küsste sie behutsam auf den Mund. „Gute Nacht, chère."

Traurig sah sie ihm nach, als er in den Wagen stieg und davonfuhr. Als die Rücklichter in der Nacht verschwanden, ging sie langsam die Stufen hinauf. Warum konnte sie ihn nicht lieben? Das Leben wäre so viel einfacher.

„Hallo, Aimée."

Überrascht sah sie dorthin, wo die Veranda im Halbdunkel lag. Hunter stand neben der Hollywoodschaukel, eine Dose Bier in der Hand. „Du hast mich erschreckt", sagte sie.

„Tut mir leid." Er hob das Bier an den Mund, nahm einen kräftigen Schluck und stellte die Dose auf die Schaukel. „Wie war dein Abend?"

„Großartig", erwiderte sie.

„Das habe ich gesehen."

Sie wusste, dass sie ihm eine gute Nacht wünschen und ins Haus gehen sollte. Aber sie tat es nicht, sondern verschränkte die Arme und hob das Kinn. „Was soll das heißen?"

„Euer Gute-Nacht-Kuss sah aus, als könntest du es kaum ertragen, dass er dich berührt."

Der Zorn raubte ihr fast den Atem. Wie konnte er es wagen, ihr nachzuspionieren. Wie konnte er es wagen, so dazustehen und ihr zu sagen, was sie fühlte? Sie musste sich beherrschen, um ihn nicht zu ohrfeigen.

„Ich glaube nicht, dass du dir ein Urteil über meine Gefühle erlauben kannst", flüsterte sie. „Du hast nicht die leiseste Ahnung, was in mir vorgeht."

Hunter trat aus dem Schatten und in das weiche Licht, das aus dem Fenster drang. Sie sah ihm an, wie mühsam er die Fassung wahrte.

„Hat er dich angefasst?", fragte er scharf.

„Bist du deswegen aufgeblieben, Hunter? Wie ein besorgter Vater?" Sie zog die Augenbrauen hoch. „Oder wie ein eifersüchtiger Liebhaber?"

Er machte einen Schritt auf sie zu. „Ich habe dir eine Frage gestellt."

„Was ist los mit dir? Was ist aus Mr Cool geworden?" Sie wusste, dass sie mit dem Feuer spielte, aber es war ihr egal. „Du machst mir ja richtig Angst."

Er ging weiter und blieb so dicht vor ihr stehen, dass sie den Kopf nach hinten legen musste, um ihm in die Augen zu sehen. „Hat er dich angefasst?", fragte er noch einmal.

„Ich prahle nicht mit meinem Liebesleben."

Er nahm ihr Gesicht zwischen die Hände, und seine Finger gruben sich fast schmerzhaft in ihre Haut. „Hat er?"

„Fahr nach Hause", flüsterte sie und legte die Hände an seine Brust. „Du hast kein Recht auf mich. Du hast kein Recht, eifersüchtig zu sein." Obwohl es ihre Worte Lügen strafte, krallte sie sich förmlich in seinen Pullover, um sich an ihm festzuhalten. „Ich will, dass du mich und Oliver in Ruhe lässt."

Hunter lachte. „Lügnerin. Ich brauche dich nur zu berühren, und dein Körper verrät dich. Dass ich dich in Ruhe lasse, ist das Letzte, was du willst. So etwas wie heute Abend ... tu es nie wieder. Du gehörst zu mir, Aimée."

„Nein, ich gehöre nicht zu dir." Sie wollte den Kopf schütteln, aber er hielt ihn fest. „Ich will Roberto heiraten. Oder jemanden wie ihn. Jemanden, der lebt und nicht nur Schmerz und Trauer fühlen kann."

„Du gehörst mir", sagte er und schob die Finger in ihr Haar.

„Nein." Sie stemmte sich gegen ihn. Sie war wütend auf ihn und auf sich selbst, denn was er gesagt hatte, war wahr. Sie sah ihm in die

Augen. „Ich empfinde schon lange nichts mehr für dich, Hunter. Ich habe aufgehört, dich zu wollen … dich zu lieben."

„Das stimmt nicht, Aimée", flüsterte er.

Dann küsste er sie, so überraschend, so heftig, dass sie zurückgetaumelt wäre, wenn seine Hände in ihrem Haar sie nicht festgehalten hätten.

Aber sie wehrte sich nicht, sondern erwiderte den Kuss ebenso heftig und umklammerte seine Schultern.

Er brach den Kuss ab. Er ließ die Finger in ihrem Haar, aber er hielt sie nicht mehr fest, sondern streichelte sie zärtlich. „Du kannst mir sagen, dass ich gehen soll. Aber du kannst mir nicht sagen, dass du nichts mehr für mich empfindest." Er ließ die Hände in ihren Nacken gleiten. „Wir wissen beide, dass das eine Lüge ist."

Er drängte sie gegen das Geländer und schmiegte sich an sie. Er küsste ihren Hals, und sie seufzte lustvoll. Er ließ seinen Mund über ihre Schulter gleiten, schob den Träger zur Seite und küsste den zarten Ansatz ihrer Brust. Aimée wollte mehr von ihm spüren und bog sich ihm entgegen.

„Sag mir, wie es weitergeht, Aimée", flüsterte er. „Du allein bestimmst, was zwischen uns geschieht."

Aimée dachte daran, wie es früher zwischen ihnen gewesen war, wie herrlich aufregend es sein konnte. Seit Hunter war sie mit keinem Mann mehr zusammen gewesen. Sie hatte sich nie danach gesehnt. Aber jetzt stieg das Verlangen in ihr auf, und sie lehnte sich zurück, damit Hunter sie überall berühren konnte. Er sollte spüren, wie sehr sie ihn begehrte.

Er streifte die Träger von ihren Schultern und schob das Kleid nach unten. Sie spürte den kühlen Lufthauch an den Brüsten, bevor sein Atem warm über eine Knospe strich. Als sein Mund sie berührte, schrie sie leise auf.

„Du bist so schön", flüsterte er und liebkoste ihre Brüste mit den Händen und Lippen zugleich.

Sie schloss die Augen. Es war so lange her, dass ein Mann sie berührt hatte. Dass dieser Mann sie berührt hatte. Sie liebte ihn. Sie hatte nie aufgehört, ihn zu lieben. Auch wenn ihre Liebe hoffnungslos war, sie gehörte ihm.

Aimée stellte sich auf die Zehenspitzen und reckte sich seinem Mund entgegen. Es dauerte Sekunden, bis sie merkte, dass Hunter sich von ihr gelöst hatte. Verwirrt öffnete sie die Augen. „Was ist?", flüsterte sie. „Warum … hast du … aufgehört?"

Hunter sah ihr in die Augen und strich ihr über die Wange. Sie war so schön, so leidenschaftlich. Wäre er doch nur ein freier Mann. Frei von der Vergangenheit, frei vom Schmerz.

Er konnte nehmen, was sie ihm geben wollte. Aber nicht so. Sie sollte sich frei entscheiden. Bewusst und ohne Druck. Er würde es sich nie verzeihen, wenn er die Situation ausnutzte.

„Ich werde nicht mit dir schlafen", flüsterte er. „Es wäre unfair. Uns beiden gegenüber." Er ließ ihr Haar durch die Finger gleiten. „Wir würden es beide bereuen."

Er legte die Hände auf ihre Brüste, und sie wusste, dass es von ihrer Antwort abhing, ob es das letzte Mal war. „Ich weiß, was ich will, Aimée. Und du? Weißt du, was du willst?"

Sie wusste, dass sie Nein sagen sollte. Dass sie ihm Lebewohl sagen sollte. Aber sie liebte diesen Mann. Er war der Einzige, den sie wirklich begehrte. Und morgen konnte es schon zu spät sein.

Sie legte ihre Hände auf seine. „Lass uns miteinander schlafen", flüsterte sie.

Hunter war gar nicht bewusst gewesen, dass er die Luft angehalten hatte. Jetzt atmete er auf. „Ich hatte schon Angst, du würdest Nein sagen."

„Wie könnte ich?" Sie lächelte scheu. „Du hattest recht. Wenn du mich berührst, kann ich dir nicht widerstehen."

Triumphierend küsste er sie. Seine Hände waren überall an ihrem Körper. Er schob ihren Rock hoch. Aimée stöhnte auf, als er seine Hand an der Rückseite ihres Oberschenkels nach oben und dann nach vorn gleiten ließ.

Hunter holte tief Luft, um sich zu beherrschen. Ihre Haut war unglaublich warm und weich. Aimée war bereit für ihn, und er konnte es kaum fassen.

Stöhnend küsste er sie. Es war zu lange her. Er konnte nicht mehr warten. Mit beiden Händen zog er ihr den Slip aus und stopfte ihn in die Tasche.

Aimée tastete nach dem Knopf seiner Jeans und öffnete ihn. Hunter zog sie mit sich zur Hollywoodschaukel. Er stieß dagegen, und die Bierdose fiel zu Boden und rollte davon.

Er setzte sich auf die Schaukel. „Komm her, Aimée."

Ohne Zögern ergriff sie seine ausgestreckten Hände, schob die Finger zwischen seine und setzte sich auf ihn. Die Schaukel schwankte und knarrte, und sie legte den Kopf nach hinten, als Hunter in sie eindrang.

Aimée war entschlossen, nicht an die Vergangenheit und nicht an die Zukunft zu denken. In diesem Moment gab es für sie keine Zeit mehr.

Sie hielt sich an der Lehne und einer der Ketten fest, um auf der immer heftiger schwankenden Schaukel nicht den Halt zu verlieren, während Hunter sich unter ihr bewegte.

Sie küsste ihn und flüsterte Worte, von denen sie wusste, dass sie sie besser nicht ausgesprochen hätte. Worte, für die Hunter noch nicht bereit war.

Hunter umfasste ihre Hüften, und sie schlang die Arme um seinen Hals, während ihre Bewegungen immer heftiger wurden. Mit einem leisen Aufschrei ließ Aimée sich schließlich auf Hunter sinken und legte erschöpft den Kopf an seine Schulter. Die Hollywoodschaukel hörte auf zu schwanken, und als Hunter und Aimée nach einer Weile ruhiger atmeten, waren nur noch die leisen Geräusche der Nacht zu hören.

Aimée schloss die Augen. Was hatte sie getan? Wie hatte sie die Lektion der Vergangenheit vergessen können? Wie hatte sie den Schmerz vergessen können?

Hunter strich ihr zärtlich über den Rücken. „Bereust du es schon?"

Sie sah ihn nicht an. „Nein."

Behutsam drehte er ihr Gesicht zu sich und sah ihr tief in die Augen. „Lügnerin."

„Wie kommt es, dass du meine Gedanken lesen kannst, aber ich deine nicht?"

Er rieb seine Nase an ihrer. „Ich lese nicht deine Gedanken, sondern deinen Körper. Eben war er noch weich und anschmiegsam, jetzt ist er hart wie Zement." Er lachte leise. „Hör auf, dir den Kopf zu zerbrechen."

„Ja, Doktor." Sie rieb ihre Wange an seinem Haar und versuchte, die Angst zu verdrängen. Sie hob den Kopf und sah über seine Schulter auf die sternförmigen Blüten, die an der Veranda wuchsen. „Sieh mal", flüsterte sie und pflückte eine ab. „Jasmin." Sie hielt sie vors Gesicht und sog den Duft ein. „Kein Wunder, dass der Duft hier so stark ist."

„Ja, kein Wunder", wiederholte Hunter.

Sie roch noch einmal an der Blüte und wünschte, sie könnte diesen Moment für immer festhalten.

Aber er ging vorbei, und Hunter schob sie behutsam von seinem Schoß und begann sich anzuziehen. Gekränkt sah Aimée ihm zu. Dass er nicht länger wartete, sagte ihr mehr, als Worte es gekonnt hätten. Es traf sie wie eine Ohrfeige, und hastig brachte sie ihr Kleid wieder in Ordnung.

„Ich sollte jetzt hineingehen", sagte sie.

„Hineingehen?", wiederholte Hunter lächelnd. „Das finde ich nicht." Er zog sie wieder auf seinen Schoß. „Du kommst mit mir."

Erstaunt sah sie ihn an. „So?"

„Ja."

Sie zog die Augenbrauen hoch. Ihr Schmerz war plötzlich vergessen. „Und wenn ich nicht will?"

„Du willst."

„Du eingebildeter ..."

„Hör auf, Aimée." Hunter stand auf und hob sie hoch. Sie schlang die Arme um seinen Hals. Leise trug er sie über die Veranda und die Treppe hinunter.

„Wohin bringst du mich?", fragte sie.

„In mein Bett. Dort gehörst du nämlich hin."

„Mmm." Sie lächelte. „Du klingst wie ein barbarischer Macho."

„Ich gebe mir die größte Mühe."

Sie schüttelte den Kopf. „Ich habe Beine, weißt du. Warum schonst du deine Kräfte nicht und lässt mich laufen?"

Er lachte. „Das würde nicht zu meinem Image als barbarischer Macho passen."

Also ließ Aimée sich von ihm tragen. Und als sie in seinem Zimmer standen, ließ sie es zu, dass er sie auf sein Bett warf, und sah zu ihm hoch. Er stand vor ihr wie ein Held, der die Prinzessin vor dem Drachen gerettet hatte.

„Was jetzt?", flüsterte sie.

„Was denkst du?"

Er lächelte verführerisch, und sie streckte die Arme nach ihm aus. „Komm her, Hunter."

9. KAPITEL

Diesmal ließen Hunter und Aimée sich viel Zeit. Sie küssten sich, sie streichelten sich, sie erkundeten ihre Körper. Hunter entdeckte an ihr all die Dinge wieder, die ihn damals fasziniert hatten – das Muttermal an der Hüfte, die kitzlige Stelle an der Innenseite des Knies, den leisen Laut, den sie von sich gab, wenn er sie dort küsste.

Auch Aimée ließ ihre Hände auf Entdeckungsreise gehen und kostete all das aus, was Hunter ausmachte: den Duft seiner Haut, nachdem sie miteinander geschlafen hatten, die Art, wie sein Haar sich an ihren Handflächen anfühlte, den heiseren Klang, den seine Stimme annahm, wenn er seiner Leidenschaft freien Lauf ließ.

Es war wie damals. Alles kam ihr zugleich vertraut und atemberaubend neu vor. Sie fühlte sich ganz als Frau, schön und begehrenswert. So, wie sie sich noch bei keinem anderen Mann gefühlt hatte.

Hunter flüsterte ihren Namen, während er sie mit dem Mund liebkoste. Sie lächelte. In diesem Moment hatten sie keine Geheimnisse voreinander. Im Bett waren sie immer ein perfektes Paar gewesen.

Hunter küsste sie und rollte sich mit ihr herum, bis sie auf dem Rücken lag. Sie schob die Finger in sein Haar, als er seine Lippen über ihre Brüste, die Taille, den Bauch und noch weiter nach unten wandern ließ.

Sie bog sich ihm entgegen und stöhnte lustvoll, als er ihre Beine spreizte und in sie eindrang. Sie klammerte sich an ihn und hielt ihn fester, als sie ihn jemals zuvor gehalten hatte.

Und dann war es vorüber. Die Brise wehte durchs offene Fenster und strich über ihre erhitzte Haut. Aimée fröstelte, und Hunter zog die Decke über sie beide.

„Warm genug?", fragte er, als sie sich an ihn schmiegte.

„Mmm." Sie lächelte schläfrig und küsste seine Schulter. „Herrlich warm."

„Gut." Er strich ihr das Haar aus der Stirn. „Bleibst du bis morgen früh bei mir?"

Die Frage kam ihr seltsam vor. Sie hob den Kopf und sah ihn fragend an. Vielleicht war sie zu empfindlich, aber seine Frage irritierte sie trotzdem. „Möchtest du, dass ich bleibe?"

„Wie kannst du das fragen?"

„Ich frage dich, Hunter. Möchtest du, dass ich bleibe?"

„Ja", flüsterte er. „Das möchte ich."

„Dann bleibe ich", erwiderte sie und konnte nichts gegen die Traurigkeit tun, die plötzlich in ihr aufstieg. Die Nacht war schon fast zu Ende, obwohl sie gerade erst begonnen hatte. Sie fragte sich, was der Morgen ihr wohl bringen würde.

Sie kämpfte mit den Tränen. Hastig drehte sie das Gesicht zur Seite.

„He ..." Hunter zog ihren Kopf zurück, bis er ihr in die Augen sehen konnte. „Du bist auf einmal so ernst. Was ist los?"

Aimée ignorierte die Frage. „Hättest du je gedacht, dass aus dem unbeschwerten Mädchen, das du in Kalifornien kanntest, eine ernste Frau werden würde?"

Er küsste ihre Hand. „Ich habe dich immer ernst genommen, Aimée."

„Ich weiß." Nie hatte sie das Gefühl gehabt, dass er sie und ihre Arbeit nicht respektierte. „Findest du, dass ich ... mich sehr verändert habe?"

„Als ich dich wiedersah, habe ich mich gefragt, wo das fröhliche, lebenslustige Mädchen geblieben ist, das ich einmal kannte. Und ich habe mich gefragt, wie sehr ich daran schuld bin, dass es dieses Mädchen nicht mehr gibt."

Aimée musste blinzeln, um die Tränen zurückzuhalten.

Hunter stützte sich auf einen Arm und sah zu ihr hinunter. „Aber jetzt sehne ich mich nicht mehr nach der ‚alten Aimée'. Jetzt kann ich mir dich nicht mehr anders vorstellen. Du bist erwachsen. Du bist reifer geworden. Nachdenklicher."

Die Tränen liefen ihr über die Wangen, und er fing eine davon mit dem Zeigefinger auf. Sie blieb eine Weile dort liegen, bevor sie hinunterfiel und von der Decke aufgesogen wurde. „Die Erfahrung hat dich verändert, Aimée. Das ist so im Leben. Man darf es nicht bedauern und sich nach der Vergangenheit sehnen." Er lächelte traurig. „Das Leben geht weiter."

Das Leben geht weiter. Dauernd hatte Aimée an Hunters Worte denken müssen. Sie hatte kaum geschlafen, und als das kühle Licht des Morgens ins Zimmer drang, fragte sie sich, was das Leben ihr heute wohl bringen würde.

Sie sah zu Hunter hinüber. Er schlief noch.

Sie liebte ihn. Mehr als je zuvor, denn jetzt begriff sie, wie vergänglich das Glück war. Auch Oliver liebte ihn. Sie könnten zusammen glücklich sein. Sie könnten eine Familie sein.

Wenn Hunter sie auch liebte. Wenn er sie genug liebte, um die Familie loszulassen, die er einmal gehabt hatte.

Aimée stützte sich auf einen Arm und strich über die Stoppeln an Hunters Wange. Als er sich bewegte, zog sie rasch die Hand zurück. Sie war noch nicht bereit, das zu tun, was sie tun musste.

Sie musste ihn fragen, was er für sie empfand. Sie musste ihn fragen, ob es für sie beide eine gemeinsame Zukunft geben konnte.

Aimée schloss die Augen. Sie brauchte noch ein paar Minuten, um den Mut dazu aufzubringen.

Draußen gurrte eine Taube. Aimée stand auf, wickelte sich die Tagesdecke um und ging ans Fenster. Der Tag war sonnig, voller Hoffnungen, voller Versprechungen.

Warum fiel es ihr nur so schwer zu hoffen?

„Du siehst so traurig aus."

Aimée drehte sich um und sah Hunter an. Seit wann war er wach? „Tue ich das?"

Er setzte sich auf und sah nach draußen. „Früher mochtest du den Tagesanbruch."

„Es ist noch früh", sagte sie. „Ich wollte dich nicht wecken."

„Hast du nicht. Ich wache immer um diese Zeit auf. Es ist, als hätte ich einen inneren Wecker." Er seufzte. „Obwohl ich den Tagesanbruch überhaupt nicht mag."

Das überraschte sie. „Aber als wir zusammengelebt haben, lagst du manchmal noch im Bett, wenn ich aufgewacht bin."

Er lächelte. „Ich hatte mich nur wieder hingelegt, nachdem ich schon stundenlang durchs Haus gegangen war." Er zuckte mit den Schultern. „Das tue ich jetzt schon seit Jahren. Seit Ginny und Pete ... seit dem Brand."

„Das tut mir leid."

„Jedes Mal, wenn ich erwachte, stand mir ein weiterer Tag ohne die beiden bevor. Ein Tag, an dem ich mich wieder meinem Gewissen stellen musste. Meiner Schuld daran, dass sie tot waren."

„Deiner Schuld?" Aimée zog die Augenbrauen zusammen. „Wie meinst du das?"

Er sah ihr in die Augen. „Es war meine Schuld, dass sie gestorben sind."

„Aber ... es war ein Feuer. Die elektrischen Leitungen ... du hast die Baufirma verklagt. Du hast den Prozess gewonnen." Sie schüttelte den Kopf. „Hunter ..."

„Die Leitungen waren der Grund dafür, dass das Feuer ausgebrochen ist." Er krallte die Hände in die Bettdecke. „Die beiden sind gestorben, weil sie nicht aus dem Haus kamen. Die Feuerwehr hat ihre Leichen direkt hinter der Haustür gefunden. Ginny hatte die Schlüssel in der Hand."

„Oh Gott." Aimée schlug die Hand vor den Mund. „Hunter, wie entsetzlich. Es … tut mir so leid."

„Ich war so blind. Ich hatte noch nie Probleme gehabt. Ich bin in einer glücklichen Familie aufgewachsen. Es gab weder Geldmangel noch Krankheiten. Niemand war gestorben. Irgendwann fing ich an zu glauben, dass man selbst für seine Tragödien verantwortlich ist. Ich dachte, dass die Menschen, die unglücklich sind, es nicht besser verdient hatten."

Hunter senkte den Blick. „Ich dachte, ich brauche nur alles richtig zu machen, und meiner Familie stößt nichts zu. Ich habe alles richtig gemacht, und meine Familie ist trotzdem gestorben."

Aimée ging zum Bett und kniete sich vor ihn. Sie legte ihre Hände auf seine. „Solche Unglücke passieren nun einmal. Sie gehören zum Leben."

„Stimmt." Er blickte ihr in die Augen. Er weinte nicht, aber sie sah ihm an, durch was für eine Hölle er gegangen sein musste. Es war eine Hölle, von der er noch niemandem erzählt hatte. „Ich habe gegen den Rat des Architekten Doppelschlösser einbauen lassen. Ich wollte den zusätzlichen Schutz, den sie boten. Das Problem ist, man braucht viel Zeit, um den Schlüssel zu finden und aufzuschließen. Um aus dem Haus zu kommen. Das ist viel verlangt, wenn man in Panik ist und beißenden Rauch einatmet. Wenn neben einem ein kleiner Junge vor Angst schreit und …"

Er konnte nicht weitersprechen, und Aimée setzte sich zu ihm aufs Bett und legte den Arm um ihn. „Es war nicht deine Schuld, Hunter. Ganz bestimmt nicht."

Er antwortete nicht. Sie nahm sein Gesicht zwischen die Hände und drehte es zu sich. Erst jetzt sah er sie an.

„Ginny würde nicht wollen, dass du dich so quälst", sagte sie. „Sie würde dir keine Schuld geben. Ich weiß es. Du wolltest nur das Beste für deine Familie."

„Ja, das wollte ich. Und das haben sie bekommen", sagte er voller Verbitterung.

Aimée hielt ihn nur fest. Schweigend. Ohne Fragen.

Nach einer Weile atmete Hunter tief durch. „Ich wollte, dass du ... alles weißt. Ich wollte, dass du weißt, warum ich ..." Er verstummte.

Ich soll wissen, warum er mich nicht lieben kann, dachte sie. Warum er Oliver nicht lieben kann.

Aber er hatte sich ihr anvertraut. Das erfüllte sie mit Hoffnung. Es bedeutete etwas. Auch, wenn ihm das noch nicht bewusst war.

Sie musste ihm Zeit lassen. Sie liebte ihn. Sie würde warten.

Sie sah ihm in die Augen. „Nichts von dem, was du mir erzählt hast, ändert etwas an meinen Gefühlen für dich."

„Ich wünschte, es würde etwas ändern." Er legte seine Stirn an ihre. „Ich bin nicht gut für dich, Aimée. Und das weißt du."

Sie holte tief Luft. „Dann geh, Hunter. Das letzte Mal bin ich gegangen. Diesmal musst du es tun."

Hunter ging nicht. Aber in der Woche darauf sah Aimée ihm an, dass er dauernd daran dachte.

Aimée schüttelte die Kissen auf und warf sie aufs Bett. Trotz der Ungewissheit war es eine lustige Woche gewesen. Sie und Hunter hatten mit Oliver gelacht und gespielt. Sie waren mit ihm schwimmen gegangen und nach New Orleans in den Zoo gefahren. Sie hatten viel zusammen unternommen, wie eine richtige Familie.

Das Leben geht weiter. Hunter kann nicht für immer hier bleiben, dachte sie.

Aber sie verdrängte den Gedanken wieder und dachte daran, wie sie und Hunter miteinander geschlafen hatten, wenn Oliver zu Bett gegangen war. Und danach hatten sie geredet. Über Politik, über Kunst, über die Umwelt, über alles Mögliche.

Sie hatte ganz vergessen, wie es war, Hunter in ihrem Leben zu haben und mit ihm zu reden. Sie waren nicht immer einer Meinung, aber es machte Spaß, mit ihm zu diskutieren. Mehr als einmal hatten sie sich lachend versöhnt und die Versöhnung im Bett gefeiert.

Aimée lächelte. Noch nie, seit sie wieder in La Fin war, hatte sie sich so lebendig gefühlt.

Auch Oliver schien aufzublühen. Er hatte seine Schüchternheit abgelegt und war unter Hunters Anleitung aktiver und mutiger geworden. Irgendwie erschreckte es Aimée, wie schnell Hunter zu einem wichtigen Teil ihres Lebens geworden war. Wie schnell aus ihnen eine kleine Familie geworden war.

„Maman?"

Aimée drehte sich zu ihrem Sohn um. Er trug noch seinen Schlafanzug, und sein Haar war zerzaust. „Hi, Baby", begrüßte sie ihn lächelnd. Ich wette, du möchtest frühstücken."

Er kam ins Schlafzimmer und zog seine Schmusedecke hinter sich her. „Ist Hunter hier?"

„Hunter telefoniert mit Kalifornien", sagte sie. „Du weißt, dort lebt er."

Oliver schob die Unterlippe vor. „Aber er ist doch hier."

„Er ist nur zu Besuch, Honey." Sie versuchte, ruhig zu klingen. „Er wird bald nach Hause fahren müssen."

„Kann ich mit ihm fahren?"

„Nein, Baby." Sie schüttelte den Kopf. „Das geht nicht."

„Ich will aber mit."

Aimée beugte sich vor und streckte die Arme aus. „Komm zu Maman."

„Nein." Seine Augen schimmerten feucht. „Ich will meinen Daddy."

Sie holte tief Luft. Warum war Hunter noch hier? Wenn er sie und Oliver nicht lieben konnte, sollte er besser gehen. Aber sie wollte ihn nicht zu einer Entscheidung zwingen. Sie würde es nicht ertragen, ihm Lebewohl zu sagen. Noch nicht.

„Ich frage ihn einfach", sagte Oliver.

„Oliver ... Baby, ich glaube, das wäre keine gute Idee. Hunter lebt in Kalifornien. Er wird bald dorthin zurückkehren."

„Nein." Olivers Kinn zitterte. „Ich will nicht, dass er weggeht."

Aimée ging zu ihrem Sohn und nahm ihn auf den Arm. Tränen der Enttäuschung liefen ihm übers Gesicht, und sie strich ihm tröstend über den Rücken. Sie hatte gewusst, dass dieser Moment kommen würde. Aber das machte es nicht leichter.

Oliver schluchzte laut. Sie küsste ihn auf den Kopf. „Ich weiß, Baby. Ich möchte ja auch, dass er bleibt. Aber vielleicht geht das nicht. Wir werden abwarten müssen."

10. KAPITEL

„Hör zu, Russ", sagte Hunter in den Hörer. „Es tut mir leid. Aber ich habe hier noch einiges zu erledigen. Du wirst es schon schaffen."

Aimée stand hinter dem Tresen und bediente eine Kundin, aber mit einem Ohr hörte sie zu, wie Hunter telefonierte. Sie gab der Frau ihr Wechselgeld. „Danke."

Die Frau musterte sie erstaunt, bevor sie sich umdrehte und den Laden verließ. Erst jetzt ging Aimée auf, warum die Kundin so seltsam reagiert hatte. Es war Mrs St. Roche gewesen, eine Frau, die sie schon als kleines Mädchen gekannt hatte. Und Aimée hatte sich benommen, als hätte sie sie nie zuvor gesehen. Sie schüttelte den Kopf. Bevor die Sonne unterging, würden alle in der Stadt erfahren haben, dass Aimée Boudreaux nicht mehr ganz bei Verstand war.

Sie würde ihren Vater warnen müssen. Bestimmt kam bald ein besorgter Anruf von Tante Marie oder einem anderen Angehörigen. Aimée schloss die Kasse und konzentrierte sich wieder auf Hunter. Er telefonierte noch immer.

„Nein", sagte er gerade ungeduldig. „Ich kann dir nicht sagen, wann ich komme. Ich wünschte, ich könnte es." Er verstummte, hörte zu, und dann explodierte er. „Nein, verdammt! Das kann ich dir auch nicht sagen. Es ist persönlich."

Aimée wurde bewusst, dass ihre Hände zitterten. Hastig steckte sie sie in die Taschen. Sie wusste nicht, wie lange sie es so noch aushalten würde. Jeden Morgen fragte sie sich, ob dies der Tag war, an dem Hunter abreisen würde. Dauernd fragte sie sich, wie viel Zeit ihr mit ihm noch blieb. Sie fühlte sich, als würde in ihr eine Uhr ticken. Jede Minute, die vorüberging, konnte ihre letzte mit Hunter sein.

Sie hatte es selbst so gewollt. Sie hatte ihm gesagt, dass es diesmal an ihm lag, ihre Beziehung zu beenden. Jetzt brachte die Ungewissheit sie fast um den Verstand.

Sie kräuselte die Stirn. Seine Gefühle schienen sich noch immer nicht geändert zu haben. Er blieb auf Distanz. Zu ihr und zu Oliver. Sie spürte seine Zurückhaltung und seine Zweifel, als hätte er sie offen ausgesprochen. Das tat ihr weh. Fast so sehr wie die Hoffnung, an die sie sich noch immer klammerte.

„Maman?"

Aimée zwang sich, den Blick von Hunter zu nehmen, und sah zu

ihrem Sohn hinunter. Sie rang sich ein Lächeln ab. „Ja, Baby?"
„Ich möchte angeln gehen."
„Nicht jetzt", erwiderte sie, mit einem Ohr schon wieder bei Hunter. „Vielleicht später."
„Ich möchte aber jetzt gehen", sagte er mit trotziger Miene.
„Nein, jetzt nicht", fuhr sie ihn an.
Er senkte traurig den Kopf, und sofort bereute sie, so unfreundlich zu ihm gewesen zu sein. Es war nicht fair, ihren Ärger an Oliver auszulassen. Er konnte nichts dafür, dass sie sich so elend fühlte, und litt unter ihrer Anspannung. Sie strich ihm über den Kopf. „Maman geht nachher mit dir angeln. Nach dem Mittagessen."
„Nein!" Oliver stampfte mit dem Fuß auf. „Ich will jetzt gehen."
Schockiert starrte Aimée ihren Sohn an. Oliver war immer ein fröhliches Kind gewesen. So trotzig wie jetzt hatte sie ihn nur selten erlebt.
„Oliver", sagte sie streng, „ich habe gesagt, ich gehe nachher mit dir angeln. Aber wenn du so weitermachst, gehen wir gar nicht. Ist das klar?"
Oliver kniff die Augen zusammen und schob die Unterlippe vor.
„Und jetzt geh spielen, ja?" Aimée dachte schon, er würde weiter darauf bestehen, jetzt angeln zu gehen, doch er drehte sich um und marschierte wütend davon.
Sie seufzte. Am liebsten wäre sie hinter ihm hergeeilt und hätte ihn in den Arm genommen. Nur zu gern hätte sie ihm jeden Wunsch erfüllt, aber das durfte sie nicht, wenn sie ihre Aufgabe als Mutter ernst nahm. Sie seufzte noch einmal. Oliver wollte herausfinden, wie weit er bei ihr gehen konnte. Das gehörte zum Erwachsenwerden. Sie konnte ihren Sohn verstehen, aber das machte es nicht einfacher, mit ihm umzugehen.
Hunter legte auf, und sie sah gerade noch rechtzeitig zu ihm hinüber, um seine betrübte Miene mitzubekommen. Ein kalter Schauer lief ihr über den Rücken. Er würde abreisen. Er hatte sich entschieden.
Sie holte tief Luft, bevor sie sich ihm zuwandte. „Wann fährst du?"
„Wie bitte?"
„Wann fährst du nach Hause, Hunter?"
Er wich ihrem Blick aus. „Ich habe mich noch nicht entschieden."
„Das glaube ich dir nicht."
Er sah sie an. „Ich habe mich noch nicht entschieden", wiederholte er langsam.
„Aber ich bin die Erste, die es erfährt, wenn du dich entschieden hast, stimmt's?"

Hunter seufzte verärgert. „Lass uns ein anderes Mal darüber reden, einverstanden?"

Seine Antwort machte sie wütend. Wäre sie so alt wie Oliver, hätte sie jetzt die Unterlippe vorgeschoben und mit dem Fuß aufgestampft. Aber sie war erwachsen und beschränkte sich darauf, das Kinn zu heben. „Wann?"

„Ich weiß es nicht, Aimée." Er hielt die Hände hoch. „Aber ... nicht ... jetzt."

Sie kam hinter dem Tresen hervor und blieb direkt vor ihm stehen. „Du willst dich nicht festlegen, was? Wie wäre es denn mit heute Abend? Oder morgen? Nächste Woche vielleicht? Ich notiere es mir auf dem Kalender."

„Was soll der Sarkasmus, Aimée? Wenn du etwas auf dem Herzen hast, sprich es aus."

Sie begann vor Wut zu zittern. Sie kehrte ihm den Rücken zu, schloss die Augen und atmete tief durch. Als sie sich wieder zu ihm umdrehte, hatte sie sich weit genug beruhigt, um ihn nicht anzuschreien. „Warum bist du noch hier, Hunter? Was hast du hier noch zu erledigen?"

Hunter zog erstaunt die Augenbrauen zusammen. „Wovon redest du?"

„Du hast Russ gesagt, du hättest hier noch einiges zu erledigen. Was denn? Ein Sparbuch für Olivers Studium? Wenn es das ist, bin ich einverstanden." Sie warf ihr Haar nach hinten. „Was immer du ihm geben willst, was immer dir dein Gewissen erleichtert, ich nehme es an."

Sie wollte davongehen, aber er hielt sie fest und drehte sie zu sich um. „Was ist los mit dir, Aimée? Heute Morgen war doch noch alles in Ordnung."

„So?", flüsterte sie. „War es das wirklich?"

„Mir kam es jedenfalls so vor."

„Aber du hängst nicht in der Luft, oder, Hunter? Du wirst nicht vor dem Scherbenhaufen stehen, der hier zurückbleibt. Du musst nicht darauf warten, dass über deine Zukunft entschieden wird."

„Was willst du von mir hören, Aimée?", fragte er ernst.

„Wie wär's mit der Wahrheit? Die Frage lautet nicht, ob du gehst, stimmt's? Die Frage lautet, wann du gehst."

Er sah ihr in die Augen, und in seinem Blick lag Bedauern und Verlangen. „Du weißt, dass ich nach Kalifornien zurückmuss. Ich habe die Klinik. Ich kann nicht einfach ..."

„Dann lass es mich anders formulieren." Sie war zornig. „Die Frage lautet nicht, ob unsere Beziehung enden wird, sondern nur wann sie enden wird. Ist es nicht so, Hunter?"

„Das ist nicht die …"

„Ich liebe dich."

Hunter machte einen Schritt nach hinten. Seine Miene war plötzlich ablehnend.

Aimée hielt den Atem an. Er wollte nicht, dass sie ihn liebte. Für ihn war es viel einfacher, viel angenehmer, so zu tun, als hätten sie eine flüchtige Affäre miteinander. Obwohl er genau wusste, dass es viel mehr als das war.

Sie wünschte, sie könnte die Entrüstete spielen. Das unschuldige, wehrlose Opfer. Aber sie konnte es nicht. Sie hatte bei diesem Spiel ebenso sehr mitgemacht wie er.

„Warum hast du mir das nicht früher gesagt?", stieß er hervor.

„Ich hatte meine Gründe. Unter anderem den, dass ich dich nicht unter Druck setzen wollte."

Er schüttelte traurig den Kopf. „Ich wollte das alles nicht, glaub mir."

„Aber es ist nun einmal so. Was willst du jetzt tun?"

„Aimée, chère …" Roubin kam in seinem Rollstuhl in den Laden gefahren und sah sich erstaunt um. „Was tust du hier?"

Erstaunt drehte sie sich zu ihrem Vater um. „Wie meinst du das, Papa? Sollte ich jetzt woanders sein?"

Verwirrt sah Roubin von ihr zu Hunter und wieder zurück zu ihr.

„Oliver hat mir erzählt, dass du mit ihm angeln gehen wolltest, und ich dachte, ihr …" Er verstummte.

Aimée starrte ihren Vater an. Ein Gefühl der Unruhe stieg in ihr auf, und sie versuchte, es abzuschütteln. „Ich habe ihm versprochen, dass wir nach dem Mittagessen angeln gehen."

„Aber … er hatte seine Angel bei sich."

Aimée schlug das Herz bis zum Hals. „Er weiß genau, dass er ohne einen von uns nicht ans Wasser darf." Sie dachte an Olivers Miene, als sie Nein zu ihm gesagt hatte. Sie dachte daran, wie selbstständig er in letzter Zeit geworden war und wie trotzig er sie angesehen hatte.

„Oh mein Gott." Sie eilte zur Tür. Hunter folgte ihr. Zusammen rannten sie über den Hof und zum Bayou.

Aimée bekam mit, dass ihr Vater die Rampe herunterfuhr, aber sie blieb nicht stehen, um auf ihn zu warten. „Oliver!", rief sie. „Wo bist du? Oliver! Antworte!"

Keine Antwort.

„Wo kann er sein?", schrie Hunter.
„Ich weiß es nicht. Ich …"
„Denk nach, verdammt noch mal!"
„Neben dem Haus. An der großen Zypresse. Dort haben wir schon mal geangelt."

Hunter stürmte an ihr vorbei. Aimée sah ihm nach. Seit Tagen hatte sie das quälende Gefühl, dass etwas Schlimmes passieren würde. Aber an Oliver hatte sie dabei nicht gedacht. Nein, sagte sie sich. Oliver ist bestimmt nicht allein ans Wasser gegangen. Er wusste, wie gefährlich das war. Seit er alt genug war, ihr zuzuhören, hatte sie ihm das immer wieder eingeschärft.

Aimée holte tief Luft und versuchte, ihre Panik in den Griff zu bekommen. Bestimmt war ihre Angst unbegründet. Bestimmt spielte er irgendwo mit seinen Spielsachen. Ihm war nichts passiert. Er war …

Oliver trieb mit dem Gesicht nach unten im Bayou.

Aimée schrie entsetzt auf. „Nein!", rief sie. „Oliver!"

Hunter rannte ins Wasser. Es spritzte auf, und die Tropfen glitzerten in der Sonne wie Tränen. Schluchzend erreichte Aimée das Ufer, als Hunter Oliver auf den Arm nahm und ihn mit dem Kopf nach unten an Land trug.

Damit ihm das Wasser aus der Lunge lief.

Aimée presste eine Hand auf den Mund, um nicht zu schreien. Er atmete nicht. Ihr Baby atmete nicht.

„Rufen Sie 911 an. Sie sollen einen Krankenwagen schicken", rief Hunter Roubin zu, der bereits die Rampe zur Veranda hinauffuhr. „Rufen Sie 911 an, dann bringen Sie mir ein Kissen und eine Wolldecke!"

Aimée hörte ihren Vater antworten, aber seine Stimme kam wie aus weiter Ferne. Sie kniete sich neben Oliver. Wie lange war es her, dass er ins Wasser gefallen war? Die Panik schnürte ihr die Kehle zu. Waren sie zu spät gekommen? Sie schluchzte auf. Sie durfte ihn nicht verlieren.

Sie verschränkte die Arme vor dem Körper und wippte vor und zurück, während sie zusah, wie Hunter seinen Mund auf Olivers Gesicht drückte, ihn beatmete, einen Moment wartete und erneut Sauerstoff in seine Lunge presste.

„Chère … kommt Oliver zu sich?"

Aimée sah hoch. Die Tränen strömten ihr übers Gesicht. Ihr Vater kam angefahren, ein Kissen und eine Wolldecke auf dem Schoß. Sie öffnete den Mund, sprach aber nicht aus, wovor sie Angst hatte.

Er hielt neben ihr, und sie streckte die Hand aus. Roubin ergriff sie. Seine große, schwielige Hand schloss sich um ihre. „Ganz ruhig, Aimée. Der Krankenwagen wird gleich hier sein."

Aimée nickte und sah wieder zu Oliver hinunter. Was sollte sie tun, wenn sie ihn verlor? Wie würde sie ohne ihn weiterleben können?

Oliver hustete. Aimée schrie erleichtert auf und nahm seine Hand. Er lebte. Ihr Baby lebte.

„Gott sei Dank", flüsterte Roubin und bekreuzigte sich. In der Ferne heulte die Sirene des Krankenwagens. Olivers Augenlider zuckten hoch. Erneut hustete er.

Aimée presste seine kleine Hand erst an ihre Wange, dann an ihren Mund. Seine Haut war erschreckend kalt und feucht. Sie rieb seine Hand zwischen ihren. „Maman ist bei dir, Oliver. Es wird alles wieder gut. Halte durch ... Baby. Du schaffst es."

„Erwarte noch nicht zu viel von ihm", sagte Hunter schwer atmend. „Er steht noch unter Schock." Hunter sah Roubin an, und der warf ihm das Kissen und die Decke zu.

Hunter legte das Kissen unter Olivers Füße, dann deckte er ihn sorgfältig zu. Die Sirene kam näher. Hunter lächelte und strich Oliver liebevoll über den Kopf. „Es wird alles gut, Tiger. Du bist bald wieder auf den Beinen."

Dann ging alles ganz schnell. Der Krankenwagen traf ein, und die Sanitäter rannten mit ihrer Trage zum Bayou. Sie luden Oliver auf die Trage und brachten ihn zum Krankenwagen. Hunter redete mit ihnen.

Auf der Fahrt zum Krankenhaus sprachen Aimée und Hunter kein Wort miteinander. Sie saßen links und rechts von Oliver, hielten seine Hände und trösteten ihn. Einmal sahen sie gleichzeitig auf, und ihre Blicke trafen sich. Sie starrten sich an, und jeder von ihnen spürte die eigenartige Leere, die zwischen ihnen herrschte. Es war, als hätten sie sich nach dem, was sie gerade durchgemacht hatten, nichts mehr zu geben.

So hätte es nicht sein dürfen, dachte Aimée einige Stunden später, während sie ihren schlafenden Sohn betrachtete. Sie und Hunter hätten sich in den Armen halten sollen. Sie hätten sich gegenseitig Mut machen und Kraft geben sollen.

Tränen stiegen ihr in die Augen. Fast hätte sie Oliver verloren. Fast hätte sie ihr Baby verloren. Sie ließ ihren Blick über seinen schmächtigen Körper wandern. Oliver sah erschreckend blass aus, selbst unter der weißen Bettdecke. Aber er ist nicht mehr blau, dachte sie, und die Erinnerung ließ sie frösteln.

Sie dachte daran, wie er mit dem Kopf nach unten im Wasser getrieben war, und schlug die Hände vors Gesicht. Den Anblick würde sie nie vergessen, das wusste sie. Er würde sie in ihren Träumen verfolgen. Wahrscheinlich würde es sehr lange dauern, bis sie wieder ruhig schlafen konnte.

Aimée beugte sich übers Bett, küsste Olivers Stirn und dankte Gott dafür, dass sie ihr geliebtes Baby hatte behalten dürfen. Es war nicht das erste Gebet, das sie gesprochen hatte, seit Oliver aus der Bewusstlosigkeit erwacht und das Wasser des Bayou ausgehustet hatte. Und es würde auch nicht ihr letztes sein. Für die Rettung ihres Sohnes war kein Dank groß genug.

Sie hörte, wie sich hinter ihr die Tür des Krankenzimmers öffnete, und drehte sich um. Hunter stand vor ihr, die Augen voller Sorge, die Miene von der Angst gezeichnet.

Er hatte um Olivers Leben gebangt. Sie hatte es ihm angesehen, obwohl er sich beherrscht hatte, um das zu tun, was getan werden musste, um Oliver zu retten.

Sie schuldete ihm Dank. Wenn er nicht so schnell und überlegt gehandelt hätte, wäre ihr Sohn vermutlich nicht mehr am Leben. Sie wollte glauben, dass sie auch ohne Hunter alles Notwendige getan hätte, um Oliver zu retten. Aber überzeugt war sie davon nicht.

„Wie geht es ihm?", fragte Hunter.

„Er schläft. Der Arzt will ihn bis morgen hierbehalten, um ihn zu beobachten."

Hunter nickte. „Das wird das Beste sein."

Sie legte die Hände ineinander. „Ich bleibe bei ihm. Sie werden mir ein Bett ins Zimmer stellen. Ich will nicht, dass er in der Nacht aufwacht ... und Angst bekommt, dass ..."

„Natürlich." Hunter sah zu Oliver hinunter. „Roubin ist am Telefon. Er will wissen, wie es Oliver geht. Soll ich ihm sagen, dass du ihn nachher anrufst?"

„Nein. Ich rede jetzt gleich mit ihm." Sie blickte von Oliver zu Hunter. „Wenn er aufwacht ..."

„Sage ich ihm, dass du gleich wieder da bist."

„Danke."

Sie stand auf und wollte hinausgehen. Er hielt sie am Arm fest. „Aimée?"

Sie drehte sich zu ihm um. Er sah ihr in die Augen. „Ich bin froh, dass es ihm gut geht, Aimée", flüsterte er. „So froh."

Als er sie losließ, nickte sie stumm und ging hinaus.

Hunter sah ihr nach. Er fühlte sich so hilflos. Ein Mann zeigte seine Angst nicht. Ein Mann musste stark und unbesiegbar sein. Aber unbesiegbar hatte er sich schon lange nicht mehr gefühlt. Ihm fehlte es an Mut und Zuversicht.

Er holte tief Luft. Aimée verdiente einen ganzen Mann. Und Oliver auch.

Hunter ging ans Bett. Oliver schlief. Er atmete regelmäßig, und seine Wangen hatten wieder eine etwas frischere Farbe. Hunter starrte auf den Jungen – seinen Sohn. Plötzlich wurde ihm unglaublich warm ums Herz. Seine Hand zitterte, als er Oliver zärtlich über die Wange strich. Die Haut war warm, nicht so kalt und feucht wie vorhin, als er ihn aus dem Bayou geholt hatte.

„Du lebst", flüsterte Hunter und strich ihm das dunkle Haar aus der Stirn. „Als ich dich im Wasser treiben sah …"

Seine Augen füllten sich mit Tränen, und die Rührung schnürte ihm die Kehle zu. Er legte den Kopf in den Nacken, bis er sich wieder im Griff hatte. „Fast wäre ich zu spät gekommen. Eine Minute später, eine Sekunde später, und wir hätten dich vielleicht verloren."

Hunter räusperte sich und sah in Olivers Gesicht. „Ich glaube, wenn du gestorben wärst, hätte ich es nicht überlebt. Ich … wäre mit dir gestorben. Einen Jungen habe ich schon verloren … Ich hätte es nicht ertragen, auch dich noch zu verlieren."

Er strich die Decke glatt und berührte Oliver zum letzten Mal. Es fiel ihm schwer, ihn zu verlassen, und er zögerte den Moment hinaus.

„Ich muss gehen", sagte er schließlich. „Aber du musst wissen, dass ich … dich liebe. Ich hätte nie gedacht, dass ich das noch einmal zu einem Jungen sagen würde. Ich würde gern bei dir bleiben, Oliver, aber ich kann nicht. Weißt du …" Hunter wischte sich die Tränen von den Wangen. „Die Vergangenheit lässt mich nicht los. Ich kann sie einfach nicht abschütteln. Und deshalb kann ich nicht … der sein, der ich einmal war. Ich kann nicht furchtlos sein." Er atmete tief durch. „Du und deine Mom, ihr verdient einen besseren Mann."

Er beugte sich hinab und küsste Olivers Wange. „Ich werde dich vermissen … Kumpel. Sei ein guter Junge. Pass auf deine Mom auf. Sie ist eine großartige Frau, und ich …"

Er konnte nicht weitersprechen und schloss die Augen.

„Was ist?", flüsterte Oliver. „Es tut so weh."

Hunter riss die Augen auf. Der Junge sah schläfrig zu ihm hoch, und Hunter lächelte aufmunternd. „Hallo, Tiger. Wieso bist du wach?"

„Weiß nicht." Oliver gähnte. „Wo ist Maman?"

„Sie telefoniert gerade mit deinem pépère und wird gleich zurück sein."

„Warum bist du so traurig?"

„Ich bin nicht traurig." Hunter rang sich ein fröhliches Lächeln ab. „Ich freue mich, dass es dir besser geht."

Oliver tastete nach Hunters Hand und umklammerte sie mit seinen kleinen Fingern. Hunter stockte der Atem. Er drückte die Hand des Jungen. „Du hast uns einen gewaltigen Schrecken eingejagt", sagte er. „Tu das nie wieder. Okay?"

„Ich soll nicht allein an den Bayou gehen." Oliver gähnte. „Maman ist bestimmt böse auf mich."

„Nein", flüsterte Hunter und strich ihm übers Haar. „Aber sie hatte große Angst um dich. Ich auch. Aber böse ist sie dir nicht."

Oliver fielen die Augen zu. „Da bin ich ... aber ... froh."

„Ich auch."

„Ich ... liebe ... dich."

Olivers Finger entspannten sich, und die kleine Hand fiel auf die Decke zurück. Hunter streichelte sie noch einmal. Dann deckte er Oliver sorgfältig zu.

„Lebewohl, Tiger", flüsterte er und küsste ihn auf die Stirn. „Ich ... Vergiss nicht, was ich dir gesagt habe. Okay?"

Aimée legte den Hörer auf und ging zu Oliver zurück. Hunter stand neben dem Bett und sah auf ihren Sohn hinunter. Ihr wurde warm ums Herz. Ihr Sohn. Wie herrlich das klang.

Sie presste die Hände auf die Augen. Sie war zutiefst erschöpft und fühlte sich unglaublich schwach und hilflos. Sie ließ die Hände sinken. „Wir müssen miteinander reden, Hunter", sagte sie leise.

„Ja, das müssen wir."

„Draußen?"

Er nickte und folgte ihr auf den Korridor. Sie drehte sich zu ihm um. „Ich kann so nicht weitermachen."

Sie hatte es nicht sagen wollen, aber jetzt war es heraus und ließ sich nicht zurücknehmen. Eigentlich war sie froh darüber.

„Ich liebe dich, Hunter, aber so kann ich nicht weitermachen. Nur von der Hoffnung kann ich nicht leben." Sie sah ihm in die Augen.

„Du hast recht. Ich habe mich versteckt und meine Wunden geleckt. Ich hatte Angst, wieder verletzt zu werden."

Sie schüttelte den Kopf. „So kann ich nicht weiterleben. Fast hätte ich Oliver verloren. Ich weiß jetzt, wie wertvoll das Leben ist. Jeder einzelne Moment."

Aimée hob die Hand und strich Hunter über die Wange. Sie wollte ihn festhalten, wollte seine Arme um sich spüren. Fast hätten sie ihren Sohn verloren. Warum hielten sie sich nicht fest? Warum klammerten sie sich nicht aneinander?

Warum sagten sie sich stattdessen Lebewohl?

„Aimée, ich ..."

„Nein." Sie legte den Zeigefinger auf seinen Mund. „Keine Entschuldigungen. Keine Ausreden. Sag mir einfach, was du für mich empfindest."

Er nahm ihre Hände und presste sie an seine Brust. „Du bist für mich der wichtigste Mensch auf der Welt", sagte er leise. „Es fällt mir unglaublich schwer, dich zu verlassen. Obwohl ich weiß, dass ..." Er beendete den Satz nicht. „Du machst mich ... glücklich, Aimée. Du hilfst mir zu vergessen."

„Aber du liebst mich nicht", flüsterte sie mit tränenerstickter Stimme. „Ich weiß es, Hunter. Aber meinst du, du wirst es ... eines Tages ... vielleicht tun?"

Sie las die Antwort in seinen Augen. Aber das reichte nicht. Er musste es ihr sagen. Sie musste von ihm hören, dass ihr Wunsch sich niemals erfüllen würde. Wenn er ihr jetzt nicht die Hoffnung raubte, würde sie ihn vielleicht nie loslassen können. Aber das musste sie, wenn sie ein neues Leben beginnen wollte.

„Heute hätte ich Oliver fast verloren. Du hättest ihn fast verloren. Unseren Sohn. Was hast du gefühlt, Hunter?"

„Was glaubst du denn?", explodierte er. Dann senkte er die Stimme. „Als ich Oliver ... im Wasser treiben sah, hatte ich das Gefühl, mir würde das Herz aus der Brust gerissen. Ist das deutlich genug?"

„Nein." Sie löste ihre Hände aus seinen, ging zur Tür und warf einen Blick auf ihren schlafenden Sohn. Dann sah sie über die Schulter zu Hunter zurück. „Liebst du Oliver? So, wie ein Vater seinen Sohn liebt? So, wie du Pete geliebt hast?"

„Aimée ..." Er fuhr sich mit der Hand durchs Haar. „Warum tust du das?"

Aimée starrte ihn an. Er liebt Oliver nicht, dachte sie traurig. Er wird ihn nie lieben. Er verlässt mich. Er verlässt Oliver. Es ist vorbei.

Aber diesmal würde sie das Ende nicht stumm über sich ergehen lassen. Diesmal würde sie aussprechen, was sie fühlte.

Sie drehte sich zu ihm um. „Während der letzten Wochen hast du mich immer wieder bedrängt, Hunter. Du hast mir keine Ruhe gelassen, bis ich mich meinen Gefühlen gestellt habe. Meinen Ängsten. Dem Leben." Sie schüttelte den Kopf. „Du hast mich gezwungen, in mir die Frau wiederzufinden, die ich einmal war. Du hast mich dazu gebracht, wieder zu träumen."

Sie ging zu ihm. „Und du? Was hast du getan? Du bist vor allem davongelaufen und hast dich versteckt. Noch länger als ich. Und jetzt willst du wieder davonlaufen. Vor meiner Liebe. Vor Olivers Liebe. Und vor deinen Gefühlen für uns. Wir könnten eine Familie, wir könnten glücklich sein. Aber du bist viel zu sehr in deinen Schmerz und in dein Elend verstrickt, um einem anderen Menschen etwas zu geben. Warum bist du so, Hunter?"

„Es tut mir leid, Aimée." Er berührte ihre Wange. „Es tut mir leid, dass ich dich nicht lieben kann. Dass ich dir nicht geben kann, was du brauchst."

Aimée wich vor seiner Hand zurück. „Du kannst nicht? Du willst es nicht, Hunter." Es fiel ihr schwer, nicht zu weinen. „Nach dem, was heute geschehen ist, kann ich deinen Schmerz besser verstehen. Als ich dachte, ich hätte Oliver verloren, war mir, als … Ich kann es kaum beschreiben. Ich hatte das Gefühl, mit ihm zusammen gestorben zu sein."

Traurig schüttelte sie den Kopf. „Aber dass ich deinen Schmerz verstehe, ändert nichts daran, dass ich mehr will als einen Mann, der innerlich wie tot ist. Ich will keinen Mann, der aufgehört hat, wirklich zu leben, weil er Angst vor dem Schmerz hat. Das sind deine eigenen Worte. Ich habe geglaubt, ich könnte dich ins wirkliche Leben zurückholen. Genauso, wie ich es vor vier Jahren geglaubt habe. Aber du musst es zulassen. Und das tust du nicht. Ich gebe auf, Hunter. Ich möchte, dass du gehst. Wenn du nicht bereit bist, zu leben und zu lieben, ist es besser, du gehst."

Sie sahen sich lange in die Augen, dann drehte Hunter sich wortlos um und ging davon.

11. KAPITEL

Hunter legte seinen Kleidersack auf die Motorhaube seines Wagens. Dann ging er auf die Veranda, wo Roubin im Rollstuhl saß, einen Karton mit ineinander verhakten Ködern auf dem Schoß.

Er sah Aimées Vater ins Gesicht. Fast hätte Roubin heute seinen Enkel verloren. Das schreckliche Erlebnis hatte ihn altern lassen. Hunter verstand das nur zu gut. Auch er war nicht mehr der, der er noch gestern gewesen war. „Ist es heute Nachmittag nicht zu heiß, um im Freien zu sitzen?"

„Ich bin an die Hitze gewöhnt." Roubin zeigte auf den Kleidersack. „Sie wollen wegfahren?"

Hunter stieg die Stufen hinauf. In den Händen hielt er die sorgsam verpackte Spieluhr. „Es ist Zeit für mich, nach Hause zu fahren."

„Pardon?" Roubin zog die Augenbrauen zusammen, als glaubte er, sich verhört zu haben.

„Meine Patienten brauchen mich", erwiderte Hunter und wich Roubins erstauntem Blick aus. „Meine Kollegen brauchen mich. Ich bin schon viel zu lange weg."

„Ich verstehe", sagte Roubin, aber seine Miene verriet, dass er keineswegs verstand.

„Oliver wird bald wieder ganz gesund sein", versicherte Hunter. „Er hat keine offensichtlichen Schäden davongetragen. Vielleicht wird er in Zukunft Angst vor Wasser haben, aber bei manchen Kindern bleibt nicht einmal das zurück."

„Und was ist mit Ihnen, *mon ami*?", fragte Roubin leise. „Was bleibt bei Ihnen zurück?"

Hunter sah ihn verblüfft an. „Bei mir? Mir geht es gut."

„Wirklich? Warum verlassen Sie uns dann so einfach?"

„Wie ich schon sagte, ich muss zurück. Ich bin schon viel zu lange von zu Hause fort."

„Non." Roubin schüttelte energisch den Kopf. „Sie können nicht fahren. Nicht so. Aimée braucht Sie. Oliver, Ihr Sohn, braucht Sie."

Hunter sah über Roubins Schulter. „Sie verstehen es nicht, Roubin."

Aimées Vater schnaubte. „Das sagt Aimée auch immer. Dauernd behauptet sie, ich würde es nicht verstehen. Aber was hat ein alter Mann wie ich schon vom Leben, wenn Gott uns im Alter nicht wenigstens

Weisheit schenkt. Ich glaube nicht, dass er uns nur deshalb alt werden lässt, damit wir wie ein Baum verdorren und eingehen."

Hunter rang sich ein Lächeln ab. Sein Gesicht wirkte wie erstarrt. „Ich bin kein religiöser Mensch."

Roubin schüttelte den Kopf. „Ja, aber das sind nur Worte. Woran Sie glauben, und was Sie im Herzen fühlen, ist etwas ganz anderes."

„Ich bin nicht gut für Aimée, Roubin."

„Sie und Aimée, ihr liebt euch doch. Wie kann denn die Liebe nicht gut sein?", fragte ihr Vater.

„Sie irren sich. Manchmal ist sogar die Liebe schlecht. Ich habe nichts, das ich ihr geben könnte, Roubin. Das hatte ich noch nie." Er sah zum wolkenlosen Himmel hinauf. „Ich wünschte, ich hätte etwas."

Roubin schnaubte noch einmal. „Sie haben Angst. Weil Ihre Frau und Ihr Sohn ums Leben gekommen sind. Sie haben Angst, zu viel zu fühlen. Ich kann das verstehen. Aber es ist Zeit, die Vergangenheit ruhen zu lassen. Genau das haben Sie mir auch geraten."

Hunter sah erst Pete vor sich, dann Oliver, wie er mit dem Gesicht nach unten im Bayou trieb. Und wie er am Ufer lag, reglos, ohne zu atmen, das Gesicht blau vom Sauerstoffmangel. Plötzlich hatte Hunter das Gefühl zu ersticken. Er atmete tief durch.

Er musste fahren. Er durfte nicht länger bleiben.

„Es tut mir leid. Ich will ihr nicht wehtun. Und Oliver auch nicht."

„Warum tun Sie es dann?", fragte Roubin scharf.

Hunter weigerte sich, daran zu denken, was er den beiden antat. Sie werden mich bald vergessen haben, sagte er sich. Sie werden ein unbeschwertes Leben führen, ohne die Schatten seiner Vergangenheit. Ein Leben, in dem jemand anders sie lieben konnte.

Er dagegen würde die beiden nur unglücklich machen.

„Wenn Sie etwas brauchen, wenn Aimée oder Oliver etwas brauchen, rufen Sie mich an." Hunter reichte ihm eine Visitenkarte. „Dies sind meine Telefonnummern. Wenn die beiden etwas brauchen, egal, was, rufen Sie mich an, ja? Auch, wenn Aimée es nicht will. Ich verlasse mich auf Sie, Roubin."

Roubin starrte einen Moment auf die Karte, bevor er sie nahm. „Einverstanden. Ich rufe Sie an."

„Ich werde ein Sparkonto für Oliver einrichten, damit er später aufs College gehen kann. Aimée wird einverstanden sein. Und selbst wenn nicht, werde ich Oliver helfen. So, das war's dann wohl. Auf Wiedersehen, Roubin."

„Sie rennen einfach davon wie ein streunender Hund?" Roubin runzelte die Stirn. „Ich habe mich in Ihnen getäuscht, *mon ami*. Ich habe Sie für einen Mann gehalten."

Hunter seufzte. Er hatte es nicht nötig, sich vor Aimées Vater zu rechtfertigen. Er war ihm keine Erklärung schuldig.

„Ich möchte, dass Sie Aimée und Oliver das hier geben", sagte er und gab Roubin die verpackte Spieluhr. „Aimée kann damit tun, was sie will. Vielleicht möchte Oliver…" Hunters Stimme klang plötzlich belegt, und er räusperte sich. „Auf Wiedersehen, Roubin", sagte er noch einmal.

Roubin antwortete nicht, und Hunter ging zum letzten Mal die Verandatreppe hinunter. Irgendwie hatte er das Gefühl, dabei ein Teil von sich zurückzulassen.

Als Aimée am nächsten Tag mit Oliver nach Hause kam, war Hunter fort. Sie hätte es auch dann gewusst, wenn ihr Vater sie nicht im Krankenhaus angerufen hätte. Alles war irgendwie anders – leiser, leerer. Und grauer.

Sie hatte das Gefühl, als würde ein Stück von ihr fehlen.

Kopfschüttelnd sah sie sich im Laden um. Es war unglaublich, wie sehr sie sich daran gewöhnt hatte, Hunter um sich zu haben. Er hatte sich so schnell und leicht in ihr Leben eingefügt.

Ihr Vater sah hoch, und Aimée wich seinem mitfühlenden Blick aus. Sie hatte ihm nicht gesagt, dass sie Hunter liebte, aber er schien es trotzdem zu wissen.

Oliver zappelte, bis sie ihn hinstellte, und rannte zu seinem Großvater.

Roubin hob den Jungen auf den Schoß und umarmte ihn. „Dir geht's wieder gut, was?", sagte er gerührt.

„Das Krankenhaus hat komisch gerochen." Oliver rümpfte die Nase. „So eklig."

Aimée lächelte. Trotz allem, was er durchgemacht hatte, waren die beiden Dinge, die ihren Sohn am meisten beeindruckt hatten, der Geruch im Krankenhaus und der grüne Wackelpudding, den es mittags zum Nachtisch gegeben hatte.

„Wenn es dir nichts ausmacht, Papa, würde ich Oliver gern mit ins Haus nehmen. Damit er mit seinem Spielzeug spielen und …"

Sie verstummte, ihr Lächeln verblasste, und sie sah ihrem Vater in die Augen. Auf dem Verkaufstresen, neben der Kasse, stand Hunters Spieluhr.

„Er hat sie dir hiergelassen. Für dich und Oliver."

Mit weichen Knien ging Aimée hinüber und berührte die Glaskuppel. Sie dachte daran, wie sie und Hunter im Bett gelegen und der leisen Melodie der Spieluhr gelauscht hatten. Sie blinzelte, als ihr die Tränen kamen. Niemals würde sie die Spieluhr betrachten können, ohne sich daran zu erinnern, wie sie und Hunter miteinander geschlafen hatten.

Warum hatte er sie hiergelassen? Sie wollte sich nicht erinnern. Sie wollte sich nicht mehr nach etwas sehnen, das unmöglich war.

„Ich habe versucht, ihn zum Bleiben zu überreden, chère."

Aimée lächelte traurig. „Ich weiß, Papa. Mach dir keine Sorgen, ich komme schon darüber hinweg."

Oliver entdeckte die Spieluhr und jubelte. „Zieh sie auf, Maman." Sie tat es, und er rutschte vom Schoß seines Großvaters, um zuzusehen, wie die Figur sich drehte. Dann sah er seine Mutter an. „Wo ist Hunter?"

Aimée holte tief Luft und zählte bis zehn. Dies war der Moment, vor dem ihr die ganze Zeit gegraut hatte. Dass Hunter gegangen war, würde Oliver wehtun, aber ihr blieb nichts anderes übrig, als ihm die Wahrheit zu sagen. „Hunter musste nach Hause, Honey."

Oliver hörte gar nicht zu, sondern rannte zur Hintertür und auf die Veranda. Stirnrunzelnd kehrte er zurück. „Wo ist Hunter?"

Aimée und ihr Vater tauschten besorgte Blicke aus. „Komm her, Oliver", sagte sie und streckte die Arme aus. „Maman muss mit dir reden."

Oliver kam widerwillig zu ihr, als wüsste er, was sie ihm sagen würde, und als wollte er das Unvermeidliche hinauszögern. Sie hob ihn auf den Arm und ging mit ihm auf die vordere Veranda. Dort setzte sie sich mit ihm in einen der Schaukelstühle. „Hunter ist nach Kalifornien zurückgefahren", begann sie. „Wir haben darüber gesprochen, erinnerst du dich? Ich habe dir erzählt, dass er arbeiten muss."

„Nein." Oliver schüttelte heftig den Kopf. „Seine Spieluhr ist doch hier."

„Die hat er uns geschenkt." Sie zwang sich zu lächeln. „Er weiß, wie sehr sie dir gefällt."

Oliver kamen die Tränen, und sein Protest wurde energischer.

„Doch, Baby. Er ist fort. Er konnte nicht bleiben."

„Aber ... er hat mir gar nicht Auf Wiedersehen gesagt."

„Doch, das hat er. Im Krankenhaus." Sie strich ihm tröstend über den Rücken und fragte sich, ob Hunter sich tatsächlich von Oliver verabschiedet hatte. „Du hast nur geschlafen."

Oliver ließ den Kopf hängen. „Es tut mir leid", flüsterte er.

„Was tut dir leid, Baby?"

„Dass ich allein ans Wasser gegangen bin. Bestimmt ist Hunter weg, weil ich ein böser Junge bin."

„Nein." Aimée presste ihren Sohn an sich. „Du bist kein böser Junge. Dass Hunter weg ist, hat nichts mit dir zu tun. Er lebt in Kalifornien. Er musste ... nach Hause. Und er hat große Angst um dich gehabt. Wir alle hatten große Angst um dich. Versprich mir, dass du nie wieder ohne einen Erwachsenen ans Wasser gehst." Sie hob sein Kinn an und sah ihm in die Augen. „Versprichst du mir das?"

Er nickte, die Augen voller Tränen. „Versprochen, Maman."

Sie lächelte. „Gut, mein Junge."

Sein Blick wurde hoffnungsvoll. „Kommt Hunter jetzt zurück?"

„Nein, Baby. Er kommt nicht zurück."

„Aber ... ich will, dass er kommt." Er begann zu schluchzen und legte das Gesicht an ihre Brust. „Ich will, dass er hierbleibt."

„Ich weiß." Aimée rieb ihm den Nacken und ließ ihn weinen. Nur mühsam unterdrückte sie ihre eigenen Tränen. „Manchmal bekommen wir etwas nicht, obwohl wir es uns mehr als alles andere wünschen."

„Warum nicht?", flüsterte Oliver.

Gute Frage, dachte sie. Hätte sie doch nur eine ebenso gute Antwort. Sie küsste ihn auf den Kopf. „So ist das nun einmal im Leben, Baby. Das gehört dazu."

„Wird Oliver darüber hinwegkommen?", fragte Roubin am übernächsten Abend.

Aimée deckte ihren Sohn sorgsam zu und sah sich zu ihrem Vater um. Sie wusste, dass er nicht den Unfall, sondern Hunters Abreise meinte. Tränen stiegen ihr in die Augen, aber sie versuchte gar nicht erst, sie vor Roubin zu verbergen. „Es tut ihm weh. Hunter fehlt ihm sehr."

„Er fehlt uns allen, nicht wahr?"

„Ja, das tut er. Oliver glaubt, dass Hunter zurückkommt. Weil er die Spieluhr hiergelassen hat."

„Es tut mir leid, chère."

„Mir auch."

„Komm." Roubin zeigte hinter sich. „Oliver schläft. Lass uns reden."

Aimée nickte und stand vom Bett auf. „Das ist eine gute Idee, Papa. Es gibt einiges, über das wir sprechen müssen."

Sie gingen in die Küche. Roubin fuhr selbst in seinem Rollstuhl. Noch vor wenigen Wochen wäre es selbstverständlich gewesen, dass sie ihn schob. Inzwischen bat er sie nur noch selten um Hilfe.

In der Küche angekommen, bemerkte Aimée, dass er Kaffee gekocht und einen Teller mit Tante Maries Keksen auf den Tisch gestellt hatte.

Erstaunt sah sie ihn an, und er lachte. „So alt bin ich nun auch wieder nicht. Noch kann ich meine *petite-fille* überraschen." Er zeigte zum Tisch hinüber. „Setz dich."

Aimée tat es, und Roubin brachte ihr einen Kaffee. Die Rührung schnürte ihr fast die Kehle zu, als sie den Stolz in seinen Augen sah.

Sie legte die Hände um den warmen Becher. Dass ihr Vater solche Fortschritte gemacht hatte, war allein Hunter zu verdanken. In den wenigen Wochen, die er bei ihnen gewesen war, hatte er viel für sie getan. Er hatte ihr Leben verändert.

Würde sie sich jemals von ihrem Vater einen Kaffee bringen lassen können, ohne an Hunter zu denken? Sie sah hoch, direkt in Roubins besorgte Miene. Sie lächelte. „Es geht mir gut, Papa. Wirklich."

Verlegen stellte er seinen eigenen Becher auf den Tisch. „Ich bin dein Vater. Ich habe das Recht, mir Sorgen zu machen."

Aimée lächelte ihm liebevoll zu. Es war ein gutes Gefühl, mit ihm in der Küche zu sitzen und zu reden. Wie lange war es her, dass sie zusammen einen Kaffee getrunken hatten? Zu lange.

Sie legte ihre Hand auf seine. „Oh Papa, du wirst dich nie ändern."

„Und ist das schlimm?"

„Non", erwiderte sie. „Es ist gut."

Er drückte ihre Hand. „Ich liebe dich, ich habe dich immer geliebt."

„Und ich dich, Papa."

„Bon." Er zog die Hand unter ihrer hervor und schob ihr den Keksteller hin. „Iss. Marie behauptet immer, du seist zu dünn."

„Tut sie das?" Aimée nahm sich lächelnd einen Keks. Ihr Vater und Tante Marie behandelten sie noch immer wie ein junges Mädchen. Aber es wurde Zeit, dass sie erwachsen wurde. Dass sie ihr Leben in die eigenen Hände nahm. Aber wenn sie ihr Leben änderte, würde sie ihrem Vater wehtun.

Wie konnte sie ihm begreiflich machen, dass ihr Entschluss nichts mit ihm zu tun hatte? Sie probierte einen Keks. Er war saftig und sehr süß.

Aimée biss sich auf die Lippe. Sie hatte ihren Vater so oft enttäuscht. Sie wollte ihm nicht mehr wehtun.

„Du brauchst dir keine Sorgen um deinen alten Papa zu machen, chère. Er wird dich verstehen", sagte Roubin leise.

Überrascht sah Aimée hoch.

Er schüttelte schmunzelnd den Kopf. „Ich habe dich immer durchschaut. Manchmal lasse ich es mir nicht anmerken, weil mir nicht gefällt, was ich sehe. So, wie du dich manchmal weigerst, der Wahrheit ins Auge zu sehen."

„Wir sind uns so ähnlich."

Roubin nickte. „*Oui*. Das waren wir immer."

Der Schrei eines Reihers und das Quaken eines Froschs drangen von draußen herein. Aimée stand auf, ging ans offene Fenster und sah hinaus. In der Dunkelheit waren Leuchtkäfer zu erkennen. Aimée dachte an die Sommerabende in ihrer Kindheit und daran, wie sie die Käfer gejagt hatte.

„Ich hatte eine wundervolle Kindheit, Papa", sagte sie. „Es war herrlich, am Bayou aufzuwachsen und hierher zu gehören wie die Reiher oder der Jasmin. Trotzdem wollte ich immer etwas anderes. Ich habe immer davon geträumt, anderswo zu leben. Ich weiß nicht warum. Ich bin gern hier. Ich bin gern mit dir und dem Rest unserer Familie zusammen."

Sie sah über die Schulter zu ihrem Vater hinüber und lächelte traurig. „Aber ich bin noch immer das junge Mädchen, das aus La Fin weggegangen ist. Ich habe noch immer Träume. Und Sehnsüchte. Eine Zeit lang habe ich meine Träume aufgegeben und mir eingeredet, dass ich nichts anderes will als das hier."

Sie starrte wieder in die Nacht hinaus. „Ich habe versucht, das zu glauben, was du mir immer wieder gesagt hast. Dass ich nur hierher gehöre und nirgendwo anders hin. Dass es falsch war, von hier fortzugehen."

„Chère, ich ..."

Aimée drehte sich zu ihm um. „Lass mich ausreden, Papa. Das hier fällt mir nicht leicht."

Er senkte den Kopf und faltete die zitternden Hände auf dem Schoß.

„Ich habe irgendwie in der Luft gehangen", fuhr sie fort. „Ich war nicht glücklich, aber auch nicht unglücklich. Hunter hat mir geholfen, das einzusehen." Sie räusperte sich. „Kalifornien war für mich eine Katastrophe. Meine Beziehung mit Hunter war ebenso gescheitert wie meine Karriere als Fotografin. Ich bin nach Hause geflüchtet, um meine Wunden zu lecken. Ich hatte all mein Selbstvertrauen verloren.

Für eine Weile war es gut, dass ich mich hier versteckt habe. Aber ich konnte nicht aufhören, mich zu verstecken und meine Wunden zu lecken. Ich habe mich selbst bemitleidet. Aber jetzt ist es höchste Zeit, dass ich damit aufhöre."

„Was willst du mir sagen, Aimée?"

Sie ging zu ihm, kniete sich vor den Rollstuhl und nahm seine Hände in ihre. „Ich liebe dich, Papa. Ich wünschte, ich könnte dir all das sein, was du erwartest."

Sie hob seine Hände an ihre Wangen. „Ich möchte dich nicht enttäuschen. Aber erst muss ich all das sein, was ich von mir erwarte. Ich muss sichergehen, dass ich mich nicht selbst enttäusche."

„Ich habe es dir nicht leicht gemacht." Er schüttelte den Kopf. „Ich bin ein harter Mann und habe viel von dir verlangt."

„Du bist ein guter Mann. Ein guter Vater." Sie küsste seine Hände und ließ sie los. „Ich weiß nicht genau, was ich tun werde. Ich weiß nicht einmal, wo ich es tun werde … Ich weiß nur, dass ich mein Leben ändern muss. Das wollte ich dir sagen, Papa. Du sollst wissen, was ich fühle."

„Ich habe immer gewusst, was du fühlst, chère." Er streichelte ihre Wange. „Du bist eine gute Tochter."

Die Rührung raubte ihr den Atem. Diese Worte aus seinem Mund bedeuteten ihr mehr als alles andere, was er hätte sagen können. „Danke, Papa", flüsterte sie und ging wieder ans Fenster. Sie wünschte, sie könnte die Antworten auf ihre Fragen dort draußen finden, in der Dunkelheit, im Duft des Jasmins, im Aufflackern der Leuchtkäfer. Aber sie wusste, dass die Antworten aus ihrem Inneren kommen mussten.

„Du willst wieder fotografieren?"

„Ja." Sie lächelte. „So viel weiß ich schon."

„Bon." Roubin nickte. „Das wird auch Zeit. Du bist sehr begabt. Ich war immer stolz auf deine Fotos."

Überrascht sah Aimée ihn an. „Das hast du mir nie gesagt."

„Aber ich habe es immer gedacht." Er fuhr zu ihr. „Ich war eifersüchtig auf deine Kamera, chère. Ich wusste, dass sie dich mir eines Tages wegnehmen würde."

„Oh Papa …"

„Non." Er hob eine Hand. „Ich hätte nicht versuchen dürfen, aus dir die Tochter, die Person zu machen, die ich haben wollte. Ich hätte wissen müssen, dass ich dich damit unglücklich mache. Es war egoistisch von mir. Ich wollte dich bei mir haben." Er seufzte schwer.

„Aber jetzt habe ich gesehen, wie glücklich du mit Hunter warst. Und dass du glücklich bist, ist für mich das Wichtigste im Leben."

„Oh Papa …" Sie beugte sich hinab und umarmte ihn. „Ich liebe dich so sehr."

Er umarmte sie ebenfalls, und lange hielten sie sich einfach nur fest. Schließlich richtete Aimée sich wieder auf. Tränen strömten ihr über die Wangen. „Was willst du jetzt tun?", fragte sie leise.

Roubin fuhr sich über die Augen und räusperte sich. „Ich war dumm. Während der letzten vier Jahre habe ich mich immer nur nach meinem alten Leben gesehnt, anstatt ein neues zu beginnen. Ich bin noch stark. Gott hat mir nicht meinen Verstand genommen. Hunter hat mir geholfen, das einzusehen. Und jetzt werde ich hart an mir arbeiten, damit ich wieder gehen kann. Aber was immer der liebe Gott mir an Fortschritten schenkt, ich werde damit zufrieden sein."

Er straffte die Schultern. „Ich habe mit Cousin Alphonse gesprochen. Diese Jungs nennen sich Fischer, aber sie haben keine Ahnung!" Roubin schnaubte abfällig. „Sie brauchen jemanden wie mich, der ihnen hilft. Niemand kennt den Bayou so gut wie Roubin Boudreaux!"

Aimée lachte. Das war der Mann, an den sie sich erinnerte. Sie umarmte ihn. „Ich freue mich so. Ich bin … so stolz auf dich."

„Ich war viel zu lange wie ein hilfloses Baby. Es wird Zeit, dass ich wieder ein Mann werde!"

„Wir beide haben viel über uns gelernt, nicht wahr, Papa?", flüsterte sie und starrte wieder in die Dunkelheit. Dank Hunter, dachte sie, er hat unsere Wunden geheilt. Hätten sie das doch auch für ihn tun können.

„Du denkst an Hunter, stimmt's?"

Aimée nickte. „Ja."

„Du willst zu ihm fahren?"

„Nein." Sie atmete tief durch. „Es ist vorbei mit uns."

„Er liebt dich, chère. Ich weiß es."

Sie schüttelte den Kopf. „Er will mich lieben, Papa, aber er kann es nicht. Sein Schmerz ist zu groß. Und mit weniger als seiner ganzen Liebe werde ich mich nicht zufriedengeben, auch wenn es noch so weh tut."

12. KAPITEL

Bonjour!"

Aimée sah von ihrer Fotomappe auf. Die Frau, die sie so fröhlich auf Französisch begrüßt hatte, fegte wie ein Wirbelwind durch den Laden. Sie war klein, hatte flammend rotes Haar und strahlend blaue Augen und sah aus wie ein Kobold.

Aimée erwiderte ihr Lächeln. „Hallo."

„Wie geht es Ihnen, chère?"

„Gut, danke", antwortete Aimée automatisch, obwohl sie der fremden Frau am liebsten gestanden hätte, dass sie an einem gebrochenen Herzen litt und befürchtete, es würde nie wieder heilen.

Die rothaarige Unbekannte schnalzte mit der Zunge, und Aimée hatte das seltsame Gefühl, dass die Frau genau wusste, wie es ihr in Wahrheit ging.

Unmöglich, sagte Aimée sich. Sie war aufgewühlt und überempfindlich, das war alles.

Aber eigenartig ist es schon, dachte sie. Sie hatte die Rothaarige noch nie im Leben gesehen, aber die Art, wie die Frau sie ansah, wirkte irgendwie vertraut.

War sie vielleicht eine Freundin von Tante Marie? Oder eine entfernte Verwandte?

„Entschuldigen Sie", sagte Aimée, „aber kennen wir uns?"

„Nur indirekt." Die Frau reichte ihr eine Visitenkarte. „Marlas kleine Wunder. Ich bin Marla und stehe Ihnen zu Diensten."

„Oh." Aimée starrte auf die Karte. Den Namen hatte sie irgendwann schon mal gehört.

„Dieu merci! Da ist sie ja!"

Aimée sah gerade noch rechtzeitig auf, um mitzubekommen, wie die Frau die Spieluhr vom Tresen nahm. Natürlich. Plötzlich erinnerte Aimée sich. „Kleine Wunder" war das Geschäft, in dem Hunter die Spieluhr gekauft hatte. Aber was wollte Marla hier? Und wie hatte sie sie gefunden?

„Ihr Hunter hat mich nach dem Weg hierher gefragt", sagte die Frau.

Fast hätte Aimée ihr erzählt, dass er nicht mehr ihr Hunter war. Sie verschränkte die Arme. „Ich verstehe. Aber was ..."

„Ich hatte gehofft, ja gebetet, dass die Spieluhr noch hier sein würde." Marla hielt sie an die Brust. „Ich muss sie zurückkaufen."

„Wie bitte?"

„Maman!" Oliver kam herein und zog seinen kleinen Wagen mit Bausteinen hinter sich her. „Ich habe Hunger. Ich ..."

Er entdeckte Marla und blieb wie angewurzelt stehen.

„Was für ein entzückendes Kind!", rief Marla. Sie ging in die Hocke und winkte Oliver mit der freien Hand zu sich.

Er warf seiner Mutter einen fragenden Blick zu und ging vorsichtig zu der fremden Frau.

Als er vor ihr stand, lächelte sie. „Wie heißt du denn, mein Kind?"

„Oliver", sagte er und musterte sie. Plötzlich lächelte er strahlend. „Ich habe dich im Krankenhaus gesehen. Du hast mich besucht."

Sie legte ihm die Hand auf den Kopf. „Ich freue mich, dass es dir gut geht, Oliver. Aber du irrst dich. Wir sind uns noch nie begegnet."

„Doch." Er nickte eifrig. „Im Krankenhaus."

Marla stand auf und wandte sich wieder Aimée zu. Sie lächelte achselzuckend. „Viele Menschen sehen einander ähnlich."

Aimée hätte fast aufgelacht. Sicher wusste Marla, dass ihr niemand ähnlich sah. „Mein Sohn hatte letzte Woche einen Unfall. Er musste eine Nacht im Krankenhaus verbringen, und ... nun ja, es ist ein Wunder, dass er noch lebt."

„Ein Wunder", wiederholte Marla und lächelte zufrieden. „Genau deshalb bin ich gekommen. Verkaufen Sie mir die Spieluhr?"

Aimée schüttelte den Kopf. „Ich fürchte, Sie haben den weiten Weg umsonst gemacht. Die Spieluhr ist ein Geschenk von ... einem Freund. Sie bedeutet mir sehr viel. Ich könnte mich nie von ihr trennen."

Marla schnalzte wieder mit der Zunge und stellte die Uhr auf den Tresen zurück. „Wir sollten uns nicht zu sehr an tote Gegenstände klammern. Ist nicht die Liebe das Wertvollste von allem? Das Einzige, an das wir uns klammern sollten?"

Aimée räusperte sich. „Das ist wahr, aber trotzdem ..."

„Dann ist doch alles klar." Marla ergriff Aimées Hände und sah ihr in die Augen. „Alles fügt sich so, wie es soll. Das Herrenhaus, aus dem dieses wunderschöne Stück stammt, soll restauriert werden. Und die Eigentümer würden die Spieluhr gern wiederhaben."

Ashland, erinnerte Aimée sich. Hunter hatte ihr davon erzählt. Es hatte ihr sehr leidgetan, dass die Familie ihr Erbe hatte verkaufen müssen. Aber dennoch ...

„Die Spieluhr ist ein Stück ihrer Geschichte, chère. Ein Symbol ihrer Vergangenheit." Marla drückte Aimées Hände. „Sie bedeutet ihnen so viel."

„Ich weiß nicht …" Aimée betrachtete die Spieluhr. „Wie gesagt, ich habe sie geschenkt bekommen, und …"

„Brauchen die Leute die Spieluhr?", fragte Oliver plötzlich.

„Ja", erwiderte Marla mit ernster Miene. „Sehr sogar."

Oliver spitzte die Lippen und überlegte. Dann nickte er. „Gib sie der Lady, Maman", sagte er. „Die Leute brauchen sie."

Zutiefst erstaunt sah Aimée ihren Sohn an. Er liebte die Spieluhr. Er glaubte, dass Hunter zurückkommen würde, um sie zu holen. Warum um alles in der Welt …

Marla lächelte. „Ich gebe Ihnen eintausend Dollar dafür."

„Eintausend Dollar?", wiederholte Aimée ungläubig.

„*Oui*, bar auf die Hand. Sofort."

Eintausend Dollar, dachte Aimée. Die Spieluhr würde zu ihren ursprünglichen Besitzern zurückkehren, und sie selbst hätte genug Geld, um …"

„Genug Geld, um sich eine Dunkelkammer einzurichten", sagte Marla und zeigte auf die aufgeschlagene Fotomappe. „Die haben Sie gemacht?"

„Ja, ich …" Aimée zog verwirrt die Augenbrauen zusammen. Die Frau schien ihre Gedanken lesen zu können. Die Idee war lächerlich, aber trotzdem beunruhigend. „Ja, das habe ich."

„Die Fotos sind sehr gut." Marla sah ihr wieder in die Augen. „Sie haben großes Talent."

„Danke, aber ich …" Aimée schüttelte den Kopf. „Danke."

Marla holte ihr Portemonnaie aus der Handtasche. Dann zählte sie zehn Hundertdollarnoten ab und hielt sie Aimée hin. „Sie tun das Richtige, chère. Sie brauchen die Spieluhr nicht mehr."

„Ich brauche sie nicht mehr?" Aimée kräuselte die Stirn. „Ich verstehe nicht. Ich …"

Marla legte ihr das Geld in die Hand und bog behutsam die Finger darum. „Vertrauen Sie mir, chère. Ich würde Sie nicht anlügen."

Aimée verstand nicht warum, aber sie vertraute der Fremden. Sie nickte langsam. „Also gut. Sie gehört Ihnen."

Marla lächelte. „Sie werden es nicht bereuen." Sie ging zur Tür, die Spieluhr an den Körper gepresst. Dort drehte sie sich noch einmal um und schickte Oliver einen Kuss zu. „Und du, halt dich vom Bayou fern."

Dann war sie fort. Aimée starrte auf das Geld in ihrer Hand. Sie hatte ihre wunderschöne Spieluhr verkauft. Jetzt war auch die noch fort. Wie Hunter. Jetzt war zwischen ihnen wirklich alles zu Ende.

Ihr kamen die Tränen, und sie blinzelte heftig. Oliver sollte sie nicht weinen sehen. Es ist besser so, sagte sie sich. Denn jedes Mal, wenn sie die Spieluhr betrachtet hatte, hatte sie daran denken müssen, was ihr versagt geblieben war.

Oliver kam zu ihr und griff mit klebrigen Fingern nach ihrer Hand. „Nicht weinen, Maman. Hunter kommt wieder."

Aimée versuchte zu lächeln, schaffte es jedoch nicht. „Das glaube ich nicht, Baby."

„Doch." Er lehnte sich gegen ihre Beine und gähnte. „Die Lady hat es mir gesagt."

„Die Lady?"

„Die mit dem roten Haar." Er gähnte noch einmal. „Ich bin müde, Maman."

Aimée nahm ihn auf den Arm. Er schlang die Arme um ihren Hals und kuschelte sich an sie. Ihr wurde warm ums Herz. Wie konnte sie traurig sein, wo sie doch Oliver hatte?

Sie dachte an Marla, und zum ersten Mal seit Tagen keimte wieder Hoffnung in ihr auf. Alles würde gut werden. Sie würde es schaffen, ein neues Leben zu beginnen. Sie küsste ihren Sohn auf das Haar. „Ich mache dir schnell etwas zu essen, sonst schläfst du mir vorher noch ein."

Das schmiedeeiserne Tor des Friedhofs stand offen. Als er es erreichte, zögerte Hunter und blieb lange davor stehen.

Eine sanfte Brise wehte zwischen den Palmen hindurch und brachte den Duft der Blumen mit sich. Hunter holte tief Luft, doch statt der sorgsam gepflegten Blumen des Friedhofs roch er den wilden Jasmin.

Mit dem Duft kam die Erinnerung an den Abend, an dem er und Aimée auf der Hollywoodschaukel miteinander geschlafen hatten. An den Abend, an dem sie auf der Verandatreppe lange miteinander geredet hatten. Und an die Nächte, in denen sie einfach im Bett gelegen hatten und Jasmin das Zimmer erfüllt hatte.

Hunter schüttelte den Kopf, um die Erinnerungen wieder loszuwerden, und sah sich um. Nach dem Bayou von Louisiana kam Kalifornien ihm irgendwie fremd vor. Hier war alles anders. Zu gepflegt. Trocken und erdfarben, statt schwül und grün. Hunter schob die Hände in die Hosentaschen und ließ den Blick über den riesigen Friedhof wandern, der sich vor den goldbraunen Berghängen erstreckte.

Er war hier, um sich von seiner Vergangenheit zu verabschieden. Und um seine Zukunft willkommen zu heißen. Ohne das eine ging das andere nicht.

Aimée.

Wie sehr er sie vermisste. Ihr Lächeln. Ihr heiseres Lachen. Die Art, wie sie ihn ansah, wie sie sich an ihn schmiegte. Aber am meisten vermisste er das Gefühl, das sie in ihm auslöste.

Das Gefühl, am Leben zu sein.

Er hatte sie erst verlassen müssen, um zu erkennen, wie sehr er sie brauchte. Wie sehr er sie liebte.

Sie und Oliver. Seinen Sohn.

Hunter starrte auf den zerzausten Teddybär in seinen Händen. Pete hatte ihn über alles geliebt. Hunter strich dem Plüschtier über den Kopf. Mit dem Haus zusammen war alles verbrannt, woran sie gehangen hatten. Übrig geblieben waren nur ein paar Fotos in seiner Brieftasche und in seinem Büro. Den Teddybär hatte er unter dem Beifahrersitz von Ginnys Wagen gefunden.

Erst Wochen nach der Beisetzung hatte er ihn entdeckt. Wochen, nachdem Pete mit einem nagelneuen Plüschtier begraben worden war. Das tat Hunter noch heute leid.

Er hob den Teddybär an die Nase. Der Bär roch noch immer ein wenig nach Pete. Aber vielleicht bildete er sich das auch nur ein.

Pete hatte mit diesem Teddybär geschlafen, ihn immer wieder umarmt und sich nie von ihm getrennt. Er hätte seinen Teddybär mit ins Grab nehmen sollen.

Hunter ging die von blühenden Büschen gesäumten Wege entlang. Er war erst ein einziges Mal hier gewesen, an dem Tag, an dem seine Familie beerdigt worden war, aber er kannte den Weg.

Er kam zu den beiden Gräbern und starrte auf die Grabsteine aus Marmor, die er ausgesucht hatte, als er noch gar nicht richtig begriffen hatte, was geschehen war. Jetzt stand er vor ihnen und spürte seinen Herzschlag.

Mutter und Kind. Seine Frau und sein Sohn. Es tat weh. Es würde immer wehtun. Ihr Tod war so sinnlos gewesen. Er hatte die beiden von ganzem Herzen geliebt.

Aber der Schmerz in ihm hatte sich verändert. Die Wut auf das Schicksal, das sie ihm geraubt hatte, hatte sich gelegt. Und mit der Wut auch das Schuldgefühl. Er hatte sich verändert.

Fünf Jahre lang hatte er sich gewünscht, mit Ginny und Pete auf diesem Friedhof zu liegen. Aber jetzt tat er das nicht mehr. Jetzt wollte er leben.

Er schloss die Augen und dachte daran, wie er Ginny gefragt hatte, ob sie seine Frau werden wollte. Wie sie geheiratet hatten. Wie sie sich nach Petes Geburt angesehen und wie sie Petes ersten Geburtstag gefeiert hatten …

Es waren Erinnerungen an das Leben. An die Liebe. Sie erfüllten ihn mit Glück und Wärme und vertrieben die Trauer und Kälte.

Das hatte er Aimée zu verdanken. Sie hatte ihm gezeigt, wie man sich erinnerte. Wie man fühlte und liebte. Aimée hatte ihm das Leben zurückgegeben.

Hunter fegte trockenes Laub vom Grabstein. Noch vor einer Woche hatte er sich nicht vorstellen können, das zu tun.

„He, Kumpel", flüsterte er. „Ich habe dir etwas mitgebracht. Einen alten Freund." Vorsichtig stellte er den Teddy gegen den Stein und arrangierte einige Blumen um ihn. „Ich dachte mir, du würdest den kleinen Kerl gern bei dir haben. Weißt du noch, wie du ihn mit in die Badewanne genommen hast?" Er schüttelte den Kopf. „Du konntest nicht verstehen, warum er nicht schwimmen konnte."

Hunter lächelte. „Ich vermisse dich, Kumpel. So sehr." Hunter dachte an das, was Roubin ihm über den Glauben gesagt hatte. „Aber jetzt weiß ich, wo du bist. Und ich weiß auch, dass du dort, wo du bist, geliebt wirst."

Er holte tief Luft. „Du hast jetzt einen Bruder, Pete." Er dachte an Oliver und lächelte. „Du würdest ihn mögen, das weiß ich. Und ich weiß auch, dass du ihm ein guter großer Bruder gewesen wärst."

Hunter strich mit den Fingerspitzen über die in den Grabstein gemeißelten Buchstaben. „Er ist so scheu, Pete. Zu ängstlich." Er dachte an den Bayou. „Aber manchmal ist er nicht vorsichtig genug. Wenn du bei ihm wärst, würdest du ihm schon zeigen, wie man auf sich aufpasst, stimmt's? Ich werde ihm von dir erzählen. Du bleibst immer mein Baby, Pete. Und … ich … werde dich immer lieben."

Hunter ließ seinen Blick von Petes Grabstein zu Ginnys wandern. Er fragte sich, was er ihr sagen sollte. Wie erzählte man der Frau, die man einmal geliebt hatte, von der Frau, die man jetzt liebte?

Wie er es bei Petes Grab getan hatte, entfernte er die trockenen Blumen. „Oh Gin", begann er schließlich. „Es gibt so viel, das ich dir noch nicht gesagt habe." Seine Kehle war wie zugeschnürt, und er musste schlucken. „Ich konnte nicht früher kommen. Weil ich mir die Schuld gegeben habe. An dem Feuer. Daran, dass ihr gestorben seid. An diesen verdammten Schlössern. Ich habe mir Vorwürfe gemacht, dass ich nicht zu Hause war, um euch beide zu beschützen."

Er schüttelte den Kopf. „Aber solche Unglücke passieren, Ginny. Das ist mir jetzt klar. Solche Tragödien gehören zum Leben. Ich darf mir keine Schuld daran geben. Niemand darf das."

Der glatte Marmor fühlte sich warm an, als er über ihren Grabstein strich. „Ich konnte mich nicht damit abfinden, dass ihr tot seid. Fünf Jahre lang habe ich aufgehört zu leben, um den Schmerz zu unterdrücken. Der Mann, der ich in dieser Zeit war, hätte dir nicht gefallen. Ich war kalt und beherrscht und so in mein Elend vertieft, dass ich nicht mehr lieben konnte."

In der Ferne lachten Kinder. Für Hunter hörte es sich an wie Musik, und er lächelte. „Aber ich will leben, Ginny. Aimée hat mich dazu gebracht, das zu begreifen. Sie hat mich in die Welt der Lebenden zurückgeholt. Sie ist eine bemerkenswerte Frau. Stark und schön und voller Leben. Du würdest sie mögen."

Hunter sah zum wolkenlosen Himmel hinauf. „Ich hätte nie gedacht, dass ich so etwas wieder fühlen würde, aber jetzt ... liebe ich so sehr, dass es mir wie ein Wunder vorkommt."

Das Kinderlachen kam näher. Ein Junge und ein Mädchen bogen um die Ecke, die Arme voller Blumen. Ihre Mutter folgte ihnen, und als sie Hunter sah, legte sie einen Finger an den Mund.

„Es tut mir leid", sagte die Frau verlegen, als sie an Hunter vorbeikamen.

Hunter lächelte. „Das muss es nicht. Es sind Kinder, und Kinder müssen lachen. Außerdem höre ich es gern."

Die drei gingen weiter, und Hunter berührte Ginnys Grabstein zum letzten Mal. „Lebewohl, Ginny. Pass dort oben gut auf unser Baby auf. Ich liebe dich."

Noch während er die Worte aussprach, dachte er an Aimée. Und an das Leben, das sie zusammen führen würden. Dann flüsterte er Ginny ein letztes Lebewohl zu und stand auf, um die Vergangenheit hinter sich zu lassen und seiner Zukunft entgegenzugehen.

Aimée stand auf der Veranda und starrte auf den herrlichsten Sonnenuntergang, den sie je gesehen hatte. Pink und Lavendel, Rot und Orange und ein Hauch von Gold verwandelten den Himmel in die Palette eines Malers. Seufzend legte sie den Kopf gegen eine Säule.

Sie hatte versucht, Hunter zu vergessen. Sie hatte Zukunftspläne geschmiedet und überlegt, wo sie und Oliver leben wollten. Sie hatte Galerien ihre Fotos angeboten und sich erkundigt, was die Einrichtung einer Dunkelkammer kostete. Aber obwohl sie sich kaum eine Minute Ruhe gönnte, vermisste sie Hunter noch immer schmerzlich.

Noch immer wünschte sie, dass alles anders gekommen wäre.

Als sie hörte, wie ein Wagen von der Straße in die Einfahrt abbog, drehte sie sich um. Es war kein Wagen, den sie kannte. Wer konnte das sein? Es war schon spät. Und noch dazu Sonntag.

Hunter?

Sie begann zu zittern und kam sich plötzlich albern vor. Ein wunderschöner Sonnenuntergang bedeutete noch lange nicht, dass ein Wunder geschah. Hunter war seit zehn Tagen fort. Er würde nicht zurückkommen, egal, wie sehr sie es sich wünschte.

Egal, wie oft Oliver ihr versicherte, dass er kommen würde.

Der Wagen hielt. Die Fahrertür ging auf. Aimée stockte der Atem.

Hunter stieg aus.

Mit klopfendem Herzen tastete Aimée nach der Säule, um sich daran festzuhalten. Er war zurückgekommen. War er auch zu ihr gekommen?

Sie konnte sich nicht bewegen und stand reglos da. Sie hatte Angst zu atmen. In ihr kämpfte die Hoffnung, dass ihr Traum sich doch noch erfüllte, mit der lähmenden Angst, dass Hunter nur der Spieluhr wegen zurückgekommen war. Oder Olivers wegen. Jedenfalls nicht ihretwegen.

Er kam auf sie zu, den Blick fest und ruhig auf ihr Gesicht gerichtet. Er zögerte nur einmal, am Fuß der Verandatreppe, legte den Kopf nach hinten, um ihr in die Augen sehen zu können. Hinter ihm entfaltete der Abendhimmel seine ganze Farbenpracht.

Lange starrten sie sich an.

Schließlich brach Hunter das Schweigen. „Kein Hallo für einen alten Freund, Aimée?"

Sie schüttelte den Kopf. Die Angst, enttäuscht zu werden, war kaum noch auszuhalten. „Nicht, bevor du mir gesagt hast, warum du hergekommen bist. Ich könnte es nicht ertragen, dir Hallo zu sagen, um dir gleich darauf wieder Lebewohl zu sagen", gestand sie leise.

Er stieg die Stufen hinauf und blieb vor ihr stehen. Dann hob er die Hände und legte sie an ihre Wangen. „Kein Lebewohl mehr. Nie wieder, Aimée."

Die Hoffnung, dass er ihretwegen gekommen war, wurde größer und raubte ihr fast den Atem. „Ich habe dir gesagt, du sollst nur zurückkommen, wenn du …"

„Ich liebe dich, Aimée. Von ganzem Herzen und mit allem, was ich bin und habe. Du hast mich ins Leben zurückgeholt. Du hast mir beigebracht, wieder Gefühle zu haben. Zu lieben."

Sie legte die Hände an seine Brust und sah ihm tief in die Augen. Vielleicht würde sie dort die Antwort auf die Frage finden, woher sein plötzlicher Sinneswandel kam.

„Ich möchte dir ja glauben, Hunter", flüsterte sie. „Ich will es so sehr, wie ich noch nie etwas gewollt habe. Aber ich … habe Angst davor. Ich habe Angst, mir Hoffnungen zu machen. Ich möchte nicht, dass du mir wieder wehtust."

Er schob die Finger in ihr Haar. „Du hast mich verzaubert, Aimée Boudreaux, schon vor langer Zeit. Damals war ich zu blind und zu ängstlich, um die Wahrheit zu erkennen. Ich habe mich gezwungen, dir gegenüber keine tiefen Gefühle zuzulassen und mich aus deinem Leben fernzuhalten. Aber jetzt hast du mich aus meiner Einsamkeit geholt. In dein Leben. In deine Wärme. Ich habe wieder angefangen zu fühlen, bis die Kälte in mir sich gelegt hat."

Er schien noch immer nicht glauben zu können, dass er einmal unfähig gewesen war, die Wahrheit zu erkennen. „Ich habe versucht, das, was in mir vorging, zu ignorieren und als unwichtig abzutun. Ich habe mir eingeredet, dass ich dir nichts geben kann und du es ohne mich besser hast."

Aimée sah ihn fragend an. „Aber warum hast du das getan?"

„Weil ich dich schon liebte", sagte er. „Und weil ich schreckliche Angst hatte. Bevor ich weggefahren bin, hat dein Vater mir genau das vorgeworfen. Er hat mir auf den Kopf zugesagt, dass ich dich aus Angst verlasse. Dein Vater ist ein kluger Mann. Ich hatte schon einmal eine Familie verloren und riesige Angst davor, es wieder durchzumachen. Ich war sicher, dass ich es nicht noch einmal überleben würde."

„Also wolltest du nicht geliebt werden. Du hast uns nicht nah genug an dich herangelassen", flüsterte sie.

„Ich konnte nicht anders."

Sie strich ihm über die Wange. „Aber du warst so einsam."

„Als wir Oliver fanden … wurden meine Ängste wahr. Es war grauenhaft. Es brachte all das zurück, was ich endlich vergessen wollte."

Hunter holte tief Luft. „Ich dachte, ich würde auch meinen zweiten

Sohn begraben müssen. Ich habe es nicht mehr ausgehalten und bin einfach davongerannt."

Aimée dachte daran, wie Oliver im Bayou getrieben war, wie sie geglaubt hatte, ihn verloren zu haben. Die Erinnerung ließ sie frösteln. Sie konnte sich nur vorstellen, wie es für Hunter gewesen war, Pete wirklich verloren zu haben.

„Was ist passiert?", fragte sie mit Tränen in den Augen. „Was hat dich dazu gebracht …"

„Zu erkennen, wie sehr ich dich liebe?"

Aimée lächelte, und er strich mit der Fingerspitze über ihre Lippe. „Ich habe es nicht ausgehalten, ohne dich zu leben. Es kam mir so sinnlos vor. Aus Angst, dich zu verlieren, hatte ich auf dich verzichtet. Wie ich darauf verzichtet hatte, wirklich zu leben."

„Das wirst du nie wieder tun", flüsterte sie. „Wir werden nie wieder auch nur einen Moment unseres Lebens verschwenden. Dazu ist es viel zu wertvoll."

Hunter zog sie an sich und küsste sie. Aimée kostete es aus, in seinen Armen zu sein und seine Liebe zu spüren. Erst nach einer Weile löste sie sich aus seiner Umarmung und sah ihn an.

Nur zu gern hätte sie alles vergessen, was gewesen war. Nur zu gern hätte sie genommen, was er ihr geben wollte, und die Vergangenheit endgültig ruhen lassen. Aber das konnte sie nicht. Noch nicht. „Du hast nichts von Ginny und Pete gesagt. Aber ich muss es wissen, Hunter. Ich muss dich danach fragen. Was ist mit den beiden? Wenn du ihren Tod noch nicht überwunden hast, komme ich gegen die beiden nicht an. Und ich will nicht gegen die Vergangenheit kämpfen. Ich will in der Gegenwart leben und mich auf die Zukunft freuen."

Aimée ließ die Hände sinken und wartete auf seine Antwort. Sie wusste jetzt, was sie brauchte, um glücklich zu sein. Und wenn Hunter jetzt nicht das sagte, was sie von ihm hören wollte, würde sie ihm endgültig Lebewohl sagen müssen.

„Ich liebe Ginny", sagte er nach einem Moment. „Man hört nicht auf, einen Menschen zu lieben, weil er tot ist. Es ist eine Liebe, die von der Erinnerung lebt. Man liebt die Vergangenheit, aber so, dass diese Vergangenheit keinen Schatten mehr auf die Gegenwart wirft … und auch nicht auf die Zukunft."

Er zog sie wieder an sich und atmete ihren Duft ein. „Ich liebe Oliver. So, wie ein Vater seinen Sohn liebt. Ich will, dass wir zusammengehören und eine Familie sind." Er sah ihr ins Gesicht. Sein Blick war ernst.

„Ich habe die Vergangenheit hinter mir gelassen, Aimée. Endgültig. Ich bin ein freier Mann, der dir alles geben kann."

Erst jetzt entspannte sie sich und hielt ihn so fest, wie sie es bisher nicht gewagt hatte. Diesmal, das wusste sie, würde er für sie da sein. Für immer. „Ich liebe dich so sehr. Ich dachte, es wäre vorbei. Ich dachte ..."

„Ich weiß." Er strich ihr übers Haar. „Es tut mir leid, dass ich dir wehgetan habe."

Sie legte den Kopf nach hinten und sah ihm in die Augen. „Das macht nichts. Hauptsache, du liebst mich."

„Das tue ich." Er küsste sie sanft und zärtlich. „Ich kann dir nicht versprechen, dass ich nicht mehr von ihrem Tod träumen werde. Ich wünschte, ich könnte es, aber ..."

Sie legte ihm einen Finger auf den Mund. „Solche Träume gehören zum Leben. Sie sind menschlich. Aber solange du mich liebst, können sie uns nichts tun."

„Sie werden uns nie wieder etwas tun", flüsterte er, bevor er nach ihren Händen griff und seine Finger zwischen ihre schob. „Ich kann kaum glauben, dass ich fast für immer auf dich verzichtet hätte."

Ohne ihre Hände loszulassen, küsste er sie erneut. Noch nie war ein Kuss so innig gewesen, so erfüllend. Endlich, nach all dem Schmerz, nach all der Zeit, in der sie beide einander gefehlt hatten, waren sie zusammen. Ohne, dass die Schatten der Vergangenheit ihre Zukunft trüben konnten.

Hunter hob den Kopf und legte seine Stirn an ihre. „Du glaubst nicht, wie sehr ich dich vermisst habe. Es raubte mir fast den Verstand. Ich konnte weder essen noch schlafen. Meine Laune war ..."

„Meine auch. Ich dachte, du würdest nicht zurückkommen." Sie lachte. „Aber Oliver hat fest an dich geglaubt."

„Wirklich?", fragte er beglückt. „Ich hatte Angst, er würde mir nie verzeihen."

„Zuerst war er gekränkt und traurig. Sehr traurig. Aber dauernd behauptete er, ein Engel hätte ihm gesagt, dass du zurückkommst."

„Ein Engel?" Hunter schüttelte den Kopf. „Das musst du mir genauer erzählen."

„Ein rothaariger Engel, der ihn im Krankenhaus besucht hat. Er ist fest überzeugt, dass es Marla war. Du weißt doch, die Frau von ‚Kleine Wunder'."

Hunter zog die Augenbrauen zusammen. „Jetzt verstehe ich gar nichts mehr. Woher kennt Oliver denn Marla?"

Aimée zögerte nur kurz, dann erzählte sie ihm, wie Marla in den Laden gekommen war und sie dazu gebracht hatte, ihr die Spieluhr zu verkaufen. „Es war ganz seltsam. Ich hatte das Gefühl, dass sie meine Gedanken lesen kann." Aimée lachte. „Und Oliver war fest überzeugt, dass sie ihn im Krankenhaus besucht hat. Er war nicht davon abzubringen und glaubt es noch immer."

„So etwas gibt es", sagte Hunter. „Er hatte einen Schock erlitten und war nur knapp dem Tod entronnen. Viele Menschen, die so etwas erlebt haben, berichten über solche Dinge."

„Ja, so habe ich es mir auch erklärt."

Hunter lächelte. „Aber Marla ist wirklich ein ... ungewöhnlicher Mensch."

„Mmm." Aimée legte die Arme um seine Taille. „Sie war mir auf Anhieb sympathisch. Irgendetwas an ihr hat mir ein gutes Gefühl gegeben. Ein Gefühl der Hoffnung." Sie sah ihm ins Gesicht. „Du bist mir doch nicht böse, dass ich die Spieluhr ..."

„Nein, ich bin dir nicht böse." Er küsste sie auf die Lippen. „Marla mag etwas seltsam sein, aber sie hatte recht. Die Liebe ist das Wertvollste von allem. Und jetzt möchte ich, dass wir sie mit noch jemandem teilen."

Aimée griff nach seiner Hand. „Das sollten wir."

Hand in Hand machten sie sich auf die Suche nach ihrem Sohn.

EPILOG

„Ich finde, wir sollten es tun", sagte Aimée zu Hunter, während sie sich zwischen den Touristen hindurchdrängten, die das French Quarter von New Orleans bevölkerten. „Schließlich hat sie uns wieder zusammengebracht. Das hast du selbst zugegeben."

„Aber sie war es nicht allein", wandte er ein. Oliver saß auf Hunters Schultern, und als er Aimée eingeholt hatte, hob er den Jungen an und setzte ihn so hin, dass sie beide es wieder bequem hatten. „Außerdem könnten wir ihr doch einfach eine Einladung schicken."

„Sicher könnten wir das." Aimée lachte. „Aber da ist die Royal Street schon. Wir sind da. Lass uns bei ihr vorbeischauen."

„Ich möchte lieber reiten", meinte Oliver. „Nicht anhalten, Hunter."

„Ich bin ganz deiner Meinung, Tiger. Aber wenn deine *maman* sich etwas in den Kopf gesetzt hat …" Er schnalzte so mit der Zunge, wie Marie es immer tat. „Frag deinen *pépère*, Oliver. Er kann dir sagen, wie hartnäckig sie ist."

Aimée sah lachend auf die Visitenkarte in ihrer Hand und suchte an dem Haus, vor dem sie standen, nach der Nummer. „‚Kleine Wunder' müsste gleich dort vorn sein."

Nach wenigen Schritten hatten sie das Geschäft erreicht. Betrübt starrte Aimée auf das leere Schaufenster. Dann sah sie auf die Hausnummer neben der Tür. „Bist du sicher, dass wir hier richtig sind, Hunter? Kann es sein, dass die Adresse auf der Visitenkarte nicht stimmt?"

Hunter sah sich um. „Nein, wir sind richtig. Ich kann mich an das Geschäft nebenan erinnern."

„Die Lady ist weg", sagte Oliver traurig. „Mein Engel ist nicht mehr da."

Aimée legte eine Hand an die Scheibe. Im Geschäft standen außer dem staubigen Verkaufstresen nur noch ein paar leere Vitrinen. „Es ist doch erst eine Woche her, dass sie in La Fin war", flüsterte sie. „Warum ist sie nicht mehr hier?"

„Wollen Sie zu Marla?"

Aimée drehte sich um. Die Inhaberin des Nachbargeschäfts stand in ihrer Tür und steckte sich gerade eine Zigarette an.

„Ja." Aimée lächelte hoffnungsvoll. „Wissen Sie, wo sie ist?"

„In Boston, glaube ich." Die Frau schüttelte den Kopf und blies eine Rauchwolke in die Luft. „Ich bin jetzt seit fünfunddreißig Jahren hier in der Royal Street. Aber Marla hat ihr Geschäft schon nach wenigen Monaten wieder zugemacht. Obwohl es hervorragend lief." Sie zuckte die Achseln.

Aimée seufzte betrübt. „Danke, dass Sie es uns gesagt haben."

„Sagen Sie ..." Die Frau musterte sie. „Marla hat mir etwas gegeben. Sie meinte, ich würde schon wissen, wem ich es geben soll." Sie schüttelte den Kopf. „Marla hat dauernd solche seltsamen Sachen gemacht. So war sie eben. Augenblick, ich hole es."

Aimée sah Hunter an. Er lächelte nur. Kurz darauf kam die Frau mit einem kleinen, cremefarbenen Umschlag in der Hand aus ihrem Geschäft. Sie reichte ihn Aimée. „Bitte", sagte sie und lächelte den Touristen zu, die gerade ihr Geschäft betraten.

„Ich hoffe, Sie sind diejenigen, denen ich ihn geben sollte", sagte sie. „Wenn nicht ..." Sie zuckte noch einmal mit den Schultern und verschwand hastig in ihrem Geschäft.

Aimée sah ihr nach. Dann riss sie den Umschlag vorsichtig auf, zog eine Karte heraus und las, was in Goldbuchstaben darauf stand.

Die Liebe ist das größte Wunder von allen.

Aimée hielt den Atem an und reichte Hunter die Karte.

Er las sie und sah Aimée in die Augen. „Sie hat recht", sagte er gerührt. „Das weiß ich jetzt." Er streckte die Hand nach Aimée aus. „Ich liebe dich, Aimée Boudreaux."

Aimée nahm seine Hand, und Tränen der Freude stiegen ihr in die Augen. „Und ich liebe dich, Hunter Powell."

Dann machten sie sich auf den Weg in die Zukunft. Gemeinsam.

– ENDE –

Mary Lynn Baxter

Viel mehr als nur eine Affäre

Roman

Aus dem Englischen von
Eleni Nikolina

1. KAPITEL

Calhoun Webster blieb vor Überraschung einen Moment der Mund offen stehen. Dann presste er die Lippen fest zusammen. Sein Anwalt und Freund Hammond Kyle lächelte nachsichtig. „Deine Sprachlosigkeit ist verständlich. An deiner Stelle ginge es mir wohl nicht anders."

„Willst du mich auf den Arm nehmen, Kyle?", verlangte Cal zu wissen. „Wenn ja, dann hast du einen ganz schön miesen Humor."

„Beruhige dich, Cal. Niemals würde ich dich in einer so ernsten Angelegenheit auf den Arm nehmen." Hammond fuhr sich mit der Hand durch das schüttere graue Haar. „Wie ich dir eben schon sagte, du bist Vater. Du hast ein Kind. Einen Sohn, um genau zu sein."

Cal stieß heftig die Luft aus. Er war blass geworden und fühlte sich plötzlich unglaublich erschöpft. Die Anstrengungen wegen seines Auftrags in Kolumbien steckten ihm noch in den Knochen, und er wurde schnell müde. „Macht es dir etwas aus, wenn ich mich setze?"

„Ich wollte es dir selber gerade vorschlagen." Wieder umspielte ein Lächeln die Lippen des Anwalts. „Es wäre mir sehr unangenehm, wenn ein erwachsener Mann mitten in meinem Büro einfach umkippte."

Cal warf ihm einen finsteren Blick zu, während er sich in einen der bequemen Sessel vor Hammonds schwerem Schreibtisch fallen ließ. Unzählige Fragen schwirrten ihm durch den Kopf, aber er konnte keine Ordnung in sie bringen.

Er hatte einen Sohn?

Das war unvorstellbar.

Unmöglich.

Nein, nicht unmöglich, aber es musste ein Irrtum sein. Das war es, nichts als ein Irrtum.

Cals Stimmung hob sich ein wenig bei diesem Gedanken, und er setzte sich etwas gerader auf. „Es muss sich um einen Irrtum handeln."

„Das glaubst du doch selbst nicht", antwortete Hammond ruhig.

„Aber Connie lebt nicht mehr", erwiderte Cal fast verzweifelt. „So viel habe ich auch schon mitbekommen."

Hammond warf ihm einen ungeduldigen Blick zu. „Deine Exfrau war schwanger, als sie dich verließ, behielt das aber offensichtlich für sich." Er seufzte tief. „Kommt immer wieder vor und lässt den armen Teufel von Vater wie einen Idioten dastehen, wenn er es schließlich doch herausfindet."

Cal biss die Zähne zusammen, gleichzeitig umklammerte er die Armlehnen des Sessels so fest, dass die Knöchel an seinen Händen weiß wurden. „Miststück", sagte er mehr zu sich.

„Das wusstest du doch schon, als du sie geheiratet hast", bemerkte Hammond ungerührt.

„Stimmt. Aber ich weiß immer noch nicht, warum sie mir nichts von ihrer Schwangerschaft gesagt hat." Cals Stimme hatte etwas von ihrer Lebhaftigkeit wiedergewonnen.

„Wenigstens musstest du nicht beides auf einmal erfahren, ihren Tod und die Existenz des Babys." Hammond hielt kurz inne. „Wenn dir das ein Trost ist."

Cals Miene wurde finsterer. „Mit wem war sie zusammen, als sie getötet wurde? Ich weiß, dass sie nicht allein war."

„Nachdem Connie dich verlassen hat, ließ sie sich mit irgend so einem Biker ein. Sie kamen beide bei dem Unfall ums Leben."

„Waren sie verheiratet?"

„Nicht, dass ich wüsste. Es heißt, dass sie zusammenlebten."

„Woher weiß ich dann, dass es mein Kind ist?"

„Dein Name steht auf der Geburtsurkunde", sagte Hammond.

Cal sprang auf und griff nach dem Dokument, das sein Anwalt ihm reichte. Nachdem er es geprüft hatte, trat er ans Fenster und starrte hinaus in den strahlenden Sonnenschein.

Über ein Jahr lang hatte er sich diesen Luxus, für alle deutlich sichtbar vor einem Fenster zu stehen und keine Angst um sein Leben zu haben, nicht leisten können. Sein Job als Undercover-Agent der Regierung hatte ihn gezwungen, ständig auf der Hut zu sein, da er sich überwiegend im gefährlichen Drogenmilieu bewegt hatte.

Bevor er zum Geheimdienst gegangen war, hatte Cal sich eigentlich für einen recht normalen Mann gehalten, der vielleicht ein wenig hitziger und störrischer war als die meisten. Dann hatte er Connie Jenkins geheiratet, und sofort waren ihm Zweifel gekommen, ob er wirklich so normal war, wie er immer angenommen hatte, denn die Heirat war der größte Fehler seines Lebens gewesen.

Nun, da er den Dienst quittiert hatte, konnte sein Leben wieder in normalen Bahnen verlaufen. Dennoch hatte er insgeheim ein ungutes Gefühl, obwohl er nach außen hin sehr ruhig wirkte. Seit er sich mit dem Abschaum der Menschheit befasst hatte, wusste er nicht mehr so genau, wohin er gehörte oder wer er war. Manchmal befürchtete er, er könnte inzwischen den Mistkerlen, mit denen er zu tun gehabt hatte, ähnlicher sein, als ihm lieb war. Eins wusste er allerdings genau. Er würde sich nie wieder in den Morast zurückziehen lassen, der ihn fast zerstört hätte.

Sein Blick fiel auf das Schreiben, das der Anwalt ihm gereicht hatte, und er zuckte zusammen. Wenn dieses Kind wirklich seins war – und er war noch lange nicht bereit, das zu glauben –, war er doch unmöglich in der Lage, ihm ein richtiger Vater zu sein.

Cal versank in Grübeleien, bis ihm eins klar wurde: Er mochte in vielerlei Hinsicht ein Hundesohn sein, aber er hatte noch nie seine Pflichten vernachlässigt und würde auch jetzt nicht damit anfangen. Wenn sich tatsächlich herausstellen sollte, dass in seinen Adern dasselbe Blut wie in den Adern des Kindes floss, wer weiß, vielleicht könnte er es lernen, sich um seinen Sohn zu kümmern.

„Cal, hörst du mir noch zu?"

Cal stieß heftig die Luft aus und wandte sich mit entschlossener Miene vom Fenster ab. „Ich versuche noch zu verarbeiten, was du mir da gerade gesagt hast."

„Du kannst natürlich einen DNS-Test machen lassen", sagte Hammond. „Und das solltest du wohl auch, da sie ja mit einem anderen Mann zusammengelebt hat."

„Ich könnte auch vergessen, dass du mir je von dem Kind erzählt hast." Cal hob eine Augenbraue. „Das ist doch auch eine Möglichkeit, oder?"

Hammond zuckte die Achseln. „Das hängt natürlich ganz von dir ab."

„Aber du weißt, dass ich das nicht tun werde", fuhr Cal fort. „Wenn mein Name auf der Geburtsurkunde steht, dann ist es mein Kind, und ich nehme die Verantwortung an."

„Das überrascht mich nicht, mein Freund. Du hast noch nie halbe Sachen gemacht. Für dich heißt es immer: alles oder nichts. Was wohl auch keine schlechte Lebensphilosophie ist." Hammond stemmte seinen langen, schlaksigen Körper aus dem Sessel und ging zur Bar, wo er sich eine Tasse Kaffee einschenkte. „Willst du auch einen?", fragte er.

Cal schüttelte den Kopf.

Hammond nahm einen Schluck von seinem Kaffee und fuhr fort: „Andererseits solltest du dieses eine Mal besser schlafende Hunde ruhen lassen, wenn du verstehst, was ich meine. Vielleicht solltest du das Kind einfach vergessen und völlig unbelastet ein neues Leben beginnen. Das wäre in diesem Fall nicht das Schlechteste."

„Für mich schon", entgegnete Cal schroff.

„Es tut mir leid, dass ich dich gleich mit Problemen konfrontieren musste, wo du doch erst seit zwei Tagen wieder in der Stadt bist. Aber ich wollte, dass du es von mir erfährst, und nicht von den hiesigen Klatschmäulern. Du weißt doch, wie es hier bei uns in Tyler zugeht. Es ist wie in allen Kleinstädten in Texas. Dieser Ort ist nicht so groß, dass die Leute ihre Nachbarn nicht mehr kennen und sich nur um ihren eigenen Kram kümmern."

„Du brauchst dich nicht zu entschuldigen. Ich musste es erfahren, und ich erfahre es lieber von dir als von sonst jemandem. Dir kann ich wenigstens vertrauen."

„Du kannst vielen Leuten vertrauen, Cal. Du hast Freunde, die froh darüber sind, dass du wieder in die Zivilisation zurückgekehrt bist."

„Ich weiß, ich werde nur ein wenig Zeit brauchen, um mich davon zu überzeugen."

„Es ist selbstverständlich, dass du nicht darüber sprechen kannst, was du durchgemacht hast oder wo du gewesen bist, aber war es tatsächlich so schlimm, wie es den Anschein hat?"

„Schlimmer", sagte Cal knapp.

„Nun, wenigstens hast du es jetzt hinter dir."

„Wenn mein Plan aufgeht, werde ich demnächst für eine Sicherheitsfirma arbeiten", erwiderte Cal. „Dann habe ich es wirklich hinter mir."

Hammond setzte sich und nippte an seinem Kaffee. „Ich dachte, man hätte dich schon eingestellt."

„Das stimmt. Ich habe allerdings noch nicht endgültig zugesagt. Sie lassen mir sechs Wochen Zeit, mich zu entscheiden."

„An der Neuigkeit über dein Kind kann es nicht liegen, dass du zögerst. Ich hatte den Eindruck, das war schon vorher der Fall."

„Verdammt, Hammond, ich werde bei diesem Job wieder oft ins Ausland reisen müssen, wenn auch in sichere Gebiete."

„Und?"

„Und ich möchte vielleicht zur Abwechslung auch mal ein bisschen Zeit in meiner Heimat verbringen."

„Was also bedeutet, dass du dich außerhalb der Staaten aufgehalten hast."

Cal sah seinen Freund aus zusammengekniffenen Augen an. „Das habe ich nicht gesagt."

„Okay. Schon gut, ich weiß, deine Arbeit ist top secret."

„Genau, also hör auf, nach Informationen zu angeln."

Hammond verzog den Mund zu einem schiefen Lächeln. „Ich bin nur neugierig, mehr nicht."

„Nun, das kannst du ein für alle Mal vergessen, weil mein Job bei Onkel Sam nie ein Thema zwischen uns sein wird."

Hammond lächelte. „Ich wette, du warst verdammt gut in deinem Job, was für einer es auch war. Du hattest schon immer den Ruf, ein hartgesottener Kerl zu sein."

„Du musst dich ausführlich mit meinem Ex-Schwiegervater unterhalten haben." Cal hatte es nur als sarkastischen Scherz gemeint, aber als Hammond nicht darauf einging, sondern ihn nur weiter ernst ansah, gingen bei ihm alle Alarmglocken los. Allerdings war er auch darauf trainiert worden, auf alles Ungewöhnliche zu achten.

„Seltsam, dass du das sagst", meinte Hammond und senkte den Blick.

„Hast du etwa wirklich mit Patrick Jenkins gesprochen?"

„Nein", antwortete Hammond.

„Aber?"

Hammond seufzte und sah auf seine auf Hochglanz polierten Stiefel hinunter.

„Er hat das Kind", stellte Cal entsetzt fest.

„Nein, seine Tochter Emma hat den Jungen."

Cal stieß einen herzhaften Fluch aus.

„Ich wusste, dass dir das nicht gefallen würde."

Cal fluchte noch einmal. „Das ist die Untertreibung des Jahrhunderts. Der Mistkerl hasst mich, und seine Tochter tut es sicher auch, obwohl ich nie das Vergnügen hatte, sie kennenzulernen." Seine Stimme triefte vor Sarkasmus. Er hatte nie den Wunsch gehabt, die Beziehung zur Familie seiner Exfrau zu vertiefen. Wie die Dinge jetzt standen, würde er es sich allerdings anders überlegen müssen.

Cal fühlte sich angespannt und rieb sich den Nacken. „Persönlich ist es mir völlig egal, was sie von mir halten, aber ..."

„Aber jetzt haben sie etwas, das dir gehört."

„Da hast du verdammt recht."

„Ich bin froh, dass du das sagst, Cal." Hammond erhob sich und füllte seine Kaffeetasse wieder nach. Sein sonst so freundlicher Gesichtsausdruck war verschwunden, und er sah Cal grimmig an. „Ich muss zugeben, dass die Zuversicht, die ich vorhin so gekonnt an den Tag gelegt habe, nicht ganz echt war. Ein bisschen habe ich schon befürchtet, du würdest einfach aus meinem Büro spazieren, wenn ich dir von dem Baby erzähle."

„Das hätte ich wahrscheinlich auch tun sollen."
„Keiner zwingt dich zu etwas. Ich ganz bestimmt nicht. Ich bin sicher, Logan ..."
„So heißt der Kleine also", unterbrach Cal ihn.
„Ja. Vielleicht war es Schicksal oder weiß der Kuckuck, was. Jedenfalls bin ich Jenkins neulich zufällig begegnet, und er hatte den Jungen bei sich."
„Sieht er mir überhaupt ein wenig ähnlich?", fragte Cal zögernd und kämpfte mit einer Unmenge verwirrender Gefühle, die ihn plötzlich überkamen. Zum Teufel mit Connie, dachte er ohne besondere Schuldgefühle.
Wenn das bedeutete, dass er gefühllos war, dann war das eben so. Man konnte ihm viel vorwerfen, aber nicht, dass er ein Heuchler war. Er hatte immer alles ohne Angst vor den Konsequenzen beim Namen genannt und ging keinem Feind aus dem Weg, wenn er ihn bekämpfen konnte. Deswegen hatte er es auch geschafft, einen der härtesten Drogenringe des Landes zur Strecke zu bringen, der auch international tätig gewesen war.
Aber diese Phase seines Lebens lag hinter ihm. Er musste lernen, sich in die Gesellschaft einzufügen und sich mit der Familie seiner Exfrau gut zu stellen. Und doch wurde ihm übel bei dem Gedanken, irgendetwas mit Patrick Jenkins und seiner zweiten Tochter zu tun zu haben.
„Es ist nicht so leicht zu sagen, wem ein Kind ähnelt. Jedenfalls für mich", sagte Hammond schließlich. „Jetzt, da du weißt, wo Logan ist – wie ist dein Plan?"
„Ich habe keinen."
„Jedenfalls kannst du nicht einfach so aus heiterem Himmel auf ihrer Türschwelle auftauchen."
„Warum nicht?"
Hammond verdrehte die Augen. „Diese Frage verdient keine Antwort."
„Connies Schwester hat mich noch nie gesehen."
„Das heißt also, dass du zuerst zu ihr gehst?"
Cal zuckte die Achseln. „Vielleicht. Ich habe erst mal eine ganze Menge zu verdauen, bevor ich irgendwelche Schritte unternehme."
„Genau. Und du weißt natürlich, dass ich dich in allem beraten werde, was die rechtliche Seite angeht."
„Danke. Ich kann mir gut vorstellen, dass es Krieg geben wird."
„Damit musst du wohl rechnen." Hammond stellte die Kaffeetasse

ab. „Es war offensichtlich, dass Jenkins an dem kleinen Jungen hängt. Er wird ihn vermutlich nicht ohne Kampf hergeben. Und ich bin sicher, dass die Tochter genauso empfindet."

„Was weißt du von ihr, abgesehen von ihrem Namen?", fragte Cal.

„Sie ist Besitzerin einer gut gehenden Gärtnerei und liefert die Pflanzen für die Bürokomplexe, die die Firma ihres Vaters aus dem Boden stampft."

Cal schnaubte verächtlich. „Patrick ist also immer noch im Baugewerbe tätig?"

„Ja, und er macht damit ein Vermögen."

„Das hatte er schon, als ich noch mit Connie verheiratet war. Das war ja eins unserer Probleme. Sie war Daddys blonde Prinzessin, der man alles auf einem silbernen Tablett servieren musste."

„Offenbar ist Emma ganz anders, aber wer weiß das schon so genau? Ich kann mich nur an Gerüchte aus Jenkins' Kreisen halten."

Cal schnaubte wieder. „Diese Leute sind das reine Gift, und wenn es nach mir geht, werde ich ihnen so weit wie möglich aus dem Weg gehen."

„Es tut mir leid, dass du nach deiner aufreibenden Arbeit schon wieder in ein Wespennest gerätst."

Cal zuckte die Achseln und ging zur Tür. „Ist ja nicht deine Schuld."

Hammond folgte ihm und reichte ihm die Hand. „Lass von dir hören."

„Oh, da kannst du sicher sein."

„Und in der Zwischenzeit gehe es langsam an und gewöhne dich wieder an den Gedanken, dass es in dieser Welt auch anständige Menschen gibt."

„Ja, okay", sagte Cal und verließ das Büro.

Erst als er hinter dem Steuer seines neuen Jeeps saß, atmete er tief durch. Doch sofort fiel ihm das Gespräch mit Hammond wieder ein, und er schlug heftig mit der Handfläche auf das Lenkrad. Was in aller Welt sollte er nur tun? Er wollte seinen Sohn sehen – und andererseits auch wieder nicht. Lieber Himmel, allein das Wissen, dass er ein Kind hatte, war überwältigend.

Es war nicht leicht, eine Entscheidung zu treffen. Nach allem, was er durchgemacht hatte, war er kaum in der Verfassung, sich um ein Kind zu kümmern. Nicht, solange er jedes Mal, wenn er die Augen schloss, einen Kerl vor sich sah, der ihm eine Waffe an die Schläfe drückte und mit dem größten Vergnügen russisches Roulette mit seinem Leben spielte.

Wieder brach ihm der kalte Schweiß aus, und es wurde ihm übel. Am liebsten wäre er an den Straßenrand gefahren und hätte sein Mittagessen von sich gegeben. Irgendwie schaffte er es jedoch, sich zusammenzureißen, bis das Schwindelgefühl vorbei war und sein Herz wieder ruhiger schlug.

Na schön, das Leben hatte ihm noch einen Schlag versetzt, aber er würde es überstehen. Wenn Connie ihm wirklich einen Sohn geschenkt hatte, dann konnte ihn nichts auf der Welt davon abhalten, ihn sich wenigstens anzusehen. Was danach kommen würde ... nun, das musste er entscheiden, wenn es so weit war.

Zunächst einmal musste er sich einen Plan machen, das war etwas, das er perfekt beherrschte. Vater und Tochter Jenkins ahnten nicht, was sie erwartete. Er war noch nie einer Herausforderung ausgewichen und würde es auch jetzt nicht tun. Zum ersten Mal, seit er zu Hause war, gab es wieder ein Ziel in seinem Leben.

Und das war ein wundervolles Gefühl.

2. KAPITEL

Was für ein wundervoller Frühlingstag.
Emma betrachtete den texanischen Himmel, dessen Schönheit von keiner einzigen Wolke beeinträchtigt wurde. Niemand hätte sich besseres Wetter wünschen können, schon gar nicht jemand, der seinen Lebensunterhalt unter freiem Himmel verdiente wie sie mit ihren Pflanzen. Allerdings erledigte sie selten die körperliche Arbeit. Die Gärtnerei gehörte ihr, und die Buchführung, die Bestellungen und die Verwaltungsarbeiten fesselten sie praktisch die ganze Woche an den Schreibtisch.

Aber es gab auch Tage wie diesen, an denen sie die Gelegenheit ergreifen und durch ihr Reich, wie sie es gern nannte, wandern konnte, um an den Rosen zu schnuppern und um sich an allem zu erfreuen, was sie erreicht hatte.

Ihr Vater hatte natürlich auch sehr viel mit dem Erfolg von „Emmas Baumschule" zu tun. Er hatte ihr vor einigen Jahren das Startkapital geliehen, das sie ihm inzwischen wieder zurückgezahlt hatte. Aber es war vor allem ihre harte Arbeit gewesen, die die Gärtnerei zu dem gemacht hatte, was sie heute war. Es war ein typisches Emma-Projekt, denn wenn sie sich erst einmal zu etwas entschloss, dann gab sie nicht auf, bis sie ihr Ziel erreicht hatte.

„Du bist viel zu dickköpfig, Mädchen", sagte ihr Vater ihr ständig, doch sie wusste, dass er ihre Hartnäckigkeit eigentlich bewunderte, weil er genauso war.

Bei dem Gedanken an ihren Vater erschien ein kleines Lächeln auf ihrem Gesicht. Sie war zwar nie seine Prinzessin gewesen – Connie hatte diese Ehre gehabt –, aber sie hatte immer Patricks Respekt gespürt.

Patrick Jenkins hatte mit seiner Baufirma Millionen verdient. Er hatte inzwischen das Rentenalter erreicht und könnte sich eigentlich zur Ruhe setzen, doch er lebte für seine Arbeit – und für seinen Enkelsohn.

Emma musste wieder lächeln. Ihr kleiner Junge war ihr wichtiger als jede Karriere. Er bedeutete ihr alles und gab ihrem Leben einen tieferen Sinn.

Sie war fünfunddreißig und immer noch ledig und wollte das auch nicht ändern, besonders jetzt, da sie die Vormundschaft für das Kind ihrer Schwester erhalten hatte. Es hatte zwar Männer in ihrem Leben gegeben, sogar einen besonderen, den sie vielleicht sogar geheiratet hätte, wenn die Umstände anders gewesen wären, aber das waren sie nicht, und sie bedauerte nichts.

Auch, wenn sie nie mehr haben sollte als ihre Arbeit und das Kind ihrer Schwester, würde sie trotzdem zufrieden sein. Das Leben meinte es gut mit ihr.

„Hallo, mein Mädchen, wie läuft es heute Morgen?"

Emma drehte sich um und lächelte ihren Vater an, wobei sie die Arbeitshandschuhe auszog. „Wunderbar. Und bei dir?"

„Alles in Ordnung bei mir."

Patrick sah allerdings nicht so aus und klang auch nicht so, als entspräche das den Tatsachen, und Emmas Herz zog sich beunruhigt zusammen. Seit ihre Schwester Connie bei einem Motorradunfall ums Leben gekommen war, fürchtete sie sich vor dem Unerwarteten. Und wenn Patrick Jenkins nicht wie üblich ruhig und gefasst war, dann stimmte etwas nicht.

Emma versuchte sich ihre Unruhe nicht anmerken zu lassen. Sie stellte sich auf die Zehenspitzen und gab ihrem Vater einen Kuss auf die raue Wange. Dann trat sie einen Schritt zurück und sah zu ihm auf. Mit seinen achtundsechzig Jahren bot er einen attraktiven Anblick. Er war immer noch sportlich und kleidete sich passend.

Jahrelang hatte er auf den Baustellen an der Seite seiner Männer in der heißen Sonne gearbeitet. Seine Haut war stark gebräunt und wies tiefe Falten auf. Er kniff immer leicht die Augen zusammen, als müsste er sie vor der brennenden Sonne schützen. Sein dunkles Haar war dicht und zeigte nicht die geringste Spur von Grau.

Patrick war ein gut aussehender Mann und hatte mehr als eine Gelegenheit gehabt, wieder zu heiraten, hatte sie allerdings nie ergriffen. Emma hatte immer gehofft, dass er seine Meinung noch änderte, aber jetzt, da Logan in ihr Leben getreten war, zweifelte sie sehr daran.

Der Kleine war Connies Sohn, und das machte ihn zu etwas Besonderem. Patrick hatte seine jüngere Tochter vergöttert und war davon überzeugt gewesen, dass sie nichts falsch machen konnte, obwohl sie sich seinen Wünschen widersetzt und einen Mann geheiratet hatte, den Patrick entschieden missbilligt hatte. Der viel zu frühe Tod seiner Lieblingstochter hatte ihn sehr viel mehr getroffen als der seiner Frau.

„Gibt's Kaffee?", fragte Patrick.

„Klar." Emma warf ihre Handschuhe zur Seite und ging auf das kleine Backsteingebäude zu, in dem sich ihr Büro und ihr Geschäftsraum befanden. Nachdem sie den großen, luftigen Raum betreten hatten, der nach frisch geschnittenen Blumen duftete, hielt Patrick abrupt inne und lächelte. „Was macht er denn hier?"

Emmas Blick folgte seinem zur weichen Spieldecke auf dem Boden, wo ihr achtzehn Monate alter Neffe dicht an seinen Teddybären, Mr Wiggly, geschmiegt schlief.

„Er hatte heute Morgen ein wenig Temperatur und wollte nicht, dass ich weggehe."

„Also wechselst du dich mit Janet ab?"

„Genau. Obwohl ich ihn wirklich nur sehr ungern mit ins Geschäft bringe."

„Ach, ab und zu schadet das schon nichts", meinte Patrick und sah seinen Enkel liebevoll an.

„Außer, dass es ihn auf die Idee bringen könnte, er kann mich um den kleinen Finger wickeln und es zur Regel werden lassen."

Patrick schnaubte amüsiert. „Das kann er doch sowieso schon."

Emma warf ihm einen gespielt empörten Blick zu. „Ich weiß, dass ich ihn viel zu sehr verwöhne, aber ausgerechnet du kannst dich nicht darüber mokieren."

Patrick lachte. „Ich sage doch auch nichts. Das wäre wie der Esel, der seinesgleichen Langohr schimpft."

Emma holte zwei Tassen aus dem Schrank und schenkte sich und ihrem Vater Kaffee ein. Sie setzten sich und tranken ihren Kaffee, während sie das schlafende Kind betrachteten.

Schließlich sah Emma ihren Vater an. „Ich habe das Gefühl, dass dein Besuch nicht nur geselliger Natur ist, Dad."

„Ist er auch nicht", gab Patrick zu.

Emma spürte wieder leise Unruhe in sich aufsteigen. „Was ist los?"

„Nichts ist los. Zumindest hoffe ich das."

„Warum hast du dann diese Leichenbittermiene aufgesetzt?"

„Wegen Cal Webster."

Emmas Hände begannen zu zittern, und sie setzte ihre Kaffeetasse ab, weil sie befürchtete, sie könnte ihr aus der Hand fallen. „Was ist mit ihm?", fragte sie leise.

„Er ist wieder in der Stadt."

Ihr Vater hörte sich an, als würde er über eine unheilbare Krankheit sprechen. Emma presste unwillkürlich eine Hand auf ihre Brust, und ihr Blick ging zu dem kleinen Kind auf dem Boden. „Oh mein Gott", flüsterte sie.

Patrick stand auf, machte ein paar Schritte und setzte sich wieder. Es war lange her, dass Emma ihren Vater so rastlos erlebt hatte – nicht seit dem Tag, an dem Connie gestorben war. Und auch da war er nicht wirklich rastlos gewesen, sondern am Boden zerstört und unvorstellbar wütend. Dieselbe Wut sah sie auch jetzt in seinem Blick.

„Dad ..." Ihre Stimme versagte.

„Ich glaube nicht, dass es Grund zur Panik gibt", sagte Patrick rau. „Jedenfalls noch nicht."

„Wie kannst du das sagen?", rief Emma erregt.

„Ich habe die Neuigkeit von einem Freund, der ihn gesehen hat." Patrick hielt inne. „Ich glaube nicht, dass Webster überhaupt von Logan weiß."

„Du glaubst nicht?" Emma stand auf und ging nun ebenfalls nervös auf und ab. „Das reicht mir nicht."

„Ich kümmere mich darum, Emma. Lass mir nur etwas Zeit. So wie ich Cal Webster kenne, hätte er schon längst an meine Tür geklopft, wenn er den leisesten Verdacht hätte, dass ich seinen Sohn habe."

„Oh, Daddy, ich will ja nicht in Panik geraten, aber wenn ich mir vorstelle, wir könnten Logan verlieren ..."

Patrick hob abrupt eine Hand, um Emma zum Schweigen zu bringen. Dann tätschelte er ihr den Arm. „Denk nicht an so etwas, Kind. Zumindest jetzt nicht. Bleib ganz ruhig. Selbst wenn er es herausfinden sollte, lasse ich nicht zu, dass der Mistkerl etwas erreicht. Er hat mir schon einen Menschen genommen, den ich liebte, und ich verspreche dir, dass er das nicht noch einmal tun wird."

Emma entspannte sich ein wenig. Kaum jemand schaffte es, sich ihrem Vater in den Weg zu stellen und ungestraft davonzukommen. In dieser Stadt hatte Patrick Jenkins großen Einfluss, und er hatte keine Skrupel, ihn einzusetzen. Manchmal fragte Emma sich, ob er auch unfaire Methoden anwendete, um seinen Willen durchzusetzen oder einen Vertrag an Land zu ziehen, aber da sie dafür keinen Beweis hatte, dachte sie nicht länger darüber nach.

Es wäre in jedem Fall nutzlos gewesen. Sie wusste, dass sie ihn nicht ändern konnte, selbst wenn sie es versuchte. Und sie wollte es eigentlich auch gar nicht. Schon gar nicht, da es nun um Logan ging. Um ihn zu behalten, war ihr jedes Mittel recht, und sie würde jedes Opfer bringen und so ziemlich alles tun, um den Jungen nicht hergeben zu müssen. Und das bedeutete wohl, dass sie ihrem Vater ähnlicher war, als sie bisher gedacht hatte.

„Und was tun wir jetzt?", fragte sie schließlich.
„Nichts."
„Nichts?"
„Genau. Webster muss den ersten Schritt machen. Warum sollen wir ihn mit der Nase darauf stoßen, dass er einen Sohn hat? Ich wette, ein Kind wäre das Letzte, was er sich jetzt aufbürden lassen will. Als er mit deiner Schwester verheiratet war, war er völlig unberechenbar und wild und hatte selbst vor dem Teufel keine Angst. Wir halten schön still."

„Deswegen konnte ich ja auch nie begreifen, warum sie ihn geheiratet hat." Emma schauderte.

„Einen Schlägertypen habe ich ihn immer genannt", sagte Patrick grimmig. „Sein Vater war ein nichtsnutziger Tagedieb, der sich am Ende zu Tode trank. Und seine Mutter ist später dann an schierer Faulheit gestorben, glaube ich."

„Kein Wunder, dass er so verwildert war", sagte Emma traurig.

„Das entschuldigt sein Benehmen nicht", fuhr Patrick auf.

„Aber das muss ihn zum Geheimdienst gezogen haben." Emma schauderte wieder. „Weiß der Himmel, was er da alles hat tun müssen."

„Das werden wir nie erfahren", sagte Patrick. „Und es ist mir auch völlig gleichgültig. Ich will den verdammten Hundesohn einfach nie wiedersehen müssen."

Emma seufzte. „Es ist ganz gut, dass ich ihn nie kennengelernt habe."

Als ihre Schwester sich mit Cal Webster zusammengetan hatte, hatte Emma in Europa studiert. Als sie zurückkam, war die Ehe schon am Ende gewesen.

„Schon das erste Mal, als deine Schwester ihn mit nach Hause brachte", sagte Patrick, „wusste ich, dass er Ärger bedeutete. Er war frech und arrogant, obwohl er kein Hemd auf dem Leib trug und im Grunde nichts als ein Hungerleider war."

Emma konnte sehen, dass das Gespräch unangenehme Erinnerungen in ihrem Vater geweckt hatte. Sie ging zu ihm und legte ihm beschwichtigend eine Hand auf den Arm. „Ist schon gut, Daddy. Wie du schon gesagt hast, ist er wahrscheinlich nur auf der Durchreise und wird bald zu einem neuen Einsatz geschickt werden."

„Das hoffe ich stark", sagte Patrick giftig.

Bevor Emma etwas erwidern konnte, stieß Logan einen leisen Schrei aus. Sie lief sofort zu ihm und hockte sich neben ihn auf die Decke. „Hi, Süßer", sagte sie lächelnd. „Mommy ist ja da. Und Grandpa auch."

„Hi, kleiner Bursche", sagte Patrick und zerzauste seinem Enkel das dunkle Haar. „Sei heute ein lieber Junge, dann spendiere ich dir nachher ein Eis, okay?"

„Eis", wiederholte Logan mit einem breiten Lächeln.

„Wir sehen uns dann später, wenn du Feierabend hast", sagte Patrick zu seiner Tochter. „Ich habe in zehn Minuten ein Meeting."

Emma nickte. „Halt mich auf dem Laufenden wegen Webster."

Patricks Miene war immer noch finster. „Das versteht sich von selbst."

Nachdem er gegangen war, drückte Emma Logan so fest an sich, dass er sich zu beschweren begann.

„Entschuldige, mein Kleiner. Ich wollte dir nicht wehtun." Sie legte ihm eine Hand auf die Stirn, die sich wieder kühl anfühlte. Zum Glück hatte er kein Fieber mehr.

„Mama", sagte Logan mit seinem unwiderstehlichen Grinsen.

„Oh", rief Emma und riss die Augen auf. „Ich höre schon Mickeys Laster."

„Laster", wiederholte Logan fröhlich.

„Stimmt. Und das heißt, Mama muss gehen. Du bleibst bei Janet, und ich bin in einer Minute wieder da."

Wie aufs Stichwort erschien ihre Assistentin im Raum und nahm Logan auf den Arm. Die Unterlippe des Kleinen begann sofort zu zittern.

„Ach, mein Süßer, es ist ja gut. Janet wird mit dir spielen, ja?"

Logan strampelte mit den Beinen, nickte und legte Emma die Arme um den Hals, um ihr einen nassen Kuss auf die Wange zu geben. Emma lachte glücklich, während sie hinausging.

Cal war gar nicht sicher, ob es eine gute Idee war. Vielmehr ahnte er, dass es reiner Wahnsinn war, und doch hatte er sich dazu entschlossen, den verrückten Plan in die Tat umzusetzen. Und jetzt war es sowieso zu spät, es sich anders zu überlegen. Er parkte schon vor der Baumschule seiner Ex-Schwägerin, und sein Lastwagen war vollgeladen mit Pflanzen.

Zu seinem Ärger schwitzte er, als hätte er Holz gehackt oder sich sonst wie körperlich angestrengt. Sicher, dieser Frühlingstag war heißer als üblich, aber das war nicht der Grund. Zum Teufel, er war nervös. Fast hätte er laut aufgelacht, so absurd war diese Situation. Er hatte sich während seiner Einsätze in den anrüchigsten Sündenpfuhlen aufgehalten, die man sich vorstellen konnte, ohne sich eine Regung anmerken zu lassen, und bei dem Gedanken daran, einer harmlosen, gesetzestreuen Frau gegenüberzutreten, brach ihm der kalte Schweiß aus.

Nur wusste er eben, dass es nicht einfach irgendeine Frau war, sondern der Vormund seines Sohnes. Aber jetzt musste er seine Nervosität in den Griff bekommen, und das sollte ihm nicht schwerfallen. Wenn er es in seinem Beruf nicht geschafft hätte, die Kontrolle über seine Reaktionen zu behalten, hätte es seinen Tod bedeutet.

Mit einem leisen Fluch sprang Cal vom Lastwagen herunter. Obwohl er nicht mehr im Dienst war, hatte er sich innerlich immer noch nicht ganz davon befreit. Nun, darüber würde er später nachdenken. Im Moment hatte er Wichtigeres zu tun. Er packte sein Klemmbrett und ging zum vorderen Teil des Wagens. Als er Emma auf sich zukommen sah, blieb er abrupt stehen.

Sie war nicht annähernd so schön wie Connie, aber es war offensichtlich, dass sie Schwestern waren. Beide hatten das gleiche ovale Gesicht, und ihre Augen hatten die gleiche Form, wenn auch nicht die gleiche Farbe. Auch Emmas Mund erinnerte Cal an Connie.

Aber mehr Ähnlichkeit bestand nicht zwischen ihnen. Je näher Emma kam, desto mehr starrte Cal sie fasziniert an, und dabei hatte er den Frauen doch abgeschworen.

Die meisten Frauen, die er kannte, würden lieber sterben als ungeschminkt aus dem Haus zu gehen. Emma Jenkins war eine Ausnahme, und es passte gut zu ihr. Ihre Haut sah zart und strahlend aus. Er konnte keine einzige Falte entdecken, dabei wusste er, dass sie Mitte dreißig sein musste. Nur weiter so, Mädchen, dachte er beeindruckt.

Aber es war vor allem die Art, wie sie sich kleidete, die wirklich seine Aufmerksamkeit gefangen nahm. Sie trug einen purpurroten Overall mit locker sitzenden Trägern. Darunter sah er ein knappes T-Shirt, das ihre vollen Brüste umschmiegte und viel Haut sehen ließ. Er hätte sein letztes Geld darauf verwettet, dass sie keinen BH trug. Und bei näherem Hinsehen musste er zugeben, dass sie auch keinen brauchte. Ihre Brüste waren herrlich fest und …

Mannomann, es war wirklich lange her, dass er die Brüste einer Frau mit solchem Interesse betrachtet hatte, und jetzt sollte es ihm ausgerechnet bei der Schwester seiner Exfrau passieren? Auf keinen Fall.

Cal zwang sich, den Blick von ihrer Brust abzuwenden, und konzentrierte sich wieder auf ihr Gesicht. Im Gegensatz zu Connie war sie nicht im herkömmlichen Sinne schön und auch nicht so aufdringlich sexy, wie ihre Schwester es gewesen war. Und doch war Emma ausgesprochen reizend. Und was noch wichtiger war, sie hatte Klasse.

Sie war groß und schlank – Cal schätzte sie auf etwa eins fünfundsiebzig – und trug ihr dunkles Haar kurz. Der freche Schnitt betonte ihre makellose Haut und die vollen Lippen. Aber es waren vor allem ihre Augen, die ihn faszinierten. Sie waren von einem außergewöhnlichen Blau, umgeben von dichten Wimpern.

„Mickey, es wurde Zeit, dass du endlich kommst …" Emma hielt inne und runzelte die Stirn. „Sie sind nicht Mickey", fügte sie verblüfft hinzu.

„Nein, Ma'am", sagte Cal langsam. „Das bin ich nicht."

„Wo ist Mickey?", fragte sie und musterte ihn neugierig.

Cal hätte gern gewusst, was sie über ihn dachte, nahm jedoch an, ihre Gedanken würden ihm nicht schmeicheln. Er machte sich keine Illusionen über sein augenblickliches Aussehen.

Sein Haar war zu lang, und seine Jeans und das T-Shirt, das er trug, waren in einem ziemlich verwahrlosten Zustand. Was sein Gesicht anging, wirkte er abgespannt und farblos – in jedem Fall kein schöner Anblick. Wenn sie ihm allerdings etwas Zeit ließe, sich zu erholen, und er sich etwas Mühe gäbe, könnte er ganz passabel aussehen. Er hatte nur bis jetzt weder die Zeit noch die Lust gehabt, sich um sein Aussehen zu kümmern.

„Soviel ich weiß, ist ihm eine andere Route zugeteilt worden. Ich habe in der Zeitung von der freien Stelle gelesen."

Sie legte den Kopf leicht schräg und sah ihn misstrauisch an. Einen Moment sah es aus, als wollte sie etwas darauf erwidern, aber dann überlegte sie es sich anders. „Und wer sind Sie?"

Cal zögerte einen Moment, doch er hatte zu oft in seinem Leben eine falsche Identität annehmen müssen, um sich jetzt aus der Fassung bringen zu lassen. Der falsche Name kam ihm wie selbstverständlich über die Lippen: „Burt McBride."

3. KAPITEL

Wow!

Das war das erste Wort, das Emma in den Sinn kam, als sie ihm in die dunklen Augen sah. Sie hatte schon viele Fahrer gesehen, seit sie ihre Gärtnerei führte, aber keiner war so beeindruckend gewesen wie dieser hier. Dabei hatte sie schon Männer getroffen, die wesentlich besser aussahen als er, das war es nicht. Burt McBride hatte etwas an sich, das sofort ihre Aufmerksamkeit auf sich zog.

Vielleicht lag es an der etwas harten, gefährlich wirkenden Miene, die sein gewohnter Gesichtsausdruck zu sein schien. Emma schluckte erregt. Wer war dieser Mann? Und noch wichtiger: Wie konnte sie nur so unvernünftig heftig auf einen völlig fremden Menschen reagieren? Noch dazu auf einen Lastwagenfahrer.

Sie war ganz und gar kein Snob, aber normalerweise brauchte es schon etwas mehr als einen hochgewachsenen, sonnengebräunten muskulösen Mann mit faszinierenden Augen, um ihr Interesse zu wecken. Und dieser hatte nicht einfach nur ihr Interesse geweckt. Du liebe Güte, sie konnte ja kaum den Blick von ihm lassen!

Obwohl sie spürte, dass sie rot wurde, konnte Emma sich nicht zusammenreißen. Sie musste den neuen Fahrer weiter anstarren. Vielleicht waren die Grübchen in seinen Wangen daran schuld oder seine regelmäßigen weißen Zähne.

Na schön, es handelte sich also um ein besonders hinreißendes Exemplar von Mann, aber was machte das schon? Sie hatte schon öfter in ihrem Leben attraktive Männer kennengelernt, ohne dass sie auch nur mit der Wimper gezuckt hätte.

Warum war das bei diesem Mann anders?

Er war nicht einmal ihr Typ, weil er einen viel zu rauen, zu bedrohlichen Eindruck machte. Während sie sich stumm gegenüberstanden, wandte sie jedoch nicht den Blick ab, sondern betrachtete ihn von oben bis unten. Weder das enge T-Shirt noch die knapp sitzende Jeans konnten verbergen, was für ein eindrucksvoll durchtrainierter Körper darunter steckte.

Emma errötete noch mehr. Ein seltsames Prickeln durchrieselte sie. Als ihr bewusst wurde, wie völlig unbegreiflich sie sich benahm, hob sie widerstrebend den Blick und konzentrierte sich auf sein Gesicht. Dabei entdeckte sie, dass auch er sie musterte, und zwar voller Bewunderung und Interesse.

Zu ihrem Entsetzen hatte sie plötzlich das Gefühl, nicht mehr richtig atmen zu können.

„Ich nehme an, Sie sind Emma Jenkins", sagte Cal schließlich.

Seine tiefe, heisere Stimme war genauso sexy wie der ganze Mann. Emma brachte einen Moment kein Wort heraus, so sehr hatte sie mit ihren Gefühlen zu kämpfen. Was war hier nur los? Und vor allem, was war mit ihr los?

Nichts, redete sie sich trotzig ein. Sie reagierte ganz einfach nur auf einen gut aussehenden Mann, mehr nicht. Einerseits fühlte es sich gut an, weil sie sich schon seit einer Ewigkeit für keinen Mann mehr interessiert hatte, andererseits jagte es ihr einen Heidenschrecken ein. Sie wollte nicht so sein wie ihre Schwester.

Emma räusperte sich. „Äh ... ja, das stimmt."

Er streckte ihr nicht zur Begrüßung die Hand entgegen, was Emma einen Moment irritierte, dann sagte sie sich, dass es auch besser so war, wenn man ihre verrückte Reaktion auf ihn bedachte.

Nein, es wäre ein großer Fehler, ihn zu berühren, und zwar gerade, weil sie es so sehr wollte. Emma zwang sich, ihm eine Ruhe vorzuspielen, die sie ganz und gar nicht empfand. Sie lächelte mühsam. „Ich hoffe, mit Mickey ist alles in Ordnung. Er war so oft bei mir, dass wir uns angefreundet haben." Sie hielt inne. „Es wundert mich, dass er mir nichts von der Änderung seiner Touren erzählt hat."

„Oh, ich bin sicher, das wird er noch tun", sagte Cal und sah auf den Lieferschein in seiner Hand. „Alles in meinem Wagen ist für Sie bestimmt."

„Das überrascht mich nicht."

„Sie müssen sehr gute Geschäfte machen mit Ihren Pflanzen."

„Ja, das stimmt."

Er lächelte, und ihr Herz machte einen Sprung.

„Dann werden wir uns wohl noch sehr oft begegnen, schätze ich mal."

„Nicht, wenn Mickey wieder zurückkommt."

„Ich glaube nicht, dass das so schnell geschehen wird. Jedenfalls nicht in nächster Zukunft."

„Wenn Sie ihn sehen, sagen Sie ihm doch bitte, er soll mal bei mir vorbeischauen, okay?"

„Natürlich."

Wieder standen sie sich schweigend gegenüber. Cal räusperte sich umständlich und wollte gerade zu sprechen anfangen, als ein Geräusch ihn innehalten ließ.

Auch Emma hatte es gehört. Sie drehte sich um und sah Logan auf sich zukrabbeln. Janet eilte entsetzt hinter ihm her.

„Es tut mir leid, Em, aber plötzlich war er nicht mehr da, der kleine Racker."

Emma lächelte und nahm Logan auf den Arm. Sie drückte ihm einen Kuss auf die Wange und sagte liebevoll: „Du bist ein böser, kleiner Junge, weißt du das?"

„Böse", sprach Logan nach und legte ihr die Arme um den Hals, während er Cal neugierig ansah.

„Hübsches Kind."

„Danke."

„Gehört er zu Ihnen?"

Irgendetwas ließ Emma zögern. Sie wollte mit diesem Mann nichts Persönliches besprechen. Aber dann fiel ihr Mickey ein. Als er ihr dieselbe Frage gestellt hatte, hatte sie nichts dagegen gehabt, sie ihm zu beantworten. Bei diesem Mann allerdings war alles anders. Sie hatte so heftig auf ihn reagiert, dass es ihr Angst machte. Sie wünschte sich nichts sehnlicher, als dass er endlich seine Arbeit erledigte und von ihrem Gelände verschwand. Erst dann würde sie wieder ruhig atmen können.

Und doch wollte sie gleichzeitig, dass er blieb. Das ergab überhaupt keinen Sinn! Um sich von ihren beunruhigenden Gedanken abzulenken, sagte Emma in entschiedenem Ton: „Ja, er gehört zu mir." Dann zögerte sie und fügte mit einem stolzen Lächeln hinzu: „Oder zumindest wird er das bald."

„Möchten Sie mir das näher erklären?"

Emma dachte nicht daran. „Im Moment nicht."

Cal lachte und zwinkerte ihr zu. „Bevor ich mich völlig unbeliebt bei Ihnen mache, entlade ich besser den Wagen und fahre weiter."

„Das ist eine gute Idee."

Cal hielt inne und musterte sie noch einmal auf eine Weise, die Emma den Atem raubte. Dann ging er zum hinteren Teil des Wagens und begann ihre Ware auszuladen. Als er fertig war, gab er ihr den Lieferschein, damit sie unterschreiben konnte. Allerdings kam er ihr dabei näher, als es Emma lieb war. Überrascht stellte sie fest, dass von ihm nur der Duft nach Seife ausging, obwohl der Morgen sehr warm war. Sie gestattete sich noch einen tiefen Atemzug, dann reichte sie ihm hastig die Kopie des Lieferscheins. Wenn dieser Mann sich nicht endlich beeilte und ihr aus den Augen ging, dann konnte sie für nichts mehr garantieren.

„Wir sehen uns dann, Emma", sagte er mit einem hinreißenden Lächeln.

„Ja, sicher." Sie sah zu, wie er in den Lastwagen kletterte. „Danke." Er nickte. „Gern geschehen." Dann fügte er hinzu: „Passen Sie auf den Jungen auf, hören Sie?"

Emma war völlig durcheinander und hatte das Gefühl, ihre Beine würden aus Gummi bestehen und jeden Augenblick unter ihr nachgeben. Sie blieb stehen, bis der Lastwagen außer Sichtweite war. Mit Logan auf dem Arm ging sie ins Haus zurück. Der Kleine kam ihr auf einmal sehr viel schwerer vor als sonst.

Nachdem sie Logan wieder in Janets Obhut gegeben hatte, ging Emma in ihr Büro, schloss die Tür, setzte sich in ihren Sessel und holte einige Male tief Luft, um ihr klopfendes Herz zu beruhigen.

„Hör schon auf damit", schimpfte sie laut, griff nach dem Lieferschein und zwang sich, die Preise zu überprüfen. Doch wenn sie ehrlich war, musste sie zugeben, dass ihre Finger zwar ihren Dienst verrichteten und über die Spalten strichen, ihre Gedanken aber ganz woanders waren. Sie musste ständig an diesen verflixten neuen Fahrer denken. Irgendetwas an ihm hatte eine katastrophale Wirkung auf sie.

Hör auf, dachte sie ärgerlich. Sie hatte sich vor langer Zeit geschworen, nie zu werden wie ihre Schwester. Als ihr das jetzt einfiel, musste sie lachen, so albern war der Gedanke. Selbst wenn sie es gewollt hätte, wäre es unmöglich für sie, so zu werden wie Connie.

Connie war eine wahre Prinzessin gewesen mit ihrer zierlichen Figur, den blonden Locken, dem hinreißend femininen Körper und ihrer lebhaften Persönlichkeit. Die Menschen, vor allem Männer, fühlten sich zu ihr hingezogen wie die Motten zum Licht. Aber unter der Fassade der Südstaaten-Schönheit hatte Connie eine unbeherrschte Wildheit verborgen, die sie nie zu kontrollieren gelernt hatte.

Andererseits schienen die Männer genau das an ihr geliebt zu haben. Und nicht nur sie fühlten sich zu ihr hingezogen, auch Connie war verrückt nach Männern. Die Tatsache, dass sie, Emma, in Bezug auf das andere Geschlecht nicht den gleichen Appetit hatte, hatte ihr immer den Spott ihrer Schwester eingebracht. Emma erinnerte sich noch gut an ihr letztes Gespräch zu diesem Thema:

„Gott, du bist eine solche Spießerin", sagte Connie wie so oft.

„Tut mir leid, wenn du das denkst." Emma antwortete so ruhig wie möglich.

„Nein, das tut es nicht. Das ist ja gerade das Schlimme." Connie schenkte ihr bei solchen Gelegenheiten meist ein breites Lächeln. „Warum lässt du mich nicht einen Mann für dich aussuchen? Wir gehen zu viert aus, und ich zeige dir, wie du dich mal richtig amüsieren kannst."

„Danke, aber das ist nicht meine Art."

„Was ist eigentlich dein Problem? Bist du lesbisch oder was?" Connie konnte hart sein, wenn sie wollte.

Emma ließ sich ihren Ärger nicht anmerken, weil sie wusste, dass sie Connie damit eine Freude machen würde. Sie lächelte nur und sagte: „Du weißt, dass das nicht stimmt, Connie. Ich suche mir meine Männer nur gern selbst aus, mehr nicht."

Connie schnaubte undamenhaft. Das war auch eine ihrer Angewohnheiten. „Ja, klar doch."

Emma seufzte und verdrängte die Gedanken an die Vergangenheit. Connie war tot, und es nützte nichts, an die schlechten Zeiten von früher zu denken, wenn sie auch zugeben musste, dass es nicht sehr viele gute Zeiten gegeben hatte, an die sie denken konnte.

Sie wusste, dass ihr Vater sie liebte, aber Connie hatte er vergöttert. Er hatte zwar versucht, seine Vorliebe nicht zu zeigen, es war ihm jedoch nicht gelungen. Und die Bewunderung für seine jüngere Tochter blieb selbst dann noch erhalten, als sie heiratete, sich scheiden ließ und bald danach sogar anfing, Drogen zu nehmen. Als das Baby zur Welt kam, konnte sie es nicht ertragen, ans Haus gefesselt zu sein. Und kurze Zeit danach ließ sie sich mit einem Biker ein. Damals hatte Connie sie, Emma, zum Vormund ihres Kindes ernannt. Sie hatte ihr Logan übergeben und war verschwunden. Sie sahen sie erst wieder, als sie tot in ihrem Sarg lag. Nach Connies Unfall hatte nur sein Enkel Patrick davor bewahrt, endgültig zusammenzubrechen.

Als Emma merkte, dass sie schon wieder ins Grübeln geraten war, sprang sie abrupt auf und atmete tief durch. Sie hatte sich mit dem Tod ihrer Schwester abfinden müssen, aber gleichzeitig hatte sie sich geschworen, nie wie sie zu werden, sich von der Leidenschaft für einen Mann nicht ins Unglück stürzen zu lassen.

Sie unterdrückte ein Stöhnen. Und heute Morgen? Hatte sie sich heute Morgen nicht von nie gekannten Gefühlen hinreißen lassen, kaum dass sie Burt McBride gegenübergestanden hatte? Und warum? Weil sie sich durch ihn zum ersten Mal in ihrem Leben wie eine Frau gefühlt hatte. Das war verrückt! Höchstwahrscheinlich war er verheiratet, hatte die statistisch üblichen zweieindrittel Kinder und wohnte in einem netten Häuschen mit Zaun davor, in irgendeinem der Vororte. Er hatte zwar keinen Ehering getragen, aber das hieß ja schließlich nichts.

Emma schob jeden Gedanken an den beunruhigenden Fremden beiseite und machte sich auf die Suche nach Logan. Wenn es in ihrem Leben chaotisch zu werden drohte, brachte die Verantwortung, die sie für ihn empfand, sie sofort wieder zur Vernunft.

Wofür sie dem Himmel dankbar war.

An Mut hatte es ihm bisher noch nie gefehlt. Warum hatte er also an diesem Morgen gekniffen und Emma Jenkins nicht gesagt, wer er war?

Cal hatte sich diese Frage inzwischen unzählige Male gestellt und hatte immer noch keine plausible Antwort darauf. Burt! Er verzog gereizt den Mund. Jetzt war es geschehen. Jetzt saß er in der Falle und musste weiterhin vorgeben, jemand anders zu sein.

Was sollte er nun tun? Das war die wichtigste Frage. Aber die Antwort darauf musste erst mal warten. Zunächst musste er in aller Ruhe nachdenken.

Cal bog von der Straße in die lange Auffahrt zu seiner Ranch ein, die einige Meilen nördlich von Tyler lag.

Seine Eltern hatten ihm dieses erstklassige Grundstück nur hinterlassen, weil sie es nicht mehr geschafft hatten, es vor ihrem Tod zu verkaufen. Cal verzog den Mund zu einem bitteren Lächeln, während er sich an seine Eltern erinnerte und daran, wie wenig er ihnen bedeutet hatte. Wenn er nicht von zu Hause fortgelaufen und der Armee beigetreten wäre, wäre er jetzt wahrscheinlich tot oder säße in irgendeinem Gefängnis, denn er hätte sich vermutlich irgendeiner Straßengang angeschlossen und wäre in dieselbe Unterwelt abgetaucht, die er so viele Jahre lang bekämpft hatte.

Er konnte dem Himmel danken, dass das nicht passiert war und dass er diese Ranch besaß, die jetzt sein Zuhause war. Er genoss es, in der Natur zu sein, und er genoss das Gefühl der Freiheit, das er hier empfand. Bis sein neuer Job ihn wieder außer Landes führte, hatte er vor, so viel Zeit wie möglich hier bei seinen Pferden und Rindern zu verbringen.

Er wünschte nur, er könnte auch seinen Sohn hierherbringen.

Cal trat abrupt auf die Bremse, als er spürte, wie ihm der Schweiß ausbrach. Ihm war plötzlich schwindlig, und er legte den Kopf auf das Lenkrad und wartete, bis es vorbei war.

Sein Kind.
Sein Sohn.
Lieber Gott, er war Vater!
Und noch dazu der Vater eines sehr hübschen Jungen. Als er den Kleinen das erste Mal gesehen hatte, war er von Ehrfurcht ergriffen gewesen, obwohl er sich ständig eingeredet hatte, dass Logan unmöglich sein Fleisch und Blut sein konnte. Es war unmöglich, dass Connie und er in einer Ehe, die ihnen nur Elend gebracht hatte, ein so vollkommenes kleines Wesen geschaffen haben könnten. Also musste das Kind einen anderen Erzeuger haben.

Aber wenn er Logan mit einem alten Babyfoto von sich verglich, das er auf der Ranch gefunden hatte, musste er zugeben, dass es eine gewisse Ähnlichkeit gab. Zum Teufel mit allen Bluttests. Er brauchte sie nicht, um sicher zu sein, dass Logan sein Sohn war.

Mit zitternder Hand wischte sich Cal den Schweiß von der Stirn und der Oberlippe. Er war immer noch zu aufgebracht, um zu dem kleinen Ranchhaus zu fahren. Stattdessen sah er sich nach seinem Vormann um. Art Rutherford war gewöhnlich immer irgendwo in der Nähe und kümmerte sich um die eine oder andere Aufgabe. Als Cal weder Art noch seinen Wagen ausmachen konnte, atmete er erleichtert auf.

Im Augenblick wollte er niemanden sehen und mit niemandem sprechen. Er musste nachdenken. Da er Emma Jenkins belogen hatte, musste er überlegen, was das für seine weiteren Pläne bedeutete. Vielleicht würde sie ihm ja erlauben, das Kind zu sehen, wenn er sich in ihre Gunst einschmeichelte. Dabei musste er sich klar darüber sein, dass er jeden Moment ihrem Vater begegnen konnte, der ihn sofort erkennen und seine Pläne zunichtemachen würde.

Dieses Risiko musste er eingehen. Wenn Patrick Jenkins tatsächlich auftauchen sollte, würde er einfach zu Plan B übergehen. Logan war sein Sohn, und niemand würde ihn ihm wegnehmen.

„Ganz ruhig, mein Junge", sagte er leise. „Mute dir nicht zu viel zu."

Er wollte zwar seinen Sohn haben, aber er musste sich vorher eine ehrliche, wenn auch ziemlich brutale Frage stellen. War er überhaupt fähig, ein guter Vater zu sein? Die Antwort darauf war gar nicht so schwierig. Er hatte mit so vielen Problemen zu kämpfen, die Erinnerung an seine Kindheit machte ihm so sehr zu schaffen, dass er alles andere als einen idealen Vater abgeben würde. Die Jenkins-Familie wusste das und würde dieses Wissen mit Sicherheit gegen ihn benutzen. Sowohl der Vater als auch die Tochter hassten ihn aus tiefster Seele. Und um alles noch komplizierter zu machen, hatte Connies Schwester ein Verlangen in ihm geweckt wie schon lange keine Frau mehr.

Das gefiel ihm ganz und gar nicht, aber leugnen konnte er es auch nicht. Emma hatte einen Aufruhr in ihm verursacht, wie er ihn seit einer Ewigkeit nicht mehr erlebt hatte.

Sie war anders als alle Frauen, die er kannte. Sie faszinierte ihn, weil sie offenbar gar nicht wusste, wie sexy sie war. Er hatte noch nie eine Frau kennengelernt, die sich ihrer sinnlichen Ausstrahlung so wenig bewusst gewesen war. Nichts an ihr war gestellt oder geheuchelt. Sie war sehr aufregend und wirkte gleichzeitig völlig unschuldig – eine Mischung, die jeden Mann um den Verstand bringen konnte.

Bis auf mich, dachte er gereizt. Er hatte nicht die Absicht, sich mit irgendeiner Frau einzulassen, ganz besonders nicht mit seiner Ex-Schwägerin, die dazu entschlossen war, ihm seinen Sohn wegzunehmen.

Aber warum zählte er dann ungeduldig die Tage, bis er wieder zur Gärtnerei und damit zu Emma fahren konnte?

„Emma, das ist eine Katastrophe. Anders kann man es nicht nennen."

Und du bist eine alte Hexe. Emma unterdrückte erschrocken ihren boshaften Gedanken. Sicher, Sally Sue Landrum war ein Quälgeist erster Güte, aber eine Hexe war sie nun auch wieder nicht. Noch nicht.

„Nein, es ist keine Katastrophe, Sally", erwiderte Emma mit all der Geduld, die sie aufbringen konnte. „Ich habe dir doch gesagt, dass ich deinen Garten heute fertig bekomme, und ich werde mein Wort auch halten."

Sally schürzte die Lippen, stemmte die Hände in die Hüften und sah Emma finster an. „Wie soll das gehen – ganz ohne Pflanzen?"

„Ich besorge dir die Pflanzen." Emma klang überzeugt und unbeirrt, obwohl sie gar nicht sicher war, dass sie das wirklich schaffen würde. Falls nicht, wäre das allerdings wirklich eine Katastrophe.

Emma übernahm nicht sehr viele Privataufträge, da sie genug mit den Projekten ihres Vaters beschäftigt war. Aber zurzeit gab es eine kleine Flaute in ihrem Geschäft, und so hatte sie zugestimmt, als ihre Freundin Sally anrief und sie praktisch anflehte, doch bitte den Garten ihrer teuren neuen Villa zu gestalten. Emma hatte sich im Grunde auf die Aufgabe gefreut, da es jedes Mal eine Herausforderung bedeutete, sich an einem privaten Grundstück zu versuchen. Aber jetzt, unter Sallys anklagendem Blick, wünschte sie, sie hätte den Job nicht übernommen.

Ihr Lieferant hatte Emma erst gestern versichert, dass die bestellten Pflanzen rechtzeitig geliefert werden würden, was bis jetzt allerdings nicht geschehen war. Sie hatte daraufhin auch andere Lieferanten angerufen, aber keiner konnte ihre Wünsche erfüllen. Zu allem Übel plante Sally eine große Feier, um mit ihrem schicken neuen Heim anzugeben, und das verstärkte den Druck auf Emma noch.

„Sally, geh wieder ins Haus und tu, was du so tust", sagte Emma. „Überlass mir die Sorge um deinen Garten." Sie zwang sich zu einem Lächeln. „Bitte."

Sally ließ sich von ihrem Lächeln nicht besänftigen. „Du bist meine Freundin, Emma. Deswegen habe ich gedacht, dass ich mich auf dich verlassen kann."

„Das kannst du auch", sagte Emma kurz angebunden. „Noch einmal: Lass mich einfach in Ruhe meinen Job machen. Alles wird gut werden."

„Das will ich auch stark hoffen."

Damit wandte Sally sich mit einem dramatischen Ruck um und stolzierte ins Haus zurück, wo sie die Tür laut hinter sich zuknallte. Emma atmete zum ersten Mal an diesem Morgen frei durch, griff zu ihrem Handy und rief ihren Hauptlieferanten an.

„Fred, hier ist ..."

„Ich weiß, wer da ist, Emma. Ich kenne deine Nummer inzwischen auswendig."

„Sind meine Pflanzen endlich da?"

„Ja, dem Himmel sei Dank."

Emma wurde ganz schwindlig vor Erleichterung. „Danke, Fred."

„Danke nicht mir."

„Warum nicht?"

„Danke Burt McBride. Er ist dein rettender Engel."

„Oh?", brachte sie nur hervor, und zu ihrem Ärger fing ihr Herz an, schneller zu schlagen. Selbst der Name des Mannes hatte eine unheimliche Wirkung auf sie. Diese Verrücktheit musste endlich aufhören.

„Er hat sich freiwillig auf die Suche nach ihnen gemacht."

„Und wann erwartest du ihn zurück?"

„Er ist schon auf dem Weg zur Villa."

„Ich schulde dir was, Fred. Und Burt natürlich auch", fügte sie noch hinzu, bevor sie das Gespräch beendete.

Im selben Moment war das Quietschen von Bremsen zu hören. Sie wirbelte herum und sah Burt schon aus dem Lastwagen springen und auf sie zukommen. Emma versuchte, nicht auf seine attraktive, auf sie etwas bedrohlich wirkende Ausstrahlung zu reagieren, aber das hätte wohl nur ein Wunder verhindern können. Und im Moment waren ihr die Wunder leider ausgegangen.

„Hi", sagte er mit seiner tiefen, aufregenden Stimme. Emma erschauerte unwillkürlich. Und sein Blick – den konnte auch keine Frau ignorieren.

Einen Moment lang erstarrte sie unter diesem Blick, der ihr heißer erschien als die Sonne, die auf sie herabbrannte. Dann riss sie sich zusammen. Wie faszinierend dieser Mann auch sein mochte – und sie musste zugeben, dass er umwerfend war –, sie war einfach nicht an ihm interessiert.

Und warum kannst du dann nicht den Blick von seinen breiten Schultern und den muskulösen Oberarmen nehmen, fragte sie sich ärgerlich. Sie hätte nur zu gern auch den Rest seines fantastischen Körpers betrachtet, an den sie sich von ihrer ersten Begegnung nur zu gut erinnerte, wagte es jedoch nicht, den Blick zu senken.

„Hi", erwiderte sie seinen Gruß und musste nervös schlucken. Sie kam sich wie ein Teenager vor, der zum ersten Mal einem gut aussehenden Mann begegnete. Lieber Himmel, wie lächerlich! Sie war eine erwachsene Frau mit Kind. Was war nur aus ihrem Verstand und ihrem Stolz geworden?

Emma riss sich mühsam zusammen, hörte auf zu lächeln und sagte so kühl und nüchtern sie konnte: „Ich habe gerade mit Fred gesprochen, und er hat mir gesagt, was Sie getan haben. Das war sehr nett von Ihnen. Vielen Dank."

Ein etwas spöttisches Lächeln erschien um seine Mundwinkel. Gab es eigentlich etwas an diesem Mann, das nicht sexy war?

„Gern geschehen", erwiderte Cal. „Ich war froh, helfen zu können. Wollen wir uns jetzt an die Arbeit machen?"

Emma sah ihn verblüfft an. „Ich habe eine Crew, Burt. Außerdem bin ich sicher, dass Sie noch andere Kunden beliefern müssen."

„Heute Nachmittag nicht mehr. Fred sagte, sie seien in Verzug geraten, weil sie so lange auf Ihre Lieferung warten mussten. Also geben Sie mir etwas zu tun, dann helfe ich Ihnen, die verlorene Zeit wieder aufzuholen."

Emma wollte sich ihm widersetzen, aber dann hielt sie inne. Zum einen wäre ein weiteres Paar Hände wirklich eine große Hilfe, zum anderen wünschte sie sich seine Gesellschaft. Sei vorsichtig, Mädchen, warnte sie eine innere Stimme. Hier begab sie sich in tiefe Gewässer, und wenn sie nicht aufpasste, würde sie noch darin umkommen, das war ihr klar. Und dennoch ...

„Sagen Sie mir, was ich tun soll", sagte Cal. „Und wir werden mit der Arbeit fertig sein, bevor Sie ‚Rumpelstilzchen' buchstabiert haben."

Emma musste lachen. „Da irren Sie sich aber. Ich habe schließlich ein Kind, erinnern Sie sich? Ich kann selbst die schwierigsten Namen der Märchenfiguren buchstabieren."

„Ach ja ... stimmt. Sie haben ein Kind."

Emma stellte fest, dass Burt McBride plötzlich sehr ernst wirkte, doch bevor sie etwas sagen konnte, hatte er sich abgewandt und fing an, die Pflanzen auszuladen.

Am späten Nachmittag war der größte Teil des Gartens bepflanzt. Emma erinnerte sich nicht, wann sie das letzte Mal so erschöpft gewesen war. Normalerweise beaufsichtigte sie ihre Mitarbeiter bei diesen Arbeiten nur, aber da Burt wie ein Sklave schuftete, half sie selbst auch beim Graben und Einpflanzen mit. Zu ihrer eigenen Überraschung hatte ihr jede Minute davon Spaß gemacht. Sie hatte schon ganz vergessen, wie gut man sich nach anstrengender körperlicher Arbeit an der frischen Luft fühlen konnte.

„Na, was meinen Sie?", fragte Cal und trat zu Emma, während er sich mit einem Taschentuch den Schweiß vom Gesicht wischte.

Emma musste schlucken, als er ihr so nahe war.

„Nun?", drängte er, als sie nicht gleich antwortete.

„Es sieht wunderbar aus, und ich kann Ihnen nicht genug danken."

„Klar können Sie das."

„Wie?", fragte sie, ohne zu überlegen.

„Lassen Sie mich Ihnen die beste selbst zubereitete Limonade servieren, die Sie jemals probiert haben", antwortete Cal sofort. „Bei mir auf meiner Ranch."

„Hören Sie, ich kann nicht. Ich muss Logan aus der Kindertagesstätte abholen."

„Sie können ihn doch mitbringen. Kinder mögen Limonade."

Emma sah ihn stirnrunzelnd an. „Ich weiß nicht ..."

„Bitte", sagte er schmeichelnd. „Es war ein sehr langer, heißer Tag, und wir beide können eine kleine Belohnung gut gebrauchen." Und dann schenkte er ihr wieder sein atemberaubendes Lächeln. „Was kann es schon schaden?"

Nichts, außer dass du mich völlig durcheinanderbringst, dachte Emma hilflos.

„Na schön, ich bin einverstanden", sagte sie schließlich und ignorierte ihre warnende innere Stimme, obwohl sie wusste, dass sie es wahrscheinlich bereuen würde. Schließlich hatte sie sich schon seit einer Ewigkeit zu keinem Mann mehr hingezogen gefühlt, und es könnte Spaß machen, endlich wieder mal die Gesellschaft eines attraktiven Mannes zu genießen. Das hieß noch lange nicht, dass sie so wurde wie ihre Schwester und sich in einen männermordenden Vamp verwandelte.

Dreißig Minuten später hatten sie den Lastwagen abgegeben und waren mit Emmas Wagen losgefahren, um Logan abzuholen. „Und wohin geht's?", fragte Emma ein wenig unruhig, als sie den Kleinen in seinem Kindersitz verstaut hatten.

„Zu mir nach Hause."

Ihr Magen machte einen nervösen Sprung bei diesem Gedanken. Damit sie sich während der Fahrt um Logan kümmern konnte, hatte Burt sich ans Steuer gesetzt. Damit er ihre Verlegenheit nicht bemerkte, drehte sie sich zu dem Kleinen um. Logan schlief. Es war ein langer Tag in der Tagesstätte gewesen. Man achtete dort darauf, dass nicht nur die Intelligenz der Kinder gefördert wurde, sondern man sorgte auch dafür, dass sie sich ausreichend bewegten, und hielt sie auf Trab.

„Er scheint ein sehr liebes Kind zu sein."

„Ist er auch." Emma lächelte. „Das beste Kind auf der Welt."

Eine Weile schwiegen sie beide. „Da sind wir", sagte Cal schließlich, während er in eine schmale Straße abbog, die zu einem kleinen Haus führte, das von einigen der größten und schönsten Eichen umgeben wurde, die Emma je gesehen hatte. Der herrliche Anblick, der sich ihr bot, raubte ihr den Atem.

„Das ist ja wunderschön", rief sie impulsiv aus und sah ihren Begleiter an. Der Mann kehrte ihr das Profil zu und sah in diesem Moment so attraktiv aus, dass sie sich am liebsten an ihn geschmiegt und ihn geküsst hätte.

Entsetzt über ihre vorwitzigen Gedanken, wandte sie hastig den Blick ab. Sie spürte, dass sie rot wurde. Dem Himmel sei Dank, dass er nicht deine Gedanken lesen kann, dachte sie erleichtert, sonst wäre sie wirklich in Schwierigkeiten. Ich hätte nicht herkommen dürfen.

„Ist schon okay. Ich bin ganz harmlos."

Emma zuckte leicht zusammen. Wahrscheinlich war ihm doch nicht entgangen, wie sie errötet war. „Das will ich hoffen", fuhr sie ihn in ihrer Verlegenheit etwas barsch an.

Cal lächelte sie an und parkte den Wagen vor dem Haus. Emma hob Logan aus dem Kindersitz und trug ihn vorsichtig hinein.

Sobald sie im Haus waren, führte ihr Begleiter sie den Flur hinunter und zum Gästezimmer, wie Emma vermutete. Dann nahm er ihr den schlafenden Jungen ab und legte ihn in die Mitte eines großen Betts. Emma sah ihm stumm zu, wie er mehrere Kissen um den Kleinen verteilte, damit er nicht hinunterrollen konnte.

„So", sagte Cal und richtete sich auf. „Wie habe ich das gemacht?"

„Sehr gut." Dieser Mann steckte voller Überraschungen.

Zusammen gingen sie in die große helle Küche hinüber. „Setzen Sie sich an die Theke", sagte er, „während ich uns schnell die Limonade zubereite."

Emma fühlte sich immer noch ein wenig unsicher und tat widerspruchslos, was er ihr sagte.

Schon bald tranken sie die süßsaure Flüssigkeit aus kühlen Bechern und lauschten dem Gesang der Vögel. Einen Moment lang glaubte Emma, sich in einer anderen Welt zu befinden. Sie war ein Stadtmensch, der nicht sehr viel mit dem Land und der Natur anzufangen wusste. Aber sie konnte nicht leugnen, dass es hier sehr schön war, besonders der kleine Teich mit den weißen Enten wirkte sehr idyllisch.

Logan würde bestimmt gern mit ihnen spielen. Beim Gedanken an ihn sprang sie auf. „Ich bin gleich wieder da. Ich sehe nur kurz nach dem Baby."

„Ich nehme an, er schläft noch", sagte Cal, als sie sich kurz darauf wieder neben ihn setzte.

Sie nickte lächelnd. „Er ist völlig geschafft. Heute müssen sie wirklich sehr mit ihm getobt haben."

„Wie oft bringen Sie ihn in die Tagesstätte? Täglich?"

„Oh nein, daran würde ich im Traum nicht denken. Ich habe in der Gärtnerei eine Ganztagshilfe, und so kann ich einige Tage mit ihm zu Hause bleiben."

„Die Tagesstätte ist also sozusagen nur freiwillig?"

„Ja, könnte man so sagen."

Er lächelte und nahm noch einen Schluck Limonade.

Emma sah ihn neugierig an. „Und was ist mit Ihnen?" Sie bemerkte, dass er kurz erstarrte, was ihre Neugier nur noch verstärkte.

„Was soll mit mir sein?"

Emma zuckte die Achseln. „Zunächst einmal, sind Sie verheiratet?" Kaum hatte sie diese Frage ausgesprochen, wäre sie am liebsten im Boden versunken. Was war bloß los mit ihr, das ging sie doch gar nichts an!

„Nein. Aber das sollte sich eigentlich von selbst verstehen, da Sie sonst nicht hier wären."

„Man weiß nie", sagte sie mehr zu sich als zu ihm.

„Dann könnte ich Ihnen dieselbe Frage stellen."

„Sie wissen, dass ich unverheiratet bin."

„Nein, weiß ich nicht."

„Nun, ich bin nicht verheiratet", sagte sie leicht gereizt, als wäre alles andere eine Beleidigung.

Es folgte eine Stille, während der Emma seinen Blick auf sich spürte. Es kam ihr vor, als versuche er, schlau aus ihr zu werden. Als sie zu ihm aufsah, bemerkte sie ein Feuer in seinem Blick, das sie erschauern ließ.

Um sich vor jeder verrückten Reaktion zu schützen, schaute sie weg und fragte: „Sind Sie je verheiratet gewesen?"

Er presste kurz die Lippen zusammen. Es war deutlich, dass er nicht gern darüber sprach.

„Ein Mal."

„Ich verstehe."

„Das bezweifle ich, aber es ist schon okay. Ich schneide das Thema nur äußerst ungern an."

„Das tun die meisten Männer nicht gern." Emma konnte den Sarkasmus in ihrer Stimme nicht ganz verhindern.

Er hob die Augenbrauen. „Aua."

Sie lachte. „Entschuldigen Sie, das war nicht fair."

Wieder folgte Stille, dann fragte Cal: „Wie schmeckt Ihnen die Limonade?"

„Ich habe noch nie eine bessere getrunken."

„Gut."

Emma konnte ihre Neugier nicht länger unterdrücken. „Erzählen Sie mir etwas von sich. Sie haben nicht immer Lieferungen ausgefahren, nicht wahr?"

Er seufzte. „Sie geben nie auf, was?"

„Warum? Was meinen Sie?", fragte sie mit unschuldigem Augenaufschlag.

Cal sah sie nur spöttisch an.

„Na schön, ich bin also neugierig. Zugegeben."

„Sie haben recht. Ich war nicht immer Fahrer. Ich arbeite eigentlich im Sicherheitsbereich."

„Oh, das ist interessant."

„Stimmt, das ist es. Aber lassen wir es dabei bewenden, okay?"

Emma zuckte wieder die Achseln. „Wie Sie wollen. Es ist mir sowieso egal", sagte sie leichthin, damit ihm gleich klar wurde, dass sie im Grunde nicht das geringste Interesse daran hatte, was er machte und was nicht. Je eher er das begriff, desto besser für sie beide.

„He", sagte Cal leise. „Sehen Sie mich an. Ich wollte Sie nicht verletzen."

„Nein, ich bin nicht verletzt", erwiderte sie mit belegter Stimme. „Ich glaube, es wird Zeit, dass ich nach Hause fahre. Es ist spät, und Logan muss bald etwas zu essen bekommen."

Cal stand auf und sah ihr tief in die Augen. „Danke, dass Sie mitgekommen sind. Es hat mir sehr viel Spaß gemacht, mit Ihnen zusammen zu sein."

Emma war eher davon überzeugt gewesen, dass sie ihm mit ihren vielen Fragen den letzten Nerv geraubt hatte. Da das offensichtlich nicht der Fall war, machte ihn das nur noch unwiderstehlicher.

Er zwinkerte ihr zu. „Kommen Sie, holen wir den Kleinen."

Sie folgte ihm und fragte sich dabei, in was für emotionale Untiefen sie sich jetzt wieder begeben hatte.

4. KAPITEL

Cal war dankbar und bisher ganz zufrieden. Emmas erfolgreiche Gärtnerei passte großartig in seine Pläne. Wenn diese Pläne auch noch nicht ganz so ausgefeilt waren, wie er gern gewollt hätte. Der Job als Fahrer war das Einzige gewesen, was ihm zunächst eingefallen war – der einzige Weg, sich seinem Jungen zu nähern, ohne allen direkt den Krieg zu erklären. In seiner Verzweiflung hatte er über alle Möglichkeiten nachgegrübelt. Schließlich war ihm der Einfall gekommen, für den Pflanzengroßhandel zu arbeiten, der Emmas Gärtnerei belieferte. Er hatte einfach auf sein Glück vertraut, und tatsächlich hatte es dann ja auch geklappt.

An diesem Morgen hatte er schon eine Lieferung für Emma ausgefahren, und jetzt war er für heute eigentlich fertig und könnte zur Zentrale zurückkehren, nur dass er das nicht wollte.

Als er am Morgen zu ihr gefahren war, hatte er nur daran denken können, dass er sie wiedersehen würde. Emma war draußen und wässerte die Blumen. Während er einparkte, hatte er beobachten können, wie sie sich vorbeugte und einige abgestorbene Blätter entfernte, und ihm war regelrecht das Wasser im Munde zusammengelaufen beim Anblick ihrer vollen Brüste, die sich gegen das T-Shirt drängten. Vor allem die Art, wie ihr hübscher Po, die schlanken Beine und die runden Hüften sich unter der Jeans abzeichneten, gab ihm den Rest und steigerte seine Erregung noch.

Er hatte den fast unwiderstehlichen Drang verspürt, aus dem Wagen zu springen, sich an sie herauszuschleichen und die Hände auf diesen appetitlichen Po zu legen. Gerade als ihm dieser Gedanke durch den Kopf schoss, hatte sie aufgesehen, und sofort hatte er die verrückten Visionen verdrängt. Er hatte sich zur Ordnung gerufen und beschlossen, klarer zu denken und sich daran zu erinnern, dass es hier allein um das Kind ging. Es ging weder um seine unterdrückte Libido noch um diese Frau.

Er erinnerte sich auch noch deutlich an ihr eher bangloses Gespräch:

„Sie sind schon früh dran", sagte sie und richtete sich auf, als er näher kam.

„Ich beschloss, zuerst bei Ihnen haltzumachen."

„Danke. Das weiß ich zu schätzen." Sie hielt inne und legte den Kopf ein wenig schief. „Wenn das ein Kompliment sein sollte, heißt das."

Er lächelte. „Und wie läuft es?"
„Prima."
„Wie geht es dem Jungen?" Er gab sich Mühe, einen leichten Ton anzuschlagen, um nicht ihr Misstrauen zu erwecken. Aber warum sollte sie misstrauisch werden, beruhigte er sich. Sie weiß doch gar nicht, wer du bist und was du hier willst. Er musste nur sichergehen, dass das so blieb, bis er bereit war, die Katze aus dem Sack zu lassen.
„Ihm geht es auch prima."
„Gut."
Es entstand wieder eine etwas angespannte Stille, während sie sich ansahen, als wüssten sie nicht, wie sie miteinander umgehen sollten. Er jedenfalls wusste es wirklich nicht. Er hatte sich auf unsicheren Boden gewagt, und jeder Schritt konnte gefährlich werden. Ihm war nur sein Ziel klar – er wollte sein Kind sehen, und diese Frau war die Einzige, die ihm das ermöglichen konnte. Wenn er sich bei ihr einschmeicheln und allen Charme aufbieten musste, der ihm zur Verfügung stand, dann würde er das tun. Er würde alles tun für sein Kind. Es war ihm zwar unangenehm, dass er sie hintergehen musste, denn im Gegensatz zu ihrer Schwester war sie nett und anständig, aber leider hatte er nicht die Zeit und nicht die Geduld, sich offen mit ihr auseinanderzusetzen. Wenn es um seinen Sohn ging, war die Zeit nicht auf seiner Seite, sondern sein Feind.
„Lassen Sie mich Hector rufen, damit er Ihnen beim Ausladen hilft", sagte Emma hastig, als ob ihr bewusst geworden wäre, dass sie sich viel zu lange stumm angesehen hatten. In Wirklichkeit konnten nicht mehr als ein paar Sekunden vergangen sein. Allerdings genügten schon Sekunden, um in ihm heißes Verlangen zu wecken. Dabei sah er sie nur an, was würde erst geschehen, wenn er sie auch noch berührte? Wahrscheinlich würde er buchstäblich in Flammen aufgehen.
„Reiß dich zusammen", sagte er leise vor sich hin.
„Haben Sie etwas gesagt?"
„Nein."
Emma sah ihn zwar zweifelnd an, sagte aber nichts weiter.
„Ich denke, ich mache mich am besten an die Arbeit", erwiderte er knapp und drehte ihr den Rücken zu.
Nachdem alle Pflanzen ausgeladen worden waren und Emma den Lieferschein unterschrieben hatte, standen sie wieder recht unsicher voreinander. „Wir benehmen uns wie Fremde", sagte er und hielt ihren Blick fest.

Emma hob die Augenbrauen und errötete leicht. „Wir sind ja auch Fremde."

„Das könnten wir ändern. Wenn Sie es auch wollen, heißt das."

Sie fuhr sich mit der Zunge über die Unterlippe, als würde sie es absichtlich darauf anlegen, ihn leiden zu lassen. Wenn sie den Blick weiter nach unten gerichtet hätte, hätte sie ihre Wirkung auf ihn nicht übersehen können. Sein verräterischer Körper stand regelrecht in Flammen.

„Ich bin nicht sicher, ob ich das will", antwortete sie, ohne seinem Blick auszuweichen.

„Dann werde ich sehen müssen, wie ich das ändern kann", sagte er möglichst gelassen, nahm den Stetson ab und wischte sich den Schweiß von der Stirn.

„Sie würden nur Ihre Zeit verschwenden."

Obwohl ihre Antwort ihn enttäuschte und auch überraschte, erkannte er daran, dass sie nicht zu den Frauen gehörte, die sich leicht von einem Mann verführen ließen. Das sollte ihn eigentlich nicht wundern, denn er hatte ja schon festgestellt, dass sie anders war als ihre Schwester, die sich von jedem Mann hatte verführen lassen, der ihr über den Weg gelaufen war, wenn er nur attraktiv genug war. Connies Schwester schien es egal zu sein, ob es einen Mann in ihrem Leben gab oder nicht. Einerseits bewunderte er sie dafür, andererseits konnte das für seinen Plan nur ein Hindernis sein.

Insgeheim hatte er gehofft, dass die Wahrheit kein so großer Schock für sie werden würde, wenn er es vorher schaffte, ihr Vertrauen zu gewinnen. Wenn ihm das allerdings nicht gelang, war er verloren, und das durfte er auf keinen Fall zulassen. Es ging hier um seinen Sohn.

„Danke", sagte Emma und riss ihn aus seinen Gedanken, „dass Sie zuerst an mich gedacht haben."

„Keine Ursache." Er hielt inne. „Morgen komme ich zur gleichen Zeit."

Sie befeuchtete sich schon wieder die Lippen mit der Zunge, und Cal stöhnte innerlich auf.

„Aber ich erwarte morgen keine Lieferung."

Er zwinkerte ihr zu. „Wir werden uns trotzdem sehen."

Emma öffnete den Mund, um etwas zu erwidern, aber Cal drehte sich schnell um und sprang in den Wagen. Als er in den Rückspiegel sah, stand sie mit einem seltsam gequälten Gesichtsausdruck da und starrte ihm nach. Besser gequält als gleichgültig, sagte er sich, aber sein schlechtes Gewissen machte sich bemerkbar.

Kurze Zeit später hatte er die Lieferscheine abgegeben und war in seinen eigenen Wagen gestiegen. Statt jedoch nach Hause zu fahren, hielt er kurz vor Hammonds Büro. Er hatte Glück. Hammond schien gerade von einer Gerichtsverhandlung zurückgekommen zu sein und hatte an diesem Tag keine weiteren Termine mehr.

„Hallo, mein Freund, was gibt's?", fragte er.

Cal setzte sich. „Ich bin gerade mit meiner Runde fertig."

Hammonds schlaksiger Körper bebte vor Lachen. „Das ist wirklich zum Brüllen. Ausgerechnet du fährst Pflanzen aus."

„Lach nicht", fuhr Cal ihn ernst an. „Dadurch mache ich mich mit meiner Ex-Schwägerin und meinem Sohn bekannt."

„Willst du mich auf den Arm nehmen?"

„Nein."

„Jetzt ist es also dein Sohn?"

„Das habe ich doch gesagt."

„Neulich wolltest du noch einen DNS-Test machen lassen, um das zu überprüfen."

„Ich bin zu dem Schluss gekommen, dass das nicht nötig ist."

Hammond hob die Augenbrauen. „Ach?"

„Die Umstände haben sich geändert."

„Inwiefern?"

„Ich habe es dir doch schon gesagt. Durch meinen Fahrerjob."

Hammond schüttelte nur den Kopf. „Unglaublich."

„Ich muss mich beeilen", sagte Cal. „Du weißt, ich kann es mir nicht leisten, die Sache auf die lange Bank zu schieben."

Hammond fuhr sich mit der Hand über die kahle Stelle in seinem schütteren Haar. „Stimmt, aber ich kann immer noch nicht glauben, dass du es tatsächlich durchgezogen hast."

„Nun, habe ich aber. Und er ist ein großartiger kleiner Junge", sagte Cal und konnte seine Aufregung nicht verbergen. „Aber das weißt du ja. Du hast ihn ja gesehen."

„Die meisten achtzehn Monate alten Kinder sind großartig", meinte Hammond trocken.

„Er sieht wirklich sehr gut aus."

Hammond verdrehte die Augen. „Lässt du dich da nicht ein wenig von deiner Begeisterung hinreißen?"

„Er ist ganz der Vater", fuhr Cal mit einem Augenzwinkern fort, und der Stolz in seiner Stimme war nicht zu überhören.

„Ein DNS-Test kommt also nicht mehr infrage?"

Cal zögerte keinen Moment. „Nein."

„Wie ich dir schon neulich sagte – es ist deine Entscheidung", erwiderte Hammond. „Wie hat Emma reagiert, als du ihr sagtest, wer du bist?"

Cal senkte verlegen den Blick, schließlich holte er tief Luft und gab zu: „Ich habe es ihr nicht gesagt."

Hammond blieb sekundenlang der Mund offen stehen, und er starrte Cal an, als hätte der den Verstand verloren.

„Sieh mich nicht an, als wäre ich durchgedreht", fuhr Cal ihn an.

„Wenn du mich fragst, bist du das aber. Was hast du dir jetzt wieder einfallen lassen?"

Cal warf ihm einen feindseligen Blick zu. „Ich weiß, was ich tue, Hammond."

„Wirklich?"

Cal wurde rot vor Ärger. „Ich habe zu ihr gesagt, dass ich Burt McBride heiße."

Hammond stöhnte laut. „Gott, ich glaube, mir wird gleich schlecht."

Gereizt sprang Cal auf. „Ich bin nicht gekommen, um mich von dir beschimpfen zu lassen."

„Nun, ich hoffe sehr, dass du keine Absolution von mir verlangst, weil nur ein Priester dir die geben kann."

„Sehr witzig."

„War nicht witzig gemeint."

Cal stieß heftig die Luft aus und zwang sich zur Ruhe. Er wusste, dass Hammond recht hatte. Er hätte Emma niemals belügen dürfen, aber eine andere Lösung war ihm nicht eingefallen, und jetzt musste er damit leben, ob er wollte oder nicht. Wenigstens für eine Weile.

„Ich will nur einen Rat von dir", fuhr er fort. „Sag mir, wie ich weiter vorgehen soll."

„Sag ihr die Wahrheit."

„Ich meine, abgesehen davon."

Hammond verdrehte wieder die Augen. „Willst du deinen Sohn haben?"

„Natürlich."

„Das volle Sorgerecht?"

„Ja."

Hammond schüttelte den Kopf. „Das wird nicht einfach werden."

Cal gab sich nicht die Mühe, sein Erstaunen zu verbergen. „Und warum nicht? Immerhin ist er mein Fleisch und Blut. Warum sollten die Gerichte ihn mir nicht zusprechen?"

„Bevor ich das beantworte, muss ich dir eine Frage stellen."
„Schieß los."
„Was für einen Vater wirst du abgeben? Hast du dich das schon gefragt?"
Ein rebellischer Ausdruck erschien auf Cals Gesicht. „Ich werde es schon schaffen. Ich bin vollkommen sicher."
Hammond schnaubte.
„Du glaubst mir nicht?"
„Ich habe dazu keine Meinung, weder eine positive noch eine negative. Ich glaube einfach, dass du sehr lange und sehr gründlich darüber nachdenken solltest. Es ist nicht leicht, ein Kind zu übernehmen und es zu einem guten Menschen zu erziehen. Man braucht dazu viel Zeit, Energie, Geduld und sehr viel Liebe."
„Woher soll ich wissen, ob ich einen guten Vater abgeben kann, wenn ich es nicht ausprobiere?", fragte Cal und unterdrückte ein leises Gefühl der Unsicherheit.
„Jedenfalls halte ich es nicht für richtig, diese ganze Sache wie einen Probelauf zu betrachten."
„Das habe ich doch auch nicht vor!", rief Cal empört.
Hammond hob abwehrend die Hände. „He, ich fälle hier kein Urteil über dich, mein Junge." Er machte eine strategische Pause. „Aber der Richter wird es tun."
„Du weißt wirklich, wie man jemanden fertigmacht", sagte Cal grimmig.
Hammond zuckte die Achseln. „Du hast mich um meine Meinung gebeten."
„Und was willst du mir noch sagen?"
„Man reißt ein Kind nicht einfach aus den Armen seiner Mutter", fügte Hammond hinzu, „und übergibt es einem Fremden, der es außer Landes bringen und der Pflege eines Kindermädchens übergeben will."
„Emma ist nicht seine Mutter", betonte Cal.
„Praktisch gesehen, ist sie es doch. Und sie ist sein gesetzlicher Vormund."
Cal rieb sich den schmerzenden Nacken. „Ich habe also keine Chance, sagst du. Das wäre nicht das erste Mal, und dennoch habe ich immer mein Ziel erreicht."
„Soll ich die nötigen Papiere aufsetzen?"
Cal zögerte. „Noch nicht. Lass uns erst sehen, ob mein Plan nicht doch klappt. Es wäre doch möglich, dass ich Emmas Vertrauen gewinne."

„Sie ist nur die Hälfte deines Problems. Vergiss Patrick nicht."
„Wie könnte ich? Aber irgendwo muss ich schließlich anfangen, und Emma ist das schwächste Glied in der Kette."
„Ich hoffe wirklich sehr, dass du weißt, was du tust, mein Junge."
„Ich auch, Hammond", sagte Cal düster.

Wieder hatte er eigentlich die Absicht, zur Ranch zurückzukehren, aber als er Hammonds Büro verließ, schien sein Jeep wie aus eigenem Antrieb in die entgegengesetzte Richtung – zu Emmas Gärtnerei – zu fahren. Da noch kein Ladenschluss war, ging er davon aus, dass er sie dort finden würde.

Er hatte zwar keine Ahnung, wie er seinen zweiten Besuch an diesem Tag erklären sollte, doch darum würde er sich kümmern, wenn es so weit war. Er wollte seinen Sohn sehen, und er hoffte, dass Logan bei Emma war.

Das einzige Problem war, dass sein Interesse für den Kleinen ihn verraten könnte. Er musste vorsichtig sein und durfte sich nicht zu sehr um ihn kümmern, sonst würde Emma misstrauisch werden. Er merkte jedoch, dass es ihm schwerfiel, sich zurückzuhalten, wenn es um den Jungen ging.

Verdammt, in was für einen Schlamassel hatte er sich da bloß gebracht. Nein, Connie war an dieser Situation schuld. Wenn sie ihm gesagt hätte, dass sie ein Kind erwartete, dann wäre vielleicht alles ganz anders gekommen. Aber er wollte sich nichts vormachen. So ganz fair war er ihr gegenüber nicht. Vielleicht hatte sie es gar nicht rechtzeitig gemerkt, und wenn doch, so hätte das vermutlich auch nichts geändert. Er hatte damals einen Auftrag zu erledigen, der ihn ins Ausland führte. Er hatte sich für eine ganz bestimmte Sache verpflichtet und hätte nicht zurücktreten können.

Cal stieß eine ganze Reihe saftiger Flüche aus. Es nützte nichts, über Dinge nachzugrübeln, die er jetzt sowieso nicht mehr ändern konnte.

Als er den Jeep vor der Gärtnerei parkte, war niemand zu sehen. Trotzdem stieg er aus und klopfte an die Bürotür. Einige Sekunden später öffnete Emma und sah ihn fast erschrocken an.

„Was tun Sie hier?"
„Ich bin gekommen, um Sie zu sehen."
„Warum?"
„Sind Sie allein?"
„Nein. Logan ist bei mir."

„Schön."

Sie warf ihm einen ungläubigen Blick zu. „Warum sollten Sie das schön finden?"

Cal überlegte einen Moment und sagte dann leichthin: „Es ist ein perfekter Tag für einen Ausflug in den Park und für ein leckeres Eis. Was meinen Sie?"

Emma konnte nicht glauben, dass sie tatsächlich so naiv war. Aber es gab keinen Zweifel, denn sonst würde sie jetzt nicht neben Burt und Logan auf einer Bank im Park sitzen. Das Traurigste war, dass sie jeden Moment genoss. Besonders gefiel es ihr, Burt zu betrachten. Sie saugte seinen Anblick regelrecht auf. Er sah fantastisch aus in seinem hellen T-Shirt und den braunen Shorts, die sich an seine muskulösen Schenkel schmiegten, sodass kaum etwas der Fantasie überlassen blieb. Eine Sekunde lang stellte sie ihn sich ohne diese Shorts vor, in der ganzen Pracht seiner Männlichkeit, und ihr Puls begann zu rasen.

Emma wandte sich ab, hielt den Atem an und schloss kurz die Augen. Sie musste aufhören, sich zu solchen Gedanken hinreißen zu lassen.

„Himmel, was für ein herrlicher Tag", sagte Cal gerade und lenkte sie ab.

Er hatte recht. Der Duft einer Unmenge von Blumen unterschiedlichster Art erregte aufs Angenehmste ihre Sinne. Hoch über ihnen spielten Eichhörnchen in den Zweigen der Bäume miteinander Fangen, und Vögel sangen süße Melodien. Es war geradezu paradiesisch.

Logan schien sich noch am meisten an ihrem Ausflug in den Park zu erfreuen. Er sah den älteren Kindern beim Spielen zu, während er entzückt lachte und auf wackligen Beinen herumtapste. Er hatte gerade ein Eis gegessen, und sein Gesicht war herrlich verschmiert damit.

Burt war dafür verantwortlich – sehr zu ihrem Erstaunen.

„Macht es Ihnen etwas aus, wenn ich ihn füttere?", hatte er sie gefragt, nachdem sie einen freien Picknicktisch gefunden hatten.

„Haben Sie bestimmt nichts dagegen?", fragte er wieder, als sie den Kopf schüttelte.

Sie zuckte die Achseln. „Nein, warum sollte ich?"

„Am besten warten wir ab, was der kleine Mann dazu zu sagen hat."

Emma lachte. „Wenn es ums Essen geht, ganz besonders um Eis, lässt er alles mit sich machen."

„Da habe ich ja Glück gehabt." Cal griff nach dem kleinen Eisbecher, den Emma auf den Tisch gestellt hatte.

„Ach herrje, warten Sie noch einen Moment. Ich habe sein Lätzchen vergessen."

„Muss er denn eins tragen?"

Sie lachte. „Machen Sie Witze? Selbst mit Lätzchen wird er gleich aussehen wie ein Clown. Und Sie wahrscheinlich auch, Sie Ärmster."

Er zuckte die Achseln. „Das stört mich nicht."

„Sagen Sie aber hinterher nicht, ich hätte Sie nicht gewarnt."

Er lächelte nur und wandte sich zu Logan um. „Okay, mein Kleiner, jetzt heißt es, diesem Eisbecher zu zeigen, wer hier der Herr ist, was?"

Emma sah fasziniert zu, wie Burt das Kind fütterte. Obwohl es offensichtlich war, dass er noch nie etwas Ähnliches getan hatte, hatte er den Dreh ziemlich schnell raus, und er verlor nie die Geduld, wenn Logan kichernd das Eis aus den Mundwinkeln herausfließen ließ oder nach dem vollen Löffel griff, den Burt ihm hinhielt.

Die Art, wie er mit dem Kind umging, zeigte Emma, dass er eines Tages ein sehr guter Vater sein würde. Irgendwann würde er sicher heiraten und Kinder haben. Aus irgendeinem Grund versetzte ihr dieser Gedanke einen kleinen Stich. Hastig gab sie sich einen Ruck und konzentrierte sich wieder auf das Schauspiel, das Burt und Logan ihr boten. Sie lachten alle drei, als Logan Burt etwas Eis ins Gesicht schmierte.

Plötzlich spürte Emma Burts Blick auf sich. Ihr Herz klopfte schneller vor Erregung. Und als sein Blick auf ihrem Mund verweilte, konnte sie plötzlich kaum noch atmen.

Logans begeistertes Quietschen riss beide aus ihrer Versunkenheit und brach den Bann.

Seitdem waren dreißig Minuten vergangen, und Emma hatte darauf geachtet, Burt nicht zu tief in die Augen zu sehen. Es war viel zu gefährlich, denn damit riskierte sie ihre innere Ruhe. Genauso gefährlich war es allerdings auch gewesen, mit einem attraktiven Fremden hierherzukommen. Als er den Ausflug vorgeschlagen hatte, hätte sie ablehnen müssen, und zwar entschieden.

Bei diesem Mann wurde sie nur leider immer wieder schwach. Sie erkannte sich selbst nicht wieder. Sie hasste zwar diese Schwäche, aber sie konnte nicht garantieren, dass sie seinem Zauber nicht wieder erliegen würde. Entsetzt schloss sie die Augen. Panik schnürte ihr die Kehle zu. Die gleiche Gedankenlosigkeit in Bezug auf Männer war einer der größten Fehler ihrer Schwester gewesen. Und jetzt benahm sie sich genauso unvorsichtig, obwohl sie sich geschworen hatte, nie so zu werden wie Connie.

„Er sieht Ihnen ähnlich", sagte Cal lächelnd.

„Glauben Sie?"

„Ich weiß es." Sein Lächeln vertiefte sich.

Wenn ich ihn doch nur nicht so anziehend finden würde, dachte sie kläglich. „Danke", sagte sie mit leicht heiserer Stimme. „Vor allem, da ich hoffe, dass er bald ganz zu mir gehören wird."

„Ja, das sagten Sie neulich schon."

„Er ist meine ganze Freude."

„Ich hoffe, Sie haben nichts dagegen, wenn ich frage, aber wie sind Sie zu ihm gekommen?"

„Er ist das Kind meiner Schwester."

Emma zögerte einen Moment. Es lag ihr nicht, mit einem Fremden über ihre Familie zu sprechen. Andererseits gab es niemanden in Tyler, der die Wahrheit nicht kannte. Wenn Burt sie nicht von ihr erfuhr, würde er sie im Lauf der Zeit von jemand anderem hören.

„Sie war verheiratet", sagte sie, als müsste sie ihre Schwester verteidigen.

„Ich habe nicht die Absicht, mich als Richter aufzuspielen, Emma."

Obwohl sein Ton sanft und ruhig war, glaubte sie einen leisen Spott darin zu hören und wurde ärgerlich. Es sollte ihr gleichgültig sein, was er dachte oder wie er auf ihre Geschichte reagierte, aber das war es leider nicht, und genau das ärgerte sie. Burt hatte es irgendwie geschafft, ihr unter die Haut zu gehen und sie auf eine Weise zu berühren wie niemand vor ihm.

Und das machte ihr entschieden Angst.

Sie konnte sich nicht erlauben, die Kontrolle über ihre Gefühle zu verlieren, besonders bei einem Mann, mit dem sie nicht das Geringste gemein hatte. Außerdem hatte sie auch kein Interesse an einer Beziehung. Jetzt und auch in Zukunft würde sich ihr Leben nur um Logan drehen.

„Sie sind plötzlich so still geworden", sagte Cal mit rauer Stimme und musterte sie nachdenklich.

Emma fragte sich unwillkürlich, ob ihm gefiel, was er sah. Sie hatte sich am Morgen besondere Mühe mit ihrem Aussehen gegeben und hatte ein korallenrotes Sommerkleid angezogen, das ihre vollen Brüste und die schlanke Taille betonte. Als er den Blick einen Moment auf ihren Brüsten verweilen ließ, spürte sie, wie sie fast genauso rot wurde wie ihr Kleid.

„Emma?"

„Ich fragte mich nur gerade, warum ich mich Ihnen anvertrauen sollte", sagte sie hastig.

„Aus keinem besonderen Grund, außer dem, dass ich neugierig bin."

„Warum?", fragte sie, ohne zu überlegen.

„Ich denke, die Antwort auf diese Frage kennen Sie", sagte Cal leise.

Sie schluckte mühsam und wich seinem Blick aus, um nicht die gleiche Leidenschaft in seinen Augen zu sehen wie die, die in ihr brannte.

„Als meine Schwester Connie schwanger wurde, reichte sie die Scheidung ein, und das offenbar, ohne ihrem Mann von dem Baby zu erzählen. Vermutlich, weil er beabsichtigte, im Auftrag der Regierung das Land für längere Zeit zu verlassen." Emma zuckte die Achseln. „Um es kurz zu machen, sie ließ sich von ihm scheiden und bekam das Baby."

„Aber sie wollte es nicht haben."

Obwohl Emma die trockene Feststellung nicht gefiel, konnte sie sich nicht beschweren, denn es war die Wahrheit, sosehr sie sie vielleicht auch gern geleugnet hätte. „Das stimmt. Inzwischen hatte sie sich mit einem anderen Mann eingelassen und wollte mit ihm das Land durchreisen." Emma räusperte sich, um weitersprechen zu können. „Sie sind bei einem Unfall ums Leben gekommen. Ein Laster hat sie angefahren. Sie sind beide sofort tot gewesen."

„Das tut mir leid."

„Ja. Mir auch."

Eine Weile sahen beide Logan schweigend dabei zu, wie er mit großer Begeisterung die anderen Kinder beim Spielen beobachtete.

„Er ist ein wunderbares Kind", sagte Cal schließlich.

Emma lächelte. Sie war erleichtert über den Themenwechsel. „Ja, das finde ich auch. Er weint nur, wenn er Hunger hat oder nass ist."

„Genau wie ich."

Sie lachten beide befreit, und Emma fühlte sich, als hätte man ihr alle Sorgen abgenommen.

Plötzlich wurde er ernst und sagte leise: „Ich kann mich nicht an Ihnen sattsehen."

Emma konnte seinem Blick nicht mehr ausweichen. Die Leidenschaft, die darin lag, ließ sie erschauern. „Sagen Sie so etwas nicht. Bitte."

„Warum nicht?"

„Weil es nicht wahr ist."

„Doch, ich würde es nicht sagen, wenn es nicht wahr wäre."

„Meine Schwester war die Schönheit in unserer Familie", meinte sie abweisend.

„Soll ich mal all Ihre Vorzüge aufzählen?"

„Nein!" Etwas leiser fügte sie hinzu: „Entschuldigung. Ich wollte Sie nicht so anfahren."

Cal lächelte. „Schon gut. Versprechen Sie mir nur, sich manchmal im Spiegel etwas genauer zu betrachten."

Emma verdrehte die Augen. „Lassen Sie uns das Thema wechseln, okay?"

„Okay, also wieder zurück zu Logan."

Sie warf Logan einen liebevollen Blick zu. „Ich kann es kaum erwarten, bis ich endlich das volle Sorgerecht für ihn habe."

„Laufen schon die Vorbereitungen dafür?", fragte Cal mit ausdrucksloser Stimme.

„Noch nicht, aber ich denke ernsthaft daran, damit zu beginnen."

„Erwarten Sie denn Probleme?"

Sie runzelte die Stirn. „Vielleicht."

„Oh?"

„Sein Vater ist wieder in der Stadt und könnte Ärger machen." Sie holte tief Luft. „Mein Vater hasst ihn regelrecht. Wenn der Mann also versuchen sollte, sich einzumischen, wird alles in einen fürchterlichen Kampf um das Sorgerecht ausarten. Mir wird schlecht, wenn ich nur daran denke."

„Ihr Vater hasst seinen Ex-Schwiegersohn so sehr?"

Sie lachte trocken. „Das ist noch untertrieben ausgedrückt. Er gibt ihm die Schuld an Connies Tod und schwört, dass er ihn mit seinen eigenen Händen erwürgen wird, wenn er nur die Gelegenheit dazu bekommen sollte."

„Klingt mir nach einem ziemlich rachsüchtigen Mann."

Emma sah ihn verärgert an. „Überhaupt nicht. Er findet nur, dass Cal Webster Abschaum ist und kein guter Vater für Logan. Und wie ich schon sagte, er macht ihn verantwortlich für Connies Tod, aber darüber möchte ich nicht sprechen."

„Schon gut."

Emma sah auf die Uhr. „Du liebe Güte, es wird spät. Ich bringe den kleinen Mann hier am besten nach Hause und ins Bett."

„Wie Sie wollen", sagte Burt und stand auf. „Wollen wir das bald wiederholen?"

Sein Blick war so intensiv, dass Emma schlucken musste.

„Was?", fragte sie, obwohl sie wusste, dass das eine dumme Frage war. Wenigstens gewann sie so ein wenig Zeit zum Nachdenken. Es gefiel ihr gar nicht, was in ihr vorging, besonders wenn Burt sie so ansah, als könnte er sie jeden Moment an sich reißen und küssen. In diesem Moment lächelte er so amüsiert, als wüsste er genau, was ihr durch den Kopf ging.

„Sie wissen genau, was ich meine. Ob wir uns wiedersehen wollen."

„Ich … ich weiß nicht."

Er ließ ihren Blick nicht los. „Wenn Sie es wissen, sagen Sie mir Bescheid."

Bevor sie antworten konnte, fing Logan an, sich zu beschweren. Emma wollte ihn gerade in die Arme nehmen, als Cal fragte: „Darf ich?"

„Natürlich, aber vielleicht werden Sie das noch bereuen. Er ist wahrscheinlich ganz nass."

„Das macht mir nichts aus." Cal lächelte und holte den Kleinen aus seinem Kinderwagen. Sofort fing Logan an zu weinen.

Cal sah so hilflos aus, dass Emma lachte. „Nehmen Sie es nicht persönlich. Ich habe Ihnen doch gesagt, dass er quengelt, wenn er Hunger hat oder nass ist. Und im Augenblick trifft wohl beides zu."

„Dann schlage ich vor, dass Sie ihn übernehmen."

Emma streckte die Arme nach Logan aus, und einen kurzen Augenblick hatte sie das Gefühl, dass Burt McBride den Jungen nur ungern hergab. Aber sie sagte sich, dass sie sich das eingebildet haben musste.

„Schon gut, mein Kleiner. Jetzt hast du ja deine Mommy. Du kannst aufhören zu weinen."

Logan hörte tatsächlich sofort auf und lächelte äußerst zufrieden, und Emma und Cal lachten.

„Ich glaube, wir sind gerade reingelegt worden", meinte Cal mit einem Augenzwinkern.

„Ohne Zweifel", stimmte Emma zu, drehte sich um und ging auf seinen Wagen zu. In Gedanken war sie wieder bei seinem Vorschlag. Wenn er sie noch einmal bitten sollte, ihn wiederzusehen, würde sie sich einverstanden erklären. Ein Schauer durchlief sie.

Sie hoffte nur, dass sie keinen Fehler machte.

5. KAPITEL

"He, Mann, wieso haben wir dich noch nie high erlebt?" Cal zuckte innerlich zusammen, als der Kolumbianer auf ihn zugeschlendert kam, ein böses Glitzern in den kleinen Augen und in der schmutzigen Hand eine Spritze. Cal rührte sich nicht. Äußerlich wirkte er völlig kühl und unbeeindruckt.

Sein Leben hing davon ab, dass er sich nichts anmerken ließ. Aber wenn man ihn gefragt hätte, wie er am liebsten gefoltert werden würde, hätte er eher russisches Roulette gewählt als eine schmutzige Spritze mit Kokain.

„Weil ich noch nie high war, wenn ihr dabei wart", erwiderte er gelassen.

Der Kolumbianer grinste. „Tja, dann wollen wir das jetzt mal ändern, mein Freund."

Cal schluckte mühsam und kämpfte gegen den Impuls an, dem zu kurz geratenen Kerl an die Kehle zu gehen und zuzudrücken, bis er seine schwarze Seele ausgehaucht hatte. Es wäre so einfach, weil er fast doppelt so groß war wie der Kolumbianer. Wollte er jedoch lebend aus dieser Situation herauskommen, musste er sich zusammenreißen. Der Kolumbianer hielt die Spritze, und zwei seiner Leute befanden sich rechts und links von Cal, bereit, sich auf ihn zu stürzen, wenn er auch nur daran denken sollte, eine falsche Bewegung zu machen.

„Tu, was du nicht lassen kannst", sagte Cal mit einem Achselzucken, obwohl ihm das Herz bis zum Hals hinauf schlug.

Der Mann grinste noch breiter. „Gute Antwort, mein Freund. Du musst beweisen, dass du zu uns gehörst, also lässt du dir gefälligst die Nadel geben, okay?"

„Nur zu", sagte Cal, als könnte ihm nichts gleichgültiger sein, während ihm in Wirklichkeit Angst die Kehle zuschnürte.

„Was zum Teufel läuft hier ab?"

Die vier Männer in dem feuchten, schmutzigen Raum drehten sich um und sahen sich dem Boss gegenüber – dem Mann, den Cal außer Gefecht setzen sollte –, einem der grausamsten Menschen, denen er je begegnet war. Cal waren schon viele unangenehme Zeitgenossen über den Weg gelaufen, aber dieser Kerl hätte keine Bedenken, einem Menschen die Schlagader aufzureißen und dabei zuzusehen, wie er verblutete, während er seelenruhig sein Abendessen verspeiste.

Als niemand antwortete, sagte der Boss mit rauer Stimme: „Seid ihr alle taub oder was?"

Der Kolumbianer mit der Spritze begann zu zittern. Cal unterdrückte ein erleichtertes Stöhnen. Noch bist du nicht aus dem Schneider, erinnerte er sich. Der Boss konnte seinem Handlanger immer noch erlauben, ihm die Spritze zu geben. Und das könnte sehr wohl seinen Tod bedeuten, denn wenn ihn das Kokain nicht umbrachte, so ganz bestimmt die schmutzige Nadel.

„Wir wollten ihn nur gerade einweihen …"

„Nicht jetzt", fuhr sein Boss ihn an. „Es gibt Wichtigeres zu tun. Also, setzt eure faulen Hintern in Gang und kommt mit."

Der Kolumbianer trat dicht an Cal heran und flüsterte ihm zu: „Deine Zeit kommt noch, mein Freund. Und zwar, wenn du es am wenigsten erwartest."

Cal setzte sich abrupt in seinem Bett auf. Er war schweißgebadet und zitterte. Schwer atmend sah er sich im Raum um. Als ihm klar wurde, dass er wieder in den Staaten und auf seiner Ranch war, und nicht mehr in jenem Loch in Kolumbien, stieß er erleichtert die Luft aus. Doch das Zittern verstärkte sich, und er konnte nichts gegen das Zähneklappern tun. Er wusste aus Erfahrung, dass es nichts nützte, sich gegen die Folgen dieses Albtraums zu wehren, und so ließ er sie einfach über sich ergehen. Nach einer Weile akzeptierte sein Körper, was sein Kopf ihm sagte, und das Zittern hörte auf.

Cal war völlig erschöpft und erschlafft, als hätte man ihn unzählige Male mit einem nassen Seil geschlagen. Er atmete mehrmals tief durch und ließ sich schwer in das Kissen zurückfallen. Da das Kissen genauso nass war wie er, zuckte er erschrocken zusammen. Es war mehr als unbequem, aber er hatte nicht die Kraft, sich zu rühren.

Wenn er nur ein wenig so liegen bliebe, ohne sich zu bewegen, würde er sich wieder beruhigen. Dieser Albtraum und andere, die diesem ähnelten, hatten ihn seit seiner Zeit als Undercover-Agent gequält. Man hatte ihn allerdings darauf vorbereitet, dass schlechte Träume zu diesen Nachwirkungen gehörten und unvermeidlich waren.

Nun, sie waren vielleicht unvermeidlich, aber er war nicht bereit, sie zu akzeptieren. Für ihn waren diese Horrorträume ein Zeichen von Schwäche, und er war entschlossen, sie zu überwinden. Er erlaubte nichts und niemandem, eine solche Macht über ihn auszuüben. Zwar wusste er, dass eine gewisse Zeit vergehen musste, bevor er sich endgültig von dem Gift jener Zeit befreit hatte und ein normales Leben führen konnte, aber er tröstete sich mit dem Gedanken, dass er wenigstens mit dem Leben davongekommen war.

Oft hatte er geglaubt, dass sein letztes Stündlein geschlagen hatte, und nicht selten war es ihm egal gewesen, wenn es tatsächlich so gewesen wäre. Er war so tief im Sumpf des Bösen und des Verbrechens versunken, dass er darüber fast seine eigene Persönlichkeit und seine eigenen Werte vergessen hätte. Aber er war der Hölle entkommen, und jetzt wusste er auch, dass es sich gelohnt hatte.

Er hatte einen Sohn.

Er hatte ein Kind. Unvorstellbar. Einen Moment lang lag Cal nur voller Ehrfurcht da, doch dann hätte er diese Neuigkeit am liebsten von den Dächern geschrien, damit alle es mitbekamen. Er lächelte kopfschüttelnd über seine Albernheit. „Reiß dich zusammen, alter Junge. Du drehst sonst noch völlig durch."

Doch wenn er ehrlich war, dann fand er, jeder Mensch, der es aus der Hölle in den Himmel geschafft hatte, hatte das Recht, glücklich und stolz zu sein. Wenn da nur nicht gewisse Zweifel gewesen wären. Sein Magen zog sich nervös zusammen. Was gab ihm eigentlich so viel Selbstvertrauen? Woher wollte er wissen, dass er einen guten Vater abgeben würde? Wie konnte er nur so dreist sein?

Doch dann sagte er sich: Warum nicht? Verdammt noch mal, er würde es eben lernen. Sein Sohn wuchs ihm schon jetzt ans Herz. Früher war ihm nie auch nur der Gedanke gekommen, ein Kind in die Welt zu setzen. Connie und er hatten nie über dieses Thema gesprochen. Allerdings hatten Connie und er nie über irgendetwas Wichtiges gesprochen. Bei ihnen war es Leidenschaft auf den ersten Blick gewesen – und Hass auf den zweiten.

Er seufzte laut. Es gehörte sich nicht, schlecht von einer Toten zu denken, ganz besonders, wenn es sich dabei um die Exfrau handelte. Vom ersten Tag ihrer Ehe an war ihm klar gewesen, dass er den größten Fehler seines Lebens begangen hatte. Jetzt war er sich nicht mehr so sicher, denn jetzt gab es Logan.

Ein Kind aufzuziehen, war eine große Verantwortung, und Cal musste einsehen, dass er seinen Sohn vielleicht in Gefahr brachte, wenn man ihm das Sorgerecht für den Kleinen zusprach. Dann beruhigte er sich ein wenig. Er hatte gekündigt und würde nie wieder als Undercover-Agent arbeiten.

Als ihm nun einfiel, dass es einen ganz bestimmten Fall gab, den er erst noch abschließen musste, zuckte er leicht zusammen. Dann beruhigte er sich jedoch wieder. Dieser Fall brachte keine besonderen Schwierigkeiten mit sich und konnte erledigt werden, ohne dass er oder sein Sohn in Gefahr gerieten. Er war sicher, dass er auch das Gericht davon überzeugen konnte, wenn es zu einem Sorgerechtsprozess kommen sollte.

Und was war mit Emma? Sie war die einzige Mutter, die Logan je kennengelernt hatte, und Cal fing allmählich an, sehr viel für sie zu empfinden. Ach was, er wollte mit ihr ins Bett gehen. Die Reaktion seines Körpers war ein eindeutiges Anzeichen dafür, dass er diese Frau begehrte. Wenn er nicht gerade Albträume hatte, dann träumte er davon, Emma zu lieben. Seit er sie das erste Mal gesehen hatte, musste er ständig an ihren herrlich sinnlichen Körper denken. Er wünschte sich kaum etwas so sehr, wie sie endlich nackt zu sehen, sich an ihren langen Beinen und den schönen, vollen Brüsten sattzusehen. Er stellte sich vor, wie sie sich anfühlen mochte, stellte sich vor, wie es wäre, sie zu streicheln.

Meist begnügte er sich in seinen Träumen nicht damit. Er stellte sich Emma vor, wie sie ihn mit ihren großen Augen ansah und sich mit der Zunge langsam über die Lippen fuhr. Meist bewegte sie dann auf unnachahmlich sinnliche Weise die Hüften und hob sich ihm einladend entgegen, sodass er sich nicht mehr zügeln konnte.

Er legte dann immer seine Hände um ihren schönen Po und hob sie leicht an, um besseren Zugang zu jenem süßen Ort zu bekommen, der sich schon nach ihm sehnte. Emma bat ihn regelmäßig flehend, sie zu nehmen, und er drang mit einem einzigen Stoß ein. Beide waren sie so erregt, dass schon wenige Sekunden reichten, um ihnen einen nie gekannten Höhepunkt zu bescheren.

Plötzlich zitterte Cal wieder und setzte sich im Bett auf. Als er feststellte, dass er immer noch hart war vor Erregung, stieß er einen Fluch aus, ging ins Badezimmer und nahm eine kalte Dusche. Danach fühlte er sich besser, und denken konnte er nun auch klarer.

Es war ausgeschlossen, mit Emma ins Bett zu gehen. Das Risiko war einfach zu groß, also blieb ihm nichts anderes übrig, als sein Verlangen nach ihr zu vergessen und sie wie das zu behandeln, was sie im Grunde für ihn war – ein Hindernis zwischen ihm und seinem Kind.

Cal hatte schon vor dem Gespräch mit Emma gewusst, dass er in ihren Augen und in denen ihres Vaters weniger war als Abschaum und dass sie ihn ohne Grund für Connies Tod verantwortlich machten. Es war sehr unfair, aber das störte sie offenbar nicht. Und wenn Emma seine wahre Identität herausfand, würde er schwer zu kämpfen haben. Wenigstens war er vorgewarnt.

Trotzdem hoffte er immer noch, dass er Emma für sich einnehmen konnte und sie sich dann vielleicht einverstanden erklären würde, eine Lösung für ihn und Logan zu finden, die einen Gerichtsprozess unnötig machte. Er unterdrückte das schlechte Gewissen, das ihn wegen seiner Lüge quälte, und zog sich hastig an. Obwohl es verrückt war, konnte er einfach nicht warten. Er musste zu ihr.

„Ich bin so froh, dich zu sehen."
Patrick sah Emma lächelnd an, beugte sich über sie und gab ihr einen Kuss auf die Wange. „Was ist denn los, Kleines?"
Emma verdrehte die Augen und sah zu Logan hinüber, der in seinem Kinderwagen saß und an einer Gummiente kaute. Es war deutlich zu sehen, dass er geweint hatte, denn auf seinen Wangen glitzerten noch immer Tränen.
„Oha, der kleine Mann ist wohl gerade nicht sehr gut drauf, was?"
„Die Untertreibung des Jahrhunderts", sagte Emma und seufzte. „Er hat einen richtigen Wutanfall gekriegt."
„Warum denn?"
„Braucht er denn dazu einen Grund?" Emma hörte die Ungeduld in ihrer Stimme, entschuldigte sich aber nicht dafür. Sie fragte sich oft, wie auch heute, ob sie überhaupt dazu geschaffen war, eine gute Mutter zu sein. Wenn sie sich dann jedoch die Alternative überlegte, vergaß sie alle Zweifel. Sie würde Logan auf keinen Fall aufgeben, was auch geschah. Er gehörte zu ihr.
„Wie wäre es, wenn ich ihn für eine Weile übernehme?"
„Oh, Daddy, das wäre eine so große Hilfe. Janet ist krank, und ich stecke bis zum Hals in Arbeit."
Patrick runzelte die Stirn. „Warum stellst du nicht noch eine Kraft ein? Du kannst es dir schließlich leisten."
„Das ist es nicht."
„Was ist es dann? Es ist doch offensichtlich, dass du etwas mehr Zeit mit Logan verbringen musst."
„Das stimmt." Sie fuhr sich mit der Hand durch das Haar und zerzauste es dabei noch mehr. „Ich mag es einfach nicht, zu lange von ihm fort zu sein."
„Das ist doch auch gut so, mein Liebes. Ein Grund mehr, noch jemanden einzustellen."

„Ich werde darüber nachdenken, Daddy", sagte sie mit einem knappen Lächeln. „Du hast nicht noch etwas über Cal Webster gehört, oder?"

Patrick verzog missmutig den Mund. „Nein, aber ich überlege ernsthaft, ob ich nicht einen Detektiv einstellen soll, der herausfindet, wo der Kerl sich aufhält."

„Ich bin nicht sicher, ob ich überhaupt wissen will, ob er in der Nähe ist oder nicht."

„Dann werde ich es dir nicht sagen."

Emma sah ihn erstaunt an. „Das kannst du nicht tun."

Patrick lachte. „Nun, entweder das eine oder das andere, meine Liebe. Entscheide dich."

„Da hast du recht", sagte sie, ohne zu lächeln.

„Hör zu, wir werden uns jetzt keine Sorgen darüber machen." Er tätschelte ihr beruhigend die Hand. „Und auch sonst nicht. Ich habe dir schon erzählt, dass Webster dem Jungen nicht in die Nähe kommen wird. Du wirst mir einfach vertrauen müssen."

„Das tue ich ja", antwortete Emma. „Oh, sieh mal, Logan ist eingeschlafen. Dann behalte ich ihn einfach hier."

„Bist du sicher? Du weißt, dass es mir eine Freude ist, auf ihn aufzupassen."

„Ich weiß, Daddy, und ich weiß es auch zu schätzen, aber wenn man ihn aus seinem Schlaf reißt, wird er nur quengelig."

„Na schön", gab Patrick nach und gab seinem Enkel einen Kuss auf das Köpfchen. Dann zwinkerte er Emma zu und ging zu seinem Auto hinaus.

Eine Stunde später hörte Emma einen Wagen vor dem Geschäft halten. Als sie ans Fenster trat und hinaussah, machte ihr Herz einen Sprung. Burt McBride schlug gerade die Tür zu seinem Lastwagen zu. Dann drehte er sich um, und als er sie entdeckte, hielt er kurz inne.

Einen langen Moment sahen sie sich in die Augen, dann schlenderte er auf sie zu, und ihr Puls begann vor Erregung zu rasen. Warum musste er nur immer so verdammt sexy aussehen?

Sie wollte sich nicht zu ihm hingezogen fühlen. Aber Tatsache war, dass sie ihn unglaublich attraktiv fand. Sie konnte es einfach nicht leugnen. Wenn er in ihrer Nähe war, gingen seltsame Dinge in ihr vor. Und heute war es nicht anders. Er trug ein Hemd, unter dem sich seine muskulösen Arme deutlich abzeichneten, und eine enge Jeans, die nichts der Fantasie überließ.

Emma verdrängte die sinnlichen Gedanken und schüttelte den Kopf, als könnte sie sie so besser loswerden. „Ich erwarte heute gar keine Lieferung."

„Ich weiß", sagte Cal seelenruhig, während sein Blick auf ihrem Mund verweilte.

Emma spürte, wie sie rot wurde. „Warum sind Sie dann hier?"

„Das wissen Sie, Emma."

Sie schluckte nervös. „Nein, das weiß ich nicht."

„Na schön", sagte er mit plötzlich heiserer Stimme. „Es macht mir nichts aus, es auszusprechen. Ich bin gekommen, um Sie zu sehen."

„Das halte ich für keine besonders gute Idee."

„Womit Sie wahrscheinlich sogar recht haben."

Seine Antwort kam unerwartet und war eigentlich ziemlich enttäuschend. Emma sah ihn verblüfft an.

Er lächelte. „Aber das heißt nicht, dass ich mich wegschicken lasse."

„Burt ..."

„Ja? Was, Emma?", fragte er neckend.

Sie stieß hilflos einen Seufzer aus.

„Was halten Sie davon, mit mir zu Abend zu essen?", fuhr er ungerührt fort.

„Ich kann nicht."

„Warum nicht?"

„Ich muss bei Logan bleiben."

„Das ist kein Problem, wie Sie inzwischen eigentlich wissen sollten. Ihn nehmen wir natürlich mit."

„Sie verstehen nicht."

„Warum klären Sie mich dann nicht auf?"

„Burt", sagte sie aufgebracht.

„Emma", entgegnete er spöttisch und fügte dann leiser hinzu: „Bitte."

Sie biss sich auf die Unterlippe und wusste, dass sie im Begriff war, einen riesigen Fehler zu begehen. „Na schön. Aber Sie kommen zu mir nach Hause, und ich mache uns etwas zum Abendessen."

Sie hatte es schon wieder getan.

Emma war ihrem Herzen gefolgt statt ihrer Vernunft und ihrem gesunden Menschenverstand. Die Folge war, dass sie nervös war und sich unsicher fühlte, aber dafür konnte sie niemandem außer sich selbst die Schuld geben. Sie hatte sich abgerackert, um das Haus für Burts Besuch vorzubereiten. Nicht, dass es schmutzig oder allzu unordentlich gewesen wäre. Die ganze Hetzerei und Putzerei sollte eigentlich vielmehr dazu dienen, sie zu beruhigen. Wenn sie beschäftigt war, konnte sie nicht zu sehr ins Grübeln geraten.

Sie hasste es, dass sie sich so zu diesem Mann hingezogen fühlte. Daran hatte sich nichts geändert. Als er vorgeschlagen hatte, mit ihr zu essen, war sie darauf eingegangen, ohne vorher zu überlegen. In Wirklichkeit wünschte sie sich, viel mehr mit ihm zu tun, als nur zu essen.

Sie erschauerte unwillkürlich. Lieber Himmel, wie war es nur möglich, dass sie ständig an diese eine Sache denken musste, seit sie ihm begegnet war? Die offensichtliche Antwort war natürlich, dass sie ihn begehrte. Allein dieses verflixte Bedürfnis war schuld an ihrer Situation.

Sobald sie ihre Einladung ausgesprochen hatte, hatte die Spannung zwischen ihnen noch zugenommen. Plötzlich hatte sie verstanden, was damit gemeint war, wenn es hieß, es knistere zwischen zwei Menschen. Burt McBride schien genauso verblüfft gewesen zu sein wie sie, und Emma fragte sich, wie lange es wohl noch dauern würde, bis ihr Verstand endlich wieder einsetzte. Sie hatte nie die Absicht gehabt, diesen Abend mit ihm zu verbringen, verflixt noch mal. Warum hatte sie also ihren vorlauten Mund nicht halten können?

„Es wäre mir ein Vergnügen", hatte er geantwortet und sie dann angesehen, als wäre sie die versprochene Nachspeise.

Sie wich seinem Blick aus. „Sind Sie sicher?"

„Mehr als sicher." Er räusperte sich. „Soll ich etwas mitbringen?"

„Äh ... nein." Sie fuhr sich mit der Zunge über die plötzlich trockenen Lippen. „Nur sich selbst."

„Das würde ich nicht tun, wenn ich Sie wäre."

„Was?"

„Mir die Lippen lecken."

„Oh" war alles, was sie herausbrachte.

Er verzog den Mund zu einem unglaublich aufregenden Lächeln. „Ihre Art gefällt mir, Emma Jenkins. Sind Sie sicher, dass ich nichts mitbringen kann? Vielleicht Bier oder Wein?"

„Ich habe beides im Haus."

„Abgemacht", sagte er, und sein Lächeln vertiefte sich.

Emma antwortete nicht. Sie kam sich vor wie verzaubert von diesem Lächeln und war wortkarg und schüchtern wie ein Teenager bei seinem ersten Rendezvous.

„Dann sehe ich Sie also um …"

Er wartete, sodass Emma gezwungen war, sich auf seine Worte zu konzentrieren und eine Antwort zu geben. „Gegen sieben."

Während sie jetzt im Haus herumwirbelte und sich auf seine Ankunft vorbereitete, erkannte sie, dass sie ihre Energie für nichts und wieder nichts verschwendete. Sie stieß einen saftigen Fluch aus und warf das Staubtuch beiseite.

In diesem Moment klingelte das Telefon. Vielleicht war es ja Burt, um abzusagen. Ihre Miene hellte sich auf. Aber als sie auf die Anruferkennung sah und die Nummer ihres Vaters erkannte, war sie seltsamerweise erleichtert.

„Hi, Dad, was gibt's?"

„Essen."

„Essen?"

„Ich habe mehr beim Chinesen bestellt, als ich allein essen kann. Und da ich weiß, wie sehr du es magst, möchte ich es mit dir teilen."

„Jetzt?", fragte sie entsetzt.

Patrick lachte. „Was ist das denn für eine Frage, mein Kind? Natürlich jetzt."

„Das passt gerade nicht so gut, Dad", sagte Emma hastig und wusste sofort, dass das ein Fehler gewesen war. Er würde eine Erklärung verlangen, und sie würde ihn belügen müssen, weil sie einfach nicht bereit war, ihrem Vater ihr Interesse an einem Mann zu beichten. Außerdem war ihre Vernarrtheit in Burt McBride nicht mehr als genau das, Vernarrtheit, und würde bald vorbei sein. Es wäre dumm, mehr daraus zu machen, als es war, und Patrick ohne jeden Grund in Aufregung zu versetzen.

Er hatte sie oft ermutigt, mit Männern auszugehen, aber sie war nicht davon überzeugt, dass er es wirklich ernst gemeint hatte. Es gefiel ihm, die einzige Vaterfigur im Leben seines Enkels zu sein, und Emma war fast sicher, dass er nicht sehr glücklich wäre, wenn sie tatsächlich einen Partner fände.

„Sieh mal, Daddy, ich bin müde, und Logan ist immer noch ein wenig grantig."

Er sagte nichts.

„Es tut mir leid." Sie suchte verzweifelt nach beschwichtigenden Worten. „Ich hoffe, ich habe deine Gefühle nicht verletzt", fügte sie halbherzig hinzu.

„Nein, hast du natürlich nicht", sagte Patrick erstaunt.

Sie konnte sich vorstellen, wie er sich ratlos den Kopf kratzte, denn sie hatte selten etwas gegen seine spontanen Besuche einzuwenden.

„Ich rufe dich morgen an, ja?"

Es war still am anderen Ende der Leitung, und Emma hielt unwillkürlich den Atem an.

„Wie du willst", sagte er schließlich und legte auf.

Emma atmete auf, aber sie wusste, dass er nicht glücklich war über ihre Ablehnung und höchstwahrscheinlich sehr neugierig. Sie hätte sich unter normalen Umständen über seinen Besuch gefreut, aber so, wie die Dinge standen, wollte sie ihn im Moment nicht im Haus haben.

Jetzt musste sie sich beeilen. Wenigstens hatte sie schon das Essen vorbereitet, wenn es auch nichts Besonderes war. Ihr Vater sagte immer, dass ihr Geflügelsalat immer sehr gut gelang, also würde sie ihn heute mit Croissants, einem Teller frischer Tomaten, einem Dip und Kartoffelchips servieren. Als Nachtisch hatte sie beim Bäcker ein Dutzend Orangentörtchen gekauft.

Emma war auf dem Weg ins Schlafzimmer, als sie ein leises Wimmern aus dem Babyfon hörte. Abrupt blieb sie stehen. Dann lief sie in Logans Zimmer und hob ihn aus seiner Wiege. „Was ist denn, mein Kleiner?"

„Mama", sagte er, schlang die rundlichen Ärmchen um ihren Hals und legte den Kopf an ihre Schulter. Sein Atem beruhigte sich sofort, als Emma ihm den Rücken rieb.

„Hattest du einen bösen Traum, mein Liebling?"

Logan klammerte sich nur noch fester an sie.

Sie sah auf ihre Uhr. Es war fast Zeit für Burts Ankunft, aber keine zehn Pferde konnten sie jetzt von Logan fortbekommen, obwohl sie sich weder geschminkt noch umgezogen hatte. Wenn Burt sie nun in Shorts, T-Shirt und ohne Make-up zu Gesicht bekommen würde, dann ließ sich das nicht ändern. Sie versuchte schließlich nicht, ihn zu beeindrucken.

Oder?

Über diese Frage wollte sie lieber nicht nachdenken. Emma setzte sich und begann, Logan in den Schlaf zu wiegen, er schlief jedoch nicht sofort wieder ein, wie er es sonst meist tat. Zwei Mal versuchte sie, ihn in seine Wiege zu legen, aber er fing jedes Mal an zu weinen und wollte sie nicht loslassen. Emma blieb nichts anderes übrig, als ihn weiter in ihren Armen zu wiegen.

„Schon gut, Baby", flüsterte sie an seinem winzigen Ohr. „Mommy lässt dich nicht allein."

Und das würde sie auch nicht. Sie würde immer für ihn da sein. Bei dem Gedanken an seinen Vater hätte sie Logan fast zu fest an sich gedrückt. Seit Patrick ihr erzählt hatte, dass Cal Webster in der Stadt gesehen worden war, hatte sie ein paarmal eine schreckliche Vision gehabt, manchmal am Tag, manchmal in der Nacht. In dieser Vision schaffte Webster es, sich Zugang zu ihrem Haus zu verschaffen und ihr Logan zu entreißen.

Sie wünschte, sie wüsste, wie er aussah. Bisher hatte sie nie ein Interesse an ihm gehabt, weil seine Ehe mit ihrer Schwester nicht lange gehalten hatte, jetzt bedauerte sie es. Vielleicht würde sie ihren Vater morgen bitten, Webster zu beschreiben, damit sie vorgewarnt war. Nur für alle Fälle.

Nach einer Weile schlief Logan doch noch ein. Vorsichtig legte Emma ihn in seine Wiege und sah ihm lächelnd noch eine Weile beim Schlafen zu. Bald würde er schon zu groß sein für diese Wiege und ein richtiges Bettchen brauchen.

Der Gedanke machte sie ein wenig traurig. Sie wollte nicht, dass Logan so schnell größer wurde. Schon bald würde er viele Dinge ohne ihre Hilfe tun wollen und sie nicht mehr so nötig brauchen. Emma seufzte, ging auf Zehenspitzen hinaus und schloss die Tür leise hinter sich.

Sie schaffte es gerade noch, sich die Zähne zu putzen und ein wenig Lippenstift aufzulegen, bevor es an der Tür klingelte. Sie atmete tief durch, um sich Mut zu machen und das heftige Klopfen ihres Herzens zu mildern. Zu ihrem Entsetzen war sie so aufgewühlt, dass sie sogar den Stoff ihres T-Shirts auf ihren erregten Brustspitzen spürte.

Entschlossen riss sie die Tür auf und stand, wie sie glaubte, Burt McBride gegenüber, der sie mit seinen aufregenden blauen Augen anerkennend betrachtete.

„Hi", sagte er mit leicht heiserer Stimme.

„Hi", war das Einzige, was ihr nun als Antwort einfallen wollte.

Cal lehnte immer noch abwartend an einem der Pfeiler der Veranda und wirkte auf Emma gefährlich sinnlich. Wie sie trug auch er Shorts und ein T-Shirt, und beides betonte seinen athletischen Körper mehr, als Emma lieb war. Sie brauchte Cal nur anzusehen, um sofort völlig aus dem Gleichgewicht zu geraten und mit Gefühlen zu kämpfen, die sie bisher noch nie erlebt hatte. Was für eine Macht übte dieser Mensch nur auf sie aus?

„Kommen Sie herein", sagte sie schließlich.

Cal lächelte. „Danke."

Er schlenderte ins Haus und sah sich neugierig um. „Nett haben Sie's hier."

„Ich ... es gefällt uns."

„Da Sie schon ‚uns' sagen – wo ist der kleine Knirps?"

Emma musste unwillkürlich lächeln. „Er schläft, aber das wird sich wohl gleich ändern. Es ist fast wieder Zeit für die Fütterung des Raubtiers."

„Gut."

Sie erwiderte nichts darauf, obwohl sie sich über sein großes Interesse an Logan wunderte. Er schien den Kleinen sehr lieb gewonnen zu haben. Aber vielleicht ging es ihm ja ganz allgemein mit allen Kindern so. Sie wusste schließlich nur sehr wenig über diesen Mann und sein Privatleben. Wenn sie ihn näher kennenlernen sollte, würde sich das allerdings ändern. In jedem Fall wusste er sehr viel mehr über sie als sie über ihn, was eigentlich nicht sehr fair war.

„Möchten Sie etwas trinken?", fragte sie ihn, um das Schweigen zu beenden.

„Ein Bier."

„Setzen Sie sich doch schon mal. Ich komme gleich wieder."

„Brauchen Sie Hilfe?"

„Nein, nein, danke."

„Kommen Sie schnell zurück."

Der drängende Ton ließ sie einen Moment stutzen und trieb sie dann umso eiliger in die Küche, wo sie sich schwer atmend an den Tresen lehnte. Das muss aufhören, ermahnte sie sich. Ihre übertriebene Reaktion auf diesen Mann war verrückt. Vielleicht sollte sie den Stier bei den Hörnern packen und endlich tun, was sie sich schon eine ganze Weile wünschte – im Grunde seit sie ihn das erste Mal gesehen hatte. Sie sollte es hinter sich bringen und ihn küssen, dann würde die Spannung zwischen ihnen vielleicht endlich nachlassen. Und vielleicht könnte sie dann auch wieder normal atmen in seiner Gegenwart.

Was Burt wohl von dieser Idee halten würde?

Mit hochroten Wangen beeilte Emma sich, die Drinks vorzubereiten, stellte sie auf ein Tablett und ging in den Salon zurück. Ihr Besucher stand vor dem großen Fenster im hinteren Teil des Raums, das die Sicht auf ihren kleinen, perfekt gepflegten Garten freigab.

Er drehte sich zu ihr um, als sie hereinkam. „Wenn Ihre anderen Gartenanlagen ähnlich sind wie diese, dann sind Sie eine unglaublich gute Gartenarchitektin."

Sein Kompliment freute sie. „Vielen Dank."

„Gern geschehen", sagte er neckend. Während er auf sie zukam, verweilte sein Blick auf ihren Lippen.

Emma erschauerte und wäre am liebsten vor ihm zurückgewichen, aber sie zwang sich, sich ihre Schwäche nicht anmerken zu lassen. Er durfte nicht sehen, was für eine Wirkung er auf sie hatte. Und was stellte sie sich überhaupt so an? Burt McBride würde sie schon nicht fressen.

Obwohl sie sich große Mühe gab, nicht die Fassung zu verlieren, schloss sie unwillkürlich die Augen und wartete voller Ungeduld auf seinen Kuss. Als sie seine Hände auf ihren Armen spürte, zuckte sie zusammen, als hätte sie einen elektrischen Schlag bekommen. Sie öffnete die Augen und hielt den Atem an. „Ich ... wollen wir nicht unsere Drinks trinken?", stammelte sie, um die Spannung, die plötzlich zwischen ihnen herrschte, irgendwie zu mildern.

„Vergiss sie", sagte Cal rau und strich ihr mit der Hand über die Wange. „Du hast nichts an unter diesem T-Shirt, oder?"

Emma schnappte erregt nach Luft, und er zeichnete sanft mit dem Daumen die Kontur ihrer Unterlippe nach. „Willst du mir nicht antworten?"

Er wusste genau, dass sie ihm nicht antworten konnte. Er wusste auch, was er ihr antat. Sie sah es seinem Blick an. Er schien sie geradezu damit zu verschlingen. „Ja ... nein", gab sie am Ende doch noch zu.

Cal lächelte nachsichtig. „Wie du meinst."

Gegen ihren Willen legte Emma plötzlich die Hände auf seine breite Brust. Sie sagte sich später, dass sie ihn nur berührt hatte, um ihn von sich zu stoßen. Aber kaum spürte sie die Wärme seines Körpers unter ihren Fingern, war sie verloren. Sie konnte an nichts anderes mehr denken, nur an seine Nähe und was für herrliche Gefühle er in ihr weckte. Die Folgen ihrer Handlung waren nicht wichtig. Burt schien überrascht zu sein, dass sie sich ihm so leicht ergab, denn er sah sie mit hochgezogenen Augenbrauen an. Dabei stöhnte er leise, und er senkte den Kopf und küsste sie auf den Mund.

Es war nur ein sanfter Kuss, und doch löste er in Emma eine Kettenreaktion der heißesten Gefühle aus. Sie öffnete die Lippen, und als sie seine Zunge spürte, wurde ihr fast schwindlig vor Verlangen. Wenn er sie nicht festgehalten hätte, wäre sie gefallen, da war sie sicher.

Wie aus weiter Ferne vernahm sie ihre warnende innere Stimme, doch die konnte sie nicht davon abhalten, die Arme um seinen Nacken zu schlingen und den Kuss zu vertiefen. Aus der Verführten wurde eine

Verführerin. In diesem Moment wurde Emma bewusst, wie unwiderstehlich Leidenschaft sein konnte.

Nichts schien mehr wichtig zu sein, außer der Hitze, die ihren Körper durchströmte und sich vor allem zwischen ihren Beinen zu konzentrieren schien. Ein süßer Schmerz durchfuhr sie, der ungewohnt und unglaublich aufregend war. Zum ersten Mal seit Ewigkeiten fühlte Emma sich wirklich lebendig. Und zum ersten Mal in ihrem Leben erfuhr sie, was es hieß, einen Mann wirklich zu begehren. Sie wollte nicht, dass dieses Gefühl jemals aufhörte.

Doch das geschah schneller als erwartet. Cal beendete den Kuss. Mit einem leisen Fluch packte er ihre Arme noch kräftiger und schob sie ein wenig von sich. „Das ist verrückt", sagte er mit belegter Stimme.

Emma hielt gekränkt den Atem an. Lieber Gott, sie tat genau das, was sie an ihrer Schwester immer verabscheut hatte. Sie warf sich einem fremden Mann an den Hals und genoss es. Was war nur los mit ihr?

6. KAPITEL

„Soll ich besser gehen?" Cal sah sie ernst an. „Ich tue, was du willst."

Emma verschränkte die Arme vor der Brust, als könnte sie so den Aufruhr in ihrem Körper besänftigen. Natürlich wollte sie, dass er ging, aber sie wollte es auch wieder nicht. Wie es aussah, fiel es ihm schwerer, mit diesem heißen Kuss fertig zu werden als ihr selbst, was sie nur noch mehr demütigte.

Hatte er etwas zu verbergen? Vielleicht irgendein dunkles Geheimnis, das ihn quälte? Wenn er nun gelogen hatte und gar nicht geschieden war? Wenn er nun ... Emma zwang sich, den Gedankengang nicht weiterzuverfolgen.

„Emma", sagte Cal mit rauer Stimme.

Sie musste sich mit der Zunge die trockenen Lippen befeuchten, bevor sie ein Wort hervorbringen konnte. „Was willst du tun?"

„Was du von mir verlangst."

Sie blickte verstohlen zu ihm auf. Sein Gesicht war angespannt, und sie sah, wie ein Muskel in seiner Wange zuckte – ein Zeichen, dass er nicht so gelassen war, wie er erscheinen wollte.

„Es ist nicht wirklich meine Entscheidung, oder?" Schließlich hatte er den Kuss beendet. Zu ihrem Entsetzen war sie dazu nicht in der Lage gewesen.

„Nein."

„Können wir nicht vergessen, dass ..." Ihre Stimme brach, und Emma sah ihn hilflos an. „Ich habe so etwas noch nie getan."

„Was hast du noch nie getan?"

„Jemanden geküsst, den ich nicht kenne."

„Einen Fremden, meinst du." Er sah ihr tief in die Augen. „Ich dachte, wir hätten uns ganz gut kennengelernt."

„Es gibt sehr viel, was ich nicht von dir weiß."

„Was zum Beispiel?"

„Warum du Fahrer für eine Großgärtnerei bist." Emma hätte sich am liebsten auf die Zunge gebissen. Wie hatte sie ihn so etwas fragen können? Es sah ihr gar nicht ähnlich, so persönlich zu werden.

Falls ihre Worte ihn geärgert hatten, ließ er es sich jedenfalls nicht anmerken. Er lächelte vielmehr auf diese aufregende Weise, die ihr so unter die Haut ging. „Das tue ich nur so lange, bis ich einen Job im Sicherheitsbereich finde."

„Wenn du groß bist, meinst du."
Er lachte amüsiert. „Genau." Dann wurde er ernst und fügte leise hinzu: „Ich möchte jedenfalls bleiben."
„Dann bleib."
„Aber ich muss die Finger von dir lassen?"
„Kluges Kerlchen", scherzte sie in der Hoffnung, die Spannung zwischen ihnen würde dadurch nachlassen.
„Einverstanden."
Plötzlich hörten sie Logan weinen.
„Ich sehe kurz nach dem Baby und bin gleich wieder zurück."
Im Kinderzimmer beugte Emma sich über die Wiege, aber bevor sie Logan hochnehmen konnte, musste sie sich erst in den Griff bekommen. Ihr Herz klopfte immer noch wie verrückt, und ihr Atem kam stoßweise. So konnte sie Burt nicht gegenübertreten.

Sie musste den Tatsachen ins Gesicht sehen. Sie mochte diesen Mann und wollte, dass er sie küsste. Das allein war schon so erstaunlich und ungewöhnlich für sie, dass sie ihre Reaktionen mit Misstrauen betrachtete.

Bevor Burt McBride wie aus dem Nichts in ihrem Leben aufgetaucht war, war sie auch ohne Mann sehr zufrieden gewesen. Jetzt war das leider nicht mehr so. Burt hatte Gefühle in ihr geweckt, die sie bisher nicht bei sich vermutet hatte. Und es waren so starke Gefühle, dass sie ihr Angst machten. Logan sollte Vorrang vor allem anderen haben, nicht ihre Träumereien. Ihr Ruf musste makellos sein, wenn sie nicht länger nur sein Vormund sein wollte, sondern seine Mutter. Und nichts durfte dieses Ziel in Gefahr bringen.

Also wäre es nicht sehr klug von ihr, wenn sie sich ausgerechnet jetzt mit einem Mann einließe. Es wurde allmählich Zeit, dass sie das endgültige Sorgerecht für Logan beantragte, besonders, da Cal Webster irgendwo in der Nähe auf der Lauer zu liegen schien. Sie hoffte, dass sie ihn dazu überreden konnten, die nötigen Papiere zu unterschreiben, mit denen er auf seine Rechte als Vater verzichtete, sobald sie ihn aufgespürt hatten. Danach konnte sie dann die notwendigen Schritte für die Adoption unternehmen und sicher sein, dass sie Logan nie verlieren würde.

Der Gedanke, dass Cal Webster sich diesen Plänen widersetzen könnte, kam ihr gar nicht in den Sinn, weil sie ihn nicht ertragen würde. Nur ein ständiges ungutes Gefühl wollte sie nicht loslassen.

Sie schauderte.

„Mama", rief Logan vorwurfsvoll und brachte sie wieder in die Gegenwart zurück. Er war aufgestanden und hatte seine kleinen Finger in ihr T-Shirt gekrallt.

„Ach, entschuldige, mein Liebling", sagte sie und hob ihn auf die Arme.

„Ich hoffe, es macht dir nichts aus ..."

Emma wirbelte erschrocken herum, als sie Cal hinter sich hörte, so abrupt, dass er mitten im Satz innehielt. Er sah sie verblüfft an. „Ich fürchtete schon, du hättest mich vielleicht nicht gehört."

„Schon gut", sagte sie und drückte Logan zu ihrer eigenen Beruhigung an sich.

„Geht es dem Kleinen gut?"

Emma antwortete mit einem unsicheren Lächeln. Sie musste an den Kuss denken und daran, wie wohl der Rest des Abends verlaufen würde. Und wenn sie Burts heiße Blicke richtig deutete, ging es ihm nicht anders.

„Logan geht's prima", sagte sie mit einem nervösen Lächeln. „Er hat einfach nur Hunger."

„Ich auch." Burt lächelte und zwinkerte ihr zu. „Aber der Kleine hat natürlich Vorrang. Hast du etwas dagegen, wenn ich zuschaue?"

„Nein, überhaupt nicht." Sie ging mit Logan auf der Hüfte voran in die Küche. Was kann ich jetzt auch anderes sagen, überlegte sie. Als sie ihm nach jenem aufwühlenden Kuss zu bleiben erlaubt hatte, hatte sie ihre Entscheidung getroffen. Wenn sie ihre Leidenschaft nur ein wenig unter Kontrolle behielt, könnte sie den Rest des Abends hinter sich bringen, ohne dass etwas passierte.

„Er ist schon ein süßer Kerl, was?"

Emma zerzauste Logan die dunklen Locken. „Ja, das ist er."

„Mann", sagte Logan und wies auf Cal.

Emma sah zu, wie Burt nach dem kleinen Finger griff und sanft daran zog. „Kluges Kind."

Logan lächelte breit und verbarg dann sein Gesichtchen verlegen an Emmas Brust.

„Ich glaube, er mag dich."

„Hättest du was dagegen, wenn ich ihn mal nehme?"

„*Er* wird wahrscheinlich etwas dagegen haben."

Cal verzog enttäuscht das Gesicht. „Du hast vermutlich recht. Es ist noch zu früh." Er strich Logan über das Köpfchen. „Vielleicht das nächste Mal, ja?"

Der Junge lächelte ihn wieder an, und Emma sagte: „Mommy gibt ihrem Baby erst mal etwas zu essen."

„Essen", plapperte Logan nach.

Ein paar Minuten später fütterte sie ihn mit seinem Brei, und während jeder Sekunde war ihr Burts Nähe nur allzu bewusst, der neben ihr saß und sie keinen Moment aus den Augen ließ.

„Du bist wirklich großartig mit ihm."

Emma lächelte unwillkürlich. „Findest du?"

„Oh ja", sagte er mit einer so sinnlichen Betonung, dass Emmas Puls sich beschleunigte. Sie ließ sich nichts anmerken, sondern schaufelte weiterhin Brei in Logans Mund.

„Und was kommt als Nächstes?", fragte Burt.

„Mit Logan, meinst du?"

„Genau."

„Zuerst ein Bad, und dann kommt er ins Bettchen."

„Das klingt logisch."

Emma sah flüchtig zu ihm auf. „Möchtest du dir das Baden auch anschauen?"

„Na klar. Das möchte ich auf keinen Fall verpassen."

„Es tut mir leid, dass wir noch nicht essen können. Ich weiß, dass du am Verhungern sein musst. Vielleicht solltest du wenigstens dein Bier trinken, obwohl das inzwischen lauwarm sein dürfte." Warum machte sie sich Gedanken darüber, ob er etwas zu trinken oder zu essen hatte? Sie schuldete ihm keine Entschuldigung dafür, dass sie ihm nichts serviert hatte. Sie schuldete ihm gar nichts.

„Ach, vergiss mich", sagte er nur gelassen. „Ich sehe dir gern zu. Wie du den Jungen fütterst, meine ich."

Emma warf ihm einen verstohlenen Blick zu, senkte ihn jedoch sofort wieder, als sie den leidenschaftlichen Ausdruck in Cals Augen sah. Hastig konzentrierte sie sich auf Logan. Nach einer Weile war der Kleine fertig, aber nicht ohne jeden und alles in seiner Nähe mit Erbsen- und Pfirsichbrei vollgekleckst zu haben.

„Du siehst vielleicht aus, Kleiner", sagte Cal amüsiert und strich ihm über die Wange.

Logan lachte nur zufrieden und strampelte mit den Beinchen.

„He, he", rief Emma lachend. „Pass auf, sonst trittst du Mommy noch, du wilder, kleiner Frechdachs."

Logan strampelte nur noch stärker. Emma wich ihm geschickt aus und nahm ihn hoch. „Puh, du kleiner Stinker", sagte sie und wischte ihm Mund und Gesicht sauber. „Hier braucht jemand aber unbedingt ein Bad, was?"

„Glaubst du, er erlaubt mir, ihn zu halten, während du das Bad einlässt?", fragte Burt.

„Wir können es versuchen." Sie wusste nicht, warum sie Logan nur widerwillig in Burts Arme legte. Vielleicht wollte sie ihr Baby mit niemandem teilen. Aber das stimmte eigentlich nicht, denn sie teilte ihn ständig mit ihrem Vater, ohne dass es ihr etwas ausmachte. Was war es dann also?

Emma wusste natürlich, dass es ihre eigene Unsicherheit in Bezug auf Männer war. Sie hatte sich nie dazu durchringen können, einen Mann wirklich an sich heranzulassen. Sie hatte zwar Liebhaber gehabt, aber sie hatte ihnen nie ihr Herz geöffnet.

Die Tatsache, dass Burt, der in diesem Moment ihr Baby auf den Arm nahm, es geschafft hatte, ihr unter die Haut zu gehen, machte ihr Angst. Logan und sie waren ein großartiges Team. Sie brauchten im Augenblick niemanden in ihrem Leben, um glücklich zu sein.

„Na, du kleiner Racker?", sagte Cal und hielt Logan hoch in die Luft.

„Vorsicht, er hat gerade gegessen. Er wird noch spucken und dich schmutzig machen, Burt."

Cal hielt erschrocken inne, aber als er Emma ansah, lachte sie amüsiert. „Du willst mich auf den Arm nehmen, was?", sagte er und spielte weiter mit dem Kleinen.

Im nächsten Moment war ein seltsames Gurgeln von Logan zu hören, und ein Spritzer Babybrei traf Cal mitten auf die Stirn.

Cal hielt das Baby erschrocken von sich ab, doch Emma zuckte nur die Achseln, als wollte sie sagen, dass sie ihn gewarnt hatte. Dann sahen sie sich an und brachen in befreites Lachen aus.

Cal schwitzte wie noch nie in seinem Leben.

Was hatte er auch erwartet? Er war seit dem frühen Morgen unterwegs und reparierte die Zäune auf seiner Ranch, und das war harte Arbeit. Er hielt kurz inne und wischte sich mit dem Halstuch, das er in die Gesäßtasche seiner Jeans gestopft hatte, den Schweiß von der Stirn. Wenn er jetzt schon so unter der Hitze litt, was würde er dann im Sommer tun?

Als er sich strecken wollte, durchzuckte ein kurzer Schmerz seine Brust, und er atmete mehrmals tief durch. Kein Wunder, dass er so empfindlich auf harte Arbeit und das heiße Klima reagierte, er war schließlich ein ganzes Jahr lang regelrecht eingesperrt gewesen. Er hatte es aus tiefstem Herzen gehasst, sich ständig in geschlossenen Räumen aufhalten zu müssen. Öfter als ihm lieb war, hatte er sich überlegt, ob er wirklich den richtigen Beruf gewählt hatte. Es wäre ihm bestimmt besser ergangen, wenn er Förster geworden und dafür bezahlt worden wäre, im Wald herumzuschlendern.

Langsam ging er zur riesigen Eiche hinüber, wo er seinen Kühlbehälter abgestellt hatte, und nahm einen großen Schluck erfrischend kaltes Wasser.

Sein Vormann hatte ihm während des Vormittags geholfen, aber als es zum Mittag hin wärmer wurde, hatte Cal Art erlaubt, Schluss zu machen und nach Hause zu gehen. Er allerdings hatte nicht aufgehört. Es war ihm wichtig, die Arbeit zu beenden, und außerdem hasste er es, etwas anzufangen und es dann nicht zu Ende zu bringen. Es war ihm natürlich klar, dass er sich zu viel abverlangte, doch irgendetwas drängte ihn, weiterzumachen und sich zu verausgaben.

Der vergangene Abend mit Emma war daran schuld.

Wieder verspürte er einen Stich in der Brust, aber dieses Mal lag es nicht an der Hitze. Cal war sich bewusst, dass er ein gefährliches Spiel begonnen hatte, und seine Mitspieler waren keine Fremden, sondern Menschen, die ihm etwas bedeuteten.

Emma war an allem schuld.

Trotz der kurzen Zeit, die er sie kannte, war er wie besessen von ihr. Dass er ihr gegenüber ein schlechtes Gewissen hatte, machte die Lage auch nicht besser. Seit er sie kannte, musste er ständig an sie denken. Wo er auch hinging, was er auch tat, in Gedanken war sie immer bei ihm. Wenn das keine Besessenheit war, dann kannte er die Bedeutung dieses Wortes nicht.

„Verdammt", sagte er leise vor sich hin und trocknete sich wieder die Stirn.

Einige Vögel, die es sich auf einem Zweig über ihm bequem gemacht hatten, begannen fast gleichzeitig zu zwitschern und zu singen, als wollten sie ihm antworten. Zu jeder anderen Zeit hätte ihm das mit Sicherheit ein Lächeln entlockt. Er wäre zufrieden und glücklich über die Natur gewesen und darüber, dass er nicht mehr in der Zwangsjacke seiner Arbeit gefangen war, sondern sich auf seiner geliebten Ranch aufhalten durfte und tun konnte, was er am liebsten tat.

Wie sehr hatte er sich nach dieser Zeit gesehnt. Während seiner

Arbeit als Undercover-Agent hatte er davon geträumt, saubere Luft zu atmen, den frischen Wind zu spüren und dem Gesang der Vögel zu lauschen.
So wie in diesem Moment.
Nur, dass er sich jetzt nicht auf den Zauber der Natur oder sonst irgendetwas konzentrieren konnte, weil er ständig an Emma denken musste. Das Verlangen, sie wieder zu küssen und sie in seinen Armen zu halten, ließ ihn nicht zur Ruhe kommen, vor allem nachts nicht. Vom ersten Augenblick an hatte er sie begehrt.
Er hatte alles versucht, um sein wachsendes Verlangen nach ihr zu unterdrücken, weil er begriff, dass sie eine Wirkung auf ihn hatte wie weder ihre Schwester noch sonst irgendeine Frau vor ihr.
Er durfte nicht ständig an sie denken, von ihr träumen und sich danach sehnen, sie zu berühren. Sie war tabu für ihn, zumindest bis das Sorgerecht um Logan geregelt war. Der Gedanke daran, wie sie reagieren würde, wenn sie die Wahrheit erfuhr und herausfand, dass er sie von Anfang an belogen hatte, war ihm unerträglich. Lieber Himmel, selbst wenn er es so geplant hätte, hätte er sich in keinen größeren Schlamassel hineinreiten können. Aber jetzt war es zu spät. Er war in Emmas Bann, und er hatte nicht den geringsten Wunsch, sich daraus zu befreien. Ganz besonders nicht nach dem letzten Kuss.
Cal dachte daran, was geschehen war, nachdem Emma und er sich am vergangenen Abend, nachdem Logan ihn unabsichtlich bespuckt hatte, von ihrem Lachanfall erholt hatten. Es hatte seine Welt auf den Kopf gestellt. Er durchlebte diesen Augenblick wieder und wieder:

Plötzlich ernst geworden, sahen sie sich an, und ihm stockte in diesem Moment unwillkürlich der Atem.
„Lass mich dir das abwischen", sagte Emma flüsternd, auch ihr Atem ging unregelmäßig.
Keiner von beiden rührte sich. Cal musste sich räuspern, weil er plötzlich kein Wort über die Lippen bringen konnte, und sagte rau: „Wie du meinst."
Logan war allerdings nicht bereit, sich so einfach ignorieren zu lassen. Er zog an Emmas Nase und steckte ihr seine klebrigen Finger in den Mund.
„Nein, nein, kleiner Mann. Hör auf damit", wehrte sie ihn lachend ab und hielt seine kleinen Hände fest. „Es wird Zeit, dich ins Bad zu stecken, mein Kleiner."

Cal lächelte. „Vielleicht sollte ich Logan dabei Gesellschaft leisten. So richtig sauber bin ich wohl auch nicht mehr."

Sie erwiderte sein Lächeln. „Bei dir reicht es wohl, wenn du dir das Gesicht mit einem Tuch sauber wischst."

Er folgte ihr ins Bad, wobei er den Blick nicht von ihrem festen, kleinen Po in den knappen Shorts nehmen konnte. Es fiel ihm schwer, nicht die Hand auszustrecken und sie dort zu streicheln.

Während Emma das Wasser einließ, wischte er sich mit einem nassen Tuch die Stirn sauber. Dann kniete er sich neben Emma vor die Badewanne, wobei er darauf achtete, ihr nicht zu nahe zu kommen, und sah ihr amüsiert dabei zu, wie sie den Kleinen wusch.

Der saubere, leicht exotische Duft, der von ihr ausging, erregte seine Sinne, und er wünschte sich, er könnte diese unerwartet intime Situation ausnützen und sie berühren. Wie würde sie reagieren, wenn er ihr plötzlich über die Wange striche?

Das sollte er so schnell nicht herausfinden.

„Hör mal, du kleiner Racker", sagte Emma lachend, als Logan seine kleine Quietscheente platschend ins Wasser warf. „Mommy muss dich erst mal waschen, dann kannst du spielen."

Logan lächelte nur und planschte weiter.

„Du hältst besser ein bisschen Abstand", warnte Emma Cal, „sonst wirst du noch ganz nass."

Er lachte gutmütig. „Mir ist schon Schlimmeres zugestoßen."

„Ja, ich weiß", sagte sie neckend. „Wie zum Beispiel mit Babybrei bespuckt zu werden."

„Wie du siehst, habe ich es überlebt." Er erwiderte ihr Lächeln, dann fiel sein Blick auf ihren sinnlichen Mund, und er wurde ernst.

Emma wandte sich hastig zu Logan um, als hätte sie Angst, Cal in die Augen zu sehen. Wenn sie doch nur nicht eine solche Macht über ihn hätte. Sie war unglaublich sexy, Cal fiel kein besseres Wort ein, um sie zu beschreiben. Vielleicht lag es daran, dass sie so viel femininer wirkte als die meisten Frauen, die ihn je interessiert hatten. Sie war nicht mager und knochig wie ihre Schwester. Ihre Brüste waren voll und schwer – zu groß, um mit einer Hand bedeckt werden zu können. Es lief ihm jedes Mal das Wasser im Munde zusammen, wenn er sie ansah und sich vorstellte, wie er sie mit Lippen und Zunge liebkosen könnte.

Wenn das Baby nicht bei ihnen gewesen wäre, hätte er sich nicht länger zurückgehalten, sondern Emma an sich gezogen und ihren sinnlichen Mund so lange geküsst, bis sie beide keine Luft mehr bekommen hätten.

Cal stieß einen leisen Seufzer aus, und fast im selben Moment rief Emma: „Logan, lass das."

Cal hob erstaunt den Kopf und bekam gleich darauf einen Schwall Seifenwasser ins Gesicht geschüttet. Er konnte die Augen zwar einen Moment nicht öffnen, doch er merkte, dass Emma den Atem anhielt. Dann brach sie in leises Lachen aus.

„Oh Logan, du böser Junge. Sieh doch, was du getan hast."

Cal wischte sich das Wasser aus den Augen und verzog den Mund zu einem schiefen Grinsen. Als er Emma wieder sehen konnte, lachte sie nicht mehr, sondern sah ihn wie hypnotisiert an, die Lippen leicht geöffnet.

„Ich ..."

Cal stöhnte leise und tat genau das, was er sich geschworen hatte, auf keinen Fall zu tun, sosehr er es auch wollte. Er senkte den Kopf und küsste Emma auf den Mund. Sie erstarrten beide für den Bruchteil einer Sekunde, dann warfen sie ihre Bedenken über Bord. Emma öffnete ihm ihre Lippen, und er erforschte ihren Mund mit seiner Zunge. Dieses Mal keuchte Emma auf und erwiderte seinen Kuss mit der gleichen heißen Leidenschaft. Immer wilder, immer tiefer wurde ihr Kuss, bis ihr Verlangen unwiderstehlich wurde.

Cal war so stark erregt, dass es ihn fast schmerzte. Verlangend umfasste er eine ihrer vollen Brüste, dann die andere, streichelte sie und spürte, wie die Brustknospen sich verhärteten. Cal merkte, dass ihm die Kontrolle über sein Verlangen langsam entglitt. Er stellte sich in seiner Ungeduld schon vor, wie Emma und er nackt auf dem Boden lagen, die Beine und Arme umeinander geschlungen, während er mit einem kräftigen Stoß tief in sie eindrang.

Es war wieder Logan, der ihrer leidenschaftlichen Umarmung ein Ende machte. Er stieß unzufrieden ein Quietschen aus, und widerstrebend ließen sie sich los und wandten ihre Aufmerksamkeit dem Baby zu, wobei sie beide heftig nach Atem rangen.

„Logan, was ist?"

Emmas Stimme klang belegt und heiser. Sie erinnerte Cal an süße, schwere Sahne, und er verzog kläglich das Gesicht, da seine Erregung noch zunahm.

Logan brabbelte vor sich hin und lachte munter. Offenbar mochte er es nur nicht, wenn man ihm keine Beachtung schenkte.

„Ist das seine Art, Aufmerksamkeit auf sich zu ziehen?", fragte Cal. Er war immer noch atemlos.

„Scheint so", erwiderte Emma, ohne ihn anzusehen.

Eine Weile schwiegen sie beide befangen. Cal betrachtete Emmas Profil und fragte sich beunruhigt, ob er sich gerade selbst alle Chancen verbaut hatte, ihr nahezukommen. Es dauerte nicht lange, und er hatte die Antwort.

„Ich glaube, es ist besser, wenn du jetzt gehst", sagte sie mit unsicherer Stimme.

„Du hast sicher recht."

Wieder schwiegen sie.

„Sieh mich an, Emma."

„Ich möchte nicht." Sie klang ein wenig wie ein hilfloses Kind.

„Ich will dich nicht allein lassen."

„Bitte geh einfach, Burt."

Er machte keine Einwände mehr, sondern kam ihrer Bitte sofort nach. Erst als er wieder in seinem Wagen saß, fiel ihm ein, dass er gar nichts gegessen hatte. Egal, dachte er mit einem schiefen Lächeln. Ich hätte sowieso nichts hinuntergekriegt.

Ein aufreizendes Summen holte Cal zurück in die Wirklichkeit. Er merkte, dass ein Insekt um ihn herumschwirrte, und wehrte dieses summende Etwas automatisch mit der Hand ab. Erst danach begriff er, dass eine Wespe seinem Ohr etwas zu nahe gekommen war. Er verzog das Gesicht und lenkte seine Aufmerksamkeit wieder auf den Zaun, konnte sich jedoch nicht aufraffen, die Arbeit wieder aufzunehmen.

„Ach, zum Teufel damit", sagte er plötzlich.

Am besten, er machte Feierabend. Viel war mit ihm im Moment sowieso nicht mehr anzufangen, weil er ständig an Emma denken musste. Außerdem war er müde. Allerdings hatte er nicht vor, sich auszuruhen. Selbst wenn es sein größter Fehler sein sollte, er würde nach Hause gehen und duschen und dann tun, was er tun musste.

Er würde nun seinen Sohn besuchen. Natürlich faszinierte Emma ihn, aber er war genauso hingerissen von seinem Kind, wenn auch auf ganz andere Art. Er hatte sich bisher nie besonders für Kinder interessiert. Vielleicht lag es daran, dass er immer zu egoistisch gewesen war, aber welche Gründe er auch gehabt haben mochte, jetzt gab es sie nicht mehr. Der Junge war so liebenswert und weckte in ihm das tiefe Bedürfnis, ihn zu einem Teil seines Lebens zu machen, genau wie Emma.

Tatsache war nur leider, dass Logan für ihn noch tabu war, und so blieb Cal keine andere Möglichkeit, als seinen eingeschlagenen Weg weiterzugehen. Es blieb ihm nichts anderes übrig, er musste Emma weiterhin belügen, bis sie ihm vertraute. Aber das bedeutete nicht, dass es ihm gefiel.

Er sammelte sein Werkzeug ein und ging mit langen, entschlossenen Schritten zum Haus zurück.

„Wie viel Schmutz kann dieses Kind eigentlich schlucken, verrätst du mir das mal?"

Emma verdrehte die Augen. „Logan, lass das sofort sein. Das ist nicht sauber, hörst du?"

Cal lachte. „Ich glaube, so erreichst du nicht viel."

Emma war sicher, dass sie in keiner Hinsicht sehr viel erreichte. Zum Beispiel hatte sie es auch nicht geschafft, Burt McBride abzuweisen, als er plötzlich vor ihrer Tür stand und sie bat, wieder mit ihm und Logan einen Spaziergang im Park zu machen, wo der Kleine jetzt seit über einer Stunde spielte.

Sie unterdrückte einen Seufzer, zog Logan zu sich heran und wischte ihm den Schmutz vom Mund und von den Händen. Für ein paar Minuten ließ er es zu, dass sie ihn festhielt. Sie hoffte, er würde einschlafen.

„Woran denkst du?"

„Ich wünsche mir, dass Logan mir den Gefallen tut, einzuschlafen."

Falls ihre Antwort ihn enttäuschte, ließ Burt es sich jedenfalls nicht anmerken, sondern lächelte nur.

„Na, viel Glück."

„Dazu braucht es mehr als Glück, es braucht ein Wunder."

Dieses Mal lachte er laut und zwinkerte ihr amüsiert zu. Emma konnte nicht anders, sie musste sein Lächeln erwidern. Augenblicke wie dieser weckten in ihr ein Gefühl der Zufriedenheit und des Glücks, und sie musste sich große Mühe geben, um sich von Burts Charme nicht erweichen zu lassen. Und so wich sie schnell seinem Blick aus.

„Du kannst davonlaufen, aber du kannst dich nicht verstecken", sagte Cal mit rauer Stimme.

„Ich weiß nicht, was du meinst."

„Doch, und ob du das weißt."

Bitte nicht, dachte sie flehentlich. Tu mir das nicht an. Sie durfte nicht schon wieder seinem Charme erliegen. Zwei Mal hatte er sie jetzt geküsst, und jedes Mal hatte sie heftiger auf ihn reagiert. Wenn sie nicht aufpasste, würde er sie wieder küssen, und dann wäre sie verloren.

Es war schon schwierig genug für sie, ihn so nah neben sich zu wissen – zu wissen, dass sie sich nur ein wenig zu ihm hinüberzubeugen brauchte, um seinen sinnlichen Mund auf ihrem zu spüren. Aber sie musste sich zusammenreißen. Es konnte nichts Gutes kommen aus einer Beziehung mit diesem Mann. Sie wusste nichts über ihn. Vielleicht war er schon bald genauso plötzlich wieder aus der Stadt verschwunden, wie er aufgetaucht war.

Andererseits wäre es vielleicht besser, wenn sie sich nicht mit Küssen zufriedengab, sondern eine leidenschaftliche Affäre mit ihm begann. Dann würde ihre Besessenheit für ihn vielleicht endlich nachlassen, und sie könnte ihn vergessen. Er war der aufregendste Mann, den sie je kennengelernt hatte, aber es konnte keine gemeinsame Zukunft für sie beide geben. Und deswegen natürlich auch keinen Sex, du Dummkopf, schimpfte sie mit sich.

„Du siehst heute sehr hübsch aus", sagte Cal leise.

Ihr Herz klopfte schneller. „Danke."

Sie trug eine pinkfarbene Caprihose, die ziemlich tief auf ihren Hüften saß und ihren Bauch bis zum Nabel freiließ.

„Gern geschehen", erwiderte er mit einem Lächeln und streckte die Hand nach ihr aus.

Emma stand abrupt auf und stellte auch Logan auf die Füße. Der Kleine trottete sofort davon, und sie folgte ihm. Es geschah so schnell, dass sie es im Nachhinein kaum glauben konnte. Logan stolperte, fiel nach vorn und stieß einen lauten Schrei aus.

„Oh, mein Baby", rief Emma und war schon bei ihm.

Aus einer Platzwunde über einer Augenbraue des Jungen floss Blut. Emma erstarrte und wurde von Übelkeit gepackt.

„Was ist los?", wollte Cal wissen und kniete sich neben Logan auf den Boden. Bevor Emma, der es die Kehle zuschnürte vor Angst, etwas sagen konnte, hatte er den Kleinen hochgehoben. „Komm, lass uns gehen."

Zwanzig Minuten später saßen sie im Warteraum der Notaufnahme. Emma wusste nur, dass Burt so geistesgegenwärtig gewesen war, Logans Wunde mit seinem Taschentuch zu verbinden, um die Blutung zu stillen. Ansonsten schien alles um sie herum wie in einem Traum abzulaufen.

„Ist schon gut, mein Liebling", flüsterte sie an Logans Ohr, um ihn zu beruhigen. Sie machte sich die größten Vorwürfe, weil sie seinen Sturz nicht vorhergeahnt hatte. Wenn sie in Gedanken nicht so sehr mit dem Mann an ihrer Seite beschäftigt gewesen wäre, wäre nichts geschehen. Wieder wurde ihr übel, und sie legte Logan auf Cals Schoß.

Er sah sie entsetzt an.

„Mir ist schlecht, Burt. Ich bin sofort zurück." Und damit eilte sie den Gang zur Toilette hinunter, wo sie sich prompt übergab. Nachdem sie sich den Mund ausgespült und das Gesicht abgekühlt hatte, holte sie mit zitternden Fingern ihr Handy aus der Tasche und wählte eine Nummer.

Als sie wieder im Wartezimmer erschien, weinte Logan laut. Cal reichte ihn ihr erleichtert und musterte sie besorgt. „Geht es dir besser?"

„Ja, ja, ich bin okay."

Er verzog das Gesicht zu einer Grimasse. „Sieht mir aber nicht so aus."

Emma reagierte nicht darauf, sondern sah sich verzweifelt um. „Warum dauert es nur so lange?"

„Wir sind die Nächsten", beruhigte Cal sie.

Die Zeit schien im Schneckentempo zu vergehen.

„Glaubst du, man wird die Wunde nähen müssen?", fragte Emma schließlich.

„Wahrscheinlich nicht."

Ihr wurde ganz schwindlig vor Erleichterung. „Allein die Vorstellung macht mich krank."

Cal öffnete den Mund, um etwas zu sagen, überlegte es sich aber zu Emmas Verwunderung anders und schloss ihn wieder. Er sah über ihre Schulter, und auf seinem Gesicht erschien ein seltsam grimmiger Ausdruck, den sie nicht deuten konnte. Schnell drehte sie sich um und entdeckte ihren Vater. Mit einem erleichterten Schrei sprang sie auf. „Dem Himmel sei Dank, du bist da."

„Soll das ein Scherz sein?", rief Patrick. Seine Stimme bebte vor unterdrückter Wut.

Emmas Herz zog sich erschrocken zusammen, als sie den hasserfüllten Blick sah, den ihr Vater Burt zuwarf. Sie begriff nicht, was gerade geschah. „Wie kann Logans Verletzung ein Scherz sein, Daddy? Was redest du da?"

„Ich meine nicht Logan", fuhr Patrick sie an. „Ich meine dieses Schwein, mit dem du hier bist."

Emma starrte ihn verständnislos an.

„Lieber Gott, Mädchen, hast du völlig den Verstand verloren?"

„Weißt du etwas über Burt, was ich nicht weiß, Dad? Sag schon!"

„Burt? Dass ich nicht lache!", rief Patrick wütend. „Der Kerl ist niemand anders als der Exmann deiner Schwester. Das ist Cal Webster."

7. KAPITEL

Emma wurde gleichzeitig schwindlig und übel.

„Verdammt, Emma." Patrick eilte an ihre Seite und packte sie am Arm. „Wage es ja nicht, jetzt ohnmächtig zu werden. Der Mistkerl ist es nicht wert."

Die harten Worte ihres Vaters brachten sie wunderbarerweise zu sich. Langsam wurde ihr Kopf klarer, obwohl sie die größten Qualen durchlebte. Schockiert drückte sie ihr Kind an sich und starrte ihren Ex-Schwager fassungslos an.

„Wie konntest du es wagen?", flüsterte sie. „Wie konntest du es wagen, mich so zu täuschen?"

„Es war nicht beabsichtigt", sagte Cal ruhig.

Emma lachte freudlos. „Beleidige bitte nicht meine Intelligenz."

Patrick legte den Arm um seine Tochter und zog sie und Logan dicht an sich. „Verschwende nicht deine Zeit an diesen Abschaum, Emma. Du bist ihm nichts schuldig."

Cal ballte die Hände zu Fäusten und holte tief Luft, um sich zu beruhigen. „Sie haben recht. Sie ist mir nichts schuldig."

Emmas Blick war so voller Abscheu, dass es Cal bis ins Innerste traf.

„Du musst doch gewusst haben, dass es am Ende herauskommen wird." Obwohl sie sich Mühe gab, konnte sie nicht verhindern, dass ihre Stimme bebte. Sie zitterte so sehr, dass sie sich fragte, wieso ihre Beine sie überhaupt noch trugen.

„Ich hätte es dir selbst gesagt", verteidigte Cal sich.

Emmas Stimme kippte fast, als sie ihn jetzt anfauchte: „Hör wenigstens jetzt auf zu lügen."

„Verschwinden Sie von hier", fuhr Patrick ihn an. „Und zwar sofort."

Cal ließ Emma nicht aus den Augen. „Willst du das auch, Emma?"

Sie hätte ihn am liebsten geschlagen, so groß war ihre Wut, aber sie riss sich zusammen und sagte mit eisiger Stimme: „Ich will nicht nur, dass du jetzt verschwindest. Ich will dich nie wiedersehen."

„Das wird sich leider nicht machen lassen."

Emma spürte, wie sie blass wurde. Ihr schlimmster Albtraum drohte Wirklichkeit zu werden. Doch das würde sie nicht zulassen. Sie war noch nie einem Kampf ausgewichen, der unvermeidlich war, und sie hatte ganz gewiss nicht vor, ausgerechnet jetzt zum Feigling zu werden, wo es um so viel ging. Sie würde jeden Rest an Kraft und Mut zusammennehmen, der in ihr steckte, um diesen Kampf zu gewinnen. Und gewinnen würde sie ihn auf jeden Fall.

Er ist noch nicht dein Sohn, erinnerte sie ihre innere Stimme.

Logans leises Wimmern riss sie aus ihren Gedanken. „Es ist alles in Ordnung, mein Liebling. Mommy ist bei dir."

„Wann kommt endlich der verdammte Arzt?", sagte Cal.

„Du bleibst nicht hier", wandte Emma sich an ihn. „Du hast kein Recht dazu."

Cal erwiderte wütend ihren kalten Blick. „Du weißt, dass das nicht stimmt."

Emmas Augen füllten sich mit Tränen. „Nein, das weiß ich nicht. Logan ist vielleicht gar nicht dein Sohn."

„Da mein Name auf der Geburtsurkunde steht, ist er mein Sohn."

„Geh, Cal."

„Ich gehe, sobald ich weiß, dass meinem Sohn auch wirklich nichts fehlt."

Plötzlich rief jemand an der Rezeption Emmas Namen, und sie eilte hastig auf die offene Tür des Untersuchungszimmers zu. Erst, als sie in einer kleinen Kabine saß und auf den Arzt wartete, merkte sie, dass sie nicht allein war. Sie runzelte verärgert die Stirn.

„Ich habe dir doch gesagt, dass ich noch nicht gehe", sagte Cal angespannt.

Es blieb ihr keine Zeit, sich zu wehren, denn im nächsten Moment war der Arzt, ein schlaksiger junger Mann, bei ihnen. „Na, was haben wir denn hier?"

Emma atmete erleichtert auf und drehte Cal den Rücken zu, der sich an die Wand gelehnt hatte und von dort die Untersuchung mitverfolgte.

Zwanzig Minuten später kam Emma mit einem erschöpften Logan im Arm aus dem Untersuchungszimmer. Tränen der Erleichterung liefen ihr über die Wangen. Seine Verletzung war nicht ernst, und die Wunde musste nicht genäht werden. Das Einzige, was der Arzt für nötig befunden hatte, war ein kleiner Verband, den Emma schon am nächsten Tag wieder abnehmen durfte. Ihr Vater legte ihr einen Arm um die Schultern und führte sie nach draußen.

„Sei vorsichtig, Liebling", sagte Patrick.

Emma erwachte wie aus einer Trance und stellte fest, dass sie schon am Wagen ihres Vaters angekommen waren. Jetzt sah sie, dass Cal ihnen gefolgt war. Empört fuhr sie ihn an: „Zum letzten Mal – lass uns endlich in Ruhe!"

„Das kann ich nicht", antwortete er.

„Dir bleibt keine Wahl. Logan gehört mir."

Cal presste kurz die Lippen zusammen. „Bis das Gericht es anders entscheidet."

„Du Mistkerl."

„Das gebe ich in diesem Fall zu."

„Du hast also doch ein Gewissen", sagte sie und war plötzlich etwas hoffnungsvoller.

„Es tut mir leid, dass ich dich getäuscht habe, aber ich kann meinen Sohn nicht aufgeben." Damit drehte Cal sich um und ging auf seinen Jeep zu.

Emma rührte sich nicht, bis er den Parkplatz verlassen hatte.

„Komm, steig ein, Emma", sagte Patrick leise. Er sprach erst wieder, nachdem sie losgefahren waren. „Mach dir keine Sorgen. Der Kerl wird dir und Logan nicht wieder in die Nähe kommen."

„Aber was ist ..." Sie schluckte nervös. „Was ist, wenn ich ... wenn mir keine andere Wahl bleibt?"

„Oh doch, uns bleibt eine Wahl", sagte Patrick grimmig. „Mein Anwalt wird dafür sorgen."

Emma antwortete nicht. Sie beugte sich zu Logan hinunter, küsste ihn auf die Wange und drückte ihn leicht an sich.

„Es wird schwierig werden, das will ich Ihnen nur sagen."

Emma musste nicht erst den Anwalt ihres Vaters konsultieren, um das zu wissen. Und vor allem wollte sie es nicht laut ausgesprochen hören. Andererseits wollte sie auch nicht, dass man ihr gegenüber die Lage beschönigte. Sie wollte, dass alles ein Albtraum war und dass sie möglichst bald daraus erwachte.

„Verdammt, Russ, auf wessen Seite sind Sie eigentlich?"

Russ Hinson, einer der besten Anwälte der Stadt, erhob sich abrupt, sodass man seinen nicht unbeträchtlichen Taillenumfang sehen konnte. „Das wissen Sie, Patrick."

„Wollen Sie uns sagen, dass wir Cal nicht aufhalten können?", fragte Emma, um ihrem Vater zuvorzukommen.

„Ich danke Ihnen, Emma. Sie haben mich verstanden", antwortete Hinson ein wenig sarkastisch.

„Warum nicht, zum Teufel?", verlangte Patrick zu wissen. „Ich zahle Ihnen schließlich genug dafür."

„Geld hilft nicht immer, Patrick, und das wissen Sie selbst. Aber ich kann verstehen, dass Sie in dieser Situation nach jedem Strohhalm greifen wollen."

„Wir können also nichts tun?", fragte Emma entsetzt. „Wir werden zulassen müssen, dass dieser ... Mann mir mein Kind wegnimmt?"

„Es ist nicht Ihr Kind, Emma. Sie sind nur sein Vormund, noch dazu wurden sie nur vorübergehend eingesetzt."

Hinsons Ton war behutsam und mitfühlend, aber Emma hatte das Gefühl, man würde ihr das Herz herausreißen. Sie war den Tränen nahe. „Was tun wir jetzt also, Russ?"

„Wir kämpfen."

„Sie sagten doch gerade ..."

„Hören Sie zu. Webster hat sicher eine beträchtliche Chance, Logan zu bekommen, aber das bedeutet nicht, dass es schnell geschehen wird. Zunächst einmal werden wir einen Bluttest verlangen, der beweist, dass er tatsächlich Logans Vater ist." Hinson rieb sich nachdenklich den Bauch. „Wenn er es nicht ist, dann ist der ganze Aufruhr vorbei, bevor er richtig begonnen hat."

„Das stimmt", sagte Emma und entspannte sich ein wenig.

„Und was werden Sie wegen Webster unternehmen?", fragte Patrick. „Ich will diesen Hundesohn fertigmachen."

„Ich denke, hier geht es vor allem um Logan und das Sorgerecht für ihn?", sagte der Anwalt vorwurfsvoll.

„Tut es auch, verdammt noch mal", antwortete Patrick in feindseligem Ton.

„Dad, bitte. Überlass alles Russ, okay?"

Patrick seufzte und nickte. „In Ordnung, Emma. Wir versuchen es auf deine Weise."

Emma wandte sich an Hinson: „Ich muss Logan abholen. Rufen Sie mich bitte an und lassen Sie mich wissen, was ich tun muss."

„Sie sind die Erste, die es erfährt. Bis dahin machen Sie sich keine Sorgen. Es wird schon alles in Ordnung kommen."

Kurze Zeit später war Emma mit Logan zu Hause. Jetzt lag der Kleine im Bett, und sie machte es sich auf dem Sofa bequem. Bei einem Glas warmer Milch dachte sie über das Gespräch mit dem Anwalt nach. Obwohl es schon spät war, konnte sie nicht einschlafen. Sie hatte Angst. Sie hatte Angst vor Cal Webster.

Wie hatte sie nur so naiv sein können, so unglaublich dumm, auf seinen Charme hereinzufallen? Wenn sie daran dachte, dass sie sogar mit dem Gedanken gespielt hatte, mit ihm ins Bett zu gehen, wurde ihr ganz übel.

Das Schlimmste allerdings war, dass sie ihn immer noch attraktiv fand. Obwohl sie wusste, dass er ein hinterhältiger Schurke war, schlug ihr Herz schneller, wenn sie an ihn dachte. Im Krankenhaus hatte sie sogar eine Sekunde lang Mitleid mit ihm gehabt, weil sie glaubte, einen Hauch von Verletzlichkeit in seinen Blicken gesehen zu haben.

„Hör schon auf damit", sagte sie leise. Jetzt durfte sie nichts anderes für ihn empfinden als Wut und Verachtung. Seit sie seine wahre Identität und das Ausmaß seines Verrats kannte, war er ihr Feind geworden.

Sie würde niemals klein beigeben, und wenn Cal Webster den Kampf mit ihr wollte, dann würde er ihn auch bekommen.

„Ich werde mein Baby nicht aufgeben", flüsterte sie, während ihr die Tränen über die Wangen liefen. „Ich kann es nicht aufgeben."

Cal fühlte sich entsetzlich.

Das Schnauben seines Pferds riss ihn aus seinen Gedanken und machte ihn darauf aufmerksam, dass er mitten auf der Wiese haltgemacht hatte und auf den östlichen Horizont starrte, an dem gerade die Sonne auf wundervolle Weise aufging. Die Stute wirkte ein wenig ungeduldig und nervös, da sie erst vor kurzer Zeit zugeritten worden war, aber Cal verharrte regungslos.

Was für ein herrlicher Anblick, dachte er, und ein tiefer Seufzer entfuhr ihm. Solche Momente hatten ihm sehr gefehlt, als er noch Undercover-Agent gewesen war. Deswegen konnte er wohl auch nicht genug bekommen von der weiten, offenen Natur, wo er die nötige Ruhe fand, seine Gedanken zu ordnen.

Nichts war so gelaufen, wie er gehofft hatte.

Das Pferd setzte sich in Bewegung und trabte gemächlich bis zu einem Baum in der Nähe. Dort stieg Cal ab, holte die Thermosflasche aus der Satteltasche und schenkte sich einen Becher Kaffee ein. Er wollte wieder am Zaun arbeiten und hoffte, dass ihn die Arbeit von seinen Sorgen ablenkte. Aber insgeheim wusste er, dass es nicht funktionieren würde, sosehr er sich auch verausgaben mochte. Seufzend schob er den Hut in den Nacken. Nicht nur die Sonne stieg höher, auch die Luftfeuchtigkeit nahm zu.

Plötzlich kamen ihm Zweifel, ob es gut war, wenn er die Arbeit am Zaun fortsetzte. Einen Moment überlegte er, ob er es doch lieber Art überlassen sollte, dann schüttelte er den Kopf, holte das Werkzeug aus der Satteltasche und nahm die Drahtrolle vom Sattelknauf.

Zwei Stunden später saß er wieder unter der großen Eiche, atemlos und mit heftig klopfendem Herzen. Er überlegte, ob es nicht einen einfacheren Weg gab, um mit seinen Gedanken über Emma und Logan fertig zu werden. Aber sosehr er es auch versuchte, sie würden ihm nicht aus dem Sinn gehen, das wusste er.

„Verdammt." Cal nahm den Stetson ab und wischte sich den Schweiß von der Stirn. Warum kam er sich bloß wie der Schurke in diesem Stück vor?

Er bedauerte es zwar, dass er Emma belogen hatte, aber bei dem Hass, den ihr Vater auf ihn hatte, war ihm eigentlich gar nichts anderes übrig geblieben. Jetzt würde sein Anwalt seine Ansprüche schon übermorgen vor Gericht geltend machen, denn es blieb ihm keine andere Wahl, als wenigstens sein Besuchsrecht einzuklagen. Später würde dann sicherlich ein Termin für die Sorgerechtsverhandlung folgen – wenn Emma und er es nicht schaffen sollten, gemeinsam zu einer Einigung zu kommen.

Cal hatte keine große Hoffnung. Sie hatte ihn im Krankenhaus voller Abscheu angesehen, und ihre Gefühle hatten sich inzwischen sicher nicht geändert. In gewisser Weise konnte er sie sogar verstehen. Niemandem gefiel es, belogen zu werden. Der Gedanke an Emma deprimierte ihn sehr viel mehr, als es eigentlich vernünftig war. Bedeutete sie ihm so viel?

Er stieß einen Fluch aus und machte sich wieder an die Arbeit. Doch nur eine Stunde später war er zu Hause und frisch geduscht und umgezogen.

Unruhig strich er durchs Haus, bis er es nicht mehr aushielt und etwas tat, was er eigentlich nicht tun wollte. Er griff zu seinem Handy und wählte Emmas Nummer. Das Herz schlug ihm bis zum Hals. Was sollte er zu ihr sagen, wenn sie antwortete?

„Was willst du?"

Sie hatte seine Nummer auf dem Display erkannt. Der Klang ihrer Stimme raubte ihm sekundenlang die Sprache, aber er fasste sich schnell. Obwohl Emmas Ton eindeutig feindselig war, würde er keinen feigen Rückzieher machen, sondern er würde sagen, was er zu sagen hatte. Folglich sprach er das Erste aus, was ihm in den Sinn kam. Später sollte er es bedauern. „Ich will dich sehen."

„Nun, ich dich nicht."

Cal rieb sich den Nacken, aber er entspannte sich nicht. „Hör mir bitte zu, Emma. Würde es etwas ändern, wenn ich dir sage, dass es mir leidtut?"

„Was glaubst du denn?"

„Wahrscheinlich nicht."

„Dann brauche ich ja nichts mehr zu sagen."

Cal suchte verzweifelt nach einem Weg, an sie heranzukommen. Wenn das Gespräch so weiterging, war keine Verständigung möglich.

„Ruf mich nie wieder an", sagte sie knapp.

„Emma, wir müssen reden. Es bleibt uns doch nichts anderes übrig."

„Da irrst du dich, Cal."

Er zuckte zusammen, als sie seinen Namen aussprach, als wäre er ein Schimpfwort. Das Gespräch lief viel schlechter, als er gedacht hatte. Andererseits war genau das sein Problem – er hatte nicht gedacht.

„Wir treffen alle unsere Entscheidungen", fuhr sie fort. „Du deine und ich meine."

„Deine Entscheidung kann ich nicht akzeptieren."

„Das tut mir leid für dich."

„Ich wollte dich nicht verletzen, Emma, glaube mir bitte."

„Du hast mich belogen und betrogen. Warum hast du das getan, Cal?"

Er stieß einen Seufzer aus. „Du siehst doch, wie dein Vater auf mich reagiert hat, Emma. Wie sollte ich mich dir denn zu erkennen geben?"

„Du hättest eben einen Weg finden müssen. Jetzt ist es zu spät."

„Emma", sagte er leise. „Ich will nicht mit dir um Logan kämpfen, und schon gar nicht vor Gericht."

„Das will ich auch nicht."

„Dann lass uns reden."

„Ich kann nicht." Ihre Stimme zitterte leicht. „Du willst mir mein Baby wegnehmen."

„Im Augenblick will ich nur das Recht bekommen, meinen Sohn besuchen zu dürfen."

Es folgte Stille.

„Können wir das Gericht nicht umgehen und selbst etwas zwischen uns abmachen?"

Wieder Stille.

„Emma, bitte."

„Tut mir leid, Cal. Ich glaube nicht, dass das in Logans Interesse wäre."

Er spürte, wie er wütend wurde, aber wenn er jetzt mit ihr zu streiten anfinge, würde die Lage nur noch schlimmer werden. „Ich hoffe, du weißt, was du tust, Emma."

„Gleichfalls."

Mit dieser knappen Antwort legte sie auf, während Cal noch sekundenlang auf das Handy starrte und gegen seine aufsteigende Wut ankämpfte. So viel zu seinem Versuch, die Sache außergerichtlich zu regeln. In diesem Moment klopfte es. Cal verzog gereizt das Gesicht, ging mit langen Schritten zur Tür und riss sie auf.

„Hallo, Webster."

Jeder Muskel in Cals Körper spannte sich unwillkürlich an. „Was machen Sie hier?"

„Na, na. Ist das denn eine Art, seinen Boss zu begrüßen?"

„Ex-Boss, wenn ich Sie daran erinnern darf."

Tony Richards zuckte lächelnd die Achseln. „Irgendetwas sagt mir, dass Sie sich nicht über meinen Besuch freuen."

Cal machte sich nicht die Mühe, darauf zu antworten.

„Wollen Sie mich nicht hereinbitten?"

„Dazu gibt es keinen Grund", sagte Cal entschieden.

Richards war so ziemlich der letzte Mensch, den er jetzt sehen wollte. Sein früherer Boss besaß über seinen Beruf hinaus keine Integrität, und er misstraute ihm.

„Ich weiß, warum die Regierung Sie losgeworden ist, Webster. Weil Sie ein Idiot sind."

„Andersherum. Ich bin sie losgeworden."

Richards zuckte wieder die Achseln. „Kein Unterschied."

Cal fand es an der Zeit, zum Punkt zu kommen. „Suchen Sie sich jemand andern, um den Job zu Ende zu bringen. Denn deswegen sind Sie ja wohl gekommen, Richards."

„Kann ich nicht. Es ist Ihr Fall. Sie sind der Einzige, der die losen Fäden verknüpfen kann."

„Und wenn ich mich weigere?"

Richards Miene wurde hart. „Wir wissen beide, dass Sie das nicht tun werden."

„Verdammt, Richards, ich habe jetzt keine Zeit für so was."

„Das ist Ihr Problem, nicht meins." Richards trat wie selbstverständlich ein, ohne eine Einladung abzuwarten, und drehte sich zu Cal um. „Setzen Sie sich, wir müssen reden."

Cal kämpfte gegen das Gefühl der Ohnmacht an, das ihn zu überwältigen drohte, knallte die Haustür zu und ging zum Kamin, wo er sich anlehnte, die Arme vor der Brust verschränkte und Richards finster ansah. „Ich bin ganz Ohr", sagte er kühl.

8. KAPITEL

Emma weinte, bis sie keine Tränen mehr hatte.

Allerdings hatte sie nichts dadurch gewonnen. Der erste Gerichtstermin lag hinter ihr, und sie hatte verloren. Man hatte Cal das Recht zugesprochen, seinen Sohn zu besuchen, und sie war gezwungen, dem Urteil Folge zu leisten. Der Richter, den ihr Vater für einen engen Freund gehalten hatte, hatte sie im Stich gelassen. Die Tatsache, dass der DNS-Test bewiesen hatte, dass Logan tatsächlich Cals Sohn war, hatte den Richter natürlich zu dessen Gunsten beeinflusst.

Ihr Vater war so wütend gewesen, dass sie ihn nur mit Mühe davon abgehalten hatte, seinen alten Freund zu verprügeln. Und als er dann aus demselben Grund zu Cal hatte laufen wollen, hatte sie ihn mit Tränen in den Augen anflehen müssen, es nicht zu tun. Es war schwer gewesen, ihn zu besänftigen. Insgeheim fürchtete sie allerdings, dass Patrick tun würde, was er für richtig hielt, wenn sie nicht dabei war.

Während der gesamten Verhandlung hatte Emma nicht ein Mal zu Cal gesehen. Nur am Ende hatte sie einen Blick in seine Richtung geworfen, und dann hatte sie nicht wieder wegsehen können. Sie war entsetzt gewesen, wie sehr er sie immer noch in Aufruhr versetzen konnte, allein durch die Tatsache, dass er sich im selben Raum mit ihr befand. Ihre Blicke hatten sich gekreuzt, und sie hatte einen Schmerz bei ihm gesehen, der ihr gegen ihren Willen zu Herzen gegangen war. Cal genoss die Situation genauso wenig wie sie. Er litt genauso wie sie.

Emma schüttelte den Kopf, als könnte sie damit auch ihre Empfindungen für Cal abschütteln. Wie sollte sie es ertragen, ihm jedes Mal zu begegnen, wenn er Logan besuchen kam? Logan war ihr Kind.

Noch nicht, quälte sie eine innere Stimme. Vielleicht nie.

Emma hielt sich instinktiv die Ohren zu. Sie musste stark sein und beten, damit alles in Ordnung kam – oder sie musste allmählich taub gegen den Schmerz werden.

Als das Telefon klingelte, schniefte Emma noch immer. Sie wäre fast nicht an den Apparat gegangen, aber als sie die Anruferkennung sah, meldete sie sich doch mit schwacher Stimme. Anwälte riefen selten an, um gute Nachrichten weiterzugeben.

„Hallo, Russ."

„Ich habe den Termin für den Sorgerechtsprozess."

Ihr stockte der Atem. „Schon?"

„Ja. Seinem Anwalt zufolge wird Webster die Zeit knapp."
„Das ist ja zu traurig", sagte sie sarkastisch.
Russ seufzte. „Ich weiß, wie Sie sich fühlen, meine Liebe, aber werfen Sie noch nicht das Handtuch."
„Das wäre das Letzte, was ich tun würde, Russ, das wissen Sie. Ich werde bis zum bitteren Ende und noch länger kämpfen, wenn es sein muss. Ich werde alles tun, was nötig ist, um mein Baby zu behalten."
„Sie rennen offene Türen ein, Emma. Ich bin auf Ihrer Seite, erinnern Sie sich?"
„Warum bekommt Cal dann die Erlaubnis, meinen Sohn zu sehen?" Sie wusste, dass sie sich umsonst aufregte und dass das Recht eindeutig auf Cals Seite war. „Entschuldigen Sie, Russ. Ich bin im Moment nicht besonders gut drauf."
„Ich weiß, wie verängstigt und enttäuscht Sie sein müssen, Emma", sagte er behutsam. „Ich habe selbst Kinder. Aber denken Sie daran, dass ein Besuchsrecht sehr weit vom Sorgerecht entfernt ist. Richter Rivers wird Ihnen Logan nicht aus den Armen reißen. Zumindest noch nicht."
Also könnte es irgendwann doch noch geschehen, und genau das war es, was sie um den Verstand zu bringen drohte. „Danke, Russ."
„Notieren Sie sich das Datum für den Gerichtstermin."
Mit zitternden Fingern tat sie es.
„Hat Webster übrigens schon den kleinen Logan besucht?"
„Nein."
„Das überrascht mich aber."
„Mich auch", sagte Emma bedrückt. „Jedes Mal wenn ich aus dem Haus gehe, blicke ich ständig über meine Schulter, weil ich fürchte, er könnte jeden Augenblick auftauchen."
„Er wird wohl kommen, wenn Sie ihn am wenigsten erwarten."
„Das befürchte ich ja."
„Kopf hoch, meine Liebe. Wie ich schon sagte, noch ist nichts verloren."
„Nein, noch ist nichts vorbei."
„Haben Sie nur etwas Geduld, und Sie werden den Fall gewinnen."
Nachdem das Gespräch beendet war, zog sich ihr Magen wieder nervös zusammen. Emma lief ins Bad und blieb erschrocken stehen, als ihr plötzlich klar wurde, dass sie mitten im Wasser stand. „Oh nein, nicht auch noch das", rief sie den Tränen nahe, griff nach einem Handtuch und ging in die Knie, um das Wasser aufzufeudeln.
„Mach Platz und lass mich das machen."

Sie erstarrte. Cal? Das war unmöglich. War sie so mit den Nerven herunter, dass sie sich jetzt auch schon Stimmen einbildete?

„Emma."

Lieber Gott, es war tatsächlich Cal. Sie zuckte erschrocken zusammen, als er sie mit kräftigen Händen bei den Schultern packte und zur Seite schob. Fass mich nicht an, wollte sie schreien, aber es kam kein Laut über ihre Lippen. Stattdessen wurde ihr bewusst, dass sie vor Erregung erschauerte, gerade weil er sie anfasste.

Wie konnte sie nur auf diese Weise auf ihn reagieren, nachdem er ihr das Herz gebrochen hatte? Weil er dir gefehlt hat, sagte ihre innere Stimme gnadenlos. Aber wie konnte das sein, wenn er doch ihr Feind war?

„Bitte, lass mich los", flüsterte sie, als sie ihm gegenüberstand. Seine Nähe versetzte sie so in Aufruhr, dass sie kaum atmen konnte.

„Ja, natürlich", sagte er. „Vorsichtig", fügte er hinzu, als sie taumelte.

„Ich ... es ist schon okay."

Cal ließ die Arme sinken und sah sie stumm an.

Emma wich vor ihm zurück und fuhr sich mit der Zunge über die Lippen. Cals Blick heftete sich auf ihren Mund.

„Das ist keine Arbeit für eine Frau", sagte er mit rauer Stimme.

„Ich kann mich allein darum kümmern."

„Das glaube ich dir gern, aber du wirst es nicht tun."

Sie wollte sich widersetzen, aber sie hatte keine Kraft mehr. Seine Nähe hatte ihr jede Energie genommen. Als er sich ohne ein weiteres Wort hinkniete, um das Absperrventil für das Wasser zuzudrehen, ertappte sie sich dabei, wie sie fasziniert seinen Körper betrachtete und sich vorstellte, wie er wohl ohne Kleidung aussehen möchte.

Emma errötete heftig vor Scham und senkte den Blick. Sie konnte nur hoffen, dass Cal nicht merkte, welche Wirkung er auf sie hatte.

„Ich muss nach Logan sehen", sagte sie leise. Ohne auf eine Antwort zu warten, floh sie aus dem Raum und zu Logan ins Kinderzimmer.

Sie wusste nicht, wie lange sie still an der Wiege gestanden und versucht hatte, ihre Gefühle in den Griff zu bekommen, als Cal plötzlich in der Tür stand.

„Ich glaube, ich habe die undichte Stelle repariert. Der Boden ist auch wieder trocken."

„Danke", zwang sie sich zu sagen.

„Gern geschehen." Er fuhr sich mit der Hand durch das Haar. „Es tut mir leid, dass ich so hereingeplatzt bin, Emma, aber ich habe geklopft."

Er zuckte die Achseln. „Und als du nicht aufgemacht hast, habe ich den Türgriff angefasst, und es war nicht abgeschlossen."

„Ich lasse meine Haustür niemals unverschlossen", sagte sie verwundert.

„Das hoffe ich, denn das wäre viel zu gefährlich."

Beide schwiegen eine Weile, bis Emma es nicht mehr aushielt. „Was willst du hier?"

„Das weißt du genau."

Sie seufzte. „Ich wünschte, du hättest vorher angerufen."

„Ich dachte, so wäre es einfacher."

„Einfacher für wen?"

„Hör zu, Emma, ich will hier nicht den Dritten Weltkrieg anfangen."

„Was willst du dann?" Was für eine dumme Frage.

Er senkte den Blick. „Zunächst will ich nur meinen Sohn sehen."

Sie nickte langsam. „Er schläft im Moment."

Cal sah sie an, dieses Mal mit einer Entschlossenheit, die ihr Angst machte.

„Dann warte ich, bis er aufwacht."

„Und wenn ich das nicht billige?"

Wieder musterte er sie mit einer Intensität, die sie erschauern ließ.

„Dann warte ich trotzdem."

Emma verspürte plötzlich eine Eiseskälte. Sie musste die Zähne zusammenbeißen, damit sie nicht klappernd aufeinanderschlugen.

„Ich möchte dich nicht verletzen, Emma, das musst du mir glauben."

Sie hörte den qualvollen, besorgten Ton in Cals Stimme, aber sie durfte sich nicht davon besänftigen lassen. Sie musste stark und unnachgiebig bleiben.

„Ich kann mir vorstellen, was du denkst, Emma", sagte er leise. „Du denkst, ich bin der böse Wolf, der gekommen ist, um dir Logan für immer wegzunehmen."

„Und, stimmt das etwa nicht?", fragte sie mühsam.

„Nein, das ist ganz und gar nicht meine Absicht. Andererseits kann ich auch nicht einfach so verschwinden." Cal hielt inne. „Wenn du an meiner Stelle wärst, könntest du es auch nicht."

„Dann sind wir wohl in einer Sackgasse angekommen", sagte sie feindselig.

„Aus der wir herausfinden können, das weiß ich." Er fuhr sich erneut mit der Hand durch das Haar. „Aber ich habe auch keine Lösung parat."

„Ich schon", sagte sie ohne Zögern. „Die einzige Lösung ist, dass du fortgehst."

„Und dass ich Logan dir überlasse?"

Sie antwortete nicht, aber er verstand sie auch so. Fassungslos schüttelte er den Kopf. „Du bist die halsstarrigste Frau, die ich je kennengelernt habe."

„Wenn es dir wirklich um Logans Wohlergehen ginge, würdest du das nicht tun." Emma versuchte verzweifelt, an sein Gewissen zu appellieren. „Ich meinte ernst, was ich gesagt habe. Geh einfach weg und lass uns in Frieden."

„Du meinst aber, nicht nur jetzt, oder? Du meinst nicht nur, dass ich mein Besuchsrecht nicht wahrnehmen soll?"

Plötzlich schien es im Zimmer viel zu warm zu sein. „Nein", brachte sie mühsam hervor. „Ich meine, für immer."

„Das kannst du vergessen. Ich gehe nicht, bevor ich meinen Sohn gesehen habe", sagte er kühl.

Emma hatte genau das befürchtet. Dass er nicht gehen würde, wenn er sich erst einmal an Logan gewöhnt hatte. Welcher normale Mensch könnte ein so liebenswertes, süßes Kind wie Logan auch verlassen?

„Ich weiß, dass ich dich nicht aufhalten kann, aber ..." Emma stockte. Sie hatte keine andere Wahl. Das Gericht hatte zu Cals Gunsten entschieden, und sie konnte ihm nicht verbieten, seinen Sohn zu sehen. Weder jetzt noch sonst irgendwann.

„Es gibt kein Aber, Emma", sagte er sanft.

Sei nicht so nett zu mir, dachte sie verzweifelt. Sie wollte ihn hassen für den Schmerz, den er ihr bereitete.

„Ich werde versuchen, dir so weit wie möglich aus dem Weg zu gehen. Ich verspreche es."

„Und wie willst du das tun?", fragte sie sarkastisch.

„Indem ich im Wohnzimmer warte, zum Beispiel", antwortete er. Er klang müde.

In diesem Moment begann Logan leise zu weinen. Emma ging um Cal herum, wobei sie Abstand hielt, um auf keinen Fall mit ihm in Berührung zu kommen, und beugte sich über die Wiege. Logan streckte die Ärmchen nach ihr aus. „Mama", rief er, aber sein Blick ging über ihre Schulter, als er Cal entdeckte.

„Na, wie geht's, Kleiner?", fragte Cal mit einem Lächeln.

Logan erwiderte sein Lächeln freundlich und fing an, auf und ab zu hopsen.

„Hast du etwas dagegen, wenn ich ihn mal nehme?", versuchte Cal es, dann hob er sofort abwehrend eine Hand. „Vergiss es. Natürlich hast du etwas dagegen", fügte er resigniert hinzu.

„Er wird ja sowieso nicht zu dir kommen wollen", sagte Emma.

Cal hob die Augenbrauen und streckte dann die Arme nach dem Baby aus. „Du meine Güte, was für ein großer Junge du doch bist", lobte er Logan und hob ihn hoch.

Emma erwartete jeden Augenblick einen verärgerten Schrei von dem Kleinen zu hören, aber Logan schien nicht das Geringste dagegen zu haben, auf Cals Arm zu sitzen. Im Gegenteil, Logan fühlte sich sogar so wohl und sicher bei ihm, dass er nach seiner Nase fasste und daran zog, während er in begeistertes Kichern ausbrach.

„Ich muss ihm jetzt die Windeln wechseln", sagte Emma scharf.

„Kann das nicht einen Moment warten?"

„Nein", fuhr sie ihn an. Sie konnte ihre Eifersucht nicht unterdrücken. Es war schon unerträglich für sie, sich ansehen zu müssen, wie Cal Logan in seinen Armen hielt. Wie sollte sie es ertragen, wenn die beiden sich auch noch sympathisch wurden? Es war mehr, als sie im Augenblick hinnehmen konnte.

„Willst du sehen, was ich dir mitgebracht habe?", fragte Cal den Kleinen, nachdem Emma mit dem unvermeidlichen Windelwechseln fertig war.

Gemeinsam gingen sie ins Wohnzimmer, wo Cal seinen Sohn auf den Boden stellte und ihn mit einer Hand festhielt, während er mit der anderen nach einem Päckchen auf dem Sofa griff.

„Und jetzt schau mal nach, was hier drin ist." Er setzte sich neben Logan und überließ es dem Kleinen, das Geschenkpapier zu zerreißen.

Emma setzte sich mit einem unterdrückten Seufzer auf das Sofa und sah Vater und Sohn zu, während sie insgeheim betete, dass sie keine Ähnlichkeit zwischen ihnen feststellen würde.

Aber dies war nicht ihr Glückstag.

Cals und Logans Köpfe berührten sich fast, als Cal dem Kleinen erklärte, wofür ein Feuerwehrauto gut war. Emma stellte fest, dass Logan Cals Kinn und Nase hatte, aber besonders auffällig war eine andere Ähnlichkeit. Sie hatten die gleichen dunkelblauen Augen. Warum hatte sie das bis jetzt nie bemerkt?

Vielleicht, weil sie nicht nach Ähnlichkeiten gesucht hatte, denn jetzt, da sie mit der ungeschminkten Wahrheit konfrontiert worden war, war es unübersehbar. Und es war sehr beängstigend, denn es erinnerte sie daran, dass sie ihr Baby verlieren könnte.

Wenn sie Cal nur hassen könnte, wie viel einfacher wäre dann alles. Aber sie hasste ihn ja auch. Lügnerin, höhnte eine innere Stimme. Sie hasste ihn überhaupt nicht, und genau das war das Problem. Trotz der Katastrophe, die er in ihr Leben gebracht hatte, bedeutete er ihr immer noch sehr viel. Sie wünschte sich immer noch, er würde sie berühren, küssen und lieben.

Sie musste irgendeinen Ton von sich gegeben haben, denn Cal drehte sich zu ihr um und sah sie fragend an. Emma wurde rot, ihr Blick ging gegen ihren Willen zu seinen Lippen, und sie konnte nur mit Mühe woanders hinsehen. Lieber Himmel, wie konnte sie sich so gehen lassen? Wie konnte sie daran denken, mit ihm ins Bett zu gehen, wenn er doch drohte, ihr das Kind wegzunehmen?

„Emma, wir müssen reden", versuchte Cal es erneut.

„Es gibt nichts zu sagen."

„Das stimmt nicht, und du weißt es. Glaubst du, ich habe nicht gemerkt, wie du mich angesehen hast?"

Sie hielt entsetzt den Atem an.

„Entschuldige. Ich wollte dich nicht in Verlegenheit bringen."

„Warum nicht?", fragte sie wütend. „Es ist ja nur die Wahrheit."

Cal sah sie einen Moment an, dann strich er sich müde mit einer Hand durch das Haar. „Logan ist ein großartiges Kind, und dafür zumindest muss ich dir danken."

„Er ist kein Kind, er ist ein Baby." Sie beobachtete, wie Cal tief Luft holte, als versuche er angestrengt, nicht die Geduld zu verlieren.

„Du wirst es nicht schaffen, mich wegzuekeln, Emma."

„Das weiß ich."

„Gut." Er wandte sich wieder Logan zu, der unruhig geworden war, weil ihm keiner der Erwachsenen Aufmerksamkeit schenkte. „Es ist noch etwas drin." Cal riss die Papiertüte weiter auf und führte Logans Händchen hinein. Nur Sekunden später holte der Kleine ein Gummispielzeug heraus und steckte es sich prompt in den Mund. Aber gleich darauf reichte er es Cal, der es nahm und so tat, als würde er mit laut schmatzenden Geräuschen daran kauen.

Trotz ihrer Unruhe musste Emma lächeln, als Logan daraufhin in begeistertes Kichern ausbrach. Das musste man Cal lassen – er ging gut mit Kindern um. Aber das ist mir gleichgültig, sagte sie sich störrisch, deswegen gebe ich Logan trotzdem nicht ohne Kampf auf. Wenn es nach ihr ginge, würden sie den Dritten Weltkrieg, von dem Cal gesprochen hatte, untereinander ausfechten. Sie war fest entschlossen, jede erdenkliche Waffe dabei einzusetzen.

Logan kam auf sie zugekrochen und streckte die Arme nach ihr aus. „Mama."

„Hier bin ich, mein Schatz", sagte Emma und umarmte ihn so heftig, dass der Kleine sich mit einem leisen Schrei beschwerte.

Cal seufzte laut und stand auf. „Ich danke dir für die Zeit, die du mir mit ihm gegeben hast."

„Gehst du?", fragte sie überrascht.

Er lächelte spöttisch. „Bittest du mich, zu bleiben?"

„Nein."

„Hatte ich auch nicht erwartet." Er hielt kurz inne, als müsste er nach den richtigen Worten suchen. „Ich möchte ihn mit auf die Ranch nehmen."

„Wann?", fragte sie erschrocken.

„Morgen."

„Aber ich …"

„Ich darf ihn zweimal in der Woche sehen, und morgen ist schon Samstag."

„Ich … wir haben eine andere Verabredung."

Cal runzelte die Stirn. „Dann sag sie ab."

Emma schnappte empört nach Luft. „Du kannst mir nicht befehlen, was ich tun soll."

„Ich möchte, dass du auch kommst, Emma. Bitte."

Er klang so flehentlich, dass sie sofort besänftigt war. „In Ordnung, wir werden kommen."

Emma hasste es, es zuzugeben, aber sie unterhielt sich großartig. Wichtiger war allerdings, dass Logan sehr viel Spaß hatte. Sie hatte wohlweislich sein Gesicht und seine Arme und Beine mit Sonnencreme eingerieben, da sie gewusst hatte, dass sie die meiste Zeit unter freiem Himmel verbringen würden. Und sie hatte recht behalten.

Als sie vor zwei Stunden auf der Ranch angekommen waren, hatte Cal nur kurz beim Wohnhaus haltgemacht, um einen altmodischen Picknickkorb und eine Kühltasche herauszuholen. Gleich danach waren sie zu einer wunderschönen Wiese aufgebrochen, in deren Nähe Cals Pferde eingepfercht waren.

Eine ganze Weile waren sie einfach nur Logan gefolgt, der herumtapste und alles um sich herum voller Ehrfurcht betrachtete, angefangen bei Cals Hund Charles bis zu den Enten im nahe gelegenen Teich und den Schmetterlingen, die in großen Mengen herumflatterten und die Logan die ganze Zeit erfolglos versuchte, mit seinen Patschhändchen zu berühren.

Schließlich hatte der Kleine sich so verausgabt und war so überwältigt von all den Eindrücken, dass Emma ihn zu einem Nickerchen auf eine Decke legte. Für Logan war das zwar angenehm, aber für Emma bedeutete es, dass sie nun praktisch allein war mit Cal.

Sie war sich seiner Nähe und jeder seiner Bewegungen viel zu sehr bewusst. Der betörende Duft seines Rasierwassers machte sie unruhig und erfüllte sie mit Sehnsucht. Wenn sie ihr linkes Bein nur ein wenig bewegte, würde sie es an seinem reiben können. Emma musste mit aller Macht gegen diesen Wunsch ankämpfen. Sie hasste die sinnliche Erregung, die sie jedes Mal überkam, wenn sie mit Cal zusammen war, wenn ihre Blicke sich trafen oder ihre Hände sich zufällig berührten. Viel lieber wäre sie ungerührt, wütend und unempfänglich für seinen Charme.

Aber leider war alles ganz anders. Er war ein viel zu attraktiver Mann, und sie fühlte sich sehr stark zu ihm hingezogen.

„Hast du dich gut unterhalten?"

Emma hob bei Cals Frage abrupt den Kopf. „Ja, sehr", gab sie eher widerwillig zu.

Er lächelte. „Das freut mich."

Dieses Lächeln war ihr Verderben. Ihre Augen füllten sich mit Tränen, und sie wandte sich ab, aber nicht schnell genug. Cal war das verräterische Glitzern in ihren Augenwinkeln nicht entgangen.

„He", sagte er mit rauer Stimme. „Nicht, Emma."

„Ich will ja nicht", fuhr sie ihn an und presste dann eine Hand auf den Mund. Sie wollte sich nicht mit Cal streiten.

„Du gehst mir nicht aus dem Kopf, Emma", sagte er schlicht. „Aber das weißt du ja schon."

Emma schüttelte den Kopf. „Lass uns nicht darüber reden."

„Du kannst nicht leugnen, dass da etwas zwischen uns ist."

„Doch", sagte sie entschieden.

Cals Blick ließ sie nicht los, und sie sahen sich unverwandt an.

„Hallo!"

Erschrocken fuhren sie zusammen und drehten sich um. Dabei weckten sie Logan auf. „Mama", nuschelte er und streckte die Arme nach Emma aus.

Nun sahen sie Art auf sich zukommen.

„Schon gut, mein Süßer. Mommy ist bei dir", beruhigte Emma Logan.

„Ente." Der Kleine wies auf den Teich.

Art tippte sich zur Begrüßung an den Hut und wandte sich an Cal. „Ich habe den Hengst in den Korral gebracht und gesattelt, falls Sie später noch mit ihm arbeiten möchten. Sie wissen ja, dass er sich noch ein bisschen an den Sattel gewöhnen muss."

„Danke, Art. Vielleicht werde ich es tun."

Emma sah stirnrunzelnd zum Korral hinüber. „Er sieht furchteinflößend aus."

Cal lächelte auf seine unnachahmlich charmante Art, die Emma immer erschauern ließ. „Nein, nein. Der Eindruck täuscht. Ich habe ihn langsam, aber sicher zugeritten. Ich trainiere ihn aber nicht, solange du und Logan hier seid." Er zögerte. „Es sei denn, du möchtest mal sehen, wie ich ... wie wir zusammenarbeiten."

„Warum nicht?", antwortete sie zu ihrer eigenen Überraschung.

„Ich kümmere mich um den Jungen, Miss Jenkins. Wir gehen die Enten füttern, nicht, mein Kleiner?" Art räusperte sich plötzlich verlegen. „Wenn das in Ordnung ist, meine ich."

„Ich bin nicht sicher, ob er mit Ihnen gehen wird", sagte Emma lächelnd.

„Komm, Logan", sagte Art freundlich. „Lass uns zusammen zu den Enten gehen und ihnen was zu essen zuwerfen, okay?" Er griff in die Hosentasche und holte ein paar Kekse heraus.

„Enten", wiederholte Logan begeistert und ging wankend auf Art zu.

Emma sah ihrem Sohn verblüfft nach, der ohne Protest die Hand des Vormannes nahm und mit ihm weiterging. „Seien Sie vorsichtig", rief sie ihnen nur noch hilflos hinterher.

„Mach dir keine Sorgen. Art wird nicht zulassen, dass ihm etwas zustößt."

Emma schüttelte den Kopf. „Ich bin nur erstaunt, dass Logan plötzlich so viel Zutrauen zu fremden Leuten hat."

„Wollen wir?", fragte Cal und half ihr auf.

Emmas Puls beschleunigte sich, und sie entzog ihm ihre Hand so schnell es ging, ohne dass es unhöflich wirkte. Ein paar Minuten später standen sie vor dem Korral.

„Na, was sagst du?", fragte Cal.

Sie hörte den eifrigen Ton in seiner Stimme. Er klang wie ein kleiner Junge, der sich auf Lob freute, und sie wollte ihm die Freude nicht verderben. „Es ist wirklich ein sehr schöner Hengst", sagte sie also, „aber Angst macht er einem doch."

„Ach was, er ist harmlos. Soll ich ihn kurz reiten, damit du ihn in Aktion sehen kannst?"

„Und damit du angeben kannst, was?", neckte sie ihn.

Cal zuckte lächelnd die Achseln. „Na schön, ich gebe es zu."

„In Ordnung", sagte sie leichthin, aber insgeheim gefiel ihr der Gedanke nicht besonders, dass Cal ein kaum zugerittenes Pferd besteigen wollte.

„Es ist schon gut", beruhigte er sie. „Ich weiß, was ich tue."

Kurz darauf stand Emma mit klopfendem Herzen vor dem Korral und beobachtete Cals Bemühungen. So einfach, wie er es geschildert hatte, fiel es ihm doch nicht, mit dem riesigen Hengst fertig zu werden. Das Tier gebärdete sich wild und tat sein Bestes, um den Reiter abzuwerfen, aber Cal hielt sich geschickt fest, entschlossen, sich nicht unterkriegen zu lassen.

Doch in dem Moment, als er zu ihr herübersah, geschah es. Das Pferd bäumte sich mit einem enormen Sprung auf, und Cal flog durch die Luft und landete mit einem dumpfen Plumpsen auf der Erde.

Zuerst war Emma wie zu Stein erstarrt vor Entsetzen und konnte sich nicht rühren, obwohl der Hengst schon ans andere Ende des Korrals galoppiert war. Wie durch ein Wunder löste sich dann die Erstarrung, und Emma kletterte in den Korral. Atemlos beugte sie sich über Cal.

„Cal, Cal", rief sie und packte ihn bei den Schultern. „Sag etwas, um Himmels willen."

Plötzlich öffnete er die Augen, legte die Arme um sie und zog sie so tief zu sich herunter, dass sie seinen Atem auf ihren Wangen spüren konnte. Heißes Verlangen durchrieselte sie, als er sie hungrig zu küssen begann.

Emma stöhnte erregt auf. Ein Glücksgefühl erfüllte sie, wie sie es noch nie empfunden hatte. Dieser wunderbare Moment währte jedoch nicht lange, denn plötzlich wurde ihr bewusst, was sie tat, und sie zuckte zurück, als hätte man einen Eimer eiskaltes Wasser über sie geschüttet. Sie riss sich von ihm los und kam hastig auf die Beine.

„Wie konntest du?", schrie sie ihn an. „Was fällt dir ein?"

9. KAPITEL

Seit dem Zwischenfall im Korral waren nun schon zwei Tage vergangen. Cal hatte einen großen Teil der Wiese hinter dem Haus gemäht und war gerade auf dem Weg ins Haus, als sein Handy klingelte. Als er die Nummer auf dem Display sah, stöhnte er leise auf. „Hi, Wally, wie läuft's?"

„Wann können wir mit Ihnen rechnen, Cal?" Sein zukünftiger Boss kam immer gern schnell zur Sache.

Niemals, hätte Cal am liebsten geantwortet, tat es aber natürlich nicht. Er wusste nicht einmal, woher dieser seltsame Gedanke plötzlich gekommen war. „Ich bin nicht sicher", sagte er. „Ich muss mich hier um etwas kümmern, das sehr wichtig für mich ist."

„Aber Sie kommen doch, oder?"

Cal hörte die Panik in Wally Tudors Stimme. „Ja, nur eben nicht so schnell, wie ich gehofft hatte."

„Mann, wir brauchen Sie. Im Grunde brauchten wir Sie schon gestern."

„Hören Sie, Sie haben mein Wort, dass ich komme, sobald ich kann, aber da ist eine Angelegenheit, vielmehr zwei, um die ich mich kümmern muss, bevor ich das Land verlassen kann." Cal zögerte. „Wenn Sie einen Ersatz ..."

„Auf keinen Fall", unterbrach Wally ihn. „Wir wollen Sie."

„Aber Sie hätten jemand anders? Für alle Fälle, meine ich."

„Ja, sicher. Aber wir haben Sie angeheuert. Mehr brauche ich wohl nicht zu sagen."

„Nein, und ich weiß es auch zu schätzen. Ich melde mich in ... sagen wir, in etwa zwei Wochen. Bis dahin werde ich die Dinge hier vielleicht besser im Griff haben."

„Ich erwarte Ihren Anruf."

Damit legte sein neuer Chef, der Leiter der Sicherheitsfirma in Venezuela, auf. Einen Moment lang blickte Cal noch nachdenklich auf das Handy. Er hasste es, jemanden zu enttäuschen, dem er sein Wort gegeben hatte, wenn er auch noch keinen Vertrag unterschrieben hatte. Er wollte den Job ja auch haben, und er wollte nach Venezuela. Der Posten des Leiters der Sicherheitsabteilung für eine große Ölgesellschaft versprach sehr interessant zu werden. Nach allem, was er als Undercover-Agent durchgemacht hatte, würde dieser Job eine wahre Erholung sein.

Mit seinem Gehalt und dem Geld, das er bis jetzt bereits gespart hatte, könnte er in etwa zwei Jahren finanziell für die Zukunft abgesichert sein, wenn er auch nicht die Absicht hatte, sich so jung schon zurückzuziehen. Warum stellte er sich jetzt also so an? Es ergab einfach keinen Sinn. So einen Traumjob ließ sich ein vernünftiger Mensch nicht durch die Finger gehen.

Cal holte sich ein Bier aus dem Kühlschrank. Die Arbeit auf der Wiese hatte ihn angestrengt, und er war hundemüde. Trotzdem war er unruhig. Er wusste natürlich warum, und er wusste auch, warum der Job in Venezuela ihm Kopfschmerzen bereitete.

Wegen Emma und Logan.

Als er von der Existenz eines Sohns erfahren hatte, war es ein großer Schock für ihn gewesen. Aber er hatte sich gefasst und sich der neuen Situation, die sein ganzes Leben auf den Kopf stellte, gewachsen gezeigt. Es ging jetzt nicht mehr nur um ihn allein. Jede seiner Entscheidungen beeinflusste auch Logans Leben. Im Grunde wäre trotzdem alles gut, wenn er sich nicht mit Emma eingelassen hätte.

Sie war sozusagen das Haar in der Suppe. Cal war so fasziniert von ihr, dass er Skrupel hatte, sich gegen sie durchzusetzen und ihr damit wehzutun, um sein Recht zu bekommen. Er brachte es nicht fertig. Wenn er sie leiden sah, zerriss es ihm das Herz. In nur wenigen Wochen hatte sie es geschafft, ihm so unter die Haut zu gehen wie keine Frau vor ihr.

Er begehrte sie. Das war die ganze Wahrheit. Cal dachte an den Tag, als er vom Pferd gefallen und Emma an seine Seite geeilt war. Der Geschmack ihrer süßen Lippen ging ihm auch jetzt noch nicht aus dem Sinn. In jenem verzauberten Moment war er von Gefühlen überwältigt gewesen, die nichts mit Sex zu tun hatten – obwohl es ihn große Beherrschung gekostet hatte, sie nicht auf der Stelle zu nehmen –, sondern vielmehr mit Zärtlichkeit und tiefer Zuneigung.

Bisher hatte sich in seinem Leben immer alles nur um ihn gedreht. Er hatte nie einen anderen Menschen an sich herangelassen, selbst Connie nicht. Aber aus irgendeinem Grund war Emma gelungen, was bis jetzt unmöglich erschienen war. Sie hatte sein Herz erobert.

Liebe? War das der Grund?

Ach was, sagte Cal sich beunruhigt. Auf keinen Fall. Dennoch konnte er nicht leugnen, dass sie ihn verzaubert hatte, und jetzt wusste er nicht, was er tun sollte.

Du könntest sie heiraten. Dieser Gedanke kam ihm völlig unerwartet. Dadurch wäre auf jeden Fall das Problem gelöst, wer das Sorgerecht für Logan bekommen sollte.

„Oh nein." Cal schüttelte den Kopf. Diesen Fehler würde er nicht zweimal begehen – noch dazu wieder mit einer Tochter von Patrick Jenkins. Seine kurze Ehe mit Connie war die unglücklichste Zeit seines Lebens gewesen, und er hatte erkannt, dass er nicht für die Ehe geschaffen war.

Emma sah ihrer Schwester zwar in nichts ähnlich, aber sie war dennoch eine Jenkins. Ganz abgesehen davon, würde sie ihn gar nicht haben wollen. Und da sie so viele Jahre nicht geheiratet hatte, war sie vielleicht zu dem Schluss gekommen, dass sie auch nicht für die Ehe geschaffen war.

Wenn er sie nur nie kennengelernt hätte! Wenn er sie nie geküsst, nie ihre weichen Brüste gespürt hätte. Diese gestohlenen Momente des Glücks hatten nur seinen Appetit nach mehr geweckt. Jedes Mal, wenn Emma ihren süßen Po an ihm vorbeischwenkte, drehte sein Puls regelrecht durch. Allein der Gedanke daran, nackt mit ihr in einem Bett zu liegen und ihre Brustspitzen zu liebkosen, während er sie voller Leidenschaft nahm, brachte ihn schier um den Verstand.

Cal schüttelte verzweifelt den Kopf. Er musste damit aufhören, wenn er nicht verrückt werden wollte. Sein Körper konnte diesen Druck nicht mehr ertragen. Er war völlig verschwitzt und sehnte sich so stark nach Emma, dass er regelrecht körperliche Schmerzen verspürte.

Emma gehörte zu der Sorte Frauen, die er immer bewundert hatte, aber er wusste insgeheim, dass er sie nie haben konnte. Er war viel zu unbeständig für sie, viel zu aufrührerisch für die Emmas dieser Welt.

Aber was Logan anging, war all das völlig unwichtig. Das Gesetz war auf seiner Seite, und das war sein Ass im Ärmel. Jedenfalls hoffte er das. Bei Richtern in einer Kleinstadt konnte man nie wissen, und Patrick Jenkins war ein einflussreicher Mann.

Cal sah auf die Uhr. In einer halben Stunde sollte er bei Emma erscheinen, um sein Besuchsrecht in Anspruch zu nehmen. Ein Lächeln erschien unwillkürlich um seine Lippen. Er konnte es kaum erwarten, Logan wiederzusehen – und Emma auch. Das Problem war nur, dass sie es im Gegensatz zu ihm sehr gut erwarten konnte.

Cal verließ das Haus, und das Herz klopfte ihm bis zum Hals.

„Was soll Mommy anziehen, was meinst du?"

Logan saß in seiner kleinen Schaukel, den Blick auf Emma geheftet, und schenkte ihr ein süßes Lächeln.

„Mommy", sagte er.

„Okay, es ist dir also egal, wie ich aussehe", meinte Emma und gab ihm einen Kuss auf die Wange. „Mir sollte es auch egal sein."

Sie hatte geduscht, den Bademantel angezogen und sich geschminkt. Jetzt überlegte sie, was sie für den Abend mit Cal anziehen sollte. Am Ende entschied sie sich für eine gelbe Caprihose, einen braunen Gürtel und eine kurze weiße Bluse. Es fiel ihr nicht leicht, es zuzugeben, Tatsache war jedoch, dass sie Cal letztendlich beeindrucken wollte. Sie hasste ihre Schwäche, aber sie hatte aufgehört, sich deswegen Vorwürfe zu machen.

In den vergangenen zwei Wochen hatte Cal sie und Logan zu Ballspielen mitgenommen und zum Angeln und Schwimmen, und sie hatte festgestellt, dass Cal nicht mit sich handeln ließ. Er würde sich durch nichts von seinem Sohn fernhalten lassen, ob ihr das nun gefiel oder nicht.

Zu ihrem Entsetzen hatte es in diesen Tagen oft Augenblicke gegeben, in denen sie das Verlangen in Cals Augen gesehen und sich nichts sehnlicher gewünscht hatte, als sich in seine Arme zu werfen und sich von ihm lieben zu lassen. Bisher war ihr im letzten Moment immer die Vernunft zu Hilfe gekommen. Es war unglaublich. Wie konnte sie sich zu einem Mann hingezogen fühlen, der ihr Leben zerstören wollte?

Emma hielt inne und schloss kurz die Augen, um einen ihrer häufigen Panikanfälle abzuwehren. Sollte die Sache mit dem Sorgerecht sich nicht bald zu ihren Gunsten entscheiden, würde sie noch den Verstand verlieren. Dieses Schwanken zwischen Hoffnung und Verzweiflung war allmählich mehr, als sie ertragen konnte.

Unwillkürlich ging ihr Blick zu Logan, der inzwischen auf seiner Schaukel eingeschlafen war. Sie zog ihn behutsam heraus und trug ihn in sein Zimmer, wo sie ihn in seine Wiege legte.

Er beschwerte sich leise, als sie ihn losließ, schlief dann aber sofort wieder ein. Emma beugte sich über ihn und rieb ihm leicht den Rücken. Dabei liefen ihr Tränen über die Wangen. Sie liebte diesen Kleinen so sehr, dass es wehtat. Sie durfte ihn auf keinen Fall verlieren.

Sie war gerade wieder im Wohnzimmer, als es klingelte. Das konnte noch nicht Cal sein, da er erst in einer Stunde kommen sollte. Verwundert ging sie öffnen.

„Ich weiß, dass ich zu früh komme."

Sie sagte nichts und konnte ihn nur anstarren. Er trug wie üblich Jeans und ein T-Shirt, aber er sah darin umwerfender aus als andere Männer in einem schicken Smoking. Und wie immer brachte er ihr Herz zum Klopfen.

Er kam unaufgefordert herein und schloss die Tür hinter sich.

„Emma ..."

Sie hielt erschrocken den Atem an. Der verlangende Ausdruck in seinem Blick ließ keinen Zweifel an seiner Absicht. „Cal", sagte sie warnend.

„Was?", fragte er rau.

„Ich ..."

Cal trat auf sie zu, umfasste ihre Oberarme und schob sie gegen die Wand. Als er wild den Mund auf ihre Lippen drückte, stöhnte er erstickt auf.

In dem Moment, in dem Emma seine Lippen spürte, vergaß sie alle Einwände, die sie eben noch gehabt hatte. Sie konnte sich nur hilflos an ihn klammern, während heißes Verlangen sie erfasste.

„Du bist so süß", flüsterte Cal an ihren Lippen.

Er zerrte etwas ungeduldig ihre Bluse hoch und kämpfte mit dem Verschluss ihres BHs. Als er den dünnen Stoff beiseitegeschoben hatte, beugte er sich herunter, nahm eine rosige Spitze in den Mund und begann daran zu saugen.

„Oh, Cal", stöhnte Emma und legte die Arme um seinen Nacken. Gegen einen so sinnlichen Angriff konnte sie sich nicht wehren. Sie vergaß, wer sie war und wo sie sich befand. Sie wusste nur, dass sie diesen Mann wollte, dass er der Einzige war, der ihre schmerzliche Sehnsucht stillen konnte.

„Oh, Emma", flüsterte Cal und begann die andere Brust zu liebkosen.

Emma war so gefangen von seinen Liebkosungen, dass sie zunächst nicht erkannte, was es war, das den erotischen Nebel durchdrang, der sie beide einzuhüllen schien. Schließlich begriff sie, dass es das Telefon war.

Cal hob den Kopf und sagte schwer atmend: „Lass es klingeln."

Sie war in großer Versuchung, genau das zu tun. Und sie hätte es wohl auch getan, wenn in diesem Moment nicht auch Logan zu weinen angefangen hätte. Mit letzter Kraft schob sie Cal von sich und lief ins Wohnzimmer ans Telefon. Nachdem sie ein zittriges „Hallo" herausgebracht hatte, hörte sie einen Moment zu, doch plötzlich stieß sie einen Schrei aus.

„Was ist geschehen?", fragte Cal ernst.

„Es kam aus der Gärtnerei. Die Alarmanlage ist losgegangen", stammelte Emma.

Zwei, drei Sekunden war Cal zu schockiert, um zu reagieren, dann fasste er sich. „Hol Logan und lass uns losfahren."

Emma war wie betäubt.

Schließlich sagte sie leise. „Ich kann immer noch nicht glauben, was geschehen ist."

„Ich auch nicht", antwortete Cal heftig. „Das waren irgendwelche dummen Kinder, da bin ich sicher."

Emma hob in einer hilflosen Geste die Hände. „Aber warum? Warum sollten sie irgendwo einbrechen, nur um alles zu zerstören? Aus Spaß?"

Cal stieß einen leisen Fluch aus. „Da bin ich überfragt. Ich weiß nur, dass ich die hohlköpfigen Gören, die das getan haben, gern mal in die Finger kriegen würde. Ich garantiere dir, noch mal würden sie so was dann nicht mehr machen."

Inzwischen waren zwei Stunden vergangen, und sie waren wieder in Emmas Haus. Sie hatte Logan sofort ins Bett gelegt, und als sie ins Wohnzimmer kam, fand sie Cal an seinem Lieblingsplatz – lässig am Kamin lehnend, das Gesicht zu einer finsteren Miene verzogen.

Emma schauderte und kämpfte gegen die aufsteigenden Tränen an.

„Es wird schon wieder werden, Emma." Cal sprach leise und beruhigend. „Ich werde dir dabei helfen, alles in Ordnung zu bringen."

Nichts in ihrem Leben würde in Ordnung kommen. Der Verlust ihrer Pflanzen und fast aller Dekorationsgegenstände und Werkzeuge in der Gärtnerei schien ihr wie ein Symbol dafür zu sein, dass sie auch das Wertvollste verlieren würde, das es in ihrem Leben gab – ihren Sohn. Gegenstände konnte man ersetzen, Logan nicht. Wieder ließ ein heftiger Schauder sie am ganzen Körper erzittern.

„He", sagte Cal sanft und war sofort bei ihr, ohne sie jedoch zu berühren. „Ich weiß, dass das ein harter Schlag für dich war, aber es kann geregelt werden. Glaub mir."

„Ich weiß", flüsterte sie stockend. Sie wusste, dass es nötig war, einen gewissen Abstand zu ihm einzuhalten, konnte es jedoch nicht. Sein großer Körper strahlte so viel Kraft aus und gab ihr ein wundervolles Gefühl der Sicherheit. Emma sehnte sich mehr denn je nach seiner Berührung. Das war falsch, aber sie konnte ihre Gedanken nicht zügeln.

Sie hasste ihn, und gleichzeitig begehrte sie ihn. Im Augenblick war das Begehren stärker.

Als hätte Cal ihren inneren Kampf gespürt, zog er sie an sich, und Emma erstarrte trotz ihres Verlangens.

„Ich möchte dich nur halten", sagte er beruhigend.

Seine Worte waren zu viel für Emma. Sie stieß einen erstickten Schrei aus und legte den Kopf an seine breite Brust. Gleichzeitig schlang Cal die Arme um sie und hielt sie wie versprochen nur fest. Beide spürten den wilden Herzschlag des anderen.

Emma spürte Cals warmen Atem an ihrem Ohr und fühlte sich wunderbar getröstet, während er ihr beruhigend über den Rücken strich. Es hätten Sunden vergangen sein können oder auch nur wenige Augenblicke, als ihr bewusst wurde, dass aus ihrem Bedürfnis nach Trost leidenschaftliches Verlangen geworden war. Und noch eins stellte sie fest, sie war keineswegs schockiert deswegen. Es war nicht wichtig. Nichts war im Augenblick wichtiger als die Tatsache, dass sie genau dort war, wo sie sein wollte, und tat, wonach sie sich so gesehnt hatte. Als würde Cal das spüren, wurde seine Umarmung fester und sein Kuss tiefer und feuriger.

Er sagte etwas zu ihr, das Emma nicht verstand, dann hob er sie plötzlich hoch, als würde sie kaum etwas wiegen, und trug sie in ihr Schlafzimmer, wo er sie auf das Bett legte. Langsam und ohne ein Wort fing er an, sie und sich auszuziehen.

Als sie nackt war, richtete Cal sich auf und betrachtete sie voller Leidenschaft. Es kam Emma vor, als würde er sie regelrecht mit Blicken verschlingen, während ihr das Herz bis zum Hals hinauf schlug.

Schließlich legte Cal sich zu ihr, die Hände zu beiden Seiten ihres Körpers aufgestützt, und begann, ihre erregten Brustspitzen mit den Lippen zu liebkosen.

Emma stöhnte unbeherrscht auf. Cals Berührungen kamen ihr vor wie Stromschläge. Sie genoss das erregende Spiel seiner Zunge und seiner Lippen und drängte sich ihm entgegen.

„Du bist köstlich", flüsterte er, drückte kleine Küsse auf ihren Bauch und umkreiste mit der Zunge ihren Nabel. Emma wand sich seufzend unter ihm, und als Cal seine Hand zwischen ihre Schenkel schob und sie seine Finger an ihrer empfindsamsten Stelle spürte, schnappte sie keuchend nach Luft und schob ihre Hände in sein dichtes Haar, um ihn fester an sich zu ziehen.

„Cal", keuchte sie, gleichzeitig erregt und erstaunt. Noch kein Mann hatte bisher gewagt, sie so intim zu liebkosen. Aber um nichts in der Welt hätte sie ihn jetzt aufgehalten. Im Gegenteil, sie wollte mehr spüren, sie wollte wissen, wie es war, wenn er sie mit seiner Zunge dort verwöhnte.

„Du bist wunderschön", stieß Cal mit heiserer Stimme hervor und erfüllte ihren Wunsch, als hätte er ihre Gedanken gelesen.

Emma bog sich ihm stöhnend entgegen. Heiße Lust durchzuckte sie, und mit jedem Vorstoß seiner geschickten Zunge entfuhr ihr ein leiser Schrei. Als sie glaubte, die süße Qual nicht länger aushalten zu können, hob Cal den Kopf und schob sich über sie, bis ihre Lippen sich trafen.

„Himmel, ich will dich so sehr." Seine Stimme war nur noch ein atemloses Flüstern.

„Ich will dich auch", sagte sie leise und spreizte einladend die Beine.

Cal hielt ihren Blick gefangen, während er sich zwischen ihre Schenkel legte. Mit einem einzigen harten, geschmeidigen Stoß war er tief in ihr.

Emma schrie lustvoll auf und schlang die Beine um seine Hüften.

Sie hatte noch nie solche Lust erlebt, solch heftige Gefühle, die sie bei jedem Stoß aufschreien ließen. Schon kurze Zeit später, als sie sich immer wilder und rückhaltloser bewegten, erreichten sie keuchend den Höhepunkt.

Cal sank anschließend schwer atmend auf sie und zog sie so unbewusst noch fester an sich.

Sollte sie es wagen, ihn anzufassen?

Emma hielt den Atem an, während sie den Blick neugierig über Cals nackten Körper gleiten ließ. Lieber Himmel, was für ein Mann. Er war vollkommen, kein anderes Wort war treffender.

Sie hatte schon geahnt, dass er ein wundervolles Exemplar der männlichen Spezies sein musste, nun wusste sie es genau. Jetzt lag er in all seiner nackten Herrlichkeit neben ihr im Bett, und sie konnte ihn nach Herzenslust betrachten.

Sie war froh, dass er noch schlief, und genoss seinen Anblick. Cal war wie gemacht für die Liebe, mit den muskulösen Armen und Beinen, der breiten Brust, dem Waschbrettbauch und …

Die Versuchung, ihn zu berühren, wurde immer größer.

Plötzlich regte sich der Gegenstand ihres Interesses. Hastig schaute Emma auf und begegnete Cals Blick. Er wirkte amüsiert und leidenschaftlich zugleich.

„Ich …" Mehr wollte ihr nicht einfallen. Sie konnte ihn nur hilflos anstarren. Was sollte sie auch sagen.

„Gefällt dir, was du siehst?", fragte er heiser.

Emma wurde rot. Sie hatte keine Ahnung, warum sie so verlegen war, da sie doch vor nur wenigen Stunden den heißesten Sex mit diesem Mann hemmungslos genossen hatte. Vermutlich lag es daran, dass Cal sie dabei ertappt hatte, wie sie ihn anstarrte.

„Du hast meine Frage nicht beantwortet."

„Ja", sagte sie leise. „Mir gefällt sogar sehr, was ich sehe."

„Möchtest du mich berühren?"

Unwillkürlich hielt sie den Atem an. Ob sie ihn gern berühren wollte? Mehr als alles andere, und sie wollte nicht nur das, sie wollte ihn auch schmecken.

„Nur zu", forderte Cal sie mit belegter Stimme auf und lächelte. Offenbar sah er ihr an, wie sehr sie sich nach ihm sehnte.

„Du kannst tun mit mir, was du willst. Ich stehe dir zur Verfügung", fügte er hinzu.

Emma strich sich erregt mit der Zunge über die Lippen, und Cal stöhnte auf.

„Lass mich nicht zu lange warten, Baby."

Sie kam seiner Bitte nur allzu gern nach. Fast ehrfürchtig umfasste sie ihn und berührte die samtweiche Spitze mit ihren Lippen.

Cal warf stöhnend den Kopf zurück.

Emma sah ihn erschrocken an. Hatte sie ihm wehgetan? Sie hob den Kopf und wartete auf seine Reaktion.

Die ließ nicht lange auf sich warten. „Bitte, hör jetzt nicht auf", flehte er. „Hör nicht auf."

Also beugte Emma sich wieder über ihn und nahm ihn erneut in den Mund. Je länger sie ihn mit der Zunge und den Lippen liebkoste, desto hektischer bewegte Cal sich unter ihr, bis er schließlich heiser hervorbrachte: „Nicht mehr, stopp."

Er zog sie auf sich, und Emma spreizte kniend ihre Beine und nahm ihn in sich auf. Sobald sie seine Hitze in sich spürte, begann sie wild und fordernd auf und ab zu wippen, bis eine heiße Welle der Lust sie durchströmte und sie einen unvergesslichen Höhepunkt erleben ließ. Nach einer kleinen Ewigkeit, die sie außerhalb des ihr bisher bekannten Universums verbracht zu haben schien, erschauerte ihr Körper ein letztes Mal, und Emma sank erschöpft, aber glücklich auf Cal.

Cal zog sie wortlos an seine Seite, und Emma schloss die Augen und schlief augenblicklich ein.

Du Dummkopf!

Sie hatte es doch getan, obwohl sie sich geschworen hatte, vorsichtig zu sein. Cal hatte die Mauer, die sie um ihr Herz errichtet hatte, eingerissen, als wäre sie aus Pappe. Im grellen Tageslicht war diese Erkenntnis wie ein Schlag in die Magengrube für sie gewesen.

Emma war wie erstarrt. Sie funktionierte den ganzen Morgen und den Nachmittag über wie ein Roboter und erledigte ihre Arbeit – sie zog sich an und fütterte Logan, brachte ihn in die Tagesstätte und kümmerte sich um die Aufräumarbeiten in ihrer Gärtnerei.

Gegen Abend hatte sie daran gedacht, ihren Vater über den Überfall zu informieren. Er war nicht glücklich darüber, dass sie so lange damit gewartet hatte, und ließ sie das auch wissen. Emma war nur froh, dass er nicht ahnte, dass Cal bei ihr gewesen war, und sie hoffte, das würde sich auch nicht so schnell ändern.

Normalerweise war es ihr Vater, an den sie sich um Hilfe wandte, wenn es Probleme gab. Dieses Mal hatte sie ihn nicht gebraucht. Wenn er auch nur den Verdacht haben sollte, seine Tochter habe die Nacht mit Cal Webster verbracht, würde sein Zorn keine Grenzen kennen. Emma befürchtete sogar, sie könnte dann die Liebe ihres Vaters verlieren.

Einer der Charakterfehler von Patrick Jenkins war seine unversöhnliche Art. Wer sich ihm widersetzte, konnte keine Vergebung erwarten. Connie war die einzige Ausnahme gewesen. Es tat Emma weh, das zuzugeben, aber sie hatte gelernt, sich mit dieser Tatsache abzufinden. Connie hatte nichts falsch machen können. Emma wusste, dass ihr Vater auch sie liebte, aber in seinen Augen konnte sie sehr viel falsch machen. Dass er mit dieser Annahme nicht ganz danebenlag, hatte sie dadurch bewiesen, dass sie mit dem Feind ins Bett gegangen war. Jedenfalls würde Patrick ihr das vorwerfen. Und es stimmte ja auch.

Emma stützte den Kopf in die Hände. Die vergangene Nacht hatte sie in eine prekäre Lage gebracht. Sie fühlte sich nun viel zu verletzlich. Jetzt, da sie und Cal miteinander geschlafen hatten, war es möglich, dass er diese Tatsache gegen sie verwendete, sollten die Dinge unangenehmer werden.

„Du liebe Güte, nein!", rief sie unwillkürlich aus. Das war nicht möglich! Cal hatte sicher auch Gefühle für sie. Aber was für Gefühle? Panik schnürte ihr die Kehle zu. War sein Wunsch, Logan zu bekommen, stärker als seine Gefühle für sie – so stark, dass er ihr Liebesabenteuer ausplaudern würde, um sie in Verruf zu bringen? War ihm das zuzutrauen? Und noch wichtiger, konnte sie ihm vertrauen?

Es wäre schließlich nicht das erste Mal, dass er sie ausnutzte und sie belog. Er konnte es wieder tun. Ihre Angst nahm zu. Wie hatte sie sich nur so vergessen können? Die Erinnerung an die vergangene Nacht ließ sie erröten. Noch kein Mann hatte sie so geliebt wie Cal, so rückhaltlos und leidenschaftlich, dass es sie fast erschreckt hatte. Sie musste allerdings zugeben, sosehr es sie auch quälte, dass sie jede Minute ihrer wilden Sexspiele genossen hatte. Sie brauchte nur daran zu denken, und ihr wurde wieder heiß. Sie begehrte Cal mit der gleichen Leidenschaft wie in der vergangenen Nacht. Aber die Folgen machten ihr Angst.

Häufig reagierten Richter auf diese Art von unverantwortlichem Verhalten mit Missbilligung. Und was für eine Demütigung wäre es, sollte vor Gericht ans Licht kommen, wie naiv sie gewesen war. An die Reaktion ihres Vaters darauf wollte sie gar nicht erst denken.

Fünfzehn Minuten später war sie im Büro von Patricks Anwalt. Sie musste mit einem Menschen reden, und Russ Hinson war der einzige, der ihr einfiel.

„Was bringt Sie her, meine Liebe?", fragte Hinson. „Vor allem in solcher Aufregung?"

„Zuerst möchte ich Ihnen danken, dass Sie mich empfangen haben."

„Wenn nicht, hätte ich Patricks Zorn zu spüren bekommen", scherzte er.

Sie setzte sich abrupt auf. „Sie haben ihm doch nicht gesagt, dass ich Sie sprechen wollte, oder?"

„Natürlich nicht." Russ runzelte die Stirn. „Was ist geschehen, was Sie nicht einmal Ihrem Vater beichten können?"

Emma konnte ihm zwar nicht in die Augen sehen, aber sie brachte es doch über sich, ihm von der Dummheit zu erzählen, die sie sich erlaubt hatte. Als sie fertig war, herrschte eine Weile nur Stille.

„Ich habe es völlig vermurkst", sagte Emma leise.

„Nicht, weil Sie mit ihm geschlafen haben."

Sie sah ihn nun mit neu erwachter Hoffnung an. „Aber ich dachte ..."

Russ lächelte. „Sie sind Ihr strengster Richter, meine Liebe. Sonst hätten Sie erkannt, dass Webster genauso schuldig ist wie Sie, weil er Logans Vater ist." Er wurde ernst. „Aber sie könnten Logan trotzdem noch verlieren."

„Ich ... ich verstehe nicht."

„Wenn Sie ein wenig überlegen, werden Sie es verstehen. Haben Logan und Cal eine Beziehung zueinander entwickelt? Lassen Sie es mich anders formulieren – ist Cal dem Kleinen sympathisch?"

Emma sah ihn verständnislos an. „Ja. In beiden Fällen ja."

„Deswegen könnten Sie Ihren Sohn verlieren – nicht, weil Sie mit seinem Vater geschlafen haben."

Emma saß wie erstarrt da, während die Welt um sie zusammenzubrechen schien.

10. KAPITEL

„Elizabeth, ich weiß nicht, wie ich dir danken soll."

Emmas Freundin seufzte. „Danke mir nicht im Voraus. Ich werde vielleicht gar nicht finden, was du suchst."

„Da mache ich mir keine Sorgen", sagte Emma mit größerer Überzeugung, als sie tatsächlich empfand. „Ich glaube an dich."

„Weiß Patrick, was du vorhast?"

„Aber natürlich. Ich habe es mit ihm besprochen, bevor ich dich anrief."

„Ich hätte gedacht, dass ihm jemand anders eingefallen wäre, der fähiger ist als ich."

„Keiner ist fähiger als du, Elizabeth. Wenn es um Computer geht, bist du die Beste."

„Okay. Ich werde tun, was ich kann, und mich dann wieder bei dir melden."

„Liz …"

„Ich weiß", unterbrach ihre Freundin sie. „Es brennt, also so bald wie möglich."

„Wenn es geht, sogar noch schneller." Emma schluckte nervös. „Ich hätte die Sachen schon gestern gebraucht."

„Wie ich schon sagte, ich werde tun, was ich kann", beteuerte Elizabeth in aufmunterndem Ton. „Hab nur ein wenig Geduld, ja?"

Dieses Gespräch fand einen Tag nach ihrer gemeinsamen Nacht mit Cal statt. Emma hatte so mit ihren quälenden Gefühlen zu kämpfen, dass sie sich zu drastischen Maßnahmen entschloss. Sie nahm mit ihrer Freundin Kontakt auf und bat sie um Hilfe.

Immer, wenn sie anschließend daran dachte, was sie getan hatte, war ihr elend zumute. Am Abend fütterte sie Logan und spielte geistesabwesend mit ihm, bis er vor Müdigkeit einschlief. Danach legte sie ihn ins Bett, duschte und schlüpfte in einen bequemen Pyjama. Sie war körperlich und seelisch so erschöpft, dass sie wie ein Stein ins Bett fiel.

Es war ein riesiger Schritt gewesen, Elizabeth anzurufen und sie zu bitten, ihre Fähigkeiten am Computer zu nutzen, um Cal in die Enge zu treiben. Sie sollte sich auf die Suche nach allem machen, was Cal als Vater disqualifizieren könnte. Emma verspürte tiefe Schuldgefühle und konnte nicht schlafen. Unruhig streifte sie durch ihr Haus. Sie fand keine Ruhe, so groß waren ihre Angst und ihre Zerrissenheit.

Es bleibt dir keine andere Wahl, sagte sie sich. Logan zuliebe musst du hart bleiben. Sie musste Cal schlagen, denn hier ging es um ihr Leben. Und trotzdem konnte sie es selbst kaum glauben, dass sie beschlossen hatte, ihn zu bekämpfen. Dabei hatten sie sich gerade erst leidenschaftlich in den Armen gelegen. Aber hieß es nicht, dass zwischen Liebe und Hass nur eine hauchdünne Grenze verlief?

Emma erstarrte. Liebe? Wie kam sie auf diesen Gedanken? Unsinn, ich liebe Cal nicht, versicherte sie sich panisch. Das wäre gar nicht möglich.

Sie begehrte ihn, so viel musste sie zugeben. Ich liebe seinen Körper, könnte man vielleicht sagen. Und ob man das sagen kann, dachte sie hilflos und erinnerte sich lebhaft an jeden Moment ihrer gemeinsamen Nacht.

Die Art, wie er ihren Körper vergöttert hatte und sie seinen, ließ sich mit nichts vergleichen, was sie bisher erlebt hatte. Bei seinen Berührungen hatte sie das Gefühl gehabt, in Flammen der Lust aufzugehen. Wenn sie daran dachte, wie er nackt aussah …

Emmas Atem wurde flacher, und sie stöhnte leise auf. Himmel, sie musste aufhören, daran zu denken. Sie musste aufhören, sich nach ihm zu sehnen und ihn mit einer Verzweiflung zu begehren, die fast wehtat. Wenn sie so weitermachte, war ihr Untergang vorprogrammiert. Wenn sie erneut schwach werden sollte, würde Cal diese Schwäche ausnutzen, um ihr Logan wegzunehmen.

„Aber nur, wenn wir ihn nicht zuerst kriegen", hatte ihr Vater ihr gesagt, nachdem sie ihm gegenüber ihr Gespräch mit Russ und das mit Elizabeth wiederholt hatte.

„Das ist mir bewusst, Dad", hatte sie beklommen geantwortet. „Aber diese Methode könnte auch ins Auge gehen."

Patricks Miene war grimmig. „Nein, das wird sie nicht. Wenn du nur standhaft bleibst und deine Gefühle aus der Sache heraushältst." Sein Ton war eindeutig anklagend.

Sie errötete. „Glaub mir, ich bin ganz sicher. Es geht nur darum, dass ich mein Baby behalte, und nicht mehr." Lügnerin, höhnte eine innere Stimme.

„Gut", sagte Patrick, der ihren inneren Konflikt nicht bemerkte. „Mit dieser Einstellung und meinen Beziehungen werden wir ihn vernichten."

Das Gespräch mit ihrem Vater hatte zwar wieder neue Hoffnungen geweckt, aber Emma wusste, dass es nicht leicht werden würde, Cal zu vernichten, wie ihr Vater sich ausdrückte. Besondere Bedenken hatte sie, da sie noch nichts Brauchbares von Elizabeth bekommen hatte. Wenn ihre Freundin ihr keine Munition gegen Cal liefern konnte, war sie verloren.

Unruhig kaute sie auf ihrer zitternden Unterlippe herum und machte sich auf den Weg in die Küche. Sie hatte zwar keine Lust, etwas zu essen, weil ihr Magen in den letzten Tagen so empfindlich war, dass er nichts bei sich behielt, doch sie musste es wenigstens versuchen. Sie erinnerte sich kaum noch, wann sie das letzte Mal richtig gegessen hatte.

Nachdem sie sich ein Sandwich mit Käse gemacht hatte, schob sie es lustlos auf dem Teller hin und her und starrte es an, als hätte sie noch nie ein Sandwich gesehen. Dann nahm sie es mit einer Grimasse in die Hand, um todesmutig einen Happen abzubeißen, wurde jedoch zu ihrer Erleichterung durch das Klingeln des Telefons daran gehindert.

Ihr Herz klopfte heftig, als sie auf dem Display Elizabeths Nummer erkannte.

„Sag mir bitte, dass du etwas hast", sagte sie ohne Einleitung und drückte den Hörer an ihr Ohr, als hinge ihr Leben davon ab.

„Das habe ich auch", antwortete Elizabeth.

Emma ließ sich schwach in den Sessel neben dem Telefontischchen sinken. „Ich bin ganz Ohr."

Ein paar Minuten später hatte sie immer noch keinen Bissen von dem Sandwich gegessen, so fasziniert war sie von Elizabeths Informationen. Wenn das alles wahr war, dann hatte sie vielleicht doch das schwere Geschütz, das sie brauchte, um Cal im Kampf um ihren Sohn zu schlagen.

Aber warum veranstaltete sie dann keinen Freudentanz?

Sie verspürte im Gegenteil einen bitteren Nachgeschmack, der sie zwang, den Teller mit dem Sandwich weit von sich zu schieben. Es ging ihr einfach gegen den Strich, solche Waffen aufzufahren. Vielleicht konnte es noch verhindert werden, wenn sie an Cals Anstand appellierte.

Wunder geschahen schließlich immer wieder.

In diesem Moment klingelte es an der Tür, und Emma zuckte zusammen. Sie erwartete niemanden. Verwundert öffnete sie und stand Cal gegenüber.

„Ich konnte nicht länger fortbleiben", sagte er mit seiner heiseren

Stimme, mit der er es immer schaffte, Emmas Körper in Aufruhr zu versetzen. Dabei sah er sie eindringlich an.

Lieber Himmel, nicht jetzt, dachte sie verzweifelt. Nicht jetzt, da sie versuchte, diese zerstörerische Leidenschaft für ihn zu überwinden. Sie schloss einen Moment die Augen und atmete tief durch. Als sie sie wieder öffnete, stand Cal immer noch da. Er hatte sich keinen Zentimeter von der Stelle gerührt.

„Ich weiß, ich sollte nicht hier sein."

„Nein ... das solltest du nicht."

„Du willst mir also damit sagen, dass ich nicht hereinkommen kann?", fragte er trocken.

Emma brachte sekundenlang kein Wort heraus und schluckte mühsam. „Nein ... das heißt, doch. Ich weiß nicht."

„Ich möchte nur mit dir reden."

„Bist du sicher?"

Er seufzte tief und nickte. „Obwohl ich deine Zweifel verstehe, kannst du mir vertrauen. Ich will nur mit dir reden."

Ohne ein weiteres Wort trat sie zur Seite, damit Cal eintreten konnte. Sie schloss die Tür, lehnte sich mit dem Rücken dagegen und sah ihn abwartend an.

„Ist was passiert?", fragte er, als er den seltsamen Ausdruck auf ihrem Gesicht sah.

Er musterte sie eindringlich, schließlich verweilte sein Blick auf ihren Brüsten. Zu ihrer Verzweiflung spürte Emma, wie sich die Brustspitzen erregt aufrichteten. Und nicht nur das. Sie glaubte sogar, wieder Cals Zunge auf ihnen zu spüren.

Plötzlich musste sie gegen den Drang ankämpfen, sich ihm in die Arme zu werfen. Verlegen verschränkte sie die Arme vor der Brust, als könnte sie so ihre eindeutige Reaktion verbergen.

„Emma", sagte Cal leise, als hätte er ihre Gedanken gelesen.

Wie immer in seiner Gegenwart wurde Emma von ihrem Verlangen fast überwältigt. Cal duftete so gut nach Rasierwasser und nach der frischen Sommerluft auf dem Lande. Von Sekunde zu Sekunde fiel es ihr schwerer, sich ihm zu entziehen.

„Cal, was ist nötig, um dich dazu zu veranlassen, nachzugeben?", fragte sie plötzlich verzweifelt. Sie wusste nicht, woher diese Frage gekommen war. Sie hatte sie ausgesprochen, bevor sie ihr richtig durch den Kopf gegangen war. Es war eine sonderbare Frage, aber immerhin schaffte sie es damit, die sexuelle Anspannung zwischen ihnen zu zerstören.

Cal sah sie verblüfft an. „Ach so, das ist es also? Du hast über uns und Logan nachgedacht."

„Erstens gibt es kein Uns, und zweitens habe ich nie aufgehört, über mein Baby nachzudenken."

„Ich auch nicht."

Einen Moment schwiegen sie beide.

„Ich werde ihn nicht aufgeben", sagte Emma mit belegter Stimme.

Cal fuhr sich mit der Hand durch das Haar. „Ich kann auch nicht einfach weggehen, wie du und dein Vater es verlangt habt."

„Wie kannst du mir das antun?"

„Verdammt, Emma, ich will dir um nichts auf der Welt wehtun. Aber Logan gehört zu mir. Er ist mein Fleisch und Blut, und ich möchte Teil seines Lebens werden."

„Dagegen habe ich nichts", sagte sie und hob in einer unbewusst flehenden Geste die Arme. „Wenn du ihn mir nur nicht wegnimmst."

„Ich weiß, wie wir die Sache regeln können."

Sie sah ihn hoffnungsvoll an. „Wie?"

„Wir könnten heiraten."

Einen Moment lang war sie impulsiv versucht, Ja zu sagen. Der Gedanke, jeden Morgen neben Cal aufzuwachen und sich von ihm lieben zu lassen, noch bevor sie aufstanden, war mehr als verlockend. Doch dann nahm sie wieder Vernunft an. „Das ... das meinst du nicht ernst", sagte sie leise.

„Und wenn doch?" Cal beobachtete sie unruhig.

„Es würde nicht funktionieren", antwortete sie. „Du liebst mich nicht, und ich liebe dich nicht."

„Das ist nicht der Punkt", unterbrach er sie barsch. „Wir würden es für Logan tun. Es wäre das Beste für ihn."

„Wie kannst du so etwas sagen? Du bist schließlich mein Schwager, Himmel noch mal." Sie schauderte. „Es wäre fast Inzest."

Er runzelte die Stirn und sagte verärgert. „Ex-Schwager. Um die Dinge klarzustellen. Außerdem redest du dummes Zeug."

„Ich möchte mich nicht mit dir streiten."

„Wer streitet sich denn hier?"

Emma empfand seinen schnoddrigen Ton als Beleidigung. Aber sie kannte Cal inzwischen gut genug, um zu wissen, dass er unter der scheinbar sorglosen Fassade seine Wut verbarg. „Dann möchte ich dich bitten, deinen Antrag auf das Sorgerecht zurückzuziehen. Ich bin sicher, das wäre das Beste für Logan."

„Ich liebe ihn auch, Emma", sagte Cal müde. „Du gibst dir immer alle Mühe, das zu vergessen."

„Das stimmt nicht", fuhr sie auf. „Aber du kannst ihm nicht geben, was er braucht." Sie fuhr hastig fort, um Cal nicht zu Wort kommen zu lassen: „Erstens kennt er dich nicht lange genug, um sich in deiner Gegenwart völlig wohlzufühlen. Zweitens willst du ihn in ein fremdes Land mitnehmen und ihn der Pflege einer Nanny übergeben. Und drittens könnte deine Vergangenheit und dein neuer Job mein Baby in Gefahr bringen."

Cal war einen Moment still und fragte dann mit gefährlich leiser Stimme: „Warum sagst du das?"

Emma zögerte keine Sekunde. „Ich habe Nachforschungen über dich angestellt und etwas sehr Interessantes erfahren."

„Und was mag das gewesen sein?"

Es war nicht so sehr, was er sagte, sondern die kalte Art, wie er es sagte, die Emma schaudern ließ. Aber sie war entschlossen, nicht klein beizugeben. Jetzt war sie ohnehin schon zu weit gegangen, um aufhören zu können.

„Man hat dich vor zwei Tagen in der Gesellschaft einer Frau gesehen, die nicht nur eine bekannte Prostituierte, sondern auch Drogendealerin ist." Sie hatte sich endlich von der Seele gesprochen, was sie seit Elizabeths Anruf gequält hatte.

Cals einzige Reaktion war, die Schultern zu straffen und sich das Kinn zu reiben. „Das war schäbig, das weißt du."

Emma reckte störrisch ihr Kinn empor. „Ich würde alles tun, um mein Kind zu behalten."

„Das war ein Fehler, Emma."

Eine Gänsehaut überlief sie. „Du hast mir keine Wahl gelassen."

„Oh doch, du hattest sehr wohl eine Wahl, aber du hast die falsche getroffen."

„Ich weiß, was ich weiß."

„Du weißt nichts. Ich habe nur die losen Fäden meines letzten Auftrags verknüpft, und das erfolgreich und ohne Komplikationen." Er kam drohend einen Schritt näher. „Aber das ist nicht wichtig", fügte er bitter hinzu. „Du hast versucht, mir eine Grube zu graben, aber du wirst selbst hineinfallen, Emma."

Sie wich erschrocken vor ihm zurück. „Ich weiß nicht, wovon du redest."

„Oh doch, das weißt du. Ich werde nicht nur mit meinen Ansprüchen vor Gericht gehen, ich werde auch alles in meiner Macht Stehende tun, um meinen Sohn zu bekommen und dir zu verbieten, ihn je wiederzusehen."

Emma schnappte entsetzt nach Luft. Seine Worte trafen sie wie Messerstiche mitten ins Herz.

„Jetzt siehst du, wie ich mich fühle", fuhr er sie an. „Wir sehen uns vor Gericht wieder."

Emma war untröstlich.

Sie weinte und lief nervös auf und ab, bis sie weder das eine noch das andere tun konnte. Und doch konnte sie nicht aufhören, obwohl sie seelisch und körperlich völlig erschöpft war.

Vielleicht werde ich sterben, sagte sie sich, und der Gedanke erschreckte sie nicht einmal. Zum ersten Mal seit zwei Tagen erwachte eine gewisse Hoffnung in ihr. Es hieß doch, dass Menschen an einem gebrochenen Herzen sterben konnten, und dieses Schicksal schien ihr im Moment unendlich viel reizvoller zu sein als ihr jetziges.

Mein Baby ist fort.

Cal hatte sie mit der Hilfe des Richters vernichtet. Auch dieses Mal hatte Richter Rivers gegen sie entschieden und Cal das alleinige Sorgerecht für Logan zugesprochen.

„Ich habe die Angelegenheit sorgfältig untersucht und bin zu diesem Schluss gekommen, obwohl ich sagen muss, dass es, wie in den meisten Fällen, in denen es um ein Kind geht, keine leichte Entscheidung gewesen ist." Richter Rivers hatte kurz innegehalten und von Cal zu Emma geschaut.

In diesen wenigen Sekunden glaubte Emma, ihr Herz würde aussetzen. Sie erinnerte sich noch, wie sie die Finger so stark um den Arm ihres Vaters presste, dass es ihm wehgetan haben musste. Aber Patrick hatte keine Anzeichen von Schmerz gezeigt. Er hatte nur mit regungsloser und eisiger Miene dagesessen.

„Ich weiß zwar, dass Sie ein guter Vormund gewesen sind, Miss Jenkins", fuhr der Richter fort, „aber ..."

„Nein!", schrie Emma und sprang auf. „Sie können mir nicht mein Baby wegnehmen. Das können Sie einfach nicht!"

Nach ihrem Ausbruch erinnerte sie sich nur noch an sehr wenig. Der Richter hatte versucht, sich mit seinem Hammer Ruhe zu verschaffen, und Emma angeschrien, sie möge sich setzen. Wenn sie jetzt zurückdachte, war alles nur nebelhaft und verschwommen, wahrscheinlich weil sie es verdrängt hatte, um es ertragen zu können. Patrick hatte sich um sie gekümmert und sie nach Hause gebracht, wo der Albtraum sich für sie fortgesetzt hatte. Dort hatte sie schließlich der Wahrheit ins Auge blicken müssen, als Cal kam, um seinen Sohn abzuholen.

An den Moment erinnerte sie sich allerdings genau.

Es war der unglücklichste Tag ihres Lebens, und sie würde ihn niemals vergessen. Und sie würde Cal niemals vergeben, dass er ihr den weinenden Logan aus den Armen gerissen hatte und mit ihm fortgegangen war.

„Es ist ja nicht so, dass du ihn nie wiedersehen wirst", hatte Cal zu ihr gesagt. Ihm war anzusehen, dass er die Situation genauso wenig genoss wie sie. „Du wirst ihn bald wiedersehen. Ich verspreche es dir."

Ihr Vater war drohend auf ihn zugegangen und hatte sich nur im allerletzten Moment zurückgehalten. „Du Mistkerl. Der einzige Grund, weswegen du überhaupt noch hier stehst, ist, dass du meinen Enkel auf dem Arm hast. Sonst würde ich …"

„Nicht, Dad." Emma hielt ihn am Arm fest.

Cal suchte ihren Blick, aber es war zu viel für sie, ihn jetzt ansehen zu müssen, und sie wandte sich von ihm ab.

„Wir werden später reden", sagte er leise. Dann nahm er Logans kleinen Koffer und ging.

Bei der Erinnerung an jenen fürchterlichen Augenblick liefen Emma wieder die Tränen über die Wangen. Sie sank auf die Knie, während heftiges Schluchzen ihren Körper erschütterte. „Oh, lieber Gott, nein. Ich kann es nicht ertragen, mein Baby zu verlieren."

Sie rollte sich auf dem Teppich zusammen, als hätte sie körperliche Schmerzen.

Warum nur? Warum? Immer wieder ging ihr dieses Wort durch den Kopf, auf das es keine Antwort zu geben schien. Wie hatte Cal ihr das Baby aus den Armen reißen können? Sie hatte zwar gewusst, dass er wütend auf sie war, weil sie Nachforschungen über ihn angestellt hatte, aber sie hatte gehofft, er würde sich am Ende doch erweichen lassen.

Das war nicht geschehen, und sie hasste ihn dafür. Jedenfalls redete sie sich das ein, und genau das war das Problem. Trotz all der seelischen Qualen, des Kummers und der Demütigung, die sie wegen Cal erlitten hatte, bedeutete er ihr immer noch so viel.

Nein, das war der falsche Ausdruck. Sie liebte ihn.
Diese Liebe war es, die ihm die Macht gab, sie in die Knie zu zwingen.
Emma schluchzte herzerweichend. Ihr ganzer Körper zitterte, und sie musste ein paar Mal tief durchatmen, um sich nicht zu verschlucken. Andererseits wäre es vielleicht besser, wenn sie einfach erstickte. Dann hätte ihr Elend wenigstens ein Ende.

Dann erinnerte sie sich an die letzten Worte ihres Vaters, bevor sie ihn nach Hause geschickt hatte. Der winzige Hoffnungsschimmer beruhigte sie ein wenig, und sie klammerte sich daran wie ein Ertrinkender an ein Rettungsseil.

„Wir sind noch nicht fertig mit ihm, meine Liebe. Wir werden unser Baby zurückbekommen, verlass dich darauf."

Aber wann? Sie wollte Logan jetzt sofort wieder in ihren Armen halten, sie sehnte sich verzweifelt danach, ihn an sich zu drücken.

Wie aus weiter Ferne hörte sie das Telefon klingeln, aber sie hatte nicht die Kraft und auch nicht das Verlangen, mit irgendjemandem zu reden. Seit zwei Tagen war sie nicht mehr an den Apparat gegangen. Sie hatte wie in einem Vakuum vor sich hinvegetiert und nur von ihren Erinnerungen gezehrt.

Sie wusste auch nicht mehr, wann sie das letzte Mal gegessen hatte. Allein bei dem Gedanken an Lebensmittel wurde ihr schon übel. Das Einzige, wozu sie sich aufraffen konnte, war eine Dusche gewesen, und danach hatte sie sich noch die Zähne geputzt, aber zu mehr konnte sie sich nicht durchringen.

Es war fast, als wäre Logan gestorben.

Sie weinte weiter verzweifelt vor sich hin, drückte die Knie noch fester an ihren Bauch, und nach einer Weile schlief sie völlig erschöpft ein.

Cal war nicht zur Ruhe gekommen, seit er seinen Sohn abgeholt und Emmas Haus verlassen hatte. Er unterbrach abrupt seine nervöse Wanderung durchs Haus, als ihn ein heftiger Stich in der Magengrube durchzuckte. Schuldbewusstsein. Das war der Grund für seine entschieden bedrückte Stimmung, die er einfach nicht abschütteln konnte, sosehr er es auch versucht hatte.

Er konnte Emmas Gesichtsausdruck nicht vergessen – das tiefe Entsetzen, das ihr schönes Gesicht verzerrt hatte. Als sie ihn angefleht hatte, ihr nicht ihr Kind wegzunehmen, war er sehr versucht gewesen, seine Meinung zu ändern, einfach fortzugehen, das nächste Flugzeug zu nehmen und nie wieder zurückzukommen.

Aber er hatte es nicht über sich gebracht. Das hinterhältige Spielchen, das sie mit ihm gespielt hatte, ging ihm nicht aus dem Sinn und beschwichtigte sein schlechtes Gewissen.

Allerdings nur für kurze Zeit. Er war ausgesprochen unglücklich, wenn auch nicht mehr als Emma, wie er sich gut vorstellen konnte. Er musste immer wieder daran denken, was für unerträgliche Qualen Emma ausstehen musste, und daran war nur er schuld.

Wieder zuckte er vor Schmerz zusammen. Was er jetzt brauchte, war ein Drink, aber die Verantwortung seinem Sohn gegenüber ließ das nicht zu. Er musste sich um Logan kümmern, und diese Aufgabe erwies sich jetzt schon als nicht leicht.

Zu Cals Erleichterung war der kleine Kerl nach einer Weile vor Erschöpfung eingeschlafen, nachdem er um seine Mutter geweint hatte, dass es Cal das Herz gebrochen hatte. Unwillkürlich warf er einen Blick auf das Babyfon, aber es kam kein Laut aus Logans Zimmer. Cal setzte seine ruhelose Wanderung fort, nur dieses Mal ging er in die Küche, wo er den Kühlschrank öffnete und eine Bierdose herausholte.

Ein einziges Bierchen, sagte er sich. Was konnte das schon schaden? Vielleicht würde er sich dann ein wenig beruhigen und nachdenken können. Vielleicht würde ihm ein Plan einfallen. Quatsch, sagte er sich bitter und fuhr sich mit der Hand durch das Haar. Das ist ja wohl ein Witz. Du hast nicht die geringste Ahnung, was du als Nächstes tun sollst.

Sicher, er konnte seinen Sohn füttern und seine Windel wechseln, aber was er tun konnte, damit Logan wieder glücklich war, das wusste er beim besten Willen nicht. Wie hatte alles nur so unglaublich schiefgehen können?

Weißt du das nicht ganz genau, fragte er sich. Zuerst hatte er Emma hereingelegt, und dann hatte sie ihn hereingelegt. Er hätte damit rechnen müssen, aber er hatte es dennoch nicht getan. Sie hatte ihn völlig überrumpelt, und deswegen war er auch so wütend geworden, so wild entschlossen, es ihr heimzuzahlen. Viele Jahre lang hatte es nur eine Regel für ihn gegeben – wenn man ihn schlug, schlug er zurück.

Wenn er jetzt darüber nachdachte, wurde ihm klar, wie dumm und kindisch das war. Er hatte völlig aus den Augen verloren, was wirklich wichtig war. Und das war in diesem Fall Logans Wohlergehen, das er mit seiner Empfindungslosigkeit aufs Spiel gesetzt hatte.

Und da er schon einmal dabei war, seine Beweggründe zu analysieren, musste er noch etwas zugeben – er hatte sich in Emma verliebt.

Erleichtert atmete er auf. Endlich hatte er es sich eingestanden. Tatsächlich liebte er Emma so sehr, dass er alles tun, jeden Preis zahlen würde, um die Dinge zwischen ihnen wieder in Ordnung zu bringen. Er blieb stehen. Sein Herz klopfte wild.

Könnte er es wirklich tun? Könnte er ihr zuliebe seinen Sohn aufgeben? Logan war das größte aller Geschenke, das größte Opfer. Nein, er hatte schon einen viel zu hohen Preis gezahlt, um ihn zu bekommen. Aber wenn weder er noch sein Sohn glücklich waren, was hatte er dann gewonnen? Nicht das Geringste. Also musste er seine Motive näher untersuchen, seine Seele eingehender ergründen.

In diesem Moment hörte er Logan weinen. Cal lief ins Schlafzimmer, wo der Kleine sich im Bett aufgesetzt hatte, das Gesicht tränenüberströmt. Als er Cal sah, weinte er sogar noch lauter, doch als Cal ihn hochhob, hörte er auf. „Hattest du einen Albtraum, mein Kleiner?", fragte Cal und schob Logan das wirre Haar aus der Stirn.

Das Kind ließ den Kopf kraftlos auf Cals Schulter sinken.

Cal runzelte die Stirn. Irgendetwas stimmte hier nicht. Logans Gesicht und Körper waren heiß, viel zu heiß. Das bedeutete, dass er Fieber hatte. Na, wunderbar, dachte Cal voller Panik. Und was sollte er jetzt tun?

Bevor er eine Antwort darauf finden konnte, gab Logan einen leisen Rülpslaut von sich und übergab sich auf Cals Hemd. Nach dem ersten Schock fing Cal erst mal an, den Kleinen notdürftig sauber zu machen. Logan wurde allerdings von Sekunde zu Sekunde quengeliger.

„Mr Wiggly", jammerte er, wenn auch nicht sehr deutlich.

Zuerst wusste Cal nicht, wovon er sprach, aber dann erinnerte er sich. Mr Wiggly war Logans zottiger kleiner Teddybär, mit dem er immer schlief. Bis zu diesem Moment, wo er sich nicht gut fühlte, hatte Logan ihn offenbar nicht vermisst.

Wo war der Teddy? Cal setzte sich Logan auf die Hüfte, während er unter den Habseligkeiten des Kleinen herumwühlte. Leider konnte er Mr Wiggly auch nach einigen Minuten nicht finden. Inzwischen weinte Logan nicht mehr, er heulte regelrecht.

„Ach, zum Teufel damit", sagte Cal leise, nahm den Jungen und ging auf die Tür zu.

Als er bei Emma ankam, sah es zunächst so aus, als wäre niemand zu Hause. Es war kein Lebenszeichen und kein Licht zu sehen. Vielleicht hatte sie es nicht länger hier ausgehalten, wo sie alles an Logan erinnern musste, und war irgendwohin verschwunden, überlegte er. Wie sollte er sie jetzt finden?

Bevor er in Panik geraten konnte, wollte er es allerdings wenigstens versuchen. Er betrat die Veranda und klingelte, während Logan wieder einen leidvollen Schrei ausstieß. „Pscht, mein Sohn", flüsterte Cal und versuchte ihn zu beruhigen, so gut er konnte.

Er wollte sich schon abwenden und fortgehen, als die Tür doch noch geöffnet wurde. „Emma?", sagte Cal fassungslos. Das konnte nicht sein. Er erkannte sie kaum wieder. In nur zwei Tagen war sie zu einem Schatten ihrer selbst geworden. Sein Herz zog sich schmerzhaft zusammen vor Mitleid und Schuldbewusstsein, aber seine Gefühle waren jetzt nicht wichtig.

Nur Emma war wichtig, und die hatte nur Augen für Logan, der die Arme nach ihr ausstreckte und schrie: „Mama, Mama, Mama!"

„Oh, mein süßes, süßes Baby", schluchzte sie und riss ihn an sich.

Erst, nachdem Logan das Köpfchen an ihre Brust gedrückt hatte und Emma die Wange an seinen Hals, merkte Cal, dass ihm Tränen über die Wangen liefen. Er machte sich nicht einmal die Mühe, sie abzuwischen. „Manchmal braucht ein Kind nun mal seine Mommy", sagte er mit rauer Stimme. Eine Hilflosigkeit, wie er sie noch nie erlebt hatte, drohte ihn zu überwältigen.

„Was ... willst du damit sagen?", fragte Emma leise.

Die Traurigkeit in ihrer Stimme gab ihm den Rest. Cal räusperte sich, um sprechen zu können. „Dass mehr dazu gehört, ein Kind zu betreuen, als ich dachte."

„Was meinst du?"

Cal zögerte nicht mehr. „Du bist seine Mutter, und er braucht dich."

Emma stieß einen leisen Schrei aus und sah Cal fassungslos an. „Ich verstehe nicht. Ich ..." Ihre Stimme brach.

„Du bist seine Mutter, und er braucht dich", wiederholte er und sah ihr tief in die Augen. „Und ich brauche dich auch."

„Heißt das ..." Wieder schien Emma nicht die Kraft aufbringen zu können, weiterzusprechen.

„Dass ich dich liebe, das heißt es. Außerdem möchte ich dich heiraten und für dich und meinen Sohn ein richtiges Zuhause schaffen."

„Oh Cal, ich liebe dich auch", rief sie und weinte, dieses Mal vor Glück. „Ich wünsche mir auch nichts anderes als ein Zuhause mit dir und Logan."

Cal legte beide Arme um sie und Logan und drückte sie so fest an sich, als wollte er sie nie wieder loslassen. „Ich liebe dich so sehr, Emma. Ich glaube nicht, dass ich ohne dich leben kann."

„Ich auch nicht ohne dich, mein Liebling." Emma zog ihn zu sich herunter und gab ihm einen so sehnsüchtigen Kuss, dass Cal zum ersten Mal in seinem Leben wusste, was es hieß, wunschlos glücklich zu sein.

EPILOG

„Mein Herz schlägt nur für dich."
Emma musste das Ohr dicht an Cals Lippen legen, um ihn hören zu können, so schwach war seine Stimme. Aber das war nicht weiter überraschend. Sie hatten gerade einen wahren Sex-Marathon hinter sich, bei dem sie sich beide völlig verausgabt hatten – vor allem Cal, der am Ende besonders aktiv geworden war.

Sie lagen dicht nebeneinander und sahen sich im ersten Licht der Dämmerung an. Noch immer spürte sie Cal in sich. Aus Erfahrung wusste Emma, dass sie nur ein wenig die Hüften bewegen müsste, und schon würde seine Männlichkeit zu neuen Taten erwachen. Ihr wurde allein bei dem Gedanken daran heiß.

„Du willst doch nicht schon wieder?", fragte er amüsiert.

„Wie gut du meine Gedanken lesen kannst."

Cal lachte und gab ihr einen zärtlichen Kuss. „Deinen Körper kann ich sogar noch besser lesen."

Emma lächelte und erwiderte seinen Kuss.

„Und wie haben Sie geschlafen, Mrs Webster?"

„Oh, ich liebe es, wenn Sie meinen neuen Namen aussprechen, Mr Webster. Und auf Ihre Frage – nicht sehr viel", sagte sie spitzbübisch.

Cal lachte wieder und küsste sie auf die Nase. „Ich liebe dich."

Emma wurde ernst. „Bist du wirklich mein Mann?"

Er nahm eine ihrer Hände und hielt sie an seine Lippen. Nachdem er jeden Finger geküsst und die Handfläche sinnlich mit der Zunge berührt hatte, sagte er: „Seit genau einem Monat sind wir Mann und Frau, Mrs Webster."

Sie seufzte zufrieden auf. „Nur weiter so, Mr Webster. Ich kann nicht genug davon bekommen." Wenn sie so wie jetzt dicht an Cal geschmiegt dalag, wusste sie ohne jeden Zweifel, dass sie zusammengehörten und dass sie nie etwas Klügeres getan hatte, als diesen Mann zu heiraten. Und das, obwohl ihr Vater seit der Hochzeit kein Wort mehr mit ihr gesprochen hatte.

„Du denkst an deinen Vater", sagte Cal.

„Du liest schon wieder meine Gedanken."

„Stört dich das?"

„Nein, natürlich nicht."

„Das mit Patrick tut mir leid", sagte er ernst. „Ich weiß, wie sehr es dich bedrückt."

Sie seufzte. „Ich gebe zu, dass es wehtut, aber die Entscheidung liegt ganz bei Dad. Ich kann nichts tun, um ihn zu versöhnen."

„Glaubst du, er bedauert euren Bruch?", fragte Cal.

„Vielleicht. Wer weiß?" Cal musste den Kummer in ihrer Stimme gehört haben, denn er zog sie dichter an sich. „Ich hoffe immer noch, dass er zur Vernunft kommt und einsieht, was er aufgegeben hat. Aber ich weiß nicht. Vielleicht wird er es mir nie verzeihen, dass ich dich geheiratet habe."

„Es tut mir leid, dass ich es bin, der zwischen euch steht."

„Hör auf, dich dafür zu entschuldigen, Cal. Dich trifft keine Schuld. Wie ich schon sagte, Daddy hat selbst beschlossen, unsere Ehe nicht zu billigen und uns den Rücken zu kehren. Und nicht nur uns, sondern auch Logan."

„Ich verstehe ja, wieso Patrick wütend auf dich ist, aber es ist unglaublich, dass er sich sogar von seinem Enkel fernhält."

„Ich verstehe es auch nicht", sagte Emma traurig. „Vielleicht wird die Zeit seine Wunden heilen und seine Einstellung ändern."

Sie waren eine Weile still. Schließlich fragte Emma: „Bedauerst du auch bestimmt nicht, dass du den Job in Venezuela ablehnen musstest?"

Cal seufzte und küsste sie auf die Nase. „He, ich habe dir doch gesagt, dass ich nichts bedaure. Der Job in der Sicherheitsfirma, die ich hier leite, ist genauso interessant."

„Ich hoffe, das meinst du auch ernst. Vergiss bitte nicht, dass ich dir angeboten habe, mit dir zu gehen."

„Ich weiß, mein Schatz, und ich bin dir dankbar dafür. Aber da ich jetzt dich und Logan habe, zieht es mich nirgendwohin." Er küsste sie, dieses Mal auf den Mund und ein wenig länger. „Außerdem hast du hier dein eigenes Geschäft, das dir Spaß macht, obwohl du gezwungen warst, nach dem hirnlosen Überfall fast wieder von vorn anzufangen."

Emma zuckte noch immer zusammen, wenn sie an den erschreckenden Zwischenfall dachte. Die Polizei hatte zwei Jugendliche festgenommen, die die Tat gestanden hatten und vor ein Jugendgericht gekommen waren. Ihr Alter sorgte allerdings dafür, dass ihre Strafe nicht allzu hart ausfiel, wofür Emma dankbar war.

Sobald die Gärtnerei wieder aufgeräumt war, hatte sie beschlossen, sie zu modernisieren und einige längst notwendige Veränderungen vorzunehmen. Eine dieser Veränderungen war die Schaffung eines weiteren Raums in der Gärtnerei, in dem die Kunden Geschenke und Mitbringsel kaufen konnten. Sie hatte die Anschaffung des vielen schönen Krimskrams genossen.

Mehr als alles andere hatte sie allerdings genossen, Ehefrau und Mutter zu sein.

„Was geht in deinem hübschen Köpfchen vor?", fragte Cal und strich zärtlich über ihre Brustspitzen.

Emma stöhnte genießerisch auf. „Wenn du nicht aufhörst, kann ich nicht antworten."

„Oh, ich bin sicher, du kannst mehr als zwei Dinge auf einmal tun", neckte er sie und hörte nicht mit seiner süßen Quälerei auf.

Emma lächelte. „Ich dachte gerade, wie sehr ich es liebe, Ehefrau und Mutter zu sein. Und eben weil ich Mutter bin, kamen mir wieder die beiden Jungen in den Sinn, die in die Gärtnerei eingebrochen sind."

„Unser Sohn wird nicht werden wie sie. Wir werden ihm so viel Liebe schenken, dass er von Anfang an weiß, was für ein besonderer Junge er ist."

„Machst du Witze? Das weiß er jetzt schon, so wie du ihn verwöhnst."

„Ich? So etwas würde ich doch nie tun."

Sie lachte und küsste ihn lange und leidenschaftlich.

„Du liebe Güte, Weib", flüsterte er. „Spürst du, was du mir antust?"

„Oh ja, ich spüre sehr wohl etwas." Emma lachte und drängte sich ihm entgegen.

Eine ganze Weile war ihr lustvolles Stöhnen und Seufzen zu hören, doch dann meldete sich Logan per Babyfon.

„Mommy, Daddy."

Sie sahen sich lange in die Augen, und dann sagte Cal: „Unser Kind ruft uns, mein Schatz."

Emma griff nach seiner Hand. „Danke, dass du mich so liebst, Cal."

Er küsste sie und sagte leise: „Wie könnte ich denn anders, Emma?"

Nach einem letzten langen und atemlosen Kuss stiegen sie aus dem Bett. Cal zog seine Pyjamahose an und Emma das Pyjamaoberteil. Dann gingen sie Hand in Hand aus dem Zimmer, um nach ihrem Sohn zu sehen.

– ENDE –

Penny Jordan

Im Rosengarten der Liebe
Roman

Aus dem Englischen von
Irmgard Sander

1. KAPITEL

Sie war spät dran. In letzter Zeit bin ich immer spät dran, dachte Geraldine müde, während sie eilig die Straße überquerte.

In der Nähe der Zeitarbeits-Agentur, die sie mit Computer-Programmieraufträgen versorgte, hatte sie keinen Parkplatz bekommen, weshalb sie jetzt quer durch die Stadt laufen musste. Auch wenn es kein langer Weg war, verlor sie dabei kostbare Zeit, in der sie kein Geld verdiente, Zeit, in der sie ...

Ärgerlich verdrängte sie diese Gedanken. Es gab für Geraldine eine strikte Regel: Sobald sie das Haus verließ, um Tante May zu besuchen, stellte sie ihre persönlichen Probleme und vor allem ihre Geldsorgen hinten an, denn sie durfte ihre Tante nicht beunruhigen. Tante May brauchte all ihre Kraft, wenn sie wieder gesund werden sollte.

Wenn ... Es gibt kein Wenn, redete sich Geraldine energisch ein. Natürlich würde Tante May sich erholen. Hatten die Schwestern im Hospiz nicht erst vergangene Woche gesagt, wie gut sie sich mache und was für eine wundervolle Patientin sie sei?

Gedankenversunken blieb Geraldine stehen. Tante May ... Genau genommen war sie ihre Großtante, eine unverwüstliche Dame von über siebzig, die Geraldine nach dem tragischen Tod ihrer Eltern bei einem Flugzeugabsturz bei sich aufgenommen hatte. Mit Liebe und Verständnis hatte sie Geraldine geholfen, den schrecklichen Verlust zu überwinden, und sie mit so viel Güte und Weisheit großgezogen, dass sich Geraldine im Nachhinein als echtes Glückskind fühlen konnte. Auch als Geraldine dann flügge wurde, mit Bravour die Universität absolvierte und schließlich nach London ging, um dort Karriere zu machen, hatte ihre Tante jeden ihrer Schritte ermutigt und unterstützt.

Intelligent, zielstrebig und ehrgeizig, erklomm Geraldine in rasantem Tempo die Karriereleiter. Unter Kollegen galt sie als echter „Senkrechtstarter", und sie war stolz auf diesen Titel gewesen. Entschlossen hatte sie sich ganz auf die Verwirklichung ihrer beruflichen Ziele konzentriert. Gedanken an eine ernsthafte Beziehung und vielleicht eine eigene Familie verschob sie auf später, wenn sie alles erreicht haben würde, was sie sich vorgenommen hatte.

Natürlich war sie auch während dieser Zeit mit ihrer Tante in Verbindung geblieben, hatte regelmäßig das Weihnachtsfest und einen Teil ihres Urlaubs bei ihr verbracht. Umgekehrt hatte Tante May sie hin und wieder in ihrem kleinen Apartment in einem der neuen luxuriösen Wohnblocks im Hafenviertel besucht, das Geraldine gekauft hatte, obwohl die Immobilienpreise damals einen horrenden Höchststand erreicht hatten. Sie hatte kein Risiko darin gesehen, denn ihr beruflicher Werdegang schien ihr klar vorgezeichnet, nichts schien ihren weiteren Aufstieg verhindern zu können.

Doch dann kam der Augenblick, da sich ihr gesamtes Leben schlagartig verändern sollte. Sie hatte sich spontan entschlossen, ein paar unerwartete Urlaubstage bei ihrer Tante in Manchester zu verbringen, und wurde zum ersten Mal mit Tante Mays schwerer Krankheit konfrontiert. Eine „Wucherung", ein „Tumor", wie auch immer die Ärzte es noch so vorsichtig umschrieben, letztlich gab es keine Möglichkeit, an der schrecklichen Wahrheit vorbeizusehen.

Geraldine hatte sofort Sonderurlaub genommen, ohne sich um die Einwände ihrer Tante zu scheren, die sie immer wieder drängte, nach London zurückzukehren und sich um ihr eigenes Leben zu kümmern. Entschlossen hatte sie ihre Tante in verschiedenen Krankenhäusern untersuchen lassen und sich das Urteil von Spezialisten eingeholt. Als dann die Fakten unverrückbar auf dem Tisch lagen, war Geraldine nach London zurückgekehrt ... aber nur, um ihre Kündigung einzureichen und ihr Apartment zu verkaufen, zu einem Preis, der gerade die Ablösung ihrer Hypothek abdeckte.

Dann war sie zusammen mit ihrer Tante aufs Land gezogen, denn Tante May, die einen Großteil ihres Lebens in der grauen Vorstadt von Manchester verbracht hatte, hatte immer von einem Häuschen in einer der idyllischen Kleinstädte von Cheshire geträumt. Um das kleine Cottage zu erwerben, hatte Geraldine sich jedoch erneut hoch verschulden müssen, und die jüngsten Zinssteigerungen drohten ihre finanzielle Misere ins Hoffnungslose zu verschlimmern. Wie viel Arbeit sie sich auch aufhalste, die Aufträge über die Agentur brachten ihr nicht annähernd das Einkommen, das sie bei ihrer Qualifikation in London hätte erreichen können. Und inzwischen waren zu den übrigen Belastungen die beträchtlichen Kosten für die Unterbringung ihrer Tante in einem speziellen, nur wenige Meilen entfernten Hospiz dazugekommen.

Auch an diesem Tage befand sich Geraldine wie jeden Vormittag und jeden Abend auf dem Weg, um Tante May zu besuchen und etwas Zeit mit ihr zu verbringen. Und wie stets würde sie sich alle Mühe geben, sich nicht anmerken zu lassen, mit welcher Angst sie die sichtliche Gebrechlichkeit der Kranken erfüllte. Wie stets würde sie im Stillen verzweifelt darum beten, dass Tante May den Kampf nicht aufgeben und sich doch noch erholen würde ...

Erst die Krankheit ihrer Tante hatte Geraldine bewusst gemacht, dass sie ohne Tante May ganz allein auf der Welt sein würde. Diese Erkenntnis hatte in ihr eine beklemmende Furcht ausgelöst, die sie einfach nicht in den Griff bekam und die ihr zudem für eine Frau von annähernd dreißig unpassend erschien. Natürlich liebte sie Tante May, und natürlich wünschte sie sich, dass es ihr besser gehen würde. Aber das rechtfertigte nicht diese bodenlose Angst, dieses verzweifelte Gefühl des Verlassenseins. Was Geraldine jetzt durchmachte, war noch viel schlimmer als das, was sie nach dem Tod ihrer Eltern durchlitten hatte. Gelegentlich stand sie kurz davor, gänzlich die Kontrolle zu verlieren und in einem Abgrund von Verzweiflung zu versinken.

Dabei hatte sie sich bisher immer eingebildet, eine vernünftige, reife Frau zu sein, die sich nicht von heftigen Gefühlen hinreißen ließ. Nun aber ertappte sie sich dabei, wie sie mit dem Schicksal haderte und handelte und zu jedem Gelöbnis bereit war, wenn es ihrer Tante nur besser gehen würde. Und doch gab es Tage, besonders schlimme Tage, an denen sie das Gefühl hatte, dass Tante May ihr langsam und unaufhaltsam entglitt ...

Jetzt befand sie sich wieder auf dem Weg zu der Kranken und musste sich beeilen, um noch rechtzeitig zur Besuchszeit zu kommen. Ihre Arme schmerzten von dem schweren Stapel Arbeitsunterlagen, den sie mit sich schleppte. Die Agenturinhaberin hatte sie zweifelnd angesehen, als sie wieder einmal um zusätzliche Arbeit gebeten hatte. Oh, es lagen mehr als genug Aufträge an, und so qualifizierte und tüchtige Mitarbeiterinnen wie Geraldine waren rar, aber war es wirklich klug, wenn sie sich derart mit Arbeit überlastete?

Geraldine seufzte. Sie brauchte das Geld. Allein die Hypothekenraten ... Erst vergangene Woche hatte sie die Bank aufgesucht, um zu erkunden, ob es nicht eine Möglichkeit gab, die erdrückende monatliche Belastung zu verringern. Der Manager hatte sehr verständnisvoll reagiert und hatte ihr schließlich den Vorschlag gemacht, einen Untermieter bei sich aufzunehmen. Da sich in der Gegend momentan eine Vielzahl neuer Unternehmen ansiedelten, von denen viele Ableger von großen internationalen Konzernen waren, gab es einen wachsenden Bedarf für Mietunterkünfte.

Ein Untermieter war tatsächlich das Letzte, was sich Geraldine in ihrer Situation wünschte. Sie hatte das Cottage für Tante May gekauft, weil sie wusste, dass ihre Tante immer von einem solchen Altersruhesitz geträumt hatte, und sie war entschlossen, es niemals zu verkaufen oder aufzugeben. Genauso wie Tante May ihren Kampf um ihr Leben nicht aufgeben würde. Ihre finanzielle Misere zwang sie nun, den Vorschlag des Bank-Managers ernsthaft in Betracht zu ziehen, wenn sie das Cottage halten wollte.

Für denselben Abend, kurz bevor sie erneut zur abendlichen Besuchszeit ins Hospiz fahren würde, hatte sich bereits ein Interessent angesagt ... der mögliche Untermieter, den sie nicht wollte. Ein Mann, wobei diese Tatsache für Geraldine eigentlich keinen Unterschied machte. Sie hatte lange genug in London gelebt, um zu wissen, dass Männer und Frauen gemeinsam unter einem Dach wohnen konnten, ohne dass auch nur die Andeutung einer sexuellen Beziehung zwischen ihnen entstehen musste. Nein, es war nicht das Geschlecht ihres möglichen Untermieters, das sie von vornherein gegen ihn einnahm, sondern allein die Notwendigkeit, überhaupt einen Untermieter bei sich aufnehmen zu müssen.

Die Turmuhr der nahe gelegenen Kirche schlug zur vollen Stunde und schreckte Geraldine aus ihren Gedanken. Rasch eilte sie weiter und prallte mit voller Wucht mit einem entgegenkommenden Mann zusammen. Der Mann trat zur Seite, Geraldine ebenfalls, sodass sie sich wieder den Weg versperrten und automatisch fast gleichzeitig zur anderen Seite auswichen.

Der Mann setzte dem Spiel schließlich ein Ende, indem er einfach stehen blieb und lächelnd vorschlug: „Was halten Sie davon, wenn ich jetzt einfach stehen bleibe und Sie um mich herumgehen?"

Er war sehr groß und athletisch gebaut, mit breiten Schultern und schmalen Hüften, und machte den Eindruck eines Mannes, der entweder einer beruflichen Tätigkeit oder mindestens einer sportlichen Betätigung im Freien nachging. In jedem Fall wirkten seine Bewegungen geschmeidig und durchtrainiert, und als Geraldine in ihrer Ungeduld ins Stolpern geriet, streckte er reaktionsschnell eine Hand aus, um sie zu stützen.

Seine unpersönliche Berührung setzte in Geraldine die merkwürdigsten Empfindungen frei. Sie erstarrte und schaute dem Mann direkt ins Gesicht, ohne sich der Mischung aus Panik und Angst bewusst zu sein, die sich in ihren großen Augen spiegelte.

Der Mann lächelte immer noch, goldbraune Augen blitzten amüsiert in dem sonnengebräunten Gesicht. Sein dichtes dunkles Haar schimmerte in der Morgensonne.

Er war attraktiv, wie Geraldine sich flüchtig eingestand. Zumindest sofern man zu den Frauen zählte, die eine Schwäche für Männer mit Macho-Ausstrahlung besaßen. Sie persönlich hatte immer den Verstand der Muskelkraft vorgezogen, und in diesem Moment hätte sie keines von beidem reizen können.

Verärgert und aus einem ihr unerfindlichen Grund auch seltsam verunsichert, reagierte sie überempfindlich. Anstatt das warme Lächeln ihres Gegenübers zu erwidern, sah sie ihn grollend an und sagte schroff: „Würden Sie mich bitte loslassen und mir aus dem Weg gehen?"

Fünf Minuten später stand Geraldine, immer noch ärgerlich, an einer roten Fußgängerampel und wartete ungeduldig auf Grün, um zu dem Parkplatz auf der anderen Straßenseite zu gelangen. Zufällig erhaschte sie in einem Schaufenster einen Blick auf ihr eigenes Spiegelbild. Ihre Brauen waren düster zusammengezogen, ihre Lippen aufeinandergepresst, ihre Haltung wirkte starr und angespannt.

Als die Ampel umsprang und Geraldine die Straße überquerte, ging es ihr durch den Kopf, dass ihr das Bild in dem Schaufenster gar nicht gefallen hatte. Es hatte ihr schlagartig vor Augen geführt, wie sehr diese vergangenen Monate sie verändert, sie ihres Humors und ihrer optimistischen Lebenseinstellung beraubt hatten.

Nachdenklich ging sie zu ihrem Wagen, um die Arbeitsunterlagen auf dem Rücksitz zu verstauen. Dabei rief sie sich unbehaglich ins Gedächtnis, wie sie auf den Mann auf der Straße, mit dem sie zusammengeprallt war, reagiert hatte. Er hatte lediglich gut gelaunt versucht, dieses kleine, unbedeutende Ärgernis mit einem freundlichen Lächeln aufzulösen. Tante May wäre über ihr Verhalten entsetzt gewesen. Sie hatte stets nicht nur auf gutes Benehmen Wert gelegt, sondern vor allem auch auf die Notwendigkeit, ihren Mitmenschen immer mit Herzlichkeit und Freundlichkeit zu begegnen. Tante May war noch von der alten Schule und hatte Geraldine in ihrer Erziehung eine Reihe von Wertvorstellungen und Verhaltensregeln mit auf den Weg gegeben, die im modernen Alltag vielleicht nicht immer die richtige Wertschätzung erfuhren.

Beschämt erkannte Geraldine, dass ihre Zeit in London und der Stress der vergangenen Monate sie verhärtet hatten. Sie fing an, die rücksichtsvolle Einstellung gegenüber anderen, die ihrer Tante immer so wichtig gewesen war, zu vergessen. Zu spät wünschte sie sich, sie wäre weniger schroff zu dem Unbekannten gewesen, hätte seine Freundlichkeit mit gleichem Humor erwidert, anstatt so unhöflich zu reagieren. Nun, es war nicht wahrscheinlich, dass sie ihm noch einmal begegnen würde, und das war auch gut so. Denn Geraldine war nicht entgangen, wie angesichts ihrer groben Unhöflichkeit sein freundliches Lächeln erstorben und von einem reservierten, fast strengen Ausdruck verdrängt worden war.

Müde schloss Geraldine die Eingangstür zu dem kleinen Cottage auf. Nach dem Besuch in dem Hospiz fühlte sie sich erschöpft und tief verängstigt. Wie sehr sie sich auch bemühte, es zu verleugnen, sie konnte einfach nicht mehr übersehen, dass ihre Tante zunehmend schwächer und erschreckend zerbrechlich wurde, sodass auf seltsame, unbeschreibliche Weise ihre Haut schon fast durchscheinend wirkte. Gleichzeitig war sie so ruhig, ganz im Frieden mit sich, fast abgehoben ... als habe sie bereits damit begonnen, sich von Geraldine, von der Welt, vom Leben zu entfernen. Und das war es, was Geraldine am meisten erschreckte.

„Nein! Nein!", schrie Geraldine verzweifelt auf und schlug sich zitternd die Hand vor den Mund. Sie wollte Tante May nicht verlieren, wollte nicht ...

Sie wollte nicht allein gelassen werden wie ein Kind, das im Dunkeln weint. Das ist egoistisch, tadelte sie sich kritisch. Sie dachte nur an ihre Gefühle, an ihre Bedürfnisse, und nicht an die ihrer Tante.

Während des gesamten Besuchs hatte sie mit verzweifelter Fröhlichkeit von dem Cottage und dem Garten erzählt und dabei ihrer Tante immer wieder versichert, dass sie ja bald nach Hause kommen und das alles selbst sehen würde ... als ob ein spezieller Zauber in diesen Worten läge, der ihre Wünsche wahr werden lassen könnte. Sie hatte von der herumstreunenden Katze erzählt, die ihr zugelaufen war, und von den besonderen Rosenbüschen, die sie noch gemeinsam im Herbst gepflanzt hatten und deren erste zarte Knospen schon bald zu prachtvollen Blüten erblühen würden. Ihre Tante war von ihnen beiden die passionierte Gärtnerin, die sich immer gewünscht hatte, einmal zu ihren Wurzeln zurückzukehren, in die idyllische Kleinstadtatmosphäre, in der sie selbst aufgewachsen war.

Deshalb hatte Geraldine das Cottage überhaupt nur gekauft ... für

Tante May, die jetzt nicht mehr hier wohnte, für Tante May, die ...

Sie spürte Panik und Furcht in sich wachsen, und wie stets kämpfte sie mit aller Macht dagegen an. Sie hatte Angst vor diesen Gefühlen, wollte sich ihnen nicht stellen. Sie hatte buchstäblich eine Todesangst davor, ihre Tante zu verlieren.

Das Cottage war klein: Im Obergeschoss gab es drei kleine Schlafzimmer und eine Rumpelkammer, die Geraldine zu ihrem Arbeitszimmer umgewandelt hatte. Unten waren eine große Wohnküche, ein kleines, gemütliches Wohnzimmer und sogar ein Esszimmer, das Geraldine und ihre Tante jedoch nie benutzt hatten, weil sie es in der Küche wohnlicher fanden. Der Garten war ein wahres Paradies für einen Gartenfreund: groß und verwildert mit alten Obstbäumen, Beerensträuchern, Rabatten, Gemüsebeeten und einem kleinen Fischteich. Aber nicht sie, Geraldine, sondern Tante May war die begeisterte Gärtnerin, und Tante May ...

Geraldine schluckte die Tränen hinunter, als sie sich an Tante Mays Gesichtsausdruck beim Anblick des Cottage erinnerte. Die staunende, fast kindliche Begeisterung der alten Dame hatte Geraldine veranlasst, alle Bedenken in den Wind zu schlagen und das Cottage zu kaufen, auch wenn sie wusste, dass sie es sich kaum leisten konnte. Sie hatte es für Tante May gekauft. Fast drei Monate hatten sie noch gemeinsam dort verlebt, bevor der zunehmende gesundheitliche Verfall der Tante die Unterbringung in einem Pflegehospiz erforderlich machte.

Energisch verbot sich Geraldine, zu weinen und in Selbstmitleid zu verfallen. Stattdessen trug sie den Stapel mit den neuen Aufträgen nach oben. Damit würde sie für den gesamten Nachmittag und nach ihrer Rückkehr aus dem Hospiz bis weit in die Nacht beschäftigt sein, aber das machte ihr nichts aus. Sie brauchte das Geld, wenn sie das Cottage halten wollte, und sie musste das Cottage halten, damit Tante May etwas hatte, wohin sie nach Hause kommen konnte, wenn sie irgendwann in der Lage war, das Hospiz wieder zu verlassen. Und sie würde es wieder verlassen. Sie würde nach Hause kommen. Sie musste nach Hause kommen.

In ihrem winzigen Arbeitszimmer legte Geraldine die Arbeitsunterlagen auf den Schreibtisch und setzte sich an ihren Computer. Der Dachboden des alten Cottage hatte im Laufe der Zeit vermutlich Hunderten von Generationen von Schwalben ein Heim gewährt. Während Geraldine nun konzentriert arbeitete, machten sich die jüngsten

Dachbewohner über ihrem Kopf wie üblich durch Scharren und Zirpen bemerkbar. Anfangs hatte sie sich durch diese Geräusche gestört gefühlt, aber inzwischen waren sie ihr vertraut und lieb geworden.

Ursprünglich war das Cottage eine Landarbeiterunterkunft gewesen, dann aber irgendwann verkauft worden zusammen mit dem Land, auf dem es stand. Erstklassiges Bauland und ein lukratives Terrain für Grundstücksspekulanten, wie der Immobilienmakler Geraldine versichert hatte. Die Größe des Grundstücks hätte ohne Weiteres einen Ausbau des Cottage zugelassen, und seine idyllische Lage inmitten von Farmland am Ende eines Feldwegs war praktisch garantiert. Aber Geraldine konnte sich eine Erweiterung des Hauses nicht leisten, selbst wenn sie es gewollt hätte. Sie konnte kaum die monatlichen Hypothekenraten aufbringen, und dann waren da noch die Kosten für Tante Mays Pflegeplatz, für ihren eigenen Lebensunterhalt und für das kleine Auto, das seit Tante Mays Unterbringung in dem Hospiz für Geraldine unerlässlich geworden war.

Ihr Kopf begann zu schmerzen, die Buchstaben auf dem Bildschirm verschwammen vor ihren Augen. Müde rieb sich Geraldine die Augen, warf einen Blick auf die Uhr und wollte kaum glauben, wie lange sie schon wieder am Rechner saß. Seufzend lehnte sie sich zurück und reckte die verspannten Schultern.

Sie war nicht sehr groß, knapp über einen Meter sechzig, und dabei sehr schlank und zierlich. In den vergangenen Monaten hatte sie zusätzlich abgenommen, sodass ihre zarten ovalen Gesichtszüge mit den ernsten grauen Augen allmählich fast abgezehrt wirkten und den großen Stress verrieten, unter dem sie litt. Ihr blondes Haar, das sie in London immer zu einer raffinierten, gepflegten Frisur hatte schneiden lassen, war inzwischen so gewachsen, dass es ihr über die Schultern fiel. Sie besaß weder das Geld noch die Energie für regelmäßige Friseurbesuche. Die natürliche bleichende Wirkung der Sonne hatte die kunstvollen Strähnchen des teuren Londoner Coiffeurs ersetzt, und ihr Teint hatte durch den ständigen Aufenthalt in der frischen Landluft einen sanften Goldton erhalten.

Geraldine hatte sich selbst nie für eine besonders sinnliche oder sexuell attraktive Frau gehalten, aber es war auch nie ihr Wunsch gewesen, so zu wirken. Natürlich hatte es Bewunderer gegeben: Männer, die wie sie zu sehr auf ihre Karriere konzentriert gewesen waren, um sich dauerhaft binden zu wollen; Männer, die sie zwar bewunderten und ihre Gesellschaft suchten, aber auch ihre ausschließliche Ausrichtung auf ihre berufliche Karriere zu schätzen wussten. Männer, die sie respektierten.

Ja, ihre Karriere war der alleinige Mittelpunkt ihres Lebens gewesen ... bis sie erkannt hatte, wie krank Tante May tatsächlich war. Anfänglich hatte ihre Tante heftig protestiert, dass es keinen Grund für Geraldine gebe, ihre Karriere und ihr wohlgeplantes Leben aufzugeben, aber sie hatte diese Einwände ebenso ignoriert wie die Andeutungen einiger ihrer Londoner Freunde, sie habe ihre Entscheidung nur aus Pflichtgefühl getroffen. Denn Geraldine wusste, dass es aus Liebe geschehen war. Nicht mehr und nicht weniger. Seitdem hatte sie ihren Entschluss nie bedauert. Im Gegenteil, wenn sie etwas bereute, dann allein die Tatsache, dass sie so sehr mit ihrem eigenen Leben beschäftigt gewesen war, dass sie nicht früher erkannt hatte, was mit ihrer Tante los war. Diesen Egoismus würde sie sich nie verzeihen, auch wenn Tante May ihr immer wieder versicherte, dass sie selbst fahrlässig gehandelt habe, weil sie frühzeitige Warnsignale einfach ignoriert hatte.

Das Geräusch eines Autos auf dem holprigen Feldweg kündigte die Ankunft des möglichen Untermieters an. Laut Geraldines Information war er ein erfolgreicher Unternehmer aus London, dessen Unternehmensgruppe vor Kurzem eine kleine örtliche Firma übernommen hatte. Deshalb suchte er für die nächsten Monate, solange die finanzielle Abwicklung und die nötigen Umstrukturierungen dauerten, eine Unterkunft in der Gegend.

Geraldine wusste nicht viel über den Mann, außer dass sich die Agentur, für die sie arbeitete, für seine Achtbarkeit und Vertrauenswürdigkeit verbürgte. Im ersten Moment hatte Geraldine Zweifel geäußert, warum der wohlhabende Präsident einer fortschrittlichen und gewinnträchtigen Unternehmensgruppe aus London ein Zimmer zur Untermiete suchte, anstatt sich irgendwo in der Nähe ein Haus zu mieten. Aber Louise Mather, die Inhaberin der Agentur, die ihr in den vergangenen Monaten eine echte Freundin geworden war, hatte sie mit dem Hinweis beruhigt, Mitch Fletcher entspreche eben nicht den gängigen Vorstellungen von einem erfolgreichen Unternehmer. Als er sich an die Agentur wegen der erforderlichen Neueinstellungen um Hilfe gewandt hatte, hatte er Louise gesagt, er brauche lediglich einen Ort zum Schlafen, wo er weitgehend ungestört bleiben würde. Dafür war er allerdings bereit, sehr gut zu zahlen, und nicht zuletzt deshalb hatte

Louise Geraldine gedrängt, mit ihm einen Termin zu machen, weil er die Lösung ihrer finanziellen Schwierigkeiten darstelle.

Müde stand Geraldine auf und musste sich einen Moment an der Rückenlehne ihres Schreibtischstuhls festhalten, weil ihr schwindelig wurde. Erst da wurde ihr richtig bewusst, dass sie seit dem Abendessen am Vortag nichts mehr gegessen hatte, und selbst da hatte sie nur lustlos in ihrem Essen herumgestochert. Vielleicht würde sie sich eher zwingen, wieder vernünftiger zu essen, wenn sie in Zukunft einen Untermieter mit Mahlzeiten zu versorgen hatte? In den letzten Wochen, seit Tante May in dem Hospiz war, war es ihr immer schwerer gefallen, für sich allein etwas Richtiges zuzubereiten, um es dann einsam und allein an ihrem Küchentisch zu essen. Je mehr die Besuche bei ihrer Tante sie bedrückten und ängstigten, desto häufiger kam es vor, dass sie ganz auf Essen verzichtete. Auch das zehrte natürlich an ihren Kräften, die sie doch so dringend brauchte.

Sie sah aus dem Fenster auf den Wagen, der in diesem Moment vor dem Gartentor hielt. Eine stahlgraue BMW-Limousine, die in ihrer sportlichen Eleganz vor dem bescheidenen Häuschen ziemlich fehl am Platz wirkte.

Auf dem Weg nach unten sagte sich Geraldine, dass Mitch Fletcher ihr Cottage vermutlich schon als unangemessen abschrieb, noch bevor sie überhaupt die Tür geöffnet hatte. Sie selber scheute davor zurück, ihr Haus mit einem anderen zu teilen, hatte Angst vor den unvermeidlichen Veränderungen für ihr Leben und fürchtete vor allem, dass sie dann nicht mehr in der Lage sein würde, jede freie Minute am Krankenbett ihrer Tante zu verbringen.

Als sie die Tür öffnete, erstarben ihr die wohlüberlegten höflichreservierten Begrüßungsworte auf den Lippen. In sprachloser Verwirrung starrte sie den Mann an, den sie sofort erkannt hatte.

Ehe es ihr gelang, sich wieder zu fassen, hatte er die Initiative an sich gerissen, indem er Geraldine grüßend die Hand entgegenstreckte und sagte: „Miss Barnes? Mitchell Fletcher. Ich habe von Louise Mather erfahren, dass Sie bereit wären, ein Zimmer zu vermieten. Louise hat Sie vermutlich über meine Situation unterrichtet: Ich suche eine vorübergehende Bleibe, solange ich hier in der Gegend zu tun habe."

Noch während er sprach, ging er vor, und Geraldine wich automatisch zur Seite, damit er eintreten konnte. Sie wusste nicht, dass ihr Gesicht bis dahin im Halbdunkel ihrer kleinen Diele nur unvollständig zu sehen gewesen war, sodass Mitch Fletcher sie keineswegs ebenfalls sofort erkannt hatte. Erst als er nun stutzte und sich seine Miene schlagartig veränderte, begriff Geraldine, dass er sie in diesem Moment als die Frau wiedererkannt hatte, mit der er am Vormittag den eher unerfreulichen Zusammenstoß erlebt hatte, und dass er überdies nicht sehr erfreut war, ihr wieder zu begegnen.

Seine Reaktion weckte in ihr erneut Schuldgefühle und Unbehagen. Nach ihrem unhöflichen Verhalten am Morgen hatte sie sich damit getröstet, dass sie dem Mann höchstwahrscheinlich nie wieder begegnen würde. Offenbar hatte sie sich gründlich geirrt. Nun errötete sie unter seinem durchdringenden Blick, der sie mit unangenehmer Deutlichkeit an ihre große Unfreundlichkeit erinnerte. Für einen Moment verspürte sie den kindischen Wunsch, Mitch Fletcher die Tür vor der Nase zuzuschlagen, um diesem Blick zu entgehen.

Vernunft und gute Manieren siegten. Mitch Fletcher schien darauf zu warten, dass sie etwas sagte, und da er bereits in ihrer Diele stand, blieb Geraldine nichts anderes übrig, als gute Miene zum bösen Spiel zu machen. So gut es ging, musste sie so tun, als habe es den unliebsamen Vorfall zwischen ihnen nie gegeben und als hätten sie und Mitch Fletcher sich nicht bereits entschieden, dass sie niemals unter einem Dach wohnen könnten.

„Ja, Louise hat mir Ihre Situation erklärt", sagte sie deshalb höflich. „Wenn Sie bitte in die Küche weiterkommen. Dort können wir alles Weitere besprechen." Was ihre persönliche Lage betraf, so hatte sie Louise ausdrücklich gebeten, Mitch Fletcher gegenüber weder ihre Tante noch deren Krankheit zu erwähnen, denn es sollte nicht so aussehen, als wollte sie um sein Mitleid werben.

Die späte Nachmittagssonne tauchte die gemütliche Wohnküche in goldenes Licht. Es war Tante Mays Lieblingsraum, weil er sie, wie sie Geraldine gleich bei der ersten Besichtigung verraten hatte, an das Zuhause erinnerte, das sie als kleines Mädchen gekannt hatte. Das hatte Geraldine veranlasst, ihre eigenen Pläne für eine Modernisierung der Küche sofort zu verwerfen und alles so zu belassen, wie es war: den uralten Kohleofen ebenso wie die freistehenden, massiven Küchenschränke und die Anrichte. Ihrer Tante zuliebe wollte sie alles tun, um die wohnliche Atmosphäre des Raumes zu erhalten, auch wenn es gelegentlich etwas mühsam war, die Steinspüle zu schrubben und mit den Tücken des altertümlichen Ofens zurechtzukommen.

Als Geraldine Mitch Fletcher nun in die Küche führte, erwartete sie, in seinen zugegebenermaßen faszinierenden goldbraunen Augen etwas wie Abneigung oder zumindest Spott zu entdecken, denn die altmodische Ausstattung stand ja in krassem Gegensatz zu den Wundern moderner Technik, an die er zweifellos gewohnt war. Zu ihrer Überraschung schien Mitch der Raum jedoch zu gefallen.

Prüfend strich er mit der Hand über die massive Anrichte und bemerkte anerkennend: „Mitte neunzehntes Jahrhundert, nicht wahr? Ein besonders schönes Stück. Solide handwerkliche Arbeit. Ein gelungenes, schlichtes Möbelstück ohne unnötigen Firlefanz. Gutes Design ist eines meiner Hobbys", fügte er erklärend hinzu. „Deshalb ..." Er verstummte und fuhr in merklich ironischem Ton fort: „Verzeihen Sie. Meine Ansichten über moderne Möbel werden Sie kaum interessieren, und ich weiß, wie wenig Sie wünschen, dass ich Ihnen Ihre kostbare Zeit stehle."

Geraldine schoss das Blut heiß in die Wangen, denn sie glaubte, er spiele auf ihre ungeduldige Gereiztheit am Morgen an. Doch Mitch setzte hinzu: „Louise Mather hat mich bereits vorgewarnt, dass es in Ihrem Interesse ist, dieses Gespräch möglichst kurz zu halten. Überdies hat sie mich darauf hingewiesen, dass Sie nach einem Untermieter suchen, der Ihre Zeit so wenig wie möglich beansprucht." Er betrachtete sie mit einer Mischung aus Spott und Neugier. „Falls es Ihnen nicht zu persönlich erscheint ... Darf ich fragen, warum Sie überhaupt einen Untermieter suchen?"

Geraldine war zu müde, um zu schwindeln. Zudem konnte es ihr inzwischen restlos gleichgültig sein, was Mitch Fletcher über sie dachte, denn ihr schien klar, dass er nicht bei ihr einziehen wollte. „Ich brauche das Geld", sagte sie deshalb kurz und bündig.

Er schwieg einen Moment und sagte dann: „Nun, das ist wenigstens ehrlich. Sie brauchen also das Geld, aber ich habe den Verdacht, dass Sie die Gesellschaft keinesfalls wünschen ..."

Seine Bemerkung berührte sie unangenehm. Ärgerlich zuckte sie die Schultern und sagte: „Hören Sie, Mr Fletcher, wie Louise Ihnen bereits gesagt hat, habe ich keine Zeit zu verschenken. Es tut mir leid, dass Sie die Fahrt hierher umsonst gemacht haben, aber unter den Umständen glaube ich ..."

„Moment mal", unterbrach er sie. „Wollen Sie damit andeuten, dass Sie Ihre Absicht geändert haben und doch nicht untervermieten wollen?"

Geraldine sah ihn überrascht an. „Aber Sie können wohl kaum hier einziehen wollen ..."

„Warum nicht?" Er beobachtete sie aufmerksam.

Sie wusste wirklich nicht, was sie erwidern sollte. „Das Cottage ist so abgelegen und sehr klein. Ich nehme an ... das heißt, ich vermute ..."

„Vermutungen und Annahmen führen meist zu nichts", fiel er ihr ruhig ins Wort. „Und falls Sie glauben, dass ich der Typ bin, der sich von einem Vorfall wie heute Morgen abschrecken lässt ... Hören Sie, Miss Barnes, Sie müssen mich nicht mögen. Wenn ich ehrlich bin, dann hat mich allenfalls eines abgeschreckt, und das war die Tatsache, dass Sie eine junge, allein stehende Frau sind." Er überhörte ihren empörten Ausruf. „Ich habe keineswegs vor, alle Frauen wegen der Dummheit einer kleinen Minderheit unter ihnen zu verurteilen. Dennoch werden Sie verstehen, dass ich, bis ich Sie jetzt persönlich kennengelernt habe, ein wenig besorgt war, Sie könnten zu dieser kleinen Minderheit gehören ..."

Geraldine konnte das nicht länger unwidersprochen hinnehmen. „Wenn Sie glauben, dass ich noch aus ganz anderen Gründen einen Untermieter suche und nicht nur, weil ich das Geld brauche ..."

„Bestimmt nicht, nachdem ich Sie nun kennengelernt habe", unterbrach er gelassen ihren wütenden Ausbruch. „Wenn es möglich wäre, würde ich mir jetzt gern das Zimmer ansehen ..."

Er wollte sich das Zimmer ansehen! Geraldine glaubte ihren Ohren nicht zu trauen. Sie war sich so sicher gewesen, dass er nicht bleiben wollte!

Ärgerlich ging sie voraus die Treppe hinauf und öffnete die Tür des kleinen Gästezimmers. „Es gibt nur ein Bad", warnte sie schroff.

Mitch Fletcher war zum Fenster gegangen, um den Garten zu betrachten. Bei Geraldines Bemerkung drehte er sich um. Vor dem kleinen Dachfenster wirkte er noch größer und beeindruckender. Geraldine beobachtete ihn mit wachsendem Unbehagen und hatte plötzlich das unangenehme Gefühl, dass dieser Mann ein Furcht einflößender Gegner sein könnte.

Ein Gegner? Was für einen Grund hatte sie, so über ihn zu denken? Sie brauchte doch nur zu erklären, dass sie ihre Meinung geändert habe und das Zimmer nicht mehr zu vermieten sei. Dann würde er sofort und für immer aus ihrem Leben verschwinden.

„Das ist schon in Ordnung", sagte Mitch unbeeindruckt. „Ich bin ein Frühaufsteher und werde in der Regel schon vor halb acht aus dem Haus sein. Louise hat mir erzählt, dass Sie zu Hause arbeiten. Ist das richtig?"

Diese so beiläufig ausgesprochene Frage ließ Geraldine zusammenzucken. Bevor sie jedoch zu einer Entscheidung gelangt war, was Mitch damit bezwecken konnte, fuhr er fort: „Es ist heutzutage ziemlich ungewöhnlich, in einem abgelegenen Nest wie diesem eine junge Frau mit Ihren Qualifikationen und Fähigkeiten anzutreffen, die sich mit Heimarbeit über Wasser hält …"

Sein spöttischer, fast zynischer Ton ließ sie aufhorchen. „Ich habe meine Gründe", erwiderte sie angriffslustig.

„Oh ja, das bezweifle ich nicht", sagte er bedeutungsvoll.

Geraldine erstarrte. War es möglich, dass er von ihrer Tante erfahren hatte? Aber woher?

„Er ist natürlich verheiratet."

Geraldine hörte den Abscheu, ja, Zorn, der aus seinen Worten sprach, und begriff im ersten Moment gar nichts. „Wie bitte?", fragte sie entgeistert.

„Ihr Liebhaber. Er ist verheiratet", wiederholte Mitch ungeduldig. „Wissen Sie, das lässt sich doch leicht zusammenreimen: Sie leben hier allein, sind auffällig angespannt, besorgt, gereizt. Und Sie verbringen praktisch jeden Abend außer Hause, wie Louise mir sagte."

Er glaubte, sie habe eine Affäre mit einem verheirateten Mann! Geraldine war zu verblüfft, um etwas zu antworten. Wie, in aller Welt …

„Allem Anschein nach ist er noch nicht einmal besonders wohlhabend, denn sonst wären Sie nicht darauf angewiesen, ein Zimmer zu vermieten. Haben Sie eigentlich nie über die Folgen Ihres Handelns nachgedacht … nicht nur für seine Frau und seine Familie, sondern auch für Sie selber? Sie müssen davon ausgehen, dass er seine Frau nie Ihretwegen verlassen wird. Das geschieht nur sehr selten. Welche Befriedigung kann eine Frau darin finden, einen Mann mit einer anderen Frau teilen zu müssen …?"

Geraldine wollte nicht glauben, was sie da hörte, und dennoch widersprach sie nicht. Im Gegenteil, ohne zu überlegen, entgegnete sie heftig: „Schön, da Sie Ihr vernichtendes Urteil offensichtlich gefällt haben, kann ich mir nicht vorstellen, dass Sie bei mir einziehen wollen!"

„Ich fürchte, das ist keine Frage des Wollens, sondern ich habe kaum eine andere Wahl. In dieser Gegend ist es fast aussichtslos, ein Zimmer zu finden. Wenn Sie also nichts dagegen haben, würde ich gern gleich morgen meine Sachen bringen. Ich bin bereit, Ihnen drei Monatsmieten im Voraus zu zahlen."

Sie hatte es schon auf der Zunge gehabt, ihm zu sagen, dass das Zimmer nicht mehr zu vermieten sei, besann sich aber noch rechtzeitig. Drei Monatsmieten im Voraus! Rasch überschlug sie die Summe und stellte erstaunt fest, wie viel Geld das war. Es würde ausreichen, um die anstehenden Heizkosten und sogar noch einen Teil der fälligen Hypothekenrate zu decken. Es drängte sie, dieses verlockende Angebot abzulehnen, aber sie durfte nicht aus bloßem Stolz das Cottage und das Wohl ihrer Tante aufs Spiel setzen.

Deshalb nickte sie reserviert. „In Ordnung. Vorausgesetzt, Sie sind sich wirklich sicher."

„Das bin ich", erwiderte er ebenso kühl und ging auf sie zu. Instinktiv wich Geraldine auf den Flur zurück.

Du benimmst dich lächerlich, sagte sie sich verärgert, als sie vor Mitch Fletcher her die Treppe hinunter und in die Küche ging. Nur, weil er aus ihren persönlichen Lebensumständen vorschnell eine völlig irrige und unbegründete Schlussfolgerung gezogen hatte … eine Schlussfolgerung zudem, die sie nicht richtiggestellt hatte … Warum eigentlich nicht? War sie zu verblüfft gewesen, oder hatte sie ganz bewusst die Feindseligkeit zwischen ihnen schüren wollen?

Verunsichert presste sie eine Hand an die schmerzenden Schläfen. Zum ersten Mal, seit sie zusammen mit Tante May in das Cottage gezogen war, wurden ihre Gedanken von einem anderen Menschen als ihrer Tante beherrscht.

Mitch Fletcher war dicht hinter ihr, als sie die Küche betrat. Sie erstarrte und drehte sich zu ihm um. Sofort wich er ein Stück vor ihr zurück, als ob er ihre Nervosität und Verunsicherung gespürt hätte und bewusst etwas Distanz zwischen ihnen schaffen wollte, damit sich die deutlich fühlbare Feindseligkeit zwischen ihnen abkühlen konnte. Schweigend zog er ein Scheckbuch aus der Innentasche seines Jacketts, ging zum Küchentisch und begann, den Scheck auszufüllen.

Geraldine beobachtete ihn mit angehaltenem Atem. Sobald er den Scheck ausgeschrieben und sie ihn entgegengenommen hatte, würde es kein Zurück mehr geben. Und dennoch brachte sie es nicht über sich, die Worte auszusprechen, mit denen sie Mitch Fletcher für immer aus ihrem Leben verbannt hätte …

Er unterschrieb den Scheck und richtete sich dann auf. Geraldine betrachtete unschlüssig das Stück Papier auf dem Tisch. Als sie aufschaute, fiel ihr Blick zufällig auf die Küchenuhr an der Wand. Sie würde zu spät ins Hospiz kommen! Sofort war alles andere vergessen, und sie sagte hastig: „Ich muss jetzt fort, ich ..."

„Was für eine hingebungsvolle Geliebte!", spöttelte Mitch. „Ist er Ihnen genauso ergeben? Ich frage mich wirklich, ob Sie jemals an die Frau, an die Familie, denken, der er die Zeit stiehlt, die er mit Ihnen verbringt. Haben Sie schon einmal versucht, sich in ihre Lage zu versetzen?"

Der Scheck lag noch immer auf dem Küchentisch. Zornig nahm Geraldine ihn auf und hielt ihn Mitch hin. „Sie müssen nicht hierbleiben."

„Leider doch", erwiderte er schroff. „Wie ich schon sagte, es ist nicht leicht, hier ein Zimmer zu finden." Er wandte sich zur Tür, ohne die ausgestreckte Hand mit dem Scheck zu beachten. „Dann also bis morgen Abend. Wäre Ihnen sieben Uhr recht?"

Um sieben begann die Besuchszeit im Hospiz. „Nein", sagte Geraldine rasch. „Um sechs wäre besser oder auch später ... sagen wir, gegen zehn?"

Mitch hob ironisch die Brauen. „So viel Zeit verbringt er mit Ihnen? Seine Frau muss eine Heilige sein oder eine Närrin ..."

Geraldines einzige Sorge war es jetzt, so schnell wie möglich zu ihrer Tante zu kommen. Deshalb verschwendete sie keine Zeit mehr mit unnützen Antworten, sondern eilte einfach zur Tür und öffnete sie. Als Mitch an ihr vorbei nach draußen ging, wich sie unwillkürlich zurück, um jede Berührung mit ihm zu vermeiden. Er blieb vor ihr stehen und betrachtete sie einen Moment lang nachdenklich und forschend.

„Seine Frau ist nicht die Einzige, die leidet, stimmt's?", bemerkte er ruhig. „Wissen Sie, ich werde Frauen wie Sie nie begreifen. Warum verschwenden Sie so viel Kraft und Gefühle an eine Sache, die es nicht wert ist ...?"

„Was verstehen Sie schon davon?", entgegnete Geraldine, hin- und hergerissen zwischen ihrem Bedürfnis, sich vor ihm zu verteidigen, und ihrem Wunsch, ihn so schnell wie möglich loszuwerden, um zu dem Hospiz zu fahren.

„Eine ganze Menge. Mein Vater unterhielt eine beachtliche Reihe von Geliebten, bevor er sich schließlich von meiner Mutter scheiden ließ, um eine davon zu heiraten. Ich habe erlebt, durch welche Hölle meine Mutter und seine ganze Familie gegangen sind. Ich lernte, diese anderen Frauen zu hassen, weil sie ihn uns wegnahmen, bis ich irgendwann erkannte, dass eigentlich nur mein Vater meinen Hass verdiente und diese Frauen genauso Opfer waren wie wir."

Sein unerwartetes Eingeständnis verschlug Geraldine die Sprache. Ehe sie sich wieder gefangen hatte, drehte Mitch Fletcher sich um und ging mit energischen Schritten zu seinem Wagen zurück.

2. KAPITEL

„Du bist so still, Kindchen. Machst du dir etwa immer noch meinetwegen Sorgen?"

Geraldine sah ihre Tante an und bemühte sich zu lächeln. Tatsächlich hatte sie an Mitch Fletcher gedacht und an seine ungewöhnlich persönliche Enthüllung beim Abschied. Sie musste wirklich bei nächster Gelegenheit seinen Irrtum richtigstellen und ihm alles erklären ... und wenn nicht alles, dann zumindest so viel, dass er verstand, dass es ihre Tante war, die einen Großteil ihrer Zeit in Anspruch nahm, und nicht irgendein nicht vorhandener, verheirateter Liebhaber.

Unwillkürlich überlegte sie, wie schwer es für ihn gewesen sein musste, mitzuerleben, wie seine Eltern sich entfremdet hatten und seine eigene Liebe zu seinem Vater und sein Vertrauen in ihn zerstört worden waren. Diese Erfahrung hatte offensichtlich tiefe Wunden hinterlassen. Der arme kleine Junge ...

Verärgert schüttelte Geraldine diese Gedanken ab. Wie kam sie dazu, mit jemandem Mitleid zu empfinden, der ihr unterstellt hatte, dass sie ...? Sie presste die Lippen zusammen und gestand sich widerstrebend ein, dass sein Fehlurteil zumindest zum Teil auch ihre Schuld war.

Sie wusste selbst nicht, warum sie sich derart dagegen wehrte, dass Mitch Fletcher ... oder überhaupt jemand ... die Wahrheit erfuhr. Lag es vielleicht daran, weil die Sorge und das Mitgefühl anderer sie gezwungen hätten, sich ehrlich einzugestehen, wie ernst die Krankheit ihrer Tante wirklich war?

Nein! Alles in ihr sträubte sich immer noch gegen die Ungeheuerlichkeit dieser Erkenntnis. Tante May ging es doch besser ... Erst am Morgen hatte sie versichert, wie gut sie sich fühle. Und doch, als Geraldine jetzt die zarte Gestalt in dem Krankenbett betrachtete, beschlich sie eine unaussprechliche Angst. Sie sah die Müdigkeit im Gesicht ihrer Tante und fühlte, wie zerbrechlich und kalt die Hand war, die sie liebevoll hielt.

„Geraldine." Tante May lächelte matt. „Du darfst nicht ..."

Sie zögerte, und bevor sie weitersprechen konnte, begann Geraldine mit erzwungener Fröhlichkeit, vom Garten des Cottages zu erzählen und welche Blumen gerade ihre Knospen öffneten. „Aber das alles wirst du ja bald selber sehen können. Sobald es dir gut genug geht, um nach Hause zu kommen ..." Sie glaubte ein schwaches Seufzen zu hören und spürte, wie Tante May ihr sacht die Hand drückte. Überwältigt von Furcht und Liebe, konnte sie nicht weiterreden.

Die Besuchszeit war zu Ende. Wie immer war sie für Geraldine viel zu schnell vergangen. Auf dem Flur begegnete ihr die Oberschwester, und Geraldine sprach sie freudig an.

„Tante May hat so große Fortschritte gemacht, seit sie hier bei Ihnen ist. Ich habe ihr von unserem Garten erzählt, denn ein richtiger eigener Garten war immer ihr Traum. Die Rosen, die wir letztes Jahr zusammen gekauft haben, tragen schon Knospen. Vielleicht wird Tante May ja rechtzeitig nach Hause kommen, um sie in voller Blüte zu erleben …"

„Geraldine, es stimmt, Ihrer Tante geht es wirklich recht gut", fiel die Oberschwester ihr sanft ins Wort. „Trotzdem muss Ihnen doch klar sein, dass …" Sie wurde unterbrochen, als eine Krankenschwester hinzukam und sich mit einem dringenden Problem an sie wandte. „Oh, ich fürchte, ich werde jetzt leider gebraucht, aber wir sollten unbedingt einmal miteinander reden …"

Beklommen blickte Geraldine der davoneilenden Oberschwester nach. Ihr war nicht entgangen, dass Tante May, wenn sie ihr so begeistert von dem Garten erzählte, sie manchmal mit einem seltsam besorgten, mitfühlenden Ausdruck ansah, als ob … Als ob ihre Tante etwas wüsste und akzeptierte, was sie, Geraldine, nicht wusste oder nicht wissen wollte.

Wie immer, wenn Geraldine besonders niedergeschlagen war, kannte sie nur ein Heilmittel, um ihre quälende Furcht und Verzweiflung zu bezwingen: Sie flüchtete sich in ihre Arbeit bis an die Grenzen der körperlichen und geistigen Erschöpfung, um nicht an jene schreckliche Wahrheit denken zu müssen, die sie mit ihrem Verstand begriff, aber mit dem Herzen nicht akzeptieren wollte.

Es war schon fast ein Uhr nachts, als sie, zum Umfallen müde, ihren Computer ausschaltete. Wenn sie es jetzt nicht gut sein ließ, würde sie noch am Schreibtisch einschlafen.

Sie hatte Louise einmal gestanden, dass es für sie ein großes Glück war, eine Agentur gefunden zu haben, die ihr genügend Aufträge lieferte, dass sie sich damit über Wasser halten konnte. Aber Louise hatte sie sofort verbessert: „Nein, ich bin es, die Glück hat, weil ich auf eine so hoch qualifizierte und fleißige Mitarbeiterin zurückgreifen kann. Und falls du irgendwann doch wieder eine dauerhafte Anstellung suchst, zögere bitte nicht, dich an mich zu wenden."

Louise, die für sie zu einer Freundin und Vertrauten geworden war, zählte auch zu dem eng begrenzten Kreis der Leute, die wussten, warum Geraldine von London fortgegangen war. Daneben waren nur noch der Arzt, das Hospizpersonal und die Frau des Farmers, die ihre nächste Nachbarin war, eingeweiht. In den wenigen Monaten, bevor Tante May in das Hospiz wechseln musste, hatte die Farmersfrau sie regelmäßig im Cottage besucht, um frische Eier und Gemüse vorbeizubringen und mit Tante May zu plaudern. Ansonsten gab es kaum Kontakte, denn Tante May war ein eher zurückhaltender Mensch und hatte Geraldine auch so erzogen, außerdem …

Geraldine lehnte sich in ihrem Schreibtischsessel zurück und rieb sich müde die Augen, die von der stundenlangen Bildschirmarbeit schmerzten. Wenn sie ehrlich war, musste sie sich eingestehen, dass sie auch deshalb so ungern mit anderen über die Krankheit ihrer Tante sprach, weil sie auf diese Weise das Gefühl hatte, die Bedrohung, die diese Krankheit darstellte, fernzuhalten. Genau genommen kam dies einer Verleugnung gleich. War es nicht das, was sie tat? Verdrängte sie nicht die zwingenden Konsequenzen, indem sie die Existenz der Krankheit schlichtweg zu leugnen versuchte? War es ihr deshalb lieber, dass jemand wie Mitch Fletcher von ihr glaubte, sie habe eine Affäre mit einem verheirateten Mann, anstatt die Wahrheit einzugestehen?

Schön, mochte sie in dieser Hinsicht ein psychologisches Problem haben, so hatte Mitch Fletcher jedenfalls auch eines. Wie hätte er sonst so vorschnell und nur auf Grund gewisser Besonderheiten in ihren Lebensumständen zu einer derart irrigen Schlussfolgerung über ihre Person gelangen können? Die traumatische Erfahrung aus seiner Kindheit musste einen sehr tiefen Eindruck bei ihm hinterlassen haben … ähnlich wie bei ihr, die sie von der tief verwurzelten Angst beseelt war, allein gelassen zu werden. Wehrte sie sich deshalb so verzweifelt dagegen, ihre Tante zu verlieren? Dachte sie nicht vielleicht zu sehr an sich und zu wenig an ihre Tante?

Geraldine fröstelte und legte die Arme um ihren Oberkörper, als könne sie so die düsteren Gedanken abwehren. Es war spät, sie war müde, allein und litt immer noch unter den Nachwirkungen von Mitch Fletchers Besuch, der ihre Gefühle so aufgewühlt hatte.

Mitch Fletcher. Geraldine stand langsam auf und unterdrückte ein Gähnen. Sie hätte seinen Scheck nicht annehmen dürfen. Stattdessen hätte sie standhaft bleiben und ihm sagen müssen, dass sie keinen Untermieter mehr wolle. Das wäre natürlich nicht wahr gewesen. Zwar wollte sie keinen Untermieter, aber sie brauchte einen, weil sie auf die zusätzliche Einnahme angewiesen war. Mitch Fletcher war allerdings der Letzte, den sie sich als Untermieter gewünscht hätte, und sie hatte das unbestimmte Gefühl, dass er sich ihrer Ablehnung restlos bewusst war. Trotz des gewinnenden Charmes und der Freundlichkeit, die er bei ihrem ersten kleinen Zusammenstoß bewiesen hatte, spürte Geraldine, dass sich hinter dieser unkomplizierten Fassade harte Zielstrebigkeit und ein eiserner Wille verbargen. Ein Schauer jagte ihr über den Rücken, und sie wusste, dass nicht die kühle Nachtluft in ihrem Schlafzimmer der Grund dafür war.

Als sie sich endlich hundemüde in ihrem Bett ausstreckte, fiel ihr plötzlich ein, dass sie Tante May gar nichts von Mitch Fletcher erzählt hatte. Morgen, sie würde es morgen nachholen. Nein, heute, verbesserte sie sich und stellte ärgerlich fest, dass sie trotz ihrer Erschöpfung bei dem Gedanken an Mitch Fletcher nicht mehr einschlafen konnte.

In den Wochen, bevor Tante May ins Hospiz gegangen war, hatte sie oft nächtelang vor Schmerzen keinen Schlaf gefunden, und Geraldine war dann mit ihrer Tante aufgeblieben, um ihr Gesellschaft zu leisten und sie abzulenken. Unter der erfahrenen Pflege und speziellen Schmerztherapie im Hospiz fand Tante May nun die Ruhe, die sie so dringend brauchte. Geraldine aber litt seit jener Zeit zunehmend unter Schlafstörungen, was vermutlich auch eine Folge der starken inneren Anspannung war. Ihr Schlaf währte meist viel zu kurz, und wenn sie kaum erholt aufwachte, galt ihr erster Gedanke stets ihrer Tante.

Auch an diesem Morgen war sie lange vor sieben Uhr auf und hatte schon gefrühstückt, oder besser gesagt, lustlos in ihrem Müsli herumgestochert. Von einer inneren Unruhe getrieben, ging sie hinaus in den Garten und schlenderte über die noch taubedeckte Wiese. Die Feuchtigkeit durchnässte ihre leichten Leinenturnschuhe, aber Geraldine registrierte es kaum. Gedankenverloren streifte sie durch den stillen, idyllischen Garten und versuchte, ihn mit den Augen ihrer Tante zu sehen. Vor den Rosenbüschen, die sie noch zusammen mit Tante May im Herbst gekauft hatte, blieb sie stehen. Es war eine spezielle, alte Sorte, die man früher vor allem in ländlichen Gärten angepflanzt hatte und die sich weniger durch die Schönheit ihrer Blüte als durch ihren wunderbaren Duft auszeichnete. Während Geraldine nun die Rosen betrachtete und die knospenden Zweige sorgsam nach Blattläusen absuchte, wie Tante May es getan hätte, hatte sie plötzlich Mühe, die Tränen zurückzuhalten.

Einer spontanen Regung folgend, holte sie eine Schere und einen Korb aus der Küche und kehrte damit zu den Rosenbüschen zurück, um einige besonders schöne Zweige abzuschneiden. Ihre Hand zitterte, als sie die Knospen vorsichtig in den Korb legte. Warum pflückte sie die Rosen, wenn Tante May doch bald nach Hause kommen würde und sie im Garten bewundern könnte? Was wollte ihr Unterbewusstsein ihr damit sagen?

Für einen Moment verspürte Geraldine den unbändigen Wunsch, die Knospen zu zerstören, sie auf den Boden zu werfen und zu zertrampeln, als hätte sie auf diese Weise die innere Stimme zum Schweigen bringen können, die sie dazu gedrängt hatte, die Rosen für Tante May zu schneiden. Irgendein Teil von ihr tief in ihrem Inneren schien bereits akzeptiert zu haben, dass ihre Tante die Rosen nie mehr in ihrer natürlichen Umgebung blühen sehen würde. Nein! Ihr Herz krampfte sich zusammen. Nein, das durfte nicht sein! Verzweifelt blickte sie von den Rosenbüschen auf, um ihre düsteren Gedanken zu verdrängen, und sah jemanden über die Wiese auf sich zukommen.

Sie brauchte ein paar Sekunden, um zu erkennen, dass es sich um Mitch Fletcher handelte. Nach der ersten Verblüffung fragte sie sich, was er bei ihr wollte. Sie hatten doch verabredet, dass er erst am Abend einziehen sollte.

Mitch trug ebenfalls Turnschuhe, weshalb sie ihn nicht früher hatte herankommen hören, und einen dunklen Trainingsanzug. „Ich laufe fast jeden Morgen", erklärte er, als er bei Geraldine stehen blieb. „Ich sah Sie im Garten und wollte Sie fragen, ob es Ihnen etwas ausmacht, wenn ich schon am frühen Nachmittag anstatt heute Abend meine Sachen bringen würde. Das Hotel braucht mein Zimmer, und man würde es dort sehr gern sehen, wenn ich noch vor dem Mittagessen ausziehen könnte."

Geraldine überschlug im Geiste die Entfernung zwischen dem einzigen besseren Hotel der Kleinstadt und ihrem Cottage und war wider Willen beeindruckt. Kein Wunder, dass Mitch Fletcher so fit und durchtrainiert wirkte, wenn er regelmäßig diese Strecke lief!

Der Pfad, der an ihrem Cottage vorbei über die Felder und Weiden zur Farm führte, wurde von vielen Leuten zum Spazierengehen und

Joggen benutzt. Geraldine hatte sich im Lauf der Monate so daran gewöhnt, dass sie es kaum noch registrierte, wenn jemand an ihrem Haus vorbeikam. Das war vermutlich der Grund, warum ihr Mitch Fletcher nicht schon früher aufgefallen war. Sein plötzliches Eindringen machte sie unsicher und gereizt. Sie fühlte sich verletzbar und ausgeliefert und hatte nur den einen Wunsch, ihn so schnell wie möglich wieder loszuwerden. Andererseits erlaubten es gerade ihre wehmütigen Gedanken an Tante May nicht, auf seine höfliche Bitte unfreundlich und abweisend zu reagieren.

Eigentlich gab es keinen Grund, warum er nicht schon am Nachmittag einziehen konnte. Sie würde dann sowieso zu Hause sein und arbeiten, und dennoch hätte sie am liebsten Nein gesagt. Es lag vermutlich daran, dass sie im Grunde gar nicht wollte, dass er bei ihr einzog. Doch sie hatte jetzt keine andere Wahl mehr, und es wäre auch dumm gewesen, sich aus einem bloßen Gefühl heraus diese für sie wichtige Einnahmequelle zu verschließen. Vor ihrer Tante hatte Geraldine ihre finanziellen Sorgen bislang mit Erfolg geheim gehalten, denn sie wollte, dass Tante May all ihre Energien auf den Kampf gegen ihre Krebserkrankung konzentrierte.

„Altmodische Buschrosen. Meine Großmutter hatte sie auch in ihrem Garten."

Mitch Fletchers beiläufige, fast schroffe Bemerkung ließ Geraldine verblüfft aufblicken. Mitch Fletcher hatte sich vorgebeugt, um einen der Rosenbüsche genauer zu betrachten.

„Sie hatten kein gutes Verhältnis zu ihr?", fragte Geraldine zögernd.

Er sah sie durchdringend an. „Im Gegenteil, sie war der einzige ruhende Pol in meiner Kindheit. Ihr Haus, ihr Garten waren meine Zuflucht, wenn es zu Hause wieder einmal zu arg wurde. Sie war die Mutter meines Vaters und hat dennoch nie für ihn Partei ergriffen. Ich glaube, in vieler Hinsicht gab sie sich die Schuld für seine Wankelmütigkeit und Treulosigkeit. Sie hatte ihn allein großgezogen, nachdem ihr Mann, mein Großvater, im Krieg gefallen war. Ihr Garten war ihr Trost, sowohl für den Verlust ihres Mannes wie für die Charakterschwächen ihres Sohnes. Sie starb, als ich vierzehn war."

Trotz seines bemüht sachlichen Tons hörte Geraldine den versteckten Schmerz heraus und fühlte unwillkürlich mit Mitch. „Sie müssen sie sehr vermisst haben."

Er schwieg so lange, dass sie schon glaubte, er habe ihre Worte gar nicht gehört. Dann sagte er ausdruckslos: „Ja, das habe ich. So sehr, dass ich ihren geliebten Rosengarten zerstörte. Es war ein dummer, sinnloser Akt von Vandalismus, der zudem meinen Vater maßlos erzürnte. Denn damit hatte ich den Wert des Hauses, das verkauft werden sollte, empfindlich vermindert, was einen neuerlichen Streit zwischen meinen Eltern heraufbeschwor."

Mitch räusperte sich. „Mein Vater befand sich damals mitten in einer neuen Affäre, was nie ein guter Zeitpunkt war, um ihn aufzubringen. Meine Mutter und ich, wir konnten den Verlauf seiner Affären an seinen Stimmungen ablesen. Zu Beginn einer neuen strahlte er eine Art wohlwollende Fröhlichkeit aus. Wenn sich die Sache weiterentwickelte, wurde er euphorisch, dann fast ekstatisch, sobald er die fragliche Dame tatsächlich erobert hatte. Nun folgte eine Periode, in der er wie in einem Rausch wandelte, und wehe jedem, der sich, und wenn auch unbeabsichtigt, zwischen ihn und seine ausschließliche Konzentration auf das Objekt seiner Begierde stellte! Später, wenn sich die Affäre abkühlte und seine Besessenheit nachließ, wurde er wieder ansprechbar. Das war immer der beste Zeitpunkt, sich an ihn zu wenden."

Geraldine lauschte in stummem Entsetzen Mitchs erschreckendem Bericht. Gerade die scheinbare Gefühllosigkeit, mit der er das Verhalten seines Vaters beschrieb, ließ sie ahnen, wie sehr er darunter gelitten haben musste.

Mitch zuckte mit den Schultern, als wolle er diese unerfreulichen Erinnerungen buchstäblich abschütteln, und sagte dann: „Jetzt, als Erwachsener, weiß man natürlich, dass nie ein Partner allein und ausschließlich für das Scheitern einer Ehe verantwortlich ist. Sicher hat auch meine Mutter ihre Rolle dabei gespielt, obwohl ich mir als Kind dessen nicht bewusst war. Eines aber ist mit klar: Mein Vater hätte niemals heiraten dürfen. Er war einfach nicht der Typ, der einer einzigen Frau hätte treu sein können ..."

Sein Blick fiel in Geraldines Korb, und er hob spöttisch die Brauen. „Rosen? Ein Geschenk für Ihren Liebhaber? Haben Sie da nicht etwas verwechselt? Sollte nicht Ihr Liebhaber Ihnen Rosen schenken und in bester romantischer Tradition die noch taufrischen Knospen am Morgen auf Ihr Kissen streuen? Ah, ich vergaß, er kann ja nie bis zum Morgen bei Ihnen bleiben, nicht wahr? Er muss in sein eheliches Bett zurückkehren. Es wundert mich nicht, dass Sie das Cottage um jeden Preis halten wollen. Es ist ein ideales Liebesnest, versteckt und abgeschieden. Denken Sie eigentlich nie über seine Frau, über sein anderes Leben nach? Natürlich tun Sie das. Und beten Sie dann, dass er endlich frei sein möge? Oder reden Sie sich ein, dass Sie mit dem bisschen Zeit, das er für Sie erübrigt, dankbar und zufrieden sind?"

„Das ist alles ganz anders!", protestierte Geraldine empört. „Sie ..."

„Ich kann es nicht verstehen", fiel er ihr ins Wort. „Genauso wenig wie seine Frau. Warum seid ihr Frauen so versessen darauf, euch selbst zu betrügen?" Er wandte sich ab. „Ist es Ihnen recht, wenn ich heute Nachmittag gegen drei meine Sachen bringe, oder kollidiert das mit ... Ihrem Privatleben?"

„Nein, keineswegs", entgegnete sie wütend. „Tatsächlich ..."

„Schön. Dann bin ich gegen drei hier."

Ehe Geraldine etwas antworten konnte, lief Mitch schon mit leichten, geschmeidigen Bewegungen zum Gartentor hinaus. Sie sah ihm hilflos nach. Warum hatte sie nicht die Gelegenheit beim Schopf ergriffen, ihn darüber aufzuklären, wie falsch seine Annahmen über ihr Privatleben waren, und ihm gleichzeitig zu sagen, dass sie ihre Meinung geändert habe und ihn doch nicht als Untermieter bei sich einziehen lassen wollte? Jetzt war es zu spät. Mitch Fletcher war schon wieder fort.

Aus dem Korb, den sie trug, stieg der wunderbare Duft der Rosen auf. Geraldine strich zart über eine der Knospen. Armer Junge. Es musste ein furchtbarer Schlag für Mitch gewesen sein, als er seine Großmutter verloren hatte. Nur zu gut konnte Geraldine seine Trauer und Frustration verstehen, die ihn getrieben hatten, ihren Rosengarten zu zerstören. Er musste sich unendlich allein und verlassen gefühlt haben ... und ihr fiel es leicht, seine Gefühle nachzuvollziehen. Zu leicht, warnte sie sich, als sie ins Haus zurückging. Denn sie hatte es nicht mit dem Jungen von damals, sondern mit dem Mann zu tun, und der hatte vorschnell und völlig ungerechtfertigt die unfairsten Schlussfolgerungen über sie gezogen.

Später, als sie sich duschte und für den Besuch bei ihrer Tante fertigmachte, räumte sie ehrlicherweise ein, dass es letztlich an ihr gelegen hatte, Mitch Fletcher gleich beim ersten Mal zu korrigieren, als er sie auf ihren mutmaßlichen Liebhaber angesprochen hatte. Sie hatte es nicht getan, weil sie dann über die schwere Krankheit ihrer Tante hätte sprechen müssen, und davor scheute sie zurück, als könne sie auf diese Weise mit etwas konfrontiert werden, was sie nicht sehen wollte.

Ihr Herz begann zu pochen. Die vertraute Angst kehrte zurück, gepaart mit hilfloser Wut. Sie versuchte abzuschalten, wehrte sich dagegen, dass ihre Gedanken diese eine dunkle Richtung einschlugen, denn sie wusste, dass am Ende dieses Wegs nur Schmerz und Verzweiflung warteten. Nach dem Tod ihrer Eltern hatte sie das alles schon einmal durchgemacht, und damals war Tante May da gewesen, um ihr zu helfen, sie festzuhalten, sie zu trösten. Diesmal würde ihr niemand zur Seite stehen, sie würde ganz allein sein ...

Sie spürte die Panik in sich wachsen und wehrte sich mit aller Macht gegen das, was ihr Verstand ihr begreiflich zu machen versuchte. Als sie in die Küche hinunterkam und den Korb mit den Rosen sah, war sie für einen Moment versucht, sie zu packen und in den Abfalleimer zu werfen. Dann fiel ihr Mitch Fletchers sachliche und dennoch so erschütternde Beschreibung ein, wie er den Rosengarten seiner Großmutter zerstört hatte, und wie durch ein Wunder wurde sie wieder ruhig.

3. KAPITEL

*R*osen! Oh Geraldine, das hättest du nicht tun sollen. Die sind doch so teuer." Geraldine beobachtete, wie ihre Tante den Kopf über die halb geöffneten Knospen beugte und den Duft einatmete. „Nein, ich habe sie im Garten geschnitten von den Büschen, die wir im Herbst gepflanzt haben", sagte sie leise. „Eigentlich wollte ich mir noch aufschreiben, von welchem Busch sie stammen, aber Mr ... jemand hat mich gestört, und dann habe ich es vergessen."

„Aus dem Garten ..."

Tante May legte die Rosen ab und sah ihre Nichte so voller Liebe und Verständnis an, dass Geraldine die Tränen kamen. Ihre Tante streckte die Hände aus und drängte Geraldine, sich zu ihr aufs Bett zu setzen. „Oh Geraldine, Darling, ich weiß, wie du dich jetzt fühlen musst. Uns beiden bleibt nur noch so wenig Zeit, und ich möchte, dass wir sie miteinander teilen und nicht ..."

„Nein! Das ist nicht wahr!", protestierte Geraldine sofort. „Du wirst bestimmt wieder gesund ..."

„Nein, Geraldine, ich werde nicht wieder gesund", widersprach Tante May sanft, aber doch bestimmt. Sie drückte Geraldine an sich und strich ihr liebevoll eine Haarsträhne aus dem Gesicht. „Bitte, versuche, das zu verstehen und zu akzeptieren. Ich habe es geschafft, und ich kann dir nicht sagen, wie viel Frieden und tiefe Dankbarkeit für das, was ich in meinem Leben erleben durfte, ich damit gewonnen habe. Natürlich gibt es immer noch Momente, in denen ich Verzweiflung und Furcht empfinde und leugnen möchte, was mit mir geschieht. Aber das sind flüchtige Gefühle, wie das Aufbegehren eines trotzigen Kindes, das eigentlich gar nicht weiß, warum es sich wehrt."

Tante May seufzte. „Meine einzige wirkliche Angst gilt dir. Arme kleine Geraldine. Du hast mit aller Macht versucht, die Wahrheit, die wir beide kennen, zu leugnen. Ich habe dich beobachtet und mit dir gelitten. Und wenn ich dich einerseits so gern vor dem beschützt hätte, was unweigerlich geschehen muss, so wollte ich es doch auch mit dir teilen, dir zeigen, wie leicht und natürlich es für mich ist. Das gehört zu den Dingen, die wir hier im Hospiz lernen: unsere Ängste abzulegen und das, was mit uns geschieht, mitzuteilen und zu akzeptieren in seiner ..."

„Unvermeidlichkeit?", warf Geraldine mit erstickter Stimme ein. Ihre Gefühle sträubten sich gegen das, was Tante May ihr zu sagen versuchte. Am liebsten hätte sie sie angeschrien, dass sie nicht aufgeben dürfe, sondern weiterkämpfen müsse. Andererseits spürte sie aber auch das Bedürfnis ihrer Tante, mit ihr über das, was geschah, zu reden und es mit ihr zu teilen. Sie sprachen sehr lange und intensiv miteinander, und die Ruhe und Gelassenheit, mit der ihre Tante ihr Schicksal annahm, machten Geraldine beschämt und traurig zugleich.

„Danke, dass du mir erlaubt hast, es mit dir zu teilen", sagte Tante May, als sie schließlich sichtlich erschöpft das Gespräch beschloss. „Viele Menschen, die es geschafft haben, zu akzeptieren, dass sich ihr Leben dem Ende zuneigt, und dem Tod ohne Furcht entgegenzusehen, machen dann die Erfahrung, dass sich ihre Familie und ihre Freunde weigern oder unfähig sind, dieses Wissen mit ihnen zu teilen. Die Angst vor dem Tod ist etwas ganz Natürliches und wird in unserer modernen Gesellschaft noch verstärkt durch die vielen Tabus, mit denen Sterben und Tod heute belegt sind. Ich möchte diese Erfahrung so gern mit dir teilen, Geraldine. Das ist vielleicht egoistisch, denn ich weiß, was du damals beim Tod deiner Eltern durchgemacht hast."

„Ich habe Angst, dich zu verlieren", gestand Geraldine. „Angst, allein zu sein ..." Mit diesem ehrlichen Geständnis ihrer Ängste kamen die Tränen, die sie viel zu lange unterdrückt hatte, weil sie sie als ein Zeichen der Schwäche, der Niederlage, betrachtet hatte. Überwältigt von ihren Gefühlen, weinte Geraldine still vor sich hin, während ihre Tante ihr tröstend die Hand hielt.

Als sie Tante May schließlich verließ, wusste Geraldine, dass sie nun auf dem Weg war, den bevorstehenden Tod ihrer geliebten Tante als unvermeidlich zu akzeptieren. Dennoch gab es da eine trotzige, kindische Seite in ihr, die immer noch dagegen aufbegehrte und das Schicksal anflehte, ein Wunder für sie zu bewirken. Für mich, dachte Geraldine. Nicht für Tante May, sondern für mich.

Geraldine war viel länger als sonst im Hospiz geblieben. Es war deshalb schon Mitte des Nachmittags, als sie zu dem Cottage zurückkehrte. Das Erste, was sie sah, war Mitch Fletchers Wagen, der draußen vor dem Gartentor parkte. Mitch selber saß im Auto, einen offenen Aktenkoffer neben sich auf dem Beifahrersitz, und war in irgendwelche Unterlagen vertieft.

„Es tut mir leid", entschuldigte sich Geraldine kurz angebunden. „Ich ... bin aufgehalten worden." Das Gespräch mit ihrer Tante hatte sie derart aufgewühlt, dass sie ihre Vereinbarung mit ihm praktisch vergessen hatte.

„Kein Problem", erwiderte er leichthin. „Wie Sie sehen, habe ich die Zeit sinnvoll genutzt. Das hätte ich übrigens noch mit Ihnen besprechen müssen: Ich bringe mir oft Arbeit mit nach Hause, was man in dem Hotel nicht so gern gesehen hat. Macht es Ihnen etwas aus?"

Geraldine schüttelte den Kopf. Je mehr er mit seiner Arbeit beschäftigt war, desto weniger würde sie von ihm sehen. „Wie Sie wissen, arbeite ich ja selbst zu Hause, oft nicht nur nachmittags, sondern auch abends."

Beim Aussteigen warf Mitch ihr einen spöttischen Blick zu und stutzte, als er ihr blasses, verweintes Gesicht bemerkte. „War er nicht nett zu Ihnen?"

Im ersten Moment begriff sie nicht, was er meinte. Dann wurde ihr klar, dass er natürlich annahm, sie sei mit ihrem Liebhaber zusammen gewesen. Geraldine wusste nicht, ob sie darüber lachen oder weinen sollte. Wenn er gewusst hätte, wo sie wirklich gewesen war!

Ihre Augen brannten noch von den Tränen, und in ihrem Innern wütete ein dumpfer Schmerz. Oh, sie wusste genau, dass sie egoistisch reagierte, jetzt, da sie gefordert war, Tante May die gleiche liebevolle Unterstützung zu geben, die sie all die Jahre so großzügig von ihr erhalten hatte. Trotzdem hätte sie am liebsten wie ein Kind losgeheult und geschrien, Tante May würde nicht sterben, dürfte sie nicht verlassen. Und trotz des freimütigen Gesprächs mit ihrer Tante konnte sie sich nicht überwinden, mit einem anderen Menschen darüber zu reden ... ja, sie schaffte es nicht einmal, Mitch Fletcher einfach zu sagen, wo sie wirklich den Vormittag verbracht hatte.

Stattdessen fragte sie schnippisch: „Wie kommen Sie darauf?"

Er stand jetzt unmittelbar vor ihr, und als sie sich von ihm abwenden wollte, legte er ihr unvermittelt beide Hände auf die Schultern und hielt sie fest. Geraldine blieb wie angewurzelt stehen. Sie war es nicht gewöhnt, von einem Mann derart angefasst zu werden, ja, es war schon sehr lange her, dass sie überhaupt irgendeinen auch nur freundschaftlichen Kontakt zu Männern gehabt hatte. Ihre jugendlichen Erfahrungen auf sexuellem Gebiet hatten sie zu dem Schluss veranlasst, dass dieser Bereich zwischenmenschlicher Beziehungen immens überschätzt würde. Natürlich hatte es in ihrem Freundeskreis während des Studiums eine ganze Reihe von Bewunderern gegeben, mit denen sie sich sehr gut verstanden hatte, aber in der Zeit danach war in ihrem Leben weder die Zeit noch der Raum für eine intensive Zweierbeziehung gewesen. Wie fremd ihr die körperliche Nähe eines Mannes jedoch tatsächlich geworden war, wurde ihr jedoch erst jetzt bewusst, da sie unter Mitch Fletchers Griff buchstäblich erstarrte. Sie rührte sich auch nicht, als er eine Hand hob und über ihre Wange strich.

„Sie haben geweint", hörte sie ihn wie aus weiter Ferne sagen und hatte plötzlich das Gefühl, als ob ihr der Boden unter den Füßen weggezogen würde. Sie begann am ganzen Körper zu zittern und konnte die Tränen nicht länger zurückhalten.

Mitch stieß eine unterdrückte Verwünschung aus, aber Geraldine registrierte es kaum in ihrem überwältigenden Schmerz. Ehe sie wusste, wie ihr geschah, fühlte sie sich plötzlich hochgehoben und klammerte sich instinktiv an Mitchs breite Schultern, als er sie zum Haus trug. Er sagte etwas zu ihr, musste es jedoch mehrmals wiederholen, bevor sie begriff, was er von ihr wollte.

„Ihre Schlüssel, Geraldine. Wo sind Ihre Hausschlüssel?"

Benommen hielt sie ihm die Hand entgegen, in der sie die Schlüssel hielt, und ließ sie sich von ihm abnehmen. Ohne Geraldine loszulassen, schloss Mitch die Haustür auf. Geraldine wehrte sich nicht, ließ alles willenlos mit sich geschehen. Immer noch schluchzend, barg sie ihr Gesicht an Mitchs Schulter, während er sie durch die Diele in die Küche trug und dort behutsam in den Lehnstuhl vor den Ofen setzte.

„Was, zum Teufel, hat er Ihnen angetan?", fragte er dann unerwartet heftig. Als Geraldine ihn nur verständnislos anstarrte, fügte er hinzu: „Warum lassen Sie zu, dass er Sie derart ausnutzt und Ihnen wehtut? Was ist vorgefallen? Hat er Ihnen gesagt, dass er sich nicht mehr mit Ihnen treffen kann? Dass seine Frau ihn nicht freigibt oder er sie wegen der Kinder nicht verlassen kann?"

Allmählich drangen seine Worte in ihr Bewusstsein vor. Wie ein Kind, das Lesen lernt, wiederholte Geraldine sie langsam und mühselig im Geiste, bis sie endlich begriff. Ihre Tränen versiegten, als ihr klar wurde, was Mitch Fletcher dachte. „Nein, Sie verstehen überhaupt nicht …", begehrte sie auf.

Aber Mitch ließ sie erst gar nicht ausreden, sondern fiel ihr grimmig ins Wort: „Sogar jetzt versuchen Sie immer noch, ihn zu verteidigen! Obwohl Sie seinetwegen so leiden, behaupten Sie immer noch, dass Sie ihn lieben und er Sie liebt und dass nur seine Frau und seine Loyalität zu ihr Sie voneinander trennen. Begreifen Sie denn nicht …?" Er schüttelte den Kopf und beantwortete sich seine Frage selbst. „Nein, Sie können oder wollen es nicht begreifen. Wenn ich Ihnen sagen würde, dass er von Ihnen vermutlich nur ein bisschen Abenteuer will ... das erregende Gefühl, außerehelichen Sex zu haben ... dann würden Sie es sofort abstreiten. Und wenn ich Ihnen sagen würde, dass Ihr Motiv vermutlich auch rein sexuell ist, wären Sie entsetzt und würden behaupten, ihn zu lieben. Aber wie können Sie jemanden lieben, der sich allein durch seine Treulosigkeit bereits dieser Liebe als unwürdig erwiesen hat? Wie können Sie jemanden lieben, den sie wahrscheinlich gar nicht richtig kennen und auch nie wirklich kennenlernen werden?"

„Dies hat überhaupt nichts mit Sex zu tun", bestritt Geraldine energisch und stand angriffslustig auf.

„Sie wollen sagen, dass Sie bislang noch nicht miteinander im Bett waren?", bemerkte Mitch skeptisch, ein neuerliches Missverständnis, das Geraldine verblüfft die Sprache verschlug. „Ich muss gestehen, das kann ich kaum glauben. Ich nehme an, Sie wissen genau, dass Sie eine sehr begehrenswerte Frau sind. Sie besitzen eine natürliche sinnliche Ausstrahlung, die einen Mann sofort daran denken lässt, was für eine Freude es sein muss, Sie zu lieben."

„Sie meinen, mit mir zu schlafen", verbesserte Geraldine ihn eisig, denn seine Beschreibung verunsicherte sie zutiefst, weil sie sich selbst nie für besonders reizvoll oder begehrenswert gehalten hatte. „Immerhin ist nach Ihrer Ansicht Sex doch alles, was ein Mann von mir wollen kann."

„Nicht jeder Mann", widersprach er sofort. „Und ich wollte ganz bestimmt nicht andeuten, dass ... Ich wollte Ihnen nur vor Augen führen, dass ein Mann, der seine Ehefrau mit Ihnen betrügt, genauso fähig ist, Sie und Ihre Gefühle gleichermaßen rücksichtslos zu behandeln."

„Viele geschiedene Männer und Frauen führen später eine sehr glückliche und treue zweite Ehe."

„Manche", räumte er ein. „Aber selten mit der Person, wegen der sie ursprünglich ihren ersten Ehepartner verließen. Ist es das, worauf Sie hoffen?", fügte er spöttisch hinzu. „Dass er seine Frau verlässt und Sie heiratet?"

Geraldine wusste nicht, was sie antworten sollte. Sie spürte, wie sie innerlich zitterte, und das nicht nur wegen des aufwühlenden Gesprächs mit ihrer Tante am Vormittag, sondern auch, weil ihr plötzlich klar wurde, wie tief sie bereits in ein Wirrwarr sinnloser, dummer Unwahrheiten verstrickt war. Schlimmer noch, sie vermutete, dass Mitch

Fletcher ihr gar nicht mehr geglaubt hätte, wenn sie jetzt versucht hätte, ihm die Wahrheit zu erklären.

„Darf ich Ihnen einen Rat geben?", sagte Mitch, als sie sich schweigend vom ihm abwenden wollte. „Weinen Sie nicht um ihn. Verheiratete Männer hassen es, wenn sie von ihren Geliebten gefühlsmäßig unter Druck gesetzt werden."

„Und ich dachte, Männer würden es überhaupt hassen, Frauen weinen zu sehen", bemerkte Geraldine müde.

„Nur, wenn sie sich angesichts der Tränen hilflos fühlen, wenn sie nicht ihrem Instinkt folgen können und ..."

Geraldine wollte an ihm vorbei, um nach oben zu gehen. Zwar hatte sie das Bett in dem Zimmer, das er beziehen würde, bereits am Morgen gemacht, aber sie musste noch einige frische Handtücher für ihn heraus legen. Vor allem drängte es sie, sich irgendwie zu beschäftigen, um wieder Ordnung in ihre chaotischen Gedanken zu bringen. Sein halb vollendeter Satz veranlasste sie jedoch, stehen zu bleiben.

„Dem Instinkt folgen und was tun?", fragte sie spöttisch, weil sie die Antwort zu kennen glaubte. Ihrer Erfahrung nach neigten die Männer im Allgemeinen dazu, vor weiblichen Gefühlsausbrüchen zu fliehen, aber Mitchs Reaktion kam für sie völlig unerwartet.

Er machte einen Schritt auf sie zu, strich mit den Fingerspitzen sacht über die Tränenspuren auf ihren Wangen und beugte sich herab. Geraldine blickte verwirrt zu ihm auf, öffnete protestierend den Mund, doch es war zu spät. Mitch küsste sie bereits so zärtlich und liebevoll, dass ihre Lippen wie von selbst seinem Kuss nachgaben. Eine wohlige Wärme pulsierte durch ihren Körper und drängte sie, Mitch entgegenzukommen. Alle Anspannung fiel von ihr ab, während sie sich ganz diesem erregenden, tröstlichen Gefühl hingab.

Es war eine Ewigkeit her, dass sie ein Mann derart zärtlich und innig geküsst hatte. Genau genommen konnte sie sich überhaupt nicht erinnern, jemals so geküsst worden zu sein. Sie erschauerte, als sie seine Hand in ihrem Haar spürte, und schloss die Augen. Instinktiv schmiegte sie sich an Mitch, fühlte seine Wärme, seine Kraft, die sie wie ein schützender Mantel umgab. Zufrieden seufzte sie leise und merkte nicht, dass Mitch in diesem Moment erstarrte.

Er hatte das nicht gewollt ... Er war nur wütend auf sie gewesen, so hilflos wütend angesichts der Sinnlosigkeit ihres Verhaltens. Und dennoch ... jetzt, da er sie in den Armen hielt, gab sie ihm das Gefühl, der einzige Mann in ihrem Leben zu sein ...

Mitch hob den Kopf und holte tief Luft. Enttäuscht und verwirrt schlug Geraldine die Augen auf. Sie sah die Kälte und Ablehnung in Mitchs Augen und erkannte, was sie getan hatte. Beschämt und gedemütigt wich sie vor ihm zurück. Es war ihr nie bewusst gewesen, wie sehr sie sich nach einem Menschen sehnte, an den sie sich anlehnen konnte; jemand, der ihren Schmerz und ihre Trauer mit ihr teilte, sie liebte und stützte.

Aber das muss ganz bestimmt nicht Mitch Fletcher sein, redete sie sich hastig ein, während sie sich von ihm abwandte und sagte: „Ich weiß, dass es zu spät ist, mein Angebot zurückzuziehen, Ihnen das Zimmer zu vermieten. Sollten Sie aber je versuchen, so etwas noch einmal zu tun, werde ich Sie bitten müssen, zu gehen."

„Keine Sorge, es wird nicht wieder geschehen", versicherte Mitch schroff.

Ohne ein weiteres Wort verließ Geraldine die Küche. Sie täuschte sich nicht darüber hinweg, dass ein Großteil der Schuld bei ihr lag. Zwar hatte sie Mitchs Kuss nicht herausgefordert, aber ihn umso unmissverständlicher und unverzeihlicher erwidert. Schlimmer, sie hatte diesen Kuss sehnsüchtig begehrt. Und auch Mitch begehrt?

Nein, natürlich nicht. Warum sollte sie diesen Mann begehren? Er war praktisch ein Fremder und hatte ihr zudem allen Grund gegeben, ihn nicht zu mögen. Warum aber hatte sie sich in seinen Armen so getröstet, so geborgen gefühlt? Warum hatte er ihre Gefühle derart intensiv angesprochen? Kopfschüttelnd versuchte sie, diese unbequemen Fragen zu verdrängen.

Nachdem Mitch seine Sachen in das Zimmer gebracht und sich dort einigermaßen eingerichtet hatte, erklärte er Geraldine, dass er wieder in die Firma müsse und erst spät am Abend zurückkehren würde. Geraldine konnte ihre Erleichterung kaum verbergen, als sie die Haustür hinter ihm zuschlagen hörte. Vielleicht hatte sie wirklich schon zu lange allein gelebt. Obwohl sie aus der Zeit ihrer Ausbildung daran gewöhnt war, ihre Wohnung mit anderen zu teilen, fühlte sie sich durch Mitchs Anwesenheit in dem kleinen Cottage gereizt und unbehaglich. Für eine Weile hatte sie darüber sogar ihre traurigen Gedanken an Tante May vergessen, dabei gab es eigentlich gar keinen Grund dafür.

Bevor Mitch gegangen war, hatte er mit Geraldine kurz und sachlich die Punkte ihres zukünftigen Zusammenlebens in dem Haus besprochen, die ihrer beider Interessen berührten. Ungefragt hatte er ihr sofort erklärt, dass er sich um seine Mahlzeiten selbst kümmern würde. Damit war das Frühstück und auch gelegentlich ein Abendessen gemeint, wobei er aber häufig gezwungen war, mit Geschäftspartnern auswärts zu essen. Mitch hatte dann noch einmal ausdrücklich darauf hingewiesen, dass er sich Arbeit mitbringen und an den Abenden, an denen er zu Hause war, oben in seinem Zimmer arbeiten würde. „Falls Sie Sorge haben, dass meine Anwesenheit hier Ihr Privatleben stören könnte", hatte er bedeutungsvoll hinzugefügt.

Für das Badezimmer entwarf Geraldine auf seinen Vorschlag hin einen Zeitplan, damit es bei der Benutzung nicht zu Peinlichkeiten kommen würde. Wie Mitch ihr seinen normalen Tagesablauf geschildert hatte, würde er morgens auf und aus dem Haus sein, noch bevor Geraldine gewöhnlich aufstand, sodass es in dieser Hinsicht keine Probleme geben dürfte. Wenn Geraldine sich zunächst gefragt hatte, warum ein attraktiver Mann wie er noch nicht verheiratet war, so verwunderte es sie jetzt nicht mehr. Mitch Fletcher schien ganz für seine Firma zu leben.

Geraldine überlegte unwillkürlich, ob er wohl immer so viel arbeitete oder ob das nur eine Folge der erst kürzlich erfolgten Übernahme sei. Von Louise wusste sie, dass Mitch nicht bloß ein leitender Angestellter des Mutterunternehmens war, sondern dessen Gründer, Hauptaktionär und Präsident und damit ein sehr wohlhabender Mann. Dennoch schien er keinen Hang zu einem luxuriösen, aufwendigen Lebensstil zu verspüren, wie sie es von einem Mann in seiner Position vielleicht erwartet hätte, und er war es offensichtlich gewohnt, für seine Mahlzeiten und seine Wäsche selbst zu sorgen.

Alles in allem machte er also ganz den Eindruck eines idealen Untermieters. Und der Scheck für die Miete, den Geraldine bereits zur Bank gebracht hatte, war ein unschätzbarer Segen für ihr dürftiges Bankkonto gewesen. Ein wenig schuldbewusst gestand sie sich ein, dass die Summe, die er für das kleine Zimmer und die Mitbenutzung von Bad und Küche bezahlt hatte, nicht bloß großzügig, sondern überzogen war. Und sie wusste auch, dass Tante May darauf bestanden hätte, ihn in ganz anderer Weise zu umsorgen, als sie, Geraldine, es beabsichtigte.

Warum sollte ich ihn verwöhnen, so wie er sich mir gegenüber verhalten hat, fragte sie sich trotzig und verspürte im nächsten Moment wieder Gewissensbisse, als sie sich daran erinnerte, was sie bei seinem Kuss empfunden hatte. Wenn sie jetzt die Augen schließen und es sich noch einmal lebhaft und intensiv vorstellen würde ...

Ärgerlich verbot sie sich diese gefährlichen Gedanken. Es wartete noch viel Arbeit auf sie, bevor sie wieder zur Besuchszeit ins Hospiz fuhr. Tante May! Panik und Trauer stiegen in ihr auf und drohten ihren Entschluss, ihre persönlichen Ängste zu bezwingen, ins Wanken zu bringen. Verzweifelt rief sie sich ins Gedächtnis, dass sie jetzt zunächst an Tante Mays Bedürfnisse und nicht an ihre eigenen zu denken hatte.

Arbeit war für Geraldine immer das beste Mittel gewesen, sich abzulenken. Deshalb setzte sie sich an ihren Computer und beschäftigte sich konzentriert mit dem Stapel Papiere auf ihrem Schreibtisch, um darüber ihre Furcht und ihren Schmerz zu vergessen, die sie zu überwältigen drohten.

Als Geraldine am Abend desselben Tages noch einmal zum Hospiz fuhr, war das Erste, was sie beim Betreten des Krankenzimmers wahrnahm, der Duft der Rosen. Ihr Blick fiel auf Tante May, die mit geschlossenen Augen still im Bett lag. Wie zart und hinfällig und dabei doch so friedlich und gelassen sie aussah! Geraldine verharrte reglos auf der Türschwelle. Tränen schnürten ihren Hals zu, als sie plötzlich erkannte, was sie bis dahin nicht hatte begreifen wollen. In ihren egoistischen Bedürfnissen, ihrer Verzweiflung, ihrer Liebe hatte sie ihrer Tante eine zusätzliche Last aufgebürdet, hatte versucht, sie zu zwingen, die Lüge zu leben, an die sie, Geraldine, sich klammerte: dass Tante May wieder gesund werden würde.

Unbemerkt war die Stationsschwester über den Flur herangekommen. Geraldine bemerkte sie erst, als die Schwester ihren Arm berührte und sie leise ansprach.

„Geraldine ..."

Aufgeschreckt aus einem Gefühl tiefer Traurigkeit und Schuld, wandte Geraldine den Kopf und sah das ehrliche Mitgefühl in den Augen der Stationsschwester.

„Ihre Tante hat mir von Ihrem langen Gespräch erzählt. Ich kann Ihnen gar nicht sagen, wie froh ich darüber bin. Es zählt hier zu unseren schwersten Aufgaben, den Verwandten und Freunden unserer Patienten zu helfen, den herannahenden Tod des geliebten Menschen zu akzeptieren. Immer wieder hören wir von den Sterbenden, die hier gelernt haben, ihren Tod zu akzeptieren, wie gut und stark sie sich fühlen und dass es ihr größter Wunsch ist, so stark und in Würde zu sterben. Sie haben das Bedürfnis, ihre Gefühle und Erfahrungen denen mitzuteilen, die ihnen nahestehen, und können es oft nicht, weil die Familie, die Freunde sich weigern, die Wahrheit zu sehen. Umso mehr freue ich mich, dass zwischen Ihnen und Ihrer Tante diese Offenheit möglich war."

„Ich bin so feige gewesen", sagte Geraldine. „Und so egoistisch, weil ich mich so lange dagegen gesträubt habe, ihr zuzuhören, was sie wirklich empfindet. Wissen Sie, Tante May ist der einzige Mensch, den ich noch habe, und deshalb ..."

„Ich weiß, Geraldine. Sie hat mir erzählt, wie sie Sie nach dem Tod Ihrer Eltern großgezogen hat. Sie müssen sich wegen Ihrer Gefühle nicht schämen oder schuldig fühlen. In einer Ausnahmesituation wie dieser, wenn man sich damit abfinden muss, einen geliebten Menschen zu verlieren, ist es nicht ungewöhnlich, wenn man zu manchen Zeiten Zorn, Groll, ja, sogar Hass empfindet."

„Sie meinen, ich könnte Tante May dafür hassen, weil sie mich genauso verlässt wie meine Eltern, als sie bei dem Flugzeugabsturz starben?"

Die Stationsschwester nickte. „Genau. Sterben ist schwer für die Betroffenen, aber oftmals noch schwerer für die, die sie lieben. Unseren todkranken Patienten können wir hier die nötige Pflege, medizinische und psychologische Unterstützung angedeihen lassen, die es ihnen ermöglicht, sowohl in körperlicher wie in gefühlsmäßiger Hinsicht in Würde zu sterben. Aber für die, die in Schmerz und Trauer zurückbleiben, bleibt meist keine oder viel zu wenig Zeit."

Geraldine warf einen Blick auf das Krankenbett und sagte mit erstickter Stimme: „Ich kann es immer noch nicht richtig glauben. Ich war mir so sicher, dass sie wieder gesund werden würde. Sie war immer so stark, so positiv."

„Dann helfen Sie ihr jetzt, auch weiterhin stark zu sein. Helfen Sie ihr, dem Ende ihres Lebens mit dem gleichen Mut zu begegnen."

Wie durch einen sechsten Sinn alarmiert, schlug Tante May in diesem Moment die Augen auf, hob den Kopf vom Kissen und lächelte Geraldine zu. Geraldines Herz krampfte sich zusammen, als sie sich zum ersten Mal ehrlich und ohne Selbsttäuschung eingestand, wie unendlich schwach und hinfällig ihre Tante tatsächlich war. Wochenlang hatte sie sich über Tante Mays wahren Zustand hinweggetäuscht und ihre Tante gezwungen, ihre noch verbleibenden Kräfte unnötig aufzuzehren, weil Tante May sich aus Liebe und Sorge gedrängt sah, ihr, Geraldine, vorzuspielen, dass es ihr besser gehe. Jetzt verwünschte Geraldine ihren Egoismus und schwor sich, von nun an den Bedürfnissen ihrer Tante den absoluten Vorrang zu geben.

„Du siehst müde aus", bemerkte Tante May, als Geraldine sich zu ihr ans Bett setzte. „Du arbeitest viel zu viel, und die Hypothek ist eine viel zu hohe Belastung, Geraldine. Ich mache mir Vorwürfe ..."

Immer noch galt ihre ganze Sorge allein ihrer Nichte, wie Geraldine schuldbewusst bemerkte. Impulsiv ergriff sie die zarten, dürren Hände der Kranken und drückte sie beruhigend.

„Das musst du nicht, Tante May. Ich liebe das Cottage genauso sehr wie du, und was die Hypothek betrifft ... ich habe jetzt einen Untermieter aufgenommen ..." Und dann erzählte sie ihrer Tante von Mitch Fletcher, wobei sie allerdings die irrigen Annahmen, die er über sie hegte, nicht erwähnte und überhaupt alles ausließ, was den Verdacht hätte erregen können, dass sie mit der getroffenen Vereinbarung nicht glücklich und zufrieden sei.

Wie sehr sie in ihrer gespielten Begeisterung übertrieben hatte, begriff sie erst, als ihre Tante glücklich bemerkte: „Ach Geraldine, ich kann dir gar nicht sagen, wie erleichtert ich bin, dass du da draußen nicht mehr allein wohnst. Ich weiß, dass es altmodisch von mir ist, und vermutlich warst du in London viel größeren Risiken ausgesetzt, aber das Cottage liegt so abgeschieden. Es beruhigt mich wirklich sehr, dass jetzt ein so reizender und zuverlässiger Mann mit unter deinem Dach wohnt. Ich habe solche Schuldgefühle, weil du meinetwegen deine Karriere, praktisch alles, aufgegeben hast, und nun ..."

„Nein, das brauchst du nicht", fiel Geraldine ihr ins Wort und fuhr tröstend fort: „Ich stelle sogar zunehmend fest, dass mir das langsamere, geruhsamere Leben auf dem Land viel mehr zusagt als das hektische Großstadtleben. Ich habe sozusagen Geschmack daran gefunden, mein eigener Chef zu sein. Es macht mir Spaß, dass ich die Arbeit auch mal für eine Stunde liegen lassen kann, um in dem Garten zu sein oder spazieren zu gehen, wenn ich Lust dazu habe." Während sie sprach, stellte Geraldine zu ihrer eigenen Überraschung fest, dass es die Wahrheit war und dass sie London und ihre ehrgeizige Karriere überhaupt nicht vermisste.

„Dann wirst du also ... danach in dem Cottage bleiben?"

Danach ... Geraldine brauchte einen Moment, um zu begreifen, was ihre Tante meinte. Dann rief sie sich ihren Schwur ins Gedächtnis, schluckte ihren Protest hinunter und lächelte tapfer. „Ja, vorausgesetzt, die Hypothekenzinsen steigen nicht noch weiter."

„Falls du wirklich bleibst, wäre es schön, wenn du die Pergola bauen würdest, von der wir im Winter gesprochen haben. Ich male mir aus, wie sie im Sommer aussehen wird, über und über bedeckt von den Rosen, die uns so gut gefallen haben."

Geraldine kämpfte erneut mit den Tränen. Sie spürte, wie Tante Mays Hand in ihrer zitterte, und sah, dass auch die Augen ihrer Tante tränenfeucht waren.

Es war ein in jeder Hinsicht gefühlsgeladener Besuch. Als Geraldine schließlich das Hospiz verließ, war sie innerlich zu aufgewühlt, um direkt nach Hause und an ihren Schreibtisch zurückzukehren. Deshalb parkte sie ihren Wagen an einem Feldweg, stieg aus und suchte, an einen Weidezaun gelehnt, Ruhe und Trost in dem zeitlosen Anblick der idyllischen Landschaft.

Es wurde schon dunkel, als sie zu ihrem Wagen zurückging. Ohne es zu bemerken, hatte sie fast eine Stunde reglos dagestanden und zugesehen, wie allmählich der Frühsommerabend mit seinen sanften Pastell- und Grautönen einkehrte. Als sie nun die Autoscheinwerfer einschaltete und nach Hause fuhr, hatte sie Mitch Fletcher praktisch vergessen. Deshalb traf es sie wie ein Schock, als sie vor dem Cottage vorfuhr und die hell erleuchteten Fenster erblickte. Das Letzte, was sie sich in diesem Moment wünschte, war die Gesellschaft eines anderen Menschen und schon gar nicht die von Mitch Fletcher!

4. KAPITEL

Als Geraldine das Cottage durch die Hintertür betrat, stellte sie erleichtert fest, dass die Küche leer war. Sie legte ihre Handtasche beiseite und machte sich rasch einen Kaffee. Vernünftigerweise hätte sie etwas essen müssen, aber ihr wurde allein bei dem Gedanken an Essen schlecht. Vielleicht später, sagte sie sich und trug den Becher Kaffee die Treppe hinauf.

Sie sah den Lichtschein unter der geschlossenen Tür von Mitchs Zimmer, blieb aber nicht stehen, sondern verschwand so schnell wie möglich in ihrem kleinen Arbeitszimmer. Das Programm, an dem sie gerade arbeitete, war äußerst kompliziert und erforderte höchste Konzentration. Geraldine vergaß darüber sogar ihren Kaffee und ließ ihn kalt werden. Je länger sie vor dem Bildschirm saß, desto öfter musste sie innehalten, um sich die müden Augen zu reiben. Ein oder zwei Mal unterdrückte sie ein Gähnen, trieb sich aber trotz ihrer Erschöpfung an, weiterzuarbeiten. Schon sehr bald würden Tage und Nächte kommen, in denen sie überhaupt nicht würde arbeiten können ...

Danach aber ... würde sie so viel Zeit zum Arbeiten haben, wie sie wollte. Zu viel Zeit ... Sie schluckte und erinnerte sich energisch an ihren Vorsatz, stark zu sein und zuerst an ihre Tante zu denken. Es blieben vielleicht noch ein Monat oder auch zwei, aber auf keinen Fall mehr, wie die Stationsschwester sie gewarnt hatte. Bei dem Gedanken, wie knapp diese Zeit bemessen war, beschlich Geraldine erneut eine dunkle Angst.

Mitch legte die Papiere beiseite, an denen er noch gearbeitet hatte, und warf einen Blick auf die Uhr. Es war schon fast ein Uhr morgens. Er stand auf, reckte sich und gestand sich ein, dass es nun wirklich genug sei. Es musste an der Einsamkeit und Ruhe des Cottage liegen, dass er gar nicht gemerkt hatte, wie die Zeit verflogen war. Hier konnte man sich ganz anders konzentrieren als in dem Hotel, in dem er bislang gewohnt hatte.

Er hatte gehört, wie Geraldine zurückgekehrt war, und war versucht gewesen, unter dem Vorwand, sich einen Drink zu holen, nach unten zu gehen, nur um ... Ja, warum? Wollte er noch einmal versuchen, ihr die Augen darüber zu öffnen, wie zerstörerisch ihre Affäre nicht nur für ihr eigenes Leben war? Oder war das auch nur ein Vorwand? Für einen Moment, als er sie in den Armen gehalten hatte ...

Benimm dich nicht wie ein Narr, tadelte er sich scharf. Sie liebte einen anderen Mann. Auch wenn er, Mitch, überzeugt war, dass ihr Liebhaber sie nur ausnutzte und über seine wahren Gefühle täuschte, sie empfand das offensichtlich ganz anders.

Was war das für ein Mann, der sich, obwohl gebunden an eine andere Frau, die Freiheit nahm, sich durch Lug und Betrug den Weg in Geraldines Herz zu erschleichen? Mitch zweifelte keinen Moment daran, dass die Initiative zu dieser Affäre von diesem Mann ausging. Geraldine wirkte zu verletzlich, zu empfindsam, um es bewusst und kaltblütig darauf anzulegen, einen verheirateten Mann zu verführen.

Mitch war intelligent genug zu erkennen, dass die bittere Erfahrung seiner Kindheit, das Ehedrama seiner Eltern, bei ihm tiefe und dauerhafte Spuren hinterlassen hatte. Die Folge war nicht nur eine heftige Abneigung gegen die Heuchelei und Oberflächlichkeit von Menschen, die sich durch Lügen aus ihren Verpflichtungen heraustahlen, sondern auch eine ganz persönliche Scheu davor, sich selbst zu verlieben, zumindest für lange Zeit. Seit er aber die dreißig überschritten hatte, war diese Scheu der Erkenntnis gewichen, dass er sich nach einem Partner sehnte, mit dem er sein Leben und seine Liebe teilen und eine Familie aufbauen konnte. Er wünschte sich eine Frau, die ihm Geliebte und Kamerad zugleich sein würde.

Vielleicht war er ein Idealist und suchte nach einem Ideal, das nicht existierte. Nach den üblichen flüchtigen sexuellen Erfahrungen in seinen jüngeren Jahren hatte es eine ebenso heftige wie kurze Affäre mit einer Studienkollegin gegeben, die damit endete, dass das Mädchen sich für eine Karriere in Amerika entschied. Seitdem waren seine Beziehungen zu Frauen meist freundschaftlicher Natur gewesen. Es gab keinen Mangel an klugen und attraktiven Frauen, die gern mit ihm ausgingen. Er genoss die Unterhaltung, die Gesellschaft, ohne das Bedürfnis nach mehr zu verspüren. Umso mehr beunruhigte ihn jetzt die starke erotische Wirkung, die Geraldine auf ihn ausübte. Lag es daran, dass sie für ihn nicht zu haben war? Was, wenn es keinen anderen Mann in ihrem Leben gegeben hätte, keinen Liebhaber?

Bei der Vorstellung durchzuckte ihn ein derart heißes Verlangen, dass er verblüfft den Kopf schüttelte. Sollte er sich nicht besser eine andere Unterkunft suchen? Wie konnte er unter diesen Umständen damit fertig werden, für längere Zeit unter einem Dach mit Geraldine zu wohnen? Hatte er nicht heute, am ersten Tag, die fadenscheinigste Ausrede zum Anlass genommen, um sie zu berühren und zu küssen, obwohl er keinen Zweifel daran hegte, dass sie eine Beziehung mit einem anderen Mann unterhielt?

Eines stand fest, er war viel zu unruhig, um schlafen zu können. Ohne zu überlegen, was er tat, öffnete Mitch die Zimmertür und trat auf den Flur hinaus. Die Tür zu Geraldines Schlafzimmer stand weit offen. Es brannte kein Licht, die Fenstervorhänge waren noch offen, und Mitch konnte sehen, dass sich niemand in dem Raum befand. Während Mitch noch unschlüssig dastand, hörte er das leise Summen des Computers und bemerkte den Lichtschein unter der Tür zum Arbeitszimmer.

Geraldine arbeitete offensichtlich noch länger als er, den ganzen Abend, seit sie nach Hause zurückgekommen war. Was war geschehen? Hatte ihr Liebhaber sie versetzt, und versuchte sie nun, sich mit Arbeit darüber hinwegzutrösten? Das Leben einer Geliebten war einsam. Mitch wusste das von den Affären seines Vaters. Manche seiner Geliebten waren in ihrer Verzweiflung über seine Gefühllosigkeit sogar so weit gegangen, Mitchs Mutter, die betrogene Ehefrau, aufzusuchen, um sich bei ihr auszuweinen. Mitch würde nie begreifen können, wie seine Mutter diese Ehe überhaupt so lange hatte ertragen können. Sie hatten nie darüber gesprochen, und jetzt war es zu spät. Vor ihrem Tod hatte er sie fragen wollen, warum sie geblieben war, bis sein Vater schließlich die Scheidung verlangt hatte, aber er hatte es dann doch nicht getan. Seine Mutter war immer sehr verschlossen gewesen und hatte sich nie einem anderen Menschen anvertrauen wollen.

Gedankenverloren ging Mitch nach unten in die Küche und goss Tee auf ... genug für zwei. Dann machte er noch ein paar Sandwichs von den Vorräten, die er mitgebracht hatte ... wieder mehr, als er selber essen wollte, ohne sich den Grund einzugestehen. Es wäre das Einfachste gewesen, gleich in der Küche zu essen, stattdessen stellte er jedoch alles auf ein Tablett und trug es die Treppe hinauf.

Erst als er wieder oben auf dem Flur stand, machte er sich klar, was er wirklich vorhatte. Kurz entschlossen klopfte er an die Tür zu Geraldines Arbeitszimmer und öffnete sie leise, als keine Antwort kam. Das Licht brannte, der Computer summte, aber Geraldine merkte nichts davon. Sie saß zusammengesunken in ihrem Schreibtischstuhl und schlief tief und fest. Ihr Kopf ruhte auf ihrem Arm auf dem Schreibtisch. Mitch betrachtete sie stirnrunzelnd. Wenn sie aufwachte, konnte sie von Glück sagen, wenn sie keinen Krampf bekam. Sie musste unendlich erschöpft gewesen sein, um so einzuschlafen. Wie konnte ihr

Liebhaber es zulassen, dass sie sich derart überarbeitete? War es ihm gleichgültig, was sie sich antat ... was er ihr antat? Gleich bei ihrer ersten Begegnung, bei dem Zusammenstoß auf der Straße, war Mitch aufgefallen, wie zart und angespannt sie wirkte. Kein Wunder, wenn sie immer bis zur Erschöpfung arbeitete!

Während Mitch sie noch betrachtete, schreckte Geraldine plötzlich aus dem Schlaf. Sie versuchte, sich aufzusetzen, und erstarrte, als sie Mitch im Zimmer stehen sah.

Ihre Augen brannten, ihr Kopf schmerzte, und sie verspürte einen heftigen Durst. Während sie verzweifelt gegen ihre Schläfrigkeit ankämpfte, war sie sich bewusst, dass Mitch Fletcher sie aufmerksam beobachtete. Wie lange war er schon da? Der Gedanke, dass er sie die ganze Zeit ohne ihr Wissen beobachtet hatte, erfüllte sie mit verständlichem Unbehagen.

„Ich habe das Licht unter der Tür gesehen", sagte Mitch. „Da ich mir gerade in der Küche noch einen kleinen Imbiss gemacht habe, wollte ich fragen, ob Sie vielleicht auch etwas essen oder trinken möchten."

Geraldine sah ihn an. Er trug Jeans und ein leichtes Baumwollhemd mit aufgekrempelten Ärmeln. Der Anblick seiner sonnengebräunten, muskulösen Unterarme weckte in ihr ein elektrisierendes Gefühl, das Geraldine verwirrt registrierte. Normalerweise übten Männer nicht diese intensive sinnliche Wirkung auf sie aus, und schon gar nicht hätte sie sich träumen lassen, dass sie den Anblick eines kraftvollen männlichen Unterarms als derart erotisch empfinden könnte. Dennoch, ihre Reaktion war unmissverständlich.

Aufregende, erotische Bilder drängten sich ihr auf. Sie stellte sich vor, was für ein Gefühl es wäre, mit den Fingerspitzen ganz sacht und verführerisch über Mitchs Arm zu streichen ... zu wissen, dass er sie im nächsten Moment in die Arme nehmen und küssen würde. Entsetzt schloss sie die Augen, um diese sinnlichen Fantasien zu verdrängen, doch dadurch wurde es noch schlimmer. Jetzt spürte sie die Reaktion ihres Körpers noch intensiver und sehnte sich danach, Mitchs zärtliche Hände auf ihrer Haut zu fühlen.

„Ich hoffe, Tee ist Ihnen recht. Kaffee hält mich zu so später Stunde immer zu wach."

Mitchs Worte drangen wie aus einer anderen Welt in ihr Bewusstsein. Geraldine versuchte, sich an ihnen festzuhalten, um auf den Boden der Wirklichkeit zurückzukommen. Es musste an der Enge des Raumes liegen, dass sie auf Mitch Fletchers Nähe derart überreagierte.

Sie musste raus, brauchte Luft ... ja, sicher war das der Grund für ihre verwirrten Gefühle.

Geraldine versuchte aufzustehen, um aus dem Zimmer zu fliehen, aber von der verkrampften Haltung am Schreibtisch war ihr das linke Bein eingeschlafen und fast taub. Deshalb stolperte sie und wäre hingefallen, wenn nicht der Schreibtisch im Weg gestanden hätte. So aber stieß sie sich an der Schreibtischkante schmerzhaft die Hüfte und schrie unwillkürlich auf.

Mitch, der ihr den Rücken zugekehrt hatte, um den Tee einzugießen, drehte sich besorgt um, stellte die Teekanne ab und hielt Geraldine stützend fest. „Bleiben Sie, wo Sie sind", sagte er heftig. „Sonst bekommen Sie noch einen schlimmen Krampf."

Was blieb ihr anderes übrig, da er ihr den einzigen Ausgang versperrte? Das Blut in ihrem eingeschlafenen Bein begann langsam wieder zu pulsieren, und ein unangenehmes Kribbeln wie von tausend Nadelstichen setzte ein. Geraldine zuckte zusammen und griff sich instinktiv an das Bein, um es zu massieren.

Mitch schob ihre Hand beiseite und sagte schroff: „Lassen Sie mich das besser tun. Sie können ja kaum aufrecht stehen. Warum, in aller Welt, haben Sie weitergearbeitet, wenn Sie doch gemerkt haben müssen ..." Er ließ den Satz unvollendet und hockte sich vor ihr hin. Geraldine erstarrte, als sie seine Hand an ihrer Wade fühlte. Es war ein warmer Tag gewesen, sie trug keine Strümpfe, und Mitchs Hand war angenehm kühl auf ihrer warmen Haut.

Entsetzt und ungläubig blickte Geraldine auf Mitchs gesenkten Kopf, während er nun begann, gleichmäßig ihre zierliche Wade zu massieren. Noch nie hatte sie sich derart zart und verletzlich gefühlt wie in diesem Moment, beim Anblick von Mitchs kraftvoller sonnengebräunter Hand auf ihrer seidigen hellen Haut. Sie erschauerte, von plötzlicher Angst ergriffen. Nicht vor Mitch, denn sie spürte instinktiv, dass an seiner Berührung nichts Bedrohliches war und er ihr nur helfen wollte. Nein, sie hatte Angst vor sich, Angst vor ihren Gefühlen, die ihrer Kontrolle zu entgleiten drohten.

Mitch massierte nun ihre Wade in sanften, rhythmischen Bewegungen, die den Schmerz lindern und die Blutzirkulation wieder anregen sollten. Auf Geraldine aber übten sie eine derart erotische Wirkung aus, dass sie unwillkürlich aufschrie: „Nein! Lassen Sie mich los!"

Er gehorchte sofort, stand auf und sah sie gekränkt an. „Es tut mir leid", sagte er ironisch. „Ich habe lediglich versucht, Ihnen zu helfen."

Gerade weil sie wusste, wie unlogisch und unfair ihr Verhalten war, reagierte sie übertrieben aggressiv. „Schön, lassen Sie es. Ich brauche Ihre Hilfe nicht und will sie auch nicht."

Mitch presste die Lippen zusammen und sah Geraldine mit versteinertem Gesicht an. Sie begriff, dass sie es zu weit getrieben hatte mit ihrer Feindseligkeit und Aggression, ihrer Überreaktion in jeder Hinsicht. Mit angehaltenem Atem wartete sie darauf, dass Mitch sich revanchieren würde, indem er sie an ihre ganz anders geartete, unmissverständliche Reaktion bei seinem Kuss erinnerte.

Doch stattdessen sagte er nur: „Wissen Sie, es ist nicht klug von Ihnen, wenn Sie bis zur körperlichen Erschöpfung arbeiten, sodass Sie am Schreibtisch einschlafen. Der Tee steht da drüben. An Ihrer Stelle würde ich ihn trinken und dann schlafen gehen. Aber Sie wollen meinen Rat ja nicht, stimmt's?"

Er verließ den Raum, ehe Geraldine sich für ihr Verhalten entschuldigen oder ihm für den Tee danken konnte. Fünf Minuten später, als ihr Bein sich wieder normal anfühlte und sie in ihr Schlafzimmer ging, war die Tür zu Mitchs Zimmer fest verschlossen, auch wenn der schmale Lichtschein verriet, dass Mitch immer noch nicht schlief.

Seltsamerweise schlief Geraldine in dieser Nacht zum ersten Mal seit Wochen wirklich fest und gut und fühlte sich am Morgen so erholt wie lange nicht. Das Haus wirkte verlassen und still. Noch bevor sie nach unten ging, wusste Geraldine, dass Mitch bereits fortgegangen war, und ihr empfindsames Gespür für seine Anwesenheit beunruhigte sie.

Das Bad, die Küche waren makellos sauber und aufgeräumt. Während Geraldine sich Frühstück machte, überlegte sie, dass Mitch Fletcher wirklich der ideale Untermieter war, das hieß, er wäre es gewesen, wenn … ja, wenn er nicht ihre Gefühle in dieser gefährlich erotischen Weise angesprochen hätte. Aber das war ihre Schuld, nicht seine. Er hielt sie für die Geliebte eines verheirateten Mannes und hatte ihr mehr als deutlich gezeigt, wie geringschätzig er auf Grund dieser irrigen Annahme von ihr dachte.

Geraldine grübelte eine Weile darüber nach, was er ihr über seine Kindheitserfahrungen erzählt hatte. Unwillkürlich versuchte sie, ihn sich als kleinen Jungen vorzustellen, wie er verunsichert und verängstigt die hässlichen Auseinandersetzungen zwischen seinen Eltern beobachtet hatte. Im Vergleich zu der Liebe und Geborgenheit, die sie, Geraldine, bei ihrer Tante erleben durfte, musste Mitch eine sehr unglückliche Kindheit gehabt haben. Kein Wunder, dass er derart ablehnend auf ihre mutmaßliche Beziehung mit einem verheirateten Mann reagierte. Geraldine begann sogar zu verstehen, warum er bei ihrem ersten Gespräch zu diesem völlig unbegründeten, voreiligen Schluss gelangt war.

Seufzend sah sie sich in der ordentlichen Küche um. Hatte sie vielleicht insgeheim gehofft, dass er ihr durch Unordentlichkeit und Rücksichtslosigkeit einen Vorwand liefern würde, ihm das Zimmer zu kündigen? In dem Fall hätte sie ihm aber auch den Mietvorschuss zurückzahlen müssen, und das konnte sie sich schlichtweg nicht leisten.

Tante Mays Fragen hatten ihr verraten, dass die alte Dame sich große Sorgen über ihre, Geraldines, Zukunft machte, nicht zuletzt wegen der drückenden finanziellen Belastung durch die Hypothek. Da sie anscheinend nichts anderes mehr für ihre Tante tun konnte, überlegte Geraldine unglücklich, dass sie sie wenigstens in diesem Punkt, was sie und ihre Zukunft betraf, beruhigen musste. Sie wollte ihre Tante nicht noch mit dieser zusätzlichen Sorge belasten. Nein, wie es aussah, konnte sie Mitch Fletcher nicht so schnell loswerden, auch wenn sie es sich noch so sehr wünschte.

Als sie sich einige Zeit später für den Besuch bei ihrer Tante fertigmachte, gestand sich Geraldine ein, dass sich ihre Gefühle augenblicklich durch das, was mit Tante May geschah, in einem äußerst labilen Zustand befanden und ständig in der Gefahr zu sein schienen, wild außer Kontrolle zu geraten. Sie besaß ganz einfach nicht mehr die Kraft, die für sie sonst übliche kühle Selbstbeherrschung aufrechtzuerhalten. Damit hatte sie ihren bewährten Schutzschild verloren und war zu empfindsam und verletzbar geworden.

Auf dem Weg ins Hospiz musste Geraldine noch bei Louise Mather in der Agentur haltmachen, um einen Stapel erledigter Arbeiten abzugeben. Louise begrüßte sie herzlich und lud sie zu einer Tasse Kaffee ein. Wie stets erkundigte sie sich mitfühlend nach Tante Mays Zustand. Geraldine hatte schon die vertraute Lüge auf der Zunge, dass es ihrer Tante viel besser gehe, als ihr klar wurde, dass sie im Begriff stand, wieder in das alte Schema zurückzuverfallen. Nein, sie hatte sich viel zu lange selbst belogen, aus Angst, sich die Wahrheit einzugestehen. Es war höchste Zeit, diese Gewohnheit zu durchbrechen.

Zögernd, aber entschlossen sagte sie Louise also die Wahrheit und schloss mit erstickter Stimme: „Tante May ist wirklich wundervoll.

Sie scheint sich damit abgefunden zu haben, dass sie bald sterben muss, und wirkt so ... gelassen und gütig, so ... friedlich. Es fällt mir schwer, die richtigen Worte dafür zu finden ..."

„Ich weiß, was du meinst", sagte Louise verständnisvoll. „Ich habe Ähnliches erlebt, als meine Großmutter im Sterben lag. Sie war einundneunzig, und als ich ihr einzureden versuchte, sie könne noch hundert werden, sagte sie mir schlicht, dass sie das nicht wolle und bereit sei zu sterben. Damals war ich entsetzt, ich konnte einfach nicht begreifen, was sie mir begreiflich zu machen versuchte. Sie war doch immer so eine Kämpfernatur gewesen. Ich hatte das Gefühl, als ob sie nicht nur dem Leben, sondern auch uns den Rücken kehren würde, und fühlte mich von ihr zurückgestoßen. Es hat lange gedauert, bis ich verstehen und akzeptieren konnte, was sie mir sagen wollte. Hör zu, Geraldine, wenn du jemanden brauchst, um darüber zu reden, dann bin ich jederzeit für dich da ..."

Geraldine schluckte die Tränen hinunter.

„Erzähl mir, wie du mit Mitch zurechtkommst", wechselte Louise dann bewusst das Thema. „Ich muss gestehen, er hat mich wirklich beeindruckt. Wie es scheint, ist er ein mustergültiger Arbeitgeber, der, wenn nötig, zwar auch streng durchgreifen kann, aber immer fair bleibt und bereit ist, zuzuhören. Bei ein oder zwei der jüngeren Menschen hatte ich zunächst Bedenken ... Ich meine, er ist ein aufregend attraktiver Mann, und ein paar von den Mädchen neigen zu romantischen Höhenflügen. Aber Helen, eine meiner besten Kräfte, die schon über fünfzig ist, hat mir versichert, dass er eine bewundernswert charmante und taktvolle Art hat, diese Art von jugendlichem Übereifer zu dämpfen, ohne die Gefühle oder den Stolz der Mädchen zu verletzen. Überhaupt scheint Helen ein gewisses mütterliches Interesse für ihn entwickelt zu haben. Ständig klagt sie darüber, dass er viel zu viel arbeitet. Es gehen Gerüchte, er könnte möglicherweise überlegen, den Hauptsitz seines Unternehmens von London nach hier zu verlegen. Es würde mich nicht wundern, denn er hat mir einmal erzählt, dass er das Landleben der Stadt vorzieht. Hat er vielleicht dir gegenüber etwas erwähnt?"

Geraldine schüttelte den Kopf. „Nein, wir haben keine persönlichen Dinge besprochen. Tatsächlich sehen wir uns kaum. Morgens verlässt er das Haus, bevor ich aufstehe, und abends arbeiten wir beide. Louise, du erzählst ihm doch nichts über Tante May, ja? Ich ... ich habe mich immer noch nicht ganz mit dem, was geschieht, abgefunden und ..."

„Das verstehe ich doch, und ich verspreche dir, ich werde kein Wort sagen", versicherte Louise ihr sofort. „Wenn du willst, hätte ich übrigens neue Arbeit für dich, aber ich möchte dich nicht überlasten. Ich weiß, unter welchem Stress du stehst. Du musst es nur sagen, wenn du eine Verschnaufpause brauchst."

„Nein", wehrte Geraldine ab. „Es ist besser, wenn ich weiterarbeite. Das hält mich davon ab, zu viel nachzugrübeln, und außerdem ... Na ja, die Hypothekenzinsen scheinen nicht zu sinken, oder?"

„Nein, ich verstehe, was du meinst", sagte Louise. „Wir haben unser Haus sozusagen gerade noch vor dem Sturm gekauft und kommen bislang ganz gut zurecht. Aber Freunde von uns haben genau zum falschen Zeitpunkt gekauft und sind jetzt gezwungen, ernsthaft an Verkauf zu denken. Falls sie einen Käufer finden ..."

Sie plauderten noch eine kurze Weile, bis Geraldine sich verabschiedete, weil es Zeit für ihren Krankenhausbesuch wurde.

„Und vergiss nicht", gab Louise ihr noch mit auf den Weg. „Wenn du jemanden brauchst, um dich auszusprechen, egal ob Tag oder Nacht ..."

In den folgenden Wochen, in denen Geraldine jede freie Minute am Krankenbett ihrer Tante verbrachte, stellte sie fest, dass es möglich war, mit jemandem zusammen in einem Haus zu wohnen und trotzdem kaum zu merken, dass der andere da war. An manchen Tagen war der einzige Hinweis auf Mitch Fletchers Anwesenheit der Duft seines Aftershaves im Bad oder von Kaffee in der Küche, wenn Geraldine nach unten kam, nachdem Mitch bereits das Haus verlassen hatte. Diese kaum merklichen, flüchtigen Spuren seiner Gegenwart beunruhigten sie jedoch fast mehr, als es seine persönliche Anwesenheit hätte tun können, denn sie reizten ihre Sinne und verfolgten sie unterbewusst den ganzen Tag. Immer wieder ertappte sie sich dann dabei, wie sie an ihn dachte und sich sein Bild ins Gedächtnis rief, um dann diese ungebetenen Gedanken sofort energisch zu verdrängen.

Drei Wochen nach dem offenen Gespräch zwischen Geraldine und Tante May sah sich Geraldine bei ihrem Besuch im Hospiz mit der traurigen Tatsache konfrontiert, dass sich der Zustand ihrer Tante über Nacht dramatisch verschlechtert hatte. Fünf Stunden wachte sie am Bett der Kranken, bis die Schwestern ihr sagten, dass sie im Moment nichts weiter für ihre Tante tun könnte. Dank der wirksamen Schmerzmittel war Tante May eingeschlafen, und die Schwestern empfahlen Geraldine dringend, nach Hause zu gehen und das Gleiche zu tun. Ohne dass es ausgesprochen werden musste, wusste Geraldine, was dieser Rat bedeutete: Dies war der Anfang vom Ende, und es würde klug sein, zu schlafen und Kräfte zu sammeln, solange sie die Gelegenheit dazu hatte.

Sie hatte mit Tante May besprochen, dass sie bei ihr sein wollte, wenn es zu Ende ging, und diesen Wunsch auch an die Schwestern weitergegeben. Und obwohl ihr Gefühl sie nun drängte, nicht von der Seite der Kranken zu weichen, war sie vernünftig genug, dem wohlmeinenden Rat der Schwestern zu folgen. Sie wusste, dass das erfahrene Hospizpersonal den Zustand ihrer Tante viel besser beurteilen konnte als sie und sie bestimmt rechtzeitig zurückholen würde.

Also verabschiedete sie sich mit einem sachten Kuss von ihrer Tante und machte sich auf den Heimweg. Es war schon sechs Uhr abends. Die Schwestern hatten Geraldine versichert, sie bei einer entscheidenden Veränderung sofort zu benachrichtigen. Sie würde jetzt nach Hause fahren, duschen, eine Kleinigkeit essen, noch einmal kurz ins Hospiz zurückkehren und dann früh schlafen gehen. Das würde das Vernünftigste sein.

Als Geraldine am Cottage ankam, bemerkte sie erleichtert, dass Mitchs Wagen nicht zu sehen war. Müde stieg sie aus ihrem Wagen aus und betrat das Cottage wie meist durch die Hintertür. Sie war froh, das Haus für sich allein zu haben, denn ihr war wirklich nicht nach einer höflichen, nichtssagenden Unterhaltung zumute.

Geraldine legte ihre Jacke und die Handtasche achtlos auf den Küchentisch und ging sofort nach oben, um zu duschen. Die stundenlange Wache am Krankenbett, in dem Wissen, dass das Ende unweigerlich bevorstand, hatte sie physisch und psychisch erschöpft. Wie betäubt stieg sie die Treppe hoch und stieß die Tür auf.

Zu spät erkannte sie, dass Mitch Fletcher bereits im Badezimmer war. Offensichtlich hatte er gerade geduscht und stand im Begriff, sich abzutrocknen. Geraldine war sich so sicher gewesen, allein im Haus zu sein, dass sie bei Mitchs nacktem Anblick wie angewurzelt stehen blieb und ihn mit pochendem Herzen anstarrte.

Später gestand sie sich ein, dass das, was dann geschah, vermutlich ihre Schuld gewesen war. Wenn sie nicht so verblüfft, so erschrocken gewesen wäre, hätte sie viel schneller reagiert und sich einfach umgedreht und das Bad wieder verlassen. Stattdessen rührte sie sich nicht vom Fleck, unfähig, die Augen von Mitchs Körper zu wenden.

Gebannt folgte ihr Blick einem Wassertropfen, der schimmernd von seiner Schulter über seine muskulöse Brust rann, hinab über seinen flachen Bauch und dann ...

Geraldine hielt den Atem an, als sie Mitchs unmissverständliche körperliche Erregung bemerkte. In ihrer Überraschung dachte sie gar nicht daran, wegzuschauen, geschweige denn, den Raum zu verlassen. Ihre Augen weiteten sich, und sie spürte sofort die deutliche, urweibliche Reaktion ihres eigenen Körpers auf das, was sie sah.

Im nächsten Moment stieß Mitch einen unterdrückten Fluch aus und langte nach seinem Handtuch. Seine heftigen Bewegungen rissen Geraldine aus ihrer Trance. Sie drehte sich auf dem Absatz um und wäre um ein Haar gegen die Badezimmertür geprallt, als sie blindlings hinausstürmte und sich in ihr Schlafzimmer flüchtete. Dort blieb sie zitternd vor dem Bett stehen, barg das erhitzte Gesicht in den Händen und schloss fest die Augen, als könne sie so die Erinnerung an das, was sie soeben gesehen hatte, und vor allem an ihre Reaktion darauf, aus ihrem Gedächtnis ausradieren.

Warum, in aller Welt, hatte er nicht die Tür abgeschlossen? Warum war er überhaupt da? Wo war sein Auto? Verdammt, warum hatte sie nicht sicherheitshalber angeklopft? Und warum hatte sie sich bei seinem unerwarteten Anblick nicht sofort umgedreht und war wieder gegangen, anstatt ihn wie ein Schulmädchen anzustarren, als habe sie noch nie einen nackten Mann gesehen? Was ihre eigene körperliche Reaktion auf seinen Anblick betraf, so wollte sie lieber nicht darüber nachdenken. Geraldine schluckte nervös, weil sie die Nachwirkungen dieser verräterischen Gefühle immer noch in sich verspürte.

Benommen ließ sie die Hände sinken und öffnete die Augen. Ihr Blick fiel in den Spiegel, und sie erstarrte in neuerlichem Entsetzen. Ihre Wangen waren gerötet, ihre Augen glühten, und ihr Haar war zerzaust von ihrer überstürzten Flucht. Obwohl das T-Shirt, das sie trug, modisch weit geschnitten war, zeichneten sich die harten Spitzen ihrer Brüste in deutlicher Erregung unter dem feinen Baumwollstoff ab.

Hatte sie so ausgesehen, als sie im Bad vor Mitch gestanden hatte? Hatte auch er bemerkt ...? Unbehaglich erinnerte sie sich daran, wie sie ihn angestarrt hatte, wie ihr Blick der Spur des Wassertropfens gefolgt war bis hinunter ...

War das, war sie der Grund gewesen, warum er ...? Geraldine stöhnte entsetzt auf. Die Vorstellung, dass sie dafür verantwortlich gewesen sein könnte, war ihr unerträglich. Gleichzeitig machte sie sich jedoch auch bewusst, dass sie nach dem ersten Schreck den Anblick von Mitchs schönem, nacktem Körper genossen hatte.

Sie hörte, wie Mitch das Badezimmer verließ, und blickte mit angehaltenem Atem auf ihre geschlossene Schlafzimmertür. Doch sie wartete vergeblich darauf, dass Mitch anklopfen würde. Alle Gedanken ans Duschen oder Essen waren zunächst einmal vergessen. Gut eine halbe Stunde wagte Geraldine sich nicht aus ihrem Zimmer heraus, bis sie sich endlich sagte, dass sie sich wie eine Närrin benahm. Früher oder später musste sie Mitch Fletcher sowieso wieder gegenübertreten.

5. KAPITEL

Als Geraldine in die Küche kam, war Mitch gerade damit beschäftigt, Kaffee zu machen. Bei ihrem Eintreten drehte er sich zu ihr um und betrachtete sie schweigend. Sie fühlte, wie ihr das Blut in die Wangen schoss, und musste all ihre Willenskraft aufbieten, um dem forschenden Blick seiner ernsten goldbraunen Augen standzuhalten.

„Möchten Sie auch einen Kaffee?", fragte Mitch schließlich ruhig. Geraldine hätte am liebsten laut losgelacht, um ihrer Anspannung Luft zu machen. Stattdessen schüttelte sie nur stumm den Kopf und nickte dann doch, weil der Duft des Kaffees zu verlockend war.

Während Mitch für sie Kaffee eingoss, sagte sie fast entschuldigend: „Ich dachte, Sie wären nicht zu Hause. Ihr Wagen war nirgends zu sehen ..." Sie geriet ins Stocken und ärgerte sich. Was für einen Grund hatte sie, sich zu entschuldigen? Immerhin war es doch nicht ihre Schuld, dass er die Tür nicht abgeschlossen hatte.

„Er ist zur Inspektion. Die Werkstatt will ihn mir gleich morgen früh wieder vorbeibringen lassen. Ich muss heute Abend noch zu einem Geschäftsessen und wollte vorher schnell duschen und mich umziehen. Genau wie Sie glaubte ich, allein im Haus zu sein."

Es klang bedauernd, aber nicht so, als habe ihn der Vorfall sonderlich beeindruckt. Wenn sich einer von ihnen verunsichert fühlte, dann sie, und zwar nicht wegen seiner Nacktheit, sondern wegen ihrer Reaktion, von der sie nur hoffen konnte, dass sie Mitch entgangen war.

Als Mitch jetzt auf sie zukam, wich sie instinktiv zurück, was ihm natürlich nicht entgehen konnte. Er stellte den Kaffeebecher für sie auf den Tisch und sah sie nachdenklich an. Errötend wich Geraldine seinem Blick aus. Für einen Moment glaubte sie, Mitch würde ihr Verhalten im Bad ohne Kommentar übergehen, und wollte schon erleichtert aufatmen. Da hob er plötzlich eine Hand und strich über ihre erhitzte Wange. Geraldine zuckte sofort zurück und hörte ihn fragen: „Darf ich annehmen, dass dies seinen Grund in dem hat, was oben im Bad geschehen ist?"

Sie wusste nicht, was sie antworten sollte, konnte ihn nicht einmal ansehen. Warum musste er ihre Verlegenheit noch verstärken, indem er sie darauf ansprach? Warum konnte er die Sache nicht einfach auf sich beruhen lassen? „Sie werden doch verstehen ..."

„Ich verstehe vor allem, warum es mir hätte peinlich sein können", unterbrach er sie ruhig. „Aber Sie sind kein junges Mädchen, sondern eine Frau, die zudem einen Liebhaber hat ..."

„Und deshalb steht es mir nicht mehr zu, verlegen zu werden beim Anblick ...? Ist es das, was Sie mir sagen wollen?", fragte Geraldine jetzt wirklich wütend.

„Selbstverständlich haben Sie das Recht, verärgert oder unangenehm berührt zu sein über meine ... körperliche Reaktion auf Sie", entgegnete Mitch gelassen. „Das stelle ich gar nicht in Frage. Nur, diese offensichtliche Verlegenheit hatte ich einfach nicht erwartet. Sie hat mich ein wenig aus der Fassung gebracht, wie ich gestehen muss, andernfalls wäre ich Ihnen nämlich gleich gefolgt und hätte mich auf der Stelle entschuldigt. Sie haben mich völlig überrumpelt. Ich war fest davon überzeugt, allein im Haus zu sein, bis plötzlich die Badezimmertür aufging und Sie vor mir standen. Sie wirkten so erschrocken, als ob ..." Er hielt inne und betrachtete nachdenklich ihr gequältes Gesicht.

„Es ist Ihnen so peinlich, dass Sie es kaum ertragen können, wenn ich von dem Vorfall spreche, stimmt's?", fragte er. „Dabei muss Ihnen doch der Anblick eines nackten Mannes vertraut sein."

„Weil ich einen Liebhaber habe, meinen Sie?", stieß Geraldine empört aus. „Sprechen Sie etwa auch jeder Frau, die sexuell aktiv ist, das Recht ab, sich vom Anblick eines Exhibitionisten auf der Straße belästigt zu fühlen oder sich dagegen zu wehren, vergewaltigt zu werden ...?"

„Einen Moment, wenn Sie damit andeuten wollen, dass Sie mich in eine dieser beiden Kategorien einordnen ...", fiel Mitch ihr scharf ins Wort.

„Das wollte ich keineswegs", entgegnete sie. „Aber Sie haben angedeutet, dass ich auf Grund meines Liebeslebens kein Recht habe, schockiert zu sein über ..."

„Über was?", warf er ruhig ein. „Über den Anblick meines Körpers oder meine körperliche Reaktion auf Sie? Was genau hat Sie denn am meisten schockiert, Geraldine?"

Geraldine wich seinem Blick aus. Als sie all ihren Mut zusammengenommen hatte und in die Küche gegangen war, hätte sie nicht im Traum daran gedacht, dass Mitch sie derart freimütig und direkt auf das, was passiert war, ansprechen würde. Sie fühlte sich bloßgestellt und in die Ecke gedrängt und schaffte es zu ihrem Leidwesen nicht, diese Herausforderung schlagfertig zu erwidern.

„Eine attraktive Frau wie Sie muss doch daran gewöhnt sein, welche Wirkung sie auf Männer ausübt", fuhr Mitch fort.

Entsetzt spürte sie, dass seine Worte eine höchst ungebetene, elektrisierende Reaktion in ihr auslösten. „Ich möchte dieses Thema nicht weiter diskutieren", sagte sie stockend. „Ich ... ich muss noch einmal fort."

Sie nahm ihren Kaffeebecher, drehte Mitch den Rücken zu und wandte sich zur Tür.

„Was tun Sie eigentlich, wenn Sie mit ihm schlafen, Geraldine? Machen Sie die Augen dabei zu?"

Seine spöttischen Worte ließen sie derart zusammenzucken, dass der Kaffee über den Becherrand schwappte.

„Hat er Ihnen nie gesagt, wie erotisch es ein Mann findet, wenn die Frau ihn dabei ansieht, wenn sie seinen Körper bewundert und sich an der Wirkung, die sie auf ihn ausübt, erfreut, anstatt die Augen zu schließen wie ein Kind, das eine bittere Medizin einnimmt?"

Geraldine hörte die Geringschätzung und den Zorn in seiner Stimme und fragte sich verwirrt, mit welchem Recht er auf sie wütend sein konnte. Sie schluckte, denn ihr Hals war plötzlich wie zugeschnürt. Nein, auf keinen Fall würde sie hier vor Mitch Fletcher in Tränen ausbrechen. Mit zitternder Hand öffnete sie die Küchentür, eilte hinaus und die Treppe hinauf, um in ihrem Schlafzimmer Zuflucht zu suchen.

Sie brauchte eine ganze Weile, um sich wieder einigermaßen zu fassen. Immer wieder kamen ihr Mitchs Worte in den Sinn, begleitet von einer höchst erregenden Vorstellung seines schönen nackten Körpers.

Von ihrem Schlafzimmerfenster übersah Geraldine den Feldweg, der zum Cottage führte. Es dauerte nicht lange, da fuhr ein Taxi vor, um Mitch zu seinem Geschäftsessen abzuholen. Geraldine beobachtete, wie er das Haus verließ und in den Wagen einstieg. Dann erst fühlte sie sich sicher genug, um sich wieder nach unten in die Küche zu wagen.

Lustlos bereitete sie sich einen Salat zum Abendessen. Als sie sich gerade hinsetzen wollte, läutete das Telefon, und Geraldine glaubte sofort, es sei das Hospiz. Obwohl sie sich irrte, war ihr der Appetit jetzt so gründlich vergangen, dass sie kaum mehr in ihrem Essen herumstocherte. Dennoch zögerte sie unbewusst den Moment hinaus, da sie nach oben gehen musste, um sich zu duschen und für den nochmaligen Besuch bei Tante May fertigzumachen. Als sie sich das schließlich klarmachte, wusste sie auch den Grund dafür und errötete zutiefst.

Ärgerlich zwang sie sich, aufzustehen und nach oben ins Bad zu gehen. Dort schloss sie die Tür energisch ab, bevor sie sich auszog und unter die Dusche ging. Während sie sich einseifte, tauchte gänzlich ungebeten die Erinnerung an Mitchs nackten, schönen Körper vor ihr auf. Ihre Gefühle reagierten so prompt und heftig auf diese Stimulation, dass ihr der Atem stockte.

Was war nur mit ihr los? Warum übte dieser Mann, den sie kaum kannte und nicht einmal mochte, eine derart intensive Wirkung auf sie aus? Zornig schrubbte sie ihre Haut, bis es wehtat. Sie wollte sich nicht daran erinnern, was sie beim Anblick von Mitchs nacktem Körper und seiner unmissverständlichen Reaktion empfunden hatte. Aber seine Worte, der Klang seiner Stimme verfolgten sie: „Ein Mann findet es erotisch, wenn die Frau ihn dabei ansieht, wenn sie seinen Körper bewundert ..."

Geraldine erschauerte. Die Spitzen ihrer Brüste wurden hart, ein schmerzliches Verlangen durchzuckte ihren Körper. Wenn sie jetzt die Augen schließen würde und ...

Hastig drehte sie das Wasser zu, frottierte sich ab und zog sich an. Sie war den Tränen nahe, weil sie einfach nicht begreifen konnte, was mit ihr geschah. Hatte es etwas mit ihrem Alter zu tun, mit der Tatsache, dass sie noch unverheiratet war? War es möglicherweise eine Art verfrühte Torschlusspanik? Oder hing es vielleicht mit Tante Mays Krankheit zusammen, ein Versuch, sich von ihrer Angst und Verzweiflung abzulenken? Müde schüttelte sie den Kopf und versuchte, alle Gedanken an Mitch zu verdrängen. Doch es gelang ihr nicht. Sie fragte sich, wo und mit wem er den Abend verbringen würde. Er hatte von einem Geschäftsessen gesprochen, und sie fragte sich unwillkürlich, ob es sich dabei um einen männlichen oder weiblichen Geschäftspartner handelte.

Entsetzt rief sie sich zur Ordnung. Sie durfte jetzt nur an Tante May denken und nicht an Mitch Fletcher. Er hatte keinen Platz in ihrem Leben und durfte auch keinen in ihren Gedanken und Gefühlen haben.

Als Geraldine ins Hospiz kam, war ihre Tante bei Bewusstsein, aber sehr unruhig und verwirrt. Geraldine setzte sich zu ihr, beruhigte und tröstete sie und hörte geduldig und liebevoll zu, wie Tante May von ihrer eigenen Kindheit erzählte und dabei ihre Nichte mit ihrer Schwester verwechselte, die Geraldines Großmutter gewesen, aber vor deren Geburt gestorben war.

Stunden vergingen, lange, zermürbende Stunden, in denen Tante May von Zeit zu Zeit aus der Vergangenheit auftauchte und in die

Gegenwart zurückkehrte. In diesen Momenten war sie wieder die liebende, fürsorgliche Frau, die Geraldine so verständnisvoll über den Verlust ihrer Eltern hinweggeholfen und ihr so viel gegeben hatte. Und die jetzt umgekehrt sie so sehr brauchte, wie Geraldine erkannte, während sie miteinander sprachen … das heißt, während Tante May sprach und Geraldine zuhörte.

Zum ersten Mal erfuhr Geraldine von dem jungen Mann, den Tante May hatte heiraten wollen und der dann im Krieg gefallen war.

„Bevor er fortzog, liebten wir uns, und ich betete später, dass ich ein Kind von ihm bekommen würde. Ich wünschte es mir so sehr. Ich hatte ihn verloren und wollte dieses Kind mehr als alles auf der Welt. Es gibt keinen schlimmeren Schmerz, als sich ein Kind von seinem Geliebten zu wünschen, den sichtbaren Beweis seiner Liebe, und dann erkennen zu müssen, dass es niemals sein wird. Eines Tages, wenn du selbst einen Mann liebst, wirst du verstehen, was ich meine, Geraldine."

Tante May wurde müde. Sie wirkte sichtbar erschöpft von der Anstrengung, die das Reden ihr bereitete. Eine Weile schwieg sie nun und betrachtete nachdenklich das schmale Gesicht ihrer Nichte.

„Weißt du", sagte sie dann. „Das Schlimmste für mich ist, zu wissen, dass ich dich ganz allein zurücklassen werde."

Geraldine schüttelte den Kopf und versuchte, ihre Tränen zu verbergen. „Nein, ich werde nicht allein sein. Deine Liebe bleibt mir für immer. Du hast mir so viel gegeben …"

„Nicht mehr, als du mir gegeben hast. Als deine Eltern bei dem Flugzeugabsturz starben und ich ihre Stelle einnehmen musste, hast du meinem Leben nicht nur einen Sinn, sondern auch Liebe gebracht, Geraldine." Sie zögerte. „Wenn dir das alles zu viel wird …"

„Nein", wehrte Geraldine sofort ab. „Ich möchte bei dir sein, möchte es mit dir teilen."

Tante May lächelte matt. „Ich glaube nicht, dass es noch sehr lange dauern wird", versprach sie leise. „Seltsam, ich habe immer gedacht, dass ich fürchterliche Angst haben würde, wenn die Zeit kommt, aber das ist nicht der Fall. Ich fühle mich außerordentlich ruhig und gelassen." Sie schloss die Augen, und Geraldine stockte für Sekunden der Herzschlag. Nein! Noch nicht, wollte sie aufschreien. Und als habe ihre Tante den stummen Schrei gehört, schlug sie die Augen wieder auf und sagte schwach: „Noch nicht. Nicht jetzt, nicht heute Nacht, aber bald …"

Als Tante May schließlich erschöpft einschlief, blieb Geraldine reglos an ihrem Bett sitzen und weinte still vor sich hin. So fand sie die Ordensschwester, die regelmäßig nach der Sterbenden schaute. Sie tadelte Geraldine sanft für ihre Unvernunft. „Gehen Sie nach Hause, und ruhen Sie sich aus, Geraldine, sonst haben Sie keine Kraft mehr, wenn Ihre Tante Sie am nötigsten braucht. Sie haben ja die ganze Nacht hier zugebracht."

Die ganze Nacht? Benommen schaute Geraldine zum Fenster und bemerkte erst jetzt, dass es draußen bereits hell wurde.

„Gehen Sie nach Hause", wiederholte die Ordensschwester energisch und fügte beruhigend hinzu: „Keine Sorge, sollte Ihre Tante Sie aus irgendeinem Grund brauchen, werden wir Sie anrufen. Sie schläft jetzt ganz friedlich, und die Medikamente verhindern, dass sie Schmerzen hat."

Geraldine schluckte und sah die Schwester flehentlich an. „Wie ... wie lange noch?"

„Nicht mehr lange. Zwei Tage, vielleicht auch drei. Bei unserer Arbeit hier lernt man zu erkennen, wann der Tod unmittelbar bevorsteht ... wann unsere Patienten bereit dafür sind. Und nun seien Sie ein braves Mädchen, und gehen Sie nach Hause, um zu schlafen. Ich verspreche Ihnen, wenn Sie wiederkommen, wird Ihre Tante noch bei uns sein."

Geraldine erhob sich müde. Die lange Nacht am Krankenbett forderte ihren Tribut; sie fühlte sich physisch und psychisch völlig ausgebrannt. An der Tür blieb Geraldine noch einmal stehen und warf einen letzten Blick auf das Bett, wo Tante May ruhig und friedlich schlief.

Ihre Tante würde noch da sein, wenn sie zurückkam, hatte die Schwester gesagt, und in diesen Worten lag die beruhigende Zusicherung, dass Tante May noch am Leben sein würde ...

Trotzdem ... als Geraldine im Morgengrauen nach Hause fuhr, schwor sie sich, dass sie in Reichweite des Telefons bleiben würde.

Ruhe und Schlaf hatte die Schwester ihr verordnet, aber wie sollte sie schlafen können? Am liebsten wäre Geraldine auf halber Strecke umgekehrt und zum Hospiz zurückgefahren. Sie wusste natürlich selbst, wie dringend sie Schlaf brauchte, wenn sie bei Kräften bleiben wollte, und dass sie auf dem Stuhl neben dem Krankenbett nicht die nötige Ruhe finden konnte. Dennoch fiel es ihr unendlich schwer, Tante May auch nur für kurze Zeit allein zu lassen ... Und sie würde bei ihr sein, wenn es schließlich zu Ende ging.

Es war für Geraldine eine unangenehme Überraschung, als sie bei ihrer Rückkehr nach Hause Mitchs Wagen vor dem Gartentor geparkt sah. Während sie mit schleppenden Schritten den gewohnten Weg zur Hintertür nahm, fiel ihr ein, dass der Wagen von der Werkstatt vorbeigebracht werden sollte. Dies konnte auch geschehen sein, nachdem Mitch in aller Frühe das Haus verlassen hatte, sodass die Anwesenheit des Autos nicht unbedingt bedeuten musste, dass auch Mitch bereits da war.

Geraldine schloss die Hintertür auf. Die Küche wirkte sauber und unbenutzt. Für einen Moment glaubte Geraldine schon, ihr Stoßgebet sei erhört worden, da vernahm sie die Schritte auf der Treppe. Einen Augenblick später betrat Mitch die Küche.

„Sie sind also wieder da."

Trotz seines ausdruckslosen Tonfalls hatte Geraldine das Gefühl, dass eine nur mühsam beherrschte Wut in ihm brodelte. Ihr Verdacht wurde bestärkt, als Mitch schon deutlich schärfer fortfuhr: „Bleiben Sie oft die ganze Nacht weg? Es wäre ganz nett, zu wissen, nur damit ich mich nicht zum Narren mache, indem ich bei der Polizei Ihretwegen eine Vermisstenanzeige aufgebe. Dabei bin ich keineswegs an einer minutiösen Beschreibung all Ihrer Aktivitäten interessiert", fügte er sarkastisch hinzu. „Ganz bestimmt nicht. Aber ein paar erklärende Worte, eine kurze Nachricht ..."

Geraldine hatte noch kein Wort zu ihrer Verteidigung herausgebracht. Mitchs unerwarteter Angriff hatte ihr förmlich die Sprache verschlagen. Sie konnte es nicht fassen: Er benahm sich wie ein wütender Vater, der seine aufsässige, halbwüchsige Tochter zur Rede stellte. Als er jetzt herausfordernd schwieg, gelang es ihr für einen Moment, die Lethargie abzuschütteln, die eine Folge der langen Nacht am Krankenbett ihrer Tante war.

„Ich bin Ihnen keine Rechenschaft schuldig", sagte sie heftig. „Dies ist mein Haus, und ich bin ein erwachsener Mensch. Wenn ich die ganze Nacht wegbleiben will, dann ist das allein meine Angelegenheit."

„‚Affäre' wäre wohl zutreffender", warf er schneidend ein. „Aber Sie irren sich. Ich könnte mir vorstellen, dass zumindest die Ehefrau Ihres Liebhabers es auch für ihre Angelegenheit halten würde. Weit genug weg, wie ich annehme. Wo haben Sie sich mit ihm getroffen? In irgendeiner schmuddeligen kleinen Absteige, oder hat er Sie mit zu sich nach Hause genommen und in seinem Ehebett mit Ihnen geschlafen? Das wirkt auf manche Männer sehr erregend, und manche Frauen ..."

Sein verächtlicher Ton ließ Geraldine erschauern.

„Nun, was auch immer vergangene Nacht zwischen Ihnen beiden gewesen ist, heute Morgen konnte er es anscheinend nicht erwarten, Sie so schnell wie möglich loszuwerden. Nicht gerade ein sehr romantischer Liebhaber, aber das sind verheiratete Männer selten. Sie können es sich meist nicht leisten."

Geraldine hatte jetzt wirklich genug. Mitchs ungerechtfertigte Unterstellungen nach dieser physisch und psychisch aufzehrenden Nacht am Krankenbett raubten ihr den letzten Rest an Selbstbeherrschung. „Was wissen Sie davon?", schrie sie ihn vorwurfsvoll an. „Was wissen Sie überhaupt? Mit welchem Recht erlauben Sie sich, über mich zu urteilen ... mich zu verurteilen?"

Entsetzt spürte sie, dass ihr die Tränen kamen. Sie stand kurz davor, zusammenzubrechen. Diese sinnlose Auseinandersetzung mit Mitch Fletcher war wirklich mehr, als sie ertragen konnte. Sie brauchte jetzt Ruhe, Alleinsein, Schlaf ... Der Druck ihrer inneren Anspannung war so ungeheuerlich, dass eine Kleinigkeit genügen würde, um sie völlig ausrasten zu lassen. Am liebsten hätte sie sich auf Mitch Fletcher gestürzt und ihren ganzen Schmerz, ihre Wut, ihre Verzweiflung aus sich herausgeschrien.

Mitch, der von alledem natürlich keine Ahnung hatte, ließ nicht locker. „War es das wirklich wert?", fragte er verächtlich. „Haben Sie die Nacht mit ihm wirklich genießen können, obwohl Sie wussten, dass er eine andere Frau mit Ihnen betrügt? Dass er die Frau betrügt, die er angeblich einmal geliebt hat, genau wie er Sie eines Tages betrügen wird? Sie sind eine intelligente Frau. Fällt es Ihnen denn so schwer, über die Gegenwart hinaus in die Zukunft zu schauen und zu erkennen ..."

Geraldine konnte es nicht länger ertragen. „Ich erkenne nur, dass Sie absolut kein Recht haben, so mit mir zu reden", sagte sie matt. Sie war völlig übermüdet, erschöpft, kaum mehr fähig, einen klaren Gedanken zu fassen. „Und zu Ihrer Information ..." Sie verstummte. Bei dem Versuch, Mitch zu erklären, wie sie die Nacht tatsächlich verbracht hatte, versagte ihre Stimme. Von einem heftigen Schwindelgefühl ergriffen, tastete sie haltsuchend nach der Küchenanrichte. Sie wollte jetzt nur noch allein sein und etwas Schlaf nachholen, damit sie die Kraft haben würde, Tante May beizustehen, wenn es wirklich zu Ende ging.

„Warum sind Sie überhaupt noch hier?", fragte sie Mitch müde. „Ich hätte erwartet, dass Sie längst zur Arbeit sind."

„Ja, das glaube ich", erwiderte er mit versteinerter Miene. „Ihnen ist vermutlich gar nicht in den Sinn gekommen, dass ich mir Sorgen machen könnte, weil bei meiner Rückkehr am späten Abend weder Ihr Wagen noch Sie da waren ..."

Sie sah ihn ungläubig an. Wollte er etwa andeuten, dass er aus Sorge um sie noch nicht aus dem Haus gegangen war? Das war doch lächerlich. Unmöglich. „Ich glaube Ihnen nicht", sagte sie sofort.

„Nein, das ist mir klar", sagte er schroff. „Trotzdem ist es wahr. Aber da Sie ja nun zurück sind ..." Er warf einen Blick auf seine Uhr und sagte irgendetwas von einer geschäftlichen Reise nach London und dass er ein paar Tage fortbleiben würde. Geraldine war so verwirrt, dass sie es kaum mitbekam. Erst, als Mitch kurz darauf das Haus verließ und davonfuhr, wurde ihr bewusst, was er gesagt hatte.

Mit zitternden Knien ging sie hinauf in ihr Schlafzimmer und betrachtete sich entsetzt im Spiegel. Sie sah furchtbar aus: blass und verweint, das Haar zerzaust, die Kleidung so zerknittert, als ob sie darin geschlafen hätte. Kein Wunder, dass Mitch geglaubt hatte ...

Sie fröstelte und rieb sich in einer abwehrenden Geste die Arme. Warum hatte Mitch sie so heftig angegriffen? Seine deutlich spürbare Verachtung hatte sie tief getroffen. Er war so voreingenommen, so verbittert. Und trotzdem, obwohl er so geringschätzig von ihr dachte, hatte er sich um sie gesorgt. Er hatte gewartet, bis sie nach Hause kam, um sich zu vergewissern, dass mit ihr alles in Ordnung war.

Benommen sank Geraldine auf die Bettkante. Mitch hatte sich um sie gesorgt, trotz allem. Er hatte sich wirklich um sie gesorgt ...

Ihre Augen füllten sich mit Tränen. Nicht wegen Mitch, redete sie sich hastig ein. Nein, der Grund für ihre gefühlsmäßige Überreaktion lag allein in ihrer Betroffenheit und ihrem Schmerz angesichts des bevorstehenden Tods ihrer Tante. Das machte sie so verletzlich, so empfindsam gegenüber den Gedanken und Gefühlen anderer. Mitch irrte sich, was sie betraf, aber das konnte er nicht ahnen. Seine Anschuldigungen waren grausam und ungerechtfertigt gewesen, und trotzdem hatte sie das Gefühl gehabt, dass sein Zorn und seine Verachtung in Wirklichkeit nicht so sehr ihr, sondern ihrem mutmaßlichen Liebhaber galten.

Was ist nur mit mir los, fragte sie sich müde. Warum versuchte sie überhaupt, sich an Mitchs Stelle zu versetzen? Was war der Grund für dieses gefährliche Mitgefühl und Verständnis? Sie war doch mit Recht so wütend auf ihn gewesen, dass sie ihn am liebsten geohrfeigt hätte. Entsetzt gestand sie sich ein, wie wenig sie ihre Gefühle in letzter Zeit unter Kontrolle hatte.

Vergiss ihn, dachte sie, als sie sich auszog und ins Bett legte. Vergiss ihn. Du hast jetzt andere Sorgen, die viel größer und wichtiger sind.

6. KAPITEL

In den folgenden beiden Tagen ging es Tante May wie durch ein Wunder besser, ja, sie schien sich sogar zu erholen. Doch der Eindruck trog, es war ein letztes Aufflackern des Lebensfunkens vor dem Ende. Am dritten Tag, als Geraldine nach einem langen Besuch am Krankenbett nach Hause gefahren war, um sich etwas auszuruhen, schreckte sie das Läuten des Telefons aus ihrem erschöpften Schlaf.

Sie wusste sofort, dass es das Hospiz war. Zehn Minuten nach dem Anruf war sie angezogen und saß in ihrem Auto. Obwohl sie nur den einen Wunsch hatte, so schnell wie möglich zu ihrer Tante zu kommen, zwang sie sich, konzentriert und vorsichtig zu fahren. Es hätte niemandem geholfen, wenn sie auf der Fahrt zum Hospiz einen Unfall gehabt hätte. Plötzlich fiel ihr ein, dass Mitch Fletcher, sollte er während ihrer Abwesenheit zurückkehren, wieder glauben würde, dass sie die Nacht mit ihrem Liebhaber verbringen würde.

Mitchell Fletcher. Wie konnte sie in diesem Moment, da sie all ihre Kräfte brauchte, um Tante May in ihrer schweren Stunde beizustehen, auch nur einen Gedanken an ihn verschwenden? Lag es vielleicht an ihrer entsetzlichen Angst, dass sie es nicht durchstehen und ihre Tante im Stich lassen könnte? Beschäftigte sie sich deshalb so viel mit Mitch, um sich von der schweren Aufgabe, die vor ihr lag, abzulenken?

Je näher sie dem Hospiz kam, desto mehr sank ihr Mut. Schon der Gedanke an den Tod war schwer zu ertragen, aber die Realität ... Geraldine erschauerte. Ja, sie hatte eine furchtbare Angst davor, wie sie es ertragen würde. Sie hatte noch nie einen Menschen sterben sehen, und nun sollte sie ihre geliebte Tante dabei begleiten ... Als Geraldine mit den schlimmsten Befürchtungen das Krankenzimmer betrat, stellte sie zu ihrer großen Erleichterung fest, dass ihre Tante zwar erschreckend schwach, aber bei klarem Bewusstsein war.

Geraldine setzte sich auf den Stuhl neben dem Bett und ergriff die zarte, knochige Hand der Sterbenden. Erstaunlicherweise lächelte Tante May sie an, und aus ihrem Blick sprach eine solche Liebe und Zuversicht, dass Geraldine trotz aller festen Vorsätze die Tränen kamen. Tränen des Selbstmitleids, sagte sie sich entschieden, denn ihre Tante wirkte so ruhig und gelassen, dass es fast wie eine Beleidigung ihres Muts gewesen wäre, um sie zu weinen ... wie ein Versuch, ihr den Frieden zu nehmen, den sie sich so hart erkämpft hatte.

„Nein, Geraldine, nicht", tadelte Tante May sanft, als Geraldine das Gesicht abwenden wollte, um ihre Tränen zu verbergen. „Du brauchst deine Gefühle nicht vor mir zu verstecken. Mir ist selbst ein wenig nach Weinen. Da ist noch so viel, was ich tun und erleben wollte. Die Rosen im Garten zum Beispiel: Ich wollte sie blühen sehen. Ich wollte deine Hochzeit erleben und deine Kinder auf den Knien schaukeln. Und dennoch empfinde ich gleichzeitig eine unbeschreibliche Freude, ein Gefühl der Ruhe und des Friedens." Sie drückte matt Geraldines Hand. „Ich habe keine Angst vor dem Tod, Geraldine, obwohl ich zugeben muss, dass es oft, sehr oft, Augenblicke gegeben hat, in denen ich mich vor der Art, wie ich sterben würde, gefürchtet habe. Aber jetzt nicht mehr. Ich fühle keinen Schmerz, keine Angst."

Geraldine spürte überrascht, wie auch ihre Furcht weniger wurde. Tante Mays Worte hatten sie beruhigt und getröstet, denn sie wusste, dass ihre Tante die Wahrheit sprach. Einmal mehr war sie dankbar dafür, dieses Hospiz gefunden zu haben, wo man die Todkranken und Sterbenden nicht nur mit unendlich viel Verständnis und Geduld pflegte und begleitete, sondern auch die medizinische Erfahrung besaß, um die nötigen Schmerzmittel so zu dosieren, dass die Sterbenden praktisch schmerzfrei und dennoch bei Bewusstsein waren.

Die Schwester hatte Geraldine aber darauf hingewiesen, dass ihre Tante, wenn es aufs Ende zuging, vermutlich immer häufiger in einen Dämmerzustand sinken und sie in den wachen Phasen dazwischen möglicherweise nicht erkennen oder mit anderen Personen verwechseln würde. Es sei nicht ungewöhnlich, dass ein Sterbender im Angesicht des Todes glaube, einen Menschen zu sehen, der ihm sehr nahegestanden hatte, auch wenn diese Person vielleicht schon lange tot war.

Tante May hatte in diesen letzten Stunden ein starkes Bedürfnis zu reden, und Geraldine hörte ihr liebevoll und geduldig zu. Dabei brach es ihr fast das Herz, mit anzusehen, wie ihre Tante ihre spärlichen Kräfte aufzehrte, aber sie hielt sich zurück, stellte ihre eigenen Gefühle hintan und richtete sich ganz nach den offensichtlichen Wünschen der Sterbenden. Wie die Schwester vorhergesagt hatte, wechselten die Wachphasen zunehmend mit einem Zustand der Bewusstlosigkeit, in dem Tante May still vor sich hin dämmerte, und wenn sie wieder daraus auftauchte, kam es vor, dass sie ihre Nichte mit ihrer eigenen Schwester oder mit Geraldines Mutter verwechselte. Langsam, aber unaufhaltsam schwand die Lebenskraft. Geraldine spürte, wie die Hand, die sie fest in ihrer hielt, erschreckend kalt wurde, und nur die klaren blauen Augen ihrer Tante verrieten, wann immer sie sie auf Geraldine richtete, dass ihr Lebensfunke noch nicht ganz erloschen war.

Dann kam der Moment, da sie sich in einem letzten Aufflackern ihrer Kräfte aufbäumte und wie ein Kind, das vor der Dunkelheit flieht, mit überraschend kräftiger Stimme ausrief: „Halt mich fest, Geraldine. Ich habe solche Angst …"

Sofort nahm Geraldine sie in die Arme und drückte sie beruhigend an sich. Ein Ausdruck tiefen Friedens breitete sich auf dem Gesicht der Sterbenden aus. Mit weit aufgerissenen Augen schaute sie an Geraldines Schulter vorbei, als ob sie dort etwas oder jemanden zu erkennen glaubte. Aber Geraldine sah nichts. Das Krankenzimmer war dunkel. Unmerklich war der Nachmittag in den Abend und der Abend in die Nacht übergegangen.

Die Schwester kam leise herein, als habe sie gespürt, was geschah. Sie trat an das Bett und legte ihre Hand auf Geraldines Schulter. Dankbar fühlte Geraldine die Wärme und Kraft, die von dieser tröstlichen Berührung ausging und die Eiseskälte aus ihrem Herzen vertrieb. Sie hörte ihre Tante etwas sagen … vielleicht einen Namen … Tante Mays Gesicht erstrahlte in einer fast überirdischen Freude, sodass Geraldine instinktiv ihrem Blick folgte und den Kopf wandte. Und wieder sah sie nichts als Dunkelheit.

Dann war es vorbei. Noch bevor die Hand der Schwester tröstend ihre Schulter drückte, wusste Geraldine, dass Tante May nicht mehr bei ihr war. Sie hielt sie immer noch in den Armen, beugte sich über ihren Kopf und ließ den lange unterdrückten Tränen freien Lauf.

Die Schwester ließ ihr Zeit, ihrem ersten Schmerz Luft zu machen. Schließlich aber drängte sie Geraldine sacht beiseite und legte Tante Mays leblosen Körper behutsam aufs Bett zurück.

„Kann ich … Darf ich noch eine Weile hier bei ihr bleiben?", fragte Geraldine mit erstickter Stimme.

Die Schwester nickte und zog sich ebenso leise und taktvoll zurück, wie sie gekommen war.

Geraldine wusste nicht, wie lange sie noch dort gesessen hatte, und konnte sich später auch nicht erinnern, was sie ihrer toten Tante gesagt hatte. Sie wusste nur, dass sie so viel geredet und geweint hatte, dass ihr der Hals davon schmerzte. Als die Ordensschwester schließlich zurückkam und ihr sagte, dass es nun Zeit für sie sei, zu gehen, nahm Geraldine es apathisch und wie betäubt auf.

Es gab Dinge, um die sie sich jetzt kümmern musste ... es mussten Vorbereitungen getroffen werden ... Geraldine wusste das natürlich, aber als sie das Hospiz verließ und nach Hause fuhr, schaffte sie es nicht, sich darauf zu konzentrieren. Sie konnte und wollte es noch nicht fassen, dass Tante May wirklich tot war.

Zu Haus ging sie sofort ins Bett und suchte erst einmal im Schlaf Vergessen.

Geraldine schlief den ganzen Tag und wurde erst am Abend geweckt, weil die tief stehende Sonne in ihr Zimmer schien. Sie brauchte einen Moment, um sich zu erinnern, was geschehen war. Dann traf sie die Erkenntnis wie ein Schock, und sie begann heftig zu zittern.

Das Telefon läutete, aber sie beachtete es nicht. Sie war noch nicht bereit, sich der Realität zu stellen und die Tatsache zu akzeptieren, dass Tante May nicht mehr lebte. Sie wollte allein sein mit ihren Erinnerungen, ihrem Schmerz.

Mechanisch stand sie auf, duschte und zog sich einen weichen Frotteebademantel über. Er war ein Geschenk von Tante May an ihrem letzten gemeinsamen Weihnachten. Gedankenverloren strich Geraldine über den flauschigen Frotteestoff und blinzelte gegen die aufsteigenden Tränen an.

Als sie das Bad verließ, blieb sie vor dem Zimmer ihrer Tante stehen. Zögernd öffnete sie die Tür. Alles war noch so wie zu Tante Mays Lebzeiten: der Lavendelduft in der Luft, die versilberten Bürsten und der Handspiegel auf der alten Frisierkommode.

Tante May hatte das Set zu ihrem einundzwanzigsten Geburtstag von ihren Eltern geschenkt bekommen. Geraldine ging zu der Kommode und nahm den Spiegel in die Hand. Sacht strich sie mit den Fingerspitzen über die kunstvolle Gravur auf der Rückseite, die das Geburtsdatum und die Initialen ihrer Tante nannte. Es war, als übe der Raum mit all den vertrauten Habseligkeiten der Verstorbenen eine tröstliche Wirkung auf Geraldine aus. Der brennende Schmerz in ihrem Herzen ließ etwas nach.

Ihr Blick fiel auf das Bett, und sie erinnerte sich, wie oft sie dort als Kind, vor allem in den ersten schlimmen Monaten nach dem Tod ihrer Eltern, Zuflucht gesucht und in den Armen ihrer Tante Trost und Geborgenheit gefunden hatte. Hatte sie ihrer Tante eigentlich je gesagt, wie sehr sie sie liebte? Wie sehr sie all das, was Tante May für sie getan hatte, zu schätzen wusste?

Von quälenden Schuldgefühlen ergriffen, verspürte Geraldine plötzlich den verzweifelten Wunsch, die Uhr zurückdrehen zu können, um Tante May all die Dinge zu sagen, die unausgesprochen geblieben waren. Bedrückt rief sie sich die eine oder andere unnötige Unstimmigkeit oder Gedankenlosigkeit ins Gedächtnis, derer sie sich schuldig fühlte.

Mit tränenblinden Augen verließ sie den Raum, schloss die Tür hinter sich zu und ging in ihr eigenes Zimmer. Dort sank sie auf das Bett und griff nach ihrer Handtasche, um sich ein Taschentuch zu suchen. Aber ihre Hände zitterten so sehr, dass ihr die Tasche entglitt und sich der gesamte Inhalt auf dem Bett und dem Boden verstreute. Auch Tante Mays Schlüssel fielen mit leisem Klirren zu Boden. Ihr Anblick brachte Geraldine den unwiderruflichen Verlust der geliebten Tante so gnadenlos deutlich zu Bewusstsein, dass sie verzweifelt aufschrie. „Nein! Nein!"

Gefangen in ihrem Schmerz, hatte Geraldine gar nicht gehört, dass ein Wagen vorgefahren war und jemand das Haus betreten hatte. So wurde ihr erst klar, dass sie nicht mehr allein war, als Mitch in der offenen Zimmertür erschien und besorgt fragte: „Was ist los? Was ist passiert?"

Beim Klang seiner Stimme hob Geraldine automatisch den Kopf, zu verblüfft, um ihre Tränen zu verbergen oder daran zu denken, dass sie, abgesehen von dem achtlos übergeworfenen Bademantel, völlig nackt war. Sie registrierte auch nicht, was Mitch angesichts ihres aufgelösten Zustands denken musste.

„Es ist vorbei?", fragte er schroff, und Geraldine begriff immer noch nicht, sondern glaubte in ihrer Verwirrung, er meine den Tod ihrer Tante. Deshalb nickte sie stumm.

Mitch kam näher, ließ den Blick über den verstreuten Inhalt ihrer Handtasche schweifen und bemerkte den zweiten Schlüsselbund. „Ich habe Sie gewarnt, dass es so kommen würde", hörte sie ihn sagen, während sie ihn benommen und verständnislos ansah. „Verdammt, wie konnte er Ihnen das antun?"

Im nächsten Moment saß er neben ihr auf dem Bett und nahm sie in seine Arme. Seine Umarmung bot Geraldine die Wärme und den Trost, die sie jetzt so dringend brauchte. Dankbar schmiegte sie sich an seine Schultern und weinte sich ihren Schmerz von der Seele.

Als sie sich allmählich beruhigte, strich Mitch ihr die feuchten Haarsträhnen aus dem Gesicht und wollte von ihr abrücken. Aber Geraldine hielt ihn instinktiv zurück. „Nein, bitte ..."

Sie fühlte sich so warm und geborgen in seinen Armen und hatte keinen anderen Wunsch, als immer so von ihm gehalten zu werden. Fast unmerklich und ohne, dass es ihr bewusst wurde, wandelten sich ihre Gefühle; aus der kindlichen Trostsuche wurde das Begehren einer Frau. Sie spürte Mitchs Hände auf ihren Schultern, merkte, dass er sie sacht von sich fortdrängen wollte, und klammerte sich verzweifelt an ihn. Der nur lose gebundene Bademantel rutschte herunter und enthüllte ihre zierlichen Schultern und die volle Rundung ihrer Brust.

„Geraldine ..."

Trotz des beabsichtigten Protests hörte Geraldine den verlangenden Unterton in Mitchs Stimme, spürte die instinktive Reaktion des Mannes auf ihre weiblichen Reize und hielt sich daran fest. Blindlings ihren Gefühlen folgend, ergriff sie Mitchs Hand und führte sie, ehe er es verhindern konnte, an ihren nackten Busen. Dabei flüsterte sie flehentlich an seinen Lippen: „Oh bitte ... ich brauche dich jetzt ..."

Sie merkte, wie Mitch den Atem anhielt und zögerte, und hätte vielleicht noch die Möglichkeit gehabt, aus dem Irrgarten ihrer aufgewühlten Gefühle aufzutauchen und sich zu besinnen, was sie tat. Aber da beugte sich Mitch schon herab und nahm mit einer so unerwarteten Leidenschaft von ihren Lippen Besitz, dass Geraldine keine Kraft mehr hatte, sich dem Ansturm ihrer Empfindungen zu widersetzen. Mitch umfasste ihre Brüste und liebkoste sie in einer Weise, die ein unbändiges, brennendes Verlangen in ihr entfachte und sie alles andere vergessen ließ.

Geraldine hatte noch nie in ihrem Leben eine derartig intensive, über alle Schranken hinwegfegende Leidenschaft erfahren und auch nie geglaubt, dass sie dazu fähig wäre. Es überwältigte sie, riss sie mit sich fort. Sehnsüchtig stöhnte sie unter Mitchs Küssen, streifte den Bademantel ab und schmiegte sich verlangend an Mitch. Sie spürte, wie er erschauerte, und wurde von einem heftigen, triumphierenden Glücksgefühl erfasst, dass sie mit ihrem Körper die Macht besaß, ihn derart zu erregen. Sie drängte sich ihm entgegen, als er ihre Brüste, ihren Rücken, ihre Hüften streichelte und sie dann an sich presste, um sie den Beweis seiner männlichen Erregung fühlen zu lassen.

Sie vergaß, dass es für sie das erste Mal war, vergaß, dass ihre völlig hemmungslose Hingabe ihrer innersten Überzeugung widersprach, wirkliche sexuelle Erfüllung sei nur in Gemeinschaft mit Liebe möglich. In diesem Moment zählte nur eines: Sie wollte diesen Mann, brauchte ihn, sehnte sich nach ihm ...

Und sie sagte es ihm, flüsterte es ihm zu, hauchte es ihm atemlos ins Ohr. Sie sagte ihm, wie sehr sie die Liebkosungen seiner Hände, seiner Lippen, seiner Zunge erregten, flüsterte ihm Dinge zu, von denen sie sich nie erträumt hätte, dass sie sie einem Mann gegenüber äußern könnte. Es war, als sei sie nicht mehr sie selbst, als habe eine völlig andere Persönlichkeit von ihr Besitz ergriffen.

Ungeduldig zerrte sie an seinem Hemd, wollte endlich mit ihren Händen seine nackte Haut berühren und war den Tränen nahe, als ihre zitternden Finger vergeblich an den kleinen Knöpfen nestelten. Schließlich schob Mitch sie sacht beiseite und begann, sich vor ihren Augen auszuziehen.

Geraldine beobachtete ihn mit angehaltenem Atem. Schon einmal hatte sie ihn so gesehen, nur damals hatte sie ihre Reaktion heftig verleugnet. Diesmal jedoch ...

Sie kniete auf dem Bett, ohne sich ihrer eigenen Nacktheit bewusst zu sein, und betrachtete Mitch mit weit aufgerissenen Augen. Diesmal gab sie sich keine Mühe, ihr Verlangen zu verbergen. Die Spitzen ihrer Brüste wurden hart, ihre Augen glühten, und sie fuhr sich mit der Zungenspitze über die plötzlich trockenen Lippen.

„Weißt du eigentlich, was du mir antust, wenn du mich so ansiehst", stöhnte Mitch auf und zog sie zu sich heran. „Du gibst mir das Gefühl, als ob ich der einzige Mann sei, den du je so angeschaut hast und je anschauen wirst. Du siehst mich an, als könntest du vom Anblick meines Körpers nicht genug bekommen, gibst mir das Gefühl, als würdest du dich danach sehnen, mich zu berühren ... mich zu lieben ..."

Seine Stimme erstarb in einem Flüstern. Geraldine sah das Verlangen in seinen Augen leuchten, und die Reaktion seines Körpers war Beweis genug dafür, wie sehr er sie begehrte.

„Berühr mich, Geraldine", flehte er jetzt. „Berühr mich, küss mich, liebe mich. Denn wenn du es nicht tust, werde ich ..." Er verstummte und stieß dann fast verzweifelt aus: „Oh nein, ich kann nicht ..." Er barg das Gesicht an ihren Brüsten. Doch als Geraldine sie ihm verlangend entgegendrängte und ihm so deutlich zeigte, wie sehr sie seine Liebkosungen herbeisehnte, war es um seine Beherrschung geschehen. Er presste seinen Mund an ihren Busen, streichelte sie in erregender Weise und ließ seine Hand zwischen ihre Schenkel gleiten. Geraldine schob ihm die Hüften entgegen und hielt seine Hand fest, als er sich plötzlich von ihr lösen wollte. Diesmal aber widerstand er ihrem Flehen und richtete sich halb auf.

„Ich kann es nicht tun, Geraldine", stieß er aus. „Ich kann nicht mit dir schlafen, denn ich habe für keinen Schutz gesorgt und ..."

Sie brauchte einen Moment, um zu begreifen, was er ihr sagen wollte. Alles in ihr begehrte gegen seine Weigerung auf, und sie schlug die von ihm angemahnte Vorsicht in den Wind. Mit aller Kraft hielt sie Mitch, der vor ihr zurückweichen wollte, fest und schrie fast verzweifelt auf: „Nein, bitte, Mitch! Ich will dich, ich brauche dich, jetzt!" Nie hätte sie geglaubt, dass sie, die zurückhaltende, immer beherrschte Geraldine, derart hemmungslos ihrer Leidenschaft erliegen könnte!

„Schsch, es ist alles gut ..." Mitch nahm sie wieder in seine Arme. Zwar ließ er nicht zu, dass sie sich an ihn presste, aber wenigstens hielt er sie. Sacht drängte er sie auf das Bett zurück und begann, ihren Körper mit seinen Händen und Lippen zu liebkosen. Geraldine vergrub die Finger in seinem Haar, schloss die Augen und hoffte inständig, dass er sie diesmal nicht wieder loslassen würde. Mitch bedeckte ihre Taille und ihren Bauch mit heißen, erregenden Küssen, und Geraldine stöhnte lustvoll auf, erstarrte aber unwillkürlich, als er dann mit den Lippen über die zarten Innenseiten ihrer Schenkel strich.

Mitch, der ihren Widerstand vorhergeahnt zu haben schien, streichelte sie sofort beruhigend und flüsterte: „Ganz ruhig, Geraldine. Entspann dich. Es soll ein Vergnügen für dich sein ..."

Und als er dann erneut mit zärtlichen Händen und Lippen seine intimen Liebkosungen fortsetzte, vergaß sie ihre instinktiven Vorbehalte und drängte ihm die Hüften verlangend entgegen. Nie hätte sie sich erträumt, dass ein Mann ihr eine solche Lust bereiten könnte. Welle um Welle durchzuckte sie, bis sie auf dem Höhepunkt befreit aufschrie und die Tränen nicht mehr zurückhalten konnte. Mitch hielt sie liebevoll in seinen Armen und streichelte sie tröstend und beruhigend. Und während Geraldine an seiner Schulter erschöpft einschlief, beneidete er zutiefst ihren Liebhaber, den Mann, von dem er annahm, dass er mit ihr Schluss gemacht hatte, um zu seiner Frau zurückzukehren ... den Mann, dem in Wirklichkeit all diese Leidenschaft gegolten hatte.

Lieber Himmel, dachte Mitch, wenn ich nur dieser Liebhaber gewesen wäre ... Er drückte die schlafende Geraldine an sich. Vom ersten Moment an hatte er gespürt, was er für sie empfand, und sich alle Mühe gegeben, es zu ignorieren. Verdammt, er war immer so vorsichtig gewesen, sich nicht ernsthaft zu verlieben, keine Frau derartig zu begehren, weil er wusste, dass dies in seiner Vorstellung notwendig mit einer dauerhaften Verpflichtung von beiden Seiten und damit mit Heirat und Ehe verbunden sein würde. Und nun hatte er all seine Grundsätze gebrochen und sich in eine Frau verliebt, die ihn als Ersatz für den Mann benutzt hatte, den sie wirklich begehrte. Mitch wusste, dass er jetzt hätte gehen müssen, um seinen letzten Stolz zu bewahren, aber er wusste auch, dass er nicht die Kraft besaß, es zu tun.

Geraldine regte sich in seinen Armen und schlug benommen die Augen auf. Sie sah Mitch an, legte die Arme um seinen Nacken und bat ihn leise: „Nimm mich jetzt, Mitch. Ich brauche dich so sehr. Es ist egal, wenn du keinen Schutz hast ... es ist nicht nötig."

Noch während sie die Worte aussprach, war es, als tauche sie für einen Moment aus dem Dunkel, das sie nach dem Tod ihrer Tante umgeben hatte, wieder in die Realität ein, und für Sekundenbruchteile wurde sie sich entsetzt bewusst, was sie tat. Ehe sie sich jedoch besinnen konnte, küsste Mitch sie innig und zärtlich und flüsterte ihr zu, dass er ihr nicht widerstehen könne. Und als er ihre Hände an seinen Körper führte und sie bat, ihn so zu lieben, wie er sie geliebt hatte, vergaß sie alles andere und gab seinem Drängen bereitwillig nach.

Ohne es sich einzugestehen, hatte sie sich immer gewünscht, ihn so zu berühren und die intimsten Geheimnisse seines Körpers mit Händen und Lippen zu erkunden. So schlug sie alle Vorbehalte und Warnungen der Vernunft in den Wind und ließ sich ganz von ihren Gefühlen und Bedürfnissen leiten, als sie nun begann, Mitch immer mutiger und freizügiger zu streicheln und zu küssen. Sie genoss es, wenn er unter ihren Zärtlichkeiten erschauerte und ihr stöhnend zuflüsterte, dass sie ihn ganz verrückt mache. Es steigerte ihre eigene Erregung genauso wie das Wissen, dass sie Mitch ganz bewusst zu dem Punkt trieb, da er sich nicht mehr würde zurückhalten können und sie ganz in Besitz nehmen würde.

Dabei war Geraldine sich nicht bewusst, was sie eigentlich dazu trieb ... dass es eine Art Übersprungreaktion ihrer Gefühle nach der ungeheuerlichen Belastung der vergangenen Tage war und überdies vielleicht auch der instinktive Wunsch, an die Stelle des Tods den Ursprung neuen Lebens zu setzen. Sie spürte nur die unbändige Macht der Leidenschaft, von der sie und Mitch ergriffen waren und der sie nicht mehr widerstehen konnten. Und als Mitch schließlich ihren atemlosen Bitten nachgab und in sie eindrang, kam Geraldine ihm voller Verlangen entgegen und fand in seinen Armen eine solche Erfüllung und Befriedigung, dass sie ihn am liebsten für immer festgehalten hätte. Als

Geraldine erschöpft eingeschlafen war, zwang Mitch sich diesmal, zu gehen. Er fühlte sich hundeelend. Geraldines Lust, ihre geflüsterten Zärtlichkeiten, ihre leidenschaftliche Erwiderung seines Liebesspiels, ihre Tränen des Glücks ... das alles hatte nicht ihm gegolten, auch wenn sie ihm das Gefühl gegeben hatte, dass er der einzige Mann sei, der ihr solche Lust, solche Erfüllung schenken konnte.

Mitch unterstellte ihr nicht, dass sie ihn aus einem niedrigen Beweggrund heraus verführt hatte, etwa um ihren Ex-Liebhaber zu bestrafen oder um ein plötzliches sexuelles Bedürfnis zu befriedigen. Sie hatte ihn manchmal so völlig entrückt angeschaut, als sei sie verloren in einer ganz anderen Welt, als sei sie in ihrem Herzen und ihrem Bewusstsein überzeugt, tatsächlich in den Armen ihres Liebhabers zu liegen. Mitch hätte sie in diesen Momenten am liebsten geschüttelt und sie gezwungen, seinen Namen zu sagen ... Aber wie hätte er sie verurteilen können, da er selbst unfähig gewesen war, sich zu beherrschen, und seinem Verlangen, seiner Liebe, nachgegeben hatte? Nach dem, was geschehen war, konnte er unmöglich noch länger in ihrem Haus bleiben, und er vermutete, dass sie es auch nicht wünschen würde. Sein Gesicht war bestimmt das Letzte, was sie sehen wollte, wenn sie am Morgen erwachen würde.

Und wenn er doch bliebe ...? Mitch erschauerte. Wie lange würde es dauern, bis er den letzten Rest an Stolz verloren haben und Geraldine auf Knien anflehen würde, ihn so zu lieben, wie er es sich ersehnte?

Ja, ich liebe sie, gestand er sich ein, als er sich ganz sacht, um Geraldine nicht aufzuwecken, aus ihrer Umarmung löste und aufstand. Nachdenklich blieb er neben dem Bett stehen und betrachtete ihre schlafende Gestalt. Er sehnte sich danach, sie in die Arme zu nehmen und ihr seine Gefühle zu gestehen ... und sie zu bitten, den anderen Mann zu vergessen, der bewiesen hatte, dass er ihrer nicht wert war. Aber Mitch unterdrückte schweren Herzens diesen Wunsch, weil er wusste, dass Geraldine seine Liebe nicht wollte. Weil er wusste, dass sie ihn nicht wollte.

Auf Zehenspitzen, um Geraldine auf keinen Fall zu stören, schlich er sich aus ihrem Zimmer und begann, leise seine Sachen zu packen. Als er alles zusammenhatte, konnte er der Versuchung nicht widerstehen und kehrte noch einmal in Geraldines Schlafzimmer zurück, um sie noch einmal anzusehen.

Obwohl er wusste, dass es unklug und unvorsichtig war, beugte er sich über sie und hauchte ihr einen Kuss auf die Stirn und dann noch einen auf den Mund. Versonnen strich er mit den Fingerspitzen über die zarte Haut ihres Oberarms und betrachtete im silbernen Mondlicht verlangend die verführerische Silhouette ihrer vollen Brüste.

Eines war ihm klar: Er würde diese eine Nacht mit ihr für den Rest seines Lebens nicht vergessen können. Aber er bezweifelte, ob Geraldine sich in einer Woche noch an ihn erinnern würde, es sei denn mit Zorn und Groll. Mitch holte tief Luft und verließ das Zimmer und kurz darauf das Haus.

Geraldine regte sich im Schlaf und seufzte protestierend. Für einen Moment huschte ein schmerzlicher, furchtsamer Ausdruck über ihr Gesicht. Dann sank sie wieder in tiefen Schlaf zurück.

Mitch warf draußen einen letzten Blick auf das kleine Cottage, bevor er in seinen Wagen einstieg und davonfuhr.

Auf dem Küchentisch lag ein kurzer Brief, den er für Geraldine hinterlassen hatte. Darin erklärte er, dass er geschäftlich nach London zurückmüsse und es in ihrer beider Interesse für das Beste halte, das vereinbarte Mietverhältnis als beendet zu betrachten. Darüber hinaus schrieb Mitch, dass Geraldine ihm die zu viel gezahlte Miete nicht zurückerstatten solle und er ihr für die weitere Zukunft alles Gute wünsche.

Eine Adresse hinterließ er nicht.

7. KAPITEL

Geraldine wollte nicht aufwachen. Instinktiv spürte sie, dass jenseits des Schlafs, der sie wie ein schützender Mantel umgab, ein Abgrund von Schmerz auf sie wartete. Doch es war bereits zu spät.

Schon drang das fröhliche Zwitschern der Vögel vor ihrem Fenster in ihr Bewusstsein und verhieß einen neuen, strahlenden Frühsommertag. Welch ein grausamer Gegensatz zu der dunklen Trauer in ihrem Herzen!

Kein Vogel sollte singen. Die Sonne sollte nicht scheinen. Stattdessen sollte der Himmel grau und wolkenverhangen sein.

Tante May war tot. Erst jetzt begann Geraldine, dies als Realität zu begreifen. Während sie noch mit geschlossenen Augen dalag, erinnerte sie sich an die langen, schweren Stunden im Krankenhaus. Sie sah ihre Tante auf dem Sterbebett liegen, erlebte noch einmal die letzten Minuten vor dem Ende. Plötzlich kniff sie die Augen fest zusammen und erstarrte, weil sich in ihrer Erinnerung ganz andere Bilder mischten … Bilder, die nichts mit Tante May zu tun hatten und nur ihrer Fantasie entsprungen sein konnten. Nein, Geraldine wollte nicht wahrhaben, dass sie der Wirklichkeit entsprachen, auch wenn ihr Gefühl ihr deutlich verriet, dass es so war.

Erschrocken setzte sie sich im Bett auf und bemerkte entsetzt, dass sie völlig nackt war. Ihr Blick fiel auf den Bademantel, der ordentlich zusammengefaltet auf dem Stuhl vor dem Fenster lag. Für einen Moment wirkte sein Anblick beruhigend. Nein, unmöglich, dass sie diesen Bademantel in hemmungsloser Leidenschaft achtlos abgestreift hatte, wie es ihr die Erinnerung aufdrängte. Dann aber schaute sie neben sich auf das Kissen und sah die zweite Vertiefung. Ungläubig strich sie mit der Hand darüber und roch den schwachen, vertrauten Duft von Mitchs Aftershave.

War es also doch wahr? Hatten sie und Mitchell Fletcher sich in der vergangenen Nacht geliebt? Hatte sie sich tatsächlich an ihn geklammert und ihn sehnsüchtig angefleht, sie zu berühren, zu küssen …?

„Nein!", schrie sie verzweifelt auf.

Sosehr sie sich aber sträubte, die Erinnerung ließ ihr keine Ruhe. Mit gnadenloser Schärfe rief sie sich das Geschehen der vergangenen Nacht ins Gedächtnis, die zärtlichen Worte, die leidenschaftlichen Berührungen … Und sie konnte nicht Mitch die Schuld geben, konnte sich nicht einreden, dass die Initiative von ihm ausgegangen sei ... Nein, sie allein war diejenige gewesen, die ...

Geraldine schloss entsetzt die Augen, als sie sich erinnerte, wie sie ihn angefleht hatte ... wie sie ihn berührt und verführt hatte. Sie konnte es nicht glauben. Dieses Verhalten schien ihr so fremd, so unvorstellbar. Und doch wusste sie, dass es wahr war.

Was war nur mit ihr geschehen? Sie erschauerte, als sie sich gegen ihren Willen daran erinnerte, wie sehr sie sich danach gesehnt hatte, ihn zu berühren und zu lieben, und welche Lust sie dabei empfunden hatte. Warum, warum nur? Sie kannte Mitch doch kaum, mochte ihn nicht einmal, und dennoch hatte sie ihn mit einer Heftigkeit begehrt, die sie nie für möglich gehalten hätte.

Ihre Hemmungslosigkeit erfüllte sie mit tiefer Verachtung. Wie hatte sie sich so kurz nach dem Tod ihrer geliebten Tante nur so verhalten können? Bei dem Gedanken daran wurde ihr übel. Rasch warf sie die Bettdecke zurück und eilte ins Bad. Zehn Minuten später betrachtete Geraldine ihr aschgraues Gesicht und das zerzauste Haar im Spiegel und wandte sich verächtlich ab. Kurz entschlossen drehte sie in der Dusche das kalte Wasser auf und stellte sich unter den eisigen Strahl, als wolle sie sich und ihren Körper auf diese Weise bestrafen.

Auch beim Anziehen kurze Zeit später ließen sie die Gedanken an die vergangene Nacht nicht los. Nein, wie sie es auch drehte, Mitchell Fletcher traf keine Schuld. Er hatte nur genommen, was sie ihm aufgedrängt hatte. Und warum nicht? Jeder Mann hätte das getan oder zumindest die meisten Männer ...

Geraldine hielt nachdenklich inne. Wenn sie ehrlich war, hätte sie Mitch Fletcher nicht für einen Mann gehalten, der seinen körperlichen Schwächen so rasch erlag. Sie hätte ihn für beherrschter und ... wählerischer gehalten, denn immerhin hatte er ihr mehr als einmal deutlich gesagt, was er von ihr und ihrem angeblichen verheirateten Liebhaber eigentlich hielt.

Ein bitteres Lächeln huschte über ihr Gesicht. Sie hatte bisher nur einen Liebhaber gehabt. Unwillkürlich schloss sie die Augen und rief sich ins Gedächtnis, wie leidenschaftlich sie Mitch ermutigt hatte, sie zu lieben, und wie sie trotz ihrer fehlenden Erfahrung instinktiv gewusst hatte, wie ... Auch wenn Mitch ihr erster Liebhaber gewesen war, hatte sie ihn mit einer Heftigkeit und Leidenschaft begehrt, die nichts von der Scheu und Verkrampftheit hatte, wie sie eine Frau vielleicht in ihrer ersten Liebesbegegnung erwartete.

Gott sei Dank hatte sie das Haus zunächst für sich. Ein Blick aus dem Fenster verriet ihr, dass Mitchs Wagen bereits fort war, und sie war froh darum. Wie sollte sie ihm je wieder gegenübertreten? Wenn sie für sich nach einer Erklärung für ihr Verhalten suchte, dann konnte sie es sich nur als eine tiefe Gefühlsverirrung erklären. Aber würde Mitch das glauben? Würde er sich überhaupt für ihre Gründe interessieren?

Als sie die Küche betrat, fiel ihr Blick als Erstes auf den Briefumschlag auf dem Tisch. Noch bevor sie ihn geöffnet hatte, ahnte sie bereits, was er enthielt. Nachdem sie Mitchs Nachricht überflogen hatte, ließ sie den Brief fallen, als könne sie sich daran die Finger verbrennen, und barg das Gesicht in den Händen. Sie glaubte, genau zu verstehen, was unausgesprochen zwischen diesen wenigen höflichen Zeilen stand.

Mitch verachtete sie für ihr Verhalten. Konnte sie es ihm verübeln? Ihr ging es ja genauso. Kein Wunder, dass er sich entschlossen hatte fortzugehen. Mit zitternder Hand nahm Geraldine Mitchs Nachricht wieder auf und betrachtete die schöne, klare Handschrift. Gedankenverloren strich sie mit den Fingerspitzen über die schwungvolle Unterschrift, so wie sie vergangene Nacht Mitch gestreichelt hatte, als …

Sie schluckte, verwirrt und entsetzt über ihre Gefühle. Hatte sie sich nicht davor gefürchtet, ihm, nach dem, was zwischen ihnen geschehen war, gegenübertreten zu müssen? Anstatt nun aber angesichts seiner Nachricht froh und erleichtert zu sein, fühlte sie sich verloren, im Stich gelassen und zurückgestoßen. Unglücklich sank sie auf einen Stuhl. Fast schien es, als träfe sie dieser Verlust genauso schmerzlich wie der Tod ihrer Tante kurz zuvor. Aber das war unsinnig, unmöglich! Mitchell Fletcher bedeutete ihr doch gar nichts. Sie kannte ihn ja kaum.

Nein, verbesserte sie sich unwillkürlich, denn in ihrer Erinnerung tauchten Bilder auf, die ihr deutlich verrieten, wie gut sie ihn kannte: seinen Gang, seine Haltung, den wechselnden Ausdruck seiner faszinierenden Augen, den Duft seines Aftershave, die intimsten Geheimnisse seines Körpers.

Reine Äußerlichkeiten, die nichts bedeuten, dachte sie geringschätzig.

Wiederum musste sie sich korrigieren, denn ihre Kenntnis von Mitch reichte weitaus tiefer. Sie wusste, dass er mitfühlend und fürsorglich war. Er besaß eindeutige und bestimmte Ansichten zu wesentlichen Bereichen des Lebens, die ironischerweise Geraldines Vorstellungen sehr ähnelten. Wie Mitch glaubte sie, dass man sich in einer Partnerschaft ständig immer wieder neu darum bemühen musste, die Beziehung gesund und am Leben zu halten, und sie war auch der Überzeugung, dass eine einmal eingegangene Verpflichtung gegenüber einem anderen Menschen für das ganze Leben Gültigkeit hatte und nicht nur, solange der erste sexuelle Anreiz andauerte. Trotzdem hatte sie vergangene Nacht ...

Das Läuten des Telefons schreckte Geraldine aus ihren selbstquälerischen Grübeleien. Als sie den Hörer abnahm und die Stimme der Oberschwester aus dem Hospiz erkannte, durchzuckte sie eine heftige Enttäuschung, als habe sie gehofft, jemand anderen zu hören.

Die Schwester entschuldigte sich für die Störung, aber nach einem Sterbefall gab es immer Formalitäten zu erledigen und andere Dinge, um die man sich kümmern musste. Geraldine zwang sich, der Schwester aufmerksam zuzuhören, dankbar für ihre Vorschläge und ihren freundlichen Rat. Es würde eine sehr kleine, stille Beerdigung werden, denn Tante May hatte schon in Manchester immer sehr zurückgezogen gelebt und in ihrer kurzen Zeit in Cheshire nur mit wenigen Leuten persönlichen Kontakt gepflegt. Die kleine Stadt besaß eine schöne, historische Kirche, und Geraldine wusste, dass es der Wunsch ihrer Tante war, auf dem zugehörigen alten Friedhof begraben zu werden.

Die folgenden Tage erlebte Geraldine wie betäubt. Sie machte die erforderlichen Behördengänge, kümmerte sich um die nötigen Vorbereitungen und sorgte bewusst dafür, dass sie immer beschäftigt war. Dennoch war der dumpfe Schmerz über den Verlust immer da.

Nachts fand sie kaum Schlaf, lag trotz ihrer Erschöpfung hellwach in ihrem Bett und rief sich Dinge aus ihrer Kindheit und Jugend ins Gedächtnis. Sie dachte an die vielen kleinen und großen Opfer, die Tante May für sie gebracht hatte, und hätte ihr so gern gesagt, wie dankbar sie ihr für alles war.

Was zwischen ihr und Mitch geschehen war, hatte sie fürs Erste so weit wie möglich verdrängt. Sie besaß nicht die Kraft, sich gleichzeitig damit und mit dem Tod ihrer Tante auseinanderzusetzen.

Die Leute, mit denen Geraldine im Vorfeld der Beerdigung zu tun hatte, waren alle sehr mitfühlend und verständnisvoll, dennoch blieb es allein ihr Verlust und nicht der der anderen. Sie fühlte sich von ihnen isoliert und in einer Weise allein, die ihr, wenn sie darüber nachdachte, große Angst machte. Es war, als gäbe es eine echte, undurchdringliche Barriere zwischen ihr und den anderen Menschen, als hätten ihr

Schmerz und ihre Trauer sie von ihnen abgeschnitten. Sie konnte weder essen noch schlafen und wurde von einer ständigen Übelkeit gequält. Es war, als habe sie den Bezug zur Realität verloren.

Natürlich war ihr klar, dass sie sich unvernünftig verhielt, aber sie war machtlos dagegen. Alles in ihr schien auf Abwehr programmiert, als könne sie es nicht ertragen, einen anderen Menschen körperlich oder gefühlsmäßig an sich heranzulassen.

Louise Mather hatte ihr ganz selbstverständlich angeboten, ihr bei den Vorbereitungen für die Beerdigung zu helfen, doch Geraldine hatte auch dieses freundliche Angebot abgelehnt. Dies war der letzte Dienst, den sie ihrer Tante erweisen konnte, ein letzter Liebesbeweis, und sie wollte ihn ganz allein erbringen.

Auch wenn sie es versucht hätte, es wäre ihr nicht gelungen, die komplexen Gefühle zu analysieren, die sie in dieser Zeit vorantrieben. Unter anderem waren es Ängste, Schuldgefühle, die noch verstärkt wurden durch ihr Verhalten in der Nacht nach dem Tod ihrer Tante. Sosehr sie sich auch bemühte, es zu verdrängen, die Erinnerung daran verfolgte und quälte sie immer wieder.

Kein Wunder, dass Mitch fluchtartig das Haus verlassen hatte. Er musste sie genauso verachten wie sie sich selbst. Warum nur konnte sie nicht aufhören, an ihn zu denken? Warum tauchten in ihren Vorstellungen immer wieder Bilder auf, in denen Mitch sie nicht nur leidenschaftlich und verlangend, sondern auch zärtlich und liebevoll liebkoste? Suchte sie vielleicht nach einer Möglichkeit, ihr Verhalten zu entschuldigen, indem sie irgendein gefühlsmäßiges Band zwischen ihnen konstruierte, das unmöglich existiert haben konnte?

Sie saß in der Falle. Egal, wie sie sich auch drehte und wendete, es gab kein Entrinnen. Es war, als habe sie durch ihre körperliche Vereinigung mit Mitch auch ein gefühlsmäßiges Bedürfnis in sich geschaffen. Sie sehnte sich nach ihm, und ein unbeteiligter Beobachter hätte meinen können, sie habe nicht nur mit Mitch geschlafen, sondern sich auch in ihn verliebt.

Die Beerdigung fand in aller Stille statt. Während der schlichten Feier hatte Geraldine plötzlich das Gefühl, dass alles seinen rechten Gang gehe, und fühlte sich inmitten ihrer Trauer und ihres Schmerzes auf unerwartete Weise getröstet.

Trotz ihres Protestes hatte Louise darauf bestanden, sie zu begleiten, und stand nur wenige Schritte hinter ihr am Grab. Es war ein stiller, kühler Morgen. Geraldine hatte alle Blüten von den Rosenbüschen im Garten abgeschnitten und sie mit einem Seidenband zusammengebunden. Als sie den duftenden Strauß als letzten Abschiedsgruß auf den Sarg legte, waren ihre Augen tränenblind, und sie spürte eine unsägliche Übelkeit in sich aufsteigen.

Tante May hatte ihr gesagt, dass ihre Liebe über den Tod hinaus fortbestehen würde. Daran wollte Geraldine sich halten.

Louise beharrte darauf, sie nach der Beerdigung mit zu sich nach Hause zu nehmen. Und obwohl Geraldine überhaupt nicht der Sinn danach stand, gab sie schließlich nach. Folgsam setzte sie sich an den Küchentisch und zwang sich, etwas von dem zu essen, was Louise fürsorglich für sie zubereitet hatte, während die Freundin mit besorgter Miene darüber wachte.

„Ich weiß, wie viel deine Tante dir bedeutet hat", sagte Louise mitfühlend. „Aber, Geraldine, sie hätte ganz bestimmt nicht gewollt, dass du deine Gesundheit vernachlässigst. Du bist schon viel zu dünn. Warum machst du jetzt nicht erst einmal Ferien? Such dir ein schönes, sonniges Plätzchen, und versuch, dich zu entspannen und über alles hinwegzukommen, ja?"

Geraldine schüttelte den Kopf. „Nein, jetzt noch nicht. Vielleicht später. Im Moment muss ich mich unbedingt beschäftigen", sagte sie verzweifelt. „Hör zu, ich muss meinen eigenen Weg finden, damit fertig zu werden. Es ist, als habe mein Leben allen Sinn verloren …" Sie sah die Freundin entschuldigend an. „Ich reagiere überdramatisch, ich weiß, aber …"

„Nein, nein, ich kann verstehen, wie du dich fühlst. Seit du hier hergezogen bist, hat sich dein ganzes Leben fast ausschließlich um deine Tante gedreht. Jetzt, da sie nicht mehr da ist, musst du dich ja … allein fühlen. Vielleicht wäre es anders, wenn du noch mehr Familie hättest."

„Vielleicht."

„Ach ja, da fällt mir ein, ich wollte dich noch fragen, ob Mitch Fletcher dir gegenüber einen Grund erwähnt hat, warum er so unerwartet nach London zurückgekehrt ist?"

Geraldine erstarrte und warf ihrer Freundin einen nervösen Blick zu.

Louise schien ihr Unbehagen zu bemerken. „Ich möchte dich nicht veranlassen, irgendwelche Vertraulichkeiten preiszugeben", fuhr sie beruhigend fort. „Aber, wie gesagt, es ging das Gerücht, dass Mitch überlege, seinen Hauptfirmensitz nach hier draußen zu verlegen, was für uns natürlich wesentlich mehr Arbeit bedeuten würde. Wenn er dagegen seine Meinung geändert hat und möglicherweise sogar daran denkt, die Firma hier unten zu schließen …"

„Er hat mit mir nicht über seine geschäftlichen Pläne gesprochen", sagte Geraldine leise. Zu ihrem eigenen Entsetzen kämpfte sie mit den Tränen. Allein die Erwähnung von Mitchs Namen hatte ausgereicht, um eine schmerzliche Sehnsucht in ihr zu wecken, die ihre Schutzbehauptung Lügen strafte, dass Mitch ihr nichts bedeutete. „Ich … ich möchte jetzt lieber nach Hause gehen …"

Sie erhob sich wankend und ließ sich auch von Louises besorgtem Protest, dass sie jetzt besser nicht allein sein sollte, nicht abhalten. Geraldine sehnte sich danach, allein zu sein, um endlich und endgültig mit ihren Gefühlen ins Reine zu kommen.

Zu Hause ging sie geradewegs die Treppe hinauf und öffnete die Tür zu dem Zimmer, das Mitch bewohnt hatte. Es wirkte aufgeräumt und leer, nichts erinnerte mehr an Mitchs Anwesenheit. Geraldine ging hinein und setzte sich auf das Bett, sein Bett. Sie betrachtete das unberührte weiße Kissen. Dort hatte noch vor Kurzem sein Kopf geruht. Geraldine schloss die Augen, um sich Mitch vorzustellen, und spürte erneut die nun schon vertraute Übelkeit in sich aufsteigen. Sie erschien ihr jetzt wie eine gerechte Strafe für ihre Torheit. Ja, sie hatte allen Grund, sich elend zu fühlen. Wie hatte sie nur so dumm sein können, sich in einen Mann zu verlieben, der ihre Liebe so offensichtlich nicht gewollt hatte?

Liebe. Ein bitteres Lächeln huschte über Geraldines Gesicht. Warum hatte sie die Wahrheit nicht früher erkannt, bevor es zu spät gewesen war? Bevor sie sie ganz bewusst verdrängt und verleugnet hatte?

Sicher, nach Tante Mays Tod war sie zumindest für kurze Zeit wie von Sinnen vor Schmerz und Entsetzen gewesen und hatte kaum gewusst, was sie tat, als sie ihre Hemmungen abstreifte, ihre Selbstbeherrschung vergaß. Aber das war es nicht allein gewesen, warum sie sich Mitch an den Hals geworfen und ihn angefleht hatte, sie zu lieben. Ihr Körper, ihre Sinne hatten schon damals gefühlt, was ihr Verstand so entschieden verleugnet hatte. War das nicht letztlich auch der Grund gewesen, warum sie nie ernsthaft versucht hatte, Mitch die Wahrheit zu sagen, seinen Irrtum zu korrigieren und ihm zu erklären, dass es keinen verheirateten Liebhaber in ihrem Leben gab? Weil sie instinktiv gespürt hatte, dass sie, wenn sie diese schützende Barriere niedergerissen hätte, Mitch und ihren eigenen Gefühlen schutzlos ausgeliefert gewesen wäre?

Geraldine barg ihr Gesicht in den Händen. Hatte sie denn keinen Stolz, keine Selbstachtung mehr? Sie wusste doch, dass er sie nicht liebte. Sie hatte es auch in jener Nacht gewusst, und dennoch ...

Verzweifelt schluchzte sie auf. Hatte Mitch vielleicht erkannt, was sie selbst nicht hatte sehen wollen? Hatte er ihre oberflächliche Feindseligkeit und Ablehnung möglicherweise durchschaut und ihre wahren Gefühle für ihn bemerkt? Sie hoffte inständig, dass es nicht so war. Besser, er hatte einfach nur geglaubt, sie habe ihn als Ersatz für ihren untreuen Liebhaber benutzt, und war deshalb so überstürzt vor ihr geflohen.

Geraldine erschauerte und fühlte, wie ihr schon wieder übel wurde. Rasch sprang sie auf und eilte ins Bad. Diese beständige Übelkeit quälte sie nun schon seit Tagen, obwohl sie kaum etwas aß. Das Sterben und der Tod ihrer Tante hatten sie anscheinend nicht nur seelisch, sondern auch körperlich schwer mitgenommen. Die Menschen reagierten ganz unterschiedlich auf einen so schmerzlichen Verlust und die damit verbundene Trauer. Geraldine wusste das und versuchte, sich damit zu beruhigen, obwohl sie normalerweise nicht zu Übelkeit neigte ...

Es gab immer noch sehr viel zu tun und zu erledigen, aber sie brachte nicht die Energie dazu auf. Sie fühlte sich wie ausgebrannt, leer und erschöpft. Gleichzeitig verspürte sie aber nicht den Wunsch, sich aus dieser Lethargie herauszureißen, die wie eine schützende Insel war, vor deren Küste Einsamkeit, Schmerz und Verzweiflung wie gierige Haie darauf lauerten, sich mit scharfen Zähnen auf sie zu stürzen.

Müde ging sie in ihr Zimmer, legte sich auf das Bett und schloss die Augen. Ihre Hand strich über das Kissen, so wie sie vor nicht allzu langer Zeit Mitch gestreichelt hatte. Aber das Kissen war nicht Mitch, sondern kalt und leblos ...

Langsam quollen die Tränen unter Geraldines geschlossenen Lidern hervor und rannen ihre Wangen hinab.

8. KAPITEL

"Nein, es geht dir nicht gut", sagte Louise energisch, ohne auf Geraldines halbherzigen Protest zu achten.

Sie saßen in Louises Büro. Geraldine war vorbeigekommen, um einen Stapel fertige Arbeiten abzuliefern und sich neue Aufträge zu holen. Nach einem Blick in ihr bleiches, abgespanntes Gesicht hatte Louise sie jedoch gedrängt, sich zu setzen, und ihr einen Kaffee gebracht. Nun versuchte sie Geraldine klarzumachen, dass sie ihrer Ansicht nach keine weitere Arbeit, sondern dringend etwas Ruhe brauchte.

„Ich will aber keine Ruhe", widersprach Geraldine. „Ich kann mich nicht ausruhen ..."

„Dann wird dich jemand dazu zwingen müssen", erklärte Louise und fügte sanft hinzu: „Geraldine, ich kann mir vorstellen, wie du dich fühlst, denn ich weiß noch sehr gut, wie es mir nach dem Tod meiner Großmutter ging. Aber es bringt dir deine Tante nicht zurück, wenn du dich krank machst, und ich bin sicher, dass sie es bestimmt nicht gewollt hätte."

Geraldine schwieg. Sie wusste natürlich, dass Louise recht hatte, und schämte sich, vor der Freundin einzugestehen, dass es nicht nur der Tod ihrer Tante war, der sie so deprimierte. Wie hätte sie Louise von der Nacht, die sie mit Mitch verbracht hatte, erzählen sollen, von ihrem unbegreiflichen, hemmungslosen Verhalten? Wenn sie nur daran dachte, schoss ihr das Blut in die Wangen. Und das Schlimmste war, dass sie trotz aller Scham und Schuldgefühle nicht aufhören konnte, sich nach Mitch zu sehnen. Jede Nacht weinte sie sich in den Schlaf, und ihre Träume waren voller schmerzlicher Erinnerungen an ihn, geprägt von der unvernünftigen Sehnsucht nach einer Gefühlsbindung zwischen ihnen, die nie existiert hatte.

Seit Tante Mays Beerdigung waren jetzt vierzehn Tage vergangen. Geraldine ertappte sich immer wieder dabei, dass sie sich bei kleinen alltäglichen Erlebnissen vornahm, ihrer Tante beim nächsten Besuch im Hospiz davon zu erzählen, um sich dann zu erinnern, dass Tante May nicht mehr da war. Dennoch unterhielt sie sich im Geiste viel mit ihr und bezog daraus einen unerwarteten Trost, fast als sei Tante May tatsächlich gegenwärtig und höre ihr zu.

Ja, auch wenn es ihr immer noch schwerfiel, den Tod ihrer Tante zu akzeptieren, so konnte sie doch in der Gewissheit daran denken, dass

Tante May ruhig und würdig gestorben war, so wie sie es sich gewünscht hatte. Das war bei allem Schmerz und aller Trauer über den Verlust ein zutiefst tröstliches Gefühl.

Je ruhiger und gefasster Geraldine in dieser Hinsicht wurde, desto mehr quälten sie die Gedanken und Erinnerungen an Mitch. Nicht selten wachte sie morgens so unglücklich und verzweifelt auf, dass ihr richtig übel wurde. Diese fortgesetzte Übelkeit war auch der Grund für ihre auffällige Blässe und Gewichtsabnahme, was Louise zu dem wohlmeinenden Rat veranlasst hatte, eine Pause einzulegen und sich auszuruhen. Aber Geraldine wagte nicht, mit der Arbeit aufzuhören, weil es für sie die einzige Möglichkeit war, sich von ihrer törichten Sehnsucht nach Mitch abzulenken.

Louise, die sie die ganze Zeit besorgt beobachtet hatte, fasste plötzlich einen Entschluss. „Trink deinen Kaffee aus", sagte sie entschieden. „Ich werde mir jetzt ein paar Stunden freinehmen, und dann setzen wir beide uns gemütlich in den Garten."

Geraldine wollte schon den Kopf schütteln, besann sich aber. Was hatte es für einen Sinn, sich zu widersetzen? Louise meinte es nur gut und war offensichtlich fest entschlossen, und sie, Geraldine, konnte nicht länger die Ausrede vorschieben, dass sie Geld verdienen müsse, um die Hypothekenraten zu bezahlen.

Ihre größte Überraschung nach dem Tod ihrer Tante war die Entdeckung gewesen, dass Tante May ihr eine nicht unbeträchtliche Summe hinterlassen hatte. Geld, das sie über viele Jahre durch unzählige kleine und größere Opfer zusammengespart hatte. Tante May hatte es nie erwähnt, aber Geraldine, die es im Nachhinein erkannte, hatte Tränen in den Augen, als der Notar ihr das Testament vorlas.

Es erschien ihr so unnötig, dass Tante May in ihrem Leben auf so vieles verzichtet hatte, nur um sie, Geraldine, finanziell abzusichern. Sie war doch jung und gesund und mehr als fähig, sich ihren Lebensunterhalt zu verdienen. Ihre Tante hatte ihr jedoch in einem Brief, den sie ebenfalls für sie hinterlassen hatte, erklärt, wie wichtig es ihr gewesen sei, das für die Sicherung ihrer Zukunft zu tun, und hinzugefügt, dass der größere Teil der Summe aus dem Nachlass von Geraldines Eltern stamme. Dieses Geld hatte Tante May Gewinn bringend angelegt und nur die Zinsen im Laufe der Jahre dafür benutzt, um zusätzliche Kosten für Geraldines Schul- und Universitätsausbildung abzudecken.

Die Vorausschau, die Sorge und Liebe, die aus diesem Brief sprachen, hatten Geraldine erneut zu Tränen gerührt. Natürlich war es auch eine große Erleichterung für sie gewesen, dass ihr auf diese Weise die drückenden finanziellen Sorgen genommen worden waren. Unmittelbar nachdem Mitch aus dem Cottage ausgezogen war, hatte sie sich von Louise die Adresse seines Hauptfirmensitzes in London besorgt und ihm einen Scheck über die zu viel gezahlte Miete geschickt. Geraldine war zu stolz, um das Geld zu behalten, wie er vorgeschlagen hatte. Ihm mochte das nicht wichtig sein, ihr aber umso mehr.

„Trink deinen Kaffee aus, und lass uns gehen", drängte Louise sie erneut.

Mechanisch hob Geraldine die Tasse an die Lippen. Sobald ihr jedoch der Kaffeeduft in die Nase stieg, wurde sie urplötzlich von einer derartigen Übelkeit ergriffen, dass sie die Tasse scheppernd abstellte und aufsprang. Louise erkannte mit einem Blick in das kreideweiße Gesicht der Freundin, was los war. Sofort stand sie an Geraldines Seite und half ihr, in den kleinen Waschraum der Agentur zu gelangen.

Zehn Minuten später, als es Geraldine besser ging und sie in das Büro zurückkehrte, wurde sie von Louise besorgt und mitfühlend empfangen. „Du Ärmste! Geht es wieder? Das muss der Kaffeegeruch gewesen sein. Du meine Güte, ich erinnere mich noch gut, als ich schwanger war ..." Sie verstummte erschrocken, denn Geraldine war erneut blass geworden. „Ist dir noch immer schlecht?"

Geraldine schüttelte den Kopf. Nein, die Übelkeit war verschwunden, sie fühlte sich nur etwas schwindelig und benommen. Ihre Blässe aber hatte jetzt einen ganz anderen Grund: Louises argloser Hinweis auf ihre Schwangerschaft.

„Wärst du mir sehr böse, wenn ich jetzt lieber direkt nach Hause gehe?", fragte Geraldine mühsam.

„Nein, überhaupt nicht", versicherte Louise. „Aber vergiss nicht, was ich gesagt habe. Du brauchst Ruhe und Entspannung und keine Berge von Arbeit. Obwohl es sicherlich verrückt ist, dass ausgerechnet ich dir das rate, wenn man bedenkt, dass du meine beste Programmiererin bist ..."

Geraldine hörte nur noch halb hin. Rasch nahm sie ihre Handtasche, verabschiedete sich von der Freundin und eilte zur Tür.

Obwohl ihr Wagen nicht weit entfernt von der Agentur geparkt stand, war Geraldine schweißgebadet und zitterte am ganzen Körper, als sie dort ankam.

Schwanger. Das konnte doch unmöglich sein! Nicht nach nur einer Liebesnacht ...

Sie stieg in ihr Auto ein und schloss die Augen, während in ihrem Kopf die Gedanken in wilder Panik herumwirbelten. Schwanger. Wie sollte das gehen? Sie war nicht verheiratet, hatte nicht einmal einen festen Freund. Der Gedanke, ein Kind zur Welt zu bringen und allein die Verantwortung für sein Wohl zu übernehmen, war ihr nie in den Sinn gekommen.

Ein Baby. Mitchs Baby ...

Ein warmes, zärtliches Gefühl stieg in ihr auf. Sie wollte lachen und weinen zugleich. Schwanger. War es wirklich möglich?

Einige Stunden später hatte Geraldine die Gewissheit, dass ihre Schwangerschaft nicht nur möglich, sondern eine Tatsache war. Sie war sich auch sofort darüber im Klaren, dass sie trotz aller Schwierigkeiten und Probleme dieses Kind haben wollte. Mitchs Kind.

Viele Frauen brachten ihre Kinder allein zur Welt oder waren gezwungen, sie allein großzuziehen. Geraldine war bereit, sich mit aller Energie auf diese unerwartete und ungeplante Situation einzustellen, auch wenn sie, als sie Mitch in ihrer Leidenschaft verführt hatte, ganz bestimmt nicht beabsichtigt hatte, ein Kind von ihm zu bekommen. Während Geraldine darüber nachdachte, hielt sie plötzlich überrascht inne. War es wirklich so unbeabsichtigt geschehen? Hatte nicht vielleicht auch der verzweifelte, tief in ihrem Unterbewusstsein verborgene Wunsch eine Rolle gespielt, die Endgültigkeit des Todes durch die Schaffung neuen Lebens gewissermaßen aufzuheben?

Ein verrückter Gedanke, wie er nur einer schwangeren Frau in den Sinn kommen konnte. Dennoch ließ er Geraldine nicht mehr los. Immerhin war sie kein naives kleines Mädchen mehr, sondern eine erwachsene Frau, die sich genau der Folgen ihres Tuns bewusst gewesen war. Mitch hatte sie noch gewarnt, aber sie hatte seine Vorsicht ignoriert ... und nicht nur das, sondern ihn sogar absichtlich in dem Glauben gelassen, dass sie selber Vorsorge getroffen habe ...

Dieses Baby würde ihr ganz allein gehören. Mitch würde nie davon erfahren und es bestimmt auch nicht wollen. Als er ihrem Drängen erlegen war und mit ihr geschlafen hatte, war es für ihn nur ein einmaliges sexuelles Abenteuer gewesen, und er hatte ganz sicher nicht beabsichtigt, dabei ein Kind zu zeugen.

Aber nun lebte dieses Baby in ihr. Ein Kind, Mitchs Kind, das sie umsorgen und lieben würde. Allein bei dem Gedanken wurde Geraldine von einem Gefühl unendlicher Zärtlichkeit und Wärme ergriffen.

In der Beratungsstelle, wo sie sich ihren eigenen Schwangerschaftstest hatte bestätigen lassen, war sie umfassend und unvoreingenommen beraten worden ... auch über die Möglichkeit eines Abbruchs. Und obwohl sie in dem Moment rein gefühlsmäßig und ohne zu überlegen reagiert hatte, wusste sie, dass ihr Entschluss unverrückbar feststand. Auch wenn sie bislang nicht im Entferntesten daran gedacht hatte, ein Kind zu bekommen und schon gar nicht ein Kind, für das sie ganz allein die Verantwortung tragen würde, war es jetzt, da sie schwanger war, ihr vorrangiger Wunsch, dieses beginnende Leben zu schützen. Das hatte nichts mehr mit dem Tod ihrer Tante zu tun und auch nicht mit der Tatsache, dass es Mitchs Kind war, nein, sie folgte einfach dem Gefühl, dass dieses Kind um seinetwillen ein Recht auf Schutz und Liebe hatte.

Da die Schwangerschaft nun feststand und Geraldine ihre Entscheidung getroffen und sich gefühlsmäßig darauf eingestellt hatte, fand sie gegen Abend die Ruhe, auch über die praktischen Aspekte nachzudenken. Natürlich konnte ihr Zustand auf Dauer kein Geheimnis bleiben, und das wollte sie auch gar nicht. Nur eines würde sie um jeden Preis verschweigen: dass Mitch der Vater ihres Kindes war. Sie hatte das Recht, sich dieses Kind zu wünschen, es zur Welt zu bringen und es zu lieben, aber sie hatte nicht das Recht, dieses Kind seinem Vater aufzudrängen, der es nicht gewollt hatte. Natürlich musste sie mit der Neugier der Leute rechnen ... Vor allem Louise würde sie sicher danach fragen.

Geraldine hoffte fürs Erste, dass ihre Freundin so taktvoll sein würde, einfach zu akzeptieren, dass sie über den Vater des Kindes nicht sprechen wollte.

Während sie in der gemütlichen Wohnküche im Cottage saß und an dem Kräutertee nippte, den sie sich an Stelle des sonst üblichen Kaffees gemacht hatte, ertappte sie sich plötzlich bei dem Wunsch, dass Tante May noch am Leben wäre, um diesen Moment mit ihr zu teilen. Ihre Tante, da war sie sich sicher, hätte sie nicht verurteilt oder verdammt, sondern das Baby genauso geliebt wie sie.

In dieser Nacht träumte Geraldine wieder von Mitch. Sie träumte, er habe von dem Baby erfahren und sie deswegen zornig zur Rede gestellt. Es sei allein ihre Schuld, sie habe kein Recht gehabt, gegen seinen Willen dieses Baby zu empfangen, und er hätte nie darin eingewilligt.

Als sie erwachte, war ihr Gesicht tränenverschmiert, und ihr Herz pochte in wilder Panik. Nein, Mitch darf auf keinen Fall von dem Baby erfahren, sagte sie sich und legte unwillkürlich in einer schützenden Geste die Hände auf ihren Bauch. Es war gut, dass er nach London zurückgekehrt war, und sie hoffte inständig, dass er dort bleiben würde. Um ihres Kindes willen wünschte sie sich, ihn niemals wiederzusehen. Es war besser, wenn er das Kind nie zu Gesicht bekommen würde, sonst ...

Sie lächelte verbittert. Wenn Mitch wider Erwarten zurückkehrte, wenn er sich entschloss, den Hauptsitz seines Unternehmens doch nach Cheshire zu verlegen ... Sollten sie sich wirklich noch einmal begegnen, und sollte er ihre Schwangerschaft bemerken und sie nach dem Vater des Kindes fragen, dann würde sie ihn eben in dem Glauben lassen, dass der Vater des Babys jener nicht vorhandene verheiratete Liebhaber sei, mit dem sie nach Mitchs Überzeugung ein Verhältnis hatte.

Draußen hatte es zu regnen begonnen, aber das Prasseln der Regentropfen an der Fensterscheibe war für Geraldine ein tröstliches Geräusch. Es erinnerte sie daran, wie sehr der Garten nach der ungewöhnlich langen Trockenheit Regen brauchte; der Garten, den sie von nun an in Gedanken an Tante May genauso hegen und pflegen würde, wie ihre Tante es getan hätte. Sie hatte sogar schon die Rosen für die Pergola bestellt, wie Tante May es sich noch kurz vor ihrem Tod gewünscht hatte.

Eines schönen Tages, wenn ihr Kind alt genug war, würde Geraldine ihm von den Rosen und von Tante May erzählen. Würde sie ihm auch von Mitch erzählen? Sie war nicht bereit, sich jetzt schon den Kopf darüber zu zerbrechen. Stattdessen kuschelte sie sich wieder in ihre Bettdecke und schlief noch einmal ein.

So sorglos Geraldine lange Zeit mit ihrer Gesundheit umgegangen war, ohne auf ausreichenden Schlaf und vernünftiges Essen zu achten, jetzt zwang sie sich trotz ihrer morgendlichen Übelkeit, wenigstens ein leichtes Frühstück zu sich zu nehmen, weil sie wusste, dass das Baby eine gesunde Ernährung und eine gesunde Mutter brauchte. Es überraschte sie selbst, wie gelassen und eisern entschlossen sie war. Ihr Leben hatte einen neuen Sinn bekommen, und das gab ihr erstaunliche Kraft und Energie.

Als sie im Verlauf des Vormittags in Louises Büro vorbeischaute und der Freundin erklärte, dass sie doch wieder arbeiten wolle, erhob Louise sofort besorgt Einwände, aber Geraldine ließ sich nicht beirren.

„Ich brauche die Arbeit und das Geld", sagte sie und fügte ruhig hinzu: „Ich bin schwanger, Louise."

Verständlicherweise war die Freundin im ersten Moment sprachlos vor Verblüffung. Dann aber äußerte sie weder Missbilligung noch Kritik, sondern sagte nur: „Ich werde dich nicht mit Fragen bedrängen, wenn du dir sicher bist, dass du es so willst. Das sehe ich dir an, obwohl ich zugeben muss, dass mir gar nicht klar war ..."

„Es war nicht geplant", unterbrach Geraldine sie rasch. „Sozusagen ein ... Unfall. Offen gestanden bin ich selbst erst auf den Gedanken gekommen, schwanger zu sein, als du bei unserem letzten Gespräch nebenbei deine frühere Schwangerschaft erwähnt hast."

„Und der Vater?", fragte Louise vorsichtig. „Ist er ...?"

„Er weiß es nicht, und ich will auch nicht, dass er es erfährt." Geraldine bemerkte Louises bedenkliche Miene und fügte angespannt hinzu: „Glaub mir, Louise, er würde es gar nicht wissen wollen. Ich kann dir das jetzt nicht in allen Einzelheiten erklären, aber ich bin ganz allein dafür verantwortlich, dass ich schwanger bin ... es war mein Fehler, wenn du so willst. Ich hatte es nicht geplant und hätte mir nie vorgestellt, dass mir so etwas passieren könnte. Doch nun ist es passiert, und ich will dieses Baby", schloss sie entschieden.

„Nun, du hast mich ehrlich überrascht", gestand Louise. „Aber heutzutage ist es ja schon lange nichts Ungewöhnliches mehr, dass eine Frau ihr Kind zur Welt bringt und allein großzieht."

Über eine Stunde später verließ Geraldine Louises Büro, ausgestattet mit ausreichend Arbeit für den Rest der Woche. Louise begleitete sie noch zur Tür und bemerkte: „Ich weiß, es ist ziemlich egoistisch von mir, aber ich bin trotzdem sehr froh, dass du vorbeigekommen bist. Mitch Fletchers Assistentin hat mich heute früh angerufen und gefragt, ob ich ihnen noch ein paar zusätzliche Zeitarbeitskräfte besorgen könnte. Wenn du mir nicht diesen Stapel Aufträge abgenommen hättest, wäre es für mich eng geworden, denn es ist schwer, Leute mit ausreichender Qualifikation zu finden."

Geraldine war froh, dass sie Louise schon den Rücken zukehrte, denn sie hatte furchtbare Angst, dass sie sich verraten könnte. Da es ihr unmöglich war, auch nur Mitchs Namen auszusprechen, ohne dass ihre Stimme zittern würde, ging sie gar nicht auf Louises Bemerkungen ein, sondern öffnete die Tür und sagte im Hinausgehen: „Ich bringe dir die Arbeiten so schnell wie möglich zurück."

Ihr nächster Besuch galt der Bank, wo sie mit großer Erleichterung den Scheck ausschrieb, der die Hypothek auf das Cottage ablöste. Ein weiterer Grund, Tante May dankbar zu sein, dachte sie wehmütig, als sie die Bank wieder verließ. Sicher, sie hätte es vermutlich auch so geschafft, wenn sie das Cottage verkauft und sich am Rande einer größeren Stadt etwas Kleineres ohne Garten gekauft hätte. Aber dann wäre ihr Kind nicht in der gesunden, idyllischen Umgebung des Cottages aufgewachsen, und Geraldine hätte ohne die unerwartete Erbschaft unter einer ganz anderen Belastung und Ungewissheit gestanden. Jetzt besaß sie ein beruhigendes finanzielles Polster für den Fall, dass sie während ihrer Schwangerschaft aus irgendeinem Grund nicht mehr in der Lage sein würde zu arbeiten oder nach der Geburt des Babys ihre Arbeit nicht sofort wieder aufnehmen konnte. Und so wusste sie in ihrer unvorhergesehenen Situation Tante Mays weise Vorsorge erst richtig zu schätzen.

Von der Bank ging sie direkt in den Supermarkt und kaufte mit ungewohnter Sorgfalt ein, denn sie war entschlossen, in Zukunft gesund zu essen, um das Wohl des Babys nicht zu gefährden. Für den nächsten Morgen hatte sie einen Termin bei ihrem Arzt vereinbart. Er war der Allgemeinmediziner in der kleinen Stadt und hatte auch ihre Tante betreut, bevor diese sich entschloss, in das Hospiz zu gehen. Geraldine war sich nicht sicher, wie der Arzt, der sie durch die gemeinschaftlichen Besuche mit Tante May recht gut kannte, auf ihre Schwangerschaft reagieren und welche Fragen er ihr vor allem zu dem Vater des Kindes stellen würde. In jedem Fall stand ihr Entschluss fest, Mitchs Identität geheim zu halten. Das zumindest glaubte sie, ihm schuldig zu sein. Immerhin hatte er nicht darum gebeten, Vater ihres Kindes zu werden, und hätte es auch ganz sicher nicht gewollt.

Wie sich herausstellte, hatte Geraldine sich umsonst gesorgt. Obwohl sie etwas ins Stocken geriet, als sie ihrem Arzt die Gründe erklärte, warum sie den Vater ihres Kindes nicht nennen wollte, machte er keinen Versuch, sie zu beeinflussen. Stattdessen konzentrierte er sich ganz darauf, mit ihr über ihren Gesundheitszustand zu sprechen. Er warnte sie, dass sie untergewichtig sei und in den vergangenen Wochen und Monaten unter beträchtlichem Stress gestanden habe, und verwies darauf, dass eine Schwangerschaft gerade in den ersten Wochen immer besonders gefährdet sei.

„Bedeutet das, ich könnte mein Baby verlieren?", fragte Geraldine besorgt.

„Nicht unbedingt. Ich möchte Sie nur darauf hinweisen, dass Sie auf Grund dieser Belastungen und der Tatsache, dass Ihre körperlichen und seelischen Reserven durch die lange Krankheit Ihrer Tante aufgezehrt worden sind, besonders darauf achten sollten, sich nicht zu überanstrengen." Er zögerte nachdenklich. „Das Cottage, in dem Sie leben, liegt ziemlich weit draußen und sehr abgeschieden. Ich denke, ich muss Sie nicht davor warnen, wacklige Stehleitern zu erklimmen oder achtlos steile Treppen hinauf- und hinunterzuspringen. Normalerweise rate ich den werdenden Müttern, die zu mir kommen, eigentlich nur, ihren gewohnten Alltag weiterzuführen, aber in Ihrem Fall ..." Er schüttelte den Kopf. „Wissen Sie, Sie glauben nicht, wie viele Schwangere plötzlich den überwältigenden Drang verspüren, ihr ganzes Haus zu renovieren. Sollte Ihnen etwas Ähnliches in den Sinn kommen ... lassen Sie es sein!"

Geraldine sah ihn unsicher an. Wollte er andeuten, dass ihr Kind in besonderer Weise gefährdet sei, oder versuchte er nur, sie davor zu warnen, sich zu überanstrengen?

Als habe er ihre Gedanken erraten, fügte der Arzt beruhigend hinzu: „Es ist alles in Ordnung, Geraldine. Ihnen und Ihrem Baby geht es gut, solange Sie nur daran denken, auf sich Acht zu geben. Wie es scheint, wünschen Sie sich dieses Kind."

„Oh ja, sehr", versicherte sie sofort.

„Gut." Der Arzt lächelte sie an. „Wir haben für unsere Schwangeren regelmäßige Vorsorgetermine vorgesehen, die im Krankenhaus durchgeführt werden. Darüber hinaus gibt es verschiedene Kurse, an denen Sie teilnehmen können: Geburtenvorbereitung, Schwimmen und so weiter. Heather, unsere Sprechstundenhilfe, wird Ihnen die näheren Einzelheiten mitteilen."

Sobald Geraldine wieder zu Hause war, setzte sie sich an die Arbeit, die Louise ihr mitgegeben hatte. Als ihr klar wurde, dass es sich um Aufträge für Mitchs Firma handelte, begannen ihre Hände zu zittern.

Mitch. Wo war er jetzt? Was tat er? Mit wem war er zusammen? Dachte er überhaupt noch an sie?

Hör sofort damit auf, warnte sie sich ärgerlich. Derartige Gedanken waren sinnlos und führten zu nichts. Sie durfte sie erst gar nicht aufkommen lassen.

Insgeheim hatte sie gehofft, durch das Baby so abgelenkt zu sein, dass sie endlich aufhören würde, von Mitch zu träumen; dass sie aufhören würde, an ihn zu denken, sich nach ihm zu sehnen, ihn zu lieben. Stattdessen schien es, als habe die Tatsache, dass sie ein Kind in sich trug, ihre leidenschaftlichen Gefühle für ihn nur verstärkt.

Für eine Frau in ihrem Alter war es lächerlich, sich in einen Mann zu verlieben, den sie kaum kannte und der sie in keiner Weise dazu ermutigt hatte. Wenn sie ihn in jener Nacht nicht so hemmungslos angefleht hätte, sie zu lieben, wäre ihr dann überhaupt jemals bewusst geworden, was sie für ihn empfand? Es war zu spät, diese Frage zu stellen. Sie wusste jetzt, dass sie ihn liebte, und selbst wenn es möglich gewesen wäre, hätte sie sich nicht gewünscht, die Nacht mit ihm ungeschehen zu machen. Sie strich mit der Hand über ihren Bauch und dachte zärtlich lächelnd an ihr Kind. Mitchs Kind.

Geraldine war im sechsten Monat schwanger, und ihr Zustand zeigte sich in einer unmissverständlichen Rundung ihres Bauchs, als sie von der Nachricht überrascht wurde, dass Mitch sich nun doch entschieden habe, den Hauptsitz seiner Firma in ihre Stadt zu verlegen.

Es war natürlich Louise, die ihrer Freundin diese Neuigkeit mitteilte. Eine Zeit lang hatte sich Geraldine gefragt, ob Louise nicht doch erraten habe, dass Mitch der Vater ihres Babys sei. Doch dann beruhigte sie sich damit, dass ihre Freundin Mitch nur deshalb so häufig erwähnte, weil es für ihre Arbeitsvermittlung von großer Bedeutung war, ob er seinen Firmensitz nun in ihren Ort verlegte oder nicht.

„Jetzt ist alles amtlich. Anscheinend hat Mitch langwierige Verhandlungen mit der Gemeindeverwaltung und der Baubehörde geführt wegen des erforderlichen Ausbaus des Firmenkomplexes hier und der Errichtung eines Bürogebäudes. Doch nun ist alles genehmigt und in die Wege geleitet." Louise war sichtlich erfreut und erzählte weiter, dass Paul, ihr Mann, gehört habe, Mitch suche jetzt nach einem Haus in der Nähe. Inzwischen würde er wieder in dem Hotel wohnen.

Geraldine wagte es nicht, die Freundin anzusehen, aus Angst, sich zu verraten. Sie hatte plötzlich nur noch den Wunsch, allein zu sein, um das Gehörte langsam und in aller Ruhe zu verarbeiten. Mitch würde also auf Dauer in die Gegend ziehen. Wie würde sie damit fertig werden, wenn sie ihm zufällig in der Stadt begegnen würde? Würde es ihr tatsächlich gelingen, ihre Gefühle, ihre Liebe, für ihn zu verbergen?

Sie verabschiedete sich so rasch wie möglich von Louise und fuhr auf dem schnellsten Weg nach Hause. Mitch, weit weg in London, das war eine Sache. Sie brauchte ihn nicht zu sehen, er lebte nur in ihren quälenden Gedanken und sehnsuchtsvollen Träumen. Aber Mitch, hier in der Stadt, wo ihr gemeinsames Kind zur Welt kommen und aufwachsen würde, das war etwas ganz anderes.

Bislang hatte sie Glück gehabt. Die wenigen Menschen, die von ihrer Schwangerschaft wussten, hatten ihren Wunsch respektiert, den Vater des Kindes zu verschweigen. Nur Louise hatte sie eingestanden, dass sie ungewollt schwanger geworden war und dass der Vater des Babys sie nicht liebte. „Obwohl du ihn liebst", hatte Louise scharfsinnig bemerkt, und Geraldine war nicht fähig gewesen, es abzustreiten.

Nun, mit Mitch in der Stadt würde sie doppelt vorsichtig sein müssen, dass niemand ihr Geheimnis erriet. Was aber, wenn Mitch selber auf den Gedanken kam und sie fragte? Würde sie dann stark genug sein, ihn anzulügen und zu leugnen, dass es sein Kind war?

An diesem Abend konnte Geraldine zum ersten Mal, seit sie von ihrer Schwangerschaft erfahren hatte, ihr Abendbrot nicht essen. Der Arzt hatte sie wiederholt gewarnt, dass sie immer noch zu wenig wiege. Die monatelange Sorge um ihre schwer kranke Tante hatte doch tiefe Spuren hinterlassen, die nicht zu unterschätzen waren.

Zwar war ihre Trauer inzwischen abgemildert, aber das herannahende Weihnachtsfest erinnerte sie doch in wehmütiger Weise daran, wie sie als Kind dank Tante May Weihnachten immer als etwas ganz Besonderes erlebt hatte. Sie war entschlossen, die alten Traditionen, an denen ihre Tante so gehangen hatte, für ihr eigenes Kind weiterzupflegen und so Tante May in ihrer Erinnerung und der ihres Kindes weiterleben zu lassen. Eifrig beschäftigte sie sich mit diesen Plänen, weil es wie immer die beste Ablenkung war, wenn sie sich einsam fühlte und Tante May schmerzlich vermisste.

Leider funktionierte diese Methode nicht, um ihr über ihre hoffnungslose Liebe zu Mitch hinwegzuhelfen. Mit Tante May verbanden sie unzählige liebevolle Erinnerungen an die gemeinsam verbrachten Jahre, wohingegen sie von Mitch so gut wie nichts besaß: ein paar geflüsterte Worte, eine Nacht voller Zärtlichkeit und Leidenschaft und die schmerzliche Gewissheit, ihn zu lieben, während sie ihm nichts bedeutete.

Jedes Mal, wenn sie sich daran erinnerte, wie fluchtartig er damals aufgebrochen war, noch ehe sie aufwachte, fühlte sie sich elend und unglücklich. Und jedes Mal dachte sie dann an das Kind in ihrem Bauch, Mitchs Kind, und bereute nichts.

9. KAPITEL

„Was ist los? Ist etwas nicht in Ordnung?"
Geraldine blickte besorgt zwischen der Krankenschwester und der Hebamme hin und her. Normalerweise genoss sie ihre regelmäßigen Vorsorgetermine und verfolgte voller Freude, wie sich das Baby weiterentwickelte. Diesmal aber schienen die Untersuchungen länger als gewöhnlich zu dauern, und Geraldine verspürte plötzlich eine namenlose Angst.

„Nein, nein", sagte die junge Hebamme beruhigend. „Ihr Baby scheint nur nicht so schnell zu wachsen, wie es das eigentlich sollte. Es passiert gelegentlich, dass ein Baby aus irgendeinem Grund eine Wachstumspause einlegt. Normalerweise ist das nur vorübergehend und gibt sich von selbst wieder, aber ... sicherheitshalber behalten wir Mutter und Kind in diesen Fällen besonders im Auge, und da Sie immer noch etwas untergewichtig sind ..."

Geraldine wurde von heftigen Schuldgefühlen ergriffen. Wenn dem Baby etwas passierte ...

„Wie wirkt sich das aus? Was muss ich tun?", fragte sie ängstlich.

„Im Moment besteht noch kein Anlass zur Beunruhigung", versicherte die Hebamme. „Ich möchte Sie aber bitten, schon in einer Woche wiederzukommen. Sollte Ihr Baby dann immer noch nicht gewachsen sein ..." Sie zögerte fortzufahren, und Geraldines Herz krampfte sich zusammen.

„Was kann ich tun?", fragte sie flehentlich.

„Viel Ruhe und vernünftiges Essen", erwiderte die Hebamme sofort.

„Und was ist, wenn bis nächste Woche keine Veränderung eingetreten ist?"

„Das müssen wir abwarten und dann entscheiden", sagte die Hebamme ruhig. „Es könnte bedeuten, dass wir Sie für eine Weile hier im Krankenhaus behalten werden, um Sie und das Baby besser beobachten zu können. Aber es ist wirklich noch zu früh, sich ernsthaft Sorgen zu machen. Wie ich schon sagte, so ein vorübergehender Wachstumsstopp tritt gelegentlich auf und regelt sich meist von selbst. Im Augenblick gibt es für Sie keinen Grund, in Panik zu geraten. Das wäre sogar wirklich schlecht."

Als Geraldine eine halbe Stunde später das Krankenhaus verließ, saß der Schock immer noch tief. Wie betäubt vor Angst, ging sie, ohne aufzublicken, zu ihrem Wagen und bemerkte deshalb auch nicht den Mann, der sie von der anderen Straßenseite aufmerksam beobachtete.

Ihr Baby war in Gefahr, und das war ihre Schuld. Wenn dem Kind etwas passierte ... Sie wurde von Panik und Schuldgefühlen gepackt und fühlte sich plötzlich unendlich allein.

Für einen Moment dachte sie daran, zu Louise zu fahren, um der Freundin ihr Herz auszuschütten. Doch dann fiel ihr ein, dass Louise in Kürze den Besuch ihrer Eltern und Schwiegereltern erwartete, die Weihnachten bei ihr und Paul verbringen wollten. Sicher steckte die Freundin bereits mitten in den Vorbereitungen, und Geraldine wollte sie nicht noch mit ihren Problemen belasten.

Auf der Rückfahrt nach Hause wurde sie plötzlich von Furcht und Einsamkeit überwältigt. Ihre Augen füllten sich mit Tränen, aber sie wischte sie ärgerlich fort. Selbstmitleid war das Letzte, was sie jetzt brauchen konnte. Damit half sie weder sich noch ihrem Baby, war ihr doch bewusst gewesen, dass sie und das Baby während der Schwangerschaft und auch danach allein sein würden, dass niemand da sein würde, mit dem sie ihre Freude und ihre Ängste teilen konnte ... kein Ehemann, kein Geliebter, nicht einmal nahe Verwandte. Sie hatte es gewusst und sich stark genug gefühlt, es zu schaffen. Wollte sie jetzt etwa aufgeben?

Nein! Alles in ihr sträubte sich gegen diesen Gedanken. Es war nur der Schock, die Angst, dass dem Baby etwas passieren könnte und sie dafür verantwortlich war.

Müde schloss sie die Hintertür des Cottage auf und betrat die Küche. Eigentlich hätte sie etwas essen sollen, aber die Vorstellung, sich etwas zuzubereiten und sich dann allein an den Küchentisch zu setzen, deprimierte sie nur noch mehr. Die Straßen der kleinen Stadt waren bereits weihnachtlich geschmückt gewesen. Auf dem Weg durch die Stadt hatte Geraldine überall in den Schaufenstern die Weihnachtsbäume gesehen und sich vorgestellt, wie schön es wäre, das Fest in einer richtigen Familie zu feiern. Ausgerechnet jetzt, da sie am wenigsten die Kraft besaß, sich dagegen zu wehren, wurde sie von einer verzweifelten Sehnsucht nach Mitch ergriffen. Sie empfand eine kalte, dunkle Leere in ihrem Leben, die nur er hätte füllen können.

Das Läuten an der Tür kam so unerwartet, dass Geraldine einen Moment brauchte, um überhaupt zu reagieren. Wer konnte das sein? Wahrscheinlich irgendein Vertreter, sagte sie sich und ging ohne Eile in die Diele.

Sie knipste das Licht an, öffnete vorsichtig die Tür und erstarrte. „Mitch!"

„Bist du allein?"

„Ja ... ja, ich bin allein", sagte sie stockend und beobachtete, sprachlos vor Verblüffung, wie Mitch eintrat und an ihr vorbeiging.

„Dann ist er also noch nicht bei dir eingezogen, trotz diesem da", bemerkte Mitch mit einem bezeichnenden Blick auf ihren gerundeten Bauch. „Hast du es eigentlich bewusst getan, Geraldine? Wolltest du dieses Baby, in der Hoffnung, dass es ihn veranlassen würde, seine Frau zu verlassen und zu dir zu kommen?"

Geraldine schluckte. Sie wusste nicht, was sie auf diese Unterstellungen antworten sollte.

„Ich habe dich heute Nachmittag in der Stadt gesehen", fuhr Mitch fort. „Und ich wollte es zuerst nicht glauben. Es war mir unvorstellbar, dass du so ... so ..."

„Dass ich so unachtsam gewesen sein könnte?", warf Geraldine herausfordernd ein. Wut und Enttäuschung verdrängten die lähmende Wirkung des ersten Schocks. Hatte sie bei Mitchs überraschendem Anblick tatsächlich für eine Sekunde geglaubt, er habe irgendwie die Wahrheit erfahren und sei nun gekommen, um ihr zu sagen, dass er sie und das Kind liebe und bei ihnen bleiben wolle? Nun, wenn sie wirklich so dumm gewesen war, dann hatte Mitch sie mit seinen zynischen Bemerkungen äußerst unsanft auf den Boden der Realität zurückgeholt.

„War es wirklich bloß Unachtsamkeit, Geraldine?", fragte er jetzt schneidend.

Seine Worte trafen sie tief. Dachte er nur so über sie? War er überzeugt, dass sie absichtlich schwanger geworden war, um ihren verheirateten Liebhaber zu zwingen, seine Frau und seine Familie zu verlassen? Hatte er wirklich eine so geringschätzige Meinung von ihr?

Als sie nicht antwortete, fuhr Mitch erbarmungslos fort: „Aber er ist nicht hier bei dir, nicht wahr? Er hat dich getäuscht und betrogen, genau wie seine Frau." Er schüttelte verächtlich den Kopf. „Und nun bist du schwanger, und der Vater deines Kindes hat dich verlassen ... hat euch beide verlassen, stimmt's?"

Geraldine hob stolz den Kopf und zwang sich, Mitch anzusehen. „Ja, ich denke, in gewisser Weise trifft das zu", erwiderte sie ruhig.

Ein seltsamer Ausdruck huschte über sein Gesicht, eine Mischung aus Zorn, Verwirrung ... Schmerz, wobei sich Geraldine nicht erklären konnte, warum ihre Worte ihm Schmerz bereiten sollten. Es sei denn, er fühlte sich daran erinnert, wie ähnlich grausam sein eigener Vater ihn und seine Mutter behandelt hatte.

„Und trotzdem gibst du ihm immer noch keine Schuld, nicht wahr?", sagte Mitch aufgebracht.

Geraldine schüttelte langsam den Kopf. „Was sollte ich ihm vorwerfen?", fragte sie leise. „Dass ich sein Kind bekomme? Die Entscheidung, das Baby zur Welt zu bringen, lag ganz allein bei mir. Es war mein Wunsch. Ich will dieses Kind."

„Auch wenn der Vater euch beide im Stich gelassen hat?"

„Es gibt schlimmere Dinge für ein Kind, als ohne Vater aufzuwachsen", erwiderte sie sanft, aber bestimmt, und Mitchs Blick verriet ihr, dass er sehr genau wusste, was sie meinte. „Dieses Kind, mein Kind, wird jedenfalls niemals daran zweifeln müssen, dass ich es liebe."

Sie drehte sich auf dem Absatz um und kehrte Mitch den Rücken zu, um ihm so zu verstehen zu geben, dass er gehen solle. Wenn er noch länger bliebe und sie mit Fragen bedrängte, fürchtete sie, sich zu verraten. Mitch verachtete sie schon genug, und sie wagte sich gar nicht vorzustellen, wie er reagieren würde, wenn er erführe, dass er der Vater ihres Kindes war ...

In ihrer Hast, von ihm fortzukommen, verfing sich der Absatz ihres Schuhs in den Fransen eines Teppichläufers auf dem Küchenboden. Das war ihr schon hundert Mal passiert, und jedes Mal hatte sie sich geschworen, den Läufer woanders hinzulegen oder ganz rauszuwerfen, und es dann bis zum nächsten Mal doch wieder vergessen. Diesmal aber stolperte sie so unglücklich, dass sie, ehe sie es verhindern konnte, zu Boden stürzte und noch im Fallen entsetzt aufschrie.

Mitch war schnell, aber nicht schnell genug, um sie noch abzufangen. Besorgt kniete er neben ihr nieder und fragte, ob sie in Ordnung sei. Geraldine aber dachte nur an ihr Baby und kämpfte mit den Tränen.

„Keine Sorge, es wird alles gut", sagte Mitch beruhigend, half ihr vorsichtig auf die Füße und führte sie behutsam zu einem Sessel. „Bleib da sitzen", sagte er dann. „Ich rufe den Arzt an."

Geraldine wollte protestieren, dass sie ohne seine Hilfe zurechtkäme, aber sie hatte zu viel Angst um ihr Baby, um sich zu sträuben. Benommen erklärte sie Mitch, wo er die Nummer des Arztes finden würde, und versuchte, sich zu beruhigen und zu entspannen. Ihre einzige Sorge war, ob ihr ungeschickter Sturz ohne Folgen für das Baby bleiben würde. Sie zitterte innerlich, und ihr war übel und schwindelig. Das ist nur der Schock, redete sie sich ein, dachte aber gleichzeitig an die eindringlichen Warnungen, die man ihr im Krankenhaus mit auf den Weg gegeben hatte.

Es dauerte eine halbe Stunde, bis der Arzt eintraf. Während der ganzen Zeit ging Mitch unruhig in der Küche auf und ab und ließ Geraldine nicht aus den Augen. Sein Blick warnte sie, nur ja nicht aufzustehen.

Seine sichtbare Anspannung wirkte seltsam tröstlich auf Geraldine und nahm ihr ein wenig von ihrer eigenen Angst. Was für ein Unterschied war es doch, wenn jemand mit ihr zusammen wartete und ihre Besorgnis teilte ... Plötzlich fragte sie sich, ob Mitch wohl genauso besorgt gewesen wäre, wenn er gewusst hätte, dass es sein Baby war. Sie erschauerte unwillkürlich, und Mitch, der es bemerkte, sagte sofort: „Was ist mit dir? Geht es dir nicht gut?"

„Nein, nein", wehrte sie ab. „Mir ist nur ein bisschen kalt, das ist alles."

Mitch überlegte nicht lange, sondern verschwand in der Küche und ging nach oben. Als er zurückkam, brachte er zu Geraldines Erstaunen die Bettdecke aus ihrem Schlafzimmer mit und deckte sie damit fürsorglich zu. Seine Hand berührte dabei unabsichtlich ihren Bauch, und Geraldine zuckte spürbar zusammen. Zu allem Überfluss fühlte sie, wie ihr die Tränen kamen. Warum war alles so kompliziert? Wenn Mitch sie doch nur geliebt hätte, wenn er sich dieses Kind doch genauso wünschen würde wie sie ...

Plötzlich wurde ihr bewusst, dass Mitch sie angespannt beobachtete. Bevor er jedoch etwas sagen konnte, hörten sie beide draußen ein Auto vorfahren.

„Das wird der Arzt sein", sagte Geraldine heiser.

„Du bleibst hier sitzen", erklärte Mitch entschieden. „Ich werde gehen und ihm aufmachen."

Kurze Zeit später kam er mit dem Arzt zusammen in die Küche zurück.

„Na, was haben Sie denn Schlimmes angestellt?", begrüßte der Arzt Geraldine gut gelaunt.

Rasch erzählte sie ihm, was passiert war, und sofort wurde seine Miene deutlich ernster. Er wandte sich an Mitch. „Ich glaube, es wäre besser, wenn wir sie nach oben ins Bett bringen würden. Könnten Sie ihr helfen ..."

Ehe sie protestieren konnte, dass sie durchaus ohne Hilfe gehen könne, hatte Mitch bereits stützend seinen Arm um sie gelegt, half ihr aus dem Sessel und führte sie dann behutsam die Treppe hinauf. Wie viele Frauen hatte Geraldine in ihrer Schwangerschaft festgestellt, dass sie besonders empfindlich für jegliche Art von Gerüchen geworden war. Als sie nun so dicht neben Mitch die Treppe hinaufstieg und den vertrauten Duft seines Aftershave roch, übte dies eine unerwartet heftige Wirkung auf sie aus. Sie wurde von dem Wunsch überwältigt, die Augen zu schließen und sich ganz fest an Mitch zu schmiegen. Ihre Augen füllten sich mit Tränen, sodass die Stufen vor ihrem Blick verschwammen und sie ins Stolpern geriet.

Sofort hielt Mitch inne und drückte sie stützend an sich. „Geraldine ... Was ist mit dir?"

Sie schüttelte nur stumm den Kopf und wagte nicht, Mitch anzusehen, aus Angst, dass sie dann völlig zusammenbrechen würde. Unwillkürlich legte sie eine Hand an ihren Bauch, weil das Baby sich in diesem Moment bewegte. Geraldine hoffte, dass es später einmal verstehen und ihr verzeihen würde, dass sie ihm um seinetwillen das Recht vorenthielt, seinen Vater kennenzulernen und zu lieben.

Sobald sie ihr Zimmer erreicht hatten, wich Geraldine erleichtert von Mitchs Seite und legte sich auf ihr Bett.

„Ich werde die Hebamme verständigen und sie bitten, herauszukommen und Sie zu untersuchen", sagte der Arzt, als Mitch wieder nach unten gegangen war, um ihre Bettdecke zu holen. „Vermutlich wird sie mit mir einer Meinung sein, dass Sie mindestens ein oder zwei Wochen Bettruhe brauchen."

Mitch kam gerade rechtzeitig ins Zimmer zurück, um die Worte des Arztes noch mitzubekommen. Geraldine hatte jedoch zunächst keinen Blick für ihn, sondern sah den Arzt entgeistert an.

„Zwei Wochen? Aber ich kann unmöglich ..."

„Ich fürchte, Ihnen bleibt keine andere Wahl", unterbrach sie der Arzt entschieden. „Am liebsten würde ich Sie sogar ins Krankenhaus einweisen, wo wir Sie besser unter Beobachtung hätten, nur leider sind dort zurzeit keine Betten frei. Allerdings ..." Er zögerte fortzufahren, und Geraldine begann, innerlich zu zittern.

Wollte er etwa andeuten, dass ihr Baby wirklich in Gefahr sei? Sie versuchte, ihn zu fragen, aber ihre Angst verschlug ihr die Stimme.

„Bei einem so heftigen Sturz besteht immer ein gewisses Risiko", sagte der Arzt, als habe er ihre Gedanken erraten. „Und in Ihrem Fall haben wir das zusätzliche Problem, dass das Baby nicht so wächst, wie es soll."

Plötzlich wünschte sich Geraldine, dass Mitch das Zimmer verlassen würde. Es machte sie nervös, wie er neben ihrem Bett stand und dem Arzt aufmerksam zuhörte. Dabei verfinsterte sich sein Gesicht zusehends, und die Art, wie er sie ansah, gab ihr das Gefühl, als ob sie ganz bewusst die Gesundheit ihres Kindes aufs Spiel setzen würde.

Warum blieb er überhaupt? Immerhin ging ihn das alles doch gar nichts an, jedenfalls nicht, soweit er sich dessen bewusst sein konnte. Dennoch blieb er beharrlich an ihrer Seite, auch als der Arzt schließlich hinunterging, um die Hebamme anzurufen. In Geraldine stritten die widerstrebendsten Gefühle. Einerseits wünschte sie Mitch fort, weil seine Nähe sie so verletzlich machte, andererseits freute sie sich über seine Gegenwart, weil sie sich zum ersten Mal seit Langem nicht mehr allein fühlte. Natürlich wusste sie genau, wie gefährlich dieses Gefühl war, denn sie machte sich keine Illusionen: Was immer Mitch im Augenblick dazu bewegte, bei ihr zu bleiben, er würde sie zweifellos bald wieder allein lassen.

Als die Hebamme kam, wiederholte sie nach eingehender Befragung und Untersuchung nur, was der Arzt bereits gesagt hatte: dass Geraldine mindestens eine, besser aber zwei Wochen streng im Bett liegen müsse. Geraldine protestierte wie zuvor, dass das unmöglich sei, aber die Hebamme schüttelte den Kopf und sagte schroff: „Ich fürchte, wenn Ihnen das Wohl Ihres Babys am Herzen liegt, werden Sie es möglich machen müssen."

Dann verabschiedete sie sich mit dem Versprechen, am nächsten Vormittag wieder nach Geraldine zu schauen. Inzwischen solle sie sich keine Sorgen machen, aber so viel wie möglich ruhen.

Mitch, der nach unten gegangen war und Geraldine mit der Hebamme allein gelassen hatte, kehrte sofort in ihr Zimmer zurück, nachdem er den Arzt und die Hebamme zur Tür begleitet hatte. Geraldine lag jetzt im Nachthemd im Bett und wich Mitchs ernstem, forschendem Blick unbehaglich aus.

„Ich fahre jetzt schnell in die Stadt, um meine Sachen aus dem Hotel zu holen. Es wird nicht lange dauern. In ungefähr einer Stunde bin ich zurück. Kommst du solange allein zurecht?"

Sie sah ihn verwirrt an. Wovon redete er überhaupt? „Du brauchst wirklich nicht zurückzukommen", sagte sie mit bebender Stimme. „Ich bin dir dankbar für deine Hilfe, aber ..."

„Aber ohne mich wäre das erst gar nicht passiert", vollendete er ihren Satz.

Geraldine horchte erschrocken auf. Wusste er es also doch? Hatte er es irgendwie erraten? Dann hörte sie, wie er fortfuhr: „Ohne mich wärst du erst gar nicht auf diesem verdammten Teppich ausgerutscht." Und sie erkannte, dass Mitch sich nicht an ihrer Schwangerschaft, sondern nur an ihrem Sturz schuldig fühlte.

„Es war nicht deine Schuld", wehrte sie matt ab. „Ich hätte das Ding schon längst rauswerfen sollen. Hör zu, es war sehr nett von dir, zu bleiben, solange der Arzt hier war, aber du brauchst wirklich nicht noch einmal zurückzukommen."

„Im Gegenteil", widersprach er ungerührt. „Der Arzt hat mir gesagt, dass du nicht allein gelassen werden darfst. Er hat dir völlige Bettruhe verordnet, und das bedeutet, du musst unbedingt im Bett bleiben. Dafür brauchst du aber jemanden, der bei dir im Haus bleibt."

Sie setzte sich entsetzt auf. „Aber das kannst du doch unmöglich tun!"

„Mit anderen Worten, du gehst lieber ins Krankenhaus, vorausgesetzt, dass man dort ein Bett für dich findet. Es bleibt natürlich noch die Möglichkeit, dass dein Liebhaber seine Meinung ändert und doch noch bei dir einzieht. Aber dazu müsste er wohl oder übel vorher seine jetzige Familie verlassen, nicht wahr?"

Geraldine hielt sich mit beiden Händen die Ohren zu. „Hör auf! Bitte, hör auf!", rief sie verzweifelt. Das Letzte, was sie jetzt ertragen konnte, war eine Auseinandersetzung mit Mitch. Sie fühlte sich schwach und erschöpft und war halb verrückt vor Angst um ihr Baby.

Mitch wirkte sichtlich betroffen. Er setzte sich sofort zu ihr auf die Bettkante, nahm ihre Hände und drückte sie beruhigend. „Es tut mir leid", sagte er bestürzt. „Ich wollte dich nicht aufregen, aber der Arzt und die Hebamme haben mir beide so nachdrücklich eingeschärft, wie wichtig es jetzt für dich ist, streng im Bett zu bleiben."

„Sie haben dir eingeschärft …", wiederholte Geraldine entgeistert. „Aber warum …"

Er ließ ihre Hände los und stand auf. „Anscheinend haben sie angenommen, dass ich der Vater des Babys sei", sagte er mit versteinerter Miene.

Geraldine schloss unglücklich die Augen. Hatte sie sich möglicherweise vor den beiden durch irgendetwas verraten? „Du hättest ihnen sagen sollen, dass es nicht so ist", sagte sie rasch.

„Mag sein. Aber ich war in dem Moment zu besorgt um deine Gesundheit und die deines Kindes, um diesen verständlichen Irrtum zu korrigieren."

Seine Gleichgültigkeit verblüffte sie. Geraldine hätte erwartet, dass er jede Andeutung, dass er der Vater ihres Kindes sein könnte, entschieden zurückgewiesen hätte. Stattdessen schien ihn die voreilige Annahme des Arztes und der Hebamme nicht im Geringsten zu berühren.

„Ich fahre jetzt in die Stadt", sagte er nun. „Aber ich bin bald zurück."

Geraldine wollte erneut protestieren, aber Mitch war bereits zur Tür hinaus und auf dem Weg zur Treppe.

Geraldine hörte, wie er die Haustür hinter sich zuzog und kurz darauf mit seinem Wagen davonfuhr. Eines war klar: Sobald er zurückkam, musste sie einen Weg finden, ihn zu überzeugen, dass er nicht bei ihr zu bleiben brauchte. Verzweifelt wünschte sie sich, es gäbe jemanden ... eine Freundin ... irgendjemanden, den sie stattdessen hätte bitten können, für eine Weile zu ihr zu kommen. Aber sie hatte niemand außer Louise, und der konnte sie etwas Derartiges so kurz vor Weihnachten und angesichts des bevorstehenden Besuchs der Eltern und Schwiegereltern unmöglich zumuten.

Ihre Augen füllten sich mit Tränen. Es war schon schlimm genug, dass Mitch so schlecht von ihr dachte. Aber dass sie nun gezwungen sein sollte, wieder mit ihm in einem Haus zu leben, in der quälenden Gewissheit, dass er sie nicht wollte ... nicht liebte ...

In ihrer Verzweiflung kam ihr ein Gedanke. Vielleicht konnte sie Mitch ja beweisen, dass sie seine Hilfe nicht brauchte und allein zurechtkam. Entschlossen schlug sie die Bettdecke zurück und hob vorsichtig die Füße aus dem Bett. Von einem plötzlichen Schwindelgefühl ergriffen, tastete sie haltsuchend nach der Bettkante und stand mühsam auf. Sie fühlte sich so entsetzlich schwach und wacklig, dass sie kaum wagte, einen Schritt zu tun, aus Angst, sie könnte erneut stürzen und dem Baby schaden. Trotzdem blieb sie stehen und zwang sich nach einer kurzen Atempause, langsam Schritt für Schritt vorwärts zu gehen. Sie schaffte es bis ins Bad, aber dort musste sie sich setzen und einige Minuten verschnaufen, bevor sie in der Lage war, in ihr Schlafzimmer zurückzukehren.

Erst als sie wieder sicher in ihrem Bett lag und spürte, wie sie vor Schwäche und Anstrengung zitterte, gestand sie sich ein, dass sie in ihrem gegenwärtigen Zustand wirklich nicht allein zurechtkommen konnte. Der Sturz hatte ihr einen tiefen Schock versetzt. Dazu kam die Sorge, weil das Baby anscheinend nicht richtig wuchs. Geraldine fühlte sich so beunruhigt und verängstigt, dass sie sich wirklich nicht wünschte, allein in dem Haus zu bleiben. Es wäre nicht so schlimm gewesen, wenn es wenigstens in unmittelbarer Nähe Nachbarn gegeben hätte.

Was also, wenn Mitch nicht so unerwartet eingesprungen wäre? Wahrscheinlich hätten der Arzt und die Hebamme in dem Fall darauf bestanden, sie ins Krankenhaus einzuweisen.

Was sie immer noch nicht begriff, war, warum er überhaupt angeboten hatte, bei ihr zu bleiben. Er hatte angedeutet, dass er sich für ihren Sturz verantwortlich fühlte. Sicher, sein unerwartetes Erscheinen und der Streit mit ihm hatten sie nervös gemacht, aber deshalb musste er sich noch lange nicht an ihrem Sturz schuldig fühlen …

Geraldine schreckte aus ihren Gedanken auf, als sie vor dem Haus einen Wagen vorfahren hörte. In Panik schaute sie auf die Uhr. Es war kaum mehr als eine Stunde vergangen. Mitch hatte sich wirklich beeilt. Würde sie es schaffen, ihre Liebe vor ihm zu verbergen? Ich muss, sagte sie sich verzweifelt, während sie angespannt auf seine Schritte auf der Treppe lauschte.

Als Mitch ihr Zimmer betrat, sah er sie mit einem Ausdruck an, als habe er erwartet, sie nicht mehr im Bett vorzufinden. „Ich habe dir etwas Obst mitgebracht", sagte er schlicht. „Und da ich nicht wusste, was du gern isst …"

Sprachlos und gerührt starrte Geraldine auf den Korb, den Mitch neben ihr auf den Nachttisch stellte. Er war angefüllt mit leckeren exotischen Früchten. Sie fühlte, wie ihr die Tränen kamen. Es war lange her, dass jemand in dieser Weise an sie gedacht hatte. Als Tante May noch lebte, hatten sie sich oft gegenseitig mit kleinen, überraschenden Geschenken wie Konfekt oder Blumen eine Freude gemacht. Aber dies war das erste Mal, dass ein Mann … Sie schluckte. Nicht irgendein Mann, sondern der Mann, den sie liebte und begehrte und der … Unwillkürlich legte sie eine Hand auf ihren Bauch. Mitch folgte ihrer Bewegung, und ein unergründlicher Ausdruck huschte über sein Gesicht.

„Ich werde jetzt nach unten gehen und für uns beide Abendessen machen", sagte er schroff. „Der Arzt hat mich auch darauf hingewiesen, dass du zu wenig wiegst und besser essen musst."

„Bitte, du solltest dir meinetwegen wirklich nicht so viel Mühe machen", protestierte Geraldine befangen.

„Es macht mir keine Mühe. Schließlich ist es kein Unterschied, ob ich für mich alleine oder für zwei koche."

„Aber ... warum tust du das alles?", fragte sie verwirrt. Diese Frage brannte ihr so auf der Seele, dass sie sie einfach loswerden musste.

„Irgendjemand muss es ja tun", antwortete er kurz. „Und ich kann mir nur schwer vorstellen, dass dein Liebhaber seine Frau verlässt, um zu dir zu ziehen, nicht wahr? Oder hoffst du etwa immer noch darauf, so wie du ..."

„So wie ich was?", fragte Geraldine sofort. „So wie ich ganz bewusst schwanger geworden bin, ja? Du irrst dich, so war es nicht!" Ihre Stimme zitterte, und sie stand kurz davor, in Tränen auszubrechen, obwohl sie wusste, dass es weder für sie selber noch für das Baby gut war, wenn sie sich derart aufregte.

Mitch schien das Gleiche zu denken, denn er machte schnell einen Rückzieher ... zu schnell, um es ehrlich zu meinen, wie Geraldine verbittert bemerkte.

„Nein, natürlich nicht. Ich hätte so etwas nie andeuten sollen ... Es tut mir leid, dass ich dich so aufgeregt habe. Jetzt gehe ich nach unten und kümmere mich um das Abendessen ..."

Er war fort, ehe sie etwas erwidern konnte. Trotzig nahm sie sich vor, bei seinem nächsten Erscheinen noch einmal zu versuchen, ihm klarzumachen, dass sie ihn nicht brauchen würde. Dabei wusste sie genau, dass sie sich selbst betrog. Es gab nichts, was sie sich mehr wünschte, als Mitch bei sich im Cottage zu haben, auch wenn es noch so gefährlich für sie war. Mit ihm in ihrer Nähe stand sie in der Gefahr, sich in unerfüllten Tagträumen zu verlieren. Sie würde sich vielleicht der Illusion hingeben, dass er sich nicht aus Verantwortungsgefühl und Nächstenliebe um sie kümmerte, sondern weil er sie liebte und ihr gemeinsames Kind liebte.

Es war nicht gut, ihre Gedanken in diese verbotene Richtung schweifen zu lassen. Geraldine wusste das und versuchte ärgerlich, sich abzulenken. Angespannt lauschte sie auf die Geräusche unten in der Küche, wo Mitch das Abendessen zubereitete.

Essen ist das Letzte, was ich mir jetzt wünsche, dachte sie trotzig. Als Mitch aber wieder nach oben kam und die Zimmertür öffnete und Geraldine der verlockende Geruch der Spaghetti Bolognese, die er für sie gekocht hatte, in die Nase stieg, merkte sie plötzlich, wie hungrig sie war. Ohne zu überlegen, setzte sie sich im Bett auf und nahm das Tablett entgegen, das Mitch ihr reichte. Die Spaghetti sahen so appetitlich aus und rochen so köstlich, dass Geraldine das Wasser im Mund zusammenlief. Mitch stand immer noch neben ihrem Bett und beobachtete sie aufmerksam. „Wo ist deine Portion?", fragte sie arglos.

Er zögerte und betrachtete sie forschend und nachdenklich, als sei er sich über irgendetwas nicht im Klaren. „Unten in der Küche", antwortete er dann. „Ich dachte, es sei dir lieber, hier oben allein zu essen."
Geraldine errötete sofort. Wie hatte sie nur eine so dumme Frage stellen können? Natürlich würde er ihr keine Gesellschaft leisten. Wie hatte sie nur so töricht und gedankenlos fragen können? „Ja, sicher", schwindelte sie, ohne ihn anzusehen.

Mitch war schon wieder auf dem Weg hinaus. Geraldine musste sich mit aller Macht zurückhalten, ihn nicht zu bitten, bei ihr zu bleiben. Wenn es ihr schon nach wenigen Stunden so schwerfiel, wie sollte sie es schaffen, vierzehn Tage mit ihm unter einem Dach zu wohnen?

Sie konnte nur eines tun: dafür sorgen, dass sie so schnell wie möglich wieder auf die Beine kam. Je kürzer Mitch im Haus blieb, desto geringer war das Risiko für sie, sich vor ihm zu verraten.

10. KAPITEL

„Du meine Güte, Mitch verwöhnt dich aber sehr, nicht wahr?", bemerkte Louise mit einem bewundernden Blick auf das Obst und den Stapel Zeitschriften auf Geraldines Nachttisch. Geraldine war früher oder später gezwungen gewesen, die Freundin anzurufen, um ihr zu erklären, was passiert war und weshalb sie vorläufig keine neuen Aufträge für sie übernehmen könne. Und Louise war natürlich, sobald sie es zeitlich einrichten konnte, bei ihr vorbeigekommen.

„Wenigstens ist dem Baby nichts geschehen, und es scheint sich auch wieder gut zu entwickeln", sagte Geraldine nun, ohne auf Louises Bemerkung über Mitch einzugehen.

„Ja, das ist eine erfreuliche Nachricht. Aber Mitch sagte mir, dass der Arzt und die Hebamme der Ansicht sind, du würdest immer noch zu wenig wiegen, und darauf bestehen, dass du weiterhin im Bett bleibst. Was für ein Glück, dass Mitch gerade hier war, als du gefallen bist. Stell dir vor, du wärst ganz allein gewesen ..."

„Ich war es aber nicht", sagte Geraldine rasch. Auch jetzt noch, eine Woche nach dem Vorfall, wollte sie nicht darüber nachdenken, was alles hätte passieren können, wenn sie bei ihrem Sturz allein im Haus gewesen wäre. Wie oft war sie schon über diesen dummen Teppichläufer in der Küche gestolpert, hatte sich geschworen, ihn rauszuwerfen, und es dann doch nicht getan. Das hatte sie auch Mitch gesagt, als er ihr angedeutet hatte, dass er sich für ihren Unfall verantwortlich fühle. Dennoch vermutete sie, dass seine Schuldgefühle der Grund waren, warum er darauf beharrt hatte, sich um sie zu kümmern. Auf jeden Fall nahm er seine Verantwortung sehr ernst. Zu Geraldines Erstaunen erledigte er sogar seine Arbeit, so weit es ging, vom Cottage aus, und war so wirklich die meiste Zeit im Haus.

Louise hatte gerade eine Stunde bei Geraldine gesessen, da kam Mitch nach oben und erinnerte die beiden freundlich, aber bestimmt daran, dass der Arzt Geraldine Ruhe verordnet habe. Louise stand sofort auf, während Geraldine wieder einmal protestierte, dass es ihr doch wieder gut gehe und es keinen Grund gebe, warum sie noch länger untätig im Bett liegen solle.

„Der Arzt hat gesagt, dass du mindestens noch bis zum Ende der Woche liegen sollst", entgegnete Mitch ungnädig. „Und genau das wirst du auch tun."

Als Louise und Mitch nach unten gegangen waren, redete Geraldine sich trotzig ein, dass sie nicht im Bett blieb, weil Mitch es verlangte, sondern weil sie wusste, dass es das Beste für ihr Baby war. Obwohl sie der Hebamme und Mitch gegenüber immer wieder behauptete, dass es ihr längst wieder gut genug gehe, um aufstehen zu können, war ihr doch klar, dass sie noch nicht wieder richtig bei Kräften war. Die Hebamme hatte ihr inzwischen sogar schon erlaubt, nachmittags für ein paar Stunden aufzustehen und nach unten zu gehen, aber Geraldine merkte selbst, wie rasch sie ermüdete. Das lag zum einen daran, dass die fortschreitende Schwangerschaft immer größere Anforderungen an ihren Körper stellte, vor allem aber litt Geraldine immer noch unter den Folgen der ungeheuren Belastung, unter der sie in den Wochen und Monaten vor Tante Mays Tod gestanden hatte.

Weihnachten rückte rasch näher, aber bis zum Fest würde Mitch natürlich fort sein. Geraldine erschauerte und gestand sich widerstrebend ein, wie sehr er ihr fehlen und wie einsam sie sich ohne ihn fühlen würde.

Von unten hörte sie immer noch Mitchs und Louises Stimmen und fragte sich ein wenig eifersüchtig, worüber die beiden sich überhaupt so lange unterhalten könnten. Dabei wusste sie doch ganz genau, dass Mitch ein Mann war, der sich wirklich gern mit Frauen unterhielt und sie als intellektuell gleichwertig behandelte. Wenn er an den Abenden das leere Tablett aus Geraldines Zimmer holte, blieb er jetzt immer länger bei ihr, um noch mit ihr zu plaudern. Geraldine war selbst erstaunt, über wie viel verschiedene Dinge sie schon gesprochen und wie viele Gemeinsamkeiten sie dabei entdeckt hatten. Ja, auch ohne ihn zu lieben, hätte sie seine Gesellschaft in jedem Fall vermisst, denn unter anderen Umständen hätte er ihr ein wirklich guter Freund werden können.

Tante May hätte ihn bestimmt auch gemocht. Geraldine fühlte, wie ihr die Tränen kamen. In Gedanken war sie oft bei ihrer Tante.

Es verging eine lange Zeit, bis Geraldine Louise davonfahren hörte. Kurz darauf vernahm sie Mitchs Schritte auf der Treppe und schaute überrascht auf die Uhr. Es war noch zu früh für das Mittagessen, und Mitch arbeitete normalerweise den ganzen Vormittag. Zwar hatte Louises Besuch an diesem Morgen den üblichen Ablauf gestört, dennoch konnte Geraldine sich nicht erklären, warum er um diese Zeit zu ihr nach oben kam.

Als er das Zimmer betrat und auf ihr Bett zuging, wirkte sein Gesicht versteinert, ja, entsetzt. Geraldine schaute beunruhigt zu ihm auf.

Sie hatte ihn noch nie so gesehen. Was war geschehen? Er und Louise hatten so lange miteinander geredet … Was hatte die Freundin ihm gesagt?

Mitch ließ sie nicht lange im Unklaren, sondern kam direkt zur Sache. „Louise hat mir soeben alles von deiner Tante erzählt", erklärte er knapp.

Geraldine war wie erstarrt vor Schreck. Ihr Herz pochte, als Mitch fortfuhr: „Ich habe mich in dir geirrt, nicht wahr, Geraldine? Während ich die ganze Zeit dachte, du würdest dich mit deinem Liebhaber treffen … In jener Nacht, als du nicht nach Hause gekommen bist, da warst du auch bei deiner Tante, nicht wahr?"

Sie hatte keine Chance, ihn anzulügen. Ehe sie etwas sagen konnte, hatte ihr Gesicht sie bereits verraten.

„Warum?", fuhr Mitch sie unerwartet wütend an. „Warum hast du nichts gesagt? Wieso hast du mich in dem Glauben gelassen …?"

„Es ging dich nichts an", entgegnete Geraldine verzweifelt. Wie viel hatte er erraten? Die ganze Wahrheit? Hoffentlich nicht. In all den Tagen, die er jetzt bei ihr im Haus wohnte, hatte er jene Nacht, die sie miteinander verbracht hatten, nicht einmal erwähnt. Wahrscheinlich wollte er selbst nicht mehr daran erinnert werden.

„So wie das Kind in deinem Bauch? Das geht mich wohl auch nichts an, ja?"

Geraldine wurde von einer namenlosen Angst ergriffen. „Nein, natürlich nicht. Wie sollte es auch?", erwiderte sie mit erstickter Stimme.

„Wie sollte es auch?" Mitch durchbohrte sie förmlich mit seinen Blicken. „Fragst du mich das denn im Ernst? Muss ich dir das wirklich erläutern? Wir beide haben miteinander geschlafen … Ich glaubte damals, dass du mich als Ersatz für jemand anderen benutzen würdest, um die Leere zu füllen, die er in deinem Leben hinterlassen hat. Aber ich habe mich wohl geirrt, nicht wahr? Genauso wie es ein Irrtum war, anzunehmen, dieser nicht vorhandene Liebhaber sei auch noch der Vater deines Kindes!"

Er schwieg einen Moment und schien nach den richtigen Worten zu suchen, um seine Fassungslosigkeit auszudrücken. „Verdammt!", stieß er dann aus. „Warum? Warum, in Gottes Namen, hast du es getan? Obwohl ich dich noch gewarnt habe, dass ich dich genau vor diesen Folgen nicht würde schützen können …"

Es war schlimmer als in Geraldines schlimmsten Albträumen, wenn sie sich ausgemalt hatte, wie Mitch auf die Wahrheit reagieren würde. Das Entsetzen in seinem Gesicht und seiner Stimme war echt. Am liebsten hätte sie alles abgestritten und ihn angelogen, dass er nicht der Vater ihres Kindes sei, aber sie wusste, dass er ihr kein Wort glauben würde.

„Warum?", fuhr er sie erneut an.

„Ich weiß es selber nicht genau. Wahrscheinlich hing es mit dem Tod meiner Tante zusammen. Ich stand unter Schock ... ich ..." Sie schaute mit Tränen in den Augen zu ihm auf. „Ich wollte nicht, dass es passiert, jedenfalls nicht bewusst ... Aber vielleicht hat irgendwo unbewusst der Wunsch eine Rolle gespielt, den Tod meiner Tante durch neues Leben gewissermaßen aufzuheben ..."

„Du wolltest also nicht mich, sondern nur einen Vater für dein Kind."

Schwang da nicht Erleichterung in seiner Stimme mit? Und warum sollte sie das überraschen? Sie hatte doch von Anfang an gewusst, dass er sie nicht liebte. „Ich habe nicht bewusst geplant, schwanger zu werden", widersprach sie nun heftig. „So ein Schock hat manchmal die seltsamsten Auswirkungen. Meine Tante ..." Geraldine verstummte, von ihren Gefühlen überwältigt. Es dauerte einen Moment, bis sie sich wieder gefasst hatte. Dann fuhr sie mit erstickter Stimme fort: „Tante May war alles, was ich hatte. Ich konnte den Gedanken, sie zu verlieren, nicht ertragen. Ich war nicht einmal fähig, irgendeinem anderen Menschen gegenüber zuzugeben, dass sie im Sterben lag, geschweige denn vor mir selbst."

„Hast du mich deshalb in dem Glauben gelassen, du hättest einen Liebhaber?"

Mitchs ruhige Frage riss Geraldine aus ihren schmerzlichen Erinnerungen. Sie wusste nicht, was sie ihm antworten sollte. Aber er schien ihr anzusehen, dass er die Wahrheit getroffen hatte. Seine Miene wurde noch verschlossener, und Geraldine ahnte, dass er sie innerlich verwünschte.

„Du brauchst dir keine Sorgen zu machen, dass ... dass ich oder das Kind irgendwelche Ansprüche an dich stellen könnten", sagte sie angespannt. „Es war nicht deine Schuld. Wie du schon sagtest, du hattest mich ja gewarnt ..."

„Nicht meine Schuld!" Der maßlose Zorn in seiner Stimme ließ Geraldine zusammenzucken. „Verdammt, natürlich ist es meine Schuld! Ich hätte es wissen, fühlen müssen ..." Er schüttelte den Kopf und fuhr leise fort: „Trotz aller Leidenschaft ... trotz all der lustvollen Zärtlichkeiten, wirktest du damals so ... so seltsam unberührt, dass ich es hätte wissen müssen."

Geraldine wandte sich befangen ab, denn Mitchs Worte weckten in ihr die Erinnerung an all das, was sie in seinen Armen empfunden hatte.

„Wir müssen natürlich heiraten."

Sie glaubte zuerst, ihn falsch verstanden zu haben. Als ihr klar wurde, dass er es ernst meinte, schüttelte sie sofort den Kopf. „Nein! Nein, ich werde dich nicht heiraten. Nicht ohne Liebe."

Obwohl sie spürte, dass er sie ansah, wagte sie es nicht, zu ihm aufzublicken. Denn dann hätte er die verzweifelte Sehnsucht in ihren Augen gesehen und das stumme Flehen, er möge sich nicht um die Worte kümmern, die sie nur aus Stolz geäußert hatte.

Mitch schwieg lange, dann sagte er knapp: „Ich verstehe. Nun, wenn es das ist, was du fühlst ..."

Was sie fühlte! Was sie fühlte, hatte nichts mit dem zu tun, was sie gesagt hatte. Sie hatte das Gefühl, als würde ihr das Herz brechen. Sie wollte die Arme nach Mitch ausstrecken, sich an ihn klammern und ihn anflehen, sie niemals zu verlassen. Sie glaubte, ihre Welt würde zusammenbrechen, wenn Mitch daraus verschwand. Aber wie hätte sie ihm ihre Gefühle aufdrängen können, da sie doch wusste, dass er nicht das Gleiche für sie empfand? Dass er sie nicht wirklich heiraten wollte?

„Heutzutage heiratet man nicht mehr, nur weil man zusammen ein Kind gezeugt hat", sagte sie mühsam. „Es war ganz allein meine Entscheidung, das Kind auszutragen, und ..."

„Und deshalb gehört das Baby dir allein?", fiel Mitch ihr zornig ins Wort. „Hör gut zu, denn es wird dir nicht gefallen, was ich dir jetzt sage: Dieses Baby ist auch mein Kind, und ich werde nicht so tun, als ob das alles nicht passiert wäre, nur weil du es so willst ..." Er hielt inne und schüttelte den Kopf.

„Wir sollten das nicht jetzt besprechen, solange du noch so schwach bist." Er trat zu ihr ans Bett, beugte sich über sie und legte zu ihrer Überraschung eine Hand auf ihren Bauch. Geraldine spürte die Wärme und Zärtlichkeit in dieser Berührung und schloss die Augen, überwältigt von Sehnsucht und Liebe.

„Aber vergiss nicht", sagte Mitch. „Dieses Baby ist genauso mein Kind wie deins, und ich habe vor, Teil seines Lebens zu werden."

„Aber du hast es doch nicht gewollt. Du hast es gar nicht gewusst ..."

„Ich weiß es jetzt", sagte er bedeutungsvoll. „Ich weiß es jetzt."

Nachdem Mitch wusste, dass es sein Baby war, umsorgte er Geraldine noch mehr, sofern das überhaupt möglich war. Zwar hatte er seinen überraschenden Heiratsantrag nicht wiederholt, aber er ließ keinen Zweifel daran, dass er beabsichtigte, eine wesentliche Rolle im Leben ihres gemeinsamen Kindes zu spielen. Zu Geraldines Entsetzen hatte er sogar Louise gegenüber angedeutet, er sei der Vater, was die Freundin, sobald sie mit Geraldine allein war, zu der Bemerkung veranlasste, dass sie es eigentlich hätte erraten müssen.

Es war Louise anzumerken, dass sie nicht recht wusste, was sie von der Beziehung zwischen Geraldine und Mitch halten sollte. Dennoch war sie taktvoll genug, die Freundin nicht mit Fragen zu bedrängen. Stattdessen akzeptierte sie ohne Kommentar Geraldines vage Erklärung, sie habe sich zu dem Zeitpunkt, als ihre Tante starb, für eine Weile in ein für sie völlig untypisches Verhalten geflüchtet und ihre Schwangerschaft sei die Folge daraus.

Was Geraldine immer noch nicht begriff, war Mitchs Reaktion auf die Entdeckung der Wahrheit. Sie hatte erwartet, dass er, sollte er es je erfahren, weder mit ihr noch mit dem Kind etwas zu tun haben wollte. Stattdessen schien er fest entschlossen, seine Vaterrolle voll auszufüllen.

An diesem Morgen war er nicht im Haus, sondern geschäftlich nach London gefahren. Während seiner Abwesenheit kam die Hebamme vorbei und schien sehr zufrieden mit dem gesundheitlichen Zustand von Mutter und Kind. Zu ihrer großen Freude bekam Geraldine nun endlich die Erlaubnis, wieder aufstehen zu dürfen.

„Aber nur, solange Sie sich nicht überanstrengen", warnte die Hebamme, bevor sie sich verabschiedete, und fügte lächelnd hinzu: „Obwohl ich nicht glaube, dass Mr Fletcher das zulassen würde."

Sobald die Hebamme fort war, stieg Geraldine überglücklich aus dem Bett und ging ins Bad, um sich zu duschen. Eine halbe Stunde später stand sie nackt vor dem Spiegel in ihrem Schlafzimmer und betrachtete mit einer Mischung aus Ehrfurcht und Staunen ihren Babybauch, wie sie es schon öfter während ihrer Schwangerschaft getan hatte.

Geraldine war so versunken in ihre Zwiesprache mit ihrem Baby, dass sie Mitchs Rückkehr gar nicht bemerkte. Sie hörte weder das Vorfahren seines Wagens noch, dass es kurz darauf an ihrer Zimmertür klopfte. Erst als Mitch plötzlich in ihr Zimmer trat und bei ihrem Anblick wie angewurzelt stehen blieb, schreckte sie auf.

Sie errötete tief ... nicht nur wegen ihrer Nacktheit, sondern auch, weil ihr im selben Moment bewusst wurde, wie unattraktiv sie für Mitch aussehen musste, auch wenn sie selbst die Veränderungen in ihrem Körper so faszinierend und wundervoll fand. Als sie aber nach dem Morgenmantel greifen wollte, der auf ihrem Bett lag, hielt Mitch sie zurück.

„Nein, bitte versteck dich nicht vor mir, Geraldine", bat er sanft.

Wie hypnotisiert vom Klang seiner Stimme, verharrte sie reglos.

Mitch kam langsam näher, und Geraldine hielt den Atem an, als er mit den Fingerspitzen sacht ihren Körper berührte. In diesem Moment bewegte sich das Baby in ihrem Bauch plötzlich so heftig, dass sie zusammenzuckte. Mitch erstarrte. Geraldine sah ihm an, dass er glaubte, sie sei vor ihm zurückgezuckt, und reagierte instinktiv. Sie nahm seine Hand und führte sie an die Stelle ihres Bauchs, wo sich das Baby immer noch bewegte, sodass auch er es fühlen konnte.

Gerührt beobachtete sie den Ausdruck von Staunen, Zärtlichkeit und Liebe, der Mitchs Gesicht erhellte. Ja, so sollte es sein. Dieser eine Moment verkörperte all das, was Geraldine sich immer erträumt hatte, seit sie wusste, dass sie mit Mitchs Kind schwanger war: dieses Gefühl einer tiefen Verbundenheit in der Liebe und Verantwortung für das Kind, das sie miteinander gezeugt hatten.

Das Baby war jetzt ruhig. Geraldine ließ Mitchs Hand, die immer noch auf ihrem Bauch lag, los, aber er wich nicht von ihr zurück. Sie spürte die Wärme seiner Nähe und wurde von der überwältigenden Sehnsucht ergriffen, sich in seine Arme zu schmiegen und diese Wärme wie einen schützenden Mantel um sich zu fühlen.

Geraldine erschauerte, als aus der bloßen Berührung ein zärtliches Streicheln wurde. Wenn sie jetzt nicht Einhalt gebot, würde sie sich unweigerlich in ihren Gefühlen verraten und das Besondere, Kostbare, das sie und Mitch soeben miteinander geteilt hatten, zerstören. Ehe sie sich aber rühren konnte, kniete Mitch vor ihr nieder und presste seine Lippen liebevoll an ihren Bauch.

Ihre Augen füllten sich mit Tränen. Überwältigt von Liebe und Sehnsucht, schluchzte sie auf. Mitch hob den Kopf und sah sie an.

„Es hat keinen Sinn, nicht wahr?", sagte er angespannt. „Ich kann nicht hier bei dir bleiben, ohne dich zu begehren. Ich habe versucht, mir einzureden, dass es mir genügen würde, einfach nur in deiner Nähe zu sein und mit dir die Sorge und Liebe um unser Kind zu teilen. Aber es geht nicht."

Schmerz und Verzweiflung schwangen in seiner Stimme. Leise, fast ausdruckslos, fuhr er fort: „Ich dachte, ich hätte das Schlimmste bereits durchgemacht, als ich glaubte, du hättest mich bloß als Ersatz für einen anderen Mann benutzt und all deine Liebe und Leidenschaft hätte einem anderen gegolten. Dieser Schmerz war so groß, dass ich überzeugt war, danach könne es nichts Schlimmeres mehr geben. Es war die schwerste Entscheidung meines Lebens, von dir fortzugehen. Aber wie hätte ich bleiben können? Ich wusste, wie sehr ich dich liebte und begehrte, und mein Stolz ließ es nicht zu, mich auf eine rein sexuelle Affäre einzulassen, nur um dir nahe zu sein. Deshalb ging ich, solange ich noch genügend Stolz besaß …"

Es fiel ihm sichtlich schwer, weiterzusprechen. „Aber ich habe mich geirrt, als ich glaubte, es könne keinen größeren Schmerz als diesen geben. Es gibt andere Arten von Schmerz, die genauso zerstörerisch und genauso schwer zu ertragen sind. Als ich entdecken musste, wie sehr ich dir Unrecht getan habe in meiner dummen Voreingenommenheit aus meinen Kindheitserfahrungen … Während ich dich beschuldigte, einer anderen Frau den Mann zu stehlen, hattest du dich die ganze Zeit um deine sterbende Tante gekümmert … Wie musst du mich verachtet haben. Kein Wunder, dass du mir nicht die Wahrheit gesagt hast. Die habe ich erst von Louise erfahren. Deine Freundin wusste gar nicht, wie sehr sie mir die Augen öffnete, als sie mir von deiner Tante erzählte und beschrieb, unter was für einer Belastung du damals gestanden hattest. In diesem Moment erkannte ich, was ich in jener Nacht instinktiv gespürt und verdrängt hatte: Trotz aller Leidenschaft war da eine besondere Unschuld, eine Intensität …"

Er verstummte, überwältigt von seinen Gefühlen, und wich Geraldines Blick aus. Doch sie sah, dass seine Augen feucht schimmerten.

„Sobald mir klar war, dass ich der Vater deines Kindes bin …" Er hielt kopfschüttelnd inne. „Ich habe alles kaputt gemacht, habe versucht, dich zu einer Heirat zu drängen. Dabei hätte ich wissen müssen, dass du ablehnst. Wenn ich dir irgendetwas bedeuten würde, hättest du deine Schwangerschaft bestimmt nicht vor mir geheim gehalten, oder? Und du hättest mich auch nicht in dem Glauben gelassen, du hättest ein Verhältnis mit einem anderen Mann. Nein, ich wusste, dass du mich nicht liebst, und habe mir törichterweise eingeredet, es würde mir genügen, dir und dem Baby nahe zu sein. Aber das stimmt nicht."

Er räusperte sich und fuhr fort: „Wenn ich dich jetzt so vor mir sehe …" Seine Stimme wurde zu einem Flüstern, sodass Geraldine sich anstrengen musste, um seine Worte zu verstehen. „Ich begehre dich so, liebe dich so sehr, Geraldine. Ich sage dir das alles, weil ich möchte, dass du verstehst, warum ich fortmuss. Du sollst nicht denken, dass du oder das Kind mir nichts bedeuten. Aber ich muss gehen, bevor ich etwas tue, was wir beide dann bereuen."

Mitch beugte sich vor und strich noch einmal mit der Hand über Geraldines Bauch, so liebevoll und sehnsüchtig, dass sie nur noch den Wunsch hatte, ihn in die Arme zu nehmen und ihm zu gestehen, wie sehr auch sie ihn liebte. Ehe sie es aber tun konnte, spürte sie Mitchs Lippen verlangend auf ihrer Haut. Heiße Erregung durchzuckte ihren Körper, und sie schrie unwillkürlich auf.

„Mitch!"

Sofort sprang er erschrocken auf. „Was ist, Geraldine? Habe ich dir wehgetan? Ist etwas mit dem Baby?"

Geraldine schüttelte stumm den Kopf. Sie versuchte erst gar nicht, ihre Gefühle, ihre Liebe, in Worte zu fassen, sondern streckte Mitch einfach nur beide Arme entgegen.

Er rührte sich nicht, sah sie einfach nur an mit einem so fragenden, ungläubigen Blick, dass es ihr Herz rührte.

So musste er als kleiner Junge ausgesehen haben, als er gezwungen gewesen war, hilflos und unglücklich mitzuerleben, was zwischen seinem Vater und seiner Mutter, die er doch beide liebte, geschah. Diese Verzweiflung, dieser ohnmächtige Schmerz, waren für ein Kind sicher nur sehr schwer zu verkraften, und Geraldine schwor sich in diesem Moment, dass ihr Kind sie nie mit solchen Augen ansehen sollte.

„Mitch, ich liebe dich", sagte sie mit erstickter Stimme. „Ich habe dich die ganze Zeit geliebt. Auch in jener Nacht, als wir miteinander geschlafen haben, obwohl ich es mir erst später eingestanden habe. Als du am Morgen ohne Abschied verschwunden warst, schien mir das der Beweis, dass es dir nichts bedeutet hatte."

Mitch verharrte immer noch reglos. Sein Gesicht verriet, dass er nicht zu glauben wagte, was er hörte.

„Mitch, bitte, nimm mich in deine Arme. Ich fange an zu frieren, wenn ich noch lange hier so stehe. Wir beide frieren", sagte sie leise und strich über ihren Bauch.

Sie war bereit, den ersten Schritt zu tun und ihm entgegenzukommen, aber plötzlich war es nicht mehr nötig. Mitch löste sich aus seiner Erstarrung, zog Geraldine in seine Arme und streichelte und küsste sie so leidenschaftlich und verlangend, dass sie auf der Stelle davon mitgerissen wurde. Glücklich schmiegte sie sich an ihn und lauschte seinen zärtlichen Beteuerungen, wie sehr er sie liebte und begehrte.

Später liebten sie sich, voller Zärtlichkeit und fast behutsam, und erlebten gemeinsam einen so überwältigenden Höhepunkt, dass Geraldine vor Glück weinte. Mitch beugte sich über sie und küsste ihr liebevoll die Tränen fort.

„Bist du wirklich sicher, dass du es so willst ... dass du mich willst?", fragte er zögernd.

Geraldine, die den Grund für seine Unsicherheit in seinen Kindheitserfahrungen wusste, drückte ihn beruhigend an sich und flüsterte wahrheitsgemäß: „Ich will nur dich, Mitch. Für immer."

Die Hochzeit fand drei Tage vor Weihnachten statt. Am ersten Weihnachtstag überraschte Mitch Geraldine im Garten. Sie stand vor den kahlen Rosenbüschen und betrachtete sie mit wehmütigem Ausdruck.

„Du denkst an deine Tante, nicht wahr?" Mitch blieb hinter Geraldine stehen, nahm sie in die Arme und drückte sie an sich.

Sie nickte. „Ja. Tante May hätte dich in ihr Herz geschlossen und wäre so glücklich für uns gewesen. Ich wünschte ..." Sie drehte sich zu Mitch um und flüsterte mit erstickter Stimme: „Oh Mitch, ich vermisse sie immer noch sehr ..."

„Schnell, Geraldine ... wach auf!"

Widerstrebend schlug Geraldine die Augen auf, warf einen Blick auf die Uhr und sah Mitch missmutig an. Es war erst acht Uhr.

„Was ist los? Ist etwas mit Rachel ...?"

„Rachel geht es bestens. Sie schläft tief und selig in ihrem Bettchen", versicherte Mitch.

„Und warum weckst du mich dann?", murrte Geraldine. „Es war doch abgemacht, dass du dich samstags morgens um Rachel kümmerst, während ich meinen fehlenden Schlaf nachhole ..."

Sie schaute in Mitchs lachendes Gesicht, und ein warmes Glücksgefühl stieg in ihr auf. Sie liebte ihn so sehr. Seit Rachels Geburt vor vier Monaten schien er auch seine unglückliche Kindheit endlich hinter sich gelassen zu haben. Er war ein wundervoller Vater und natürlich ein wundervoller Ehemann.

„Beeil dich, ich möchte dir etwas zeigen." Ohne auf Geraldines halbherzigen Protest zu achten, schlug er die Bettdecke zurück und sagte lächelnd: „Komm, du brauchst dich nicht erst anzuziehen. Zieh dir nur etwas an die Füße."

Immer noch unwillig, folgte Geraldine ihm nach unten und blinzelte gegen die helle Junisonne an, als Mitch die Hintertür öffnete.

„Ich soll in den Garten hinaus? So früh am Samstagmorgen? Also wirklich, Mitch …"

„Komm schon. Und hör auf herumzumuffeln." Er zauste ihr liebevoll das Haar und hauchte ihr einen Kuss in den Nacken, der ihr einen Schauer über den Rücken jagte. „Hier entlang …"

Sie tappte hinter ihm her in den Garten und blieb wie angewurzelt stehen, als ihr klar wurde, warum er sie geweckt und nach draußen geführt hatte. Dort, an den Rosenbüschen, die sie gemeinsam gepflanzt hatten, hatten sich die ersten Knospen geöffnet. Die zarten Blütenblätter schimmerten noch vom Morgentau.

Geraldine beugte sich vor und atmete mit geschlossenen Augen den Duft der Rosen ein. Tränen glänzten in ihren Wimpern, als sie sich wieder Mitch zuwandte. „Oh Mitch, und ich wollte gar nicht aufstehen! Die ersten Rosen an Tante Mays Lieblingsbusch …"

„Ich wusste, dass es dir wichtig sein würde, sie zu sehen."

Mitch nahm Geraldine in die Arme und küsste sie. Während sie seinen Kuss erwiderte, dankte sie einmal mehr der glücklichen Fügung des Schicksals, die Mitch in ihr Leben gebracht hatte.

Aus dem offenen Kinderzimmerfenster verkündete ein energisches Krähen, dass Rachel aufgewacht war.

„Hm, das hört sich an, als ob da jemand Angst hat, etwas zu verpassen. Soll ich hinaufgehen und sie holen, oder willst du?"

„Lass uns beide gehen, Mitch … gemeinsam."

– ENDE –

4 Romane nur 9,99 €

Band-Nr. 20046
9,99 € (D)
ISBN: 978-3-86278-860-6
512 Seiten

Linda Howard u. a
Wenn der Morgen anbricht

Linda Howard – Eiskalte Liebe: Sallie ist die Starreporterin in New York. Sie scheint alles erreicht zu haben. Da wird das Magazin, für das sie arbeitet, verkauft: an ihren Exmann Rhydon!

Julie Cohen – Heute Nacht riskier ich alles: Ihren letzten Cent setzt Marianne ein, um Oz zu ersteigern. Dieser Rebell in Leder ist genau der Richtige für ihr neues Leben …

Kimberly Raye – Lektion in Sachen Liebe: In der Liebe, beschließt Paige, braucht sie dringend Nachhilfe. Und sie kennt auch den passenden Lehrer dafür: Jack.

Jennifer Greene – Verliebt, verführt, verheiratet: Abby kocht und backt mit Leidenschaft. So will die toughe Karrierefrau auf Garson weiblicher wirken. Doch was passiert, wenn er sie durchschaut?

Band-Nr. 20042
9,99 € (D)
ISBN: 978-3-86278-739-5
464 Seiten

Nora Roberts u. a.
Dich schickt das Glück

Nora Roberts – Liebesglück auf der Blumeninsel: Dass diese Laine es wagt, nach Hawaii zu kommen! Sie ist doch nichts weiter als eine verwöhnte Göre, denkt Dillon – bis er ihr zum ersten Mal begegnet …

Linda Lael Miller – Ein Paradies der Sinne: Auf seiner Insel vor Australien nimmt Amy glücklich Harrys Antrag an. Aber bald kommen Amy Zweifel: Wild flirtet Harry mit anderen Frauen …

Lucy Gordon – Süßer Sommer der Versuchung: Nur ein paar schöne Tage wollte Holly in Italien verbringen. Doch dann führt das Schicksal sie direkt in die Arme von Matteo …

Penny Jordan – Sag, dass es für immer ist: In einem Bauernhaus in Frankreich möchte Livvy ausspannen. Doch wie soll das gehen, wenn der rücksichtslose Richard ebenfalls dort wohnt?

„Sandra Brown ist eine begnadete Erzählerin. Ihre raffinierten Geschichten halten den Leser von Anfang bis Ende in Atem." *USA Today*

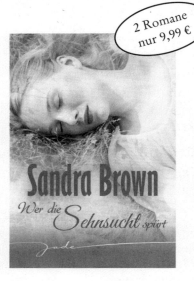

2 Romane
nur 9,99 €

Band-Nr. 20044
9,99 € (D)
ISBN: 978-3-86278-831-6
304 Seiten

Sandra Brown
Wer die Sehnsucht spürt

Heiße Küsse für den Playboy:
Seit Kirsten den Schauspieler Rylan Nolan kennengelernt hat, spürt sie Schmetterlinge in ihrem Bauch. Aber ist sie schon bereit für eine neue Liebe?

Ich verführ' dich heute Nacht:
Sunny ist empört: Ty Beaumont hat tatsächlich eine Wette darauf abgeschlossen, sie ins Bett zu bekommen! Mit so einem Macho will sie nichts zu tun haben. Aber das gar nicht so einfach …